职工书屋文库·世界文学名著经典（全译本）

茨威格中短篇小说精选集

【奥地利】斯蒂芬·茨威格 著
高中甫 韩耀成 译

中国工人出版社

图书在版编目（CIP）数据

茨威格中短篇小说精选集 /（奥）茨威格著；高中甫，韩耀成译. —北京：中国工人出版社，2015.8

（职工书屋文库. 世界文学名著经典：全译本）

ISBN 978-7-5008-6182-9

Ⅰ. ①茨… Ⅱ. ①茨…②高…③韩… Ⅲ. ①中篇小说—小说集—奥地利—现代②短篇小说—小说集—奥地利—现代 Ⅳ. ①I521.45

中国版本图书馆CIP数据核字（2015）第120100号

茨威格中短篇小说精选集

出 版 人	李庆堂
责任编辑	蒋佩轩　孟　阳
责任校对	赵贵芬
责任印制	黄　丽
出版发行	中国工人出版社
地　　址	北京市东城区鼓楼外大街45号　邮编：100120
网　　址	http://www.wp-china.com
电　　话	（010）62350006（总编室）（010）62005039（出版物流部） （010）62354070（职工书屋）
发行热线	（010）62013878；62070193　（010）62013286（传真）
经　　销	各地书店
印　　刷	三河市东方印刷有限公司
开　　本	660毫米×960毫米　1/16
印　　张	23.75
字　　数	339千字
版　　次	2015年8月第1版　2019年11月第4次印刷
定　　价	54.00元

出版说明

世界文学是指包括我国文学在内的世界各地区、各民族的文学。无论是我国文学，还是世界上其他各地区、各民族的文学，都是全人类共同的精神财富。优秀的文学作品，特别是文学名著，自然有着超越国界和时代的不朽魅力，能够启迪智慧、滋润心灵、陶冶性情、提高人们的文化品位。自 20 世纪以来，大量外国文学作品被翻译成我国文字，介绍给国人。时至今日，各类版本琳琅满目，给广大职工和读者以眼花缭乱之感。为帮助广大职工和读者阅读，我们精选了近百部世界文学名著，作为职工书屋出版工程的重要项目予以推出。这些作品基本涵盖了历史上特别是近现代以来世界著名作家的代表作，既有古典主义和启蒙主义作品，也有浪漫主义和现实主义作品；既有无产阶级革命文学作品，也有现代主义作品。这些作品的共同特点是文笔优美、思想深刻、情感细腻、含义隽永，是温暖人生的文化精品。

斯蒂芬·茨威格是 20 世纪奥地利著名作家、小说家、传记作家，一生共写了十二部传记，九部散文集，七部戏剧，两部长篇小说，三部诗集，六部小说集，以及一部自传等，以中短篇小说见长。本书选取了《一个陌生女人的来信》《一个女人一生中的二十四小时》《象棋的故事》《灼人的秘密》等 11 篇脍炙人口的中短篇小说，这些小说通过大量的情感描述，展现人物特别是女性内心世界的丰富多彩，以及蕴藏在作品中的强烈激情和浓郁诗意。

例如，《一个陌生女人的来信》描写一个女孩从豆蔻年华开始一直深深爱着住在她家隔壁的男主人公，一生颠沛流离，为他生下孩子，孩子和她最后都死了，而这个男人对此一无所知；《一个女人一生中的二十四小时》的女主人公在四十岁时，去挽救一个素昧平生却想要自杀的赌徒，结果在二十四小时之内被赌徒欺骗；《看不见的收藏》则讲述了一个眼睛看不见的穷人收藏家，收藏了价值连城的名画，因为生活所迫家人瞒着他把名画卖掉，却由于物价飞涨并没有给家庭生活带来改善的悲惨故事。

茨威格作品的主要特点在于对人物的心理描写，他作品里大段的心理描写把人物性格轮廓勾勒得淋漓尽致，在风平浪静的平和下描述惊涛骇浪式的情感，让人物形象更加丰富饱满。这样的心理描写和他长期动荡流亡的生活经历也有关系。茨威格在第一次世界大战期间从事反战工作，遭到纳粹驱逐，在流亡压抑的生存环境里他坚持自我，探索人物丰富的内心世界。例如《象棋的故事》描绘一个曾遭法西斯软禁、虽然没有遭受酷刑却精神备受摧残的人，他为了排解恐惧从审讯室偷出一本棋谱，自己和自己下象棋导致精神分裂，对他的心灵造成巨大伤害。

茨威格的作品匠心独具，在他写作生涯中，社会批判的作品逐渐增多，充满人道主义精神，而其笔下也塑造了不少令人难忘的女性形象，表达出他对于女性的尊重。高尔基读完《一个陌生女人的来信》之后赞叹“由于对您的女主人公的同情，由于她的形象，以及她悲痛的心曲，使我激动得难以自制。我竟然毫不羞耻地哭了起来”，并评价茨威格是世界上最了解女性的作家。

本套丛书在翻译上做到既忠实原著，又尽量使译文通晓流畅，通俗易懂；在编校方面做了大量严谨细致的工作，并提供了作品的基本脉络和主要人物简介，力求为广大职工和读者的阅读创造有利条件。阅读是与作者默默的对话，是心与心的交流。优秀的文学作品没有人阅读就不会有价值的实现。希望广大职工和读者能够喜爱这些作品，经常阅读这些作品，从中不断汲取丰富的营养和正能量。而伴随着大家的阅读，这些文学名著将会获得更加旺盛的生命力，继续为人类社会的进步服务。因水平有限，疏漏之处，请读者多提宝贵意见，以便再版时及时更正。

目　录

被遗忘的梦

一座别墅紧靠在海边。

咸腥味的海的氤氲弥漫在静谧的朦胧的五针松甬道中间，不断吹来的微风戏弄着橘子树的四周，拂来掠去，宛如用谨慎的手指抚摸着一朵绚丽多彩的鲜花。阳光闪耀中的远方，山丘，它们中间秀丽的房屋有如白色的珍珠在熠熠发光。几里之遥有一座灯塔，它像一根蜡烛似的笔直地矗向天际，在清晰明显、界限清楚的轮廓中间，一切都泛着亮光并浸入大海的湛蓝之中，如一幅闪光的镶嵌图案。大海动情地把它的波浪紧紧偎依在带有台阶的平台旁边——别墅就在上面。白色的光华映进大海，点缀着远处孤寂的闪光的船帆，越来越深入地照到一个宽大的阴影下的庭院中的绿地上，并消失在疲惫的、童话般寂静的公园里。

上午的炎热压在沉睡的房屋上面，一条狭窄的铺着沙砾的小路像一条白线从房屋通向凉爽的望景台，台下波浪粗暴地不停地在冲击，噼啪作响，这些闪光的水珠子不时四下飞溅，由于刺眼的阳光扩散成钻石般的彩虹的光华。熠熠发亮的太阳光芒一部分洒落在五针松树叶上，这些树叶浓密地靠在一起，宛如在窃窃私语；另一部分被一把张开的日本雨伞遮挡住，把刺眼的不舒服的颜色固定在欢快的形状上。

在这把伞的阴影中间，一个女人倚在一把柔软的草椅上，她把她漂亮的身躯舒适地偎依在软塌塌的纺织物里。一只消瘦的没有戴指环的手像被遗忘似的垂了下来，轻轻地惬意地戏弄着一条狗的丝绸般发亮的皮毛，另一只手拿着一本书，长有黑色睫毛的深色眸子把她的注意力都集中到书本上，一刻也没有间断，眼睛里含着一丝强忍住的微笑。这是一双不安静的眼睛，长得大大的，在呆滞的、模模糊糊的光亮里显得更为秀丽。线条清晰的瓜子面庞所散发出的那种强烈的吸引力并不是天然的、和谐的，而是把经过修饰的个别部分的美以一种精心的方式显露出来。表面看来是凌乱的鬈发闪闪发光，散发着芳香，仿佛一位艺术家的精心之作，在阅读时围绕唇边现出的微笑露出牙齿那洁白光滑的珐琅质，可就是这种微笑也是一种多年览镜得出的结果，但现在已经成了固定的、无法摆脱的一种习惯的艺术了。

沙砾上响起了一种轻微的沙沙声。

她望去，姿态没有任何改变，像一只躺在耀眼的灼热的阳光里沐浴的猫一样，她用炯炯发光的眼睛迎向来人。

脚步迅速走近，一个身着制服的仆人站到她的面前，递上一张狭长的拜访名片，然后后退少许等在那里。

她读着名片，表情显得惊愕，在马路上当一个陌生人向你亲切打招呼时，你就会有这样的表情。眼睛上面清晰而又浓黑的眉毛显出一道小小的皱纹，这是在费力思考的一种表示，随即突然在她的面庞上流露出一种欢快的光辉，眼睛在傲慢的光亮里闪动，她像在回想早就逝去的、完全遗忘的青春年华一样，而这个名字重新唤起了那个岁月里明快的画面。形象和梦幻重又获得结实的形体，清晰得如实实在在的一样。

“那么，”她突然清醒过来，转向仆人说，“这位先生当然可以前来。”

仆人迈着卑恭的脚步走开了。有一分钟的时间寂静无声，只有永不疲倦的风儿在轻轻吟唱，从充满强烈的正午阳光的山峰那边飘来。

突然间传来了轻快的脚步，它在沙砾路上有力地发出了响声，一条长长的身影直落到她的双足跟前，随即一个高大的男人站到了她的前面，她从她那臃肿的座位上伶俐地立起身来。

先是他们的目光相遇。他朝绰约娇丽的身躯抛去飞快的一瞥，而她的眸子里闪烁出一丝嘲弄的微笑。

“您真是太好了，还记得起我来。”她开始说，同时她把消瘦发亮、精心保养的手递给了他，他敬畏地用嘴唇吻了吻。

“仁慈的夫人，我要坦诚地对您，因为这是阔别多年以来的一次重逢，并且是，我感到害怕，好多年了。我到这里来，纯系一种偶然，这座宫殿的占有者的名字重又使我想起了您。我是因为他的杰出的地位才打听到这幢别墅的。这就是说我本来是作为一个深感内疚的人来到这里。”

“但这不会使你不受欢迎，因为我也不是立刻就想起了您，尽管您对我来说是相当重要的。”

现在两人都笑了。半是由于隐蔽的青年时代的初恋的那种甘美的淡淡的芬芳，同它整个的迷人的甜蜜感在他们心中苏醒了，犹如一个梦，一个人们在醒来时会轻蔑地撇一下嘴的梦，尽管他还是希望再去做一次。美梦有头没尾，这只能希望而无法要求，这只能应允而不能给予。

他们继续谈下去。但在语调里已经有了一种真诚和温柔的信赖感，它能保守这玫瑰色的、业已半是苍白的秘密。她吐出轻松的字眼，一种欢愉的笑声不时像落在玉盘里的流动的珍珠。他们谈起过去的事情，谈起忘掉的诗歌、枯萎的花朵、丢失的和抛掉的饰带，这是他们之间的故事，像无痕迹的传说一样，在他们心里撞击起多年沉默的、尘封的大钟，慢慢地、慢慢地充满了一种痛苦的、疲惫的庄重感；他们业已死去的青年时代的爱情结局在他们的谈话中有着一种深沉的，几乎是悲哀的严肃性。

他讲道：“在美国那边我得到一个消息，说您订婚了，那是在婚礼早已举行了的时候。”在讲这段话时，他那富有旋律的声音有些轻微的颤抖。

她什么也没有回答。她的思想已退回到了十年前。

一阵郁闷的沉默压在两人身上，几分钟的时间过去了。

随后她轻轻地问，几乎听不到声音：

“您当时对我是怎样想的？”

他惊愕地朝她望去。

“我可以坦白地告诉您，因为明天我就会回到我的新的故乡去了。我没有惹您生气过，瞬间都没有过混乱的充满敌意的念头，因为生活当时已经把爱情的斑斓的火焰冷却成发出同情的微光的火苗了。我不理解您，只是——惋惜。”

一片轻微的深红泛上她的面颊，她眸子里的光华变得强烈了，当即激动地喊道：

“惋惜我！我不知道这是为什么。”

“因为我想到您未来的丈夫，一个冷漠的、总是去想赚钱的人——您不要反驳我，我完全不是想去侮辱您的丈夫，我一直尊重他——我是因为想到您，一个少女，我是怎么离开她的。因为我无法想象。像您这样一个孤独的人，理想的人，对日常生活有的只是一种轻蔑的嘲弄，怎么能成为一个常人的诚实的妻子。”

“如果情况果真这样，那我为什么同他结婚？”

“我知道得不很清楚。也许他有一些隐藏起来的优点，表面上看不到，只有在私下交往中才开始显露出来。这对我是一个容易解开的谜，因为我不能也不愿意相信。”

“这是什么意思？”

“他有伯爵的头衔和百万的家财，这是我唯一缺少的。”

她好像是没有听到最后一句话，因为她用手指遮在眼睛上方，在阳光中手指透出深色的玫瑰红，像是紫色的贝壳在发光，她向远方，向很远的模糊不清的天水一线的地方望去，在那里天空把它淡蓝色的衣裳浸入海浪的深色的绚丽之中。

他也陷入沉思，几乎忘记最后的话；她避开他，突然用听不到的声音说：

“是这么回事。”

他吃惊地、几乎是畏惧地向她望去。她用一种慢慢的，显然是做作的安详姿态重新坐进她的圈手椅里，以一种平静的感伤，单调地、嘴唇几乎不动地继续说道：

“那时你们没有一个人理解我，当我还是一个小女孩，说着怯生生的孩子话时，连您跟我那么要好也不理解我。也许我自己也不理解。我现在还时常想到，我不明白自己，因为女人对她们的迷恋奇迹的少女灵魂能知道些什么呢？她们的梦想像柔弱的、细小的白色花朵，现实哈出的头一口气就使它枯萎。我不像其他的少女，她们梦想着健壮有阳刚之气的英雄，他们应当使她们寻觅的渴望变成闪光的幸福，使她们的平静的预感成为欢愉的领悟，并把她们从那种模糊不清、莫名所以、无法把握却是感觉得到的痛苦中解脱出来，这种痛苦用它的阴影越来越浓烈、越来越咄咄逼人和越来越沉重地笼罩住少女的时光。我从来不知道这种痛苦，我的灵魂乘着另一种梦的小舟驶向未来的遮蔽起来的丛林，这丛林隐藏在未来岁月的浓密雾霭的后面。我的梦是我特有的。我总是做一个国王的孩子去做的梦，这些梦像古老童话书里描述的那样，他们用熠熠闪烁、光彩耀眼的宝石玩耍，他们的手发射出童话宝藏的金色光华，他们穿的飘动的衣服价值连城。我梦想豪华和富丽，因为我爱这两样东西。当我的双手可以抚摩飒飒颤动、轻吟浅唱的丝绸时，当我的手指能够在一块贵重的天鹅绒衣料的质地柔软的长筒手套中像睡眠一样伸展开来时，我是多么快乐！当我能够把珠宝像一条锁链似的戴在我那因喜悦而发抖的手指上时，当洁白的宝石在我的头发的波浪里像珍珠一样闪耀时，我是多么幸福！我的最高的目的就是坐到一辆时髦的汽车的柔软座位里。我当时醉心于艺术的美，这种陶醉使我瞧不起我的现实生活。当我身着日常普通的衣服，像一个修女一样朴素和简陋，并经常整天地待在房子里时，我恨自己，因为我为我的平庸感到羞愧，我躲在自己狭小的丑陋的房间里。我的最美好的梦就是一个人单独地生活在海边，在属于自己的房子里，这房子是豪华的，同时也富有艺术性；在树荫遮盖、绿叶浓密的甬道上，那里没有脏兮兮的爪子来干些卑下的工作，那里是一种丰腴的祥和——几乎就像这儿一样。我梦里所要的，我的丈夫都满足了我，也正因他能够这样做，他才成了我的夫君。”

她沉默不语了，脸上泛出一种放肆的美。她眼睛里的光亮变得强烈而逼人，面颊的红晕燃烧得越来越灼人。

深沉的寂静。

只有粼粼波浪在下面发出节奏单调的歌声，浪花把自己抛向平台的台阶，就像投入一个可亲的胸脯中似的。

这时他轻声地说，仿佛自言自语：

“但是爱情呢？”

她听到了。嘴唇上露出一丝微笑。

“您今天还有您的那些理想，所有的那些，您当时不都带到远方的世界去了？难道所有的那些您都保留下来，一点没有损害，或者有一些已经死去了，枯萎了？或者有人最终把它们用暴力从您的胸膛撕扯了出来，并抛到污泥里去，被成千上万奔向生活目的的车轮碾得粉碎？或者您什么也没有失掉？”

他忧郁地点了点头，一声不响。

突然他握住她的手，放在嘴唇上，沉默地吻了吻。随后他用动情的声音说：“永别了！”

她有力和真诚地对他作出了反应。她向一个由于久别而变得陌生的人袒露了她内心深处的秘密，展示了她的灵魂，她并不为此感到羞愧。她目送他离去，露出微笑。她想到他谈到“爱情”这个词儿，往昔那轻轻的听不到的脚步把她和现实隔离开来。突然她想到，那个人本来是能引导她的生活的，这种想法用色彩描绘着这个古怪的念头。

慢慢地，慢慢地，完全察觉不到地，这种微笑在她那梦幻般的嘴唇上消逝了……

生命的奇迹 ①

献给亲爱的朋友汉斯·缪勒

一缕缕灰色的云雾低压在安特卫普的上空，把整个城市裹在它那厚重闷热的雾层里。一座座房屋转眼间消融在一层薄薄的轻烟中，一条条街道的走向渺茫难辨。但在天上，从云团里发出一声轰响，一声嗡嗡的呼喊，像神说的一句话，那是教堂塔楼的钟在发出低沉的哀鸣和请求；塔楼溶化在这浩瀚、狂暴的云雾海洋里，这雾海填满城市和乡村，在遥远的港湾，团团围住那大洋里躁动不安、静静滚动的潮水。某处，有一线暗淡的光在跟这潮湿的烟云搏斗，想要照亮一块显眼的招牌，但只有那粗硬的喉管里发出的模糊不清的嘈杂声和欢笑声告诉人们，那是一个小酒馆，里边聚集着怕冷的人和讨厌坏天气的人。胡同里，空无一人；一旦有人路过，那也总像一道短暂的闪光，急速溶入雾中。这个星期日的早晨，就是这样令人不悦，无精打采。

只有那些钟在呼喊，在不停地呼喊，仿佛浓雾要窒息它们的发声一般感到绝望。因为虔诚的教徒毕竟是少数；外来的异端已踏入国土，就是那些没有叛教的人，也懒于敬奉主。这样一来，清晨的一团浓重的云雾便足以使许多人背离自己的义务，干瘪的老太婆不知疲倦嘟嘟囔囔地数她们的十字架念珠，穷人身穿朴素的礼拜日专用长袍站在那里祈祷，我们都消失在教堂的那些又深又暗的厅堂里，那些祭坛和小礼拜堂闪光的金饰和亮晶晶的做弥撒的服装，像柔和的火光交相辉映。雾气像透过高墙渗漏进来，这里也像陷入沉思的空荡荡的街道一样，充满悲郁的叫人冷得发抖的气氛。因为没有阳光，连清晨的布

① 本篇收入茨威格1904年大学未毕业时出版的小说集《艾利卡·埃瓦尔之恋》。

道也是冷漠的、苦涩的：这布道是针对基督教徒的，语调里强压着暴怒，在这暴怒中仇恨和自恃力量强大结为一体，因为宽容的时代似乎已经过去了，从西班牙给教士们带来了愉快的消息，说新国王以众口称颂的威严服务于宗教事业。与最后的审判所描述的恐怖相结合的，是对未来时代提出警告的隐晦的语句，这些话大概在无数听讲人的座位中一排排地小声传播开来，却在黑暗处隆隆地空空落地，犹如在令人颤抖的湿冷的空气中冻结成冰。

在布道的时候，有两个男人穿过教堂大门急步走进来，因为他们裹在又高又严实的大衣里，头发散乱地遮着脸，一眼望去无人认清是谁。那个身材高大的人一把拉下裹在身上的湿外衣，露出一张清秀但很不寻常的面孔，那脸上富态的资产者的线条与他那富商老板的发型十分相配。另一个人则比较奇特，尽管他的穿着不很时髦，但他那温文尔雅的举止与他那张颧骨略高农民式的但心地善良的脸，是和谐一致的，一大堆下垂的白发给他这张脸增添了一层福音派新教徒的宽容。他们二人做了一次短时的祈祷；然后，那位老板招呼他的年长的同伴跟他走，他们小心翼翼地慢步走进侧厅，里面几乎是一片黑暗，因为蜡烛在潮湿的房子里不停地颤抖，在五颜六色的窗玻璃前是一直无心散开的浓重的云。在侧面的一个小礼拜堂里放着有遗产家族的大部分捐赠物和许下的誓愿；就在这个小礼拜堂前边，老板停住脚步，用手指着对面的一个小祭坛，简短地说："它在这儿。"

另一个人走近一些，把手遮在眼睛上方，想透过朦胧的光线看得更清楚一些。祭坛的一侧挂着一幅很亮的画像，在黑暗中这画像的色调显得更柔和更生动，这位画家的目光立刻就被吸引住了。这便是那张心脏被剑刺穿了的圣母画像，尽管有痛苦有悲哀，但它显得极其温柔，极其宽容。这位玛利亚的头非常漂亮，这圣母简直就像一位处在充满幻想的花季的少女，一种淡淡的哀愁衬在她那天真无邪的妩媚的微笑上。向下飘垂的浓密的黑发轻贴在一张苍白瘦削的脸上，双唇透着炽热的红色，像一个紫红色的伤口。线条是少有的细腻，有些线条像眉毛般的纤细，稳稳地一描，就在那温柔的面孔上平添一道充满渴望的光和一种俏皮的美；一双深色的眼睛耽于梦想，像来自另一个多彩的可爱的世界，只是一种可怕的痛苦使她离开了那美丽的世界。两只手顺从地轻轻叠放着，胸脯好像由于恐惧而在那冷剑刺入时微微地颤动，她那伤口流出的血染红了那把剑。所有这一切沉浸在奇异的光辉里，她的头从上到下闪着金光。就连她的心流动着的也不像是温热的血，而像是教堂彩色玻璃在日光照射下反射出的花萼的魔光。而那不断消散的晨曦还在吸收这幅画像最后的世俗的亮光，使得罩在这位可爱的少女头上的神圣的光环像真实的火花一般熠熠生辉。

这位画家一直在赞不绝口地欣赏这幅画像，突然间他转移了注意力。

“这是我们当中谁也画不出来的。”

老板点头表示赞同。

“那是一个意大利人。一个青年画家。不过这里有一个完整的故事。我想从头给您讲起，而您本人也应该如此，您知道，他为您安放了拱顶石。您瞧，布道结束了；除了教堂，我们还要为这事寻找别的场所，这样才能更好地适应我们的努力和我们共同的工作。我们走吧！”

画家又踌躇地站了一会儿，才转身离开那幅画像，那画像似乎变得越来越明亮，如烟的黑暗仿佛力图变亮，云雾围着窗户构成的拱形越来越呈金黄的颜色。当他还在专心致志地看画，落在后面的时候，他几乎觉得，那孩子般双唇的淡淡哀愁的皱褶好像消失在微笑里，向他展示了新的美色。他的同伴已经走出去了，他不得不加快脚步，好在大门口赶上他。像来时一样，他们又一起走出了教堂。

早春的清晨披在城市身上的沉重的雾衣，现在已经变成了黯然无光的银白色的薄纱，像尖形的编织物缠住隆起的屋顶。湿漉漉的条石路面像钢铁一样闪光，清晨最早的熹微的阳光讨人喜欢地在路面上嬉戏。二人穿过弯弯曲曲的小巷朝明亮的港口走去，这位老板就住在那里。他们慢步朝那里走，沉浸在思考和回忆中；老板的故事很快便言归正传，比他们梦游般行走的步伐还要快。

“我已经给您讲过，”他开口说，“我年轻的时候去过威尼斯。为了免得做事总是犹犹豫豫，我并不十分笃信基督教。我不去管理我父亲的营业所，我跟那些整天寻欢作乐的年轻人一起坐在小酒店里喝酒、耍闹，也和别人一样会在桌子上扯着嗓子唱下流小曲，说脏话。我从来不想返回家乡。我的生活是轻浮的，正像我父亲从家里紧急写信时说的那些威胁我的话一样：他们了解我，而且警告说，这放荡的生活会把我毁掉的。我只是一笑置之，有时也有恼火的事：猛猛地喝上一口甜红葡萄酒，就能把一切苦楚忘得一干二净。葡萄酒要是不能消愁，妓女的一个吻就可以解闷。我拆开那些信，然后撕成两半；我喝得酩酊大醉，我想不出有什么出路。但在一天晚上，我摆脱了一切。这种状况是很少有的，我今天还有这种感觉；显然好像有一个奇迹为我开辟了道路。我坐在我的酒馆里；今天我还能看见它跟它的烟气和我的那些酒友在一起。妓女们也都在，其中的一个长得非常美；我们很少像这一夜闹得这么凶，那一夜雷雨轻鸣，阴森可怖。当一个放浪的故事刚刚引起哄堂大笑时，我的仆人突然走进来，递给我一封信，那是信差从佛兰德斯送来的。我很生气，我不爱看我父亲的信，因为信里老是提醒我牢记我的义务，勿忘侍奉基督，这两桩事早就被我给淹死在酒里了。我想把信收起来，这时，我的一个酒友跳了起来，他是一个漂亮的小伙子，善于随机应变，精通骑士的一切本领。‘别听癞蛤蟆叫！这跟你有什么相干！’他喊着把信抛在空中，一伸手抽出他的军刀，熟练地把那张向下飘落的信纸深深地刺向墙里，弄得那闪着亮光的有弹性的军刀直颤。他小心地把刀抽回来——那封还没看的信就留在原处了。‘这只蝙蝠就贴在那儿吧！’他嘿嘿地笑着说。其余的人都鼓起掌来，那些妓女快活地朝他跑去，大家举杯向他祝酒。我自己也在笑，跟他们一起喝酒，强迫自己参与狂欢，这样一来，我就把信和父亲，上帝和我自己，全忘在脑后了。我们离开那里时，那封信我连想都没想；我们到了另一家酒馆，在那里我们的狂呼暴饮达到了登峰造极的地步。我从来没有像那次一样喝得烂醉如泥，一个妓女如同罪恶一般的美……”

老板不知不觉地站住，用手一次又一次地抚摩前额，好像他要从自己的头脑里抹去一种令人不快的情景。画家立刻发现他的回忆的痛苦，不去瞅他，却像好奇似的把目光停留在一只张帆疾行的三桅帆船上，它正撑满帆向港口靠近；他们俩慢慢地走到港口一个五颜六色、杂乱无章的堆物场。沉默没有持续很久，讲述人赶快继续说下去。

“您可以想象得出结果会怎样。那时我年轻，很糊涂，可是她是放肆的，美丽的。我们一起走了，而我却烦躁不安，欲火中烧。但发生了一件异乎寻常的事。当我躺在她那诱人的臂膀里，她的嘴压在我嘴上时，这柔情在我看来却变得不那么疯狂了，可以说是变成了不得已的回报；她的嘴唇以奇异的方式使我记起往日在父母屋里的晚上温情的问候。有一次，也真奇怪，而且令人难以相信，我躺在这个妓女的怀里竟突然想起我父亲的那封被揉皱刺破的没读过的信。我当时仿佛觉得我的酒友的一剑是刺进我的鲜血直流的胸膛。我一跃而起，那样突如其来，那样脸色苍白，吓得那个妓女眼睛发直，问我发生了什么事。但我羞于说出我愚蠢的恐惧心理，我因这个陌生的女人而感到害羞，我是躺在她的床上，安享她的美色；我不想把我这一瞬间的愚不可及的思想告诉她。但此时此刻，我的整个生活都变了样，今天和当时我都觉得，只有上帝的怜悯才能左右这件事。我把钱扔给她，她勉勉强强地拿了钱，因为她怕我瞧不起她，她喊我德意志傻瓜。但我什么也没听见，我风风火火地冲进寒冷的雨夜里，像一个绝望的人对着河道朝一只小船大声叫喊。终于来了一只小船，它要用金币当船资，但我的心由于突如其来的、冷酷无情的、不可理解的恐惧而跳个不停，除了那封信，我脑子里什么都不去想，一个奇迹这么突然地又使我记起了那封信。到达那个酒店，我像发了热病似的急于看到那封信的内容。我像一个发狂的人突然闯进酒店，一点儿也没有注意到我的酒友们快活而又惊奇的呼唤，几步跳上一个杯盏乱响的饭桌，从墙上撕下那封信就跑开了，根本没管身后无礼的嘲讽和愤怒的咒骂。在酒店附近的一个角落里，我用颤抖的手打开那封信。天空阴云密布，大雨如注。风撕扯着我手中的信纸，直到我用充血的眼睛看清所有字迹之前我都没松手，上面只有几句话：我的母亲病危，希望我能回家。像从前那样的申斥和责骂的话一句也没有。但当我看到那刀刃正好穿过我母亲的名字的时候，我心里感到万分羞愧……”

“一个奇迹，一个显而易见的奇迹信号，不是所有的人都懂得，但对那为他而产生的人却是好的。”画家嘟嘟囔囔地说，这时讲述人激动不已地陷入沉默中。他们又肩并肩无言地向前走了一会儿。远处，老板豪华的房舍迎着他们闪着亮光。当老板抬头发现他家时，他赶快继续讲下去。

“让我说得简短点吧，至于这一夜我是多么痛苦多么懊悔地熬过的，我就不对您讲了。我只对您说说第二天早上我是跪在马库斯教堂的台阶上就够了，在那里我热情地发狂地许下誓愿说：如果圣母对我大发慈悲，使我得到母亲的原谅和祝福，我就为圣母建一座祭坛。当天我就起程了，我时刻怀着绝望和恐惧，奔向安特卫普，不顾一切地冲向我父母家。

“我的母亲站在大门口，她已经老了，脸色苍白，但很健康。她见到我，高高兴兴地张开手臂迎接我，我呢，大哭了一场，诉说我忧虑了多少天，因刺伤母亲的心又有多少夜在羞愧难当中煎熬。从那时起，我的生活完全变了样，我敢说，那是一个好的生活方式。我所占有的最可爱的东西，就是那封信，我把它砌在这座房子的基石里了，是我亲手砌的，我曾设法来完成我的誓愿。回到家里不久，我就派人建造了那个祭坛，这您是看见了的，我还尽一切努力把祭坛装修得庄严肃穆。因为我不了解那些秘密，而这些秘密您是知道如何用您的艺术去探索的，我只想要献给圣母一幅庄重的画像，要知道她还向我显过灵呢，所以我写信给我威尼斯的一位好友，请他给我介绍一位他所认识的最优秀的画家，让这位画家为我完成我心中的这件作品。

“几个月过去了。有一天，一位年轻的画家来到我家门前，说他是被介绍来的，向我转达了我朋友对我的问候和写给我的信。这位意大利画家奇特的无比忧郁的脸我还记得清清楚楚：他完全不像我在威尼斯狂欢滥饮时的那些吵吵闹闹的酒友。大家宁愿把他当作修道士而不是当作画家来接待，因为他是黑黑的瘦高个儿，他的头发是简简单单分开的，他的面容是那种守夜人和苦行僧样超俗的苍白。信和这好的印象，打消了我的关于这位艺术家是否过于年轻的思虑；我朋友在信中告诉我，说意大利的那些老画家比公爵还骄傲，就是高薪聘请也很难说动他们离开故土，在家乡围绕在他们身边的是朋友和女人，爵爷和百姓。是一个偶然的机会选定了这位年轻的艺术家；

他因为一个莫名的原因渴望离开意大利，这对他来说比之于一切金钱的报酬都更紧迫，实际上，在家乡大家也了解这个青年画家的价值，也很尊敬他。

“我朋友介绍来的这个人，是一个安静的内向的人。他的生活情况我一点也不知道，我只模模糊糊地预感到，有一个美丽的女人对他的命运深表同情，他就是因为这原因才离开故乡的。虽然我没有什么证据，我总觉得这样的行为是异教的，非基督教的，但我认为，那幅您看到的画像，他是在没有模特儿也没做太多准备的情况下在很少的几周内凭记忆画成的，它具有他所爱的那个女人的特征。每当我到他那里去的时候，我总会发现他怎样重新品味您看到过的那同一张可爱的面容，或是他如梦幻般沉浸在观察中。画像完成以后我隐隐地担心它失去神性，担心他把一个妓女当圣母来画；当我劝他作第二幅画像选择另一个形象的时候，他一声没吭。第二天，当我到他那里去的时候，他已经离去了，一句告别的话也没有留。我踌躇地带着这幅画像去装饰那个祭坛；当我询问教士时，他不假思索便准许了……”

“他做得很对，”画家几乎很激动地插口道，“不按照我们遇到的女人的美，我们该从哪里知道如何描绘我们可爱的女人那优雅的美呢。如果我们不是按照上帝的形象被创造出来的，那么，为了表现最完整的形象，人之中最完善的形象不就必然成了不可见的事物的一个仅只黯然无光的衬托了吗？我是您选中的作第二幅画像的人，我是一个穷人，这些穷人离开了自然就画不了画，他们天生不会凭想象作画，他们总是通过勤恳模仿真实来完成他们的作品。为了画好圣母的画像，若是我选择不是我最可爱的人做模特儿，通过一个罪恶女人的脸来展示纯洁无瑕的女人是罪恶的，但能搜寻美，我能画那个脸上可以向我展示我们圣母大部分特征的女人，我在我的梦想中看见过她。您要相信，尽管是一个罪恶的人的脸，如果您以虔诚的热情画它，在它的特征上就会连一点贪欲和罪恶的残渣都不会留下；作为在尘世妇女脸上的表情里的一个标志，这种纯洁无邪的魔力常常一直在起作用。这种奇迹我时常亲眼看到。”

“不管怎样——我信任您。您是一个饱经沧桑的成熟的人，所以您认为这里没有任何罪恶……”

“相反！我认为这是值得赞赏的，只有那些新教徒和其他教派的信徒才强烈反对装饰奉神之所！”

“您是对的。但我请您尽早开始画这幅画像，这没兑现的誓愿像一团罪恶的火在我心中燃烧。经过了二十年，我忘记了这第二幅画像；最近，当我看见我女人的那张忧伤的脸，看见她在我孩子的病床旁痛哭流涕时，我才感觉到这罪过，想起我的誓愿。您知道，这一次圣母创造了一个治病救人的奇迹，那个病是所有医生都绝望地避开了的。我请求您能尽快完成这幅画像。”

“我尽力而为就是了，坦白地说吧：在我漫长的绘画岁月里，几乎没有一件作品使我感到这样难，因为如果它不应该作为一个拙劣匠人的粗制滥造的东西与这位青年画家的画像并列——我渴望对那幅画像了解得更多一些——那么神的手就必须和我的作品同在。”

“这样的人向来都是可靠的。一切顺利！大胆地创造您的作品吧。我希望您能很快把令人喜悦的消息送到我家里来。”

老板在他家门口又一次跟他亲切地握手，充满信任地望着他那双像山涧里闪光的湖似的眼睛，眼睛周围是错落的尖石和陡坡，它们从那张粗野的德意志的有棱有角的脸上往外射出蓝色的光。画家有一句答话已到嘴边但又大胆地吞了回去，他紧紧地握了握伸过来的手。二人就这样相互充满理解地分别了。

画家慢悠悠地沿着码头踱步。这是他的习惯，当工作还没把他拴在屋子里时，他总是这样。他爱这粗犷多彩的景象，他的工作不间断地在这景致里跃动；他时而坐在一个挂满露珠的木桩上，以便把一个劳动者奇异的身体弯曲描摹下来，努力掌握绘画中透视缩减的难上加难的技巧。水手的喊叫，车驶过的辚辚声，还有那夹杂着单调的嘟嘟哝哝闲谈般的声浪冲向岸边的大海，都搅扰不了他。向他投来的那些目光虽然不是从他自己内心看到的图像的反光中发射出来，但它们却在一切无声无息诞生的活着的人之中辨认出那道很可能照亮一件艺术品的光线。因此他也总是走向生活，在生活里有着五光十色、纷纭万千、变化莫测的魅力。他以审视的目光漫步在海员中间，这里没有人敢于嘲笑他，因为在那些好似海滩上无光泽贝壳和破碎岩石一样聚集在码头上的吵吵嚷嚷无所事事的人群中间，他的态度和严肃表情引起了人们的注意。

但这一次他很快便停止了他的搜寻。老板的故事深深打动了他的心，因为这故事也悄悄地触摸了他自己的一次遭遇，连往日如此献身于艺术的魔力今天也拒绝为他服务。尽管她们都是粗鲁的渔民形体，但在所有这些女人脸上都有出自这位青年画家之手的圣母画像的温柔的光在闪烁。他在梦幻般的思想中贴着那些身着节日盛装的熙熙攘攘的人群犹犹豫豫地漫游了一段时间；随后，他再也不去努力抵住那思慕的冲动，他穿过如网的弯弯曲曲的黑暗的胡同，试着再返回教堂去看那个温柔可爱的女人的那幅异乎寻常的肖像。

从那次交谈以后，又过了几周。当时画家答应他朋友完成那幅圣母祭坛用的画像，但那一动没动的画布还整天都以责备的目光注视着这位老画家，他似乎害怕动笔，宁肯把一小时一小时的光阴消耗在大街上，免得去感受由他的畏缩而招致的粗暴的提醒和无言的指责。为了审视自己的内心，从画家看到那位青年艺术家的画像的那一天起，这种对活跃的工作起着重大作用的生活就发生了一个转折：未来和过去突然分离开来，注视着他，像一面空空的镜子，只有黑暗和阴影向镜子里面流去。除了害怕一种生活，没有任何可怕的东西；这种生活在攀登到最后一个山峰上时抬头一看，先是大胆地迈步，接着沉思的恐惧袭上心头，走上错误的道路，没有力气迈着最后轻捷的步伐向前走去。有一次，这位画家觉得他一生已经画了好几百幅虔诚的宗教画了，现在竟然失去了画出一个人庄重面孔的能力，他本人好像觉得只有神的相貌才是庄重的。他找过那些按小时出卖面孔供人作画的女人，也找过那些出卖自己肉体的女人，他还找过市民的女子和脸上闪现心地纯洁之光的温柔可爱的少女。但是每当她们很近地站在他面前，他想描上第一笔时，总是感觉到她们凡俗的人性。在这个人身上，他看见金黄色的贪食的肥胖，看见那在爱的搏斗中纵情玩笑的举止粗野的贪婪；在另一个人身上，他感觉到那隐藏在短时闪光的少女前额之后的空荡荡的平滑，那些妓女的粗鄙的步态和暧昧的大腿的弯曲简直令他惊异不止。他觉得世界突然变得如此荒凉寂寞，所有这样的人都在他周围浮动，他觉得那神性的呼吸似乎已经泯灭，处处充塞着那些贪婪和女人诱人的肉体，她们再也不知道什么是神秘的童贞，不懂得什么是一身清白地献身于另一个世界的梦想的微弱的恐惧。他羞于打开那些装着他个人作品的皮夹，因为他觉得他好像离开了大地，好像自己有罪似的，因为他选择粗俗的农民做耶稣基督的殉道者，选择丑陋的女人做他的女仆。这种情绪像密布的压顶的乌云罩在他头上。他看见，在他逃向艺术以前，自己像一个小雇工跟在他父亲的犁后面，用坚实的双手拿耙来锄黑色的泥土，他问自己，他播下黄色的谷种，照看和保护孩子，是不是不如用粗笨的手指改变那些并非为他制造的秘密和奇迹的信号。他的全部生活仿佛就在他的手指中摇摆，被一小时的短暂的认识劈成两半，被一张画像切断，这幅画像飘飘摇摇地通过他的梦，成了他醒着的数分钟里的痛苦和快乐。因为在他看来，在他向圣母祈祷时不可能再有别的感觉，只能感觉到圣母就在那幅画像上，它是一幅如此优美高雅的肖像，与他所遇到的所有尘世女人的美色完全不同，在带有神的预感的女人的恭顺的光华中容光焕发，在不可靠的朦胧的记忆中融入这个形象的奇妙的服装里。当他第一次努力不去体察真实，而是依照理想的形象创造一个圣母的时候——那形象一直在他脑海里浮现，玛利亚怀抱一个孩子，温柔地微笑着，处在不受干扰的极乐中——这时，他那想要运笔的手指无力地垂了下来，像因痉挛而不能动弹。流动的血液已经枯竭，面对那个明亮的梦，那个他内心看得清清楚楚、仿佛是他自己画在硬实的墙上的明亮的梦，他那一向善于娴熟地传达眼睛语言的手指，竟显得一筹莫展。他没有能力把他梦想中最美最可靠的图像变成现实，这痛苦像火一样烧灼他的心，就是现实也不能从自己无限丰富的宝库中提供一座桥。他向自己提出一个忧心的问题：他是否还可以称自己是艺术家，因为他变成了这个样子；他一生中是否仅仅是一个辛勤的画匠而已，就是只会把颜色涂抹上去，如同一个手推车车夫向工地运送石头。

这种自寻烦恼的思虑弄得他终日不得安宁，强劲地把他从他的小屋赶了出去，屋里那空空如也的画布和细心准备的画具像发出嘲讽的声音似的折磨着他。他曾多次意欲向老板和盘说出他的危机状况，但又怕这位亲切善良的人不能完全理解他，害怕这个人宁可相信这是一个笨拙的托词，而不相信他没有能力动手创作这样一幅画像，要知道他曾完成过大量作品，而且得到行家和外行赞誉。他像往常一样不知所措地在大街小巷四处游荡，内心又悄悄地害怕这偶然事件或是一种隐蔽的魔力，一再使他在那个教堂前从游梦中醒来，仿佛有一根无形的绳索把他绑在这画像上，有一种神奇的力量在梦中操纵着他的灵魂。有时他走进屋里，隐秘地希望能够发现一切纰漏，使那逼人的魔力失效；但一到画像前，他就心怀羡慕，完全忘却了按照艺术和手工艺的标准去衡量那位年轻艺术家的创作，他只感到周围有不停震动的声音把他托入更温馨更美好的享受和观察的境界中。当他离开教堂，回忆起他自己和他自己的努力时，他才加倍地感觉到旧日的痛苦。

一天下午，他又到阳光照耀的大街小巷四处游荡，这一次他觉得那恼人的疑虑减弱了。从南边刮来第一阵春风，送到他心里的虽然不是温暖，却也是许多日益生机盎然的春日的明媚。这位画家好像第一次感觉到，把他个人的忧伤用来遮盖这世界的那灰色的微光已经消散，上帝和恩宠向他心里流动，就如每次伟人的复活的奇迹以一闪即逝的信号公之于世。三月的明朗的太阳照得所有的屋顶和街巷闪闪发亮，五颜六色的信号旗在港口上空飘扬，港口在轻轻摇动的船只中间向上泛着天蓝色的光，在没完没了的城市嘈杂声中发出嗡嗡的声音，好像欢呼般地歌唱。西班牙骑队的一个巡察人员快步来到广场；人们今天不像以前那样用仇恨的目光望着他们，而是愉快地望着他们的装备和闪耀的头盔上阳光的反照。女人们的头巾迎风招展，露出鲜嫩生动的面孔，但在石头路面上却响着孩子们轻巧的跳舞的脚步声，他们手拉着手，边唱边舞边在圆圈里旋转。

就是在平时昏暗的码头小巷里，也有越来越快乐的漫步者踏进去，那里也静静地闪烁着微光，像是从光线中往下降落的雨。太阳不能让它那放射着光辉的脸完全面向这些向前倾斜的山墙的屋顶，因这些屋顶都紧密地相互倾侧，是黑色的和发皱的，如同两个站在那里不停地闲聊的可爱的母亲头上古老的女帽。但那嬉戏的光从这个窗投向那个窗，好像闪耀的手忽隐忽现地向下抓挠，像做纵情欢乐的游戏般来回跳跃。有些地点，光照既安静又柔和，好像暮色刚现时的一只睡意惺忪的眼睛。在下边，在大街上，是一片昏暗，多少年来一成不变，只在极少的冬日里被白色的雪覆盖。住在那里的人，眼里都充满着永远朦朦胧胧的不快和悲哀；只有那些心中燃烧着对光和亮的渴望的孩子深信不疑地被这春天的第一道光线所迷惑，穿得薄薄的，在那尘土飞扬、高低不平的石头路面上游玩，下意识地深深沉浸在那从屋顶间露出的窄窄的蓝色光线和日环的金色舞蹈带来的欢快情绪中。

画家走啊走，没有一点儿疲倦的感觉。他觉得，他好像也获得一种隐秘的欢乐，有如太阳闪射出的一现即逝的亮光就是上帝照耀的射入他心灵的赐福的光线。一切痛苦都从他脸上消失了，现在他的脸显得温柔、平和，使得玩耍的孩子们抬头去瞧，战战兢兢地向他致意，因为他们把他看成一个神甫了。他走啊走，不去想目的地和终点，因为在他的肢体里活跃着新的春天的冲动，好像在沙沙作响的老树里的嫩芽有所请求地敲打结实的韧皮，使韧皮让嫩芽的幼小的力量见到阳光。他的脚步欢快而轻捷，像年轻人的一样；他显得更有精神，更活跃了，虽然这路程已持续了好几个钟头，快速的轻快灵活的节拍测量着快步走过去的路段。

他突然呆呆地站住，用手遮住眼睛，好像被闪电的光伤害了似的，或者说像是发生了一件可怕的难以置信的事件。他是抬头去看照在一个窗户上的阳光时，才感觉到那反射光的充足的光线刺得两眼发痛，但透过那层紫红色和金色的雾在混乱的深红面纱上出现了一个罕见的现象，一种奇异的幻象：那位年轻的艺术家的圣母，充满幻想、淡淡哀愁地向后靠着，就像在那张画上。他打了一个寒噤，失望的最大的恐惧与一个被赐福者的微醉般颤抖的狂喜结合在一起，在这位被赐福者看来圣母的奇异的幻影不是在梦的黑暗中，而是在白昼的亮光中出现的，这个奇迹，它是许多人制造的，真正看到它的人却很少。他不敢抬头去看，他觉得他还不够坚强，在他那瑟瑟发抖的肩头上还承受不起不幸的决断给人带来的沮丧的一瞬，因为他害怕，与他那气馁之心的毫不留情的自我烦恼相比，这一秒钟会把他的生命搞得更加破碎。当他的脉搏慢下来，平缓地跳动，他在喉咙里不再痛苦地感觉到它的锤击时，他才吃力地站起来，从遮住的颤抖手下边缓缓地向那扇窗户望去，他就是在那窗框里看见那幅诱人的画像的。

他被欺骗了。这不是那位青年艺术家的玛利亚画像上的那个少女。但那只举起来的手并没有因此而沮丧地放下来。因为连他看到的这张画他也觉得是一个奇迹，虽然与一个在观察时刻的灼炽的光线里显现的神的形象相比，那是一张更可爱、更温柔、更富人情味的画。这个若有所思的在光亮的窗栏旁的少女，与那幅祭坛画像只有一种很久以前的已消失的相似：她的脸被黑色的卷发笼罩成很多细纹，她脸上泛起一种神秘的不可思议的苍白的光，但她的线条却更硬，更锐利，几乎是愤怒的，嘴周围蕴含着痛哭后抗拒的激愤，甚至连她那双充满梦幻的眼睛的失魂落魄的表情也不能减弱这愤怒，从眼睛里流露出一种旧日的刻骨的悲伤。幼稚的骄横和天生的隐隐的悲哀，跟这种尽力控制的烦躁不安交织在一起。在她的静止不动里是一种沉静，这沉静每时每刻都可能融入易怒的活动中，对多少有些不可思议的东西和稀奇古怪的东西，就连一个温柔的梦也会感到迷惘；而这位画家从她外貌的某种紧张的表情上感觉到，在这孩子身上已经开始有了生活在梦想中、时刻离不开种种渴求的那种女人的影响，她们的灵魂寄希望于那些她们全身心热爱的事物上，如果硬把这些事物从她们身边夺走，她们就会死。除了所有这一切古怪和陌生之外，使他更为惊异的是大自然的奇迹：这就是使她脑后在那光照反射的窗户里照射出圣灵之火般的太阳的炽热，圣光聚集在她的卷发周围，使卷发像黑色的钢铁般闪着亮光。在这场奇迹游戏中他最清楚地感觉到：上帝的手向他指出令人满意地出色地完成他的作品的道路。

一个手推车车夫结结实实地撞在这位木然站在街心的完全沉浸在观察之中的画家身上。“天哪！您怎么不看着点，还是那个漂亮的犹太女人把你这老东西的魂给勾去了？你像一个傻瓜似的直勾勾地张望，把路都给堵住了！”

画家如梦方醒，吓了一跳，但那粗鲁的话并没有伤害他；他只顾听这个身披外衣的粗汉话中向他透露的信息，根本没注意那粗话。他十分惊诧地抓住那句话问那个车夫。

“这是一个犹太女人吗？”

“我不知道，但都这么说。总之，她不是当地人的孩子。这孩子他们是从哪儿找到或得到的，这跟我有什么相干，对这事我从来没有好奇心，听听而已。你要是想知道，就请您去问那个掌柜的吧。那孩子是怎么来的，他肯定比我了解得更清楚。”

他指的那位“掌柜的”是一位旅店老板，一家有霉味的烟雾缭绕的小酒店的店主，在这些小酒店里一向是充满生机，喧闹不止，因为戏子和海员，士兵和懒汉，为了经常光顾酒店，就在那里下榻。他的脸是肿胀的温和的，他站在窄小的门里，像一块诱人的招牌似的很显眼。没怎么思索，画家便向他走去。他们二人走进小酒店。画家找了个角落，坐在一张很不干净的木桌旁，略微显得激动不安。当店掌柜把他要的一杯酒放在他面前时，他请求店掌柜跟他一起小坐片刻。邻桌的几个水手已经有些醉了，正在狂呼乱叫，为了不让他们听见，他小声说出他的愿望。他用简短的但内心激动的话语讲了那使他感受到的奇迹信号，店掌柜惊愕地倾听着，好像在竭力用他那迟钝的被酒精烧麻痹了的理解力跟随画家的思路——画家最后请求店掌柜允许他的女儿充当他的一幅圣母玛利亚画像的陪衬。他也没忘了提到，父亲的同意就是参与了这项敬神的活动；他又点明，他准备用现金为这项服务付酬。

店掌柜没有立刻回答，他用他的粗短的手指一个劲儿地抠他宽大的鼓胀的鼻孔，最后他开口说：

“您不要把我当成一个坏基督教徒，不敬上帝。但是，您说的这个事儿，不那么简单。我毕竟是父亲，我可以对我的孩子说，您就去这么办吧，我信赖你。您听我说，我们达成协议了。不过这孩子是很特别的……该死！那里发生什么事！”

他突然气哼哼地跳了起来，因为他不喜欢别人打断他的话。在另一张桌子上有一个人像疯了似的，用酒杯把凳子敲得噔噔响，在喊人添酒。店掌柜粗暴地从他手里夺去酒杯,强忍着咒骂去向酒杯里灌酒。同时他又顺手拿来一个玻璃杯和一瓶酒，把它们放在客人的桌子上，斟满两玻璃杯酒。他自己的那杯酒一下子就给喝干了，他像感到很清爽似的把嘴巴胡子抹擦干净，然后开口说道：

“我要告诉您，我是怎样碰到这个犹太女孩的。我当过兵，先是在意大利，后来在德国。您听我说，那是一种很糟的行当，不比今天和从前更糟。后来我厌倦了这一行，我想经过德国回家去，找一个正当的手艺干，因为我手头的赃钱已经所剩无几了；那点赃钱都从手指缝流出去了，可我从来不是一个吝啬鬼。于是我来到一个德国的城市。我刚到那里，有一天晚上就听见外面哄闹咆哮。为什么，我不知道，只见一些人聚集起来闹事，往死里打那些犹太人，我也跑过去挤进人群，总希望发现点什么，我出于好奇，很想看看发生了什么事。那简直是闹到了疯狂的地步，他们破门而入，杀人抢劫，奸淫妇女，无所不为，这些家伙还贪得无厌地兴冲冲地大吼大叫。很快我就看腻了，我从人群里挤出来，因为不愿让我的正直的战斗之剑沾上女人的鲜血，也不愿意为了猎物跟姑娘们扭斗。我走进一条小巷，刚想穿过这巷子回家，一个犹太老人疾步向我跑来，他满腮长长的胡子颤抖着，一副心绪慌乱的样子，怀里抱着一个在睡梦中被惊醒的孩子。他结结巴巴地对我说了一大堆含混不清的话。他说的犹太德语我倒是全听懂了，意思是要是我想救他们，他就给我很多钱。我很可怜那个孩子，她一直用她那双大眼睛惊异地凝视着我。这笔交易似乎不坏。于是，我把我的大衣披在他身上，领他们到我的住所去。有几个人停留在小巷的巷口，他们不怀好意地向老人走来，但见我手里拿着一柄出鞘的剑，他们对这祖孙二人也就未加干涉。我把他们带到我那儿；因为老人跪在地上苦苦哀求我，我也就在当天晚上离开了这个城市，城里的大火和屠杀一直肆虐到深夜。走了很远我们还能望见火光，老人绝望地呆呆地看着那火光，孩子一路上却睡得实实的。我们三个人在一起的时间不很长：没几天，老人就得了重病，死在路上了。在这之前，他把他逃难时弄到的所有的钱都给了我，还给了一张用怪模怪样的字母写的条子，要我到安特卫普交给一个经纪人，那人的姓名他也告诉了我。临死前，他把他的孙女托付给我了。我来到这里，把那张字条交出去，那字条还真发生了奇妙的作用：那个经纪人给了我相当可观的一笔钱，比我预想的多得多。我很高兴，因为我从此结束了我的流浪生活，买下了这座房子和这家酒店，那疯狂的战争年代我很快就忘得一干二净了。那孩子我始终留在身边：我感到很遗憾，我也曾希望她长大后能为我这个老鳏夫照管这个家，但事与愿违。

“正像您现在所看见的，她整天就是这个样子。她总是呆头呆脑地望着窗外，不跟任何人说话，答言也只是那么羞答答的一句，她那低头缩脖的样子活像有人要揍她似的。她从不跟男人讲话。起先我想她能在我这酒店里帮帮忙，像对门老板的小女儿那样给我招揽顾客，人家那女孩子跟顾客开玩笑，逗他们高兴，酒是一杯接着一杯地喝得精光。可是我的女儿过分拘谨：谁要是碰一下，她就像一阵旋风似的冲出门去。随后，我就找她，她总是坐在哪儿的一个角落里缩成一团嗷嗷地哭嚎，能把一个人的心给哭碎了，还以为谁伤害了她呢。就是这么一个怪孩子！”

“请告诉我，”画家打断说话人，他在说话时好像越来越陷入沉思，“她仍然是犹太人，还是已经改信基督教了？”

店掌柜狼狈地抓了抓脑袋。“您知道，”然后开口说，“我当过兵，我知道我自己就不很笃信基督教。我过去很少进教堂，现在也不进教堂，为了这个，我很后悔。对于给孩子改宗，我的头脑好像一直很麻木。这我从来没有像模像样地试着去做，因为我觉得这对这个固执的孩子是徒劳的。人们曾唆使神甫来卡我的脖子，恐吓我；我只好劝他们放心地等到孩子懂事的时候。不过这事恐怕还要等很长时间，因为虽然她现在已经十五周岁了，但非常内向，十分古怪。熟悉犹太这个民族的人都知道他们就是这样奇怪的人；我觉得那位老人很好，这女孩也不坏，只是很难跟她接近。您说的事，我觉得不错，因为我认为，一个基督教徒对灵魂的挽救从来都不可能是做得很够的，每一项这样的活动都是很重要的……我要坦白地告诉你，我对这孩子没有真正的权威，只要她用她那黑色的大眼睛去瞪一个人，那人就不敢加害于她。这您全看见了。我去叫她。”

他骄傲地站起来，又斟满一杯酒，站着一饮而尽，然后噔噔地穿过店堂，这时又来了几个海员，从他们短小的白色陶土烟斗里往外喷着一股股遮头盖脸的浓烟。他亲热地跟他们握手，斟满他们的酒杯，跟他们开着粗俗的玩笑。随后，他才想起他要去干什么，画家听见他迈着沉重有力的步子慢慢走上楼梯。

他的情绪非常古怪。这温馨的信任本来使他的动作都变得欢快起来，但现在却随着酒店里光亮的不断增大而显得黯淡无光了。街心的尘埃和屋里昏暗的烟气飘浮在他记忆中的那幅闪着微光的画像上面。把这些到处都与具有如此光辉思想的尘世女人的形象混杂在一起的肥壮而粗野的人，提升到他的虔诚梦想的最高位置，乃是一种罪恶，他心里依稀跃动着对这种罪恶的恐惧。想到要他从某人的手里接受由秘密和公开的奇迹信号指示他寻找的馈赠物，他不禁打了个冷战。

店掌柜又回到了店堂里，在他那笨重的宽大的黑影里映衬出一个女孩的形体，那女孩犹犹豫豫地，好像害怕那狂呼乱叫的烟气似的停在门前，像求助般用纤细的手抓住门框。店掌柜的一句让她进来的粗话，吓得她那刚一出现的影子又退回到楼梯通道的黑暗里。这时，画家已经站起身来，朝她走去。他用自己衰老的粗糙的但又那么温柔的手抓住她的手，一边凝视着她的眼睛一边亲切地轻声说："你不想在我这儿坐一会儿吗？"

这女孩惊讶地望着他，因为听到这充满温柔和被净化的爱的、深沉的银铃一样的语调而感到无比惊异，这语调第一次透过酒店里烟雾缭绕的黑暗迎向她扑来。她脸上流露出那些成年累月渴望爱抚的人和那些有朝一日以惊愕的灵魂接纳她的人的那种微微颤抖的惊恐，感觉到他的双手的温柔和他两眼脉脉含情的善良。当她得到这个人的温柔时，在她内在的眼睛里出现了她已故祖父的面影，被遗忘的银铃又在她心里敲响，敲击的声音是那么大，那么欢快，一直穿过所有的脉络，上升到咽喉，弄得她答不出一句话。她只是红着脸使劲儿点头，几乎像在气头上，突如其来的动作似乎笨拙而生硬。她怯生生地满怀期望地跟着他来到他的座位前，半坐在他身旁，没有去挪动那把长椅。

画家没有说话，只温和地朝她弯着身子。在这位老年人的明亮的目光前面，突然生动地现出这么早就挣扎在这孩子心中的孤独和高傲的拘谨的悲剧。他真想把她拉到身边，在她的前额上给她一个祝福的让她平静下来的吻，但他害怕吓着她，害怕别的嘿嘿笑着指点着他们这老少一对的人的眼睛。他太了解这个孩子了，简直不知说什么好。一种炽热的同情感在他心中升起，像一股滚滚的热流。他了解这个固执的孩子的痛苦，那痛苦是如此剧烈，如此易怒，如此有威胁性。因为这是爱，是一种难以置信的巨大的爱的宝库，这爱是准备给人的，又是遭到摈斥的。他柔声细语地问她："孩子，你叫什么名字？"

她抬起头来，信任地但又迷惘地看着他。在她看来，一切都太奇异，太陌生。她的声音里有一些胆怯的颤动，她半转过身小声说："艾斯特。"

尽管如此，这位老年人还是感觉到了她对他的信任，她只是不敢显露出来罢了。他开始温柔地说：

"我是一个画家，艾斯特，我要画你。这对你绝不是什么坏事，你将会在我那里看到很多美的东西。有时，我们也许可以一起说说话，像好朋友似的。每天只需要一两个小时，如果你满意，就这么长时间。艾斯特，你愿意到我那儿去吗？"

女孩脸更红了，不知如何回答。模糊不清的谜突然出现在她面前，她找不到解决的办法。最后，她用一种不安的疑问的目光看着她好奇地站在一旁的父亲。

"你父亲已经允许了，可以说他很愿意，"画家赶忙说，"这要由你自己决定，我不愿也不能强迫你。艾斯特，你愿意吗？"

他把他的一只晒得黑红的农民的大手伸给她握。她犹豫了一会儿，然后含羞地无言地把她的娇小白嫩的手赞同地放在画家手里，他的手紧紧地握了它一秒钟工夫，好像是为了一个被捉到的猎获物。然后他带着友好的目光放开手。店掌柜对如此之快达成的交易感到惊讶，把几个海员从桌边喊过来，想让他们看看刚刚发生的奇怪的事，但那女孩羞怯地感到了自己是处在众人注目的中心，便突然跳起来，闪电般飞跑到门外去了。所有的人都惊愕地目送着她。

"该死的，"店掌柜不胜惊奇地说，"您在这儿干得真出色呀。我真没想到这个腼腆的孩子会同意！”

好像是为了证实这一点似的，他又灌了一杯酒。在这个慢慢地变得亲密起来的小团体里，这位画家开始觉到不那么舒适了。他把钱扔在桌子上，跟店掌柜商议了一切细节，同他握了握手表示谢意，然后就急匆匆地走出酒馆。里边的烟气和喧闹使他感到厌恶，在那里酗酒的狂欢乱叫的同住者使他嫌弃。

他来到大街上，太阳已经西沉，只有粉色的晚霞裹着天空。傍晚是温柔的，纯净的。这位老人迈着缓慢的步子往家走，心里想着在他看来像梦一样的如此离奇如此令人宽慰的种种事情。敬神的情绪包围着他那颗开始幸福地颤抖的心，犹如从一个塔楼上传来的第一响钟声在召唤人们去祈祷，周围所有塔楼的钟声全加入合奏，发出高的和低的，沉闷的和快乐的，响亮的和哀怨的声音，跟处在欢乐、忧愁和痛苦中的人没有两样。虽然他觉得，神的奇迹的柔和的灯如此晚才燃起照亮一颗一生都老老实实在黑暗中走直路的心，是难以令人相信的，但是他不敢再去怀疑；他带着这个梦寐以求的恩惠之光，穿过昏暗暮色中的街道往家走，似在幸福的清醒之中，又似在奇妙的梦境里……

时间过得很快，画家画架上的画布还一直没有着笔。但这不再是束缚他的双手的气馁，而是一种内在的把握十足的信赖感，这种信赖感不再是以时日计算，它不是匆匆忙忙，而是在神圣的恬静和被遏制的力量中摇晃不已。艾斯特来了，虽然显得羞怯和茫然，但不久就在父亲般的慈祥的光辉中变得十分投入，温顺和单纯，这种光辉照亮了这个质朴的胆怯的人的灵魂。这一天他们只是在一起聊天，像彼此多年不见的朋友相遇一样，仿佛在他们揣度用深沉的情感浸润古老的亲切言词和恢复古老时刻的价值之前要重新相识一样。不久，一种秘密的需要把这两个人联系在一起，他们虽然彼此相距遥远，但在某种单纯中和他们情感的质朴中却是相似的：一个是受到生活教育的人，这使他在心底深处只有澄明和恬静，一个洞悉世事的人，岁月使他变得淳朴。另一个是还没有感受到生活的人，因为她过去像是深陷在黑暗中一直耽于梦想，现在她内心深处接收到从朗朗世界射向她的第一束光辉并无华地反射出恬静的光亮。他们两人在人群中间孤独寂寞，这样他们更为接近，更为相亲。在两人中间性的差别已经无足轻重：在一个人身上这种思想已经熄灭，仅是把滤化过回忆的暮年光辉投向他的生活而已；对少女而言，她还没有意识到她女性的朦胧的情感，性对于她来说仅是一种柔和的，非常模糊的和不安的无定向的渴望。在他们中间还竖有一堵脆弱的并已摇晃起来的墙：种族和宗教彼此陌生的墙，血统的差异必然越来越使人感到陌生和敌意并引起一种猜疑，正是由于猜疑，伟大的爱才迟迟没有到来。若是没有这种意识不到的立场，少女早就把她积蓄起来的高尚的爱强烈地流露出来了，会哭泣着投入老人的怀抱，并向他坦露她内心的恐惧和增长的渴望，她孤独日子里的痛苦和欢乐；但她只在目光和缄默中，在不安的表情和暗示中泄露出她灵魂中的秘密，因为，每当她感到她心中的一切要宣泄出来，她最深处的感情要用清晰的喷涌而出的言词表露出来时，一种神秘的力量就像一只看不见的手似的抓住她，把要说的话压了下去。就是老人也没有忘记，在他的一生中他即使不恨犹太人，那也怀有一种陌生的感情。一种犹豫不决阻止他去开始作画，因为他希望，他要把这个少女领上一条皈依真正信仰之路。奇迹不会发生在他身上，而是他来使奇迹发生。他要在她的目光里看到深沉的对耶稣基督的思念，圣母本人当她怀着圣孕期待圣子降临时就有着这样的思念。为了能创作出一个圣母，他希望先使她的本性充满信仰，在圣母身上虽然还有着圣母领报[①]节的敬畏，但却充溢着甜蜜的信赖。他想周围是一种早春气氛的柔和景色，白云，它们像天鹅在空中翱翔，仿佛用一条看不见的细线把温暖的春天曳在后面，一片嫩绿，它欣欣向荣，还有显得羞怯的花朵，它们像柔弱的童音宣告巨大的欢愉。但是他觉得姑娘的眼睛还过分胆怯，过分卑恭；圣母领报和为一种模糊的希望献身的神秘火焰还不能在这种不安的目光里燃起，在这样的目光里，承载着深沉地潜藏起来的民族痛苦和时而闪动的选民的抗拒，这是对他们的主的怨恨。他们知道这不是谦卑，不是温柔的天界之爱。

① “圣母领报”，圣经典故。指童贞女玛利亚得到天使加百利的预告。得知自己将感受圣灵而怀孕生子。据说玛利亚得知此事是在 3 月 25 日，故基督教将此日定为圣母领报节。

他谨慎而细心地寻找一条把信仰带向她的心灵的道路；因为他知道，当他把信念清晰展现给她，有如在阳光中彩色缤纷闪耀着的圣体显示一样，她才不会战栗地倒下，而是截然地和严厉地掉转头来，避开敌意的表示。在他的画册里有许多出自神话故事里的绘画；他在自己的学习年代，就是此后也有时模仿过许多大师，一种对他们的热烈崇拜左右了他。他把它们找了出来，同她一起肩并肩地进行观察，不久他就感觉到某些画在她的灵魂中所产生的深刻印象，她翻动画页的双手变得不安，她的呼吸变得急促，这使他的面颊觉得发热。一个充满美的多彩世界突然出现在这个孤独少女的面前，多年来她看到的只是酒馆里的臃肿的形象，穿着黑色衣裳妇女的满脸皱纹的面孔，在街上哭喊的打闹的肮脏孩子。可这儿是温柔的、身着华服的极富魅力的漂亮女人，有悲哀的和骄傲的，有充满欲望的和富于梦幻的；有身披甲胄和长长盛装的骑士，他们与这些妇女说笑；有披着长长白色卷发的国王，他们头顶上的金色王冠在闪闪发光；有俊美的少年，他们身体被弓箭射穿，钉在刑柱上，倾倒下来或者被折磨得流着鲜血。这是一个她不熟悉的陌生的国度，像是勾起一种无意识的乡思，这向她亲切地展现出这样的景色：绿色的棕榈和高耸的柏树，澄蓝的天空，下面是荒野和群山，城市和远方都闪现出同样的深沉光泽，显得比这本身就像一片永不散去的乌云的北方景象欢快得多了。

他不断地给她添加一些小故事。他用旧约中那些朴素的和富有诗意的传奇故事来向她讲解这些画，谈起神圣日子里的奇迹和迹象，他是那样热情，竟忘记了他原本的意图，他以令人心醉神迷的绚丽多彩来宣讲虔诚的信仰，正是这种信仰才赋予他最近一段日子梦寐以求的恩惠。这位老人的热情信念深深感动了这位少女的心，她本人觉得有如身处在一个封闭的仙境，它突然从昏暗里敞开了广阔的大门。她的生活开始越来越强烈地摇晃，它从深夜骤然在紫色的黎明中苏醒过来。自从她本人有这样的经历以来，对她来说没有什么是不可相信的了，如那个关于三圣王赶着载有无数熠熠发光的珍宝的马匹和骆驼，跟随银星从遥远地方走来的传说。这都是可信的，因为她本人就感受到类似的奇妙的力量。不久这些画就被搁置到一边。老人讲述他生活中某些与书中传说相近的神的征兆；许许多多他在高龄年纪里那些沉默寡言日子里所编织和梦幻的一切，现在都随着语言一涌而出。连他本人都感到惊奇，如同一个人审视地从另一个人手里接过某种陌生的物件似的。他像一个布道者一样，在教堂里用上帝的话开始来宣讲，来说明；但他一下子就忘掉了他的听众和他的目的，只顺从那朦胧的快意，让心中翻腾不已的源泉随着深沉的言语喷涌而出，就像在一株花萼上，上面的一切都是生命的甜蜜和神圣。他的语言飞在他的听众之上，他们是低下的种族，无法再进入他的世界，只能喃喃低语和目瞪口呆；它们飞得越来越高，在他忘却尘世重负的梦中直抵天堂，可人间的苦难突然又铅重般悬在他的翅膀上……

画家蓦地环顾四周，他那狂喜的语言所形成的紫色烟雾还在周遭弥漫；现实重又向他指明它井然有序的冷冰冰的存在。但是他看到的都是像梦一样的美。

艾斯特坐在他的脚下，望着他，温顺地偎依在他胳膊上。在平静的、蓝色的、澄明的眼睛里突然聚集起那么多的光亮，慢慢地在他身上从上向下滑过，他在虔诚的冲动中丝毫没有注意到，她靠着他的双膝，蹲伏在那里，朝他抬起了目光。她自己童年中的一些古老话语在她的脑海乱成一团轰鸣作响，父亲在某些日子里身着长长的黑色的节日服装，披着白色的碎布编成的带子，从一本古老的和庄重的书里曾念诵过这些话，它们也是这样令人畏惧般的肃穆庄严和炽烈的虔诚。一个她失去的和所知甚少的世界在模糊不定的色彩中重又显露出来，并使她满怀痛苦的渴望，让她的眼睛里闪现出泪珠的亮光。当老人弯下身子见到这痛苦的目光并吻她的额头时，他感觉到，她那温柔的四肢在炽热中颤动，像是在抽泣。他误解了她，认为奇迹已经出现，他一向寡言少语，现在上帝在这个伟大的时刻赠予他一个雄辩的火热的舌头，就像从前赠给那些走到人民中间去的预言家一样。他认为，这种战栗是一个寻找到了通向真正的和充满幸福的信仰之路的少女怀有的一种既渴望又畏惧的幸福感；她颤抖不安，摇晃不定，像突然点燃起来的一束火把，火焰还在闪烁不定地升高，随即在它成为稳定的火柱之前又缩了回来。这个错误的想法使他的心充满了喜悦，误以为一下子就接近了他那极为遥远的目的地。他的话有着一种庄重感：

“艾斯特，我向你讲到了奇迹！许多人说，那是以前的事，可是我感到并且说，奇迹在今天也有，只不过是它们变得更不声不响，只不过是在那些期待奇迹的人的灵魂中才发生而已。我们中间发生的就是一个奇迹，我的话和你的眼泪，在一只看不见的手里是同一体，这只手把它们从我们看不见的内心深处撞出，合二为一，是一个突然领悟到的奇迹。因为你理解我，你就属于我们。在这个时刻，上帝赐予你泪水，你就成了基督教徒……”

他一下子怔住了。因为一听到这话，艾斯特就支起双手从他的脚下跳了起来，像要把他的这个想法撞击回去一样。在她的眼睛里闪现出惊愕和针对画家的狂放不羁的愤怒抗拒。在这瞬间她是美丽的，因为她的表情的严峻变为抗拒和愤怒，这种表情在她嘴唇四周画出的线条像刀刻的那样清晰，在她颤抖的四肢做出一种准备自卫的好斗姿态，在她身上燃起的全部怒火刹那间爆发出来，进行极为猛烈的自卫……

随后一切又都平静下来。她为这种无言抗拒的强力而感到羞愧。但介于他们中间的那堵墙，一度为一种超感官的爱所照透，现在又变得黑暗和高大。在她的目光里是冷漠、烦躁和惭愧，不再是愤怒，不再是信赖，仅是实际存在，不再是神秘般怀有畏惧的渴望。她的双手瘫软无力地沿着她消瘦的身躯垂了下去，就像在高空中飞行时折断了翅膀。生活对于她来说依旧是一个美妙而稀奇的梦，但是她不敢再去爱那个她从中沮丧地醒了过来的美梦了。

老画家也感觉到了，一种急于求成的信任欺骗了他，但这不是他漫长的寻求的一生中的第一次失望，生活不仅是忠诚和信赖。这样他感到的不是痛苦，而仅是惊奇，随后对她很快感到羞愧又怀有差不多是种喜悦了。他温和地握住她那双瘦弱的还一直发烧的小手。“艾斯特，你突然的激动差点把我吓着。我那样讲不是对你有什么坏意。或者你是这么想的？”

她羞愧地摇了摇头，随后她振作了起来。她的话几乎又变得倔强起来：

"但是我不要成为基督教徒。我不要。我……"在她用低沉的语调说出这段话之前，她把这个字拖了很长，"我……我恨基督教徒。我不认识他们，但是我恨他们。您对我说的博爱的话，比我在我的一生中听到的每句话都更加美好。我周围的人也说他们是基督教徒，但是他们粗野和残暴。我……不知道，不清楚，长时期一直是这样……但是每当我们在家谈起基督教徒时，在话里就有着一种恐惧和仇恨……所有人都恨他们……我也恨他们……因为每当我同我的父亲走在一起时，他们就朝我们叫喊，有一次他们朝我们扔石头……有一块打中了我，我流了血，我哭了起来，当我喊着救命时，我的父亲却害怕地拉我跑开……我对他们了解不多……但是，我还知道……我们的巷子阴暗，狭窄，像这里我住的一样。只有犹太人住在里面……但是城市的那边是漂亮的。我从高处的一间房子看见过那儿……那儿有一条河，那么蓝那么清在流动，那边有一座宽大的桥，人们穿着明亮的衣服在桥上走，就像您在画上指给我看的那样。房子都饰有艺术雕像，配有黄金和山墙。中间是高高的，啊，是那么高的塔楼，大钟在里面歌唱，太阳直照在马路上。那一切都是那么美……当我对我的父亲说，他该领我到那边去，到明亮的城市去时，父亲变得严肃起来并说：'艾斯特，基督教徒会杀死我们的。'……这话听得使我害怕……从那以后我就恨基督教徒……"

她在她的梦中停了下来，因为这一切在她身上又都变得清楚起来。她早就忘却的，尘封的和在她的灵魂中遮蔽住的，又都闪现出来。她又沿着昏暗的犹太区街巷走回家中。一下子都连在一起，一切都历历在目，她明白了，她有时当作是一个梦的，都是实实在在的，是过去的生活。她的话匆匆地尾随着那些清晰的瞬息即逝的画面。

"那时候，一天晚上……突然有人把我从床上拉起来……我认出那是我爷爷，他把我抱在怀里。面色苍白，发抖……整个房屋在呼啸在颤抖，空中都是叫喊和喧嚷……但是现在我明白了，我又听到他们去喊叫，是那些陌生人，是基督教徒……我的父亲在喊，还是我的母亲在喊……我什么也不知道了……我的爷爷抱着我进入黑暗之中，穿过昏黑的大街小巷……一直是喧嚷和同样的喊叫：外国人，基督教徒……我怎么能忘掉这一切？！……后来有一个男人，我们同他一起走……当我醒来时，我们已来到荒郊野外，我的爷爷和那个男人，我就是在他那里生活的……我再也看不到城市了，但是天空鲜红鲜红的，就是那儿，我们就是从那儿来的……我们不断地走啊，走啊……”

她又停了下来。那些画面像是消逝了，逐渐地变得昏暗了。

“我有三个姐姐……她们都非常漂亮，那天晚上她们来到我的床边，吻我……我的父亲高大，我够不着他，他经常把我抱在他的怀里……还有我的母亲……我再也看不到她了……我不知道，她发生了什么事，因为我的爷爷，每当我问他的时候，他就扭过头去，一言不发……当他死后，我不敢问任何一个人……”

她又停了下来。从她的喉咙里发出一声啜泣，带有一种痛苦的力量。她轻轻地补充说：

“现在我什么都知道了……这一切对我怎能如此黑暗？我觉得我的父亲就站在我身旁，并说了那句当时作为回答的话——它在我的耳边是那么清清楚楚……我不再问任何人了……”

她的话成为抽泣，无声的绝望的哭泣，它在深深的悲哀的沉默中失去了声音。在几分钟以前生活的图画还是那么明亮地吸引她，现在在她面前生活又变得阴郁和昏暗。老人聚精会神对这种痛苦进行观察，他早就忘记了自己的意图和目的。他一声不响地站在她的面前，为了和她一道哭泣，他不得不在她身旁坐下，他哭，是因为他不能用话说出来：他的伟大的人性之爱无意之间在她身上唤起了这种痛苦，他觉得这是一种罪过。他战栗地感觉到在一个钟点之内所得到的祝福和沉重的苦难，似汹涌的波浪上下翻滚，他不知道它们会把他的生活高高举起还是拽向凶险的深谷。但是他感到自己对恐惧和对希望一样的疲惫和麻木；只有对这个姑娘的年轻生命充满了怜悯，他寻找一些话语，可毫无结果：它们都像铅一样的沉重，发出来的声音像假金属的一样。有什么样的语言能表达出这样一种回忆的痛苦呢？

他用手悲哀地抚摸着她的头发。她望着他，困惑，不知所从；她表情机械地拢了拢头发，立起身来，眼睛茫然四顾，仿佛她要重新弄清是怎么回事似的。她的表情疲惫、沮丧，只有眼睛里还闪现出阴沉的光亮。她强打起精神，脱口说出句话，以掩饰她内心中还在颤动的抽泣："我现在得去了。天晚了。我的父亲在等我。"

她表情生硬地点点头示意作别，把自己的物件整理一下，转身走去。老人一直用坚定的理解的目光望着她，这时又一次把她喊了回来。她吃力地转过身，因为眼睛里闪烁着湿润的泪花。老人带着真挚的表情又一次握住她的双手，凝望着她。"艾斯特，我知道，你现在走了，不会再回来了。不管你相信我或不相信我，因为一种神秘的恐惧在欺骗你。"

他感觉到她的双手在他的手里温和地和信赖地松弛下来。他蛮有把握地说下去。"艾斯特，再来吧！不管是愉快的还是悲哀的事，让我们把它们都放在一边吧。明天我们就开始画画，我觉得会成功的。别再悲哀了，让过去的就过去吧，别触动它。明天我们开始新的工作，新的希望。不是吗，艾斯特？"

她含着泪点了点头。怀着对前途莫测和恐惧不安的心情返回家中，像从前一样，只是意识上比她从前更为充实更富有内涵。

老人陷入深思。对奇迹的信仰在他并不陌生，但奇迹对他却更为庄重和神圣，因为他感到这只是上帝手上的一次生活游戏。他放弃了这样的念头：让其在脸上显示出对神秘希望的信念，而其灵魂也许早已灰心丧气，什么都不相信了。他不愿再抬高自己，成为上帝的中介人，而只愿是一个简简单单的仆人，要竭尽全力创作出一幅画，虔诚地放到神龛上，像其他的祭品一样。他发觉了错误：去追随迹象，去寻找它们，而不是等待，等待它们的到来并对他展现出来……

他那颗谦恭的心越来越低沉下去。他为什么要在这个没有人对她怀有希望的孩子身上做出奇迹？在他的像一株老干——只有枝丫还贪恋地伸向蓝天——业已变得空空的光秃秃的生命里，另一个年轻的生命出现了，它畏缩而充满信赖地偎依在他身边，难道这不已是一种恩惠了吗？生命的奇迹已经在他身上发生，他感觉到了；这对他是一种恩惠，是使此后的日子还能燃烧的爱，他能把它像一颗种子一样埋下，还能开出绚丽花束。生命给予他这一切还不够吗？上帝不是已经向他指点出了他为他服务的道路了吗？他渴望为他的画像寻找一个形象，他已经找到了她；他要用她创作一幅画像，而不是把她的灵魂引向一种信仰，这不就是上帝的意志吗？她也许永远不会理解这种信仰。他那谦恭的心越来越低沉下去。

黄昏进入他的房间，屋里变得黑暗起来。老人站了起来；他感到烦躁不安，畏惧不宁，这在他晚年很少有过，往常都是非常宜人，如同秋日一样凉爽澄明。随后他走到一个柜子跟前，取出一本旧书。他心烦意乱，疲惫不堪。他拿出圣经，以一种颤抖的狂热吻了吻；随之他翻了开来，一直读到深夜……

开始作画了。艾斯特沉思地向后倚在一把柔软的适宜的靠背椅上，时而听老人对她讲述他自己或别人的各式各样的故事，以打发老是同一姿势的单调时间，时而沉入梦乡的昏暗的小房里，它的四面墙上装饰的织花壁毯、画像和绘画一直在吸引着她的目光。工作进展得不是很快。画家感到，他所画的这些草图仅是练笔，还不到最终的有把握的时刻；他思想中的略图上还缺少某种他无法用语言和概念解释清楚的东西，但却十分清晰地感觉到了，于是一种火一般的急迫感不断驱使他一页一页地画下去，他把它们仔细地相互加以比较，但还是不满意，尽管他的这些创作是那么踏实逼真。他不同艾斯特谈这些。但是他觉得，在她的生硬的表情之中有着与圣母应当表现出的那种温柔的期待相敌对的情绪，这种表情甚至就是在她陷入甜蜜的梦境时也没有从她的嘴唇上消失；在她的身上似乎还有着过多的孩子式的抗拒，还没有成熟到去承受圣母思想中那种甜美的重负。他觉得，语言不能够使她排除掉这种阴沉的情绪，冷峻只有从内心中才能得到缓解。但是在她的脸上远看不到这种柔和的、女性的表情，就是头几个春日把它红色的阳光穿过窗棂射进房间里并向整个世界宣告创造的生机时，就是所有的颜色都变得更为温和、更加深沉，像温煦地穿过街巷翻腾而来的空气时，她的面色依然冷漠。画家终于疲倦了。老人懂得了，认识到他的艺术的界限，他无法强逼它越过去。他放弃了他制订的计划，迅即听从一种突然的直觉的响亮声音，在他对各种可能性做了反复考虑之后，他决定不在艾斯特身上画圣母领报的思想，因为她的脸上缺少那种虔诚的苏醒的女性的第一个迹象所有的惊恐表情，而是用她创作抱着圣婴的圣母像，这圣婴是他的信仰的最朴素最深沉的象征。他要马上动手，因为迟疑不决又开始侵入他的灵魂，梦寐以求的奇迹的光华越来越苍白乏力，甚至快要沉入沉重的透不过气来的黑暗之中。他没有告诉艾斯特，就解下上面已画有一些匆匆草就的略图的画布，换上一张新的，竭力为他的新构思铺平道路。

翌日，当艾斯特以习惯的方式坐下来，温柔地靠在那儿等候开始工作——她对这项工作绝不是没有好感，而是使她孤寂日子的百无聊赖有了丰富的语言和愉快的时刻——时，她惊奇地听到画家的声音同一个粗俗的农家妇女的声音在交谈，这声音她一点也不熟悉。她好奇地在谛听，但听不清楚。少顷妇女的声音消失了，一扇门打了开来，老人走进，朝她而来，他的怀里抱着个物件，她头一眼没有看出是什么。他小心翼翼地把一个幼小的，赤裸的，只有几个月大的强壮婴儿放到她的怀里，婴儿开始不安地动了起来，随后就老实了。艾斯特目瞪口呆地望着老人，她搞不清他在开什么玩笑。可老人却只是微笑，一言不发。当他看到她那畏惧的询问目光盯住他不放时，他用平静和乞求的声音向她解释他的意图，他要画她怀中抱着孩子。他把他目光中的所有慈爱和善心都通过这个请示表达出来了。他对这个陌生少女怀有深沉的父亲般的爱和对她不安的虔诚的心灵的真挚信赖，使他的言辞还有他那意味深长的沉默富有光彩。

艾斯特的脸涨得通红。一种无法抑制的内心羞涩令她难受得很。她几乎不敢用畏惧的目光从侧面去看这个幼小的、生气勃勃的赤裸婴儿，她不情愿地把他放在她颤抖的双膝上。犹太民族的严格习俗养成了她对赤裸的憎恶，这使她在注视这个健壮快乐、现在安静地睡着了的孩子时怀有一种厌恶和神秘的恐惧。她下意识地遮住了孩子赤裸的身体，在触摸这柔软的红红的胴体时她害怕地朝后缩了缩，像犯罪似的。一阵恐惧涌上心头，她不知道是为什么。她身上的所有声音都畏葸地传向她那呼唤着的胳膊，但是她不能用生硬简短的“不”去回答老人温和慈祥的话语，她对他怀着挚爱的尊敬。她觉得，她对他什么都不能拒绝。他的沉默和带着紧张热望目光的询问是那样沉重地在压迫着她，她几乎想呼喊起来，盲目地，野兽般地，没有目的，没有言辞。对这个安静睡着的孩子的仇恨，发狂般地攫住她，是这个孩子破坏了她的宁静时刻，扰乱了她梦幻般的安逸。但是反对这个安详的老人，她觉得她软弱无力，不能去反对他那善意的方式。他就像悬在她昏暗幽深生活上方的一颗银白色的孤独的星星。像对他的任何一个请求一样，她又一次卑恭地、迷惘地点了点头。

他没有再说什么，而是开始作画。他先只是画个轮廓。因为艾斯特还十分不宁和茫然，这无法表现出他的作品的内在思想。梦一般的表情太柔弱乏力了。在她的目光里有着某种痉挛性和强逼性的东西，因为她总是设法避免看到她怀中睡着的赤裸婴儿，总是冷漠地望着墙上方那些与她毫不相干的绘画和饰物。由恐惧而产生这种勉强的和僵硬的表情就使她的对方也感到不自由。除此,她感到双膝上负荷沉重，因为她不敢活动。只有脸上的紧张神色越来越强烈地暴露出了这种充满痛苦的努力，这终于使画家本人开始想到了她的不适并中断了工作,尽管他意识到的不是她承袭下来的憎恶,而认为仅是少女的羞涩。婴儿仍安静地睡着，像一只饱食后的野兽，没有感觉到画家细心地用双手把他从姑娘的怀中抱了起来，放到隔壁房间的床上。孩子一直躺在那里，直到他的母亲，一个粗俗的荷兰船夫的妻子——这段时间她到安特卫普闲逛去了——把他取走。艾斯特身体恢复了自由，解除了负担，但她想到每天都要怀着同样的恐惧，这个念头使她依然感到极为苦恼。

她惴惴不安地走了，在以后的日子里又惴惴不安地来了。她内心隐隐升起一种希望：画家也许会放弃这个计划，她要用一句平静的话请求他。这个决定变得越来越迫切，越来越无法遏止。但她不能这样做；一种内心的骄傲或者说是一种隐秘的羞耻感使业已到了嘴上的话又缩了回去，就像一只振翼欲飞的鸟儿，它试着挥动翅膀，准备在下一刻就自由地冲向高空。但在她每天到来并承受她的烦躁不安时，这种羞耻感逐渐变成了一种无意识的欺骗，因为她已经对此习以为常了,有如令人厌烦的常事一桩。只是没有认识到,这一刻还没有到来。画进展得不快，虽说画家用斟酌再三的话向她做了说明。实际上他的画框上只有形象的淡淡的和无关紧要的线条，以及一两处草草勾勒的轮廓。因为老人在等着艾斯特能同那个念头和解，并不急于求成。暂时他只是让姑娘坐着当模特来打发时间，并说了许多无关痛痒的事情，对孩子的在场和艾斯特的烦躁不宁故意装作没有看见。他越来越兴致勃勃。

这次他的信赖没有欺骗他。一天上午，天气晴朗，温暖；窗户用它的四框框起了一幅明亮的透明景色：塔楼，虽然在远处，但它的金色光华就像从近旁闪耀出的一样；屋顶，从上面飘起的袅袅炊烟，轻柔地消失在深邃的像锦缎般的碧空；白石，它们就在跟前，像要落下来似的，有如一只毛茸茸的扑打翅膀的鸟儿落进这片翻腾的屋脊海洋之中。太阳用它的手把它的黄金掷了进来，光华和跳跃的亮光，滚动的光环像叮当响动的小小的铸币一样，窄细的光线像发亮的匕首，跳动不定的形状，无法解释也没有意义，它像闪光的小动物那样灵巧，透过木板跳了进来。这种闪烁不定和刺人发痒的游戏把孩子从熟睡中弄醒，他用指尖扑打紧闭的眼睑，直到睁开了双眼，闪动着，注视着。他开始在姑娘怀里不安地动弹起来，姑娘不情愿地哄着他。但他不是想从她怀里挣脱，而只是用他滚圆小手笨拙地捕捉在他周围跳动和嬉戏的亮光，他无法抓到，而越抓不到，他的兴趣就越大。他胖胖的小手愈来愈忙乱地活动着，在阳光照射下显得透红，殷红的血潺潺流动。这种天真的游戏以一种奇妙的刺激攫住了这个不灵活的小家伙，也使艾斯特不自觉地入迷了。孩子的无效努力激起了她的怜悯，她深情地微笑起来，注视着这无休止的游戏，毫不疲倦，或者是不再想起她对这个天真的要人照料的孩子的厌恶感。一个人的生命，一个生机盎然的生命第一次在这个小的光滑的躯体上向她展现出来，她以孩子式的好奇心注视着孩子的每个动作。老人在观察，一声不响。他怕用言语再度唤起她的抗拒和被忘却的羞耻感。但是一个通谙世事的老人的满意微笑却一直停留在他那温和的嘴唇上。他在这种沟通中看不出有什么独特之处，而仅是一种正当的，所期待的，一种对大自然运行的法则的信赖，这个法则不会拒绝也不会忘记成为真理的。他又感觉到生命的那种永恒的并一再更新的奇变就在近旁，它从孩子身上一下子就产生出女人的无私的善，这种善又返回到孩子身上，循环往复，这样就永不失去自己的童年，而是生活两次，在自己身上和她们遇到的人身上。难道这不就是玛利亚的上帝的奇迹？她是孩子，从来没有成为女人，而是在她的孩子身上她的生命在继续下去？难道每种奇迹在现实中不是有它的影像，一个变化中生命的每个可见的瞬间不是都有一种无法接近的光辉和一种永远无法理解的呼啸吗？

老人再度深切地觉得那种奇迹的临近，几周以来他的神的或尘世的念头一直在挤迫着他，不放开他。但是他知道，这是一扇黑暗的关闭的门，所有器官在它面前都得谦恭地重新转过身去，除了在被拒绝的门槛上印上一个敬畏的吻之外，无需更多地强求。他抓起笔来，用工作去驱逐这些念头，它们消失在浓云中。当他为了把现实的景象描画下来而望去时，有一瞬间他像着了迷似的。因为他发觉，迄今他一直在一个罩着面纱的世界里所建筑的，不知不觉地以一种直接的力量迎面向他扑来。他寻找的这幅画在他面前活了起来。这个如花似锦的健壮婴儿用发亮的眼睛和抓取的双手扑打光线，这光线把一种深色的柔和光华洒满他的全身，赋予他一种天使的形象。在玩耍的孩子的头上还有另一个形象，她温柔地俯下身来观望着，本身也好似被孩子发出的明亮光华所溢满。她那双修长的孩子般的手小心翼翼地从两个方向保护着孩子，以避免发生任何不测。在她头上飞速出现一片光辉，它没入头发中间，宛如是从那里面发出一种内在的光，温柔的运动与嬉戏的光结为一体，无意识同梦幻般的回忆连在一起，这一切组成一幅飞快完成的美丽图画，由玻璃般颜色绘成，稍有活动就会破碎。

老人梦幻似的望着婴儿和少女，他俩在光的嬉戏中变得如此亲密，有如从遥远的梦境中他突然忆起意大利画家那幅几乎被忘却的绘画和他对上帝的虔诚。他再次觉得他听到了上帝的呼唤。但这次他没有陷入梦幻，而是把全副力量都倾注于这一时刻。他急迫地把握住婴儿双手的动作和少女往常是那么冷漠而今是如此温柔的表情，仿佛他要使这易于消逝的瞬间变为永恒似的。他感到他身上的创作力像年轻人的热血一样。他的整个生命是一次搏斗，是一次陶醉，是这一瞬的光和色的吮吸，是他作画的手的一种塑形和捕捉。在这一刻，对于上帝力量和无垠的生命的充实之秘密他从没有像现在这样感到就在近旁，他想到的不是这一瞬间的奇迹和迹象，而是它的永存，是他本人创作了这一刻。

这个游戏的时间不是很长。婴儿在无望的捕捉中终于累了，而艾斯特看到老人突然间热情似火，双颊通红地工作，也感到奇怪起来。他的脸色重又显出如梦幻般的明朗，就像他对她说起上帝及其数以千计的奇迹的那天一样；她又一次感到在创造的世界中会失去的对伟大所怀有的一种热烈的诚惶诚恐。在这种包容广泛的情感中渺小的羞耻感完全消融了，在这一瞬间她使画家感到惊喜，因她已对孩子入迷了。她看到的只是生命的充实；这种时刻的丰富多彩和伟大崇高让她一再感到惊奇不止，这就是当画家指给她看的陌生而又遥远的人的画像，梦一般的美丽城市和繁花似锦的风景时，她才有的那种惊奇。对陌生的向往和远方的绚丽给她自己生活的贫乏和她的灵魂历程的单调涂上了斑斓的色彩。但在她灵魂深处燃烧起自身的创造的渴望，就像在黑暗中一线隐藏起来的光，无人知晓。

这一天是艾斯特和这幅画的命运的一个转折。阴影落了下来。现在她迈着明快和匆忙的步子去到画家那里，做模特的时刻她觉得过得太快了。这是由于它们都是一次经历上相互联结的环节，环环扣扣，它们的每一个环节对她都有着意义，因为她不认识生命的价值，相信用小小的铜币决定毫无价值的事情。老人的形象同孩子的弱小无助的玫瑰色身体相比不知不觉退居到次要地位了。她的憎恨突然转化为一种狂放的、几乎是贪婪的温柔，如同少女对孩子和小动物经常有的那种温柔一样。她的整个身心都倾注在观看和爱抚之中，她下意识地在一种献身的充满激情的游戏中使母爱、女人的一种高尚的思想活了起来。她忘掉她来此的目的。她到了这里，抱起鲜花般的婴儿，坐在宽大的靠背椅上，开始深情地与孩子嬉戏，孩子很快就熟悉了她，朝她笑了起来，笑得十分有趣，她完全忘了她是为了画而来的，完全忘了这个赤裸的婴儿一度像一种压力和负担使她痛苦，她觉得这是遥远的事了，就像她那些数不清的虚假和骗人的梦一样，从前她在昏暗悲惨的巷子里长时间勤奋地一个接一个编织这些美梦，现实的轻轻一吹就使它们的网线裂成碎片。只有在这个时候，她相信就是现在她还在活着；她的家令她感到陌生，如同人们睡着了进入的黑夜一样。当她用自己的手指握住孩子胖胖的小手时，她觉得这不是没有血色的梦。这双蓝色的大眼睛朝她闪现出的微笑不是骗局，这一切都是生命，她要把这生命献给世界，在这样一种深情的渴求中消耗自己；这是她的种族继承下来的一份丰富的意识不到的遗产，在她成为妇女之前，就渴求奉献，渴望有女人的眷恋。在这种游戏中埋藏有更为深沉的欲求和更为炽烈的快乐的胚芽。但这一切还只是可爱的念头和深情的嫉羡，玩耍的优雅和愚蠢的梦境之间的轮番嬉戏罢了。像孩子们摇晃布娃娃一样，她摇动婴儿，同时她沉入梦境，像女人和母亲做梦一样——进入了甜蜜的温柔的无边无际的远方。

老人用他全部智慧的心感觉到了这个转变。他觉察到她对他的疏远，不是更陌生，他发现他不再在她的希望之中，而是在一旁，像是一种柔和的回忆。他高兴这种转变，他也更爱艾斯特，因为他在她身上看到了年轻的强烈的和善良的本能，他指望这些本能能比他的努力更快地粉碎她承袭下来的抗拒和封闭。他知道，在她把祝福和希望带给一个幼小生命的同时，她对他，一个老人，一个行将就木者的爱就在耗损和减少。

他把这奇妙的时刻归功于艾斯特对婴儿的苏醒过来的温柔。在他面前形成了许多幅富有魅力的图画，对一个唯一的思想的多种解释，可所有的解释都不相同。不久是一种温存的游戏：艾斯特逗孩子玩，她本人在无拘无束的欢乐中也像个孩子，轻柔的动作，既不生硬也不狂热，各种柔和的颜色和谐地融为一体，各种可亲的形状亲切地汇合一起。随后当孩子疲意地在温软的怀中入睡时，又是安静的时刻，艾斯特细长的双手像两个天使护在他的上面，在她的眼睛里那种充满深情的喜悦，闪耀出占有的幸福和深藏不露的激情，她把睡着的孩子轻轻地弄醒。随之又是这样的瞬间：四只眼睛彼此对视，不自觉地、无意识地寻找着对方，一双是深情的体贴入微，另一双是幸福的闪耀。之后又是令人入迷的迷惘时刻：孩子用他的笨拙的小手抓挠少女的乳房，等待母爱的馈赠。艾斯特的羞耻感又使她的双颊变得通红，像玫瑰般地发亮，但这使她感到的不再是恐惧，不是反感，而只是一种发窘的冲动，这冲动化为一种幸福的微笑。

这些天成了这幅画的创作日子。他从成千上万种温柔中创作了一种，他从成千上万种嬉戏的愉悦中，畏惧的，幸福的，深情的目光中创作了一种目光：母性的目光。一幅静谧的伟大的作品出现了。它是那么质朴。一个玩耍的婴儿和一个少女温和的低下的头。但是色彩是柔和的，明快的，他从来还没有找到过；形体是清晰的，明朗的，宛如深色的树指向神圣的晚霞。仿佛有一种内在的光隐于其中某处，是它点燃起那种神秘的光亮，在画上有一种空气在飘动，比尘世的更为柔和，更为喜人和更为清爽。这里面虽然没有什么超凡入圣的东西，可却有生命——这幅画所创造出来的生命——的一种神秘感。在漫长勤奋的创作年代里，老人经常是细心地一笔一笔去画，现在他第一次感觉到他的这幅画是在自己成长，形成，他本人对此一无所知。在古老的民间传说中那些有魔法的精灵在完成他们的工作时，隐而不见，但却有着创作狂热感，使人们在早晨带着惊讶的目光看到他夜间完成的工作。当老人在创作的狂热之后从画前后退几步并用审视的目光去进行观察时，就有着与此相同的感觉。奇迹的念头又在敲打他的心扉，但心儿还迟疑不决，是否允许它进来，因为他觉得这幅画不仅是他的整个奋斗的鼎盛时期之作，而且还有着某种遥远的和高大的东西，即使是作为他创作的顶峰，也是他卑微的工作所无法般配的。他的创作的喜悦越来越深沉，并变成一种敬畏的情绪，一种对这幅自己的作品的畏惧，他不敢再重新认出这是他的作品。

他觉得艾斯特也变得遥远了，因为他觉得，她只是他完成的尘世奇迹的一个中介人。他以老人的慈祥照看着她，但他的灵魂又满是些虔诚的梦。他觉得生命的朴素力量一下子变得如此奇妙。谁能给予他一个回答？圣经是古老的神圣的，但他的心是尘世的，还深深地存于生命之中。他可以问一下，是否上帝的翅膀能飞临这个世界？上帝的迹象今天还穿行在这个世界？或者它仅是生命的质朴无华的奇迹？老人并没有自负地想去知道答案，尽管在他的生活中发生了如此罕见之事。但他本人不再像从前那样有把握了，因为他相信生命，相信上帝，不去思考谁是真实的。每天晚上他都小心地把画罩上。因为在这些天里有一次他返回家中，银色的月光祝福般地洒满画像，他觉得圣母仿佛朝他显露出她的面庞似的。他差一点匍匐在地，拜倒自己的作品前面……

这些天里，在艾斯特的生活里还发生了另一件事，这虽说不是什么奇怪的，不可想象的，但却像旋风一样搅动着她的生活，使她陷于极大的、莫名的痛苦之中，心里感到阵阵战栗。她开始感觉到成熟的神秘。她从孩子变成了女人。她的心里充满了迷惘，不知所措，也没有人给予她引导和指点，只好在沉沉的黑暗和神秘的光亮之间孤独地走着一条奇特的路。她心里生出种渴念，就是找不到路。以前她见了游伴总是避而远之，和周围的人不说一句不必要的话，这种难以抑制的固执态度在这些日子里简直成了灾星，使她尝到了可怕的失落感。因为她体会不到在这成长中所包含的隐蔽的甜蜜而舒适的感觉，好似一棵禾苗，离结穗还远着呢，可现在余下的就只有麻木、困惑和如此孤独的痛苦了。这时，老人给她讲的那些传说和奇迹就像具有诱惑力的灯光，把这种无知状态照亮，她的梦也随着灯光贪婪地进入了种种可能的荒唐之所。这位温顺女子的故事使她激动不已，同时也使她突然之间产生了一种几乎是快乐的恐惧。可是她又不敢相信，因为他还谈了些别的她不懂的事。不过她认为，她自己身上也发生了某些奇怪的现象，因为她整个感觉都起了很大变化，她周围的世界和所有的人似乎一下子全变了，变得深沉和奇怪了，而且充满隐蔽的冲动。一切事情似乎都是息息相关的，具有一种内在的生命，它在直往前挤，又在往后退，这是一种共同的东西，但是她并不知道藏于何处;她觉得，这些原本零散的东西似乎都是互相关联的。她自己感到有种内在的力量在将她拉进生活，拉到人群中去，可是她不知所措，不知道她该往哪儿去，只是留下了这争先恐后、挤挤压压和折磨人的同样的痛苦，留下了这未曾耗用的渴求和被束缚的力量的痛苦。

以前艾斯特认为不可能的事，现在当她意识到自己的失落，当她心里一心渴望一件她可以紧紧抓住的事情的时候，就在这一筹莫展的时刻，她倒要来试一试了。于是她便同她的养父交谈。在这以前，她总是本能地回避他，因为她感觉到他们之间的距离，但是现在，这盲目的欲望推着她跨过了这道门槛。她同他谈论各种事情，对他讲这幅画，而且非常投入，想在谈话中能够谈出一些对他来说很有价值的东西。酒店老板显然对这个变化感到高兴，他大胆地拍拍她的脸颊来安慰她，并认真地听着。有时候他也插上一句话，但其表情总是漫不经心的，很客观，就像他把嚼过的烟吐在地上一样。后来他自己也拙嘴笨舌地讲起了刚刚发生的事，艾斯特虽然听得很专注，但是并没有听懂。他不知道该向她说什么，他也不想说什么。所有的事情似乎只是到了他身边，并没有触及他的内心，她从他的话里听出他对一切都漠不关心，这使她感到厌恶。以前她只是模模糊糊地感觉到的事，现在明白了：这样的人是无法同她的心灵沟通的。他们在一起坐着，但并不了解，他们之间是一片荒漠，没有理解。在她看来，在这个寒酸的酒店里出出进进的人当中他还算是最好的，因为他身上所具有的某种诚实的粗鲁在有些瞬间甚至会变成一种亲切感。

不过失望并不能把这种不可遏制的欲望的逼迫力摧毁，它以其凶猛的威力又涌回到这两个从日出到日落整天都在一起的人的身上。她热切地数着天亮以前黑夜还有多少个孤独的小时，数着白天去看望画家之前还有多少个钟点，脸上流露着火一样的热情，一进巷子，她犹如游泳者跳进泡沫翻腾的洪流，完全投进了自己热情的怀抱，从安详地行走的人群中拼命往前冲，当她脸颊红红地、头发散乱着站在这所渴慕的屋子的大门之前，才停住脚步。在这心理转变时期，她对无拘无束的热情有一种无法驾驭的乐趣，这种乐趣不仅完全控制了她，而且使她显出一种放荡不羁的风骚之美。

她的这种贪婪的，几乎是充满绝望的柔情使她特别喜欢老人前面的孩子，而老人友善、亲切的宽厚态度中却有着某种对于一切狂热的激情显出拒绝和淡泊的东西，他对艾斯特的这种女性的变化一无所知，可是他从她的整个举止中感觉到了这种变化，她那突然出现的极度兴奋状态使他感到陌生。他感到了把她推向狂热激情的那种原始力，所以他并不打算约束她。所以虽然他的思绪又完全沉湎于遥远的隐蔽的生命力的游戏之中，但并没有失去对这个孤独的孩子的父爱。他对她来这里感到高兴，并且竭力让她留在这里。画已经完成了，但是他并没有告诉艾斯特，因为他不想让她离开这个她似乎倾注着自己柔情的孩子。他时不时还在画上加上一两笔，但都只是些无关紧要的表面文章，比如在衣服上加上个褶皱啦，在背景的明暗方面轻轻加上一笔啦，或是在光线变化上稍稍做点调整啦，等等。至于这幅画的原本思想及其内在感觉方面他不敢再碰了，因为现实的魔力慢慢消失了，他觉得这幅画的双重面貌就是那个美妙的梦所精神化了的人，对那个瞬间的记忆已经开始模糊了，他觉得时间越长，这个梦就越难获得尘世的力量。在他看来，想要修改这幅画的任何尝试不仅仅是愚蠢之举，而且是罪孽。他暗暗决定，在画成这幅画之后，不再继续创作拙劣的作品了，而要以极其虔诚的态度把他的时间用来发现那些小路，那些能将自己生命引向一个个高峰的小路，他在生命的晚年还曾见到过这些高峰上金色的晚霞。

这些孤独的、被人反感的人，他们心里都具有敏锐的本能，它犹如一张用敏感的丝编织的隐蔽的网，能把说出的以及未曾说出的话统统收罗进去。艾斯特以这种敏锐的本能觉察到了这位她如此喜爱的老人所保持的微微的距离，他那同样温存的柔情几乎使她痛苦不堪；她觉得恰恰是现在她需要得到他的整个生命和他全部毫无拘束的爱，好披露自己的心灵和日益增加的痛苦，要求解答包围着她的种种谜团。她全神贯注地倾听能够把心里挤得快要溢出来的话尽数吐露的那一刻，但是这种等待却没有尽头，反而弄得她疲惫不堪。于是她便将全部柔情转向那孩子。她将自己的全部感觉倾注进这笨拙的小身体，以炽烈的力气抱着他，吻他，动作是那么猛烈和忘我，弄得这孩子往往只觉得很痛，并且开始不满了。随后她克制了自己，并照看和安慰着孩子，但是这种胆怯也是极度兴奋的表现，正如她的感觉并不是母亲式的，而是情爱和深深渴望的冲动怯生生地创作的一次寻觅式的冒涌。她身上的一股力冒了出来，由于她的无知，这股力在孩子身上化成了泡沫。这是她经历的一场梦，一次痛苦的麻醉状态；她只是拼命牢牢抓住这个孩子，因为他有一颗温暖的跳动着的心，同她的心一样，因为她可以把心里燃烧的全部柔情统统赠送给那两片默默的嘴唇，因为她有两条有着下意识渴望的胳膊可以抱住一个活生生的人而不必担心，不会感到害臊，要不然她同陌生人只要说上一句话也会羞得无地自容的。她自己骗自己，就这样，她度过了几个小时又几个小时，没有疲倦，也没有感觉。

抱着这孩子，现在对她来说就是她所狂热渴望的生活的概念。在她周围，时间都为云雾所笼罩，她一点也觉察不到。晚上市民们聚在一起，带着遗憾的隐隐的恼怒谈论着古时候的自由和那个非常喜欢佛兰德斯地区的好国王卡尔。城里在煽动闹事。新教徒秘密联合起来了，躲在阴暗角落里的社会渣滓纷纷拉帮结派，在来自西班牙的威胁性消息的支持下，小的暴动以及同士兵的冲突不断在增加；在这不安宁的争吵中，战争和反叛的火苗已经显出了迹象。小心谨慎的人现在已经开始把注意力集中在外国，其余的人则在自我安慰，并让自己镇定下来，但是全国都处于战战兢兢的期盼之中，这在每个人身上都有反应。男人们坐在小酒店的角落里低声谈论着，店老板从他们中间走过，拿战争和他自己的恐惧开着玩笑，可是谁也笑不出来，那些耽于享乐的人，现在都失去了无忧无虑的欢乐，心里都很害怕，都在忐忑不安地期待着。

艾斯特对这个世界，对它的压抑和恐惧及其秘密的狂热毫无所知。孩子像往常一样安静，只是笨拙地朝她笑笑。所以她觉得周围没有丝毫变化。她的生活只是随着唯一的洪流奔向不祥的迷惘；围着她的黑暗使她把自己空虚时刻所做的种种幻想的梦当成了现实，这些梦是如此遥远和陌生，以致她对冷静和谨慎地去理解这个世界就永远不抱希望。她觉醒的女性意识竭力想要这个孩子，可是这胆小的神秘物却并不懂得女性意识，反而是她仿照圣经传说中那些朴素的神奇故事把他幻化成千百种形态，犹如寂寞的幻想具有种种魔法一样。要是有人用简单的语言给她解释了日常生活中的这个谜，那么她也许就会以姑娘们在这个时期所特有的那种羞涩的目光打量着从她身边走过的男人。不过她并没有去想那些男人，而只是望着孩子们在街上玩耍，梦幻似的想着那个奇异的奇迹：或许某一天也会赐给她那样一个愉快地玩耍的孩子，一个完完全全属于她的、成为她的幸福的孩子。她心里的愿望简直难以遏制，以致她说不定会不顾一切羞耻和胆怯，为了这个渴望的幸福而委身于第一个最好的男子；可是她不懂得这个具有创造力的结合，她的渴望在这些盲目而毫无意义的小路上走入了迷途。于是她一次又一次地回到这个陌生的孩子身边，她觉得他像自己的孩子一样。所以她的缱绻情意变得如此热忱而真挚。

一天，她到了画家那里。他怀着隐隐不安的心情觉察到了她对这孩子那种过分的、几乎是病态的热情，她的脸上容光焕发，眼睛里闪烁着烦躁不安的神情。孩子通常都在，但这回却没有在那儿。她心里感到很不安，但是她不愿承认这一点，于是便向老人走去，问他这幅画的进展情况。问这个问题的时候，她的脸上泛起了红晕，因为她一下感觉到很不好意思，在这段时间里她既没有去注意他，也没有去注意他的作品。她冷落了这位如此善良的人，心里像犯了罪一样感到十分沉重。但是他却显得像是什么都不知道的样子。

“已经完成了，艾斯特，”他说，同时微微一笑，“早就画好了。过几天我要把画交出去了。”

她的脸色变得煞白。一个不祥的预感袭上她的心头，她连想都不敢去想。她怯生生地非常轻声地问：“那我以后不用再到你这儿来了？”

他向她伸出双手。这是个温和的强迫性的老姿势，曾使她一再为之着迷。“你多会儿想来就来，孩子。来得越勤越好。你都看到了，我在这老屋子里一个人多么孤单，只要你在这里，整天就会融融乐乐的，你常来，经常来吧，艾斯特。”

她对这位老人的全部旧爱翻腾起来了，仿佛现在要溢过所有堤坝，汇聚成语言倾泻出来了。他是多伟大，多好啊！难道他的心不是真的，这孩子的心仅仅是她自己的梦？此刻，她对他又变得非常信赖，但是她生活的观念却仍像雷雨云似的压在这棵正在成熟的禾株上。她一想到这孩子就感到很难堪。她想把这烦恼压下去，一再把这句话往下压，但是它却冒了起来，变成一声狂野而绝望的叫喊：“孩子。”

老人默默无语。但是他的面容越来越严厉，几乎变得毫无情意。此刻他正一心希望她的心能为自己所有，而她却把他忘了，这就像被一只愤怒的胳膊搡了一下，使他非常反感。他冷冷地、漠不关心地说：

“孩子已经不在了。”

他感觉到她的目光贪婪地以疯狂的绝望神情停留在他的嘴上。但是他心里阴沉沉的自制力迫使他保持倔强和残酷。他没有说什么补充的话，此刻他恨这位姑娘，她从他那儿接受了那么多的爱，现在却全都忘了，毫无感激之情，这位善良而温顺的老人在这一刻感到了折磨她的乐趣。不过这种弱点和自我否定的出现只有一瞬间，就像在这柔和澄清的无垠大海中流去的一个孤独的波浪。他对她的目光心怀同情，便转过了身。

可是她受不了这种沉默。她以疯狂的表情扑到他胸前，紧紧抱住他，抽泣着，呻吟着。她怀着从未有过的巨大痛苦，哭着喊出了一番绝望的话:“我一定要重新得到这孩子，我的孩子。否则我就无法活下去，他是我仅有的一点小小的幸福，现在让人偷走了。你为什么要从我手里夺走这孩子？我对你不好，但是请你原谅，把孩子给我吧。他在哪儿？告诉我！告诉我！我必须重新得到他……”

一阵无声的抽泣淹没了她的话。老人听了她的话深受感动，便向边哭边抱着他胸膛的姑娘俯下身来，这时她紧紧抓着的手正在慢慢地松弛，人也像一朵枯萎的花一样在一点点往下坠。他轻轻地抚摸着她散乱的黑黑的长头发。“聪明点，艾斯特！别哭。孩子是不在了，但是……”

“这不是真的，不，这不是真的。”她怒气冲冲地说。

“这是真的，艾斯特。他母亲离开我们国家了。对外国人和异教徒来说，日子是很艰难的，对胆小的和忠实的人来说也是如此。他们去了法国或是英国。你干吗要沮丧呢……聪明点，艾斯特……再等几天……一切都又会好起来的……”

“我不能，我不能，”她发狂似的嗷嗷哭着，“为什么抢走我的孩子……除了这孩子我可什么也没有了……我必须重新得到他……我必须，必须……他很喜欢我，他是唯一属于我的，完全属于我的人……叫我现在怎么活下去……告诉我，孩子在哪儿，告诉我……”

她又是埋怨，又是抽泣，凑在一起，说起话来就显得杂乱无章和悲观失望，而且声音越来越小，越来越没有意义，后来就变成了表情麻木的号啕大哭。她的思绪像紊乱的电闪射进绞尽了脑汁的头颅里，无法清醒，也无法安静；一切感觉和思考都不停地以旋风般的无情的力量围着一个痛苦的思想疯狂地旋转，她说的那些话非但摆脱不了这个思想，它反而跟着一起转了起来。这默默的、无边无际的海洋，她那正在寻觅的爱情的海洋是绝望的痛苦，现在翻腾喧嚣起来了。她的话杂乱无章地、火热地从嘴里流出来，就像是从一个弥合不了的伤口里一滴滴流出的血。老人沮丧地沉默着，他曾试图用温存的话来消解她的痛苦。但他觉得这种激情的原始力以及其可怕的烈焰比劝慰的力量要大得多。他等待着，等待着。有时候她滔滔不绝、情绪激动的哭诉似乎有了停顿，激动的程度似乎也减弱了，但是随着一声声抽泣还不断冒出几句话来，又像喊又像哭。一个丰富的青春的灵魂在痛苦中流血。

他终于可以对她说话了。但是艾斯特并不听他的。她那湿润、呆滞的眼睛里只有一个图像，充塞她感觉的只有一个思想。她像高烧中的谵妄一样，结结巴巴地说："他笑起来有多可爱……他只属于我，只属于我一个人……有那么多美好的日子……我是他的母亲……人家不让我得到他了……我只要能见到他，只要再见一面……只要见到他，只要见一面……"她的声音又在一筹莫展的抽泣中消失了。她从老人胸前慢慢垂了下去，完全蹲在地上，虚弱和战栗不已的手还紧紧抱着他的膝部，嘴里不断发出悲伤的呻吟。她挤缩在一起抽搐着的身体，以及深埋着的感情激动的面庞像是被愤怒的痛苦击毁了。她的毫无希望的思绪已经疲惫不堪，只是一再喃喃地重复这句单调的话："只要见到他……只要见一面……只要见一面……只要见到他。"

老人朝他深深俯下身来。

"艾斯特！"

她一动也不动。嘴唇还在继续无意识地、平淡地说着那两句话。他想把她扶起来；他抓着她的胳膊，那胳膊没有一丝力气，一动不动，像是一根断了的树枝；胳膊又软绵绵地垂了下去。只有嘴唇里还在单调而下意识地结结巴巴地吐着这句悲伤的话："只要见一面……只要再见到他……只要见一面……"

正当他一筹莫展的时候，忽然想到了一个奇怪的念头。他俯在她耳朵上说："艾斯特！你可以见到他，见一次或者常常见，随你的便！"

她像从梦中惊醒似的，一下子跳了起来。这句话像是流遍了她的全身，身体一下子活动起来了，她伸直了腰。她慢慢地又恢复了清醒。但是她觉得自己的思想还不很清楚。因为本能上她并不相信从痛苦中竟又会得到这么大的幸福。她毫无把握地望着老人，心里左思右想摇摆不定。她没有完全理解他，所以在等着他的话。她对一切还模糊不清。可是他没有说话，只是怀着善良的预兆望着她。他用胳膊轻轻抱着她，仿佛怕把她抱痛似的。这么说，这不是梦，不是瞬间的谎言。她的心怦怦直跳，怀着纷乱的期待怦怦直跳。她像个小孩，乖乖走去，毫无目的地倚在他身上。但是他却只几步就把她领到画架前面，动作极其迅速地把罩在画上的布揭掉。

起初的瞬间，艾斯特站着一动不动。她的心也不跳，像是凝固了。但是随即她就贪婪地朝画像扑去，仿佛她要把这可爱的微笑的幸福孩子从画框里拽出来，让他重新回到生活中来似的，这样她就可以体会他笨拙的四肢的娇嫩，在他的小笨嘴上逗出笑来。她并没有想，这只是一幅画像，只是画了画的一块布，这不过是生活的梦，她不去考虑，只是体会，她的目光闪烁着，陶醉在幸福之中。她紧贴画像站着，一动不动。她的手指有点颤，有点痒，渴望重新战战栗栗地抚摸孩子光滑而柔嫩的身子，她的嘴唇像火一样地灼热，想要温柔地吻遍这梦寐以求的胴体。一股幸福的暖流流遍全身，热泪随即夺眶而出。但是这已经不再是愤怒和指责的眼泪，而只是突然充满她内心并要冒出来的诸多奇怪感情的外流和溢出而已。他紧紧抱着她，两只硬硬的手上的抽搐现在也轻轻地消解了，一个犹豫不定的，但却是温柔与和解的声音萦绕在她身边，将她轻轻地、甜蜜地摇入了一个远离现实生活的清醒而美妙的梦境。

在欣喜中老人又有了那种疑惑的惊慌不安的感觉。这件作品多么奇怪，就连创作这幅画并将它摆放在那儿的人心里也有一种神秘的感觉，画上光线所衬托出来的那种柔和的庄严是多么超凡脱俗！这难道不像我们崇敬的圣徒像吗？那些心情压抑和沮丧的人看到这些圣像，他们的烦恼和忧愁不是就会奇迹般的被净化和解脱，突然忘掉自己的痛苦，走回家去吗？这位姑娘凝视着自己的形象，没有好奇，没有羞耻，而只有委身与渎神，难道她眼睛里不是燃烧着神圣的火焰吗？他感觉到一定有一个目标，有好些奇怪的路可以通往那儿；一定有一种意志，不像他的意志那样盲目，它有预见，是他各种愿望的老师。这些想法像虔诚的钟声，使他这颗挑选出来感激上天恩惠的心欣喜不已。

他小心翼翼地拉着艾斯特的手，把她从画像前领开。他没有说话，因为他也热泪纵横了，但他不愿让她看见。他觉得，仿佛他头上还有一片温暖的流动着的光华，如同圣母像上的光华一样；仿佛这房间里在他们身边还有某种巨大的，说不出来的东西，用看不见的翅膀嗖的一下飞了过去。他望着艾斯特的眼睛。这双眼睛现在不哭了，不倔强了；她只是还罩着一条轻柔的反光面纱。他觉得周围的一切都更加明亮、柔和、美好了。一切东西都在向他显示着奇迹和神圣。

他们两人还一起待了很久。他们又像以前那样谈话了，但谈得更加心平气和，更加纯净，好似两个彼此非常了解、互相不再探索的人一样。艾斯特安静下来了。这幅画又赐给了她幸福的、最美好的回忆，她又重新拥有了她的孩子，不过比现实中要神圣得多，深沉和慈祥得多，所以一看到这幅画就使她激动和快乐不已。现在这幅画完全只是她的美梦的外壳，整个儿是她自己，是她的心灵。现在谁也不会把这幅画拿走。每当她看到这幅画，它就属于她一个人，而她是有权永远看到这幅画的。这位由于神秘的预感而战栗不已的老人高兴地答应了她怯生生的请求。现在她天天都有了同样的幸福和充实的生活，她也不必再为自己的渴望担惊受怕了；这个小小的容光焕发的形象对别人来说就是救世主，对这位孤单的犹太少女来说无意中也是爱情和生命的一个上帝。

她又来了几天。可是画家想起了几乎已经忘掉的别人对他的委托。买主来看了这幅画，虽然他对这幅作品的秘密奇事一点也不知道，但是画上的那种宽容的慈爱和这个永恒象征的素朴和庄严也深深感动了他。他热情地握着朋友的手，而他的朋友却以谦逊和虔诚的态度谢绝了对他的称赞，仿佛他面前的这幅画不是自己的作品似的。他们决定不久就用这幅画去装饰圣坛。

第二天就用这幅画装饰了圣坛上空着的一侧。奇怪的是，圣坛上的这两位圣母成了陌生的一双，而且稍许有点相似，不过神态并不一样。她们看起来像姐妹俩，一个还信心十足地沉溺于生命的欢乐，而另一位却已经尝到了痛苦的难咽之果，体验了昔日的惊恐。但是两人头上都有一片同样的光华照耀着，仿佛她们头顶上爱情的星星在闪亮，她们脚下，她们终身所走的那条路总要穿过欢乐和痛苦……

艾斯特也随着画像来到了教堂，仿佛她在这里发现了自己的孩子似的。这孩子对她来说是陌生的，她心里的这个记忆已经慢慢地消失了，她滋生了一个母亲的信念。要让梦境变成现实。她伸展四肢在画像前躺了好几小时，就像一位信徒躺在救世主的画像前一样。萦绕在她心里的还有另一个信念；钟声响起来了，呼唤人们去做祈祷，这是她所不了解的；她也听不懂神甫的话，现在神甫在响亮地合唱，歌声像混浊的波涛声响彻教堂，并且飞升到神秘的朦胧里，犹如一片芬芳的云高高地挂在座椅的上空。她最恨这些女人和男人的信仰，现在他们就在她的周围，他们嘟嘟哝哝的祷告声盖过了她轻声对孩子所说的那些温存体贴的话。

但是这一切她都没有感觉到，她的心太困惑，不可能去了解和探索；她只盲目地沉湎于一个愿望：每天看她的孩子，外界的事她也就不再去想了。她正在成熟，但其本能之风暴已经过去，所有的渴望都消失了或者说流到促使她一再去看画像的那个思想中去了，它像具有磁力的魔法，任何力量都解不开它。她从来没有像在教堂的这段漫长的时间里那么幸福过，教堂的庄严和隐蔽的欢乐她都感觉到了，但并不理解。她唯一的痛苦是，有时有个陌生人跪在画像前面，虔诚地仰望着圣婴，可是这个孩子属于她，只属于她一个人呀！随后往日那种不可遏制的妒忌性的执拗又在她心里猛烈地升起来了，她的心里怒火在燃烧，简直要驱她去厮打和痛哭；在那样的时刻她的神志越来越紊乱，她连这个世界和她的梦境世界也区分不开。只有当她躺在画像前的时候，她心里才会重新获得宁静。

和煦的春天过去了，创作的圣婴已经完成，风暴已过，花也开了，现在夏天似乎要赐给圣婴以极大的庄严的安静。夜晚变得温暖和明亮，狂热的激情已经消退，温存、甜蜜的梦落在了艾斯特的头上。现在她的生活好像已经恢复正常，在平和的热情的节奏中时间有着同等的分量，那些在黑暗中失去的目标都想标明自己的光明大道，一直通向遥远未来的光明大道。

夏日终于带来了它最绚丽的鼎盛时期，圣母玛利亚节，佛兰德斯最美好的日子。身穿节日盛装的长长的节庆行列，越过平日充满辛勤劳动人群的田野，长条旗迎风飘扬，各色旗帜猎猎飘动。圣体匣像太阳一样照耀着秧苗，教徒举手加额祝福，从祈祷的声音里发出和缓的轰鸣，连麦捆听了都瑟瑟颤抖，恭顺地躬身俯首。在高空，嘹亮的钟声不间断地向远方传送，从辽远的闪闪发光的教堂钟楼发出欢快友好的声音作为回应。此起彼伏的钟声欢快地回荡着，轰鸣声震耳欲聋，好像大地本身在歌唱，倨傲的森林和波涛澎湃的大海也参加进来。

这一度辉煌，发源于生气蓬勃的农村，汹涌奔腾地流入这个城市，漫过了雄伟的城墙。手工匠人单调的喧扰停止了，每日劳作的喘息声静默了；只有乐师奏着吹管和风笛，漫游在一条又一条街巷，跳跳蹦蹦的孩子们以银铃般的声音欢天喜地地应和着这快乐的演奏。那些必须整年在收藏柜橱里虚度时日的丝绸服装，以其发黄的饰物迎着太阳闪闪发光；一群群穿着节日盛装、边走边聊的人，汇合在一起，奔向教堂去做礼拜。大教堂的沉重的大门，以缭绕的香烟和有香味的凉爽迎接这些虔诚的教徒，教堂里简直就是撒满鲜花的春天，圣像和祭台被精心地装饰着繁盛的花环。千百支蜡烛射出神奇的光，照耀着这充满管风琴声和歌声的散发着香气的黑暗，从深处和高处颤巍巍地渗过来神秘莫测的光亮和令人毛骨悚然的朦胧的微光。

随后，这虔诚的骇人的气氛，好像突然涌向大街小巷。一个虔信者的队列形成了，教士们肩上抬着主祭坛的那幅非常有名的玛利亚画像，开始庆典的游行；那幅画像，好像流传着许多应验的奇迹。随着这幅画像，似乎他们也把静穆带到街上那嘈杂的人群中。因为一阵沉默不语和俯首躬身遍及整个人群。于是，跟在画像后面的人们脸上便出现了一道宽宽的虔诚祈祷的皱纹，直到画像又回到大而凉爽的教堂，被收在教堂的有香味的洞穴。

但在今年，浓重的乌云给这虔诚的庆典遮上了阴影。几个星期以来就隐隐约约有一种压力压在全国的大地上，可疑的暧昧的消息逐渐增多,说什么旧的特权应该一律宣布废除。争取自由的战士和新教徒，开始活动了。不怀好意的流言从农村传来，说新教的传教士在城郊的露天广场上向成千的人传教，向武装起来的市民贡献晚餐，西班牙的士兵遭到袭击，日内瓦人在唱赞美诗时，教会遭到了攻击。不过，所有这一切消息都未经证实，但人们感到一场即将出现的大火的火星已在秘密地闪烁，那些有智有谋的人在密室策划武装反抗，在众多一无所有的人当中迅猛发展。

这个节日使那第一个浪涛冲向了安特卫普，那是一些不可救药的暴民，他们从来也没有联合过，只在暴动时突然聚集到一起。谁都不认识的不三不四的人一下子出现在形形色色的酒馆里。对西班牙人和僧侣大肆谩骂，野蛮地威吓。从各个角落和声名狼藉的小巷里，冒出许多奇奇怪怪的怕见阳光的平民百姓，个个都有一副被激怒的抗拒的面孔。争吵在增多。间或也有小的冲突，但没有酿成普遍的激愤，而是像孤独地嗞嗞作响的火花自消自灭。奥兰治亲王还在进行严格的训练，监视这伙贪婪好斗、恶毒凶狠的暴徒，他们只是为了蝇头小利而与新教徒伙同在一起。

盛大的光彩夺目的游行庆祝活动，激起了被压迫者本能的愤怒。信徒的歌唱里第一次混杂进戏谑的言语，虚张声势的恐吓四处飞扬，还有恶意讥诮的笑声在空气中震荡，很多人按照虔诚的赞美诗的曲调唱着争取自由者之歌的歌词，一个年轻的小伙子跟他的伙伴开着玩笑，用悲叹的声音模仿传教士的传教，其他人则像一个恋爱中的女子，卖弄风情地摇着帽子，向画像致意。士兵和少数敢来参加庆典的信徒无可奈何，只好咬紧牙关忍受这越来越放肆的嘲讽。这些挣脱了枷锁的平民百姓，自从意识到他们的反抗力量以后，变得越来越难控制。几乎人人都拿起了武器。这阴险的意志，至今只用谩骂和骇人的威胁为自己开辟道路，现在则渴望行动了。在节庆的当天和此后的数日内，这即将发生的骚动就像一场大雷雨前的乌云重重地压在这座城的上空。

妇女和那些忧心忡忡的男人，自从游行时出现那些令人恼火的危险的场面以来，一直守护着这座房子。大街现在已被暴民和新教徒占领。艾斯特最近几天也一直待在家里。但她对这些暴风雨和各种事件一无所知。她模模糊糊觉察到，小酒店里的人越来越拥挤，妓女们刺耳的声音混杂在那些吵闹谩骂的男人的激动的声浪中，她看到了周围那些妇女的惊慌失措的面孔，也看见一些人在窃窃私语，但是她漫不经心地面对这一切，从来也没为此问过她的养父。她只是更多地去想那个孩子，那个孩子早已在梦中变成了她的孩子；所有的回忆都在这一幅画像中变得朦朦胧胧。她觉得这世界不再是陌生的，而是没有价值的，因为这个世界什么也没有给她，她在童年时思想里就失去了她的爱的奉献，失去了她这个年龄的少女对神的强烈的需要。只是在她偷偷地走向那幅既是她的神又是她的孩子的画像这一刻，她才呼吸到真正的生活，平时她的所作所为只是一个梦幻者充满渴望的错误活动，犹如一个夜游患者从一切东西旁边走过去。一天又一天过去了，在一个白色薄雾笼罩着的漫长的夏夜，她偷偷地从家里逃出去，把自己留在教堂里，跪在那幅使她无知的灵魂神化了的画像前面。

这些天像重担压在她的身上，因为人们封锁了她到她的孩子那里去的路。在圣母玛利亚节期间，过节的人群挤满那高高的通道和管风琴嗡嗡响的教会的主堂；她不得不像被侮慢的乞丐低声下气地乞求着，走出混乱的虔诚教徒的人群转向出口，因为这一天信徒们不间断地站在那圣母玛利亚的画像前，她害怕被认出来。她悲哀地，甚至是绝望地往回走，没有感觉到这一天里整个忧郁的太阳的光辉，因为她看不到孩子了。妒忌和愤怒袭上她的心头，因为她看见那络绎不绝的前来朝圣的人群，为了虔诚地进香穿过大教堂高大的门走进那蓝色的散发着香气的黑暗之中。

使她感到更悲哀的，还是第二天人们不准她走上那条布满危险人群的大街的时候。酒馆的喧闹像讨厌的浓烟直往她的小房间里灌，使她不堪忍受。她不能看到画上的孩子的一天，对她的迷惘的心来说，就像一个没有睡眠也没有梦的黑暗阴郁的夜，一个只有痛苦、黑暗和渴望的夜。她还不够坚强，不能忍受孤独寂寞，深夜，当她的养父跟客人坐在一起时，她蹑手蹑足地走下楼。她碰了碰大门，长出了一口气：门是开着的。她带着一种长时间缺乏新鲜空气的舒适感，悄悄地溜出门，匆匆地朝大教堂走去。

她跑步走过的这几条大街都是黑洞洞的，充满沉闷的连续不断的轰隆声。各处，单独的团伙都聚集起来准备闹事，奥兰治起程的消息促使所有无拘束的暴力蠢蠢欲动。过去整天只是个别的和随意冒出来的恐吓语言，现在听起来就像一道道命令。这当中也有醉汉的狂嚎和被煽动起来的人，高唱造反之歌，连别人家的窗户都被震得轰轰直响。武器不再隐藏，斧子、镐头、剑和木钉在不安定的火炬中闪光；像一股贪婪的潮水，只踌躇了几分钟，就喷着泡沫卷着波涛漫过所有的堤坝，同样，这些心怀恶意的人群也滚成了一团，势不可挡。

艾斯特没有注意到这些不驯服的人群，不知是不是她在从旁溜过去的时候撞了一个人的粗壮的胳膊，那个人好奇地色迷迷地一把揪住她裹着的头巾。她根本不问为什么这帮人突然变得这样狂暴，她对他们的活动和口号丝毫不懂；她只感到厌恶和恐惧，于是她越来越加快脚步，直至最后气喘吁吁地站在罩着白色月光面纱的大教堂的前面，这教堂正躺在众多房屋的阴影中酣睡。

她微微地打了个寒噤，然后颤抖而又镇定地从一个侧门走进去！一条条高大的没有光线的通道都是黑洞洞的，只有淡彩色的窗玻璃周围有一线神奇的银色的月光颤抖闪烁。一排排椅子上已空无一人。在各个宽阔的鸦雀无声的厅堂里，没有一个人影晃动；祭坛前面在黑色的静止不动的矿石上立着圣徒的形象，长明灯摇曳的光亮像是萤火虫微微颤动的闪光，似乎从无底深处照着祈祷室。在这种死一样的寂静中，一切都是神圣的，静谧的，空间里充溢着沉静的庄严肃穆，因此，她怯生生地迈出的沉实的脚步声就显得分外沉重。她吃力地摸索着穿过侧廊，颤颤巍巍地跪倒在那幅画像前面，嘴里念念有词，声音低沉而欢快。在扑朔迷离的昏暗中，这画像似乎在从香气缭绕的厚密的云雾中俯视，它近在眼前，又远在天边。这时她没有再想什么。跟往常一样：她那未来的少女心灵的整个混乱的向往，全织进那些理想的甜蜜的梦境里；热情像从她所有的神经中溢出，仿佛令人陶醉的云飘浮在她额头的四周。在合为一体的无意识的虔诚和无意识的爱的渴望中度过的这漫长的几个小时，好像是一剂甜丝丝的，微微使人麻痹的毒药。这漫长的几个小时是一个黑暗的泉，是极乐的夜神的恐惧，它包含并接近一切神的生命。因为一切极乐都存在于这些甜蜜的，无法遏止的，因狂喜而颤抖不止的梦境中。她激动的心孤零零地在教堂的无边的寂静里敲击。有一束柔和、明亮，犹如蒙着银色雾气的光从画像上投射下来，好像是从一个深藏在内心的发光的灯上照射下来似的，但她在极度兴奋的梦境里认出了她的孩子，这些梦境把她从冰冷的台阶上举起来，送进一个幻想之光的亲切的温暖之乡。她早已不再知道，她认识的这个孩子是一个陌生的孩子。她梦见原样的神，梦见一个女人模样的神，这是和她完全一样的有血有肉的人；模模糊糊的对神的渴念，寻觅者的狂喜和对未来做母亲的渴望，共同编织成一个生活梦想的虚假的网。现在对她来说，光亮就在这广大沉重的黑暗之中。在对人语和钟鸣一无所知的令人战栗的寂静中，竖琴发出柔和的声音。在她那四肢伸展的身体上空，时间迈着无声的脚步在前进……

突然一次撞击，大门摇动一下。接着是第二次撞击，第三次撞击，吓得她站了起来，凝神望着那可怕的黑暗。随后又响起雷鸣般的撞击声，整座高人的傲然屹立的建筑都被震得发抖，孤寂的灯光像火红的眼睛滚动着穿过黑暗。被撞开的门闩的嘎嘎声，像孤立无援的叫喊，吱吱嘎嘎地响彻那空荡的巨大教堂，这令人恐怖的声音混乱而有力地撞在四壁上。许多人露出贪婪的目光，愤怒地捶打着大门，激动的声音一阵嘶鸣，嗡嗡地闯入这空洞的孤寂之中，就好像大海轰鸣着冲决堤岸，带着翻滚的相互碰撞的波涛站立在酣睡中神殿的那些嘎吱作响的门前。

艾斯特像从梦中被惊醒一样，心慌意乱地侧耳细听。但就在这时，大门终于被推倒了。黑压压的人流猛地涌了进来，整个大厅突然充满了咆哮和喧闹，而且愈演愈烈。好像还有数千人在外面起哄。欣喜若狂的火把突然像贪婪的手一样高举起来，它们的迷乱的血染似的光落在那些粗野的被盲目的热情扭曲了的面孔上，从这些面孔上射出的狂热的目光好像充满犯罪的渴望。艾斯特现在才模模糊糊地料到她在半路上碰到的这个阴森的团伙的意图。第一阵噼啪的斧头砍落在讲坛的木头里，画像呼啦呼啦地倒在地上，雕像全被折断，咒骂和嘲讽旋风般从这黑压压的浪涛中倾泻出来。火把像被这愚蠢的举止吓坏了似的，在这浪涛上不安地跳动。这洪流混乱地朝着主祭台涌去，对什么都是又抢劫又捣毁，又诅咒又亵渎。圣饼像白色的花朵撒了一地，长明灯嗖的一声被野蛮的拳头砸飞了，就像一颗流星穿过黑暗。越来越多的人往里边挤，火把也越来越多，不停地闪烁。一幅画像被烧着了，火苗一伸一伸地冒得老高，像条急速跳动的火蛇。一个人伸手抓住管风琴；它那些被打碎的管子发出的错乱的音调尖声响着，像求助似的穿过黑暗。人影出现了，像来自癫狂迷乱的梦境。一个满脸是血的放肆的家伙在其他人野兽般的狂吼下用圣油擦他的靴子，破衣烂衫的无赖穿着补丁摞补丁的大主教的长袍趾高气扬地摇来摆去，一个怪声尖叫的妓女在她散乱的肮脏的头发里插着一个闪着金色圣者光环的小雕像。盗贼用圣器举杯痛饮红葡萄酒。在大祭坛旁有两个人手持闪光的战刀为争夺一件镶宝石的圣体祭器打得不可开交。妓女们在教堂前跳着淫荡的醉人的舞蹈。喝醉酒的人对着圣盘呕吐，愤怒的人用闪耀的斧头无情地打碎眼前看到的一切。这喧闹和粗声粗气的骂声，尖锐刺耳的怪叫连成一气。组成一个千奇百怪的大合唱；这狂暴，像一股讨厌的浓重的瘟疫气息，冒着浓烟升腾到那些黑色的顶点，它们脸色阴沉地向下看着这火把跳跃的火焰，对于这绝望的人的讥讽来说它们仿佛是静止不动的，不可企及的。

艾斯特藏在祭坛的阴影里，已经处在半昏迷的状态。她觉得所有这一切都是一场梦，像虚假的幽灵似的一下子就会消失。但是，第一批火把已经冲进了侧廊。这些人为盲目的热情所鼓舞，像喝醉了酒似的，全身颤抖着，跳过格栅或噼啪一通砍断格栅，推倒雕像，从圣龛上撕下圣像。短剑在不停颤抖的火把的光亮里像火蛇似的闪闪发光，愤怒地捅破柜橱和带着被打碎的框架倒在地上的画像。那黑压压的人群带着他们冒着浓烟的不停颤抖的火光踉踉跄跄向前走来，越走越近。艾斯特屏住呼吸，更深地紧贴在阴影里。由于恐惧和痛苦的等待，她的心都要停止跳动了。她还不知道，眼前发生的事件意味着什么，她只感到害怕，突然的难以控制的害怕。几声脚步向前走来。一个魁梧的粗野的汉子一斧子砍断了格栅。

她以为自己已被人发现。但就在随后的一刻，她看出了这些侵入者的意图。这时，在侧面祭坛上，圣母玛利亚的雕像随着一声尖利的死命叫喊，被砸得粉碎，落在地上。她心中的恐惧减弱了；他们还想把她的画像也消灭，那是她看见他们借着不稳定的火把的光又吆喝又嘲讽地把一幅幅画像强拉下来捣乱踩坏的时候，才完全弄清楚的。她的全部思想迅即集中在这样一个可怕的闪电般震颤的念头上：他们是想要戕杀那幅画像，这画像在她迷乱的梦中早就是她的孩子了，早就是同她自己的活着的孩子一样的孩子了。眨眼间，一切都亮了起来，如同沉浸在一束刺眼的光线里。一个思想，她平时就有的思想，此时此刻千百次地涌现，在她心中点起了一把火：要救这个孩子，她的孩子。在这一刹那，梦想和现实在她心中绝望地交织在一起。这些宗教狂破坏者向祭坛冲来。一个斧头高高地举在空中——就在这一瞬间，她失去了一切清醒的思考能力，跳到那幅画像前张开双臂去加以保护……这简直就像施了魔法一般。斧头从那只无力的垂下来的手里咚的一声沉闷地落在地上。而从另一个人僵硬的拳头里嘶嘶响着掉下去一个熄灭的火把。这一幕，像一道闪电，惊动了这醉汉般吵吵闹闹的人群。只有一个人的喉咙里声音越来越低地咕噜着："圣母……圣母。"

所有的人都面色死灰，全身颤抖地站在那里。有几个人双膝抖动着跪下来祈祷。没有一个人不怔怔地战栗。这不可思议的幻觉般的场景压倒了一切。对她说来，毫无疑问，这里就是发生了一个人们常提到的被证实了的奇迹：这位显然具有那幅画像特征的圣母，保护了那幅画。当他们看到这个少女容貌几乎和那幅栩栩如生的画像一模一样时，他们的被鞭打的良心受到了感动。他们什么时候也不如这转瞬即逝的一刻里更虔诚。

但这时又有另外一些人冲了过来。火把照亮这伙呆若木鸡的人和这个半呆的紧紧压在祭坛上的少女。喧闹吞没了静默。一个妓女的尖叫声向后传去:“前进……这是酒店老板的那个犹太姑娘。”魔力突然破了。这伙被侮辱者羞愧而愤懑地冲了上去。粗野的一拳把艾斯特打到一边,她趔趔趄趄走了好几步。但她挺住了;她在为画像而战,这幅像就好像是她自己的血热的生命。她操起一个很重的银烛台,盲目愤怒地极为顽强地对着那些圣像破坏者打去;一个人骂骂咧咧地冲过去,又有一个人怒不可遏地跳到了前面。一柄短剑像一道短暂的红色的闪电只一搐动,艾斯特便摇摇晃晃地倒下去了,祭坛的碎片一片一片地像下雨似的落在她身上,她再也感觉不到疼痛了。圣母的画像跟这孩子,圣母的画像跟这受伤的心,在这唯一的一下斧砍之下双双地倒下去了。

咆哮的人群继续冲击着;这群掠夺者从一个教堂跑到另一个教堂,大街上充满了无法遏止的喧闹。一个令人恐怖的夜降临在安特卫普。惊恐和震颤带着这个消息潜入家家户户,在锁好的大门的后面跳动着一颗颗胆怯的心。但暴乱的火焰像一面旗帜飘扬在全国的上空。

那位老画家听到了袭击圣像的消息以后,这一夜也是在难以克制的恐惧中度过的。他双膝颤抖着,抓住一个耶稣受难像,画着十字发誓要拯救那幅曾赐给他神之恩宠的画像。这是一个疯狂的、阴郁的夜,令人恐惧的思想一直折磨着他。天刚放亮,他在家里就待不住了。

来到教堂前,他最后的希望崩溃了,就像一个人被砍倒了一样。门都被撞破了,破布和碎片以及血污的痕迹在告诉人们,圣像破坏者走过的无情的道路。他吃力地踏步穿过黑暗走向他的画像。他双手向圣龛抓了抓。但他没抓着,他抓了一个空,然后双手无力地垂了下来。他心中的信赖,多年来他在虔诚的感恩歌里唱过的信赖像被掠走的燕子一样突然去了。

他终于控制住了自己,打了打火。火石打出了一个短暂的亮光,照亮了眼前的一个景象,他一见便吓得踉踉跄跄地往后退。在被砸碎的一堆废弃物中间的地面上，躺着那幅意大利画家的悲哀可亲的圣母画像，那圣母的心已被短剑刺穿，正流着鲜血。但被刺穿了心脏的不是画像，而是人，是那圣母本人……很快地点亮的火光又熄灭了，他的前额上已渗出了冷汗。他以为自己做了一场噩梦。但当他再次点燃了火光时，他认出了艾斯特，那少女带着致命的创伤躺在那里。通过一个与众不同的奇迹，她——他的圣母画像的活的化身，展示出了那个陌生画家的圣母特征和她的流血致死的命运……

这便是一个奇迹，一个众所周知的奇迹。但是这位老人再也不愿意相信奇迹。他看见她，看见他晚年这朵温柔可爱的花已经死去，躺在他的那幅被砸碎的画像旁边，就在这一刻，他的灵魂上响着虔诚信仰的琴弦一下子被扯断了。在他心中活了七十年的上帝只一分钟便被他否认了。难道赐给如此之多的创造者幸福和未来辉煌的明智仁爱的上帝之手就是为了无目的地重新把她拉进黑暗？这不可能是一种意志，只能是一种恶作剧般的意志的游戏！只是一个生命的奇迹，不是神的奇迹。这是偶然事件，像成千上万匆匆而过的事件一样，交错纠缠，自行解决，不再是奇迹！难道在上帝那里善良的纯真的灵魂如此之少，以致他在懒散的游戏中把她抛了出去？他第一次站在教堂里怀疑上帝，因为他曾相信他是伟大的，善良的，现在却不再理解他的道路了。

他低头朝这个年轻的死者看了好久，她曾经多么温顺地把那么多傍晚的时光灌注在他最近几年的生活里。当他在她裂开的双唇四周看到显而易见的极乐时，他便变得更仁厚、更正直了。谦卑恭顺又来到他善良的心上。难道他真的可以问一句，是谁创造了这奇迹，使这个孤独的少女为圣母的荣誉视死如归？他可以不可以论一论，这是神的意旨，还是生活的安排？他可以用语言把他所不知道的爱藏起来吗？他可以因为不理解神的本性而反对神吗？

这位老人一阵战栗。此刻他觉得很可怜。他感到，在这漫长的七十年的岁月里，他一直孤独地迷失在神和生活之间，他曾想彻底理解那简单但又模糊的事物。难道那不曾是照耀在蓓蕾绽开的少女头上的发生同样奇异影响的两颗星吗？难道它们——神和爱——不曾在她们心中合而为一吗?

第一缕晨光悄悄地照射在窗前。但这晨光并没有把他照亮，因为他对即将到来的新的一天，对他在如此漫长的年月里走过来的生活不再有任何向往，他曾被生活的奇迹所触动，但从未被完全照亮。他心神安定地感觉到自己现在已接近那最后的奇妙的事物，这再不是假象和幻梦，而是永远的模糊不清的真实。

灼人的秘密

伙　伴

机车沙哑地吼叫着，塞默林[①]到了。黑色的列车在山上银白色灯光的照耀下停了一分钟，下来几个穿着五颜六色衣服的乘客，又上了几个人。到处是恼人的噪音。接着，前面的机车又沙哑地嘶鸣起来，扯动黑色的车链，嘎嘎地开了过去，冲进隧道的洞口。广漠的景色又纯净地展现出来了，清晰的背景，被湿润的风吹得分外明亮。

下车的人中有一位年轻人，他那考究的衣着，带有天然弹性的步履，给人以好感。他迅速地走在别人前边，叫了一辆去旅馆的马车。马儿不慌不忙地在上坡路上嘚嘚地走着。空气里充满了春意，那五六月特有的洁白而轻盈的浮云，像穿着白色衣裳的轻佻小伙子，在蓝色的空中嬉戏奔跑，时而躲藏在高山背后，时而互相拥抱，又再度逃开；有时像手绢似的揉成一团，有时又散成丝片，末了又戏弄地给群山头上戴上白色的帽子。高空中风在奔驰，狂暴不羁地摇动着细长的沐雨的树枝，直摇得各个枝丫咔咔作响，飞落下千百颗晶莹的水滴。有时仿佛从山里飘来清凉的雪的芬芳，随后又让人呼吸到一种又甜又冲鼻的气息。空中和地上的一切都在骚动，显得极度烦躁不宁。马匹轻轻地喘着鼻息，往已是下坡的路上跑去。小铃铛在前边叮叮当当作响。

一到旅馆，这位年轻人就立即跑到旅客登记处，匆匆地稍一浏览，马上就失望了。"我干吗到这里来？"他开始烦躁不安地自忖，"光是

---

① 塞默林（der Sermmering）：奥地利境内阿尔卑斯山的一个隘口，在维也纳附近，海拔 985 米，铁路线在海拔 893 米的高度从隘口的隧道里通过。塞默林是奥地利著名的避暑胜地，又是从事冬季运动的场所。

在这里的山上待着，没有社交，这比在办公室还烦人。显然，我来得不是太早就是太晚。我每逢假期运气总是不好，登记本上没有一个熟悉的名字。哪怕有几个女人在这里也好，那就可以来次小小的、必要时甚至是真挚的调情，而不至于索然寡味地度过这个星期。”这位年轻人是个男爵，出身于名望不是太高的奥地利官僚贵族，现在总督府供职。他这次短短的休假并没有特别的必要，只是因为他的同事都休过了一星期春假，而他又并不愿意把他的一周假期送给国家。他虽然不乏才干，却具有一种喜爱社交的秉性，喜欢在各种人物的圈子里出头露面，深知自己对于孤独是一筹莫展的。他从来不喜欢深居简出，尽可能地避免只身独处，因为他根本不愿意闭门反躬自省。他知道，他需要人的摩擦面，以便使他内在的才华、他心底的热情能放纵地燃起火光，而他单独一人时则是冷冰冰的，毫无用处，就像那装在匣子里的火柴。

他沮丧地在空无一人的前厅里踱来踱去，时而心不在焉地翻翻报纸，时而又在音乐室的钢琴上弹一曲华尔兹，不过手不由己，老是弹不出正确的旋律。后来他就烦躁地坐下，凝视着窗外。窗外夜幕正缓缓下垂，灰色的雾霭像蒸汽一样从松林中升腾起来。他心烦意乱、百无聊赖地在那里待了一个小时，就走进了餐厅。

餐厅里只有几张桌子坐了人，他都匆匆地投以一瞥。毫无所获！只有那边的一位教练——是他在跑马场认识的——漫不经心地招呼了他，还有一张面孔，是在环城路[①]上见过的，此外，什么也没有了。没有女人，没有任何能够引起一次——即便是短暂的也好——钟情的对象。他本来就沮丧的情绪变得更加烦躁。他是这样一种年轻人，他们标致的面孔常使他们获得成功，他们心里总是为一次新的相遇、一次新的经历做好准备，他们总是急不可待地憧憬那未知的艳遇，他们对任何看来意外的事情都不会吃惊，因为他们早就把一切都预料到了，他们的眼睛不会放过任何情欲的东西，因为他们投向每个女人的第一道目光，就是从肉欲上打量的，而且不管她是朋友的妻子，

① 维也纳市中心一条繁华的大街。

还是给他开门的女仆。如果以某种草率的鄙视态度把这些人称作追逐女人的能手，那么无意中会使这个字眼包含多少由观察而得来的真理啊！因为在他们身上确实集中了狩猎者各种强烈的本能：侦察、兴奋和心灵的冷酷。他们的举止总是落落大方，时刻准备着并且一心想寻花问柳，并穷追不舍，不达目的决不罢休。他们总是充满激情，但不是恋人那种高尚的激情，而是赌徒那种冷酷的、谋略的、危险的激情。在他们当中有一些固执的人，他们不仅把青年时期，而且单是由于等待机缘就把整个一生变成无穷无尽的追逐冒险。他们把一天分解成几百次小的感官享乐——马路上的一瞥、一个瞬息即逝的微笑、对坐时轻轻擦到的膝头——把一年又分解为几百个这样的日子。对他们来说，感官享乐就是永远潺潺流动的、富于滋养的、充满刺激的生活的源泉。

而这里却没有一个可供玩弄的对手，这一点，这位用目光在狩猎的人马上就看清了。宛如一个赌徒手里拿着牌，满怀信心地坐在绿色的赌桌旁，却等不到一个对手。对一个赌徒来说，任何刺激都没有这种刺激更使人恼火了。男爵要了一份报纸，他的目光阴郁地在字行上移动，但思想是麻木的，像醉酒似的在这些铅字上磕磕绊绊。

忽然他听见背后有衣服的窸窣声和一个略为有点生气的、装腔作势的声音：“Mais taistoi done，[①] 埃德加！”

一个穿着绸衣的女人走过他桌旁，衣服发出轻微的窸窣声，旁边投下高大而丰腴的身影。她后面跟着一个脸色苍白的小男孩，他穿着一件黑丝绒上装，目光好奇地扫了他一眼。这两个人在对面为他们留着的桌旁坐下，孩子显然竭力想使举止合乎礼节，但是从他不安静的黑眼珠看来又做不到。这位夫人——年轻男爵的注意力全在她身上——穿着十分整齐和优雅。他非常喜欢她这种类型，这是一个快要进入中年的犹太女人，身材显得稍微丰满了些，热情充沛，可又善于把自己的热情隐藏在高雅的伤感后面。起初他还不敢看她的眼睛，只是欣赏她那两道弯弯的、美丽的眉毛，它们在她那柔嫩的鼻子之上呈

---

① 法文：别说话！

弧形，那秀丽的鼻子虽然显示了她的种族，但这高贵的造型也使她的轮廓显得分明和可爱。她的头发如同她丰满的身体上一切女性的东西一样，长得特别浓密。她对自己的美貌看来很自信，对于种种仰慕早已司空见惯。她轻声地点了饭菜，并教训那正在叮叮当当玩叉子的男孩——做这一切的时候，她装出一种漫不经心的神态，对男爵小心翼翼投来的目光装出不在意的样子，而实际上正是由于他那目不转睛的眼光才迫使她这样地拘束和小心。

男爵阴沉的脸一下子变得开朗起来，眉开眼笑，精神焕发，皱纹平整了，肌肉放开了，因此他的身材也一下子变得魁梧了，眼睛闪闪发光。他同那些需要男人在场才能焕发自己全部力量的女人完全一样，只有情欲的刺激才能把他的精力全部调动起来。潜伏在他心里的猎手嗅出了这里有猎物。他的目光挑战似的搜寻她的目光，要与之相遇。她的目光闪烁着犹豫的神态，有时在移动中与他的目光交叉，但从不作什么明确的回答。他觉得她的嘴角有时也泛起一丝微笑。不过这一切都是那么模棱两可，而使他激动的却正是这种不可捉摸的神情。唯一使他觉得有希望的，是她的目光常常在扫视，这意味着反抗和拘束，再加上她同孩子的谈话显得出奇的谨慎，这显然是做给一个观众看的。他感觉到，过分强调这种惹人注意的镇定正是用来掩饰她心猿意马的一种手法。他自己也激动了：这场戏已经开始了。他巧妙地拖长吃饭的时间，目光几乎不停地把这位夫人紧紧盯了半个小时，直到他默画了她脸上的每一根线条，能无形地触摸她丰腴身体的每个部位为止。外面天色更暗了，大片雨云向树林伸出灰色的双手，树林像孩子似的，因为恐怖而呻吟起来，挤入屋内的阴影也越来越浓了，沉默使屋里的人越加感到窘迫。他觉察到，在寂静的威胁下，母亲同孩子的谈话变得越来越勉强，越来越不自然，话快说完了。这时他决定进行一次试探：他第一个站起身来，经过她的身旁慢慢地向门口走去，久久地凝望着室外的景色。到了门口，他像是忘了什么东西似的，突然把头转过来，一下子就逮住了她：她活泼的目光正在望着他的背影呢。

这情景刺激了他，他在前厅里等待着。不一会儿她来了，拉着男孩，路过时顺手翻了翻几本杂志，给孩子看了几张图片。当男爵像是偶然地走到桌旁，装着去找本杂志，实际是为了再进一步窥视她那湿润晶莹的目光，或许有机会同她搭讪时，她就转过身子，轻轻拍着她儿子的肩膀说："Viens，埃德加！ AuLit！"[①] 说着就冷冷地从他身边走了过去。男爵略为有点扫兴地目送着她。本来他曾计划要在今天晚上结识她的，而她这毫不留情的态度使他失望了。但归根结底这抗拒之中包含着诱惑，而恰恰是这种让人捉摸不定的态度刺激了他的欲望。无论如何，他已经有了伙伴，这出戏可以演了。

神速的友谊

第二天早晨，男爵走进大厅时，他看见，那位漂亮女人的孩子正在那儿和两位开电梯的仆人聊得起劲，孩子正给他们看卡尔·梅依[②]的一本书里的插画。他妈妈不在，显然还在梳妆哩。男爵现在才仔细地观察这个男孩。这是个腼腆的孩子，发育得不太好，有点神经质，大约十二岁，手脚老是不停，有一双黑色的、到处窥视的眼睛。如同这样年龄的孩子常有的那样，他显出无缘无故受惊害怕的样子，就像刚被叫醒又突然被置于陌生的环境中似的。他的面孔不算不好看，但是还没有定型，在他身上成人和幼童的斗争还刚刚开始，胜负未定。他脸上的一切好像是手捏出来的，尚未成型，线条轮廓很不分明，只是把苍白和不安糅合在一起。此外他正处于那种不利的年龄，这时他们的衣服总是不合身，袖子和裤子在瘦削的肢体上松弛地晃动着，而他们也从没有去注意修饰外表，讲究穿着。

这男孩子在这里犹豫不决地晃来晃去，显出可怜巴巴的样子。他站在这里老碍别人的事。一会儿，被他用各种问题纠缠得烦了的门房把他推开，一会儿他又挡住了大门；显然他缺少友好的伙伴。孩子喜欢问东问西，因此就去找旅馆的仆役。要是他们正好有时间，就回

① 法文：走吧，埃德加！该睡了！

② 卡尔·梅依（Karl May，1842～1912）：德国作家，专写一些以印第安人为题材的惊险小说。

答他，但当看见有人来了，或者有什么紧急的事要做，谈话就立即中断。男爵面带笑容，饶有兴味地注视着这个不幸的男孩。孩子对一切都好奇地打量着，但一切都不友好地躲开他。有一次男爵紧紧抓住了这个好奇的目光，但是那黑溜溜的眼睛一旦发现自己探索的目光被抓住，就立即怯生生地将目光收了回去，躲在下垂的眼皮后面。男爵觉得这很有意思。他开始对男孩产生了兴趣，他自忖，这孩子仅仅是由于胆怯才这么腼腆的，能不能把他作为去接近那女人的最迅速的媒介呢？无论如何，他要试一试。男孩刚刚又跑到门外去了，他就悄悄地跟着。这孩子需要温柔与爱抚，只见他抚摸着白马玫瑰色的鼻孔。可他真没运气，马车夫也相当粗暴地把他撵走了。现在他又伤心又无聊地荡来荡去，空虚的眼神里含着一丝悲哀。这时男爵就同他搭话了：

“喂，小家伙，你喜欢这儿吗？”他突如其来地说，竭力使他的口气平易近人，毫无架子。

孩子的脸涨得绯红，怯生生地在发愣，有点害怕似的用手按着心口，难为情地来回扭着身子。一位陌生的先生和他谈话聊天，这在他的生活中还是第一次。

“谢谢，很喜欢。”他结结巴巴地说了这么一句，最后一个词只在喉咙里咕噜了一下，就咽了回去。

“我觉得很奇怪，”男爵笑着说，“这本来就是个很乏味的地方，尤其是对像你这样的年轻人。你整天干什么呢？”这男孩依然不知所措，不能爽快地回答。这位漂亮的陌生先生来找他这个无人过问的孩子聊天，这真的可能吗？这使他既羞涩又骄傲。他费力地鼓足了勇气。

“我看书，然后我们散步，有时候我们也坐车，妈妈和我。我是来这里休养的，我生过病，大夫说我得多晒太阳。”

最后几句话他已经说得相当镇定了。孩子们对自己生病总是感到很骄傲，因为危险使得他们在家人眼里显得倍加宝贵。

“是啊，太阳对于像你这样的年轻人是非常必要的，它一定会把你晒得黑黑的。但是你也不能整天坐着晒太阳，你应该到处跑跑，痛快地玩玩，也可以来点儿恶作剧。我觉得你太老实了。你看起来像是个整天待在家里、手里捧着又厚又大的书本啃个不停的书呆子。我记得我在你这么大的时候简直是个淘气包，每晚回家时裤子都撕破了。你别太老实了。”

孩子下意识地笑了，这一笑可解除了他的恐惧心理。他本想也说几句，但觉得在一个如此友好亲切的陌生先生面前这样随便就显得太放肆了。别人说话他从来不插嘴，而且老是容易发窘；现在由于幸福和羞怯，他更不知所措。他很希望和这位先生的谈天继续下去，却什么话也想不出来。幸好旅馆的那条大黄狗这时走了过来，嗅了嗅他们两人，并乖乖地摇着尾巴让人抚摸。

“你喜欢狗吗？”男爵问。

“噢，很喜欢。我祖母在巴登[①]的别墅里养了一条狗，我们在那里住的时候，它整天都跟着我。不过我们只是夏天才到那里去玩。”

“我家里，在我们庄园里，有二十多条狗。如果在这里你听话，我就送你一只狗，送你一只白耳朵的棕毛小狗。你要吗？”

孩子高兴得脸都红了。

“嗯，要的。”

这句话脱口而出，说得热切而贪婪，但他接着又胆怯地、像吓着了一样，吞吞吐吐地说出他的担心。

“可是妈妈不会同意的。她说她不能让人在家里养狗。狗太使人讨厌了。”

男爵不觉喜形于色，终于把话题转到了他妈妈身上。

“妈妈那么严厉吗？”

孩子思索着，对他注视了片刻，似乎在自问对这位陌生的先生是否可以信赖。回答是谨慎的：

“不，妈妈并不严厉。因为我刚生了病，现在她什么都允许我的。甚至她也许会同意我养条狗呢。”

“要我为你说情吗？”

“要，请您给说说吧！”男孩高兴得叫了起来，“这样妈妈肯定

---

① 巴登（Baden）：这里指奥地利的巴登城，以风景秀丽和温泉浴场而出名。

会答应的。这条狗是什么样的？白耳朵，是吗？它会把捕获物找到叼回来吗？”

“会，它什么都会。”男爵对他如此迅速地从男孩的眼里发现了闪烁着热切的光辉，粲然一笑。开始时的拘谨一下子就消失了，由于害怕而收敛起来的热情一下子就喷涌而出。这个原来腼腆的、羞涩的孩子转瞬间就变成一个热情嬉闹的男孩了。男爵不由自主地想，要是那位母亲也是这样，在胆怯之后也这么热烈就好了。刚这么想，那男孩就蹦到他身上，向他提出了二十个问题：

“这只狗叫什么名字？”

“叫卡罗。”

“卡罗！”孩子欢天喜地地叫道。

大概他说每句话都在笑，都在欢叫，被这喜出望外的喜讯陶醉了。事情竟进展得出人预料的神速，连男爵本人都感到很吃惊。他决心趁热打铁。他邀请这孩子跟他一块儿散散步，而这可怜的孩子呢，几个星期以来就渴望着有人跟他一起玩玩，听了这个邀请，简直是欣喜若狂了。这孩子被他的新朋友用一些像是偶然想到的问题所引诱，喋喋不休地把什么事都讲了出来。一会儿工夫，男爵就知道了这个家庭的一切，尤其是知道了埃德加是维也纳某律师的独生子，出生于一个富有的犹太资产阶级家庭。他通过巧妙的询问，马上就打听到，他母亲对塞默林完全不感兴趣，她曾抱怨这里没有谈得来的朋友，他甚至觉得，从埃德加回答他妈妈是不是喜欢他爸爸这个问题时的支支吾吾的神气，可以推测到他们的关系准不那么妙。他对自己的做法几乎感到羞愧了，他轻而易举地就从这天真无邪的孩子嘴里把这些细微的家庭秘密套了出来。因为埃德加完全信任了他的新朋友，并为自己讲的事情居然能引起一个大人的兴趣而感到自豪。再加上散步时男爵曾把胳膊搭在他的肩上，大家都会看到他和一个大人的关系是多么亲密，埃德加那颗幼稚的心灵由于这种自豪感而剧烈地跳动起来。他渐渐忘了自己是个孩子，无拘无束得像同年龄相仿的人在一起那样滔滔不绝地谈个不休。从埃德加的谈吐中可以看出，他很聪明，正如大多数病弱的孩子一样，由于跟成人在一起的时间比跟同学在一起的时间多而有些早熟，对于自己倾慕或敌视的人或事，反应出奇地激烈。他对任何事情都不能心平气和,谈到任何人或事时，不是特别喜爱，就是极端仇恨，甚至恨到脸都会扭曲得凶狠、难看。也许因为刚生了病的原因吧，他说话带点粗野和突如其来的味道，这使他的言谈如火样地炽热，看来他的笨拙只不过是对自己激情的一种恐惧，一种他费力加以压抑的恐惧而已。

男爵轻而易举地取得了他的信任。仅仅半个小时，他就掌握了这颗火热的、不安颤动着的童心。欺骗孩子，欺骗这些难得被人爱的天真无邪的孩子真是轻而易举的事。他只要把自己的身份忘掉就行了，这样同孩子说起话来就会自然而然、无拘无束，使孩子也觉得他是个小伙伴，这样几分钟之后两人之间任何感情上的距离都没有了。埃德加简直欣喜若狂。在这寂寞的地方突然找到了一位朋友，一位多好的朋友啊！他把维也纳的小男孩全都忘了，连同他们细声细气的声音和幼稚可笑的废话，他们的形象好像都让位给这位新的大朋友了。当这位大朋友告别时又一次邀请他明天上午再来的时候，当这位新朋友像大哥哥似的从老远向他招手的时候，他自豪得连心都要跳出来了。这一刻也许是他生活中最美好的时刻。欺骗孩子真是易如反掌——男爵向这个跑走的孩子微笑着。现在他有了介绍人。他知道，孩子一定会去讲给他母亲听，一直要把他母亲折腾得精疲力竭方才罢休，他准要每句话都复述一遍——这时他怡然自得地想到,他在提到她的时候加了一些奉承话,譬如每次他都用埃德加的“漂亮的妈妈”这个词来称呼。这位健谈的孩子不把他妈妈和他引到一起是不会安静的。对这一点他确信无疑。他无须自己动手就可以缩小他和这位漂亮的女人之间的距离，现在他可以安安静静地做他的梦，眺望一番景色了，因为他知道，一双热烈的小手，就会为他筑起一座通向她心扉的桥梁。

三 重 唱

几小时以后证实，这个计划是非常出色的，每个细节都获得了成功。当年轻的男爵故意稍稍晚些进入餐厅的时候，埃德加从椅子上一跃而起，急忙向他致意，面带幸福的微笑，向他招手，同时拉着他母亲的袖子，慌张而激动地劝说她，一面以引人注目的手势指着男爵。他母亲不好意思地红着脸斥责孩子这些任性的举止，可终究还是不能不往那边瞧瞧，以照顾孩子的意愿。男爵立即抓住这个机会恭恭敬敬地鞠了一躬。这样彼此就算认识了。她不得不回谢，但此后就把头埋得更低地吃她的东西，整个用餐时间都小心翼翼地避免再往那边看。埃德加可不是这样，他不住地望着那边，有一次他甚至想和那边说话，这种放肆的行为立即遭到了他母亲的严厉责备。吃过晚饭以后他就该去睡觉了，这时他和妈妈悄悄说了好一阵子话，结果是他的热切请求得到允许，于是他就走到另一张桌子去向他的朋友道别。男爵对他说了几句亲切的话，这又使这孩子的眼睛里露出了光辉。他和他聊了几分钟。突然他巧妙地把话一转，站起来向另一张桌子转过身去，祝贺邻座那位有点不知所措的女士有这么个聪明伶俐的儿子，说他上午跟她儿子在一起十分愉快——埃德加站在旁边，快乐和骄傲使他的脸都红了——又问起孩子的健康，问得十分详细，提了许多具体问题，迫使母亲只好一一作答。这样他们就不可遏止地进行了一次较长的谈话，男孩对此感到非常幸福，并以一种敬畏的心情倾听着。男爵作了自我介绍，并相信自己觉察到了他那响亮的名字对这位爱慕虚荣的女人产生了某种印象。总之，她对他非常彬彬有礼，尽管她丝毫未失自己的尊严，甚至还先向他提出告别。她抱歉地说，这是孩子的缘故。

孩子激烈反对，说他不困，愿意通宵不睡。可是他母亲已经向男爵伸出了手，他尊敬地吻了它。

这一夜埃德加睡得很不好。他心里像一团乱麻，既极度幸福，又有稚气的绝望。因为在他的生活里，今天发生了新的事情。他第一次进入了大人的行列之中。他半睡半醒，忘掉了自己的童年，似乎自己一下子长大了。直到现在，他一直孤单地受着教育，常常生病，没有几个朋友。他需要温暖爱抚，但是除了父母和仆人之外，别无一人，而父母亲也很少照看他。对于爱的威力，如果只是根据其起因，而不是根据它产生之前的张力，不是根据那空虚而黑暗的空间——这空间在心灵发生重大事件之前充满了失望和孤寂——来判断，就必定会判断错误。一种超重的、没有使用过的感情已在这里期待着，现在它伸开双臂向第一个似乎赢得它的人扑过去。埃德加在黑暗中躺着，心里快乐异常，思绪万千。他想笑，又想哭。因为他喜欢这个人，他还从未爱过一个朋友，没有爱过父亲和母亲，就连上帝也没有爱过哩。他少年时代全部幼稚的热情，现在紧紧地拥抱着这个人的形象。两小时前他连他的名字还不知道呢。

他很聪明，不会为这突如其来的、独特的新友谊而发窘。但使他感到十分惶惑不安的是他感到自己微不足道，无足轻重。“我配得上做他的朋友吗？我，一个十二岁的孩子，还在上学，晚上总要比别人更早地被打发去睡觉。”这些想法在折磨着他。“我能为他做些什么呢？我能对他有些什么帮助呢？”他想以什么东西来表达自己的心意，却痛苦地感到力不从心。这使他很不愉快。往常，每当他喜欢某个同学，第一件事就是把他书桌里宝贵的小玩意儿——邮票、石头之类童年的财产分几样给这位同学。这些东西，他昨天还觉得非常了不起、魅力非凡，现在一下子就变得一钱不值、微不足道和令人不屑一顾了。那么他怎样才能给这位他连“你”字都不敢称呼的新朋友一些宝贵的东西呢？用什么办法才能表达自己的感情呢？他越来越因为自己的矮小、自己的半大不小、不成熟，为自己还是个十二岁的孩子而苦恼。他还从来没有因为自己是孩子而如此痛恨地诅咒过自己呢，也从来没有如此殷切地渴望长成他梦想的那样：高大、强壮，长成一个男子汉，一个像别人一样的大人！

这些惶惑不安的念头很快就编织成了这个崭新的成人世界的色彩缤纷的美梦。埃德加终于带着微笑入睡，但他老想着明天的约会，这破坏了他的酣睡。他怕去晚了，所以第二天七点钟就惊醒了。他急急忙忙穿上衣服，到母亲房里去问了早安。这使他母亲十分惊讶，过去她总要费好大的气力才能把他从床上叫起来。还没等她发问，他就跑下楼去了。他一直焦急地晃荡到九点，连早饭都忘了，一心想着别让他的朋友为这次散步等得太久。

九点半，男爵终于潇洒地走了过来，他当然早就把这次约会忘在九霄云外了。但是现在因为孩子热切地向他跑来，他也不得不对这股激情报以微笑，并表示准备遵守他的诺言。他又挎着孩子的胳膊，带着这个神采奕奕的孩子走上走下，只是委婉但坚决地拒绝现在就一起去散步。他好像在等待着什么，至少他那心神不定的、扫视着大门的目光说明了这点。突然他全身一振，埃德加的妈妈走进了前厅，一边回答他的问候，一边亲切地朝他俩走来。当得知埃德加当作什么了不起的秘密瞒着她想和男爵一起散步的计划时，她就微笑着同意了，并爽快地接受了男爵要她同去散步的邀请。

埃德加立即露出一副愁眉苦脸的样子，咬着嘴唇。多恼人，她偏偏现在走来了！这次散步本该只属于他一个人的，即使是他自己把他的朋友介绍给妈妈的，但这只不过是表示他的一种盛情而已，这并不表明他因此愿意和她共有这位朋友。当他看到男爵对母亲的那股殷勤劲儿时，他心里就激起了某种妒意。

他们三人一起散步，由于他们两人都对他表示了出奇的关心，因而在孩子的心里更滋长了一种觉得自己很了不起的、突然身价百倍的危险感觉。埃德加几乎成了谈话的中心了。母亲有点假惺惺地对他苍白的脸色和他的神经质表示忧虑，而男爵却又笑嘻嘻地反对这种看法，并赞许他的“朋友”——他是这么称呼他的——可爱。这是埃德加最美好的时刻。他获得了他整个童年时期所没有得到的权利。他可以同大人一起说话而不立即受到申斥，被要求住嘴，他甚至可以表示各种各样的冒失要求，而这些他在这以前提出来就准会挨上好一顿臭骂。他认为自己业已长大成人了，当这种自欺欺人的感情在他的心里越来越自信地滋生起来时，孩子的这种情绪是毫不奇怪的。在他光明的梦境里，童年已经被远远地甩在身后了，就像一件被抛掉的、不合身的衣服。

中午，男爵应越来越友好的埃德加的母亲之邀，坐在她的桌边。由 vis-a-vis[①] 到一起并坐，由认识变成了友谊。三重唱正在进行，女声、

① 法文：面对面。

男声、童声这三种声音配合得十分协调。

进　　攻

现在这位没有耐心的猎手觉得是时候了，是蹑手蹑脚地挨近他的猎物的时候了。在这种事情上他不喜欢这种老是亲热的三重唱。三个人在一起聊聊天当然很惬意，但是归根结底聊天并非他的目的。他知道男女之间的情欲，如果成了戴假面具游戏的社交，那就总会耽误感官享受，就会使语言失去激情，使进攻缺乏火力。要使她透过谈话了解他的本意，至于这个本意是什么，他已经使她了解得一清二楚了，对此他是很有把握的。

他对这个女人所打的主意恐怕不至于徒劳无功，成事的概率很大：她正当那种关键性的年龄，这时候一个女人对素来忠于一个自己不喜欢的丈夫开始感到后悔了，美貌正在消逝，风韵所余无多，在母性和女人之间她还不能作出刻不容缓的最后一次抉择。生活，好像早就已经有了答案的生活，此刻又一次成了疑问，意志的磁针最后一次在渴望感官享受和彻底断绝欲念之间颤动着。一个女人面临着一个危险的决断：是为了她自己的命运，还是为了孩子的命运，是做女人还是做母亲。男爵对这一切都一目了然，他感到他已经觉察到她的这种危险的动摇了。她谈话当中总是忘记提及她丈夫，实际上她心里对她孩子也了解得非常之少。她杏仁般的双眸里有一种百无聊赖的影子，在伤感的面纱下，半遮半露地掩饰着她的情欲。男爵决定迅速采取行动，但同时又得避免急不可待的样子。相反，像垂钓者引逗地抽回钩子一样，在他这方面，他又作出一副极其冷淡的样子，虽然实际上是他在追别人，却要让别人来追他。他决定表现得高傲一些，竭力强调他们社会地位的不同。他觉得只要突出他的高傲，显示他的外貌，强调他那响亮的贵族姓氏，以及做出冷冰冰的举止，就可以将这温柔、丰满、漂亮的肉体弄到手。这个想法撩拨得他心里奇痒难熬。

这场热烈的戏已使他兴奋异常，因此他强迫自己小心从事。他一下午都待在自己房间里，美滋滋地相信她在找他，在惦记着他。但是，他未露面并未引起她的注意，她本来就想避开他的。可是这使可怜的孩子难受极了。整个下午埃德加都茫然困惑、若有所失；他以男孩子所特有的那种执拗的忠诚，在漫长的好几小时里始终痴心地等着他。他觉得走掉或者独自做点什么事都是一种罪过。他茫然无主地在过道里踱来踱去，天色越晚，他心里越是怏怏不乐。他心绪不宁，想入非非。他梦到了一次事故，梦到不知不觉中受到的一次侮辱，由于焦急和恐惧他差点儿哭出声来。

男爵晚上去吃饭的时候，受到了热烈欢迎。埃德加不顾母亲的告诫，叫了他，不理会别人的惊讶，朝他奔去，用他瘦削的双臂紧紧地抱住他的胸部。“您在哪儿啦？您在哪儿待着啦？”他匆忙地叫道，“我们到处找您。”母亲不高兴把自己扯进去，所以脸红了。她相当严厉地说：“Sois sage，Edgar.Assieds toi！”①（她总是和他说法语，虽然她的法语讲得并不自如，一碰到难表达的句子还感到很吃力。）埃德加顺从了，但还在向男爵刨根问底。“你别忘了，男爵先生可以做他愿意做的事。也许他讨厌我们跟他在一起呢。”这回她自己把自己扯进去了。男爵立刻就愉快地感到，这种责备正是为了恭维。

这个猎手兴奋起来了。他狂喜、激动，那么迅速地在这里找到了猎物的真正足迹，他感到它就在他的射程之内了。他眼睛炯炯发光，神采飞扬，口若悬河，滔滔不绝，连他自己也不明所以。他同每个情欲旺盛的人一样，当他知道讨得了女人欢心时，便风度飘逸，潇洒自如，就像有些演员，当他们知道面前的观众对他们着迷时，就劲头倍增。他在朋友们中间是个讲春宫故事的能手，而今天——这时他喝了几杯为庆祝这新友谊而要的香槟酒——就讲得更为出色。他自诩为一位地位很高的英国贵族朋友的客人，在印度打过猎。他很聪明地选了这个题目，那是因为这题材是轻松的，而且他可以从旁观察这些富有异国情调的逸事、这些她所无法企及的事情在这个女人身上所引起的激动。听这个故事最最着迷的，首先还是埃德加，他的眼睛也由于兴

---

① 法语：听话，埃德加。坐下！

奋而显得炯炯有神了。他忘了吃，忘了喝，凝视着这位侃侃而谈的人。他从未希望能够真正见到一位有过亲身经历的人，讲述他只从书本上才读到过的那些惊人的险遇，什么猎虎啦、棕色人啦、印度人啦、以及把千百人研为齑粉的、可怕的 Dschagemal[①] 的轮子等。直到现在他还从来不相信真的会有这样的人，正如他从来没把童话国家当成真的一样。此刻，他心里突然第一次涌现出了一个辽阔的世界。他目不转睛地盯着他的朋友，屏住呼吸，凝视着他面前的那双曾经打死过一只老虎的手。他什么都不敢问，随后他说话的声音异常兴奋。在他驰骋的想象里，他的大朋友成了故事里的主角：他高高地骑在一只披着紫色象服的大象上，戴着贵重头巾的、棕色皮肤的男人两边相随；突然他又看见丛林里跳出一只龇牙咧嘴的老虎，伸着前爪去抓大象的鼻子。现在男爵又讲起更为有趣的、关于怎样智捕大象的故事：用驯服的衰老动物把猛烈的、目空一切的幼象引诱进木笼子里。孩子的眼睛迸发出炽热的光芒。这时妈妈看了一下表，突然说："Neuf heures ! Aulit !"[②] 他觉得，这仿佛在他面前落下了一把闪着寒光的刀。

埃德加吃了一惊，脸都吓白了。"带你上床！"这对所有孩子来说，都是一句可怕的话，因为他们觉得，这句话是在大人面前对他们公然的轻蔑，是一种自我招供，是童年和小孩需要多睡眠的一种标志。可是这种羞辱竟发生在这么有意思的时刻，使他听不到这些闻所未闻的故事，这真是太可怕了。

"只听完这一个，妈妈，这个捕象的故事，就让我听完这一个吧！"

他开始乞求了，但立即想起了他作为大人的新的尊严。而他母亲今天也严厉得出奇，"不行，已经很晚了，快上楼吧！ Sois sage，[③] 埃德加！男爵先生讲的故事明天我都详细地讲给你听。"

埃德加迟疑地站了起来，以前每次都是他母亲送他上床，可今天当着他朋友的面他不愿乞求，他那孩子气的骄傲使他起码还要做出自愿走开的样子。

---

① 即转轮王，为神话中的印度国王。
② 法语：九点了！该睡了！
③ 法语：要听话。

“真的呀，妈妈，明天你全部讲给我听。全部！关于捕象的故事和其他的故事！”

“好，我的孩子！”

“马上，今天就要讲！”

“好，好，但是你现在去睡吧。走吧！”

埃德加自己也感到奇怪，他把手递给男爵和妈妈的时候，脸居然没有红，虽然喉咙里已经在呜咽了。男爵亲切地捋了捋孩子那浓密的头发，这使得孩子绷紧的脸上又露出了一丝笑容。接着他就赶快往门口跑去，否则他们就要看到大滴大滴的眼泪从他脸上滚下来了。

大　象

母亲和男爵又在桌旁坐了一会儿，但是他们不再谈象和打猎的事了。孩子离开他们之后，他们的谈话气氛有一点压抑，有一点微妙不安的困窘。后来他们来到前厅，坐在一个角落里。男爵比任何时候都更加神采飞扬，而几杯香槟酒又使她兴味盎然，所以谈话很快就具有了危险性质。本来男爵谈不上漂亮，他只是因为年轻，头发剪得短短的，一张棕黑色的、精力旺盛的娃娃脸，很有点男子汉气魄，他那灵活而几乎是调皮的动作撩得她心猿意马。现在她乐于从近处看他，也不害怕他的目光了。在他的谈话之中，逐渐有了一种使她略感困惑的放肆，有某种类似抚摸她身体的东西，有某种触及她的身体又迅速移开的东西，有某种捉摸不定的欲望，这使得她双颊绯红。随后他又轻快地笑着，无拘无束，像个孩子。这就使得这些细微的、轻浮的欲念好像是孩子闹着玩似的。有时她觉得该对他说句严厉的话。但是她生性喜欢卖弄风情，被这些淫猥的话儿撩拨得心痒难当，只想更多地消受。这种放肆的游戏使她感到销魂。后来她自己也模仿起来。她频送秋波，暗示允诺，完全沉湎在这绵绵情话和狎昵动作中，甚至容许他挨近。他的声音有时使她感觉到他那热乎乎的、战栗的呼吸正喷在她的肩头上。像一切赌徒一样，他们也忘掉了时间，完全陶醉在销魂的谈话之中。到了午夜，前厅里开始熄灯的时候，他们才猛然一惊。

一惊之下，她立即一跃而起，猛然感到自己太放肆了，竟干出了这样的事。本来她也是个玩火的里手，但现在她那已被撩拨起来的本能业已感觉到，火已玩到这个危险的人身边了。她战栗地发现，自己已不能再把握住自己，心里有什么东西在开始蠕动，看什么都很兴奋，宛如一个人在发高烧时的感觉一样。恐惧、酒和火热的话语在她头脑里回旋激荡，一种恼人的、莫名的恐惧攫住了她。她一生中这种恐惧在类似这样的危险时刻里曾经历过数次，但是都没有这一次那样令人头晕目眩，如此猛烈无情。“晚安，晚安。明早再见！”她急匆匆地说着，想逃遁而去。这倒不是为了逃脱，而是为了逃开此刻的危险，逃脱她自己心中一种新奇的、陌生的、欲推犹就的窘境。男爵轻轻抓住她告别时伸出来的手，吻着。不是通常的吻一次，而是用嘴唇从纤秀的手指尖一直吻到手腕，颤抖着吻了四五次。她感到他硬硬的胡须在她手背上戳得痒痒的，她起了一阵微微的哆嗦。某种温暖的、令人窒息的感情从手背上随着血液流贯了全身。恐惧甜蜜地袭来，她的太阳穴突突直跳，头在发热。恐惧，这莫名的恐惧现在使得她全身战栗起来，她急忙从他手里抽回了自己的手。

“您再待会儿嘛。”男爵悄悄地说。可是她已经仓皇失措地匆匆跑走了，这个动作使她的恐惧和慌乱暴露得一目了然。现在她心里很兴奋，这也正是男爵的意图。她觉得，她的感情越来越不能解释了。残酷得灼人的恐惧在追逐着她，把她抓住，但就在逃开的时候，她同时又为他没有抓住她而感到惋惜。她多年来下意识渴望的事情，很可能会在这种时刻发生。从前这种艳事她总是在最后关头把它摆脱开了，可对它的气息她爱得如痴如醉。这种巨大的、危险的艳事，这种不是转瞬即逝的、撩人的调情。可是男爵很骄傲，不去捕捉这个良机。他对自己的胜利很有把握，因而不想在这个女人酒意蒙眬、不能自持的时候把她弄到手。正相反，只有神志清醒时的斗争和委身，才会激起这个手段光明正大的赌棍的兴趣。她是逃不出他的手心的。他看到，她血管里火辣辣的毒药使她战栗了。

她在楼梯上停住了脚步，用手按着气喘吁吁的心口。她得休息一分钟。她的神经已经受不住了。她从胸口发出一声叹息，这叹息，半是庆幸自己脱离了危险，半是惋惜。这一切都像一团乱麻，弄得人头晕目眩，六神无主。她半闭双眼，像喝醉了酒一样，在往她的房门那儿摸索，接着深深地舒了一口气，因为她终于抓住了冰凉的门把手。这时她才感到安全了！

她轻轻推门进了房里，马上就吓得退了回来。房里，在里边暗处，有什么东西动了一下。她那兴奋的神经剧烈地战栗了。她正想呼救的当儿，从里面发出了一个轻轻的、睡意蒙眬的声音："是你吗，妈妈？"

"上帝保佑，你在这里干吗？"说着她就直奔沙发床。埃德加正蜷缩成一团在上面躺着，刚刚醒来。她第一个念头就认为这孩子准是病了，或者是需要什么东西。

但是埃德加仍带着睡意，略带一点责备的口气说："我等你好久，后来就睡着了。"

"干吗等我？"

"为了大象。"

"什么大象？"

现在她才想起，她确实答应今天晚上就把打猎的故事和其他冒险故事全讲给他听的。因此孩子跑到她房间里来了。这单纯、幼稚的孩子，他深信不疑地等着她，等着等着，就睡着了。这种放肆的举动激怒了她，或许她本来是对自己发火，她想大喊大叫来掩饰自己的罪过和羞愧。"马上回自己床上去，你这没有教养的东西！"她对他嚷了起来。埃德加诧异地望着她。她为什么对他发那么大的火？他又没有做什么错事。但是他的惊讶似火上加油。"马上到自己房里去！"她怒气冲冲地吼道，这时，她感到委屈他了。埃德加默默地走了。原来他已经疲倦极了，透过蒙眬的睡意，他迟钝地感觉到，他母亲没有遵守自己的诺言,这样对待他是不公正的。但是他没有反抗。因为困倦，他觉得什么都是昏昏沉沉的，一切都是麻木迟钝的，随后他又生自己的气，竟在这里睡着了，没有醒着等妈妈。"完全像个孩子。"在重新入睡以前，他还在生自己的气。

因为从昨天起，他就恨自己的童年了。

前 哨 战

男爵没有睡好。一次调情中断之后就去睡觉总是危险的：一个不平静的、梦魇频扰之夜，使他不久就后悔没有把这一分钟紧紧抓住。当他早晨带着未消的睡意，怀着恶劣的心绪走下楼来时，孩子从躲藏的地方朝他蹦跳过来，热情地投入他的怀里，用千百个问题来折磨他。埃德加非常快乐，他又有一分钟可以独占他的大朋友，而无须和妈妈分享了。他的故事该只讲给他听，不再讲给妈妈听了。他向他提出许许多多问题，因为妈妈虽然答应给他讲，但还是没有把这种奇妙的故事讲给他听。这时，男爵吃了一惊，掩饰不住自己恶劣的心情，但埃德加把成百个孩子气的、恼人的问题倾倒在他身上。此外，在提这些问题时还掺杂着种种亲昵的表示。他终于又和这位他找了好久、一大早就等着的朋友单独在一起了，他真是快乐极了。

男爵粗声粗气地敷衍着。这孩子没完没了的盯梢、数不尽的幼稚问题以及他那并不讨人喜欢的热情，所有这一切，都开始使他感到厌烦。天天同一个十二岁的孩子转来转去，跟他说些无聊的话，对此他感到厌烦了。现在他一心只想着如何趁热打铁，赶快把这位母亲掌握住，而孩子在场却使这事很棘手。由于他的不慎，唤起了孩子对自己的这种痴情，他对此开始感到不快。这使他心情抑郁，因为他暂时无法摆脱开这个热情得过分的朋友。

不过无论如何总得设法摆脱他。一直到十点钟——他和孩子母亲约好去散步的时间，他心不在焉地敷衍着唧唧喳喳说个不停的孩子，只是偶尔插上一两句话，同时还翻阅着报纸。可当时钟的指针快成九十度角的时候，他仿佛忽然记起来似的，请埃德加为他到另一家旅馆去一趟，问问他的表兄格伦特海姆伯爵到了没有。

真心实意的孩子真是高兴极了，终于可以为他的朋友办点事了，他对自己的使者身份很自豪，立即奔了出去，撒腿猛跑，惹得人们都奇怪地望着他的背影。可是他一心想显示一下把事情交给他办是多么可靠。那家旅馆的人对他说，伯爵还没有到，现在压根儿还没有人来打过招呼。他带着这个消息又狂奔了回来。但是男爵已经不在前厅里了。于是他就去敲男爵的房门——白敲了一阵！他怀着不安的心情跑遍了所有的场所，包括音乐室和咖啡室，然后激动地冲到他妈妈那里去打听个究竟。她也不在。最后他十分失望地去问门房，门房告诉他，几分钟之前他们俩一起出去了！这消息惊得他目瞪口呆。

埃德加耐心地等待着，他天真无邪，根本不往任何坏事上想。他想他们大概只是出去一会儿，对此他是很有把握的，因为男爵还等着他的回话呢。但是好几个小时过去了，不安开始潜入他的心头。真的，打这位陌生的、诱人的人进入了他幼小的、天真无邪的生活那一天起，这孩子整天都处于紧张、激动和纷乱的状态之中。任何热情压在像小孩那么纤细的机体上，宛如压在柔软的石蜡上一样，都会留下它的痕迹。他的眼皮又神经质地颤抖起来，脸色变得更加苍白。埃德加等啊，等啊，起先是不耐烦，后来就激动不安，末了几乎要哭了。但他一直没有什么怨恨，他盲目地信赖这位出色的朋友。他想可能是个误会。隐隐的恐惧折磨着他，也许是自己把他托付的事理解错了。

他们终于回来了，两人愉快地聊着天，丝毫也没有什么惊讶的表示，这可真令人奇怪极了。看来他们根本就没有把他放在心上。“我们迎你去了，希望在路上碰见你。埃狄。”男爵说，并不问托付他办的事。他们居然没有在路上碰见他，这使孩子大为诧异。他向他们保证说他是从笔直的大马路上跑回来的，并想知道他们是从哪个方向去找他的。刚说到这里，妈妈就打断他的话：“行了，行了！小孩子不要盘根问底，没完没了。”

埃德加脸都气红了，当着他朋友的面这么卑鄙地来贬低他，这已经是第二次了。她为什么要这样做？他确信，他已不是孩子了，而她为什么总要把他当成孩子？显然她嫉妒他有个朋友，挖空心思想把他的朋友拉过去。对了，刚才肯定是她故意把男爵领错路的。但是他不愿任她欺侮，这一点她该明白。他要给她点颜色。埃德加决定今天吃饭的时候只同他的朋友说话，跟她一句话也不说。

但是他们根本就没有注意到他的报复，甚至连他这个人也好像没有看见。这使他很难受，这完全出乎他的预料啊！昨天他们在一起的时候，他曾经是轴心啊！现在他们两人谈笑风生，互相调侃，可是没有一句话与他相干，仿佛他掉到桌子底下去了。血涌上他的双颊，喉咙里像是塞了一团东西，卡住了呼吸。他越来越愤慨地意识到自己竟是那样地无足轻重。难道他就老老实实在这儿坐着，看着他母亲把他的朋友抢去，除了沉默之外不能进行什么反抗了吗？他想，他得站起来，用两个拳头出其不意地猛捶桌子。只有这样，才能把他们的注意力引到自己身上。但是他控制住了自己，只是放下了刀叉，一口也不吃了。他们很久也没发现他不吃东西，只是到最后一道菜时，母亲才奇怪地注意到，问他是不是不舒服了。“可恶，”他心里想，“她想的只是我是不是病了，别的事情她都觉得无关紧要。”他冷冷地回答说，他不想吃，这样她也就满意了。没有什么事，什么事也不会促使他们对他加以理睬啊。男爵似乎已经完全把他忘了，至少他没有和他说过一句话。他眼里热乎乎的，泪水涌进了眼眶，他得想个法子，趁人不注意的时候，迅速地拿起餐巾，好使这该死的、幼稚的泪水不至于毫无顾忌地流下双颊。这顿饭结束的时候，他舒了一口气。

吃饭的时候，他母亲建议一起坐马车到玛丽娅·舒茨去玩一次。埃德加听着，用牙齿咬着嘴唇。她一分钟也不让他单独跟他的朋友在一起。现在她边站起来边对他说：“埃德加，你要把功课全忘了，你得留在房里把功课补一补。”听到这话，他对她恨到了极点。他又一次把小拳头攥得紧紧的。她老想在他朋友面前侮辱他，总是当众提醒他，他还是孩子，还得上学，只有得到允许才可以同大人在一起。这回的用意可是一目了然的。他未作回答，立即把身子扭了过去。“噢，又不高兴了。”她笑着说，随后就对男爵说，“要是他做上一小时功课，真会那么影响他的健康吗？”

“喏，一两个小时对身体绝不会有什么坏处。”男爵说。男爵，他一度把自己称为他的好朋友的男爵，曾经嘲笑他是书呆子的男爵，现在居然说这样的话，他感到浑身发凉、血液凝固。

这是默契吗？他们两人真的联合起来对付他了吗？孩子的目光

里闪烁着愤怒的火焰。“爸爸不让我在这里学习，爸爸要我在这里休养。”他一下子把这句话甩了出来，带有一种对自己疾病的骄傲，绝望地死抱住父亲的话、父亲的威望不放。他把这句话当作一种威胁说了出来。真是奇怪之至，看来这句话当真使得他们两人心里都不愉快了。母亲把目光移开，只用手指烦躁不安地敲着桌子。他们之间出现一阵难堪的沉默。“随你吧，埃狄。”末了，男爵强作笑容地说，“我又不用考试，我各门功课早就是不及格的。”

对这个玩笑，埃德加并没有笑，只是用审视的、锐利的目光打量着他，仿佛要深入到他的灵魂中去似的。发生了什么事呢？他们之间的关系起了变化。为什么？孩子并不清楚。他不安地移动着他的目光，一把小槌在他心里剧烈地敲打着：第一次猜疑。

灼人的秘密

“她怎么变成这样？”在滚动着的马车上孩子坐在他们对面沉思起来。为什么他们不像以前那样关心我了？为什么当我注视妈妈的时候，她总是避开我的目光？为什么他老是在我面前开玩笑，装疯卖傻？他们两人不再像昨天和前天那样跟我说话了，我仿佛觉得他们已经换了一副面孔。妈妈今天的嘴唇那么红，她准擦了口红。我从来没有见她这么打扮过。而他呢，老是蹙着眉头，好像我侮辱了他似的。我确实没有做过对不起他们的事啊，没说过一句让他们生气的话呀！不，不会是我的缘故，因为他们两人之间的关系和在这之前不一样了。他们两人好像干了什么事而又不敢说出来似的。他们不再像昨天那样谈笑风生、兴致勃勃了。他们很拘束、发窘，他们一定瞒着我什么事。他们两人之间准有个什么秘密，不想让我知道。这个秘密我无论如何要把它弄个水落石出，不惜任何代价。我看出来了，就是那种不让我知道的秘密，这种秘密就是演戏时男人和女人伸开胳膊唱歌、互相拥抱又推开的那种秘密。这一定是同我的法语女教师的秘密一样的，爸爸同她相处得很不好，后来就把她辞掉了。所有这些事情都有关联，这我感觉到了，可就是不知道是怎么回事。噢，一定要知道这个秘密，彻底知道这个秘密，要抓住这把钥匙，抓住这把能打开所有大门的钥匙，那我就不再是孩子，不让他们再来搪塞和欺骗我了！不只现在，就是永远也不让人搪塞和欺骗！对孩子他们总是把什么事都隐瞒起来。我要揭穿他们的这件事，揭穿这个可怕的秘密。他的额头上起了一道深深的皱纹，他在严肃地苦思冥想，车厢外的景色他连望都不望。这个瘦弱的、十二岁的孩子看起来几乎老了。窗外，四周色彩绚丽，山上的针叶林染着一片明净的绿色，山谷沐浴在暮春的柔和光泽里。他只是不住地盯着坐在他对面马车后座上的两个人，仿佛用一根钓竿一样，用灼热的目光要从他们眼睛的深处把这个秘密钓出来似的。再没有什么比一条模糊不清的踪迹更能使未成熟的智力大显身手的了，有时候只有一扇很薄的门，就把孩子同我们称之为现实的世界隔开了，而凑巧一阵风却会把这扇门给孩子们吹开。

埃德加蓦地感到他从来没有像现在这样挨近这个未知的巨大秘密，好像可以抓得着似的。他觉得这个秘密就在面前，虽然现在还是锁着的，谜底尚未揭开，但是很近，非常之近了。这种感觉鼓舞着他，使他显出突然郑重其事的严肃神情。因为他下意识地感到自己已经处在童年时代的边沿。

对面的两个人心里感到某种隐隐约约的障碍，但并没想到这障碍是来自孩子。三人同车使他俩感到处处受碍，很不自在。他们对面那双森然闪着火焰的眼睛打扰着他们。他们几乎不敢说，也不敢看。现在他们之间再也无法回到以前那种轻松的、社交场合的谈话了，而是很深地陷入语调亲昵、用词挑逗的阶段，常为轻佻的、偷偷的触摸而颤抖不已。他们的谈话常常接不下去。谈话中断了，想继续下去，但又不断地在孩子执拗的沉默影响下绊倒。

他那固执的缄口不语，特别对于母亲来说是一大负担。她从侧面小心翼翼地打量着他，当她第一次突然发现这孩子咬着嘴唇的神情和她丈夫激怒或生气时的神情完全一样时，她大吃一惊。恰恰是现在，她有外遇时，想起她丈夫来，心里很不是滋味。她觉得，这孩子像是鬼怪，像是良心的卫士，在这马车里一点大的地方，在她对面只有十英寸的距离，滴溜溜滚动着黑黝黝的眼睛，在苍白的额下窥视着。这使她加倍地忍受不了。埃德加忽然抬头凝视有一秒钟之久。两人立即垂下了目光：他们感到生平第一次受到了窥伺。在此之前，母子两人亲密无间，但是现在两人之间，她和他之间，忽然有了什么东西，关系完全变了样。生平第一次，他们开始察觉到，他们两人的命运彼此分开了，两人已经相互暗暗地仇恨起来了，由于这种仇恨还刚产生，彼此都不敢承认。

当马匹又在旅馆前面停下的时候，三个人都舒了口气。这是一次不愉快的远游，这一点大家都感觉到了，可是谁都不敢说。埃德加第一个跳下马车。她母亲借口说头痛，急忙上楼去了。她极为疲倦，想独自一人待会儿。埃德加和男爵留了下来。男爵给马车夫付了钱，看了看表，径自往前厅走去，毫不理睬孩子。孩子望着男爵那优雅、修长的背影，他正迈着有节奏的、轻快飘逸的步履。这步履曾经使这孩子着迷，昨天他还悄悄对着镜子加以模仿哩。他走了，径直走了。显然他把这孩子忘了，让他在马车夫旁边、在马旁边站着，仿佛这孩子与他毫不相干。

埃德加看着他这样走掉，心里像有什么东西被撕成了两片。不管怎样他还始终狂热地爱着男爵。男爵就这样走开了，没有用大衣触他一下，没有向他这个知道自己确实毫无过错的孩子说一句话，他心里绝望了。费尽气力保持的镇静崩溃了，人为地加重了尊严的担子从他过于狭窄的肩头滑了下来，他又成了一个孩子，和昨天及以前一样渺小、恭顺。这违反他的本愿，催促他快步向前。他迈着哆嗦的步子，迅速跟着男爵，在男爵正要上楼梯的时候，他在前面拦住了他，带着难以忍住的眼泪，压低了声音说：

“我做了什么对不起您的事？您不理我了！为什么您现在老是对我那么疏远？为什么您总想把我支开？是您觉得我碍事，还是我做错了什么事？”

男爵吃了一惊。这声音里有一种东西扰乱了他的方寸，使他的情绪缓和下来。他对这个毫无恶意的孩子产生了同情心。“埃狄，你是个傻瓜！我只是今天情绪不好。你是个可爱的孩子，我真的很喜欢你。”说着他使劲地来回抚弄着他的头发，但只是半转过脸来，以免看到孩子这双湿润的、恳求的大眼睛。他演的这出喜剧开始使他有点痛心了。本来他对自己如此厚颜无耻地玩弄这个孩子的爱已经感到羞愧了，而这软弱无力的、颤动的、如泣如诉的声音更使他感到痛苦。“现在上楼去吧，埃狄，今天晚上我们又会处得很好的，你看吧！”他抚慰地说。

“但您别让我妈妈早早叫我上楼，好吗？”

“行，行，埃狄，我不让她叫你上楼。”男爵笑着说，“现在上楼去吧，我得去换吃晚餐的衣服。”

埃德加走了，此刻感到十分高兴。但不久他心里的槌子又开始敲动起来。昨天以来他好像大了好几岁，猜疑这位不速之客业已牢牢地盘踞在他的心里了。

他等待着。这是关键性的考验。他们一起围桌而坐。九点钟了，母亲还没叫他去睡觉。他已经感到有些不安了。为什么恰恰今天她让他在这里待那么长时间，而以往她是一到时间就打发他走的？难道男爵把他的愿望和谈话告诉给她了？突然间他感到难以名状的后悔，今天真不该以完全信赖的心情去追他啊。到十点钟，他的母亲忽然站了起来，同男爵告别。奇怪的是，男爵对她过早告辞看来一点也没有感到惊奇，也没有像往常那样挽留她。孩子心里的槌子敲得越来越厉害了。

这是个尖锐的考验，他也装出一无所知的样子，二话没说，就跟他母亲朝门口走去。但是走到那里时他突然用眼睛一扫，真的，在这瞬间他截获了一道含笑的目光，它越过他的头顶从她眼里正巧朝男爵送去。这是一道默契的目光，某种秘密的目光。这么说男爵把他出卖了，因此今天的早走是为了要他安静下来，好让他明天不再妨碍他们。

“坏蛋！”他咕哝了一句。“你说什么？”母亲问道。“没什么。”他从牙缝里挤出这几个字。现在他有了自己的秘密，它的名字叫作恨，对他们两人无边无际的恨。

沉　默

埃德加内心的骚动业已过去。他终于享有了一种纯粹的、明净的感情：仇恨和公开的敌视。他现在确信自己是他俩的障碍，因此跟他俩待在一起就成了他的一种复杂得出奇的乐趣。他觉得破坏他们，用他积聚起来的全副力量去反对他们，是一件赏心悦目的快事。他先是对男爵表露出他的愤怒。早上男爵下楼遇见他时，亲切地向他打招呼说："早晨好，埃狄。"埃德加坐在靠背椅上纹丝不动，连眼睛都没抬一下，只是咕哝一下，生硬地回了他一句："好。""妈妈下来了吗？"埃德加两眼看看报纸说："我不知道。"

男爵感到惊愕。这一下子怎么啦？"埃狄，怎么啦？没睡好觉？"他本想像往常那样开个玩笑来缓和一下气氛，可是埃德加依然轻蔑地冲口回了一个"不"字，随即又埋头看他的报纸。"蠢孩子。"男爵自言自语地喃喃说，耸耸肩膀，走开了。敌意已经公开了。

埃德加也以冷漠和彬彬有礼的态度对待他妈妈。一次她想打发他去网球场玩，对这样一个拙劣的企图，他平静地拒绝了。由于愤恨而轻轻滑动的冷笑紧贴在他的嘴唇上闪现出来，这表明他不受骗了。"我宁愿跟你们一块儿去散步，妈妈。"他说这话带着虚假的亲热，并紧紧盯住她的两只眼睛。对她说来，这个回答显然是不受欢迎的。她迟疑了片刻，像是寻找什么东西似的。终于她打定了主意，说："在这儿等我。"于是就去用早点。

埃德加等待着。不信任感在他脑子里折腾着，他忐忑不安地感到他们的每句话里都能搜寻出一种秘密的、敌视的意图。现在这种猜疑经常能使他做出一种具有奇异洞察力的决断。妈妈要他在前厅里等，但他不在那里等，而宁愿站在马路上，那里不只能监视大门，而且能监视所有的门道。他心里有某种预感，觉得妈妈耍了个骗局。这下他俩可再也溜不掉了。像在讲印第安人故事的书里学到的那样，他躲在马路旁的一堆木料后面。大约半个小时之后，他看到他妈妈真的从一个侧门出来了，手里拿着一束绚丽的玫瑰花，后面跟着男爵，那个叛徒。这时他满意地笑了。

两个人兴高采烈。他俩避开了他，光是为了自己的秘密，就可以舒口气了吗？他俩谈笑风生，正准备折向通往林中的小径。

现在是时候了，埃德加不慌不忙地，做得像是偶然到这里来似的，从木料后面踱了出来。他非常镇定地向他俩走来，以便有时间，有许多时间来充分欣赏他俩的惊诧表情。两个人一怔，交换一下惊奇的眼光。这孩子慢慢地、带着一种泰然的神情向他们走去，他那嘲弄的目光紧盯着他们。“啊，你在这儿，埃狄，我们在里面找过你了。”母亲终于开口说。“她撒谎撒得多不要脸啊！”孩子心里想，但是他的嘴唇一动不动，把仇恨的秘密掩藏在牙齿的后面。

三个人犹豫不决地站在那儿，一个窥伺着另一个。“那我们走吧。”这个恼火的女人沮丧地说，顺手撕碎了一朵最鲜艳的玫瑰花。她的鼻翼在轻轻地翕动，这就暴露了她的愠怒。埃德加站在那里，仿佛这与他毫无关系。他望着蓝天，等待着。他俩要走的时候准备跟随他们。男爵又作了一次努力。他说：“今天有网球联赛，你看过没有？”埃德加轻蔑地望了他一眼，对他根本就不予理睬，只是翘翘嘴唇，像是要吹口哨似的。这就是他的答复，明亮的牙齿显示了他的仇恨。

孩子突如其来的出现，像梦魇似的纠缠着两个人。罪犯跟在看守后面走着，暗暗攥紧了拳头。其实孩子并没有做什么，可是他俩每分钟都无法忍受他那窥视的目光。孩子的眼睛里噙着愤怒的泪水，含着深深的阴郁，它对任何接近的尝试都愤怒地加以摈斥。“离远一点！”突然母亲狂怒地说着。孩子不断地偷听他们的谈话使她烦躁不安。“别老在我跟前跳来跳去，把人烦死了！”埃德加顺从地走开了，但是每走一两步就回过头来，一看到他俩落在后面，他就停在那儿等待着，像条黑狗用他那靡非斯特的目光[①]纵横上下地织成一个仇恨的火网。他俩感到已被火网套住，无法脱身。

孩子恶狠狠的沉默像一种强酸腐蚀了他俩的兴致，他的目光使

① 见歌德所著《浮士德》第一部。浮士德在复活节同他的学生瓦格纳出城散步去，魔鬼靡非斯特变成一条黑狗跟浮士德回到书斋，他那犀利的目光能洞察一切。

他们的谈话一到唇边就变得索然无味。男爵再也不敢说一句挑逗的话了，他愤怒地感觉到这个女人要从手上滑掉，她那好不容易才点燃的热情由于害怕这个令人厌恶的孩子又冷淡下来了。他俩总想方设法交谈，却总是谈不下去。末了他们三人都默不作声、无精打采地走着，只听到树木摇曳碰撞发出的低语和他们自己扫兴的脚步声。这孩子把他俩的谈话窒息了。

现在三个人心里都充满了一触即发的敌意。这个被出卖的孩子快乐地感到，他们的愤怒是完全抵御不住他的被蔑视的存在的，但他——咬牙含恨地等着他们发作。他用狡黠的、嘲弄的目光，不时打量着男爵那气冲冲的面孔。他看到男爵在牙缝中滚动着骂人的话，而又不得不抑制自己，以免骂出口来。他同时也怀着一种魔鬼般的乐趣注意到他母亲的怒火正在呼呼上升；他看出他俩在寻找机会，向他扑过来，把他推倒，或者使他不能再妨碍他们。但是他不给他们这样的机会，他对自己的仇恨作了长时间的筹划，使它没有任何破绽可寻，没有任何漏洞可钻。

“我们回去吧！”他母亲突然说道。她觉得无法再控制自己了，她准会做出什么事来，至少会在这种刑罚下喊叫起来。“多可惜，”埃德加平静地说，“这儿多美啊。”

他俩知道孩子在嘲弄他们，但是他俩什么也不敢说。这暴君在两天之内如此出色地学会了控制自己，不动声色，毫不泄露这是恶意的揶揄。他们一声不响地在漫长的路上往回走。当房间里只剩下母亲和孩子两人时，她仍然激怒不已。她悻悻地把阳伞和手套掷在一旁。埃德加立刻注意到她很激动，她的火气需要发泄，但是他希望这次爆发，因此故意留在房间里，以便激怒她。她来回走动，又坐了下来，用手指敲弹着桌子，随后又跳了起来。“看你的头发乱成什么样子！你脏得太不像话了，这样子见人简直是丢脸。这么大了你不知道羞耻？”孩子一句顶撞的话也没说，走到一边去梳头。这种沉默，这固执而冷漠的沉默以及跳动在嘴唇上的嘲弄简直让她气得发狂，她真想狠狠地揍他一顿。“回自己房里去！”她冲着他叫了起来。埃德加微微一笑，随即走了出去。

现在她和男爵，他们两人见到孩子就发抖，在每次会面的时候，对孩子那无情而冷酷的目光都感到恐惧！他俩越是感到不自在，孩子的眼睛里就越是焕发出欢愉的光泽，他的喜悦就越有一种挑衅的味道。埃德加现在几乎在用孩子们野兽般的残忍来折磨这对毫无抵御能力的人。男爵倒还能够压住他的怒火，因为他一直希望这是孩子的恶作剧，他只想着自己的目的。可是她，这个做妈妈的却一再控制不了自己。她觉得冲他大喊大叫一通自己会感到轻松些。“别玩弄叉子！”在餐桌上她朝着他喊叫起来，“你这个没教养的丑八怪，你还不配和大人坐在一起。”埃德加仅是微微一笑，把头稍微歪向一边。他知道这喊叫意味着绝望。看到她如此不加掩饰，他感到骄傲。他现在的目光非常镇定，镇定得像医生的目光。前段时间，为了惹他们生气，或许他是恶狠狠的，但人们在仇恨中学得很多、很快，现在他只是沉默！沉默！沉默！直到她在他沉默的压力下开始长吁短叹。

他母亲再也无法忍受了。现在当他们吃完饭站了起来，埃德加又以这种不言自明的神态准备尾随他们时，她一下子就发作了。一切都不顾了，吐出了真话。她被他不时的窥视弄得坐卧不安，像一匹被牛虻折磨的马一样暴跳了起来。“你像三岁孩子那样老是跟着我转悠什么？我不要你老待在我跟前。孩子不要老缠着大人。记住！自己一个人去待一小时。看看书，或者随便干点什么。让我安静安静！你老在我身边溜来溜去，那副讨厌的样子，真让人烦死了。”

终于把她的供词逼出来了！男爵和她这时显得十分尴尬，而埃德加却莞尔一笑。她转过身想走了。她对自己感到生气，刚才怎么好对孩子泄露自己不愉快的心情呢？但是埃德加只是冷冷地说：“爸爸不让我一个人在这儿转来转去。我已经答应爸爸了，在这儿处处小心，老跟在您身边。”

他强调“爸爸”两个字，因为他早就注意到这两个字对他们两人有着某种使他们瘫痪的神秘作用。他父亲同这种炽热的秘密也准有某种瓜葛。爸爸一定具有某种支配他俩的、隐秘的、他不知道的力量。因为一提到爸爸，好像就会使他俩感到恐惧和不快，就是这次，他们也未作反抗。他们放下了武器。母亲先走了，男爵也随后离去。在他俩之后是埃德加，但他不像仆人那样畏葸，而像一名看守那样强硬、严峻和无情。他抖动着无形的、锁住他俩的铁链，他们摇晃着，但无法挣脱掉。仇恨锻炼了他那孩子式的力量。他，一个无知的人，却远比那两个被秘密铸住双手的人更为强大。

撒 谎 者

时间很紧迫了。男爵只剩下很少几天可供利用了。他俩感到，去反抗这被惹火了的孩子的执拗劲是没有用的，于是他俩只好采取最后的也是最卑劣的一招：逃，摆脱开他的专横统治，哪怕是一两个钟头也好。

“把这两封信送到邮局去寄挂号。”母亲对埃德加说。母子两人站在前厅里，男爵在外边正和一架出租马车的车夫谈话。

埃德加狐疑地拿着这信。他想起来，过去都是有个仆役给母亲跑腿的。他们是不是在合谋算计他呢？

他犹豫不决。

“你在哪儿等我？”

“在这里。”

“一定？”

“是的。”

“你可不要走开呀！你在前厅这儿一直等到我回来？”由于他感到自己占了上风，所以同母亲说话时带着命令式的口吻。从前天起发生了多大的变化啊！

他拿着两封信走了。在门口他和男爵碰了个照面。埃德加同他搭话了。两天来这是第一次。

“我去发两封信。我妈妈在等着我，等到我回来。你们可不要先走掉啊。”

男爵急忙从旁边挤了过去。“好的，好的，我们等你。”

埃德加向邮局奔去。他得等着。他前面的一位先生提了一大堆无聊的问题。埃德加终于办完了他的事，拿着挂号单跑了回来，回来时正赶上看到他母亲和男爵坐着出租马车走了。

他气得发呆了，几乎想弯腰拾起一块石头向他俩掷去。他俩到底把他摆脱掉了，但是撒了一个多么下流、多么卑鄙的谎啊！他母亲说谎，这他昨天就知道了；但她居然能这样不要脸，说话不算数，这就把他对她的最后一点信任也摧毁了。他看到那些言辞只不过是些五彩缤纷的水泡，它们膨胀起来，一破就化为乌有，而他从这些言辞后面揣摩到了事实真相。从此，他就不再能理解整个生活了。这会是一个什么可怕的秘密，居然使成年人欺骗他这么一个孩子，像罪犯似的偷偷溜走？在他读过的那些书里，人们为了得到金钱或者为了攫取权力和王国而进行谋杀和欺骗。可这儿是为了什么？这两个人要干什么？为什么他俩要躲避他？他俩撒了上百个谎究竟想遮掩什么呀？他绞尽脑汁，穷思苦想。他隐约地感觉到，这项秘密就是童年的一把门闩，获得了这项秘密就意味着长成一个大人，长成一个男子汉了。噢，一定得掌握这个秘密！但他没法进一步清晰地思考。他俩摆脱了他，这事燃起了他的愤怒，给他清澈目光蒙上了一层烟雾。

他跑进树林，恰好来得及躲入暗处，使别人都看不到他。这时他哭了起来，泪如泉涌。“撒谎、狗东西、骗子、流氓！”——他必须大声地把这些话喊出来，否则他会憋死的。愤怒、焦急、恼恨、好奇、一筹莫展和他俩这些天来的背叛都被压制在孩子气的斗争里，被桎梏在他把自己想象成大人的幻觉之中，现在都迸出胸膛，化成了泪水。这是他童年时代的最后一次哭泣，最后一次号啕大哭，他最后一次像女人一样，哭一阵就感到痛快些。他在这不能自制的愤怒时刻，把所有一切都一股脑儿哭了出来：信任、热爱、虔诚、尊敬——他的整个童年。

男孩回到旅馆之后，已经变成另一个人了。他十分冷静，办事谨慎而周密。他先回到自己的房间，把脸和眼睛细心地擦洗干净，不让他俩看到他有泪痕，不让他们享受胜利的喜悦。随后他就准备进行清算。他耐心地等候着，毫无不安的感觉。

当马车载着这两个逃亡者返回旅馆时，前厅里有很多人。有几位先生在下棋，另一些人在看报纸，女人们在闲谈。在这群人中间，孩子一动不动地坐着。他面色显得有些苍白，目光颤抖。现在，他母亲和男爵进门时突然看到了他，感到有些尴尬。男爵正要结结巴巴地讲他事先编好的谎话时，孩子挺直身子安详地朝他俩走去，挑衅地说道："男爵先生，我有话同您谈。"

这使男爵感到不快。他有一种像被抓住了的感觉。"好的，好的，以后再说，以后吧！"

但是埃德加提高了嗓门，声音响亮而严峻，周围的人都听得清："可是我想现在同您谈。你做得太卑鄙下流了。您骗了我。您是知道的，妈妈在等我，可您……"

"埃德加！"母亲喊了起来，向他扑过去，所有人的目光都朝她望去。

但是孩子现在突然刺耳地叫了起来，因为他看到她要把他的话压下去：

"我当着大家的面再对您说一遍：您无耻地撒了谎，这是卑鄙的，这是下流的。"

男爵站在那里，面色苍白，人们都望着他，有几个人窃窃地笑了起来。

母亲抓住了激动得发抖的孩子。"马上到你房间里去，要不我就在众人面前揍你一顿。"她声音沙哑、结结巴巴地说道。

但是埃德加站在那里又恢复了平静。刚才这样冲动，他觉得遗憾。他不满意自己，因为本来他是想冷静地向男爵挑战的，只是到最后一刻，愤怒竟比他的意志更为厉害。他安详地、从容不迫地向楼梯走去。

"请您原谅，男爵先生，原谅他的粗野。您知道，他是一个神经质的孩子。"她还在结结巴巴地说，周围的人都盯着她，目光里流露出有点幸灾乐祸的神情，这使她惶惑不安。世界上再没有比丑闻更使她感到可怕的了，她知道她必须保持镇定。她不是立刻就溜走，而是先到门房那里问问有没有她的信件以及说几句无关紧要的小事，随后才快步走上楼去，仿佛什么事情都没有发生似的。但是在她身后是一片窃窃私语和压低的笑声。

半路上她放慢了脚步。面对这种严重的处境她一点办法也没有，同时对这场争吵她感到恐惧。她无法否认这是自己的过错。还有，她怕孩子的目光，害怕孩子这种新的、陌生和奇怪的目光，这目光使她瘫痪和惶恐不安。由于畏惧,她决定用温柔的办法来试一试。她知道，在这样一场斗争中这个被激怒了的孩子是强者。

她轻轻地拉开门。孩子在那里坐着，平静而冷淡。他望着她，眼里毫无惧色，也没露出任何好奇的神情。他显得泰然自若。

“埃德加，”她尽可能亲昵地开始说，“你怎么啦？我为你感到害臊啊。你怎么这样粗野，还是一个孩子就这样对待大人！你得马上去向男爵先生道歉。”

埃德加望着窗外。这个“不”字，他像是对着树木说的。他那镇定的神情使她感到惊奇、陌生。

“埃德加，你这是怎么啦？你，怎么变得和往常大不一样了？我简直都认不出你来了。往日你是个聪明的乖孩子，人们都喜欢你。可你一下子变成这个样子，像是让魔鬼缠住了似的。你为什么那样恨男爵？以前你是非常喜欢他的。他对你一直是那么好啊。”

“是呀，因为他想认识你。”

她感到很不是味儿。“胡说！你想到哪儿去了，你怎么能这样想呢？”

这下孩子可光火了。

“他是撒谎的人,一个伪君子。他所做的都是为了自己,是卑鄙的。他想要认识你，才对我表示亲热，还答应送给我一只狗。我不知道他答应了你什么，为什么对你那么亲热，但是他也要从你身上得到点什么，妈妈，这是肯定的。要不他不会这样客气友好的。他是一个坏人。他撒谎。你只要瞧一瞧他那样子，有多虚伪。啊，我恨他，恨这个卑鄙的骗子，这个流氓……”

“埃德加，你怎么能说这话呢？”她不知所措，也不知该怎么回答。她心里激起了一种感情，觉得孩子是对的。

“真的，他是个流氓，这我是不会看错的。你自己一定也会看出来的。他为什么怕我？他为什么躲避我？因为他知道我看透他了，我认识他，这个流氓！”

“你怎么能说这话呢？你怎么能说这话呢？”她脑海里的词汇已经枯竭了，只是用毫无血色的嘴唇结结巴巴地一再重复这两句话。现在她蓦地感到害怕了，但是并不知道是怕男爵呢，还是怕孩子。

埃德加看出他的告诫起了作用。把她拉到自己这一边，成为仇恨男爵、反对男爵的一个同志，这个思想在引诱着他。他温和地走到母亲身边，拥抱她。他的声调由于激动变得像在讨好似的。

“妈妈，”他说，“你一定会自己看出来，他不会干什么好事的。他把你都变成另一个人了。不是我,而是你变了。他怂恿你来反对我，只是为了独个儿跟你好。他肯定会欺骗你的。我不知道他答应给你什么，可我知道他不会遵守诺言的。你应当提防他。谁骗了一个人，那他也会骗另一个人。他是一个恶人，你不应该信任他。”

这声音充满感情，几乎是声泪俱下，像是出自她本人的心胸。她心里已经产生了一种不愉快的感觉，这种感觉告诉她的，与孩子所说的一样恳切、中肯。但是她不好意思向自己的孩子承认他是对的。她像许多人一样，出于一种自认为优于他人的情感，在处于狼狈境地时，常用一种粗暴的方式来救助自己。她愠怒地挺了挺身子。

“小孩子懂得什么！这些事不用你来多嘴。你应当有礼貌。就这些。”

埃德加的脸上又泛起一片冷意。“随你好了，”他生硬地说，“反正我警告过你了。”

“那么说你是不准备去道歉了？”

“不。”

他俩面对面站着，满脸怒气。她觉得这关系到她的威望。

“那你就在楼上用餐。一个人。在你没有道歉之前，不准到我们桌上来。我要教你懂得规矩。不得到我的许可，不准你离开房间，听懂了吗？”

埃德加微微一笑。这种不怀好意的微笑，像是与他的嘴唇长在一起的。在内心他却对自己发火。他多愚蠢，竟然又一次泄露了他的衷曲，而且还对她——这个撒谎的女人发出警告呢。

母亲快步走了出去，连一眼也没看他。她惧怕这双犀利的眼睛。自从感觉到孩子已经看出了一切，并告诉她这件她不想知道、也不想听到的事情后，这孩子就使她感到讨厌了。使她感到惊愕的是，她仿佛听到一个声音，她的良知离开了她的躯体，乔装成孩子，乔装成她亲生的孩子在她身旁走来走去，在警告她、嘲弄她。直到现在，这个孩子一直生活在她身边，是一件装饰品、一个玩物，是一种爱和信赖，有时也是一个累赘，但不论是什么，都总是同她生活在同一激流中、合着她生活的节拍。这个孩子今天第一次放肆起来，反抗她的意志。现在在她对自己孩子的回忆中，总是夹着某种类似仇恨的东西。

不仅如此，现在当她稍感倦意地走下楼梯时，从她自己的心胸中响起了孩子的声音："你应该提防他。"——这个警告总是不肯缄默。这时她从一面闪亮的镜子前面走过，她询问般地向里望去，越望越深，越望越深，直到镜子里的嘴唇泛起一丝微笑，并围成圆形，像是要吐出一个危险的字眼似的，从她的内心深处还响着这种声音。但是她高高地耸耸肩膀，犹如要把所有这些看不见的思虑全都抖落下来似的，朝镜子里快乐地看了一眼，扯了扯衣服，带着一个赌棍把最后一枚金币叮当一声抛到赌台上去的那种果断的神态走下楼去。

月光中的踪迹

侍者把晚餐给埃德加送到房间里，随后就锁上了门。门上的锁在他身后嘎嘎地响着。孩子愤怒地跳了起来。很明显，这是受他母亲的指使，把他像一头凶狠的野兽似的关了起来。他心里产生了一个可怕的念头。

"把我关在这里，下面在干什么呢？现在他们俩在商量些什么？如果到头来这个秘密就在那儿，难道我就把它错过？噢，一旦我在大人们中间，我就能到处觉察到这个秘密。在夜里，大人们把门关起来，把这个秘密沉浸在轻言絮语中，要是我能偷偷地进到里面，这巨大的秘密就在面前；几天来我已经接近了它，可就是还一直没有把它抓住！从前，为了捉住它，我什么都干过！那时候我从爸爸的书桌里偷了些书出来，这些奇奇怪怪的事情书里都有，只是我不懂。这个秘密一定贴着个什么封条，要想找到它，得先把封条揭去，这封条也许是在我身上，也许是在别人身上。那时我问过别的女仆，求她把书里这些地方给我讲一讲，但是她把我嘲笑了一顿。做个孩子太可怕了，好奇心重，可是又不许问别人，在大人面前总是显得很可笑，好像是些傻瓜和废物似的。但我会把这个秘密弄清楚的，我感到现在很快就会知道了。我已经掌握了一部分，不把它全部弄到手，绝不罢休！”

他谛听是否有人来。外面，微风吹拂着树林，它把枝条之间静如明镜一样的月光碎成无数摇曳不定的小片。

“他们俩想干的一定不会是什么好事，要不他们干吗要编造那么卑劣的谎言来把我支开？他俩现在肯定在嘲笑我。这两个该诅咒的到底把我甩开了，但是最后笑的是我。我真太蠢了，让人关在这里。我不去紧紧盯住他们，窥视他俩的一举一动，倒反让人关在这里。我知道，大人往往都不怎么谨慎，他俩一定会露出马脚的。他们总认为我们孩子还很小，晚上睡得死死的。可他们忘了，我们也会假装睡觉而去偷听，我们也能装傻，而实际上十分聪明。前不久，我的姑姑生了孩子，其实这事大人早就知道了，在我面前却装作惊奇的样子，仿佛感到很意外似的。但我也是知道的，因为我听他们说过，那是几星期前一个晚上，他们以为我睡着了就谈论起来。这次我也要让他们惊讶一下。这两个卑鄙的家伙。噢，现在他俩一定自以为很保险，我要是能穿门而出，前去侦察，暗地里注视他俩，那该多好。现在我也许该按铃吧？这样女仆就会来开门，问我要什么东西。或者我吆喝骂人，摔碎餐具，那他们也会来开门的。这当儿我就可以溜走，去窃听他俩说话。不行，我不这样做。不能让别人看见他们对待我是如何卑鄙。我以此为骄傲。明天我再向他们算账。”

楼下传来一个女人的笑声。埃德加一怔，这可能是他的母亲。她倒是有理由发笑，有理由嘲弄他，一个小孩，一个走投无路的人，要是他让人觉得累赘的话，就把他锁在房间里，像扔团湿衣服一样，往墙角一甩了事。他小心翼翼地把头探出窗外。不是，不是她，是一个他不认识的、放肆的姑娘在和一个小伙子逗趣。

就在这时，他看到窗户离地面并不很高。不知不觉他起了一个念头：跳出去。现在他俩肯定自以为很保险，我正好去偷听。这个决定使他兴奋得全身发热，仿佛他已经把这个童年时代的、闪闪发光的、显得十分巨大的秘密掌握在手里了似的。"跳出去，跳出去！"他颤抖着。毫无危险，没有人从这里过去。于是他就跳了下去。只有鹅卵石发出轻微的声响，没有一个人听到。

这两天，蹑手蹑脚和窥伺已经成了他生活中的一大乐趣。他轻轻地提起脚步绕旅馆走着，小心翼翼地避开灯光的强烈反照。这时他有着一种快感，这快感同因恐惧而引起的轻微战栗混在一起。他先是谨慎地把面颊紧贴在餐厅的玻璃上向里望去。他俩常坐的位置上是空的。随后他逐个窥视各扇窗户。他不敢进旅馆去，因为怕在过道中间凑巧碰上他们。到处都找不到他俩。他感到绝望了。正在这时，他看到两个影子从门里闪了出来——他往回一缩，蹲在暗处——他母亲和那个形影不离的伴侣出来了。来得正是时候。他们在谈些什么？他无法了解。他们说得很轻，风在树林里变得不安起来。忽然飘来一阵十分清晰的笑声，这是他母亲的声音。这笑声他从来没有听见过，笑得少有的刺耳，像是被胳肢、被刺激引起的神经质的笑声。他感到这笑声很陌生，心里大为惊愕。她在笑。那就是说没有什么危险的事了，不是什么要对他隐瞒的大事，不是什么了不起的事。埃德加感到有些失望。

但是他们为什么要离开旅馆？现在夜都深了，他们到哪儿去呢？风在高空中挥动着它巨大的翅膀，夜空刚才还很洁净，充溢着月光的清辉，现在变得昏暗了，无形的手撒开了黑色的幕布，有时把月亮包裹起来，使夜变得漆黑一团，几乎连路都难以辨认。当月亮重又露出来时，一切又都被洒上光辉。银色的月光冷冷地泻在周围的山川树木上。光和影之间进行着神秘莫测的游戏，像是一个女人，时而赤身裸体，时而裹着衣服在嬉戏，是那样的诱人。正在这时，四周的景物又赤裸裸呈现出明亮的胴体：埃德加从侧面看到路上有两个移动着的黑色身影，或者不如说是一个身影，因为他俩贴得那么紧，仿佛两人心里害怕而紧紧挤在一起似的。可现在他们两个要去哪里？松树在呻吟，林中像是充满了忙碌和喧嚣，宛如在围捕野兽似的。“我跟着他们，”埃德加想，“风刮得这么紧，林中这样响，他俩不会听到我的脚步声。”在他们沿着下面宽广明亮的大路向前走去时，埃德加在上面的林中轻巧地从一棵树跳向另一棵树，从一个树影跃向另一个树影。他无情地紧紧跟踪他们。他感谢风儿，它使别人听不到他的脚步声；他咒骂风儿，它老是把他们说的话刮到远处。要是他能听到他们的谈话就好了，哪怕是只听到一次，那他肯定就可以知道这个秘密。

下面的两个人信步走去，毫无所知。他俩陶醉在这广阔、昏乱的夜色之中，在不断增长的激动中忘却了自己。没有任何预感来警告他们：上面树叶浓密的暗处有人在跟踪着他们的每一个脚步，有两只眼睛死死地盯着他们，充满了仇恨和好奇。

突然他俩停住了。埃德加也立即停住了脚步，紧紧贴在一棵树上。一种剧烈的恐惧在向他袭来。要是他俩现在往回走，比他先回到旅馆，要是他不能及时赶回自己的房间，母亲发现房间是空的，那该怎么办？这样一来一切都完了，他们会知道他暗地里窥视他们来着，他就再没有希望从他们那里索取这个秘密了。但是他们二人在犹豫不决，显然在争论什么。幸好有月亮，他把一切都看得清清楚楚。男爵指着一条昏黑狭窄的小路，这条小路通往下面的山谷，在那里月亮不像在这条路上那样倾泻着它的全部光华，而只是透过密林渗出点滴的光亮和稀疏的光线。“他干吗要到下边去？”埃德加抽搐了一下。他母亲好像说“不”，另一个却在说服她。埃德加从他的手势上看得出他是多么紧迫。孩子害怕了。这个人想向他母亲要什么？这个浑蛋为什么要把她领到暗处去？突然他从自己所读过的那些书里——这些书就是他的整个世界——生动地记起了谋杀、拐骗和可怕的犯罪。一定是的，他想谋杀她，正是为此他才摆脱开他，把她单独引到这里。他该呼救吗？杀人犯！呼救声刚要冲出喉咙，但是他嘴角发干，喊不出声来。他的神经由于激动绷得紧紧的，使他几乎站不稳了。由于害怕跌倒，他赶紧伸手去抓一个把手——这时“咔嚓”一声，他双手折断了一根树枝。

那两个人惊愕地转过身来，凝望着暗处。埃德加一声不响地靠在树上，胳膊紧紧贴在一起，矮小的身体深深地埋在树影之中。死一样的寂静。但他俩像是受惊了。“我们回去。”他听到他母亲说，声音显得畏葸胆怯。男爵本人显然也不安起来，他顺从了。两人慢慢地往回走，相互靠得紧紧的。他俩内心的惶恐就是埃德加的幸福。他用四肢在林中爬行，双手都被划出血来。到了森林的尽头，他就全速往回跑去，气喘吁吁，到了旅馆，三步两步就蹦上了楼。锁门的钥匙幸好还在门上插着，他开了门，冲进房里，躺到床上。他得休息几分钟，因为心在胸膛里剧烈地跳动着，像是钟舌在敲响的钟壁上那样跳动不已。

随后他胆子大了起来，靠在窗旁，等着他们两人的到来。好长时间过去了。他们一定走得很慢，很慢。他从窗框的暗影里小心地窥视着。现在他们慢慢地走来了，月光照着他们的衣服。在这绿光中他们看起来像幽灵似的。男爵真是杀人凶手吗？他刚才阻止了一件多么可怕的事啊，这个想法使他感到慰藉而又恐怖。他望着他们粉白色的脸，看得清清楚楚。母亲的脸上流露出一种欣喜的表情，这是他从没有见过的，但男爵显得烦恼和不悦。很明显，这是因为他的意图落空了。

他俩紧紧挨在一起，一直到旅馆门前他俩的身体才互相分开。他们是不是会朝楼上看？没有，他俩谁也没有往上看。“他们把我忘记了。”孩子想。他怀着一股狂暴的怒气，同时又感到一种隐隐的、胜利的喜悦。“我可没有忘记你们。你们以为我睡了，或者在这个世界上不存在了，但是你们会看到你们的错误的，我要监视你们的一举一动，直到从他这个浑蛋手中把这个秘密弄出来为止。这可怕的秘密，它使我无法入睡。我一定要粉碎你们的同盟。我不睡。”

那两个人慢慢地进了大门。现在当他俩一前一后往里走去时，两个投在地上的黑影又倏地纠缠在一起，变成了一条黑色的长带消逝在光亮的门内。楼前的空地在月光中洁白明亮，像铺满白雪的辽阔草地。

袭　击

埃德加喘着粗气从窗户旁退了回来，恐怖在摇撼着他。在他的生活里，他还从没有这样接近过这样充满神秘莫测的东西。书本中那个激动不安的世界，紧张冒险的世界，充满凶杀和欺骗的世界，他原以为只能在童话中、在梦幻的后面，是不真实的、不可企及的。可现在他就像突然陷进了这个充满恐怖的世界之中，一经同它直接接触，他的整个身心就剧烈地震颤不已。这个男人，这个神秘的人，这个突然闯进他平静生活的男人究竟是谁？他光是一个杀人犯吗？为什么老是找偏僻的地方，要把他的母亲拉往暗处？看来是要发生可怕的事了。他不知道该怎么办。明天他要给爸爸写信或发电报,这是肯定的。可是这坏事，这可怕的事，这谜一样的事会不会现在就发生，今天晚上就发生呢？他的母亲还没有回到自己房间，她还同那个可恨的陌生人在一起呢。

在内层门和外层门之间有可以轻易开启的暗门，里面有一个狭窄的空间,比一个衣柜大不了多少。他紧贴着身体挤进这巴掌大的暗处，以便窥视他们的脚步。他决意不让他俩有瞬间的机会单独在一起。现在是午夜时分，过道上空荡荡的，只有唯一的一盏灯亮着，光线微弱暗淡。

他感到这几分钟的时间长得可怕——终于，他听到了向楼上走来的、轻微的脚步声。他全神贯注地谛听着。这不是像要回到自己的房间的那种疾步行走，而是一种拖沓的、犹豫的、非常缓慢的脚步，像是在攀登一条崎岖难行的陡峭山路似的。这中间他们老是一再地耳语和走走停停。埃德加激动得浑身发抖。他俩走到头了？怎么他还和她在一起？耳语声听不见，脚步声尽管还是迟疑不决，但越来越近了。现在他突然听到了男爵那可怕的声音，他嘶哑地、轻轻地在说什么，可埃德加听不懂，随之是他母亲立即表示异议：“不，今天不！不！”

埃德加在发抖，他俩走近了，他什么都可以听清楚了。他们走向他的每一步，尽管是那么轻，仍使他的心胸感到痛苦。那种声音他感到极为可憎，这该死的家伙的声音充满了贪婪，是多么令人厌恶！

“您不要这样残忍。您今天晚上多美啊！”

另一个声音说：“不，我不应当，我不能够，您放开我。”

在他母亲的声音里流露出那么多的恐怖，这使孩子大吃一惊。他还要她什么呢？她为什么害怕呢？他俩越来越近了，大概现在已经到了他的门前。他浑身颤抖，现在他就站在他俩的身后，近在咫尺，只有一层薄布挡着。现在他连他们呼吸的声音都能听到了。

“您来吧，玛蒂尔德，您来吧！”他又听到母亲的喘气声，声音越来越脆弱，抗拒的力量瘫痪了。

这是怎么了？他俩又走到黑暗中去了。他母亲没有回自己的房间，而是过门不入！他要把她拖到哪儿去？她为什么不再说话了？难道他往她嘴里塞了一团布？把她的喉咙卡住了？

这个想法使他狂怒了。他用颤抖的手把门开了一半。现在他看到了他俩在昏暗的过道上，男爵用胳膊搂着他母亲的腰，领着她轻轻走去，看来她已经不再抗拒了。现在他在自己的房门前停住了。“他要把她弄走？”孩子惊慌起来，“现在他要下手作恶了。”

他猛地冲了出去，把门一关就向二人奔去。当他母亲看到突然有什么东西向她扑来时，她叫了起来，吓瘫了。男爵费了好大的劲才把她扶住。可就在这一刹那，他觉得一个软弱的小拳头打在自己脸上，打得他的嘴唇狠狠地碰在牙齿上，他周身像被猫抓了一样。他把那个受惊的女人放开，她立即疾步逃之夭夭。在还不知道是谁打他之前，他就胡乱地招架，用拳头回击起来。

孩子虽是个弱者，但他毫不屈服。早就渴望的时刻终于来到了，他可以把被出卖的爱、积聚起的仇恨一股脑儿激烈地发泄出来。他用自己的两只小拳头乱捶一气，紧咬嘴唇，怒火中烧，像发了疯一样。男爵现在也认出是他来了，他对这个密探满腔仇恨，几天来这个孩子一直在触他的霉头，破坏他的好事，他狠狠地回击，不管打在什么地方。埃德加喘着粗气，但他毫不放松，也不呼救。午夜时分，他俩在过道上默默地、咬牙切齿地搏斗了一分钟之久，男爵才慢慢意识到他同一个尚未发育成熟的孩子打架是多么可笑。他紧紧抓住了他，想把他甩开。孩子这时感到身不由己，知道一会儿就要输了，就将挨打，暴怒中他朝着那只想来卡他脖子的手就咬。被咬的人下意识地发出一声低沉的叫喊，松了手，孩子就利用这一瞬间逃回自己的房里，把门闩上。

这场午夜的战斗只持续了一分钟。周围没有任何人听到。一切都寂静无声，仿佛都在沉睡。男爵用手帕擦了擦流血的手，不安地窥视着昏暗的四周。没有人窃听。只有顶棚上一盏电灯在不安地闪烁，他觉得这盏灯也在嘲弄他。

暴风雨

第二天早晨，当埃德加蓬松着头发从昏乱的恐惧中醒过来时，他自问道："难道这是梦，是一个凶恶的、危险的梦吗？"他的脑袋在嗡嗡作响，关节发木僵硬。现在，他往下一看，才发现自己还穿着衣服。他一跃而起，蹒跚到镜前，一望自己苍白、扭曲的面孔就惊得后退。他的额角上有一条红肿的血痕。他费力地集中思想，恐惧地回忆起一切：夜里过道上的那场战斗。他冲回房间，像发烧似的颤抖着，往床上一倒，还是穿着衣服，以便随时可以逃出去。他在那儿一觉睡了过去，沉入了郁闷的、布满阴云的梦乡，那一切又在梦里再现了一次，所不同的只是更为可怕，还带有一股流着鲜血的潮湿味道。

楼下面行走在鹅卵石上的脚步声沙沙作响，讲话声像看不见的鸟儿一样飘了上来，阳光照进了房间。一定很晚了，他吃惊地向时钟望去，可是时针还指着午夜，昨天激动之中他忘记了上弦。失去了时间的凭依，这使他不安，到底发生了什么事？这种茫然若失的感觉更增强了这种不安。他迅速地振作精神，走下楼去，心中忐忑不安并感到有些内疚。

在餐厅里他母亲一人坐在通常坐的那张桌子旁。埃德加松了一口气，他的敌人不在，他不会看到那张可憎的面孔了，那张面孔昨天他在愤怒中曾用自己的拳头狠揍了一顿。可当他靠近那张桌子时，他感到慌乱了。“早晨好。”他问候母亲。

他母亲没有回答。她眼都没抬一下，而是用异常呆滞的瞳仁望着远处的景色。她显得非常苍白，眼圈留有淡淡的一层红晕，鼻翼神经质地抽搐着，显露出她的激动。埃德加咬紧嘴唇。这种沉默使他不知所措。他不知道昨天是不是把男爵伤得很重，也不清楚她是否知道夜里的这场殴打。这种茫然无知在折磨他。她的面孔仍是那样呆滞，这使他根本不敢望她一眼，害怕她现在低垂的眼睛会骤然从沉重的眼皮后面跳出来把他抓住。他变得安静极了，一点声音也不敢弄出来，他小心翼翼地拿起杯子，又把它放了回去，偷偷地望了一下母亲的手指。她非常烦躁地玩着汤匙，扭曲着的手指显露出内心的狂怒。就在这种透不过气的感觉中他坐了一刻钟，期待着什么，但它并没有到来。一句话也没有，没有一句话能使他从窘迫中解脱出来。他母亲站了起来，根本不理睬他。现在埃德加还不知道他该怎么做：独自留在桌旁，还是跟随她去？最后他还是站起身来，低声下气地跟在她的后面。她飞快地扫他一眼，同时感到他的尾随是多么可笑。埃德加把步子放得越来越小，以便跟她拉开一段距离，可她毫不注意他，径直回到自己的房间去了。当埃德加也走到门口时，房门已经紧紧锁上了。

这是怎么啦？他完全不得要领。对昨天发生的事他不再那么自信了。难道他昨天的袭击不对吗？他们是在准备对他进行惩罚还是进行新的侮辱？他感觉到一定要出事，很快就会发生可怕的事。处于他与他们之间的是一场即将到来的暴风雨前的闷热，是带电的两极所产生的电压，只有闪电才能把它释放掉。带着这种预感的重负，他孤独地熬过了四个钟头，在房间里走着，他那细长的颈背被看不见的重量压得抬不起来。中午，当他来到餐厅桌子前时，已完全是一副忍气吞声的样子了。

“你好，妈妈。”他又说道。他得打破这种沉默，打破这种可怕的沉默，像一片阴云那样悬在他头上的沉默。

母亲仍不予回答，仍不睬他。怀着一种新的惶恐，埃德加觉得她现在对他的怒火是深思熟虑的，是积蓄已久的，这种火气他生平还从没有遇到过。过去她发火总是只爆发一通了事，更多的是神经质的，而不是感情上的，并且一会儿就变成一种抚慰的笑容了。可这次他觉察出这是从她内心最深处迸发出的一种狂暴的感情，他对这个不小心招来的强大压力感到吃惊。他几乎无法进餐，在他的喉咙里翻腾着某种干枯的东西，使他感到窒息。他母亲像什么也没有看到。只是在她起身时，才像是漫不经心地转过身来说："待会儿上楼来，埃德加，我有话同你说。"

这语气没有威胁的味道，却那样冷冰冰的，使埃德加悚然，就像有人突然把一副铁链套在他的脖子上。他的傲气消失了，像一条被痛打的狗一样，默默地随着她上楼，进入房内。

她有几分钟一声不响，用这种办法继续折磨他。这几分钟里，他听到钟的滴答声，他听到外面孩子的笑声，他听到自己的那颗心在胸膛里怦怦跳动。但她也不是那么信心十足的样子，因为她现在对他讲话时，不是看着他而是背着他。

"我不想再谈你昨天的所作所为。这简直是闻所未闻，我一想到它，就感到丢脸。这种后果是你自己造成的。我现在只想告诉你，你单独在大人中间这是最后一次了。我已经给你爸爸写了信，得给你找一个家庭教师或者送你去寄宿学校，好去学一些礼貌。我不想再为你烦恼了。"

埃德加垂着头站在那儿。他觉得这只是一个开场白，一个威吓罢了，正题还在后面，他不安地等待着。

"你现在立即去给男爵赔礼。"

埃德加一怔，但是她不让他打断她的话。

"男爵今天已动身走了，你得给他寄封信，我口授你写。"

埃德加又是一怔，但他母亲的口气是坚定的。

"不许还嘴。那是纸和墨水，坐下。"

埃德加抬头望去，她的眼睛显出果断和坚定。他从没看到过他母亲这样严厉、专横。他害怕起来。他坐到那里，拿起钢笔，但是把脸深深伏在桌上。"上面写上日期。写了吗？称呼之前空一行！这样写：非常尊敬的男爵先生！惊叹号。再空一行。我十分遗憾地获悉——写了吗？——十分遗憾地获悉，您已离开了塞默林——塞默林有两个m——因此我想到只能写信——写快一点，字不一定写得很讲究！——来请您原谅我昨天的鲁莽。正如我母亲告诉您的，我尚处在一次重病的康复时期，易受刺激。我经常把看到的事加以夸大，但随即就感到后悔……"

伏在桌上弓着的背脊倏地直了起来。埃德加转过身来，他的悖逆精神又苏醒了。

"这我不写，这不是真的！"

"埃德加！"

她用这声音来威胁他。

"这不是真的，我没有做什么可后悔的事。我没有做什么坏事，为什么要赔礼？我只是在你喊叫的时候来救你！"

她的嘴唇变得毫无血色，鼻翼在翕动着。

"我呼救了？你疯了！"

埃德加火了。他猛地一下跳了起来。

"是的，你呼救过，在外面的过道上，昨天夜里，当他抓住你的时候。'您放开我，您放开我'，您这样喊的，声音很大，我在房间里都听见了。"

"你撒谎，我从没有同男爵在过道里待过，他只是陪我走到楼梯……"

这种大胆的谎言使埃德加跳动的心为之一停。她的声音并未吓住他，他用晶亮的眼珠凝视着她。

"你……没有……在过道上？他……他没有把你抓住？没有用暴力搂住你？"

她笑了起来。一种冷酷的、干涩的笑。

"你在做梦。"

这对孩子来说太过分了。他现在知道大人会撒谎，会说些卑微的、大胆的遁词，会说狡猾的和模棱两可的话。但是，这种厚着脸皮的、冷冰冰的否认，当面撒谎，可实在把他惹急了。

"那这伤痕也是我在做梦？"

"谁知道你同谁打了架？可我不要和你争论，你必须听话，去把它写完。坐那儿去，写！"

她瘫软无力，在用最后的力量支撑住自己。

但是现在埃德加内心连最后一点信任的火花也熄灭了。人们竟然可以像踏灭一根燃着的火柴根那样来践踏真理，这他想不通。他觉得身上冰冷，全身瑟缩。他所说的话都变得尖刻、恶毒和肆无忌惮：

"那么，我是在做梦？在过道里，还有这儿的伤痕都是做梦？你们两人昨天在那儿，在月光中闲逛，还有他要领你往下走，这难道也是做梦？你以为我会像娃娃那样让人锁在房间里？不！不！我才不像你们想的那么傻呢。我知道我所知道的事。"

他放肆地紧盯着她的脸。这下她的力量全垮了，她不敢去看自己孩子的脸，这就在眼前的、被仇恨弄得扭曲了的脸。她的愤怒狂暴地发作起来了。

"去，你必须马上写！要不……"

"要不怎么？……"现在他变得十分大胆，声音带着挑衅的味儿。

"要不我就要像打小孩似的打你。"

埃德加走近了一步，只是嘲弄地笑着。这时她伸手就打了他一记耳光。埃德加叫了起来，他像一个淹在水里的人用双手扑打着四周。又是一记，他耳朵里闷响起来，两眼冒金星，他盲目地挥舞起拳头，回击过去。他觉得他打着一块软东西，是打在脸上了，他听见一声叫喊……

这声叫喊使他恢复了常态。突然他看到了自己，他意识到这事不得了了：他打了自己的母亲。羞耻、震惊和剧烈的恐惧袭击着他，他感到非逃不可，钻到地里，逃啊，逃啊，只要不再看到这目光。他跑出门，冲下楼去，穿过房子来到大街上，逃啊，逃啊，像是后面有条疯狗在追他似的。

初步领悟

他跑得很远，后来在路边上停住了。他必须抓住一棵树，由于恐惧和激动，他的四肢还在剧烈地颤抖着，他大口地喘着粗气。他一手酿成的恐怖在后面追赶他，抓住了他的喉咙，把他摇来晃去，让他像发高烧似的。他现在该怎么办？逃到哪里去？这里已经是镇外的森林中了，离他住的地方有一刻钟的路程。他有一种被遗弃的感觉。自从他孤立无援以来，这里的一切都好像变了样，显得更加充满敌意、更加令人憎恶。这些树木昨天还友好地对他沙沙作响，现在却突然阴沉地咆哮起来，像是一种威胁。这一切，他眼前的这一切还要变得更加陌生和疏远吗？面对着这广袤而生疏的世界，这种孤独感使孩子感到头晕目眩。不，他还不能承受这一切，他还不能单独承受这一切。可是他该逃到哪里去？回家去？他怕他父亲，他很容易发火、很严厉，会立即把他送回来的。他不愿意回去，宁愿逃到危险的、没有熟人的陌生地方去；他觉得他永远不能再见他母亲的面了，一见到就会想起他曾用拳头打过她。

这时他想起了祖母，这个和蔼慈祥的老人，从他小时候起就溺爱他，每当他做了错事受到责骂时，她总是他的保护者。他想到巴登去躲在她那里，等到母亲火气消了，再从那里给父母亲写一封信，向他们赔礼。在这一刻钟的时间里，他是如此沮丧，只身处在这世界上，有的只是一双软弱无力的手。他诅咒他的傲慢——被一个陌生人用谎言激起的、他那愚蠢的傲慢，想重新做一个从前那样的孩子，听话、忍耐、不自负；他现在已经感觉到这种自负夸张到了多么可笑的程度。

可是怎么到巴登去？怎么翻过这山川河谷？他急忙用手掏了掏总是随身带着的钱包。上帝保佑，那个崭新的、二十克朗的金币还在熠熠闪亮，这是他的生日礼物。他一直舍不得把它花掉，几乎每天都要看看它是否还在。望着它他感到愉快，觉得自己很有钱，随后总是怀着一种温柔的心情用手帕把它擦得亮亮的，像个小太阳在闪光。但是这点钱够用吗？这个骤然袭来的念头使他感到惊慌。在他的生活中他经常乘坐火车，可从来没想过坐火车得付钱，也没想过要花多少钱，是一个克朗还是一百个克朗。他初次感受到了，生活里有许多事过去想都没想过，他周围各种各样的事都有一种固有的价值，一种特殊的重量。他在一小时之前还自以为什么都懂，现在却感到，在他不知不觉之中，千百个秘密和问题从他身旁溜了过去。他感到羞愧的是他那贫乏的智慧在他步入生活的第一个台阶时就无能为力了。他越来越胆怯。他往下面的车站走去，步子越来越小，越来越犹豫。他经常梦想过这样的逃遁，想进入生活干番大事业，成为皇帝或国王，英雄或诗人。而现在他畏葸地望着那儿一座明亮的小房子，心里想的只是一件事，那就是到祖母那里去这二十个克朗够不够。路轨闪着光亮通向远处，火车站空空荡荡，冷冷清清。埃德加胆怯地走近售票处，为了不让别人听到他的话，悄声地问，到巴登去的车票要多少钱。一张惊奇的脸从昏暗的隔板后往外望了望，两只眼睛在眼镜后面朝这个怯生生的孩子微笑着。

“一张整票？”

“对。”埃德加结结巴巴地说，一点也不傲慢了，只怕钱不够。

“六个克朗！”

“要一张！”

他轻松地把他所钟爱的那枚光滑的金币递了上去，多余的钱找了回来。埃德加一下子觉得自己又十分富有了，他现在手上有了这张能够保证他自由的棕色车票，而他口袋里的银币则在发出沉浊的乐声。

从行车时刻表上他知道火车再过二十分钟就到了。埃德加躲到一个角落里。有几个人悠闲自在地站在站台上。可在这个不安的孩子看来，仿佛所有的人都在注视着他，似乎大家都感到奇怪，怎么这么小的一个孩子独自乘火车；他越来越往角落里缩，仿佛他的额头上明显地贴着逃跑和罪行这两条标记似的。他终于听到了火车从远处发出的长鸣声，随后就隆隆地驶近，这时他松了一口气。这列车将把他带入世界。上车时他才发现，他买的是三等车厢的票。过去，他从来都是坐头等车厢的。他又觉得，这里的情形不一样，他遇到了各种各样的事。他周围的乘客都和以前的不一样。他的正对面是几个意大利工人，手很粗犷，声音沙哑，手里拿着铁锤和铲子，他们用迟钝而愁苦的眼睛望着前面。显而易见，他们在路上干了不少累活，因为几个人十分疲倦，在隆隆的列车上睡着了，张着嘴，倚在又脏又硬的靠板上。埃德加想，他们为了挣钱而去做工，但不知他们能挣多少钱。他又一次感到，钱不是一种常有的东西，得想办法去挣来。现在他第一次意识到，他以往理所当然的习惯的是舒适的气氛，而他生活的两旁，左边和右边，却是黑洞洞的、看不到底的深渊。这是他的目光过去从没有觉察到的。他第一次知道了有各种职业，有各种规定，环绕他周围有各种秘密，离他很近，可他就从来没有注意过。自从埃德加单独一个人以来，这一小时他就学到了许多东西，他开始将目光透过这狭窄的车厢的窗户，瞻望外面的大千世界。在他那晦暝的恐惧之中有某种东西正开始悄悄地滋长，这虽然还不是幸福,却是对丰富多彩的生活的一种惊叹。在每一瞬间，他都感觉到,他的出逃是由于恐惧和怯懦,但这是他第一次独立行动，从现实中来体验以往从他身边一掠而过的一切。他也许第一次成了他父母亲的秘密，正如这个世界从前对他是个秘密一样。他用另一种目光望着窗外。他觉得仿佛第一次看到这现实中的一切，仿佛事物外面罩着的轻纱抖落了,向他展示了一切,展示了事物意向的内涵、它们活动的秘密神经。路旁的房舍像被风刮走似的飞驶而过，他不由地想到了住在里面的那些人，不论他们是穷是富，幸运或是不幸，不论他们是不是像他一样渴望知道一切，也不论那儿有没有像他一样把什么事都当作游戏的孩子。他第一次觉得，站在路旁挥动小旗的护路工人并非是活动木偶和没有生命的玩具，并非是可以任意搁置的物件，而他从前却是这样想的；他懂了，他的命运就是同生活作斗争。车轮滚得越来越快，现在列车沿蛇形线冲下山去，群山变得越来越矮小，越来越遥远，车已进入了平原地带。他再次回头瞭望，群山与蓝天渐渐交融，只是依稀可辨，遥不可及。埃德加觉得，他的童年就要慢慢消散在那雾蒙蒙的天际了。

纷扰的晦暝

列车停了下来，巴登到了，埃德加独自上了站台。这时华灯初上，信号灯向远方闪着绿的、红的光。他看到这色彩缤纷的灯光，不觉想起夜已临近，心里骤然产生一种恐惧。要是白天倒还好，因为四周都是人，他可以休息，坐在椅子上，或者看看商店的橱窗。可是现在人们都回家了，每个人都有一张床，闲谈一番，然后度过一个恬静的夜。而这时他却怀着负疚之感孤单地踯躅街头，孤寂而又生疏，这他怎能忍受得了？啊，要赶快找一个蔽身之处，一分钟也不要待在空旷而陌生的天幕下面，这是他唯一明晰的念头。

他沿着那条熟悉的路匆匆走着，无暇左顾右盼，一直走到他祖母的寓所。这所房子坐落在一条宽阔的大街上，但不是那么显眼，前面是一个拾掇得很好的花园，长着各种蔓生植物和常青藤。在这片绿荫的后面，一座洁白的、令人感到亲切的老式房子在闪着光辉。埃德加像个生人似的从栅栏外往里面窥望。里面什么动静也没有，窗户都关着，显然大家都同客人到后面花园里去了。当他的手刚接触到门铃时，发生了一件奇怪的事情：他突然感到，他两个钟头里一直想得那么容易、那么理所当然的事却是不可能的。他该怎样进去，怎么向他们打招呼，怎样承受那些问题，怎么回答他们？当他不得不说他是从母亲那里偷着逃出来的时候，怎样去忍受他们的第一道目光？怎么去解释他闯下的大祸，他自己都无法理解的行动？这当儿里面有一扇门开了，突然，一种愚蠢的恐惧攫住了他：马上要有人出来了。他拔腿就跑，也不辨东南西北。

跑到公园前他停住脚步，因为那儿一片黑暗，他猜想不会有什么人能看见他。也许他可以在那里坐下来，安静地思考思考，好好休息休息，弄清楚他的境遇。他畏葸地走了进去。前面有几盏灯亮着，照得嫩叶闪耀出阴森的水光，呈现出晶莹剔透的碧绿；往后，走下山丘，那儿的一切像一堆郁闷的、黑色的发酵物似的团聚在早春之夜的晦暝里。埃德加怯生生地从一些人身边溜了过去，他们都坐在电灯光下聊天或看书。他要独自待着。可是，就是在没有灯光的甬道暗处也不宁静。这里的一切都是怕光的，声音微弱，都在喁喁私语，其中更混杂着风吹树叶的沙沙声、远处脚步的拖沓声、压低嗓门的耳语声和某种欢愉的、呻吟的、充满恐惧的喘息声，这些声音是人和动物以及不肯安睡的大自然同时发出来的。这是一种危险的不安，一种压抑的、隐蔽的、令人畏惧的、谜一样的不安。林中地下也有某种声音，这也许是同春天连在一起的蛰动声。这个无依无靠的孩子害怕得要命。

在昏黑的暗处，他蜷缩在一条椅子上，在考虑他到家后该讲些什么。可是，每当他要集中思想时，那种声音就从他身旁滑了过去。他不由自主地老在谛听黑暗中低沉的响动，神秘的声音。这种黑暗是多么可怕呀，可又是多么迷惘的、神秘的美啊！把所有这些窸窣声、沙沙声、嗡嗡声都混在一起的是动物还是人，或者仅仅是风的魔手？他谛听着。是风，它不安静地在林中穿行，但也是人——现在他看清楚了——相互搂抱着的对对情侣，他们从山下灯光通明的城市走上来，他们谜一般地在这里出现，使黑暗也活跃起来。他们要干什么？他无法理解。他们彼此不说话，因为他听不到说话声，只有脚踩在鹅卵石上发出的沙沙声。他时而看到他们的身形在光亮处像影子一样地一掠而过，都是搂得紧紧的，像一个人似的，这和先时他看到他母亲同男爵的情形一样。这个秘密，这个巨大的、闪光的和充满不祥的秘密，这里也有啊。现在他听到越来越近的脚步声和一种压低了的笑声。他感到恐惧，怕走近的人在这儿发现他，于是他又往暗处缩了缩。这时从不辨五指的黑暗中有两个人摸索着往山上走，并没有看见他。他们搂抱着走了过去，埃德加松了一口气，可是他们突然停了下来，就站在他的椅子跟前。他们把脸贴在一起，埃德加什么也看不清楚，他只听到从女人嘴里发出来的喘气声，男的则喃喃着一种火热的、荒唐的话语。他打了个欢愉的寒战，恐惧之中有一种压抑的预感。他俩停了一分钟，随后鹅卵石在他们脚下发出沙沙的声音，脚步不久就在黑暗中消失了。

埃德加一阵颤抖。现在血又在血管里翻腾起来，比以前任何时候都更加炽热。在这纷扰的黑暗之中他突然感到寂寞难忍。不可遏止的需求主宰了他，他需要亲切的声音，需要拥抱，需要明亮的房间和他所爱的人。他觉得，这纷扰的夜晚的全部黑暗仿佛都沉到了他的心灵深处，迸出他的胸膛。他跳了起来。回家，回家，回到家里，什么地方都行，在温暖、明亮的房间里，与亲人在一起。他们对他能怎么样呢？打也好，骂也好，自从他感受到了这种黑暗的滋味和寂寞的恐惧以来，他什么都不怕了。

这种想法驱使他往前走，不知不觉他突然站在祖母寓所的门前了，手又重新摸着冰冷的门铃。他看到，现在窗户透过绿荫闪着光亮，在想象中，看到每扇明亮的玻璃后面熟悉的房间里都有人在里面。这种亲昵感使他感到幸福，这种乍到的安适感使他与他所爱的人靠近了。如果说他还在犹豫的话，那只是为了更亲切地享受这种预感。

这时在他身后响起一声刺耳的尖叫：

“埃德加，他在这儿！”

祖母的女仆看见了他，向他扑来，抓住他的手。里面的门开了，一只狗跳到他面前汪汪直叫，屋里的人拿着灯走了出来。他听到欢叫声和惊叹声，呼喊和脚步混成一片的嘈杂声，越来越近。现在他认出来了，最前面的是祖母，她张开了胳膊，在她后面竟是他的母亲，他以为自己是在做梦。他的眼睛哭肿了，他颤抖着，畏葸地处在这激动的感情中间，他手足无措，不知该做什么，该说什么，甚至连他感觉到什么也不清楚：是恐惧还是幸福？

最后的梦

事情原来是这样的：他们早就在这儿找他、等他很长时间了。他母亲尽管在气头上，却也对这激动的孩子破门而出感到惊慌，叫人在塞默林到处寻找。正当大家都激动不安，纷纷作出各种危险的猜测时，有位先生带来消息说，他三点钟前后在车站售票处看见过这个孩子。人们很快从车站得知埃德加买了一张去巴登的车票。她毫不迟疑地立即去追赶他，并事先电告巴登和维也纳他父亲处。一片忙乱和激动，两个钟头以来，一切都为寻找这个逃亡者而忙乱着。

现在他们牢牢地抓住了他，但并不是用暴力。他怀着一种受到抑制的胜利感被领进房间里。可是使他奇怪的是，他没有受到他们的严厉斥责，他在他们眼里看到的是欢欣和爱抚。就算是斥责吧，这种假装的生气，也只是一转眼的工夫。随后祖母又含泪搂抱着他，没有人再说他的过错了，他感到围绕他的是一种奇怪的关怀。这时女仆脱下他的上衣，给他拿来一件暖和的。祖母问他饿不饿，需要些什么。他们都很关心地挤过来围看他，但是当他们看到他的窘态时，就不再问他什么了。他快意地重新感觉到了那种曾受他藐视却是不可缺少的孩子的感情。他对自己近来的自负傲慢感到羞愧难当，现在他得到的特殊宠爱，是他用自己的孤独所赢得的虚假快乐换来的啊！

隔壁房间里的电话铃响了，他听到他母亲在接电话，听到她说的几个字："埃德加……回来了……到这儿来……坐末班车。"埃德加感到奇怪的是，她不再对他火冒三丈，只是搂抱着他，用奇怪的、欲言又止的目光望着他。他越来越懊悔，最好能避开这里祖母、姑妈的悉心关怀，进去请她原谅，十分恭顺地、单独一个人对她说，他要重新成为一个听话的孩子。可当他轻轻站起来时，祖母稍感惊慌地问道：

"你要到哪儿去？"

他羞愧地站着。他只要一动，他们就为他感到害怕。他把他们大家都给吓怕了，怕他再度逃走。他们怎么能够理解，对这次逃跑，他自己比任何人都感到后悔呢！

饭桌摆好了，他们给他端来一份赶做的晚饭。祖母坐在他身边，两眼一直不离开他。她和姑妈以及女仆静静地把他围住，他在这种温暖的气氛里感到十分安适。只有母亲没有进来，这使他惶惑。要是她知道他现在是多么低声下气的话，那她准会来的！

这时从外面传来辚辚的车声，随即在门前停了下来。其他人都惊讶起来，埃德加也感到不安。祖母走了出去，在暗中，各种声音传来传去，他突然知道他父亲来了。埃德加羞怯地发觉，他现在又是一个人独自在房间里。即使是这短暂的孤独也使他感到慌乱。他的父亲是严厉的，他是他唯一真正害怕的人。埃德加细心地谛听，他父亲好像很激动，说话声音很高，很恼火。这中间，他听见他祖母和他母亲令人宽慰的声音，显然她俩要他说话温和些。但是父亲的声音一直是生硬的，像他正在走来的脚步声一样。这脚步越来越近，已经到了旁边的一个房间，来到门前，现在门打开了。

他父亲个子很高，埃德加此刻在父亲面前觉得说不出的渺小。他走了进来，满脸火气，看来确实正在气头上。

"这是怎么回事，你这小子竟然逃跑了？你怎么能这样使你母亲担惊受怕？"

他的声音很愤怒,双手急剧地摆动着。现在他母亲轻轻走了进来，脸上罩了一层暗影。

埃德加没有回答。他想必须为自己辩解，可是他该怎么讲他被骗被打的事呢？父亲会理解吗？

"喏，你不会说话？是怎么回事？你可以慢慢地说！你有什么不对的地方？你逃跑总得有个理由嘛！有人委屈了你？"埃德加在犹豫。回忆使他又愤恨起来，他差点儿要说了。这时他看到他母亲在父亲背后做了个奇怪的动作，他的心静了下来。母亲的这种动作开头他并不理解，可现在她在看着他，眼里流露出乞求的神情。她轻轻地、非常轻地把手指放在嘴上，做出一个不要说的动作。

孩子感到，突然间一种温暖的感情，一种巨大的狂喜流过他的全身。他明白了她要他保守秘密，他觉得他那小小的嘴唇可以决定一个人的命运啊。她信赖他，他全身浸透着骄傲。猝然之间，他产生了一种自我牺牲的勇气，他要加重自己的过错，为了表明自己是多么值得信赖，自己是一个好汉。他鼓起勇气说：

"没有，没有……没有什么理由。妈妈对我非常好，可是我淘气，是我自己做错了……我……我逃跑了，因为我害怕。"

他父亲愕然地望着他。他一切都料到了，唯独没有料到这么个供词。他的愤怒无从发作。

"喏，你承认了错误，这很好。那我今天就不再谈这件事了。我想你得找个时间好好想想！不许再发生这样的事情。"

他站在那儿望着他。现在他的声音温和得多了。

“你脸色多么苍白啊。可是我觉得你又长高了一截。我希望你不要再耍小孩脾气了，你已经不是一个毛孩子，该懂得些事体了！”

埃德加一直都在望着他的母亲。他觉得她的眼里闪着亮光，或许这是灯光的反射？不，那是湿润而晶莹的泪花，她的嘴上泛起一丝微笑，表明她对他的感激。他们现在把他带去睡觉，可他不再因为他们让他孤零零一个人在那里而感到悲哀了。他有多少东西，有多少丰富多彩的东西要思索啊。近日来在他生活中初次感受到的巨大痛苦消失得无影无踪，他预感到未来的生活是神秘的，他有点陶醉了。在漆黑的夜里，窗外的树木在窸窣作响，但他不再感到恐惧。自从他知道生活是多么丰富以来，他对它就不再感到焦躁不安。他仿佛觉得今天是头一次看到赤裸裸的现实，这现实不再被童年的千百个谎言所遮蔽，而是呈现出它全部难以想象的、危险的未来。他从来没有想到，多姿多彩的生活中痛苦和欢乐竟然到处可以相互转换。而一想到他面前还有许多这样的时光，生活还深藏不露地等待着他惊喜地去揭开它的面纱时，他就感到快乐。现实生活的绚丽多彩，和对于多姿多彩的现实生活的朦胧预感的突然袭来，使他第一次相信他理解了人的本质，即使他们彼此充满敌意，他们也都相互需求，被他们所爱又是多么甜蜜啊。让他带着仇恨去想某件事、某个人，这是不可能的，他对什么都不悔恨，就是对男爵，那个勾引者、他的势不两立的敌人也不怨恨，他对他有了一种新的感激之情，因为他给他打开了通向感情世界的大门。

在黑暗中去想这一切是甜蜜的，令人神往。他昏昏欲睡，从迷梦中轻轻浮现出各种模糊不清的景象。这时他觉得门突然开了，好像有人轻轻走了进来。开头他不大相信，他太困了，怎么也睁不开眼睛。这时他觉得有人喘着气，用自己的脸柔和地、温暖地、甜蜜地揉擦着他的脸。他知道这是他的母亲，她现在在吻他，用手在抚摩他的头发。他感到了亲吻，他感觉到她的泪水。他温柔地回答了母亲的爱抚，把这当作是和解，当作是对他沉默的答谢。直到以后，多年以后他才认识到这泪水是一个老之将至的人的誓言。从现在起，她只属于他，属于她的孩子，这意味着她放弃风流生涯，意味着她与自己的欲念诀别。他不知道她也感激他，是他把她从一种无益的艳遇中拯救了出来；她就用这种拥抱把爱那既苦又甜的重负留给了他，像是一笔遗产。此刻，孩子对这一切还不理解，但是他觉得能这样被爱太幸福了，他感到这种爱又把他同世界上最伟大的秘密交织在一起了。

她从他身上松开了手，她的嘴唇离开了他的嘴唇，身影轻轻消失了，却留下了一片温暖，他的嘴唇上还留有一股气息。一种甜蜜的欲望使他渴望温柔嘴唇的再度亲吻和亲切的拥抱，但是这种令人渴求的秘密的遐思美想业已被睡眠的阴影笼罩。几个小时以来的景象又一次五彩缤纷地飞掠而过，他青年时代的书本又一次诱惑地翻了开来。随后孩子沉入梦乡，他生活中更为深沉的梦开始了。

一个陌生女人的来信

著名小说家R到山上去休息了三天之后，今天一清早就回到维也纳。他在车站上买了一份报纸，刚刚瞥了一眼报上的日期，就记起今天是他的生日。他马上想到，已经四十一岁了。他对此并不感到高兴，也没觉得难过。他漫不经心地窸窸窣窣翻了一会儿报纸，便叫了一辆小汽车回到住所。仆人告诉他，在他外出期间曾有两个人来访，还有他的几个电话，随后便把积攒的信件用盘子端来交给他。他随随便便地看了看，有几封信的寄信人引起他的兴趣，他就把信封拆开；有一封信的字迹很陌生，写了厚厚一沓，他就先把它推到一边。这时茶端来了，于是他就舒舒服服地往安乐椅上一靠，再次翻了翻报纸和几份印刷品，然后点上一支雪茄，这才拿起方才搁下的那封信。

这封信约摸二十多页，是个陌生女人的笔迹，写得龙飞凤舞，潦潦草草，与其说是封信，还不如说是份手稿。他不由自主地再次把信封捏了捏，看看有什么附件落在里面没有。但是信封里是空的，无论信封还是信纸上都没有寄信人的地址，也没有签名。“奇怪，”他想，又把信拿在了手里。“你，和我素昧平生的你！”信的上头写了这句话作为称呼，算是标题。他的目光十分惊讶地停住了：这指的是他，还是一位臆想的主人公呢？突然，他的好奇心大发，开始念道：

我的孩子昨天去世了——为挽救这个幼小娇嫩的生命，我同死神足足搏斗了三天三夜。他得了流感，可怜的身子烧得滚烫。我在他床边坐了四十个小时。我在他烧得灼手的额头上敷上用冷水浸过的毛巾，白天黑夜都握着他那双抽搐的小手。到第三天晚上我全垮了。我的眼睛再也抬不起来了，眼皮合上了，连我自己也不知道。我在硬椅子上坐着睡了三四个小时，就在这期间，死神夺去了他的生命。这逗人喜爱的、可怜的孩子，此刻就在那儿躺着，躺在他自己的小床上，就和他死的时候一样；只是他的眼睛，他那聪明的黑眼睛合上了，他的两只手交叉着放在白衬衫上，床的四个角上高高燃点着四支蜡烛。我不敢看一下，也不敢动一动，因为烛光一晃，他脸上和紧闭的嘴上就影影绰绰的，看起来就仿佛他的面颊肌肉在动，我就会以为他没有死，以为他还会醒来，还会用他银铃似的声音对我说些甜蜜而稚气的话语。但是我知道，他死了，我不愿意再往床上看，以免再次怀着希望，也免得再次失望。我知道，我知道，我的孩子昨天死了——在这个世界上我现在只有你，只有你了，而你对我却一无所知。此刻你完全感觉不到，正在嬉戏取闹，或者正在跟什么人寻欢作乐、调情狎昵呢。我现在只有你，只有同我素昧平生的你，我却始终爱着的你。

我拿了第五支蜡烛放在这里的桌子上，我就在这张桌上给你写信。因为我不能孤零零地一个人守着我那死去的孩子，而不倾诉我的衷肠。在这可怕的时刻，要是我不对你诉说，那该对谁去诉说！你过去是我的一切，现在也是我的一切！也许我不能跟你完全讲清楚，也许你不了解我——我的脑袋现在沉甸甸的，太阳穴不停地在抽搐，像有槌子在敲打，四肢感到酸痛。我想我发烧了，说不定也染上了流感。现在流感挨家挨户地在蔓延。这倒好，这下我可以跟我的孩子一起去了，也省得我自己来了结我的残生。有时我眼前一片漆黑，也许这封信我都写不完了——但是我要振作起全部精力，来向你诉说一次，只诉说这一次，你，我亲爱的，同我素昧平生的你。

我想同你单独谈谈，第一次把一切都告诉你，向你倾吐。我的整个一生都要让你知道，我的一生始终都是属于你的，而对我的一生你却从来毫无所知。可是只有当我死了，你再也不用答复我了——现在我的四肢忽冷忽热，如果这病魔真正意味着我生命的终结——这时我才让你知道我的秘密。假如我能活下来，那我就要把这封信撕掉，并且像我过去一直把它埋在心里一样，我将继续保持沉默。但是如果你手里拿到了这封信，那么你就知道，那是一个已经死了的女人在这里向你诉说她的一生，诉说她那属于你的一生，从她开始懂事的时候起，一直到她生命的最后一刻。作为一个死者，她再也别无所求了，她不要求爱情，也不要求怜悯和慰藉。我要求你的只有一件事，那就是请你相信我这颗痛苦的心匆匆向你吐露的一切。请你相信我讲的一切，我要求你的就只有这一件事：一个人在其独生子去世的时刻是不会说谎的。

我要向你吐露我整个的一生，我的一生确实是从我认识你的那一天才开始的。在此之前我的生活郁郁寡欢、杂乱无章。它像一个蒙着灰尘、布满蛛网、散发着霉味的地窖，对它里面的人和事，我的心里早已忘却了。你来的时候，我十三岁，就住在你现在住的那所房子里。现在你就在这所房子里，手里拿着这封信——我生命的最后一丝气息。我也住在那层楼上，正好在你对门。你一定记不得我们了，记不得那个贫苦的会计师的寡妇（她总是穿着孝服）和那个尚未完全发育的、瘦小的孩子了——我们深居简出，不声不响地过着我们小市民的穷酸生活——你或许从来没有听到过我们的名字，因为我们房间的门上没有挂牌子。没有人来，也没有人来打听我们。何况事情已经过去很久了，过了十五六年了。不，你一定什么也不知道，我亲爱的。可是我呢，啊，我激情满怀地想起了每一件事，我第一次听说你，第一次见到你的那一天，不，是那一刻，我现在还记得很清楚，仿佛是今天的事。我怎么会不记得呢，因为对我来说世界从那时才开始。请耐心，亲爱的，我要向你从头诉说这一切，我求你听我谈一刻钟，不要疲倦，我爱了你一辈子也没有感到疲倦啊！

你搬进我们这所房子来以前，你屋子里住的那家人又丑又凶，又爱吵架。他们自己穷愁潦倒，却最恨邻居的贫困，也就是恨我们的穷困，因为我们不愿跟他们那种破落无产阶级的粗野行为沆瀣一气。这家男人是个酒鬼，常打老婆；哐啷哐啷摔椅子、砸盘子的响声常常在半夜里把我们吵醒。有一回那女人被打得头破血流，披头散发地逃到楼梯上，那个喝得酩酊大醉的男人跟在她后面狂呼乱叫，直到大家都从屋里出来，警告那汉子，再这么闹就要去叫警察了，这场戏才算收场。我母亲一开始就避免和这家人有任何交往，也不让我跟他们的孩子说话，为此，这帮孩子一有机会就对我进行报复。要是他们在街上碰见我，就跟在我后边喊脏话，有一回还用硬实的雪球打我，打得我额头上鲜血直流。全楼的人都本能地恨这家人。突然有一次出了事——

我想，那汉子因为偷东西给逮走了——那女人不得不收拾起她那点七零八碎的东西搬走，这下我们大家都松了口气。楼门口的墙上贴出了出租房间的条子，贴了几天就拿掉了。消息很快从清洁工那儿传开，说是一位作家、一位文静的单身先生租了这套房间。那是我第一次听到你的名字。

这套房间给原住户弄得油腻不堪，几天之后油漆工、粉刷工、清洁工、裱糊匠就来拾掇房间了，敲敲锤锤，又拖地又刮墙，但我母亲对此倒很满意，她说，这下对门又脏又乱的那一家终于走了。而你本人在搬来的时候我还没有见到你的面：全部搬家工作都由你的仆人照料，那个个子矮小、神情严肃、头发灰白的管事仆人。他轻声细语、一板一眼地以居高临下的神气指挥着一切。他使我们大家都很感动，首先，因为一位管事的仆人在我们这所郊区楼房里是件很新奇的事物，其次他对所有的人都非常客气，但并不因此而降格把自己等同于一个普通仆人，和他们好朋友似的山南海北地谈天。从第一天起他就把我母亲看做太太，恭恭敬敬地向她打招呼，甚至对我这个丑丫头，也总是既亲切又严肃。每逢他提到你的名字，他总带着某种崇敬，带着一种特殊的尊敬——大家马上就看出，他和你的关系远远超出了普通主仆的程度。为此我多么喜欢他，多么喜欢这个善良的老约翰啊！虽然我忌妒他老是可以在你身边侍候你。

我把一切都告诉你，亲爱的，把所有这些鸡毛蒜皮的、简直可笑的小事都告诉你，为的是让你了解，从一开始你对我这个又腼腆又胆怯的孩子就具有那样的魔力。在你本人还没有闯入我的生活之前，你身上就围上了一圈灵光，一道富贵、奇特和神秘的光华——我们所有住在这幢郊区小楼里的人（这些生活天地非常狭小的人，对自己门前发生的一切新鲜事总是十分好奇的），都在焦躁地等着你搬进来。一天下午放学回家，看到楼前停着搬家具的车，这时对你的好奇心才在我心里猛增。家具大都是笨重的大件，搬运工已经抬到楼上去了，现在正在把零星小件拿上去。我站在门口望着，对一切都感到很惊奇，因为你所有的东西都那样稀奇，我还从来没有见过；有印度神像、意大利雕塑、色彩鲜艳的巨幅绘画，最后是书。那么多那么好看的书，以前我连想都没有想到过。这些书都堆在门口，仆人在那里一本本拿起来用小棍和掸帚仔仔细细地掸掉书上的灰尘。我好奇地围着那越堆越高的书堆蹑手蹑脚地走着，你的仆人并没有叫我走开，但也没有鼓励我待在那里；所以我一本书也不敢碰，虽然我很想摸一摸有些书的软皮封面。我只好从旁边怯生生地看看书名：有法文书、英文书，还有些书的文字我不认识。我想，我会看上几个小时的；这时我母亲把我叫进去了。

整个晚上我都没法不想你，而这还是在我认识你之前呀。我自己只有十来本便宜的、破硬纸板装订的书，这几本书我爱不释手，一读再读。这时我在冥思苦想：这个人会是什么样子呢？有那么多漂亮的书，而且都看过了，还懂得所有这些文字，他还那么有钱，同时又那么有学问。想到那么多书，我心里就滋生起一种超脱凡俗的敬畏之情。我在心里设想着你的模样：你是个老人，戴了副眼镜，留着长长的白胡子，有点像我们的地理老师，只是善良得多，漂亮得多，温和得多——我不知道为什么我那时就肯定你是漂亮的，因为当时我还把你想象成一个老人呢。就在那天夜里，我还不认识你，我就第一次梦见了你。

第二天你搬来了，但是无论我怎么窥视，还是没能见着你的面——这又更加激起了我的好奇心。终于在第三天我看见了你，真是万万没有想到，你完全是另一副模样，和我孩子气的想象中的天父般的形象毫无共同之处。我梦见的是一位戴眼镜的慈祥的老人，现在你来了——你，你的样子还是和今天一样，你，岁月不知不觉地在你身上流逝，你却丝毫没有变化！你穿了一件浅灰色的、迷人的运动服，上楼梯的时候总是以你那种无比轻快的、孩子般的姿态，老是一步跨两级。你手里拿着帽子，我以无法描述的惊讶望着你那表情生动的脸。你脸上显得英姿勃发，一头秀美有光泽的头发：真的，我惊讶得吓了一跳，你是多么年轻、多么漂亮、多么修长挺拔、多么标致潇洒。这事不是很奇怪吗？在这第一秒钟里，我就十分清楚地感觉到，你是非常独特的，我和所有别的人都意想不到地在你身上一再感觉到：你是一个具有双重人格的人，是个热情洋溢、逍遥自在、沉湎于玩乐和寻花问柳的年轻人；同时你在事业上又是一个十分严肃、责任心强、学识渊博、修养有素的人。我无意中感觉到后来每个人都在你身上感觉到的印象，那就是你过着一种双重生活，它既有光明的、公开面向世界的一面，也有阴暗的、只有你一人知道的一面——这个最最隐蔽的两面性，你一生的秘密，我，这个着了魔似地被你吸引住的十三岁的姑娘从第一眼就感觉到了。

现在你明白了吧，亲爱的，当时对我这个孩子来说，你是一个多大的奇迹，一个多么诱人的谜呀！一个大家对他怀着敬畏的人，因为他写过书，因为他在那另一个大世界里颇有名气，而现在突然发现他是个英俊潇洒、像孩子一样快乐的、二十五岁的年轻人！我还用对你说吗，从这天起，在我们这幢楼里，在我整个可怜的儿童天地里，没有什么比你更使我感兴趣的了。我把一个十三岁的姑娘的全部犟劲，全部纠缠不放的执拗劲一股脑儿都用来窥视你的生活，窥视你的起居了。我观察你，观察你的习惯，观察到你这儿来的人，这一切非但没有减少反而更增加了我对你本人的好奇心，因为来看望你的客人形形色色，三教九流，这就反映了你性格上的两重性。到你这里来的有年轻人，你的同学，一帮衣衫褴褛的大学生，你跟他们有说有笑，忘乎所以；有时又有一些坐小汽车来的太太，有一回歌剧院的经理，那位伟大的乐队指挥来了，过去我只是怀着崇敬的心情远远地见到过他站在乐谱架前。到你这里来的人再就是些还在商业学校上学的小姑娘，她们扭扭捏捏地倏地一下就溜进了门去。总而言之，来的人里女人很多，很多。这一方面我没有什么特别的想法，就是一天早晨我去上学的时候，看见一位太太头上蒙着面纱从你屋里出来，我也并不觉得这有什么特别——我才十三岁呀，我以狂热的好奇心来探听和窥伺你的行动。在孩子的心目中她还并不知道，这种好奇心已经是爱情了。

但是，我亲爱的，那一天，那一刻，我整个地、永远地爱上你的那一天、那一刻，现在我还记得清清楚楚。我和一个女同学散了一会儿步，就站在大门口闲聊。这时开来一辆小汽车，车一停，你就以你那焦躁、敏捷的姿态——这姿态至今还使我对你倾心——从踏板上跳了下来，要进门去。一种下意识逼着我为你打开了门，这样我就挡了你的道，我们俩差点撞个满怀。你以那种温暖、柔和、多情的眼光望着我，这眼光就像是脉脉含情的表示，你还向我微微一笑——是的，我不能说是别的，只好说向我脉脉含情地微微一笑，并用一种极轻的、几乎是亲昵的声音说："多谢啦，小姐！"

事情的经过就是这样，亲爱的，可是从此刻起，从我感到了那柔和的、脉脉含情的目光以来，我就属于你了。后来不久我就知道，对每个从你身边走过的女人，对每个卖东西给你的女店员，对每个给你开门的侍女，你一概投以你那拥抱式的、具有吸引力的、既脉脉含情又撩人销魂的目光，你那天生的诱惑者的目光。我还知道，在你身上这目光并不是有意识地表示心意和爱慕，而是因为你对女人所表现的脉脉含情，在你看她们的时候，不知不觉之中就使你的眼光变得柔和而温暖了。但是我这个十三岁的孩子对此毫无所感：我心里像有团烈火在燃烧。我以为你的柔情只是给我的，只是给我一人的，在这瞬间，在我这个尚未成年的丫头的心里，已经感到自己是个女人，而这个女人永远属于你了。

"这个人是谁？"我的女友问道。我不能马上回答她。我不能把你的名字说出来：就在这一秒钟里，这唯一的一秒钟里，我觉得你的名字是神圣的，它成了我的秘密。"噢，一位先生，住在我们这座楼里。"我结结巴巴、笨嘴笨舌地说。"那他看你的时候你干嘛要脸红啊？"我的女朋友使出了一个爱打听的孩子的全部恶毒劲冷嘲热讽地说。正因为我感到她的嘲讽触到了我的秘密，血就一下子升到我的脸颊，感觉更加火烧火燎。我狼狈之至，态度变得甚为粗鲁。"傻丫头！"我气冲冲地说。我真恨不得把她勒死。但是她笑得更响，嘲弄得更加厉害，直到我感到，盛怒之下泪水都流下来了，我就把她甩下，独自跑上楼去。

从这秒钟起，我就爱上了你。我知道，许多女人对你这个被宠惯了的人常常说这句话。但是我相信，没有一个女人像我这样盲目地、忘我地爱过你。我对你永远忠贞不渝，因为世界上任何东西都比不上孩子暗地里悄悄所怀的爱情，因为这种爱情如此希望渺茫、曲意逢迎、卑躬屈膝、低声下气、热情奔放，它与成年妇女那种欲火中烧的、本能的、挑逗性的爱情并不一样。只有孤独的孩子才能将他们的全部热情集中起来：其余的人则在社交活动中滥用自己的感情，在卿卿我我中把自己的感情消磨殆尽。她们听说过很多关于爱情的事，读过许多关于爱情的书。她们知道，爱情是人们的共同命运。她们玩弄爱情，就像玩弄一个玩具；她们夸耀爱情，就像男孩子夸耀他们抽了第一支香烟。但是我，我没有一个可以向他诉说我的心事的人，没有人开导我，没有人告诫我，我没有人生阅历，什么也不懂：我一下子栽进了我的命运之中，就像跌入万丈深渊。在我心里生长、迸放的就只有你，我在梦里见到你，把你当做知音：我父亲早就故世了，我母亲总是郁郁寡欢、悲悲戚戚，她靠养老金生活，生性怯懦，掉片树叶还生怕砸了脑袋，所以我和她并不十分相投；那些开始沾上了行为不端这坏毛病的女同学又使我感到厌恶，因为她们轻佻地玩弄那在我心目中视为最高的激情的东西——因此我把原先散乱的全部激情，把我那颗压缩在一起而一再急不可待地想喷涌出来的整个心都一股脑儿向你掷去。在我的心里你就是——我该怎么对你说呢？任何比喻都不为过分——你就是一切，是我整个生命。人间万物所以存在，只是因为都和你有关系，我生活中的一切，只有和你相连才有意义。你使我整个生活变了个样。原先我在学校里学习并不太认真，成绩也是中等，现在突然成了第一名。我读了上千本书，往往每天读到深夜，因为我知道，你是喜欢书的；突然我以近乎有点顽固的劲头坚持不懈地练起钢琴来了，这使我母亲大为惊讶，因为我想，你是喜欢音乐的。我把自己的衣服刷得干干净净，缝得整整齐齐，好在你面前显得干净利索，让你喜欢；我那条旧学生裙（是用我母亲的一件家常便服改的）的左侧打了一个四方的补丁，我感到难看极了。我怕你会看见这个补丁，因而瞧不起我；所以我上楼的时候，总是把书包压在那个补丁上，吓得直哆嗦，生怕被你看出来。但这是多傻啊：你后来再也没有、几乎是再也没有看过我一眼。

再说我，我整天都在等着你，窥视你的行踪，除此之外可以说是什么也没做。我们家的门上有一个小小的黄铜窥视孔，从这个小圆孔里可以看到对面你的房门。这个窥视孔——不，别笑我，亲爱的，就是今天，就是今天，我对那些时刻也并不感到羞愧！——这个窥视孔是我张望世界的眼睛。那几个月，那几年，我手里拿了本书，整个下午整个下午地坐在那里，坐在前屋里恭候你，生怕妈妈疑心。我的心像琴弦一样绷得紧紧的，你一出现，它就不住地奏鸣。我时刻为了你，时刻处于紧张和激动之中，可是你对此毫无感觉，就像你对口袋里装着的、绷得紧紧的怀表的发条没有一丝感觉一样。怀表的发条耐心地在暗中数着你的钟点，量着你的时间，用听不见的心跳伴着你的行踪，而在它滴答滴答的几百万秒之中，你只有一次向它匆匆瞥了一眼。我知道你的一切，了解你的每一个习惯，认得你的每一条领带、每一件衣服，不久就认识并且能够一个个区分你那些朋友，还把他们分成我喜欢的和我讨厌的两类：我从十三岁到十六岁，每一小时都是生活在你的身上的。啊，我干了多少傻事！我去吻你的手摸过的门把手，捡了一个你进门之前扔掉的雪茄烟头，在我心目中它是神圣的，因为你的嘴唇在上面接触过。晚上我上百次借故跑到下面的胡同里，去看看你家哪一间屋子亮着灯。这样虽然看不见你，但是能清清楚楚地感觉到你在那里。你出门的那几个星期——我每次见那善良的约翰把你的黄色旅行袋提下楼去，我的心便吓得停止了跳动——那几个星期我活着像死了一样，毫无意义。我满脸愁云，百无聊赖，茫然若失，不过我得时时小心，别让母亲从我哭肿了的眼睛上看出我心头的绝望。

我知道，我现在告诉你的，全是些怪可笑的感情波澜，孩子气的蠢事。我该为这些事而害臊，但是我并不感到羞愧，因为我对你的爱情从来没有比在这种天真的激情中更为纯洁、更为热烈的了。我可以对你说上几小时，说上好几天，告诉你，我当时是怎么同你一起生活的，而你呢，连我的面貌还不认识，因为每当我在楼梯上碰到你，而又躲不开的时候，由于怕你那灼人的眼光，我就低头打你身边跑走，就像一个人为了不被烈火烧着，而纵身跳进水里一样。我可以对你说上几小时，说上好几天，告诉你那些你早已忘怀的岁月，给你展开你生活的全部日历；但是我不愿使你厌倦，不愿折磨你。我要讲给你听的，只有我童年时期最最美好的那次经历，我请你不要嘲笑我，因为这是一件微乎其微的小事，但是对我这个孩子来说，这可是件天大的大事。那一定是个星期天，你出门去了，你的仆人打开房门，把那几条他已经拍打干净的、沉重的地毯拽进屋去。他，这个好人，干得非常吃力。我一时胆大包天，走到他跟前，问他要不要我帮他一把。他很惊讶，但还是让我帮了他，这样我就看见了你寓所的内部，你的天地，你常常坐的书桌，桌上的一个蓝色水晶花瓶里插着几朵鲜花，看见了你的柜子，你的画，你的书——我只能告诉你，我当时怀着多么大的崇敬甚至虔诚的仰慕之情啊！对你的生活我只是匆匆地偷望了一眼，因为约翰，你那忠实的仆人，是一定不会让我仔细观看的，可就是这么看了一眼，我就把整个气氛吸进了胸中，这就有了入梦的营养，就能无休止地梦见你，无论醒着还是睡着。

这，这飞快的一分钟，它是我童年时代最最幸福的时刻。我要把这时刻讲给你听，好让你这个并不认识我的人终于能开始感觉到有一个生命在依恋着你,并为你而消殒。这个最最幸福的时刻我要告诉你，还有那个时刻，那个最最可怕的时刻我也要告诉你，可惜这两个时刻是互相紧挨着的。为了你的缘故——我刚才已经对你说过——我把一切都忘掉了，我没有注意我的母亲，对任何人都不关心。我没有注意到，一位年纪稍长的先生，一位因斯布鲁克的商人，我母亲的远亲，常常到我们家里来，每回都待得很久。是的，这倒使我感到很高兴，因为他有时带我母亲去看戏，这样我便可以独自待在家里，想着你，守候着你，这可是我最大最大的、我唯一的幸福！一天，母亲郑重其事地把我叫到她房间里，说要跟我一本正经地谈一谈。我的脸都吓白了，听到自己的心突然怦怦直跳：她会不会感觉到什么，看出了什么苗头？我马上想到的就是你，就是这个秘密，这个把我和世界联系在一起的秘密。但是妈妈自己感到不好意思,她温柔地吻了我一两下（她平素是从来不吻我的），把我拉到沙发上挨着她坐下，然后吞吞吐吐、羞怯地开始说，她的亲戚是个鳏夫，向她求婚，而她呢，主要是为了我，就决定答应他的要求。一股热血涌到我的心头：我内心里只有一个念头，我的全部心思都在你的身上。“我们还住在这儿吧？”我结结巴巴地勉强说出这句话来。“不，我们要搬到因斯布鲁克去，裴迪南在那里有座漂亮的别墅。”别的话我什么也没有听见。我觉得眼前发黑。后来我知道，当时我晕倒了；我听见母亲对等候在门后的继父悄声说，我突然伸开双手往后一仰，随后就像块铅似的摔倒了。以后这几天里发生的事情，我，一个不能自己做主的孩子，是如何反抗她那说一不二的意志的，这些我都无法向你描述了：就是现在，一想到这件事，我正在写信的手还发抖呢。我真正的秘密是不能泄露的，因此我的反抗就显得纯粹是要牛脾气，故意作对，成心别扭。谁也不再跟我说话了，一切都在暗地里进行。他们利用我上学的时间搬运行李：等我回到家里，总是不是少了这样，就是卖了那件。我看着我们的屋子，以及我的生活变得零落了。有一次我回家吃午饭的时候，搬家具的人正在包装东西，把什么都搬走了。空空荡荡的屋子里放着收拾好了的箱子，以及母亲和我各自的一张行军床：我们还要在这里睡一夜，最后一夜，明天就动身到因斯布鲁克去。

在这最后的一天，我怀着一种突然的果断心情感觉到，没有你在身边，我是不能活的。除了你，我想不出别的什么解救办法。我当时心里是怎么想的，在那绝望的时刻我究竟能不能头脑清楚地进行思考，这些我永远也说不出来，可是我突然站了起来，身上穿着学生装——我母亲不在家——走到对门你那里去。不，我不是走去的：我两腿发僵，全身哆嗦着，被一种磁石一般的力量吸到你的门口。我已经对你说过，我自己也不知道我想干什么：跪在你的脚下，求你收留我做个女仆，做个奴隶。我怕你会对一个十五岁姑娘的这种纯真无邪的狂热感到好笑，但是——亲爱的，要是你知道，我当时如何站在冰冷的楼道里，由于恐惧而全身僵硬，可是又被一种捉摸不到的力量推着朝前走；我又是如何把我的胳膊，那颤抖着的胳膊，可以说是硬从自己身上扯开，抬起手来——这场搏斗虽只经历了可怕的几秒钟，却像是永恒的——用手指去按你门铃的电钮。要是你知道了这一切，你就不会再笑了。那刺耳的铃声至今还在我的耳朵里回响，随之而来的是沉寂，之后——这时我的心脏停止了跳动，我全身的血液凝固了——我只是竖起耳朵听着，你是不是来开门。

但是你没有来。谁也没有来。那天下午你显然出去了，约翰可能是为你办事去了，于是我就蹒跚地——单调刺耳的门铃声还在我的耳边震响——回到我们满目凄凉、空空如也的屋子里，精疲力竭地一头倒在一条花呢旅行毯上。这四步路走得我疲乏之至，仿佛在深深的雪地里走了好几个小时似的。虽然疲惫不堪，可是他们把我拉走之前我要见到你、跟你说话的决心依然在燃烧，并未熄灭。我向你发誓，这里面并没有一丝情欲的念头。我当时还不懂，除了你之外，我什么都不想：我只想见到你，只是还想见一次，紧紧地抱着你。于是整整一夜，这漫长的、可怕的整整一夜，亲爱的，我都在等待着你。母亲刚一上床睡着，我就蹑手蹑脚地溜到前屋里，侧耳倾听你什么时候回家。整整一夜我都在等待着，而这可是一个冰冷的一月之夜啊！我疲惫不堪，四肢疼痛，想坐一坐，可是屋里连张椅子都没有了，于是我就平躺在冷冰冰的地板上，从房门底下的缝隙里嗖嗖地吹进股股寒风。我的衣服穿得很单薄，又没有拿毯子，躺在冰冷的地板上，浑身骨节眼里都感到刺痛；我倒是不想要暖和，生怕一暖和就会睡着，就听不到你的脚步声了。这是很难受的，我的两只脚痉挛了，紧紧蜷缩在一起，我的胳膊颤抖着。我只好一次又一次地站起来，在这漆黑的夜里，可真把人冻死了。但是我等待着，等待着，等待着你，宛如等待着我的命运。

终于——大概已经是凌晨两三点钟了吧——我听见下面开大门的声音，接着就有上楼梯的脚步声。顿时我身上的寒意全然消失，一股热流在我心头激荡，我轻轻地开了房门，准备冲到你面前，伏在你的脚下……啊，我真不知道，我这个傻姑娘当时会干出什么事来。脚步声越来越近。烛光忽闪忽闪地照到了楼上。我哆哆嗦嗦地握着房门的把手。来的人果真是你吗？

是，是你，亲爱的——但你不是独自一人。我听到一阵挑逗性的轻笑、绸衣拖在地上发出的窸窣声和你低声细语的说话声——你是带了一个女人回家来的。

我不知道我是如何挨过这一夜的。第二天早晨八点钟，他们就把我拖往因斯布鲁克；我已经没有一丝力气来反抗了。

我的孩子已在昨天夜里去世了——如果我当真还要继续活下去的话，那我又将是孤苦伶仃的一个人了。明天要来人了，那些陌生的、黑炭似的大个儿笨汉，他们将抬一口棺材来，收殓我那可怜的、我那唯一的孩子。也许朋友们也会来，送来花圈，但是鲜花放在棺材上又顶什么用？他们会来安慰我，对我说几句，说几句话；但是他们又能帮得了我些什么呢？我知道，这以后我又是孤零零一个人了。再也没有什么东西比在人群之中感到孤独更可怕的了。这一点我那时就体会到了，在因斯布鲁克度过的没有尽头的两年岁月里，即从我十六岁到十八岁的时候，像个囚犯，像个被摈弃的人似的生活在家里的两年时间里，就体会到了这一点。继父是个生性平和、寡言少语的人，对我很好；我母亲好像为了弥补她无意之中所犯的过失，所以对我的一切要求总是全部给予满足。年轻人围着我献殷勤，但是我都斩钉截铁地对他们一概加以拒绝。不和你在一起，我就不想幸福地、惬意地生活，我把自己埋进一个晦暗的、寂寞的世界里，自己折磨自己。他们给我买的花花绿绿的新衣服我不穿，我不肯去听音乐会，不肯去看戏或者跟大家一起兴高采烈地去郊游。我几乎连胡同都不出：你会相信吗，亲爱的，我在这座小城里住了两年，认识的街道还不到十条？我悲伤，我要悲伤，看不见你，我就强迫自己过着清淡的生活，并且还以此为乐。再有，我怀着一股热情，只希望生活在你的心里，我不愿让别的事情来转移这种热情。我独自一人坐在家里，一坐就是几小时，就是一整天，什么也不做，只是想着你，一次一次地、反反复复地重温对你的数百件细小的回忆，每次见你啦，每次等你啦，就像在剧院里似的，让那些细小的插曲一幕幕从我的心里闪过。因为我把往日的每一秒钟都回味了无数次，因此我的整个童年时期还都历历在目，那些逝去岁月的每一分钟我都感到如此灼热和新鲜，仿佛是昨天在我身上发生的事。

那时我的整个身心全都用在了你的身上。你写的书我全都买了；要是报上登有你的名字，那么这天就像节日一样。你相信吗，你书里的每一行我都能背下来，我一遍又一遍地把你的书读得滚瓜烂熟。要是有人半夜里把我从睡梦中叫醒，从你的书里抽出一行来念给我听，今天，隔了十三年，今天我还能接着念下去，就像在梦里一样：你的每一句话，对我来说都是福音书和祷告文。整个世界，只是和你有关，它才存在；我在维也纳的报纸上翻阅音乐会和首演的广告，心里只有一个想法，那就是哪些演出会使你感兴趣；一到黄昏，我就在远方陪伴着你：现在他进了剧场大厅，现在他坐下来了。这事我梦见过千百次，因为我曾经有一次，唯一的一次，在一次音乐会上见过你。

可是我说这些干什么呢，说一个被遗弃的孩子的这些疯狂的、自己糟蹋自己的，这些如此悲惨、如此绝望的狂热干什么呢？把这些告诉一个对此一无所感、毫无所知的人干什么呢？那时我确实不还是个孩子吗？我长到十七岁，十八岁了——年轻人开始在街上转过头来看我了，可是他们只能使我火冒三丈。因为想着和别人，而不是和你谈恋爱，即使只是拿恋爱开个玩笑，我也觉得简直是闻所未闻、难以理解的，在我看来，受勾引本身就已经犯了罪。我对你的激情始终犹如当年，只是随着我身体的发育和性欲的萌发而变得更加炽烈、更加肉感、更加女性化罢了。当时在那个女孩子，那个去按你的门铃的女孩子朦胧无知的意识中没能预感到的东西，现在成了我唯一的思想：把自己献给你，完全委身于你。

我周围的人认为我腼腆，都说我怕羞（我紧咬牙关，关于我的秘密，一个字也不吐露出来）。但是在我心里滋长了钢铁般的意志。我的全部心思都集中在一点上：回到维也纳，回到你的身边去。我费了好大的劲，终于实现了自己的愿望。在别人看来，我的这个愿望也许是荒谬的，不可理解的。我的继父颇有资财，他把我当作他的亲生女。我一直闹着要自己挣钱来养活自己，后来终于达到了这个目的。我来到维也纳的一个亲戚家，在一家服装店里当职员。

在一个雾蒙蒙的秋日，我终于，终于来到了维也纳！难道还要我告诉你，我到维也纳以后第一程路是往哪儿去的吗？我把箱子存放在火车站，跳上一辆电车——我觉得电车开得多慢呀，每停一站都使我感到恼火——一直奔到那座楼房前面。你的窗户亮着灯，我的整个心灵发出了动听的声音。这座城市，这座曾经如此陌生、如此毫无意义地在我四周喧嚣嘈杂的城市，现在才有了生气，我现在才重新复活，因为我感觉到你就在近旁，你，我那永恒的梦。我并没有感觉到，无论是隔着多少峡谷、高山、河流，或是在你和我闪着喜悦光芒的目光之间只隔着一层透明的薄玻璃，我对于你的意识来说，实际上都是一样遥远的。我抬头仰望，仰望：这儿有灯光，这儿是楼房，你就在这儿，这儿就是我的世界。对于这一时刻，我已经做了两年的梦了，现在总算赐给了我。这个漫长的、柔和的、云遮雾漫的夜晚，我在你的窗前站了很久，直到你房里的灯熄灭以后，我才去寻找我的住处。

这以后，我每天晚上都这样站在你的房前。我在店里干活一直干到六点钟才结束，活计很重、很累，但我很喜欢，因为工作很杂乱，我对自己内心的不宁也就不那么感到痛楚了。等到卷帘式铁百叶窗在我身后哐当一声落了下来，我就直奔我心爱的目的地。只要看你一眼，只想碰见你一次，只想用我的目光远远地再次抚摸你的脸庞——这就是我唯一的心愿。大约一个星期之后，我终于遇见了你，而且恰恰在我没有预料到的那一瞬间：我正抬头朝你的窗户张望的时候，你横穿马路过来了。突然，我又变成了那个小姑娘，那个十三岁的小姑娘。我感到热血涌上我的面颊；违背我渴望看见你的眼睛的内心冲动，我下意识地低下了头，像是有人在追我似的，从你身边一溜烟似地跑了过去。后来我为自己这种女学生似的胆怯的逃遁而感到羞愧，因为现在我的目的是一清二楚的：我想遇见你，我在找你。过了那么多渴望的、难熬的岁月，我希望你能认出我来，希望你注意到我，希望你爱上我。

但是你好长时间都没有注意到我，虽然每天晚上，无论下起纷飞的大雪，还是刮着维也纳凛冽刺骨的寒风，我都站在你那条胡同里。我往往白等几小时，有时候等了半大以后，你终于在朋友的陪伴下从屋里走了出来，有两次我还看见你和女人在一起。当我看见一位陌生女人同你紧挽胳膊一起走的时候，我感觉到了自己的成人意识，我的心突然颤了一下，把我的灵魂也撕裂了，这时我感觉到对你有一种新的、异样的感情。我并没有吃惊，我在儿童时代就已经知道女人是陪伴你的常客，可是现在这使我突然感到有种肉体上的痛苦，我心里那根感情之弦绷得紧紧的，对你跟另一个女人的这种明显的、这种肉体上的亲昵感到非常敌视，同时自己也很想得到。我当时有种孩子气的自尊心，也许今天也还保留着，所以一整天没有到你的屋子跟前去：

但是这个抗拒和愤恨的空虚夜晚是多么可怕呀！第二天晚上，我又低声下气地站在你的房子跟前，等呀等，就像我的整个命运都站在你那关闭的生活之前似的。

一天晚上，你终于注意到我了。我已经看见你远远地过来了，我就振作起自己的意志，别又躲开你。说也凑巧，有辆货车停在街上要卸货，因而把马路堵得很窄，你就只好紧挨着我的身边走过去。你那心不在焉的目光下意识地扫了我一眼，它刚遇到我全神贯注的目光，就立即变成了——回忆起心里的往事，使我猛然一惊！——你那种勾引女人的目光，变成了那温存的、既脉脉含情又撩人销魂的、那拥抱式的、盯住不放的目光。这目光从前曾把我这个小姑娘唤醒，使我第一次成了女人，成了正在恋爱的女人。有一两秒钟之久，你的目光就这样凝视着我的目光，而我的目光却不能，也不愿意离开你的目光——随后你就从我身边走了过去。我的心怦怦直跳；我下意识地放慢了脚步，出于一种无法抑制的好奇心，我转过头来，看见你停住了，正在回头看我。从你好奇地、饶有兴趣地注视着我的神态里，我立刻就知道，你没有认出我来。

你没有认出我来，那时候没有，永远，你永远也没有认出我来。亲爱的，我怎么来向你描述我那一瞬间的失望呢——当时我是第一次遭受到没有被你认出来的命运啊，这种命运贯穿在我的一生中，并且我还带着它离开人世；没有被你认出来，一直还没有被你认出来。我怎么来向你描述这种失望呢！因为你看，在因斯布鲁克的两年中，我时刻都想着你，什么也不做，只是想象我们在维也纳的第一次重逢，根据自己的情绪状态，做着最幸福的和最可怕的梦。如果可以这么说的话，一切我都在梦里想过了；在我心情阴郁的时候，我设想过，你会拒我于门外，你会鄙视我，因为我太卑微，太丑陋，太不顾羞耻。你各种各样的怨恨、冷酷、淡漠，这一切我在热烈的幻想中都经历过了——可是这一点，这最最可怕的一点，就是在我心情最阴郁、自卑感最严重的时候，也没有敢去考虑过：你根本丝毫没有注意到我的存在。今天我懂得了——啊，那是你教我懂得的！——少女和女人的脸在男人眼里一定是变化无常的，因为脸通常只是一面镜子，时而是热情的镜子，时而是天真烂漫的镜子，时而又是疲惫的镜子，镜子中的形象极易流逝，所以一个男人也就更加容易忘记一个女人的容貌，因为年龄就在这面镜子里带着光和影逐渐流逝，因为服装会把一个女人的脸一下打扮成这样，等会儿又变成那样。那些听天由命的人，她们才是真正的智者。可是当时我这个少女，我对你的健忘还不能理解，因为由于我自己毫无节制、时刻不停地想着你，所以就产生了一种幻觉，以为你也一定常常想着我，在等着我；如果我知道，你的心里并没有我，压根儿连想都没有想过我，那我活着还有什么意思！你的目光使我清醒了，你的目光表示，你一点也不认识我了，关于你的生活和我的生活之间，你竟连一根蛛丝那样的些微记忆也没有了。面对这样的目光，我如梦初醒，第一次跌到了现实之中，第一次预感到了自己的命运。

你那时没有认出我来。两天以后我们又再次相遇，你的目光带着点亲昵的神情周身打量着我，这时你依旧没有认出我就是曾经爱过你的、被你唤醒的那个姑娘，你只认出我是那个漂亮的、十八岁的姑娘，两天以前曾在同一地点同你迎面相逢。你亲切而惊讶地看着我，嘴角挂着一丝轻柔的微笑。你又从我的身边走过去，马上又放慢了脚步。我颤抖，我狂喜，我祈祷，但愿你来跟我打招呼。我感到，我第一次为你而充满了活力；我也放慢了脚步，没有躲开你。突然，我没有回头便感觉到你在我的身后，我知道，这回我可以第一次听到你对我说话的、可爱的声音了。这种期待的心情几乎使我瘫软了，我担心自己可能不得不停下来，心里像有十五个吊桶，七上八下——这时你走到我旁边来了。你用你特有的那种轻松愉快的神情跟我攀谈，仿佛我们是早就认识的老朋友了——啊，你没有感觉出我这个人，你也从来没有感觉出我的生活！——你跟我说话的神态是那么富有魅力，那么泰然自若，甚至我也能够跟你搭话了。我们一起走了一条胡同，这时你问我，是否愿意一起去吃饭。我说：“行。”我怎敢拒绝你呢？

我们一起在一家小饭馆里吃饭——你还记得这家饭馆在哪里吗？啊，不，你一定跟其他这样的晚餐分不清了，因为在你心目中，我算得了什么？只不过是数万个女人中的一个，许许多多不胜枚举的风流艳遇中的一桩罢了。你有什么好想起我来的呢？我说得很少，因为在你身边，听你跟我说话，我就感到无限幸福了。我不愿意由于一个问题、一句愚蠢的话而白白浪费一秒钟。我永远不会忘记感谢你的这个时刻，你的心里满满地盛着我热情的崇敬，你的举止如此温存风雅、轻松愉快、识体知礼，毫无迫不及待的妄为，没有匆忙的、谄媚讨好的表示，从第一个瞬间起，就亲切自重，如逢知己，即使并没有早就把自己的整个身心都献给你，那么单凭这一点，你也会赢得我的心的。啊，你可不知道，我傻乎乎地等了你五年，你没有使我失望，你简直使我高兴得忘乎所以了！

天已经很晚了，我们起身离去。走到饭馆门口，你问我是否忙着回家，是否还有点时间。我怎么能瞒着你，不告诉你我乐意听从你的意愿呢？我说，我还有时间。随后，你稍稍迟疑了一下，就问，我是否愿意上你那里去聊一会儿。"好啊！"我自然而然地脱口而出，随后我立即发现，你对我如此迅速的允诺，感到有点儿难堪或者高兴，反正显然感到十分意外。今天我明白了你的这种惊异；我知道，一个女人，即使她心里火烧火燎的，想委身于人，她们通常也总要否认自己有这种打算，还要装出一副惊恐万状或者怒不可遏的样子，非等男人再三恳求，说一通弥天大谎，赌咒发誓和作出种种许诺，这才愿意平息下来。我知道，也许只有那些吃爱情饭的妓女，或是幼稚天真、年未及笄的小姑娘才会兴高采烈地满口答应那样的邀请。但是在我心里，这件事只不过是——你怎么能料想得到呢——化成了语言的心愿，千百个白天黑夜所凝聚而现在突然迸发的相思而已。总之，当时你很吃一惊，我开始使你对我发生兴趣了。我觉察到，我们一起走的时候，你一边说着话，一边带着某种惊异的神情从侧面打量着我。你的感觉，你那对于一切人性的东西具有魔术般的十拿九稳的感觉，立即在这位漂亮的、柔顺的姑娘身上嗅出了一种不同寻常的东西，嗅出了一个秘密。于是，你好奇心大发，我觉察到，你想从一连串拐弯抹角的、试探性的问题着手，来摸清这个秘密。可是我避开了你：我宁可显得傻里傻气的样子，也不愿对你泄露我的秘密。

我们上楼到你屋里。请原谅，亲爱的，要是我不对你说，你不可能明白，这楼道，这楼梯对我来说意味着什么。当时我的心里充满了何等样的陶醉，何等样的迷乱，何等样的疯狂、痛苦、几乎是致命的幸福啊！我现在想起这些，还不禁泪湿衣襟，然而我已经没有眼泪了。你想一想吧，那里每一件东西都好像渗透了我的激情，每一样东西都是我童年时代的憧憬的象征：那大门，我在前面等过你千百次的大门；那楼梯，我在那里倾听你的脚步声，并在那儿第一次看见你的楼梯；那窥视孔，通过这个小孔我看得神魂颠倒；你房门口铺的小地毯，有一次我曾在上面跪过；那钥匙的响声，每回一听到这声音，我总是从我潜伏的地方猛地一跃而起。我的整个童年，我的全部激情都寄托在这几米大的空间里了，我的生命就在这里。而现在命运像暴风雨似的降落到我的头上来了，因为一切，一切都如愿以偿了：我和你在一起走，我和你在你的、在我们的房子里走着。你想想吧——这话听起来毫无意思，可我不知道怎么用别的话来说——一直到你房门口为止，一切都是现实，都是一辈子沉闷的、日常的世界，而从那儿起，孩子的仙境、阿拉丁[①]的王国就开始了；你想一想，这房门我曾急不可待地盯过千百回，如今我飘飘然地走了进去，你将会预料到——但仅仅是预料到，永远也不会完全知道，我亲爱的！——这转瞬即逝的一分钟从我的生活里带走了什么。

那个晚上，我在你身边整整待了一夜。你可没有想到，在这以前还从来没有一个男人触摸过我，没有一个男人紧贴着或者看见过我的身子哩。但是亲爱的，你又怎么会想到呢，因为我对你毫无反抗，我压制了因羞怯而产生的忸怩，只是为了使你无法猜到我对你的爱情的秘密。要是你猜了出来，准会把你吓一大跳的——因为你喜欢的只是轻松自在、嬉戏玩耍、怡然自得，你生怕干预别人的命运。你喜欢对所有的女人，像蜜蜂采花似地对世界滥施爱情，而不愿作出任何牺牲。假如我现在对你说，亲爱的，我对你委身的时候还是个处女，那么我

① 阿拉丁：《一千零一夜》中的人物。巫师叫阿拉丁从井里取出一盏神灯，只要把灯一蹭，立即就有一位神灵来到他的跟前，可以满足他的一切要求。阿拉丁发现这个秘密后，就拿走了这盏灯，并娶了一个公主为妻，巫师想了各种办法还是没有得到神灯。

求求你，不要误解我！我不埋怨你，你并没有引诱我，欺骗我，勾引我——是我，是我自己硬凑到你跟前、投入你的怀抱、栽进自己的命运中去的。我永远，永远不会埋怨你，不，我只有永远感谢你，因为对我说来那一夜是至极的欢乐、闪光的喜悦、飘飘欲仙的幸福。那天夜里我一睁开眼，感到你在我的身边，总是感到奇怪，星星怎么没有在我头上闪烁，因为我真觉得自己到了天上了——不，我从来没有后悔，我亲爱的，从来没有因为那一刻而后悔。我还记得，你睡着了，我听见你的呼吸，贴着你的身子，感到自己挨你那么近，在黑暗中我流出了幸福的泪水。

第二天一大早我就急着要走。我得到店里去，也想在仆人来到之前就走，可不能让他看见。当我穿好衣服站在你面前，你就把我搂在怀里，久久端视着我；莫非在你心里激荡着某个模糊而遥远的回忆，或者你只是觉得我当时神采飞扬、容貌美丽呢？然后你在我嘴上吻了一下。我轻轻从你手里挣脱，想走掉。这时你问我："你带几朵花去，好吗？"我说好吧。你就在书桌上的蓝色水晶花瓶里（啊，这只花瓶我是认识的，小时候我曾偷看过一眼）取出四朵洁白的玫瑰给了我。连着几天我还不住地吻着这几朵玫瑰哩。

我们事前约好在另一个晚上见面。我去了，那晚又是那么美妙。你还赐给了我第三夜。后来你就对我说，你要出门了——噢，我从小就恨你的这种旅行！——你答应我，一回来就立即通知我。我给了你一个留局待取的地址——我不愿把我的姓名告诉你。我保守着自己的秘密。你又给了我几朵玫瑰作为临别纪念——作为临别纪念。

这两个月里我每天都去问……唉，算了，向你描述这种期待和绝望的极度痛苦干什么呢！我不埋怨你，我爱你，爱的就是这个你：感情炽烈，生性健忘，一见倾心，爱不忠诚。我爱的你这个人就是这个样，只是这个样，你过去一直是这个样，现在还是这个样。你早就回来了，从你亮着灯的窗户我断定你回来了，你没有给我写信。直到我生命的最后时刻，我也没有收到你的一行字，你的一行字，而我却把自己的生命都给了你。我等着，绝望地等着。你没有叫我，没有给我写一行字……没有写一行字……

我的孩子昨天死去了——他也是你的孩子呀。他也是你的孩子，亲爱的，这是那如胶似漆的三夜所凝结的孩子，这一点我向你发誓。人之将死，其言也真，我快踏上黄泉路了，是不会撒谎的。这是我们的孩子，我向你发誓，因为从我委身于你的那一刻起，到这孩子从我肚子里生出来这一段时间里，没有任何男人接触过我的身子。我的身子任你紧紧贴过之后，我就有了一种神圣的感觉：我怎么能把自己既给你，又给别人呢？你是我的一切，而别人只不过是从我生命边上轻轻擦过的路人。他是我们的孩子，亲爱的，是我那专一不二的爱情和你那漫不经心的、毫不在乎的、几乎是无意识的柔情蜜意所凝成的孩子。他是我俩的孩子，我俩的儿子，我俩唯一的孩子。那么你一定要问——也许吓一大跳，也许只是不胜惊愕——那么你一定要问，我亲爱的，问我在这么多年的漫长岁月里，为什么不把这个孩子告诉你，一直到今天他躺在这里，躺在这里的黑暗里的时候才谈到他，而此刻他已准备去了，永远不再回来了，永远不再回来了！可是我又怎么能告诉你关于孩子的事呢？我这个与你素昧平生的女人，我这个心甘情愿地跟你过了销魂荡魄的三夜，而且毫无反抗地甚至是渴求地向你敞开了自己心怀的陌生女人，对她你是永远也不会相信的，你永远不会相信，她这么个跟你短暂地萍水相逢的无名女人，会对你这个不忠诚的男人忠贞不渝，你永远也不会毫无疑虑地承认这孩子是你的亲生骨肉！即使你觉得我的话蛮有道理，真假难分，你也不可能消除这种暗暗的怀疑：我很富有，为此你企图把你在另一次风流欢会时种下的这个孩子硬塞给我。这样你就会对我猜疑，在你和我之间就会产生一片阴影，一片漂浮不定、腼腆的怀疑的阴影。这我不愿意。再说，我了解你，非常了解你，比你对自己了解得还清楚。我知道，你这个人只喜欢爱情中的无忧无虑、轻松自在、游戏玩耍，要是突然间成了父亲，突然间要对另一个人的命运负责，那你一定会感到难堪而棘手的。你一定会觉得，好像我把你拴住了，而你这个人是只有在自由自在的情况下才能呼吸的。因为如果我把你拴住了，你一定会因此而恨我的——不错，我知道，你会违背你自己清醒的意志而恨我的。也许只有几小时，也许只有短短的几分钟，你会觉得我是个累赘，会恨我——但是我要保持我的自尊心，我要让你这一辈子想起我的时候没有一丝忧虑。我宁可独自承担一切，也不愿让你背上个包袱，我要使自己成为你所钟情过的女人中独一无二的一个，让你永远怀着爱情和感激来思念她。可是当然，你从来也没有思念过我，你已经把我忘在九霄云外了。

我不埋怨你，我亲爱的，不，我不埋怨你。如果我的笔下偶或流露出几句苦痛的话，那就请你原谅我，请你原谅我——我的孩子，我们的孩子死了，就躺在这影影绰绰的烛光下；我冲上帝攥紧拳头，管他叫凶手，我的心绪阴郁，神志紊乱。请原谅我倾吐我的哀怨，原谅我吧！我知道，你是善良的，内心深处是乐于助人的，你帮助每一个人，就是素昧平生的人有求于你，你也给予帮助。你的恩惠非常奇特，它对每个人都是敞开的，因此谁都可以自取，两只手能抓多少就取多少，你的恩惠是博大的，是博大无际的，你的恩惠，但是，它是——请原谅我——懒散的。你的恩惠要人家提醒，要人自己去拿。你帮助人要人家叫你，求你，你帮助人是出于害羞，出于软弱，而不是出于快乐。容我坦率地对你说吧，你可以和别人共幸福，而不愿和人共患难。像你这样的人，即使是其中最有良心的人，求他也是很难的。有一次，那时我还是孩子，我从门上的窥视孔里看见有个乞丐按响了你的门铃，你给了他一点钱。还没等他开口向你要，你就迅速给了他，甚至给得很不少，可是你给他的时候心里有点害怕，是惊慌地递给他的，好把他立即打发走，仿佛你怕看他的眼睛似的。你帮助人家的时候那种忐忑不安、羞羞答答、怕人感激的神态，我永远忘不了。因此我从来也不来求你。当然，我知道，那时即使你还拿不稳这是你的孩子，你也会帮助我的，你也一定会安慰我，给我钱，给我一笔数目相当可观的钱，可是你心里总悄悄怀着焦躁的情绪，要把这件煞风景的事从你身上推得一干二净；是的，我相信，你甚至要说服我尽早把胎打掉。这是我顶顶害怕的事，因为你所希望的事，我怎么会不去做呢，我又怎么能拒绝你的要求呢！可是这孩子就是我的一切，他也确实是你的。他就是你，但已经不再是那个我无法驾驭的、幸福无忧的你了，而是那个永远——我这样认为——给了我的、禁锢在我的身体里、连着我生命的你了。现在我终于把你捉住了，我可以在自己的血管里感到你在生长，感到你的生命在生长，只要我心里忍不住了，我就可以用食品喂你，用乳汁哺你，可以轻轻抚摸你，温柔地吻你。你瞧，亲爱的，因此当我知道我怀了你的孩子时，我是多么幸福，因此我就没有把这事对你说：因为这样，你就再也不会从我身边逃走了。

当然，亲爱的，后来的生活也并不全是我原先所想的那种幸福的日子，有的日子也充满了恐惧和烦恼，充满了对人的卑鄙下流的憎恶。我的日子过得很艰难。为了不让我的亲戚发现我怀了孕，并把这事告诉我家里，临产前的几个月我不能再到店里去上班了。我不愿向我母亲要钱——我就把身边有的那点首饰卖掉，这样才勉强维持了分娩前那段时间的生活。分娩前一星期，一个洗衣女工从柜子里偷走了我剩下的最后几枚克朗，因此我只得进了一家妇产医院。只有那些身上分文不名的穷人，那些被抛弃、被遗忘的女人，在走投无路的时候才到那里去，置身于贫困的社会渣滓之中。这孩子，你的孩子，就是在那里呱呱坠地的。那儿真是叫人活不下去：陌生，陌生，一切都陌生，我们躺在那儿的人，互相也都是陌生的，大家寂寞孤独，彼此仇视，大家都是被贫困、被同样的痛苦踢进这间沉闷的、充满哥罗仿和血腥气的、充满叫喊和呻吟声的产房里来的。穷人不得不忍受的轻薄，精神上和肉体上的羞辱，在那里我全受过了：我得跟那些娼妓、那些病人挤在一起，她们惯于对有同样命运的病人使坏；我忍受了年轻医生玩世不恭的态度，他们脸上挂着一丝嘲讽的微笑，掀开我这个毫无反抗力的女人的被单，在我身上摸来摸去，美其名曰检查；我忍受着女护理人员贪得无厌的私欲——啊，在那里，人的羞耻心被目光钉上了十字架，任凭语言的鞭笞。只有写着你的名字的那块牌子，在那里只有这块东西还是你自己，因为那床上躺着的，只不过是一块抽搐着的、任凭好奇的人东捏西摸的肉，只不过是一个供观赏和研究的对象而已——啊，那些妇女，那些在自己家里为守候着她们的、温存爱抚的丈夫生孩子的妇女，她们不懂得举目无亲、不能防卫、像在实验桌上似的把孩子生下来是个什么滋味！要是我今天在哪本书里看到“地狱”这个词，我就仍然会不由自主地突然想到那间塞得满满的、水汽腾腾的，充满了呻吟、狂笑和惨叫的产房，那间宰割羞耻心的屠场，我就是在那儿遭的罪。

请原谅，请原谅我说了这些事。可是我就谈这一次，以后永远、永远不再说了。这些事十一年来我一句也没说过，不久我就将闭口不语，直到无垠的永恒，但是我得叫喊一次，嚷一次：为了这个孩子，我付出了多么昂贵的代价啊！这孩子就是我的幸福，如今他躺在那里，已经停止了呼吸。我已经忘掉了那些时刻，在孩子的笑容和声音里，在他的幸福中早就把它们忘在九霄云外了；但是现在孩子死了，痛苦又潜入了我的心头，这一次，就这一次，我得把它从心里倾吐出来。但我并不是埋怨你，我只是埋怨上帝，是他让这些痛苦到处狂奔乱闯的。我不埋怨你，我向你发誓；我从来没有对你发过脾气。即使在我腹痛得蜷缩起来的时候，即使在大学生触触摸摸般的目光下我羞愧得无地自容的时候，即使在痛苦撕裂我的灵魂的时候，我都没有在上帝面前控告过你；对于那几夜，我从来都没有后悔过，从来没有责骂过我对你的爱情，我始终都爱着你，一直为你所给我的那个时刻而祝福。假如由于那些时刻我还得再进一次地狱，而且事先知道我将受的苦，那么我还愿意再进一次，我亲爱的，我愿意再进一次，再进一千次！

我们的孩子昨天死去了——你从来没有见过他。这个活泼可爱的小人儿，你的骨肉，从来没有、就连偶然匆匆相遇也没有、就是擦身走过时也没有被你的目光扫视过。有了这个孩子，我就躲了起来，不见你的面；我对你的相思也不那么痛苦了，自从赐给我这个孩子以后，我觉得我爱你爱得没有先前那么狂热了，至少不像先前那样受爱情的煎熬了。我不愿把自己分开来，分给你和他两个人，所以我就没有把自己的感情倾注给你，而是一股脑儿全部给了这个孩子，因为你是个幸运儿，你的生活和我不沾边，而这孩子却需要我，我得抚养他，我可以吻他，可以搂着他。看样子我从由于想你——我的厄运——而陷入的神思恍惚的状态中解脱出来了，我是由于这个另外的你，真正属于我的这个你而得救的——只有在很少很少的时候，我才会低三下四地再到你的房前去。我只做一件事：在你生日的时候，我每次都送你一束白玫瑰，和当年我们一起过了第一个恩爱之夜以后，你送给我的一模一样。这十来年当中，你心里是否问过自己，这些鲜花是谁送来的？也许你也想到过你从前送过她这样的玫瑰的那个女人？我不知道，我也不想知道你的回答。我只是暗中把玫瑰给你送过去，一年一次，为了唤醒你对那一时刻的回忆——对我来说，这已经足够了。

你从来没有见过他，没有见过我们可怜的孩子——今天我责备自己，我一直把他对你隐瞒了，因为你会爱他的。你从来没有见过他，没有见过这个可怜的男孩，从来没有见过他的微笑，每当他轻轻抬起眼睑，然后用他那聪明的黑眼睛——你的眼睛！——向我，向全世界投来一道明亮而欢快的光芒的时候，你从来没有见过他的微笑！啊，他是多么快活，多么可爱呀：在他身上天真地再现了你的全部轻快的性格，在他身上重演了你那敏捷的、驰骋的想象力：他可以接连几小时沉迷在他的玩意儿里，就像你游戏人生一样，然后他就竖着眉毛，一本正经地坐着看书。他越来越像你了；你所特有的那种既有严肃又有戏谑的性格上的两重性，已经明显地在他身上滋长起来了。他越是像你，我就越发爱他。他学习成绩很好，说起法文来真像只小喜鹊，他的作业本是全班最干净的，再说他的模样多好看，穿身黑天鹅绒衣服或是穿件白海员衫是多么帅气。无论走到哪里，他都是最雅致漂亮的；在格拉多[①]海滨，我跟他一起散步的时候，女人们都停下来，抚摸他那金色的长发；在塞默林[②]，他滑雪橇的时候，大家都朝他转过头来啧啧称羡。他是这么漂亮，这么娇嫩，这么惹人爱。去年他进了德莱茜寄宿中学[③]，穿了制服，身佩短剑，活像个十八世纪的王室侍从——可是他现在除了身上的一件衬衫之外，别无他物了。这可怜的孩子，他躺在这里，嘴唇苍白，双手交叉叠在一起。

---

① 格拉多（Grado）：位于亚得里亚海滨，是意大利著名的海滨浴场。

② 见《灼人的秘密》中注。

③ 德莱茜寄宿中学：原为奥地利女王马利亚·德莱茜（Maria Theresia）于1746年创办的德莱茜贵族学院，1849年以后改为普通文科中学，一直是维也纳的一所有名的中学。

也许你要问我，我怎么能够让孩子在奢华的环境中受教育的呢，怎么能够让他享受到上流社会光明、快活的生活的呢？亲爱的，我在黑暗中跟你说话；我没有廉耻了，我要告诉你，但你别吓坏了，亲爱的——我卖淫了。我倒不是那种街头野鸡，不是娼妓，但是我卖淫了。我有很阔的朋友，很阔的情人：先是我去找他们的，后来他们就来找我了，因为我非常之美——不知你注意到没有？每一个我向他委身的男人都喜欢我，他们大家都感谢我，都依恋我，都爱我——只有你不是，只有你不是，我亲爱的！

我对你吐露了我卖淫的真情，你会看不起我吗？不会，我知道，你不会看不起我，我知道，你理解这一切，你也将会理解，我只是为了你，为了你的另一个“我”，为了你的孩子才走这一步的。在妇产医院的那间病房里，我就曾经领受过穷困的可怕。我知道，在这个世界上，穷人总是被践踏、被凌辱的，总是牺牲品。我不愿意，无论如何都不愿意让你的孩子，让你的这个开朗、美丽的孩子在社会深深的底层，在小胡同的垃圾堆里，在霉气熏天、卑鄙下流的环境中，在一间陋室的污浊的空气中长大成人。不能让他稚嫩的小嘴去说些俚言俗语，不能让他那雪白的身体去穿霉气熏人的、皱皱巴巴的寒酸衣裳——你的孩子应该享有一切，享有世上的一切财富，享有人间的一切快乐，他应该重新升到你的地位，升到你的生活范围里去。由于这个原因，只是因为这个原因，我亲爱的，我卖淫了。对我来说，这不是什么牺牲，因为大家通常称之为名誉、耻辱的东西，对我来说全是空的：你不爱我，而我的身子又只属于你一个人，既然这样，那么我的身子不管做出什么事来，我也觉得是无所谓的了。男人的爱抚，甚至于他们内心深处的激情，都不能丝毫打动我的心灵，虽然我对他们之中的有些人也很敬重，由于他们的爱情得不到回报而对他们深表同情，这使我想起自己的命运，而内心常常感到深受震动。我所认识的那些男人，他们大家都对我很好，大家都很宠爱我，尊敬我。尤其是有位年纪较大的、丧了妻的帝国伯爵，就是他为我四方奔走，八方说情，好让德莱茜中学录取这个没有父亲的孩子、你的孩子——他像爱女儿那么爱我。他向我求过三四次婚——要是我答应了这门亲事，今天就是伯爵夫人了，就是蒂罗尔[①]某座迷人王宫的女主人了，我就可以过着无忧无虑的生活，因为孩子有了一个慈祥的父亲，把他当作宝贝，而我身边就有了个文静、显贵和善良的丈夫——我没有答应，无论他催得多么急迫、频繁，也不论我的拒绝是多么伤他的心。也许我做了件蠢事，因为要不现在我便在什么地方过着安静、悠闲的生活了，而把这孩子，这可爱的孩子，带在我的身边，但是——我干吗不向你承认呢——我不愿自己为婚姻所羁绊，为了你，我任何时候都要使自己是自由的。在我内心深处，在我的潜意识里，我一直还在做着那个陈旧的孩子梦：也许你会再次把我召唤到你的身边，哪怕只叫我去一小时。为了这可能的一小时，我把一切都推开了，只是为你而保持自己的自由，一听召唤，就扑到你的怀里。自从童年时代之后青春萌发以来，我的整整一生不外乎就是等待，等待你的意志！

这个时刻果真来到了。可是你并不知道，你没有觉察到，我亲爱的！就在那个时刻你也没有认出我——永远，永远，你永远没有认出我！以前我常常遇见你，在剧院里，在音乐会上，在普拉特公园[②]里，在大街上——每次我的心都猛地一抽，但是你的眼光只在我身边一晃而过；当然，外表上我已经完全变成另外一个人了，我从一个腼腆的小姑娘变成了一位妇人，像他们所说的，长得漂亮，衣着十分名贵考究，身边围了一帮仰慕者；你怎么会想到，我就是在你卧室里昏暗灯光下的那个羞答答的姑娘呢！有时候跟我一起走的先生中有一位向你打招呼；你向他答谢，并对我表示敬意；可是你的目光是客气而生疏的，是赞赏的，但从来没有认出我。生疏，可怕的生疏。我还记得，有一次你那认不出我来的目光——虽然我对此几乎已经习以为常了——使我像被火灼了一样痛苦不堪：我跟一位朋友一起坐在歌剧院的一个包厢里，而隔壁的包厢里就是你。序曲开始的时候，灯光熄灭了，你的面容我看不到了，只感到你的呼吸挨我很近，就像当年那个夜晚那样近，你的手，你那纤细、娇嫩的手，支撑在我们这两个包

① 蒂罗尔（Tirol）：奥地利的一个州，首府在因斯布鲁克。
② 普拉特（Prater）：维也纳的一座规模很大的自然公园，以其游乐场而著称，地处多瑙河和多瑙运河之间。

厢铺着天鹅绒的栏杆上。一种强烈的欲望不断向我袭来，我想俯下身去卑躬屈膝地吻一吻这只陌生的、如此可爱的手，过去我曾经领受过这只手温存多情的拥抱的呀！我耳边音乐声浪起伏越厉害，我的欲望也越狂热，我不得不攥紧拳头，使劲控制住自己，我不得不强打精神，正襟危坐，一股巨大的魔力把我的嘴唇往你那只可爱的手上吸引过去。第一幕一完，我就求我的朋友跟我一起走。在黑暗中你如此生疏、如此贴近地挨着我，我再也忍受不住了。

但是这时刻来到了，又一次来到了，最后一次闯进了我这无声无息的生活之中。那差不多是正好一年以前，你生日的第二天。奇怪，我时时刻刻都在想着你，你的生日我每年都是过节一样来庆祝。一大早我就出门去买了这些年年都派人给你送去的白玫瑰，作为对那个你已经忘却了的时刻的纪念。下午我带着孩子一起乘车出去，把他带到戴默尔点心铺[①]，晚上带他去看戏。我想让他从少年时代起就感觉到，他也应该感觉到，这一天是个神秘的节日，虽然他对这个日子的意义并不了解。第二天我就和我当时的朋友，布吕恩的一位年轻、有钱的工厂主待在一起。我已经和他同居两年了，是他的掌上明珠。他娇宠我，也同别人一样要跟我结婚，而我也像对别人一样，好像莫名其妙地拒绝了他，尽管他馈赠厚礼给我和孩子。尽管他本人有点儿呆板，有点儿谦卑的样子，但心地善良，人还是很可爱的。我们一起去听音乐会，在那里碰到一帮兴高采烈的朋友，随后大家便到环城马路的一家饭馆去共进晚餐，在欢声笑语之中，我提议再到塔巴林舞厅去跳舞。本来我对这种灯红酒绿、醉生梦死的舞厅，以及夜间东游西逛的行为一向都很反感，平素别人提议到那儿去，我总是竭力反对的，但是这一次——我心里像有一种莫名的神奇力量，使我突如其来地、本能地作出了这个提议，这在在座的人当中引起一阵激动，大家都兴高采烈地表示赞同——我却突然产生了一个无法解释的愿望，仿佛那里有什么特别的东西在等着我似的。他们大家都习惯于迎合奉承我，便迅速站起身来。我们大家一起来到舞厅，喝着香槟酒，突然我心里产生了

① 戴默尔（Demel）点心铺：维也纳的一家高级点心铺。

一种从未有过的疯狂的然而又差不多是痛苦的兴致。我喝酒，跟着唱一些拙劣的、多情善感的歌曲，心里产生了一种想要跳舞、想要欢呼的欲望，几乎无法把它摆脱开。可是突然——我觉得仿佛有种什么冷冷的或者灼热的东西猛地放到了我的心上——我竭力振作精神，正襟危坐：你和几个朋友坐在邻桌，用欣赏的、色迷迷的目光看着我，用那种每每把我撩拨得心旌飘摇的目光看着我。十年来你第一次又以你气质中所具有的全部本能的、沸腾的激情盯着我。我颤抖了。我举着的酒杯差一点儿从我手中掉落下来。幸好同桌的人没有注意到我心慌意乱的神态，它在音乐和欢笑的喧嚣中消失了。

你的目光越来越灼人，使我浑身灼烫如焚。我不知道，你到底是，到底是认出我来了呢，还是把我当作另外一个女人，一个陌生女人，而想把我弄到手？热血涌上了我的双颊，我心不在焉地和同桌的人搭着话：你一定注意到了，我被你的目光弄得多么心慌意乱。你脑袋一甩，向我示意，别人根本没有觉察到，你示意我到前厅去一会儿。接着你就十分张扬地去付账，告别了你的朋友，走了出去，临走前又再次向我暗示，你在外面等着我。我浑身直哆嗦，像是发冷，又像发烧，我答不出话来，也控制不住冲动起来的热血。在这一瞬间正好有一对黑人，用鞋后跟踩得啪啪直响，嘴里发出尖声怪叫，开始跳一个奇奇怪怪的新舞蹈，所有的眼睛都注视着他们，而我正好利用这一瞬间。我站起身来，对我的朋友说，我马上就回来，说着就跟着你出来了。

你站在外面前厅里的衣帽间前面等着我。我一来，你的目光就亮了起来。你微笑着快步朝我迎来；我马上看出，你没有认出我来，没有认出从前的那个孩子，没有认出那个少女来，你又一次把我当成一个新欢，当成一个素不相识的人，想把我弄到手。“您也给我一小时行吗？”你亲切地问道——你那副十拿九稳的样子使我感觉到，你把我当做做夜间生意的野鸡了。“行。”我说。这是同样的一个颤抖的但不言而喻地表示同意的“行”字，十多年前在灯光昏暗的马路上那位少女曾经对你说过这个字。“那么我们什么时候可以见面？”你问道。“您什么时候愿意就什么时候见。”我回答说——在你面前我不感到羞耻。你略为有点惊讶地望着我，眼睛里带着和当年完全一样的那种狐疑、好奇的惊讶，那时我的十分迅速的允诺也曾同样使你感到惊异。“您现在行吗？”你略为有些迟疑地问道。“行，”我说，“我们走吧。”

我想到衣帽间去取我的大衣。

这时我想起，存衣单还在我朋友那里呢，因为我们的大衣是存放在一起的。转去问他要吧，没有一大堆理由是不行的，另一方面，要我放弃同你在一起的时刻，放弃这个多年来我朝思暮想的时刻，我又不愿意。于是，我一秒钟也没迟疑：我只拿条围巾披在晚礼服上，就走到外面湿雾弥漫的夜色中去了，根本没去管那件大衣，也没有去理会那个情意绵绵的好人，多年来我是靠他生活的，而我却当着他朋友的面使他成了个可笑的傻瓜，出他的洋相：他结识多年的情妇，一个陌生男人打了个口哨，她就跑掉了。啊，我内心深处意识到，我对一位诚实的朋友所做的事是多么低贱下流、忘恩负义、卑鄙无耻啊，我感到，我做的事很可笑，我以自己的疯狂行为使一个善良的人受到了永久的、致命的精神创伤，我感到，我把自己的生活从正中间撕成了两半——同我急于再一次吻你的嘴唇，再一次听你温柔地对我说话相比，友谊对我来说算得了什么，我的存在又算得了什么！我就是如此地爱你。现在一切都过去了，都消逝了，此刻我可以告诉你了，我相信，哪怕我已经死在床上，假如你呼唤我，我就会立即获得一种力量，站起身来，跟着你走。

门口停了一辆车，我们把车开到你的寓所。我又听到了你的声音，感到你情意绵绵地就在我的身边，我感到如此陶醉，如此孩子气的幸福，简直不知所措，和当年完全一样。事隔十多年以后，我第一次重又登上了这楼梯——不，不说了，我无法向你描述，在那些瞬间，我对一切总是有着双重的感觉，既感觉到流逝的岁月，又感觉到现时的光阴，而在这一切之中，只感觉到你。你的房间里变化不大，多了几幅画，添了几本书，有几处地方添了几件以前没有见过的家具，不过我对一切都感到十分亲切。书桌上放着花瓶，瓶里插着玫瑰，插着我的玫瑰，这是前一天你过生日的时候我送你的，以纪念一个女人。对于她你已经记不起来，也认不出来了，即使现在她正在你的身边，和你手拉着手，嘴唇贴着嘴唇，你也认不出她了。不管怎么说，这些鲜花你供养着，这使我心里高兴：这样总还有我心底的一片情分，还有我的一缕呼吸萦绕着你。

你把我搂在你的怀里。我又在你那里过了一个风流夜晚。不过我赤裸着身子的时候，你也没有认出我来。我幸福地承受着你娴熟的温存和情意，并且看到，你的激情对一个情人和一个妓女是没有区别的。你纵情恣欲，毫不在乎消耗掉自己大量的元气。你对我这个从夜总会叫来的女人是如此温柔，如此多情，如此风雅和如此亲切敬重，而同时在消受女人的时候又是如此激情奔放。我陶醉在往日的幸福之中，我又感觉到了你这种独一无二的、心灵上的两重性，在肉欲的激情之中含着意识的亦即精神的激情，这种激情当年就已经使我这个女孩子对你俯首听命，难舍难分了。我从来没有见过一个男人在柔情蜜意之中，在那片刻之际是如此不要命，如此一览无遗地暴露自己的灵魂——当然，时过境迁，此事也就被无情无义地掷进无边无际的遗忘的汪洋大海里去了。不过我自己也忘了自己：此时在黑暗中挨着你的我到底是谁？我就是往昔那个感情炽烈的姑娘吗，就是你的孩子的母亲，就是这个陌生女人吗？啊，在这个销魂之夜，这一切是多么亲切，多么熟悉，又是多么新鲜。我祈祷，但愿这一夜永无尽头。

但是黎明来临了，我们起得很迟，你请我跟你一起去吃早餐。侍者老早就谨慎地摆好了茶，我们一起喝着，聊着。你又用那种非常坦率、亲切的知心人的态度跟我说话，又是不谈任何不得体的问题，对我这个人的情况一句也不打听。你没有问我的姓名，没有问我的住处；对你来说，这只不过又是春风一度，是件无名的东西，是一刻火热的时光，在忘却的烟雾中消散得无影无踪。你说，你现在要出远门了，要到北非去两三个月；我在幸福之中颤抖起来了，因为这时我的耳边响起了一个声音：完了，完了，已经完了！我真恨不得扑到你的膝下，大声呼喊：“带着我去，你终究会认出我来的，终究，终究，过了这么多年之后，你终究会认出我来的！”但是在你面前我是如此腼腆，如此胆怯，如此奴性十足，如此软弱。我只能说：“多遗憾啊。”你笑嘻嘻地看着我，说，“你真觉得遗憾吗？”

这时我野性突发。我站起来，盯着你，长时间地、紧紧地盯着你。

接着我说："我过去爱过一个人，他也老是出门旅行。"我盯着你，目光直刺你眼睛里的瞳仁。"现在，现在他会认出我来了！"我浑身战栗，心都快要跳出来了。可是你对我微笑着，安慰我说："会回来的。""是的，"我回答说："会回来的，不过到那时也就忘掉了。"

我跟你说话的样子，一定有点特别，一定很有激情。因为你站了起来，凝视着我，十分诧异，充满爱怜。你抓着我的肩膀。"美好的东西是忘不了的，我永远也忘不了你。"你说，同时低下头来，目光直射进我的心里，仿佛要把我的形象深深印在你的脑海里似的。我感到这目光透进了我的心灵，在探索、追踪，在吮吸我的整个生命，这时我以为，盲人终于、终于复明了。他要认出我了，他要认出我了！我的整个灵魂都沉浸在这个想法之中，颤抖了。

可是你并没有认出我。没有，你没有认出我，在你的心目中，我此刻比以往任何时候都更为陌生，因为否则——否则你就绝对不可能干出你几分钟以后所干的事来。你吻了我，又一次热烈地吻了我。我的头发乱了，我得把它重新整理好。我站在镜子前面，这时我从镜子里看到——我惊羞难言，几乎摔倒在地——我看到，你正小心翼翼地把几张大钞票塞进我的暖手筒里去。这一瞬间，我怎么会没有叫起来，没有给你一个耳光呢！——我，我从童年时代起就爱你了，我是你的孩子的母亲，而你却付给我钱，为了这一夜！在你的心目中我是一个塔巴林的妓女，只不过如此而已——你就付钱给我！被你忘了，这还不够，我还得受凌辱！

我迅速收拾我的东西。我要离去，马上离去。我的心都碎了。我伸手去拿我的帽子，帽子就搁在书桌上那只插着白玫瑰、插着我的白玫瑰的花瓶旁边。这时我心里又产生了一个强烈的、不可抗拒的希望：我要再来试一试，提醒你想起往事："你愿意给我一朵你的那些白玫瑰吗？""好啊。"说着，你立即取了一朵。"可是这些玫瑰也许是一个女人、一个爱你的女人给你的吧？"我说。"也许是，"你说，"我不知道。花是别人送的，我不知道是谁送的；正因为这样，我才如此喜欢这些花。"我凝视着你，"说不定也是一个已经被你忘却的女人送的呢！"

你不胜惊讶地望着我。我死死地盯着你。“认出我吧，最后认出我来吧！”我的目光在呼喊。但是你的眼睛亲切地、莫名其妙地微笑着。你又再一次吻我。可是你并没有认出我来。

我快步走到门口，因为我感觉到眼泪要涌出来了，可不能让你看见。我急忙奔了出去，跑得太急，在前屋差点儿同你的仆人约翰撞个满怀。他怯生生地忙不迭闪到一边，打开房门让我出去，就在这时——就在这一秒钟，你听见了吗？就在我眼噙泪水看着他、看着这位面容衰老的仆人的一秒钟里，他的眼里突然一亮。在这一秒钟，你听见了吗？在这一秒钟，这位从我童年时代过后就一直没有见过我的老人认出了我。为了这个，我真要跪倒在他面前，吻他的手。我迅速从暖手筒里把钞票，把你用来鞭笞我的钞票扯出来，塞给了他。他哆嗦着，不胜惊讶地注视着我——在这一瞬间他比你在一生中对我的了解还多。所有的人都很娇惯我，大家都对我很好——只有你，只有你，只有你把我忘掉了，只有你，只有你从来没有认出我！

我的孩子死去了，我们的孩子——现在这个世界上，我除你之外再没有一个好爱的人了。但是对我来说你又是谁？你，你从来都没有认出过我，你从我身边走过像是从一条河边走过，你踩在我身上如同踩着一块石头，你总是走啊，不停地走，却让我在等待中消磨一生。我曾经以为在这孩子身上可把你这个逃亡者抓住了，但这毕竟是你的孩子：一夜之间他就残酷地离开我旅行去了，把我忘掉了，永远不回来了。我又是孤单单的一个人了，比以往任何时候都孤单。我什么都没有，你的东西什么都没有了——再没有孩子了，没有一句话，没有一行字，没有一点回忆。假若有人在你面前提起我的名字，对你来说是生疏的，你也就这只耳朵进，那只耳朵出。我为什么不乐意死去，因为对你来说我已经死了？我为什么不走开，因为你已经离开了我？不，亲爱的，我不是埋怨你，我不愿把我的哀愁掷进你快乐的屋子里去。请不用担心我会继续来逼你——请原谅我，此刻孩子已经死了，孤零零地躺在那里，此刻我得让我的灵魂呼喊一次。只有这一次我必须得跟你说——说完我就默默地重新回到我的晦暗中去，就像我一直默默地在你身边一样。但是只要我活着，你就不会听到我这呼喊——

只有我死了，你才会收到一个女人的这份遗嘱，这个女人在她生前爱你胜过所有的人，而你始终没有认出她；她曾经一直等你，而你从来没有召唤过她。也许，也许将来你会召唤我，而我将第一次没有忠实于你，那是因为我死了，再也不会听到你的召唤了：我没有留给你一张照片，没有留给你一件信物，就像你什么也没有留给我一样；你永远、永远也不会认出我了。我活着命运如此，死后命运也依然如此。在我生命的最后一刻，我不想叫你了，我去了，你连我的名字、我的面容都不知道。我死得很轻松，因为你在远处是不会感觉到的。倘若我的死会使你感到痛苦，那我就不会死了。

我写不下去了……我的脑袋里在嗡嗡直响……我四肢疼痛，我在发烧……我想，我得马上躺下。也许很快就过去了，也许命运会对我大发慈悲，我不必看着他们把孩子抬走……我写不下去了。永别了，亲爱的，永别了，我感谢你……不管怎么，事情这样还是好的……我要感谢你，直到我最后一口气。我感到很痛快：我把一切全对你讲了，现在你就知道，不，你只会感觉到，我曾经多么爱你，而你在这爱情上却没有一丝累赘。我不会让你痛苦地怀念的——这使我感到安慰。在你美好、光明的生活里不会发生些微变化……我并不拿我的死来做任何有损于你的事……这使我感到安慰，你，我亲爱的。

可是谁……现在谁会在你的生日老送你白玫瑰呢？啊，花瓶也将是空的了，我的一缕呼吸，我的心底的一片情分，往昔一年一度萦绕在你的身边，从此也即烟消云散了！亲爱的，听着，我求你……这是我对你的第一个，也是最后一个请求……请你做件让我高兴的事，你每逢生日——生日是一个想起自己的日子——都买些玫瑰来供在花瓶里。请你这样做，亲爱的，请你这样做吧，像别人一年一度为亲爱的亡灵做次弥撒一样。我可不再相信上帝了，所以不要别人给我做弥撒，我只相信你，我只爱你，我只想继续活在你的心里……啊，一年只要一天，悄悄地、悄悄地继续活在你的心里，就像过去我曾经活在你身边一样……我求你这样去做，亲爱的，这是我对你的第一个请求，也是最后一个……我感谢你……我爱你，我爱你……永别了……

他从颤抖着的手里把信放下，然后就久久地沉思。某种回忆浮现在他的心头，他想起了一个邻居的小孩，想起一位姑娘，想起夜总会的一个女人，但是这些回忆模模糊糊，朦胧不清，宛如一块石头，在流水底下闪烁不定，飘忽无形。影子涌过来，退出去，可是总构不成画面。他感觉到了一些藕断丝连的感情，却又想不起来。他觉得，所有这些形象仿佛都梦见过，常常在深沉的梦里见到过，然而仅仅是梦见而已。

他的目光落到了他面前书桌上的那只蓝花瓶上。花瓶是空的，多年来在他过生日的时候第一次是空的。他全身觳觫一怔：他觉得，仿佛一扇看不见的门突然打开了，股股穿堂冷风从另一世界嗖嗖吹进他安静的屋子。他感觉到一次死亡，感觉到不朽的爱情：一时间他的心里百感交集，他思念起那个看不见的女人，没有实体，充满激情，犹如远方的音乐。

一颗心的沦亡

为了给一颗心以致命的打击，命运并不是总需要聚积力量，猛烈地扑上去；从微不足道的原因去促成毁灭，这才激起生性乖张的命运的乐趣。用人类模糊不清的语言，我们称这最初的、不足介意的行为为诱因，并且令人吃惊地把它那无足轻重的分量与经常是强烈地起持续作用的力量相比。正如一种疾病很少在它发作之前被人发觉一样，一个人的命运在它变得明显可见和已成为事实之前也很少被察觉。在它从外部触及人们的灵魂之前，它早已一直在内部，从精神到血液中主宰一切了。人的自我认识同时也是一种自我抗拒，而且多半是无济于事的。

索罗门松老人，当他在国内时，自称为枢密顾问。最近，他偕同全家在复活节期间来到了意大利，住在加尔达湖畔的一家旅馆里。这天夜里，老人突然被心头的一阵剧痛惊醒；仿佛有什么东西重压在他的身上，胸口闷得厉害，几乎无法呼吸。老人感到恐惧，因为他一直为胆痉挛所折磨。医生曾建议他到卡尔斯巴德进行疗养。可是，他没有听从医生的嘱咐，却为着全家的缘故来到了南方。此时，他真担心，害怕疼劲儿会愈加厉害，于是畏惧地用手去抚摸他那肥胖的腹部。过了一会儿，尽管疼劲儿并未减轻，但他确信不像刚才那么紧张了。他感到只是胃部难受，这很可能是由于吃了不洁的食品而引起的轻度食物中毒。因为在意大利，对于一个旅游者来说，这乃是司空见惯不足为奇的常事了。他轻轻吸了口气，抽回了那只颤抖着的手。可那股难受劲儿使他喘不过气来。老人呻吟着走下床来，想活动一下。他站起身来，尤其是走了几步以后，真觉得舒服多了。可是，房间又黑又窄，他更怕吵醒睡在旁边床上的妻子，引起她不必要的惊慌。于是他披上睡衣，赤着脚穿上了拖鞋，蹑手蹑脚地溜到了走廊上，以便在那里活动活动，好减缓痛苦。

他推开正对着昏暗走廊的房门，这当儿从敞开的窗口处，传来了教堂塔楼上的钟声。震颤的钟声响了四下，这声音在湖面上先是响亮，随即渐渐地消失了。已是清晨四点钟。

长长的走廊上一片漆黑。可老人还是清楚地记得：这是一条笔直而宽敞的走廊。不需照明，他在走廊上从一端走到另一端，喘着粗气，来回地走着，感到疼劲儿慢慢地过去了，心中暗喜，这种踱步已使疼痛几乎完全消失了，他准备返回房间。突然，一种声音把他吓住了。这是从近旁暗处传来的窃窃私语声；声音细微，但很清晰。吱的一响，紧接着一阵喃喃低语，走动的声音；随即一道狭长的光柱，从半掩的门缝中透出，划破了混沌一片的黑暗。是什么？老人不由自主地一闪身，躲进了角落里。他并非好奇，完全是屈服于一种可以理解的惭愧心理：害怕别人在这种奇怪的夜游场合看到他。可是，就在这一瞬间，借助一闪的灯光，他清楚地看到了一个白衣女人的身影溜出来，随即消失在走廊另一端的尽头。就在这时，从走廊尽头的最后一个房间那儿又传来了轻轻地扭动门把的声音。之后，一切又都归于一片黑暗和寂静。

老人突然踉跄了几步，仿佛心脏受了一击似的。刚才在走廊尽头再次响起令人不安的扭动门把声的地方，那儿，那儿就是他自己的房间；他为全家租了一套三间的公寓。莫非是他的妻子？不，仅仅在几分钟之前，他才离开她；那时她还在酣睡中。那么，这个女子——绝对没错——这个刚从别人房里溜出来的女子，不会是别人，只能是他那将满十九岁的女儿，艾琳娜。

这惊愕使得老人一阵发冷，全身抖个不停。他的女儿艾琳娜，是个开朗又任性的孩子。“不，这不可能是真的，一定是我看错了！她到别人的房里去干什么，如果不是为了……”此刻他像要摆脱猛兽的追逐一样，拼命想摆脱自己的念头。可是，这溜走的女人的幽灵般的形象，却牢牢地占据了他的脑海，使他再也无法摆脱。无论如何要把这件事弄清楚。他喘息着，手扶着墙壁，慢慢地摸到了女儿的房门口。她的房间刚好和他的紧连在一起。太可怕了。恰恰是在这里，恰恰在过道头上他女儿的房间，唯独从这房间的门上，从门缝里，从钥匙孔里透出了一丝细微的灯光。清晨四点钟，女儿房间里却亮着灯！还有新的证据：房内电灯开关发出咔嗒一响之后，这一缕白光立即了无痕迹地消失在黑暗之中。——不，不，不要再欺骗自己了——就是她，我的女儿艾琳娜，在这夜阑人静的时分，悄悄地从别人的床上溜回了自己的房间。

老人由于恐怖和寒冷抖个不停，浑身直冒冷汗，毛孔里浸透了汗水。他的第一个念头就是一脚把门踢开，几拳打死这个不知羞耻的东西。但是他的两腿发软，在他硕大的身躯下摇晃不定。甚至连蹒跚地走回自己的房间，挪到床头的气力都没有了。有如一头垂死的野兽，他一头栽倒在枕头上。

老人一动不动地躺在床上，瞪着双眼，在黑暗中凝视着。身边传来妻子均匀的呼吸声。这时，他的第一个念头是叫醒妻子，告诉她刚才自己见到的痛心情景，喊叫一阵，发泄出内心的痛苦。但是，如何开口呢？用什么样的语言来向她叙述这令人惊骇的一切？不，不，这种话我说不出口。可是，我该怎么办呢？怎么办呢？

他想集中思想好好考虑考虑，可是思绪像蝙蝠一样，盲目地飞来撞去。这一切实在太令人难以置信了。艾琳娜长着一对讨人喜爱的眼睛，是个温顺、有教养的孩子。曾几何时，他看到女儿俯在桌上做功课时，常常用那粉红色的小指头，费力地描画着粗大的字母……曾几何时，他把她从学校领到糕点铺，她穿着淡蓝色的小衣服，用温柔的小嘴吻着他的额头……难道这一切不就仿佛发生在昨天吗？……不，这是过去年代的事了……可是，就是昨天，真正就是昨天，她还稚气十足地撒娇，央求他给她买橱窗里的那件颜色绚丽的天蓝色加金线的高领衫。“好爸爸！给我买了吧！”看到她绞起双手面带笑容的乞求，他又怎能不去顺从女儿的心意呢……可是现在，现在她竟然从距离他的房间只有两步远的地方，深夜溜了出去，跑到一个陌生男人的床上，在那里赤裸着身体，淫荡地同别人扭在一起……

“我的上帝！我的上帝！”老人不由自主地呻吟起来，“耻辱！

耻辱啊！……我的孩子，我那温柔可爱的女儿，怎么能随便和一个男人……这人究竟是谁？能是什么人呢？我们来到戈东这地方才不过三天。在这以前，她从来没有结识过这类油头粉面的花花公子——不论是长着细长脑袋的乌巴尔基伯爵，还是那个意大利军官，或是那个麦克伦堡的骑师……艾琳娜是在到这里第二天的舞会上才和他们相识的。难道她已和他们之中的一个有了……不，这不可能是初次，或许以前在家里时就早已有过了……我什么都不知道，什么也没有察觉，我是个傻瓜，被蒙在鼓里的傻子……可是，我又怎么会知道她的这些事呢？……我终日不顾一切地为了她们奔波操劳。每天要在办公室里坐上十四个小时，再确切些说，就是整日里带着满箱的货样，待在火车里……为了她去赚钱，钱，钱。为的是让她们母女两人有漂亮的衣饰，让她们富有……晚上，当我拖着疲惫虚弱的身子回到家中时，家里已是空无一人：她们上剧场看戏，参加跳舞会，去做客……我又如何能知道她们整天做些什么呢？现在我知道了：每天夜晚，我的女儿将她那纯洁而富有青春魅力的肉体献给了男人们。她像一个妓女……啊！奇耻大辱啊！”

老人一再呻吟不止，每一个新的思绪都加深了他的痛苦：他觉得自己的头颅被打开了，脑浆外溢，一群红色的小虫在血泊中蠕动。

“为什么我要忍受这一切？……为什么我现在还躺在这里，折磨自己？而她，这个小淫妇，却安然自得地呼呼大睡？为什么我现在不马上冲进她的房里去，让她明白，她干的这种不要脸的勾当我全都知道？为什么我不去打断她的骨头？就是因为我太无能……太怯弱……过去，我在她俩面前一向是个弱者……在任何事情上，我总是让步……过去，我还以此为荣，能让她们过上轻松愉快和无忧无虑的日子，哪怕我再吃苦受累也成……我节衣缩食，省吃俭用，一个铜板一个铜板地为她们攒钱……只要能使她们满足，我甚至宁愿揭掉身上的一层皮……可是，我刚使她们有了钱，在她们眼里，我却已成了个厌物。在她们看来，我既不时髦，又无教养……可从前，我到哪儿去受教育？我十二岁那年，就得离开学校，去为生活奔波，拼命……带着货样走村串乡。随后又是从一个城市到另一个城市，直到有了自己的店铺……可是，她俩刚刚一改变地位，有了自己的住宅，就不肯再用我这古老而诚实的名字。参议，枢密顾问，这是我不得已用钱买的啊，免得人们再叫她索罗门松太太……这样好使她显得高贵……高贵！高贵！……要是我反对她们的这种虚荣，反对她们的‘上流’社交，向她们叙述我的母亲——愿上帝保佑她——当时是怎样理家，是如何稳重和谦让，一切只是为了我父亲和孩子们，那她们就嘲笑我。她们笑我保守，笑我落伍……艾琳娜总是用讥讽的口气对我说：‘好爸爸，你这些都早已过时了。’……是啊！我是过时了……可是，她，现在竟然睡在别人的床上，躺在陌生男人的怀里……这是我的孩子，我那唯一的孩子啊……噢，奇耻大辱，奇耻大辱啊！”

这痛苦可怕地折磨着他，使他辗转反侧，久不成眠，终于惊醒了身边的妻子。“怎么了？”妻子睡眼蒙眬地问道。老人屏住气，一动不动。他就是这样纹丝不动地躺在他痛苦的棺柩里直到天明，思绪像小虫一样在吞噬着他。

早餐时，他第一个来到了餐厅。他长嘘了一口气，坐了下来，可是一点胃口也没有，什么也不想吃。

“又是我一个人，”他在想，“老是一个人！……每天清晨，当我去办公室时，她们由于头天晚上的聚会或是看戏的劳累，仍在甜蜜的梦乡里。可等到晚上我回来时，她们早已不知去向，在外面寻欢作乐。在这类交际场合，她们从来不要我同去……啊！金钱，这该死的钱把她俩全毁了。是金钱把我们彼此变成了陌生人……可我，这个傻瓜，还老想为她们去攒更多的钱；其实，我这是洗劫自己呀，把自己变成个穷光蛋，把她们也毁了……五十年来，我不知疲劳地辛勤苦干……可现在，却只落得我孤身一人……”

老人慢慢变得不耐烦了。“她为什么还不来……我有话要对她说……我必须告诉她……我们必须离开这里，马上就得离开这儿……为什么她还不来？大概她还乏得很，正睡得香甜呢？可我的心都快撕碎了……她妈妈每天要花上好几个小时来打扮自己：洗澡、擦鞋、修指甲、理头发，不到十一点钟，是不会下楼的……如此说来，女儿出了问题，倒也不足为怪。啊，钱，这该死的钱！”

从老人身后传来了一阵轻轻的脚步声。“早晨好，爸爸，睡得好吗？”一个女子从他的肩头俯下身来，轻轻地把一个吻印在老人发烫的额头上。他本能地把头扭了过去。他讨厌克吉牌香水的那股甜腻腻的气味。更何况……

“爸爸，你怎么了？又不高兴了？侍者，来一杯咖啡和一份火腿蛋……没有睡好？还是听了什么不愉快的消息？”

老人压住了火气。他不敢向女儿望去，低低地垂下了头，一言不发。他刚好看到女儿那双娇嫩的小手，正在懒洋洋而又娇里娇气地在雪白的台布上胡乱地画着。他全身在颤抖。他的目光悄悄地溜在女儿那双尚未成年的少女的手臂上……不久前，女儿每天晚上临睡前总是用这双手臂来拥抱他……老人的目光又落在女儿那隆起的胸部上，它在那件新买来的高领衫下均匀地起伏着。“赤裸裸一丝不挂……和一个陌生的男人扭在一起，”老人在愤懑地想，“是他搂抱过、抚摸过、吸吮过、占有了……我的亲骨肉……我的孩子……啊！这个坏蛋！”

老人不由自主地呻吟起来。“爸爸，你怎么了？”女儿温存又有些吃惊地问道。“我这是怎么啦？”他脑子轰的一下，“我的女儿成了个娼妓，可我没有勇气当面对她说出来。”

可他只是讷讷不清地说：“没什么！没什么！”然后很快拿起一份报纸，将它打开，好挡住女儿那惶惑不解的目光。他越来越感到没有勇气去面对女儿的视线。他的双手又抖了起来：“我现在必须跟她讲，就是现在，趁着这里只有我们两个人。”这种思想在折磨着他，可是他说不出话来，连看女儿一眼的勇气都没有了。

突然间，他猛地将桌子一推，迅即吃力地向花园走去；他感觉到两行热泪不由自主地流下双颊。他不愿让女儿看见这一切。

这位身材矮小而结实的老人在园中胡乱地走着，呆呆地凝视着湖面。泪水模糊了视线，但他还是被这眼前的迷人景色吸引住了：在银白色的薄雾后面，黯淡的丘陵上点缀着由柏树勾勒出来的黑色线条，闪现出绿色的波浪。丘陵后面是陡直的山峦，它严峻但并非傲慢地眺望着惹人爱怜的湖水，像是严肃的长者在观看一群可爱的孩童在无忧无虑地嬉戏。这胸襟开阔、繁花似锦、殷勤好客的大自然是多么令人神往！上帝在南国所露出的轻松、善良和幸福的微笑是多么甜蜜！“幸福啊！”老人迷惘地摇晃着那沉重的脑袋。

“到这里来，是能够幸福的。我也该自己享受一次这样的幸福，来亲自领略一下，那些从不知为生活而发愁的人所过的那种惬意生活……写呀，算呀，讨价还价，经营盘算，五十多年了，也该享受几天悠闲自在的日子……在黄土埋身之前，也该有这么一次……六十五岁了，我的上帝，死神的手已触到了我的身体，钱不能救我，医生也救不了我……在这之前，我只想轻松地活着，舒舒服服地喘口气……可我那过世的父亲以前曾说过：‘欢乐从不属于我们，只有当你走进坟墓时，才算最终卸去了肩头的重担。’……昨天我还在想，自己或许可以休息一下了……昨天，我还觉得是个很幸福的人，为我有这样一个美丽、活泼的女儿而欣慰……可是上帝今天惩罚了我，夺走了这一切……现在一切都完了……我再也无法和自己亲生的女儿对话……我再也不能去看她一眼，我为她而感到羞耻……这种思想将时刻伴随着我。不论是回到家中，还是在办公室里，甚至夜晚睡在床上，我都会无时无刻不在想：她现在在哪里？她刚才又到过哪里？她干了些什么？……我再也不能平平静静地走在回家的路上了……过去，每当她跑来迎接我时，看到她是那样年轻、漂亮，我的心高兴得跳了起来。如今，当她再过来吻我时，我就会想：昨天，谁吻过这双嘴唇……当她在我身边时，我又不敢去看她一眼……不行，这样没法活下去，没法子活下去啊！”

老人像个醉汉一样一边蹒跚地走，一边喃喃自语。他一次又一次呆呆地望着湖面，泪水止不住地流进胡须。他伫立在狭长的小路上，取下夹鼻眼镜，揩抹那双噙满泪水的近视眼；他的那副愚蠢的可怜相，一位过路的青年园丁见了，诧异地停了下来，最终还笑出了声音，随后用意大利语朝他不知喊了句什么，就跑开了。这下可把老人从眩晕中惊醒了。他急忙戴上眼镜，踅往花园的另一侧，想在那里随便找个凳子，避开人们。

可是，就在他刚刚靠近一处偏僻的地方时，从左面什么地方传来的一阵笑声惊动了他……这笑声是那样熟悉，又是那样令人心碎。如同银铃般的声音，在他的耳边整整回荡了十九年。这清脆的笑声……他就是为了这笑声，不知曾经在火车的三等车厢内，度过了多少个夜晚，奔波在波兹南和匈牙利之间，为的是给它加上金黄色的养料，好在这块土地上开出鲜艳夺目的花朵。他生活的唯一目的就是为了这笑声。他积劳成疾，患上了胆病……他就是为了使这甜蜜的嘴唇能永远迸出银铃般的笑声。可是，现在，这令人诅咒的笑声像一把锋利的尖刀，直插入了老人的心窝。

可老人还是经不住这笑声的诱惑。他看到女儿站在网球场上，球拍在她那光洁白皙的手中随意挥动着。她那娴熟的动作，任意地操纵着球拍的方向，忽起忽落。与此同时，随着球拍的挥动，她那爽朗的笑声一同升上了蔚蓝的天空。三个男人赞不绝口地望着她：身穿敞领运动衫的乌巴尔基伯爵，穿紧身军装的军官和衣着考究的骑师。三个健壮而匀称的男人，有如一组环绕在飞舞的蝴蝶身旁的塑像。就连老人自己也像着迷似的目不转睛地望着。我的上帝！她穿上这雪白的短裙衫实在太美了！阳光在她的金丝秀发上闪闪发亮！她那充满了青春活力的胴体在跑跳中是如此轻盈和敏捷，她完全陶醉在自己那灵活而富有节奏感的动作之中。现在，她欢快地将白色网球击向了高空。一下，两下，三下。她弯下纤细的少女的腰肢，腾空一跃，接住了最后一个险球。这一切都是老人从来没有见到过的：她犹如被一团恣情的火焰燃烧着，白炽而飘逸不定的火团围绕着烈火熊熊的胴体，笼罩着一层夹杂着笑声的、银白色的烟雾，一尊从南国花园里常春藤中显现出来的青春女神，一位从水平如镜的湖面上泛起的柔软的碧波中走出的仙女。这苗条娉婷的胴体，在家中从来没有像现在这样忘情于嬉戏，这样恣意地跳跃。没有过，他从来没有见到女儿这样过。在郁闷的牢笼般的城市里没有过，在自己的家园中，在街道上，他从来没有听到过她迸发出这云雀般的笑声。这笑声，它摆脱了尘世间的污秽，几乎成了一阕欢快的歌曲。没有过，她从来没有像现在这样美丽。老人目不转睛地盯着女儿不放。他忘却了一切。这白炽飘逸的火焰令他心倾神往。他真愿意总是这样站着，一个劲儿地死死地盯着女儿，用热烈的、无休止的目光把女儿的形象印进脑海。这时，她敏捷地一转身，喘着气跃起身来击回了最后一个险球。她呼出一口气，娇喘吁吁，面孔绯红，闪现出骄矜的目光，笑着将球拍紧紧地抱在怀里。“好极了！好极了！”像是刚刚听完一曲咏叹调，三个男人为她的精湛球艺欢叫起来。老人被这几声怪叫惊醒。他满心不悦地瞪了他们一眼。

“就是他们，这帮坏蛋！”老人的心怦怦直跳，“就是他们……可到底是哪一个呢？究竟是他们之中的哪一个人占有了她？……看，他们看上去倒是衣冠楚楚，风流倜傥。这些白昼行劫的强盗……我们像他们这样年纪时，正穿着补丁裤子，坐在店铺里，破衣烂衫，在顾客面前低声下气……他们的父辈们，也许至今还在用自己的血汗为他们挣钱……可他们倒好，整日里东游西逛，到处寻欢作乐，无忧无虑的面孔，放荡不羁的目光……他们怎么会不感到快乐和满足呢？……只消说几句甜言蜜语，就会使这样一个爱慕虚荣的女孩子爬到他们的床上去……可这个人究竟是谁呢？肯定是他们之中的一个，我知道，是他透过衣服看到她那赤裸的身体，用舌头咂咂亲吻，并在想，去解开她的衣扣，用自己的感官来享受她的肉体……他对女儿的一切已是那样熟悉，并在思忖，‘我占有了她’……他对她是那样热烈，毫无顾忌，在想，今天晚上再来，看，他在向她使眼色呢——这条狗……我真想一棍子打死他，这条狗！”

人们从那边发现了老人。女儿挥动着手中的球拍，在向他打招呼，笑着跑了过来。男人们向老人致意。老人没有答礼，依然用满布血丝的眼睛，死死地盯着女儿那充溢笑意的嘴唇。“你这不知羞耻的东西，还有脸笑呢！……哦！那个流氓也许暗中在笑我，在想，他站在这儿，这个蠢犹太佬，夜里在自己床上睡得像头死猪……要是他知道了，这个老傻瓜！……是啊，我知道你们在笑我，你们嫌弃我就像嫌弃一堆吐出的污物一样……可是我的女儿，她是那样可爱、顺从，像娼妓一样跑到你们的床上……至于她妈妈，实在是太胖了，再加修饰打扮，也不过如此，即或有人对她说几句殷勤话，倒也无关紧要……是的，简直是禽兽。当然你们会理直气壮，因为是她们自己在追逐你们……别人那种揪心的痛楚与你们又有何相干……只要你们自己得到了满足，只要你们得到了欢乐，这些下流胚……我真恨不能一枪打死你们……用鞭子抽死你们！……可是，到头来，还是你们有理，因为没有人这样来对待你们……因为他只能把心中的愤怒强咽下去，像狗在吃自己的屎一样……还是你们有理。因为他是这样胆小、可怜……他不敢冲上去，把这不要脸的女人从你们身旁揪回来……他只能站在一旁，一声不响地折磨着自己……懦夫……胆小鬼……胆小鬼……”

老头用手抓住了栏杆，绝望的愤怒使他摇晃不定。蓦然间，他朝着脚下啐了一口，然后踉跄地走出了花园。

老人蹒跚地走到市区，突然在一家商店的橱窗前停下了脚步。橱窗内琳琅满目，五光十色的商品堆成宝塔形和锥形图案，布置得很是精美诱人。这里专门为旅游者准备了各类商品：从衬衫、渔网、渔具和连衣裙到领带、书籍和食品。可是，老人只是在凝视着一件物品。它被冷落地置于这些时髦的商品中间。这是一根头上包着铁皮、质地粗糙、难看的手杖。就用它，握在手里沉甸甸的，打起人来可够厉害了。“打死他！……打死他这条狗！”这个念头使老人感到一阵头晕目眩，慌乱，但又带有几分快感。他走进了店铺，只花了很少的钱，就买了这根节疤累累的手杖。他把这沉甸甸的手杖一拿到手中，就感到力量倍增：对于一个弱者来讲，一种武器确实能给他增添不少的勇气。老人感到手臂上的肌肉顿时有了力量。“打死他……打死这条狗！”他喃喃自语，不知不觉之中，他刚才那沉重和吃力的步履变得坚定、平稳和轻快起来。他沿着湖边走去，简直是在小跑；他喘息着，满身汗水。这更多的是由于他那狂暴的激情，而不是由于急速的步伐所致。那只握着手杖的手，由于过分用力而痉挛得越来越厉害。

他就这样，手执武器向绿荫深处走去，同时用不安的目光四处搜索他那不相识的敌人。果真，在那个角落里，他的妻子、女儿正和那三个男人在一起，坐在舒适的、藤制的安乐椅上，一边用麦管吸着苏打威士忌，一边谈笑风生，好不惬意。“是哪一个呢？是哪一个呢？”老人闷闷地思忖，手里紧紧地握住那根沉甸甸的手杖，“该去砸碎谁的脑袋？……谁的？……谁的？”就在这时，艾琳娜跑了过来，她误解了老人目光中的含意。“爸爸，刚才你在哪儿？我们到处找你，麦德维兹先生邀请咱们全家乘他的菲亚特汽车去兜风。沿着湖边一直到德森札诺去。”女儿温存地把老人扶到了桌前，显然，她在期望着父亲对客人的邀请表示谢意。

三位先生彬彬有礼地立起身来,把手伸向老人。老人又哆嗦起来。女儿热烈地勾住他的胳膊，使他感到一阵温暖和令人眩晕的慰藉。他勉强地依次握了向他伸来的手，然后默默地坐下，取出了一支香烟，咬紧牙齿，咀嚼着自己的愤怒。席间的法语对话，不时地被放肆的笑声打断，断断续续地传进他的耳鼓。

老人蜷曲着身体，坐在一旁，一言不发。从他那衔着雪茄的嘴角边，流下了棕色的唾液。“他们是对的……他们是对的……”老人在想着，“我该遭到唾弃……我还向他伸过手去！……三个人，可我知道，这个坏蛋肯定就在他们之中……而我现在竟安然地和他坐在一张桌子前面……我没有把他打倒在地，没有，我没有把他打倒在地，相反，我倒客客气气地和他握手……他们是对的，他们笑我，那完全对。看他们在我面前谈话时的神气，就好像我根本不存在似的，仿佛我早已离开了人世！……但是艾琳娜和她母亲总该知道，我是根本不懂法语的……她俩是知道的，可是没有一个人理睬我，连做个样子也没有，好不至于使我像现在这样尴尬地坐在这里，这样狼狈地坐在这里……对于她俩来说，我根本不存在，不存在……我是她们的累赘，是负担，是厌物……我使她们感到羞愧，她们不甩掉我，只因为我可以给她们金钱……金钱，金钱，这个该诅咒的脏东西。我给她们钱，可把她们毁掉了。……金钱，这该诅咒的金钱……我的老婆，我自己的女儿，除了眼睛死死盯住发亮的金钱，连一句话都不愿意和我讲。……她们朝那三个男人笑得多开心啊，就像用手搔她们的痒似的……可是我，我在忍受这一切……坐在这里，听他们的笑声，而不是让他们饱尝一顿老拳……用棍子抽打他们，在他们当着我的面捉对地胡闹之前，把他们驱散，赶开……可是我默许这一切……坐在这里；是个哑巴，是个傻瓜，胆小鬼，胆小鬼……胆小鬼！”

“可以吗？”在这当儿那位意大利军官，操着不很流利的德语向老人问道，然后就拿起了打火机。

这使老人一下子从沉思中猛地惊醒，他茫然无措地瞪了军官一眼，十分恼火。顿时，一股怒火涌上心头。紧握手杖的手哆嗦了一下。他把嘴巴扭曲得都歪了，不经意地泛出一丝冷笑：“哦，请便吧！”他用严厉的语调重复着说，“当然可以！嘿！嘿，什么都可以！您尽可以随便好了……嘿，嘿，什么都可以！只要是我有的，您都可以随便占有……随便怎么做都可以……”

军官发怔地望着老人。大概是语言不通，他没有完全听懂。但是，老人扭曲的嘴巴和一丝冷笑，倒使这个人不安起来。德国人不情愿地站起身来。两位女士脸色煞白，空气顿时凝固起来，声息全无，仿佛那种介乎闪电和滚雷之间的短暂间歇似的。

可是，随后老人脸上狂暴的扭曲松弛下来，手杖从痉挛的手中滑落到地上。他蜷曲着身体，活像一条挨了打的狗，不安地咳嗽起来，对自己刚才那股子勇气感到吃惊。艾琳娜急忙寻找轻松话题，缓和一下使人尴尬的紧张局面。德国男爵说着极为风趣的笑话，几分钟过后，空气又重新活跃起来。

老人静坐在这些饶舌家中间，却把头扭了过去，人们都会以为他在睡觉。从他手中滑下的手杖，在两腿中间晃来晃去。他手捧着脑袋，越垂越低。可是，不再有人留意他了。喋喋不休的说笑，像波浪一样淹没了他的沉默，恣肆的浪言、谵语，喷吐出嬉笑的泡沫在熠熠发光，但他沉沦在这下面的无底深渊里，一动不动，被耻辱与痛苦所淹没。

三个男人站了起来。艾琳娜紧随着他们。她的母亲慢慢吞吞地跟在后面。他们走了，其中有人提议，于是他们来到了近旁的音乐室。他们认为根本没有必要对那个在他们面前发呆的老人作任何特殊的邀请；待到老人骤然间发觉周围的人全已走光时，他像个酣睡中被冻醒过来的人一样，犹如夜间睡觉时被子滑落，寒风砭骨一般。他下意识地向空荡荡的座位看了一眼。这时，从邻近的琴室里传来了叮叮当当的爵士乐曲，他听到欢笑声，兴奋的叫喊声。他们贴在一起在跳舞啊！是的，在跳舞，跳个不停。他们会这样子的。他们的血在沸腾：相互撩人地偎依在一起，直跳到连脸都不要了。这些懒虫，这些浪荡子，晚上跳，夜里跳，大白天也跳，来引诱女人。

他愤恨地重新抓起了坚硬的手杖，拖着脚步。走到门厅前，他停了下来。那个德国骑师坐在钢琴前，抚弄着琴键，半侧着身子，看人跳舞，弹奏一首美国流行的粗俗乐曲。艾琳娜和那位军官翩翩起舞；高个子乌巴尔基伯爵则搂着老头那肥胖笨重的妻子，吃力地随着节奏跳着。可是，老人的目光，依然盯在女儿艾琳娜和她的那位舞伴身上。他像个花花公子那样温存而多情地用双手搂住女儿圆润的双肩，就像她已全部属于他似的。她随着他的步子顺从地扭动着腰肢，完全委身于他。他俩在他眼前费力地按捺住一再迸发出的情欲！对，是他，就是他，因为他们汗津津的身体之间是那样地彼此熟悉，他们血液之中渗进了一种合欢的欲念。对，就是他，只能是他。他在欣赏她那微闭的但秋波荡漾的双眼，在她飘忽的眼神里闪烁出她对炽烈快感的回忆。就是他，这个盗贼，在夜间恣肆地享用了他的女儿，现在用眼死盯着那裹在轻轻的薄纱里面的肉体。老人情不自禁地走向前去，似乎想从这个人的手中，夺回他的女儿。可是，女儿根本没有看到父亲。她顺从地按照那个诱惑者的引导和音乐的节拍扭动着，仰着头，半张着嘴，全然陶醉在那欢快的乐曲声中，忘却了自己，忘却了时间，忘却了周围的一切，忘却了父亲。老人喘息着颤抖个不停，用充血的双眼怒不可遏地盯着她。可她却只感到自己的存在，感觉到她那充满青春活力的身体，正随着激烈的乐曲的旋律在扭动，她现在只感到自己的存在，感觉到一个男人的贪婪的呼吸；他正用有力的臂膀在搂着她。在这温柔的、飘飘欲仙的情思中，她尽力不使自己同自己那充溢着欲念的双唇一道倾倒在他的身上，不使自己在热烈诱人的空气中任人摆布。奇怪的是，这一切老人都察觉到了，他的血管在跳动。每当女儿和这个男人旋转起舞时，老人就觉得，完了，她永远完了。

乐声戛然而止，德国骑师跳了起来："Asses jouepont vous，"他笑了起来，"main tenant je veux danser moimême。"[①] 正在跳舞的人们停下了，散开来，大家都开心地表示赞同。一些人三五成群地聚拢在一起。

---

① 法语：好了，我弹够了，该我跳会儿了。

老人又恢复了常态，他想，现在该干点什么，该说点什么了！不能像个傻瓜，像个可怜虫，像块废料似的站在这里！正巧他妻子从身边旋转过去，感到吃力地微微喘着气，但是十分惬意。愤怒使他突然果断起来，他走上前去，拦住了妻子，不耐烦地说道：“走，我有话跟你说。”

妻子惊讶地望着丈夫。豆大的汗珠正沿着老人苍白的双颊流下。他目光呆滞、茫然。他要干什么？为什么偏偏在这个时候来打扰她？她想找些搪塞的话，刚要出口，可他的异常举动中有某种令人惊诧和畏惧的东西，这使她霎时想起了不久前丈夫发过的脾气，于是，她只好勉强随着丈夫走去。

“先生们，对不起，我去去就来。”——她转过身表示歉意地向他们打了个招呼。老人恼火地在想：“她竟向他们表示歉意，可是，当他们离开我走掉时，却根本不对我表示歉意。在他们眼里，我好比一条狗，是一双任他们踢来踢去的破鞋。他们是对的，他们是对的，我竟然容忍这一切啊！”

妻子凝重地皱起眉头，他像个小学生站在老师面前一样，站在她的面前，嘴唇在哆嗦着。“喏！怎么回事？”她终于催问他说。

老头儿嗫嚅地小声说：“我不愿意……我不愿意……我不愿意你们和这些人混在一起……”

“和哪些人混在一起？”妻子故意装作不解的样子，用不满的目光向他投了一瞥，好像丈夫刚才的话侮辱了她似的。

“就是这儿这种人，”老人发怒地用头向音乐室的方向歪了一下，“我不喜欢他们……我不愿意……”

“那为什么？”

“老是用这种质问的口气，”老人愤愤地在想，“仿佛我是她的奴仆。”随后，他激动地结结巴巴说：“我说的话是有理由的……我讨厌……我不愿意艾琳娜和这些人在一起谈笑……但我不能作更多的解释。”

“我觉得非常遗憾，”妻子傲慢地回答说，“我认为这三位先生都是受过良好教育的人，都出身于上流社会，比我们在家中所接触的人要高贵得多。”

“上流社会！……强盗……骗子……”一股怒火涌上心头。突然老人跺着脚喊道：“我不愿意……我不允许……你懂了吗？”

“不懂，”妻子冷冰冰地说，“我一点儿也不懂。我不明白，你为什么偏要破坏孩子的乐趣？”

“乐趣！……乐趣！……”老人像挨了一击，脸一下变得通红，额头冒出汗水。他一只手去抓手杖，不知是想靠它来支撑自己，还是想用它去打人。可是抓空了，他刚才忘记把手杖随身带来，这使他重新清醒过来。他控制住自己，刹那间一股暖流涌上心头。他走到妻子面前，像是要握住她的手。他的声音完全软了下来，几乎是乞求地说：“你……你不了解我的……我这不是为了自己……我只是请求你……这是我多年来对你的头一次请求。我们离开这里吧！……离开，到佛罗伦萨，到罗马，随你们的便，我都依着你……随你们到哪儿去，由你们自己决定……只要离开这里就行。我求求你……离开！今天就走……今天……我无法再忍受了……我无法……”

“今天就走？”妻子吃惊地皱起眉头反对说，“今天就走？你哪儿来的这种可笑念头……难道就因为你不喜欢这几个人？……那你就不要和他们交往嘛！”

老人还在那里乞求地举起双手说：“我实在受不了，我跟你说……我不能，我不能。别再问我为什么，我求求你……可你相信我，我实在不能再忍受下去……我不能。听我的话，就这一次，为了我，就这一次……”

这时，那边又响起了叮叮当当的琴声。妻子望着丈夫，不由自主地被他的乞求所打动，向他瞥了一眼。可是，她看到的却是丈夫那副十分令人发笑的样子。这个矮小的胖子，脸红得像中风一样，目光浑浊，双眼红肿，从那过短的衣袖里伸出的双手抖个不停。看到他的这副可怜相，真够叫人难受的。她怜悯然而冷冷地说：

“这可不行。”她果断地回答，“今天我们已经答应他们去远游……而明天走，可我们租了三个星期的房间……这也太可笑了……我看没必要离开这里……我留在这里，艾琳娜也……”

“那么说我可以走了，是吗？……我在这里妨碍你们……妨碍你们……妨碍你们尽兴。”

老人怒不可遏地打断她的话。猛然间他把佝偻起的身子一挺，双手握成拳头，额上绷起了一道道青筋。看样子，他要说什么或是要挥拳打人。可蓦地，他一个大转身，吃力地拖着沉重的脚步，越来越快地走上楼去，像是有人在后面追赶他似的。

老人气喘吁吁地快步上了楼。他现在跑回到自己的房间，单独一个人，压住火气，免得由于过分的激动而干出蠢事！当他刚一走到最顶层时，只觉得像有一只利爪在他的五脏六腑里扯动，突然他面色死灰，手扶着墙壁，踉跄起来。噢！这剧烈的、灼热的痛苦啊！他咬紧牙关不使自己喊叫出来，弯曲着身体，不停地呻吟着。

他很快明白这是怎么一回事：胆痉挛。类似这样的情况，在最近一段时间内虽曾多次折磨过他，但都没有像今天这样厉害。在这瞬间，他突然在疼痛中记起了医生的叮嘱：“切勿激动。”于是，他在痛苦中愤懑地嘲弄地在想：“说得倒轻松，避免激动……医生大人！您倒做给我看看，要是您遇上了这种事，能不激动吗？噢……噢……”

老人扭动着身体，一只看不见的利爪在他的体内折磨着他。他步履艰难地慢慢挪到了自己的房门口，撞开了门，一头栽倒在床上，牙齿紧紧地咬着枕头。一躺下，疼痛立刻减轻了，体内也不再像刚才那样火烧火燎地疼了。这时他又想起医生的另一句话：“应当热敷，再服用滴剂，那就会很快地好起来。”可是，这里一个人也没有，没有人能帮助他，没有一个人。他自己又没有一点气力走到隔壁房间，甚至连走到电铃那儿都不能。

“这儿一个人也没有，”老人悲痛地在想，“不定哪一天，我会像条狗一样地死去……我知道，这不是什么胆疼……这是死亡，它在我身上滋长……我明白，快完了。什么医生、疗养，都救不了我的命……六十五年，完了，身体全垮了……我知道，是什么在蹂躏我，在折磨我，是死亡。要是再活上一两年，其实那已不再是生命，而只是在等死，在等待死亡……可我什么时候……什么时候生活过？……为了自己，为了自己？……光是为了捞钱，捞钱，捞钱，这算是什么生活，光是为了别人，可现在谁来帮我？……我有过一个妻子：她是一个姑娘时，我娶了她，我接触了她的肉体，她给了我一个女儿。多少年来，我俩同床共枕……可如今呢？她现在在哪儿？……我甚至连她的面孔都认不出来了……她和我讲话时，是那样生分；她不再想到我，不再和我同甘共苦……她对我来说是那样陌生，一年甚于一年……过去的一切都不见了，现在的又在哪儿？……生了一个孩子……把她用手捧着养大，我相信过，可以再一次生活，活得更光明，更幸福，生命在她身上继续下去，那就不会完全死亡……可现在，她却在午夜里，委身于那些男人……只有我一个人会死，就我一个人……对于他们说来，我早已死了……我的上帝，我的上帝，我从来没有这样感到孤单……”

钻心的疼痛有时加剧，可随后又缓和下来。但是另外一种疼痛越来越剧烈地锥刺他的太阳穴，盘踞在头脑中的这些念头，这些坚固犀利、炙热得无情的念头，像楔子一样牢牢地打进了他的头脑中。现在不去想它就好了，不要去想！老人扯下了上衣和背心，虚胖的身体在浆洗过的衬衫里笨拙地、难看地抖动着。他小心翼翼地用手按住疼处。“只有这疼痛才使我感觉到我活着，”他暗自思忖着，“只有这块疼得发烧的皮肤……只有这才是我的；只有这在里面折磨我的才属于我，这就是我的疾病，我的死亡，这才是我自己……我不再是枢密顾问，我没有老婆，没有女儿；没有金钱，没有家庭，没有公司……所剩下的，只有手指下面所感觉到的：我的身体和里面那种肝胆欲裂的痛苦……其他的一切都是虚无，没有任何意义……痛苦的只是我一个人，关心我的也只有我自己……她们不理解我，我也不理解她们……我竟是这样孤苦伶仃，过去还从来没有过。现在，我明白了，我躺在这里，等待着死亡，可太迟了，在我六十五岁就要了结我的一生的时候才明白过来。现在，在她们跳舞、游逛、寻欢作乐的时候，我才明白过来，这些不知羞耻的女人……现在我才明白，我是为她们活了一辈子，可她们并不感谢我；我从来没有一个小时是为了自己……可现在，她们和我有什么相干？和我又有何关系……我为什么还想那些根本就没有想过我的人？……我宁愿像畜生一样死去，也决不接受她们的怜悯……她们与我还有什么相干……”

疼痛慢慢地、逐渐地减轻了，不再像刚才那样钻心了，也不再需要用手去抚摸它了。但是一块郁结却留在里面，这不像是疼痛，而像是一种异物在向他的体内挤迫，钻刺。他闭上双眼，直挺挺地躺在床上，屏住呼吸，细心地谛听体内的撕扯、揪动。他觉得，仿佛一种陌生的、未知的力量，先是用尖尖的，现在又是用钝钝的工具在他体内转动，在他密封的身体里，有东西被旋成一片一片，被撕成一条一条。动作不再那么剧烈，他也不再痛苦。但是里面的东西在慢慢地焦化、腐烂，在开始死去。他终生为之奋斗的一切，他过去所爱过的一切统统在慢慢吞噬一切的火焰中化为乌有。在它变软和炭化、被烧成废渣之前，还冒着黑烟，燃烧着。他模糊地感觉到所发生的这一切，这一切就在他躺在这张床上自怨自艾、沉思的时刻完结了，是什么完结了？他谛听着，谛听着。这是他的心在开始慢慢地沦亡。

老人紧闭双眼，躺在幽暗的房间里，半睡半醒。在微寐和清醒之间，他昏昏然、茫茫然地觉得有种湿乎乎的、炽热的东西从伤口（这伤口不痛，他也感觉不到）在向里面轻轻地渗透，仿佛他在流血，可是这血是在往里流。血流得并不快，也不使他感到痛苦，它像一滴滴的泪水，缓缓地流着，轻轻地洒落下来，可是每一颗泪珠都在击打着他的心。这昏沉沉的心没有发出任何声音，它默默地吮吸着这些陌生的液体，像海绵一样地吮吸着，变得越来越多，渗了出来，它在胸部狭窄的敏感区膨胀起来，翻涌起伏，开始轻轻地向旁边伸展开去，像一条带子，越来越紧地挤迫着、压抑着僵硬的、脆弱的肌肉；挤迫着、压抑着疼痛的心脏。最后由于自身的重量而急剧地落了下来。现在（多么痛苦啊），现在这沉重的东西，慢慢地，既不像一块石头，也不像坠落的果实，脱离了肌肉。不，它像一块浸满液体的海绵，越来越低地坠入一种混沌、一种空虚之中，坠入一种完全没有实体的虚无之中。除了他之外，这是一个广袤无垠的黑夜。

突然间，刚刚还是温暖、起伏的心房，一下变得死一般地平静、冰冷，空荡荡的，阴森森的，不再听到心房的颤动声和血的流动声，一点儿声音都没有了；一切都死亡了。在缄默、不可理解的虚无中，他的胸膛像一具棺材一样，空荡荡，黑洞洞。

这种梦幻是如此强烈，这种迷惘又是如此强烈，当他渐渐清醒过来时，他不由自主地去抚摸自己的左胸，看看他的心是不是已经没有了。啊，谢天谢地。在他的手指下摸到的地方还有东西在跳动，发出低沉而有节奏的声响，不过好像在击打空气一样，空洞洞，他的心不在了。奇怪的是，他仿佛感觉到自己的身体同他本人分离开来。再没有钻心的疼痛了，再没有回忆来折磨他的神经了。这里面的一切都是沉默的、凝固的、僵化的。“这是怎么啦？”老人在想，“刚才还折磨我那么厉害，刚才里面还热得难忍，刚才每条神经还在痉挛。我这到底是怎么了？”像在一个石窟里一样，他仔细地谛听着体内的动静，是不是里面原有的东西不再动了？潺潺声，窸窣声，响动声，跳动声，是那么遥远，完了，全完了——他谛听，谛听——什么声音也没有了，什么也没有了，没有了。再也感觉不到折磨，也没有什么在翻涌起伏，也不再痛苦。这里面像一棵被烧焦的枯树的树洞，黑糊糊的，空荡荡的。这时，他突然觉得，自己好像已经死去，或是什么东西正在他的体内死去。血在体内可怕地凝固了。他自己的身体在他下面像一具尸体一样冰冷，他害怕用自己的热手去触摸它。

老人仔细地倾听着。可是，他听不到从湖面上传进房间来的教堂的钟声，他也没有发觉暮色临近，夜已降临，昏暗已涂抹掉房间里家具的轮廓，就是通过窗户的四角，隐约可见的天际，也完全消逝在黑暗之中了。老人并没有感觉到，他凝视着的只是黑暗，他内心深处的黑暗；他谛听的只是虚无，他内心中的虚无，犹如他凝视、谛听自己的死亡一样。

这时从隔壁房间传来了笑声和欢叫声，灯亮了，从门缝里射出了一缕白光。老人吃了一惊，这是他的妻子和女儿！可不要让她们发现我躺在这里，盘问我。于是，他急急忙忙穿上衣服。干嘛让她们知道我在发病，这与她们有何相干？

其实，这母女二人根本就没来找他。她们显得匆匆忙忙，晚饭的锣声已敲过第三遍了。她们正在换装，从敞开的门里听得到她们的每一个动作：现在她们在开抽屉；现在她们把戒指轻轻地放在桌子上；现在听到皮鞋在地板上的走动声。与此同时，她们谈笑风生，一字一句都十分清楚地传进了老人的耳鼓。起初，两人在谈论和讥笑这三个男人和她们在这次郊游中的趣事。一面忙着梳洗，整理妆容，一面你一言我一语地互相插话，闲聊。后来，话题突然转向了他。

“爸爸哪儿去了？”艾琳娜问道，感到诧异的是直到现在这样晚，才想起了他。

“我怎么知道？”这是母亲的声音，提起这件事，立刻惹得她满心的不高兴，“可能在楼下等着呢，还不是又在那里没完没了地看他那份法兰克福报纸上的股票行情表，别的事情他都不感兴趣。你以为他会在这里观赏湖光山色？他今天中午已经说过了，他不喜欢这里。他要我们今天就动身。”

“今天就走？……那为什么？”这又是艾琳娜的声音。

“我不知道，谁知道他这是怎么回事。这里的社交活动他没法适应，他不愿意和这几位先生交往，也许他自己觉得跟人家不配。成天穿着皱巴巴的衣服，敞着领口，真丢人……你应当说说他，注重点儿仪表，他还是听你的话的。今天上午……你看见他对上尉的那副样子了吗？当时，我真恨不得钻到地缝里去……”

“是啊！妈妈……可这到底是怎么回事？……我正想问你……爸爸是怎么了？……我还从来没有见过他这副模样呢……真把我吓坏了。”

“哼，有什么，还不是坏脾气……也许是因为股票行情下跌了……要不就是因为咱们老是讲法语……反正，别人高兴，他就看不惯。你真的没注意到：咱们跳舞的时候，他站在门旁就像个躲在树后面的杀人凶手一样……要走！马上就得离开这里！他想怎么就怎么……要是他不喜欢这里，那就不要扫我们的兴……我才不去理他这种脾气呢。随他便好了，他想说什么就说什么，想干什么就干什么吧！”

谈话中断了。大概是母女两人在谈话中已经收拾完毕。是这样，门打开了，她们走出了房间，关上开关，灯光熄了。

老人一动不动地坐在床上。每一个字他都听得清清楚楚。说也奇怪：他不再感到痛苦，一点儿也不痛苦了。前不久那颗在胸内冲击和撕扯的心一动不动了，它一定是坏了，没有什么会使它颤动了。没有愤怒，没有仇恨……什么都没有了……没有了……老人平静地穿好衣服，小心翼翼地下了楼，坐在妻子和女儿中间，像个陌生人一样。

那个晚上老人一言未发。她们两人也没有觉察到这种紧张的沉默，饭后他不辞而别径自回到自己房里，把灯关掉就躺下了。过了很长时间，他的妻子兴尽归来。她以为丈夫早已熟睡，于是她在暗中脱去衣服睡下。过了不一会儿，老人已听到睡在他身边的妻子发出了深沉的、无忧无虑的酣睡声。

老人直瞪着双眼，独自一人凝视着夜的无边无际的虚无。在他身旁，像是有个什么东西躺着，在暗中发出深沉的呼吸声。他费力地在回忆：这个肉体曾与他呼吸过同一个房间里的空气，这个肉体，它曾是那样熟悉，年轻、热情，这个肉体给他带来了一个新的生命，这个肉体用血的秘密同他紧紧地连在一起。他还一再地迫使自己去想，躺在他身边的这个温暖而柔软的身体，他伸手就可摸到，它曾是他生命中的生命。但是，说也奇怪，这些回忆竟然激不起老人的任何感情。他现在听到的呼吸声，有如从敞开的窗口传来湖水拍打湖岸溅起的浪花声。一切都是那样遥远，遥远，消逝得无影无踪。剩下的只是身边躺着的一个人，一个偶然相遇的人，一个陌生的路人。一切都完了，完了，永远完了。

他又一次颤抖了。他听到女儿房间的门轻轻的、悄悄的转动声。“今天晚上，又是这样。”老人又觉得那他认为已经死去了的心脏产生一阵轻微的刺痛；这是他在完全死去之前，一种像神经的东西在瞬间发出的痉挛。不过，这一切很快也过去了。“随她便吧！她与我有什么相干！”

老人重新将头埋在枕头里。黑暗更柔和地抚摸着他那疼痛的额头，一股宜人的凉爽渗入他的血液里。很快，失去了力量的知觉沉入轻度的睡梦之中。

清晨，当妻子醒来时，发现丈夫已穿戴整齐。“你这是上哪儿去？”妻子略带睡意地问。

老人没有理睬，冷漠地把睡衣胡乱地塞进手提包里。“你不是知道我要回去吗？我只把随身所需的东西带走，其他的你们可以给我寄回去。”

妻子发怔了。这是怎么了？她还从来没有听到过丈夫用今天这样的口气说话：从他牙缝中迸出的每个字是那样冷漠，那样僵硬。她赶忙从床上起来。“你真的要走吗……等一等……我们也走，我已经和艾琳娜讲过了……”

老人只是猛烈地摇了摇头。“不必了……不必了……不打搅你们了。”他头也不回，一直向门口走去。为了要拧门把，他只得暂时把手中的箱子放下。

就在这短暂的瞬间，他想起了：他不知曾有过几千次，也是这样地把装满货样的皮包放在陌生人的门前，在离开时，毕恭毕敬地向主顾低头弯腰地致意，希望今后能多加关照。如今，这儿他再没有事可做，他不必注意礼貌了。他重新提起皮包，没说一句话，没看一眼，把这扇门，这扇将他的现在与过去的生活隔开的门关上了。

母女二人对刚才所发生的事，感到迷惑不解，但老人这次令人诧异的率直和果断的出走倒使她俩极为不安。她们马上给南德家中的老人去信。信中不厌其烦地反复解释，猜测是发生了什么误会，极其温柔又十分关切地询问老人旅途是否平安；随后她们突然恭顺地表示，她们准备随时离开这里。他没有复信，于是她们信写得更为紧迫，她们还打电报。可是，消息依旧杳然，只是从邮局收到公司的一笔汇款，信中简要地提及上面盖有公司印鉴的汇款单，除此以外，连一个亲笔字和一句问候的话都没有。

这样一种无从捉摸和令人不安的事态加速了她们的归期。尽管她们已电告抵达日期，但是没有一个人来车站迎接，家中的一切都使她们感到意外。仆人说，老人看完了电报，往桌子上一丢，没作任何吩咐就出去了。晚间，当她们坐下等候就餐时，终于听到门的转动声，她们急忙起身，迎上去。而老人却惊愕地望着她们发呆。——看来，他早已把电报的事忘了个干干净净——他没有任何特殊感情的流露，冷漠地忍受了女儿的拥抱，然后被引入餐室。他一声不响地听她们谈话，闷闷地抽着烟，不提任何问题，有时只做极简单的回答，有时他对问话和谈论充耳不闻，不知她们在问什么，在说什么，仿佛他在睁着眼睛睡觉。之后，他艰难地站起身来，回房去了。

一连数日就这样过去了。深感不安的妻子很想找机会和他谈谈，可是毫无结果。她愈是急于想和他接触，他就愈加退让规避。某种东西被禁锢在他的内心深处，通路被阻塞，变得无法接近。不过，老人还和家人同桌共餐，若是有人来访，他在旁也是一言不发，完全沉浸在自己的思绪之中。他对一切都漠不关心，如果在谈话中，有人偶尔遇上了老人的目光，定会感到很不舒服，因为这是一对死一样的眼睛，空虚而呆钝地发直。

不久，就连最疏远的人也对老人这愈益乖张的性格感到吃惊。熟人在街上遇到他时，都暗地里互相示意：这位全城最富有的人之一像个乞丐，沿着城墙，到处溜边，他歪戴着一顶旧帽，裤子上满是烟灰，每走一步都是踉踉跄跄，大半时间口中念念有词，自言自语。有人跟他打招呼，他就会惊恐地抬起双眼；若是有人过来和他搭话，他就会瞪着两只茫然无神的眼睛，望着对方发呆，连和人家握手都会忘记。起初，人们以为他耳聋，于是，提高嗓门把话一再重复。其实，他并不聋，他需要的是时间，好使自己从心底的梦中清醒过来。而在谈话中间，他又会重新陷入一种奇怪的茫然状态。于是他的目光一下子变得呆滞起来，说话结结巴巴，前言不搭后语。别人对此的诧异表情，他也毫无察觉。看样子，他总是像徘徊在一种昏沉沉的梦境里，徜徉在一种浑浑噩噩的自我忙乱之中。目睹此情此景，人们对他亦不闻不问了。他不过问别人的事，在自己家中，对妻子的沮丧和女儿的慌乱迷惘熟视无睹。他不看报纸，不听别人谈话；任何人，任何问题都不能够——哪怕是在一瞬间——冲破他那道阴沉的、冷漠的屏障。甚至连他经营多年的商行——他最熟稔的世界，对于他也已变得陌生了。有时他还木然地坐在办公室里签署信件，可是，当秘书一个钟点以后进来取签署好的函件时，发现老人用空荡荡的目光望着那些信件发呆，和他刚才离开此处时的情景一样。最后，他自己也意识到继续留在这里已经是多余的了。于是，他干脆离开这里。

更使全城人感到奇怪和惊异的是：从来不是教徒的老人，现在突然变得十分虔诚。他对一切事都冷淡，吃饭和约会越来越不守时，可是没有一次在规定时间里错过去教堂的机会。他戴着一顶丝制的小圆帽，披着法衣，总是站在教堂里的一个固定位置上。这恰好是从前老人父亲做礼拜时站的地方。他晃动着倦怠的脑袋，唱着赞美诗。这里，在半空着的教堂里，他周围响起的声音使他感到生疏和含混不清，可是他在这里十分安静。这里的安宁抑制了他内心的纷扰；他可以在内心里向黑暗倾诉心声。每当在教堂里为一个死者做安魂祷告之后，他看到死者的亲人、子女和朋友极度悲伤地用虔诚和恳求的态度向上帝为死者祝福时，他的两眼便蒙上了一层泪水，因为他明白，他将是孤零零的一个人。等到他死去的时候，将不会有人为他做安魂祷告。于是，他虔诚地为自己祈祷，就像为一名死者那样为自己祈福。

一日，天色已晚，他刚从这样一次喧嚣纷扰的活动中返家，途中遇上了大雨。老人一向是忘记带雨伞的。只需几个小钱就可以叫到马车，高大建筑物的门洞和商店的玻璃檐也都可以避雨。可是，独有这位老人毫不在意地在大雨滂沱中踉跄行走。破旧的帽子灌满了雨水，像个小水洼，雨水像小溪一样顺着衣袖流向脚面。但他满不在乎地在那几乎空无一人的街道上踯躅。全身淋得精湿，简直像个流浪汉。有谁会想到，他竟是一位拥有豪华住宅的富人？当他来到自己的家门口时，正巧一辆小轿车在他身边骤然停下。车前射出耀眼的灯光，车轮甩出的泥水溅了这个漫不经心的老人一身。车门一开，他的妻子从车里走了下来，身后伴着一位显贵，手中撑着一把雨伞；随后又下来了另一位绅士。他们正好在门口相遇。妻子认出了他，吃了一惊，看到老人这副落汤鸡似的狼狈相，妻子不由自主地移开了目光。老人立刻领悟了：在客人面前，见到丈夫这般模样，她感到羞愧。于是，他毫无所动、毫无痛苦地径直走开，免去介绍的麻烦。他像个外人一样，几步走到仆人使用的楼梯前，屈辱地从那里走了上去。

自此以后，老人在自己家中，只走仆人用的楼梯，从这里走，肯定不会遇上任何人。他在这里不会妨碍别人，别人在这里也不会妨碍他。他也不再和家人一起用餐了——一位年老的女仆每餐将饭菜送到他的房里。有时妻子或女儿想见他时，他窘迫地却坚决地从速把她们打发出去。久而久之，她们也就让他一人独处了。人们不再想起他，而他自己对任何事也不再过问。从他业已感到陌生的邻近房间里，透过墙壁他经常听到一阵阵的笑声和音乐声，听到外边汽车的行驶声，听到一直响到深夜的脚步声。但是这一切，现在对他来说，已经无所谓了，他甚至从不向窗外多望一眼，因为这些都与他毫不相关。只有家中的那条狗，有时还溜进来，卧在它那被人遗忘的老主人的床前。

老人那颗业已死去的心不再疼痛了，但是在体内有一只田鼠在继续不停地挖掘着，撕扯那颤动着的、血淋淋的肌肉。病痛的发作日趋频繁。被折磨的老人，最终不得不屈服于医生的强烈要求，进行一次详细而周密的检查。医生皱着眉头表示，需要立即进行一次手术。老人听后，并不吃惊，他只是忧郁地苦笑着说，上帝保佑，总算熬到头了！总算盼来了死亡，现在，愉快的死就要来到了。他连一个字也不让医生通知家属，自己规定手术日期，自己进行准备。他最后一次来到了公司（这里已没有人再等他了，所有的人看见他都像见到生人一样），他再一次坐在那张老式黑皮安乐椅中，三十年来，他整个一生中，在这把椅子上坐过成千上万个小时。他要来了支票本，填了一张。他把支票交给教区执事，上面的巨额数字，竟使得执事大吃一惊。这笔款子是用于慈善事业和自己丧事的。他拒绝所有的感谢，然后蹒跚地匆忙走了出去。由于匆忙，那顶破帽子也掉了下来，可是他懒得弯腰去拾起它来。于是，他就光着脑袋，满脸皱纹，面色蜡黄，慢吞吞地向公墓走去，去看望他双亲的坟墓（过路人都惊异地望着他）。在那里，有两个闲散人观察着老人，十分惊奇地看到，他对着上面长满青苔的墓碑久久不停地、大声地说着话，就好像在和活人讲话一样。他是在向死去的父母报到或者在为他们祈福？人们听不清他说些什么，只看到他的嘴唇在无声地动着，在祈祷中，他把不断摇晃着的头低得不能再低，在公墓的出口处，乞丐们都认识他，拥上来乞讨，他匆忙地从衣袋里掏出所有的硬币和纸币，统统散给了他们。一个衣着褴褛的老妇人，一瘸一拐地走了过来，她来晚了，向他伸出了乞求的双手。他忙乱地浑身搜索，可是找不到一个钱了。这时，他感到手指上还有个陌生的、沉甸甸的东西，这是他的结婚戒指。它不由得勾起了老人对往事的回忆。于是，他急忙从手上脱下戒指，把它送给了那个残疾女人。

于是，这位身无分文、囊空如洗的孤独老人，躺在了手术台上。

手术做完之后，老人又醒了过来，鉴于病人的情况十分危急，在此期间，医生把他的妻子和女儿叫了进来。老人吃力地抬起那蒙上了一层淡蓝色的眼皮，睁开双眼，望着这陌生而洁白的、从来没有见到过的房间发呆。“我这是在哪儿呀？”

女儿亲切而温柔地俯下身去，凑近老人那苍白的、毫无血色的脸。突然在他那濒于死亡的眸子里，有个熟悉的影子一闪。他的瞳仁显出了一缕微光。啊！是她，我的孩子，可爱的孩子，是她，艾琳娜，我那温柔美丽的孩子！他那痛苦的嘴唇慢慢地松弛了下来，露出一丝微笑，一丝勉强能看得出的微笑。早已习惯紧闭的嘴巴，开始小心翼翼地张了开来。女儿被这费力的、闪着一丝欢欣的微笑深深地感动，她弯下身去，亲吻父亲那毫无血色的面颊。

但是，就在这一瞬间，甜腻腻的香水味道使老人想起了，或者说，这半是麻痹的头脑想起了那业已忘却的时刻。——病人刚刚露出的 点幸福的表情，顷刻间黯然失色。他那毫无血色的双唇顿时愤怒地紧闭起来。被子里的一只手拼命地抖动着，要抬起来，像是要挥去什么令人厌恶的东西似的。全身由于激动而颤动起来。“滚开！滚开！……”声音滞重、含混，但他还是从那苍白的双唇间清楚地吐出了这个字眼。弥留中的病人在抽搐中流露出的这种深恶痛绝的表情，使得医生只好把女人们推到一边。“他在说胡话，”他悄声地说，“你们现在让他一个人安静一下，这样更好些。”

妻子和女儿刚一退出房间，老人脸上的那扭曲难看的表情便松弛下来，又恢复到疲惫和昏睡状态。呼吸变得浊重——为了吸进维持生命的空气，他的胸部起伏得愈来愈快。现在胸部已变得疲劳不堪，它无法再吸进生命所必需的养分。当医生再去听老人的心脏时，它已经不会再给老人增添任何痛苦了。

热带癫狂症患者

1912年3月，一艘巨型海轮在那不勒斯港口卸货时发生了一起奇特的不幸事故，报纸上对这件事做了广泛而富于想象力的报道。尽管我是“海洋号”上的乘客，但也和别的乘客一样，很难说就是这个离奇事件的见证人；事情是在夜里卸货装煤时发生的，我们怕吵闹，都上岸跑到咖啡馆或剧院消磨时光去了。我私下里总认为，某些我当时没有公开讲出来的揣测之中就包含着那个悲剧场面的真实原因。就在那件怪事发生之前有过一次谈话，事隔多年，我大概可以利用一下我在谈话时所得到的情况了。

当我在加尔各答轮船公司代办处想订购“海洋号”上的一个舱位返回欧洲的时候，办事员只是抱歉地耸耸肩。他也不知道是否还能保证给我一个舱间，因为目前正值雨季来临之前，所有的舱座总是早在澳大利亚就已经卖光了，他必须先等新加坡的电报。但是第二天，他通知我一个好消息，说还可以为我预定一个舱位，位置当然不怎么舒适，在甲板下面，轮船的中间部位。我归心似箭，未多犹豫就要求给我把位子定了下来。

办事员说的不错，船上拥挤不堪，船舱很不好，是挤在轮机舱旁边的一个四方形的小角落，只有一个像昏暗的眼睛似的圆形玻璃舷窗透进一点亮光来。令人窒息的空气里散发着油味和霉味，电扇像一只发了疯的钢铁蝙蝠片刻不停地在你头顶上盘旋，嗡嗡嘤嘤，想躲都躲不开，机器在下面嘎嘎作响，像运煤夫沿着同一条梯子无休止地吃力地往上攀登似地发出喘息；上面是甲板上散步的人们沙沙不停的脚步声。因此，我把箱子往这灰色隔板之间霉味刺鼻的棺材里一塞，就急忙往甲板上跑，一边往上走，一边像啜饮着琼浆玉液那样，吮吸着从岸上掠过水面吹送过来的甜丝丝的和风。

但是上面也是一派混乱和拥挤：荡过来闪过去到处都是人，人们由于无事可做，都在甲板上神经质地来回走动，一边不停地闲扯。女人们嘁嘁喳喳地嬉闹。人们在拥挤的过道里无止无休地兜圈子，废话连篇地喧哗着涌过去，以便不停地彼此相遇，这一切不知怎地都使我觉得心烦。我见识了一个新世界，眼前飞速地掠过一幅幅纷繁交织的图画。我现在需要思考，需要整理思绪，模拟再现这些争先恐后涌入眼帘的事物，但这儿，在这熙熙攘攘繁华闹市一样的甲板上却没有一分钟的安静。书上行行的字在闲聊着的旅客们迅速闪过的身影下都飘零四散了。在这无荫无蔽的活动的轮船大街上就没有独自待上一会儿的可能。

我连着三天试图寻得安宁，最后只有听天由命地随便看看人，看看海，但蓝色的茫茫大海总是一色的景致，只有日落时分才会忽而燃起一条彩虹；至于人们呢，经过了三个昼夜我已了如指掌了。所有的面孔都已经熟悉得叫人腻味。妇女们撩人的尖笑声乱人心绪，邻舱那两位荷兰军官大声吵嚷的争论也显得虚张声势。我唯一的办法就是逃之夭夭；但船舱里又闷又热，乘客休息室里又有英国女郎在不停地像伐木似的拙劣地弹奏着华尔兹舞曲。最后，我坚决改变了作息时间，还在下午就喝上几杯啤酒醺醺然躲进船舱，这样，我就可以把晚餐和夜舞会的时间都睡过去。

当我醒来时，我那小棺材里又黑又闷。电扇我已事先关上了，感到两鬓又黏又潮。我的感觉变得混混沌沌，需要用几秒钟的时间来记起我置身在何时何地。显然，已经是下半夜了，因为我既听不到音乐声，也听不见无休止的脚步声，只有轮机，这个庞然大物的跳动的心脏，还在喘气，推动着嚓嚓作响的船身，驶向茫茫的远方。

我摸着黑上了甲板，上面空荡荡的。当我越过轻烟腾绕的塔式烟囱和神出鬼没一般倏忽闪现的桅尖仰视上空时，一片神奇的亮光直射我的眼睛。天光璀璨。星辉宛若回旋的涡流，布满了苍穹，使天空泛出浑然一体的白色，唯在近星处略显幽暗。然而天空很亮，仿佛那儿有一幅天鹅绒屏幕遮蒙着无量的光芒，而晶莹的星星只不过是那无法描绘的亮光借以透射过来的孔隙。我从未见过像那天晚上那样的夜空，天空那么明亮，像蓝色的钢焰般冷峻，而又熠熠生辉，月华和星辉滔滔汩汩，奔涌流泻，像泡沫般翻腾，天空似乎在一个隐秘的深处燃烧，在暗天鹅绒般的海面衬托下，轮船的线条显得格外分明，白漆船身、缆绳、横桁、船上各种狭长的以及呈现出各式各样图案的东西，都在这如流似泻的银光中融化了。桅杆上的点点灯火好像悬空挂着，再上面是瞭望台上的圆眼灯。人世间的黄澄澄的星星，夹杂在天上光灿灿的星星之间。

头顶的正上方是神秘的南十字星座，像是几颗闪耀的金刚石钉子钉在渺不可见的苍穹；天空似乎在摇晃，其实只是轮船在航行，是巨大的海轮在轻轻地颤抖，大口大口地吸着气，像一个泅水的巨人冲破黑浪一起一伏地冲往前去。我站在那里仰视上方，觉得自己似乎置身于温暖的淋浴中，只是从上面流下的并不是水，而是光，洒在我的手上、肩上，温柔地在我的头部周围缭绕，又仿佛要沁入我的心脾，我心中的一切混沌顿时化为澄明。我畅快地呼吸着，骤然之间在嘴唇上触到了纯净的令人心醉的空气，像啜饮着一种透明的饮料，里面还带着远方岛上的水果的芳香。自从我踏上跳板以来，直到现在我才头一次沉浸在幻想的神圣欢乐和那种更为切实的欢愉之中：我像一个女人似的全身心地沉醉于环绕着我的一片温柔之乡。我真想躺下来，仰目凝视星空上那些白色的象形文字。但躺椅都收起来了，在空阔的甲板上我找不到一个可以憩息并驰骋遐想的地方。

我摸索着，缓缓走向船的前部，那儿被照得通亮，反射过来的逼人的光愈益强烈了。这种白垩色的强烈刺眼的星光真使我难受，我渴欲藏身在某个阴影里，在一领草席上舒展开身躯，不再感到布满周身的亮光，只是头顶上受到光照的物体上才有光，就像从黑屋子里往外观赏风景时那样。我磕磕碰碰地越过了铁绞盘，绕过了缆绳，终于到了船头，俯视船头如何冲入黑暗之中并且在前锋的两侧把浑茫的月光翻涌上来。船头的前锋像犁一样不倦地举起又落下，插入那翻滚的黑色土壤，在这水星飞溅的角逐中我感受到被征服的自然力的全部痛苦，也感受到了人世间力量的全部欢乐。我在伫望中失去了时间感，不知道我这样站了一小时还是只不过几分钟；轮船这个庞然大物像摇篮似的载负着我上下颠簸，把我带到了时间之外，我只觉得周身有一种狂欢极乐般的疲软。我想睡觉，沉入梦幻，但又不顾离开这诱人的景色，钻到我那个棺材里去。我不由自主地在脚下探寻出了一盘缆绳，于是便坐了下来，闭上眼睛，然而并未感到全然的黑暗，因为在我的眼睛上和周身都流布着银色的光辉。我感到，身下是海水的窃窃低语，头顶上是以听不见的音响汹涌着的宇宙的白色光流。这声音慢慢地浸入我的身体，我不复感觉到自己的存在，也分辨不出究竟是我在呼吸，还是远处轮船的心脏在搏动，我似乎融化在这午夜时分永不停歇的低吟之中了。

我身边传来很低的一声干咳。我一哆嗦，从那种近于迷醉的状态里清醒过来。那眩目的白色光辉一直照在我的眼睑上，我好不容易睁开了双眼：正好在我的对面，在船舷的阴影里，像眼镜片反光似的东西闪了一下，接着一个较大的圆点着了，这是烟斗的火光。显然，当我坐下去，一心欣赏船头两侧激起的浪花和举目仰视天上的南十字星时，我没有注意到旁边的这位邻人，他一直一动不动地坐在那里。尽管我还没有完全清醒过来，却下意识地说了一句德语："请原谅！""唔，没什么……"黑暗中的声音也用德语回答。

我无法表述，跟一个我看不见的人贴近地在暗中枯坐是多么奇特和恐怖。不知为何我觉得他仿佛在盯视着我瞧，正像我盯视着他那样；天上汹汹然地漫漶着的白色光流是这样强烈耀眼，致使双方仅能看出阴影里对方的轮廓。但是我觉得，我听得见这人的呼吸声和他抽烟斗的声音。

沉默变得难堪了。我很想走开，但这样做又显得太鲁莽，也太突兀。我在窘迫中掏出了烟卷。火柴擦亮了，摇曳的火光把我们这个狭窄的角落照亮了一秒钟，我看到眼镜镜片后面是一张陌生的脸，这张脸我在船上一次都没有见过，无论是午餐时还是在甲板上或者在过道里。弄不清是突然的光亮刺伤了我的眼睛还是我产生了一种幻觉，我觉得这张脸是阴郁的，歪扭得可怕，不是一般人的脸。但我还没来得及看清楚他的面目，那闪现出来的线条又被黑暗淹没了；我只看得见隐入暗中的浓黑的身影，和时而现出的烟斗的火红的圆点。我们两人都沉默着。沉默像令人窒息的热气一样压得人喘不过气来。

我终于忍耐不住，站起身来客气地说了一声："晚安！"

"晚安！"黑暗中一个生涩得像锈铁似的嘶哑的声音回答道。

我磕磕绊绊地，吃力地向前走去，迈过索具，由柱子旁边走过。忽然，我身后响起了急促而犹疑的脚步声。这还是那位陌生人。我不由自主地站住了。他没有走到我跟前来。我模糊地感觉到他的步履中有某种胆怯和抑郁的东西。

"请您原谅，"他急忙说，"我对您有一个请求，我……我，"由于羞怯他不能一口气接下去说，低声嗫嚅着，"我……由于个人的，纯粹是个人的原因，寻求孤独……一个沉重的损失……我避免和旅客们交往……我指的不是您……不，不……我仅仅想请求您……我将非常感激，如果您对船上的任何人都不说起您在这儿看见过我……这是由于……可以说，个人的原因使我现在不愿意在人前露面……嗯……这个……如果您提到夜里这里有人……说我……我将非常难堪。"

他的话又卡住了。我立刻答应了他的请求，以便让他很快放心。我们互相握了握手。然后我回到自己的舱间，昏昏沉沉地睡了一觉，梦境十分离奇怪诞。

我信守诺言，没有跟船上的任何人谈起这次奇遇，尽管这件事对我的诱惑力极大。在海上旅行，任何小事都称得上是一个事件，不论是地平线上的一张帆，还是蹦出水面的一只海豚，也不论是新被发现的一起调情，还是一个偶然的玩笑。此外，我还为好奇心所折磨，渴望更多地了解这位旅客的情况。我钻研旅客的名单，想找他的名字，我观察人们，看他们是否和他有关系；我整天都处在神经质的焦躁不安之中，等待着夜晚，我希望再次遇见那位陌生人。凡属扑朔迷离的心理之谜都吸引我，使我坐卧不宁，在探清来龙去脉之前我会一直兴奋得要命。只要遇到了不平常的人，我心里就燃起一种探视他们的灵魂的热望，这热望不亚于要占有一个女人的激情。我觉得这一天漫长无聊透了。我老早就在床上躺下，我知道自己会在半夜里醒来，某种力量会把我唤醒。

果然，我在和昨夜同一的时刻醒来了。发亮的表盘上两根针交叠在一起，合成了一条光。我急忙起身离开了闷热的船舱，跑到更加闷人的夜色中去了。

繁星和昨夜一样闪烁着，星光漫洒在颤动的轮船上，南十字星在高空燃烧，一切都和昨天一样（热带的每天和每夜彼此之间比我们这里更为相像）。只是我心里已经没有昨天那种温柔的阵阵袭来的梦幻般的沉醉感了。某种东西引诱着我，使我急躁不安，我知道它要把我引向哪里：就是到船头那一堆黑乎乎的杂物那边去看看那位神秘人物是不是一动不动地坐在那里。从上面传来了轮船上敲钟的声响。我似乎被什么东西推了一下。我一步一步地朝前蹭，不大甘心地屈服于某种诱惑力。我还没有来得及走到地方，前面有个东西闪了一下，那正是一点红火，他的烟斗。就是说，他在那里。

我不由自主地哆嗦了一下，停住脚步。我接着就要向后转了，但暗中有个东西动了一下，有人站了起来，走了两步，突然，我听见了他近在眼前的声音。

“请原谅，”他客气地有点抱歉地说，“您，显然，是想到您的位置上去，但是见到了我，您退了回去。我请您尽管去坐，我这就要走。”

我这边急忙答道，请他留下来，我退回来仅仅是为了避免打扰他。

“您不会打扰我的，”他不无苦楚地反驳道，“相反，我很乐于跟什么人一起待待。我一句话都不说已经十天了……甚至可以说有好几年了……我很难受——憋闷极了，因为我必须把一切闷在心里……我不能再在船舱里，在这个……在这个棺材里待着……我再也不能……我也受不了人们，因为他们整天嬉笑……我现在受不了这个……我在船舱里也听得见，就把耳朵塞住……不错，任何人都不知道……他们什么都不知道，再说，这件事跟别人又有什么关系……”

他又嗫嚅起来，忽然又急促地冒出了一句，“但我不想使您为难……请原谅我的饶舌。”

他鞠了一躬打算离开。但我开始坚持留住他，“您丝毫也不使我为难。我也很乐意在这儿随便谈谈，您来支烟吗？”

他拿了一支。我擦亮了火柴，摇曳的火光照出了他的面庞，旋即被黑暗吞没了。现在，他的脸正对着我，镜片后面的一双眼睛贪婪地以某种疯狂的力量紧盯着我的脸。我不禁毛骨悚然。我觉得这个人想谈谈，他必须谈谈。而且我懂得，我必须保持缄默，这样才能减轻他的负担。

我们重又坐了下来。他那边另外还有一张躺椅，他请我坐下。我们抽着烟，他烟卷上的火光在黑暗中不安地跳动着，因此我看出他的手在颤抖。但是我默不作声,他也没有说话。后来他突然轻声地问道：

"您很累吗？"

"不，一点都不累。"

黑暗中的声音又犹豫起来。

"我很想问您点什么……就是说我很想告诉您一点什么。我明白，我十分明白，向我碰到的第一个随便什么人吐露衷曲是多么荒唐……但是……我……我的精神状态很坏……我已经到了极限……无论如何，我必须跟什么人谈谈……否则我会死的……当我……是的，当我告诉您……您会明白我……我知道您帮不了我的忙……但我真要憋出病来了……而病人在别人眼里总是可笑的……"

我打断了他的话，请他不要再折磨自己。希望他只管把一切都告诉我……当然，我不能许诺他什么，但每个人都有帮助别人的责任。当我们看见别人遭到不幸的时候，那么，自然要援之以手，而且责无旁贷。

"责任……给予帮助……有责任去努力……那么说，您也认为我们有责任，您……也有帮助别人的责任？"

这句话他重复了三次。他痴呆呆地总重复这句话,使我觉得害怕。这人莫非是个疯子？他是不是喝醉了？

但他猜透了我的心思，似乎我已经出声地说出来了似的，他忽然用全然不同的声调说道：

"您，也许，把我当成疯子或者醉汉了吧？不，不是的，暂时还不是。只是您刚才说的话很奇怪地打动了我。我感到惊奇，因为我所苦恼的正好就是这一点，我们有没有责任……责任……"

他又嗫嚅着。然后不说话了，过了一小会儿他又说了起来：

"我是个医生。因此常有这种情形，很不幸的情形……我们称之为两可之间的边缘情况，你还没有弄清楚你是否有责任……不单纯是对别人的责任；而且有对自己、对国家、对科学的责任……当然，应该帮助别人，我们本来也正是干这个的……但是这些原则仅仅是理论……应该帮助到什么程度？……您是个陌生人，我对于您说来也是个陌生人，我却要求您闭口不谈您见过我……很好，您没有讲，履行了这个责任……我请求您跟我谈谈，因为我快要憋死了……您准备听我谈……很好……但这还是容易办到的……可是，如果我要求您抓住我，把我扔到船外面去，行吗？……好意和助人的界限就到此为止。到了某一点它就要终止……某些事情开始关系到自己的生活和自己的责任时……在那里就必然会终止……这种责任总有个尽头……或许，作为医生，他的职责就不该有结束的时候？难道医生就应该是一个救世主，是一个广济世人的行家，仅仅因为他有一张拉丁文写的文凭？难道当某位女……当某个病人来了，要求医生高尚一些，帮帮忙，行行好，他就真应该毁掉自己的生活，把水掺进自己的血液里去吗？是的，责任到一定的时候会完结……就在我们力所不及时，就在那里……”

他又停了一小会儿，然后接着讲：

“请您原谅，我一开始就说得这么激动，但是我没有醉，目前还没有醉……但是不瞒您说，处在极度的孤独之中，我现在常常出现这种情况……您想想，我几乎完全在土人和牲畜之间过了八年……连怎么跟人平心静气的交谈都不会了。所以现在一开口说起来，话就直往外涌。不过，您等等……对了，我已经想起来了……我想问您，想告诉您一件事……我们有没有责任帮助别人……像天使那么纯洁、无私地去帮助别人……不过，我担心这个故事太长了。您确实不累吗？”

“真不累，一点儿也不累。”

“我……我很感激您……您是否愿意？”

他在身后乱摸了一阵，两三个，总之，有几个酒瓶互相碰得哐啷啷地响，这是他放在自己身边的。他递给我一杯威士忌，我徐徐品尝，而他却一饮而尽。我们彼此沉默了一会儿。这时响起了钟声：已是十二点半了。

“嗯……我想对您讲一件事。您想象一下，有一名医生在一个……小城市里……或者，压根儿还在农村里……一个医生，他是……一个医生，他……”

他又哽住了。停了一会儿，他忽然带着椅子猛地朝我凑近过来。

“这样说是不行的。我应该坦率地跟您从头说起。否则，您不会明白……这件事按照常例和光讲理论是没法讲清楚的……我应该跟您谈谈我的遭遇。这样就顾不上害臊，也不能躲躲藏藏的……其实，人们在我面前也是脱得赤身露体的。把他们的疮疤、他们的屎尿秽物拿给我看……如果希望别人帮助，那就不能顾左右而言他，支吾隐瞒……所以，我不打算再跟您谈所谓传奇医生的故事……我把自己脱得一丝不挂，我要说：‘就是我。’在这不堪忍受的孤独之中，在这啮蚀人的灵魂、敲骨吸髓的可恶的国家里，我已经不知羞耻为何物了。”

大约我做了一个动作，因为他忽然停住了。

“啊，您要提出抗议……我明白。您对印度、对那些寺庙和棕榈树感到由衷的欣喜，两个月来充满浪漫情调的旅行生活使您兴奋不已。是啊，如果只是从火车车厢里，从汽车上，从黄包车上匆匆浏览一番，所有这些热带风光倒是很迷人的：对于这一点，我有过亲身的体会，那还是八年前我第一次到这里来的时候。有什么我没有幻想过的呢，我想掌握各种语言，阅读原版的圣书，研究地方病，从事科学工作，研究土民的心理，用欧洲流行的话来说，我想当一名人性和文明的传教士。所有到这里来的人都有过同样的梦想。但在这里，像在一个无形的大暖房里似的，人的体力衰退了，不管吞下多少奎宁，到头来还是染上了热病，它侵入人的骨髓，你会变得萎靡不振、懒惰，像海蜇似的疲软。一个欧洲人从大城市落到这个满是沼泽的可恨的鬼地方来，不知怎地就失去了自己的本来面目，迟早总要出点毛病，有的酗酒，有的抽鸦片，另一些人变成凶残的野兽，每个人都会染上点坏毛病。你会怀恋欧洲，梦想着有朝一日再到大街上去走一走，在石砌屋子的明亮房间里跟白人坐在一块；你年复一年地幻想着，而当期限满了，可以休假的时候，你却懒得动弹了。你知道自己在那边已经被遗忘了，成了外人啦，就像大海里的贝壳，谁都可以往它身上踹一脚。于是你留下来了，在这热烘烘的湿淋淋的森林里腐化堕落，一天天走向沉沦。我卖身给这个臭气熏天的鬼地方的日子应当受到诅咒……

“不过，我到这儿来也并非完全出于自愿。我曾在德国学习，当过大夫，甚至是个好大夫，在莱比锡医院里工作过。在当时的医学杂志上（记不清哪一期了），发表过不少文章，论述由我首先应用于临床的一种新注射剂。这时，我爱上了一个女人，我和她是在医院里认识的。她把自己的情人气得发疯，以致朝她开了一枪；不久，我发疯的程度也不在他之下。她对我的态度傲慢而且冷淡，弄得我神魂不安。那些专横而泼皮胆大的女人往往能够控制我，这一位更是把我彻底拉下了马。我满足她的一切要求，唉，为什么不全说出来呢？事情已经过去八年了……为了她，我滥用了医院的公款，这事败露了，可真丢人哪。不错，我的一个叔叔把亏空补齐了。但我的前程也完了。正在这时候我听说，荷兰政府为殖民地招募医生并提供预定金。我立即想，提供预定金肯定是‘好差事’，我知道，在这些疫病流行的地区，在坟地竖立十字架的速度要比我们那儿快三倍；但是人在年轻的时候，总觉得疾病和死亡只对别人有危险。是呀，我当时也没有多少选择的余地，就到鹿特丹[1]去了，签订了十年的合同，拿到一叠数目可观的支票，我寄回一半给叔叔，另一半被那儿港口区的一位女士骗去了。这位女士把我搞了个精光，仅仅是因为她长得同那只该死的母猫惊人地相像。我身无分文，不抱幻想，连只手表都没有，就这样离开了欧洲。当我们的轮船驶离港口的时候，我也并不感到特别悲伤。于是，我坐在甲板上，像您和大家一样，坐在那儿观赏南十字星和棕榈树。我的心融化了。啊！森林、孤独、寂静！我幻想着。可不是吗，孤独的滋味我可是尝够了。我没有被派到巴达维亚或是泗水[2]去，没有被派到有人有俱乐部有高尔夫球有书报的城市里去，而是——不过，地名与事无关——被派到某个区医务站去了，离最近的

---

① 荷兰一城市。

② 巴达维亚，是印尼首都雅加达的旧名；泗水，即苏腊巴亚，印尼第二大城市。当时印尼是荷兰的殖民地，称荷属东印度。

城市还有两天的路程。那儿有那么几位令人乏味的精瘦的官员，有几个混血儿，这就是我的社交圈子，此外，周围茫茫无尽的都是森林和种植园，灌木丛和沼泽地。

“起初还可以忍受。我做了许多科学研究工作。有一次副总督视察时乘坐的小汽车翻了，他的一条腿粉碎性骨折，我没用任何助手，独自给他做了手术，当时人们纷纷谈论这件事。我收集土民的毒药和枪支，为了避免闲待着，我还干了很多杂七杂八的琐事。但所有这一切之所以还能够做得到，仅仅是因为当时我身上还保留着从欧洲带来的力量；后来我变得心灰意冷。那几个欧洲人使我感到厌烦，于是我跟他们断绝了来往。我开始喝酒，沉醉在遐想之中。我总共还有两年的期限，然后就可以领取退休金，返回欧洲，重新开始生活。本来，我除了一心等待，闲躺在那儿等待，已经无所事事了。可能直到今天我还在那儿这么待着，假如不是她……假如没有发生这一切……”

黑暗中的声音戛然而止。烟斗也熄灭了。四周静悄悄的，以至我一下子又听见了下面翻腾的浪花拍击船头的声音和远处低沉的机器振动声。我很想抽烟，但又怕擦亮火柴，我怕火光猛地一亮和他脸上的反光。他一直沉默不语，我不知道他讲完了没有，是在打盹呢，还是睡着了，我觉得他沉默得像死人一样。

忽然传来了清晰有力的钟声，午夜一点了。他精神一振，接着我又听见了玻璃杯的碰击声。显然，他在用手摸着找威士忌。我听见他咕咚了几口。接着，他忽然又说起来了，但似乎说得更急切、更激动。

“是呀，就是这样漫着……是啦，事情是这样。我坐在那儿。坐在我那该死的窝里，像蜘蛛待在蛛网上一样，一动不动地待了几个月。当时正好是雨季刚过。一连几个星期雨水敲打着屋顶，没有一个人来，没有一个欧洲人来看我；我每天都跟那几个黄脸女人待在家里，喝我的上等威士忌。我当时非常忧郁，简直是得了怀欧病。当我在小说里读到明亮的街道和白人妇女的地方，手指头就止不住发抖。我不能准确地向您描述这种状况，这是某一类型的热带病：人们有时会染上这种强烈狂热同时又周身无力的思乡病。

“当时我就这么坐着，我想是在看地图，幻想怎样旅游，忽然传来一阵紧急的敲门声，伺候我的男孩和女仆站在门外，他们两人的神色极度惊讶，眼睛睁得大大的，指手画脚地说：来了一位太太、一位女士、白人妇女。

“我跳了起来。我没有听见马车或汽车的声音。这儿，这荒僻的地方来了一个白人妇女？

“我想马上跑下楼去，但我控制住了自己。我往镜子里瞄了一眼，很快地整了整衣装。我既激动，又不安。一种不祥的预感折磨着我，因为我不知道世上还有什么人会出于友谊来看望我。后来，我还是下楼去了。

“前厅里有一位太太在等着，一看见我，她便急忙迎着我走过来。她脸上遮着厚厚的活动面纱。我刚要向她问好，她倒先开口说话了。

“‘日安，大夫，’她说的是流利的英文（我觉得她说得太轻柔流畅了，仿佛事先背诵过似的），‘请原谅，我闯到您这儿来了。不过，我们正好来到区站，汽车就停在那里。——‘为什么不把汽车开到门前来？’我脑子里飞快地闪了一下——于是我想起您就住在这里。我听到很多人谈起您，那次副总督受伤，您简直是创造了一个奇迹，他的腿长得好极了，他像从前一样地打高尔夫球。真的，真的，我们一直在谈论这件事。我们曾经打算把我们那儿所有的牢骚满腹的医生和另外两位都送到这儿来，只要您上我们那儿去。怎么总也见不着您？您的生活真像瑜伽[①]……’

“她就这么连珠炮似地说个没完，越说越急，不让我插一句嘴。在这老练的饶舌当中可以使人感觉到一种神经质的心不在焉的情绪，我也被弄得不安起来。她为什么说这么多话，我暗自思忖，为什么她不作自我介绍，为什么不摘下面纱？怎么，她是发了寒热症，还是疯了？我就这样站在她面前一言不发，听着她滔滔不绝的絮叨，我越来越不安，因为我感到很可笑。她终于停了一小会儿，我于是请她上楼去。她做了个手势让男孩留下，便沿着楼梯先上去了。

---

① 古印度哲学中有一个瑜伽派。瑜伽的意义是“结合”，指修行。此派着重调息、静坐等修行方法。

“‘您这儿真好，’她说，一边环顾着我的房间。‘啊！太好了！这些书！我都想看！’她走近书架，细看着书名。从我出去见到她以来，她头一次沉默了一分钟。

“‘要不要给您沏茶？’我问。

“她没有转身，仍在细细地看书名。

“‘不用啦，谢谢您，大夫……我们马上还要走……我的时间不多，这次不过是小小出游……哟！您这儿也有福楼拜，我非常喜欢他……他那本《感情教育》真好极了。我看得出，您也在读法文书，没有您不懂的！……是啊，德国人……他们在学校里什么都学……真叫棒——懂得这么多种语言！副总督真敢向您发誓，他常说，您是他允许给他做手术的第一个人……我们那儿的宝贝医生只适合玩桥牌……另外，您知道吗（她还是没有转过身来），今天我想到该向您请教请教……正巧我们就打这儿经过，我想……不过，也许，您今天有事……我还是改天再来吧。’

“‘您到底还是亮牌啦！’我立即想。但是我不露声色，向她保证说，如果现在或在她需要的任何时候能为她效劳，我将引以为荣。

“‘我没有什么要紧的事！’她半侧过身来对我说，一边翻着从书架上取下来的一本书，‘没什么要紧的事，没什么……都是些妇女的毛病，头晕、昏厥。今天早上汽车拐弯那会儿我忽然很不舒服，晕过去了……小男孩把我扶了起来，拿了点水来……可能是司机开得太快了……您看是吗，大夫？’

“‘这很难讲。您经常像这样晕过去吗？’

“‘不…就是说……前一段时间……刚好就是最近这段时间常晕过去，还老觉得恶心。’

“她又朝书柜转过身去，把书放回原处，另外取出一本翻阅着。奇怪，她干吗总在那儿翻书，为什么这样不安，为什么不从面纱后面抬起眼睛来看人？我故意什么也不说。我存心让她等待。她终于又开始轻声地说起来了：

“‘是吧，大夫，不要紧吧？不是什么热带的毛病，没危险……’

“‘我必须先检查您有没有热度，我可以摸摸您的脉吗？’

“我朝她走过去，但她轻轻地躲开了。

“‘没有，没有，我不发烧……肯定地，肯定不发烧……我每天都试表，自从……自从开始出现昏厥的症状以后。从来不发烧，总是三十六度四，完全正常。胃口也很好。’

“我迟疑了一下。心里一直疑惑：我觉得这女人有求于我，一般不会有人专为谈福楼拜跑到这个荒僻地方来的。我让她等了一分钟，又等了一分钟。‘请原谅，’后来我坦诚地说，‘可以随便提几个问题吗？’

“‘当然可以啦，大夫，您是医生呀！’她答道，但又转过身去背对着我，翻起书来了。

“‘您有孩子吗？’

“‘有一个儿子。’

“‘过去有没有……从前有没有……我想说的是，当时……您有没有过类似的现象？’

“‘有的。’

“她的声音现在完全不同了，清清楚楚，一点也不装腔作势或是扭捏不安。

“‘有没有可能，您……请原谅我提这个问题……有没有可能您现在处于类似状况？’

“‘是的。’

“这话她说得像一把尖刀似的利索。她扭过头去，纹丝不动。

“‘夫人，最好还是让我给您一般地检查一下……我是否可以请您劳驾……到另一个房间里去？’

“这时她忽然转过身来。透过面纱我感到她冷冰冰的坚定的目光正紧盯着我。

“‘不……这没有必要……我对于自己的情况有十足的把握。’”

话音停顿了一下。斟得满满的酒杯又在黑暗中闪了一下。

“嗯，后来……不过，您先试着设想一下：一个孤独得要命的男人，许多年来头一次有一位白人妇女闯进来找他……我忽然觉得房间里有一种不祥的、危险的东西，感到一种说不出的不自在，对这个婆娘的强硬态度感到害怕，她一闯进来就唠叨个不停，忽而一下子亮出要求，就像亮出一把刀似的。因为我明白她对我有什么要求，这我马上就猜到了——女人们对我提出这种要求已不是头一回，但她们不是这个样子，而是不好意思地恳求，又流眼泪又发誓。但这次……这儿的这一位很硬……跟男人一样坚决……从第一秒钟起我就觉得这个女人比我厉害……她能使我屈从于她的意志……但是……但是……我心中升起一股怒火，男人的反抗心理、屈辱感，因为……我已经说过，从第一秒钟起，甚至在我见到这个女人之前，我就觉得她是一个敌人。

“我先不说话。横着心硬是不说话。我感到她从面纱后面看着我，直勾勾地有所求地盯着我，要求我、想以此迫使我开口。但是我不轻易让步。我开口说话了，但是……含糊其辞……下意识地模仿她那种言不及义的无所谓腔调。我假装不懂她的意思，因为——我不知道您是否明白——我想迫使她说得明确些,我不愿意给她提建议,相反……我希望她来求我……正是要她，这位如此盛气凌人的女士来求……因为我知道，在女人们身上，我最怕的就是这种傲慢而又冷淡的态度。

“我兜着圈子，说她没有什么可担心的，还说这种昏厥是正常现象，反而倒是妊娠正常发展的保证。我从医学杂志上举出了几个实例……我说呀，说呀，说得平静而且轻松，把她的病痛看作十分平常的事情，然而……我一直在等着她阻止我说下去。因为我知道她受不了这个。

“果然，她猛地打断我，挥了一下手，仿佛要以此把这一大套安慰之词挥开似的。

“‘大夫，我担心的不是这一点。当初，我怀孩子的时候，我的情况很好……但现在我已经不那么对头……我有心脏反应。’

“‘怎么，有心脏反应？’我重复了一遍，做出不安的样子。‘那我倒要马上听一听，’我做了个要站起来取听诊器的样子。但她立即阻止了我。这回她的声音像发命令似的既果断，又明确。

“‘我经常犯心脏病，大夫，我不得不请求您相信我的话。我不愿意把时间花在检查上面，——我想，您该对我表现出更多的信任。至

少我已经充分表明了对您的信任。'

“现在这已经是一场斗争了，是公开的挑战。我接受了这个挑战。

“'信任要求坦率，要求完全的坦率。您要把话说明白，我是个医生。首先您把面纱摘下，坐到这里来，把书放下，也别再绕弯子。找大夫一般是不戴面纱的。她注视着我，身体挺直、神情高傲。又迟疑了片刻，然后坐下来，撩起了面纱。我见到了一张正是我害怕见到的脸庞：叫人捉摸不透、显得严厉、富于自制，有一种不依年龄转移的美，一双英国式的灰色眼睛——显得非常稳重，但可以设想出里面蕴藏着一团烈火。那紧闭着的薄嘴唇是善于保守秘密的。我们互相对视了一分钟，她的目光是命令式的，同时含着询问，冷漠、强硬和残酷，以至我忍受不住，不由得挪开了视线。

“她用手指头轻轻地敲着桌子。这表明她也很不安。接着，她忽然迅速问道：'大夫，您是知道我对您的要求呢，还是不知道？'

“'我想是知道的。但您最好还是谈清楚。您希望摆脱您这种状况……希望我能使您不再昏厥和呕吐……排除……排除掉原因。是这么回事吧？'

“'是的。'

“这话像断头台上的刀子一样落了下来。

“'您可知道，这一类的尝试对双方……都是危险的？'

“'知道。'

“'知道法律禁止我这么做吗？'

“'但有一种可能性，那时不仅不禁止，甚至还请求这么做呢？'

“'但是要有医生的诊断。'

“'您会找出症状的，您是医生。'

“她明确、顽强、眼都不眨地盯着我。这是一道命令，而我这个懦夫竟被她恶魔般的意志力镇住了，惊叹不已。但我还硬撑着，不愿露出已被压服的样子。'千万不能快，想办法拖延！要逼着她来求你。'某种隐秘的欲望对我耳语着。

“'这并不总是取决于大夫的愿望。不过，我准备……和医院的一位同事商量……'

“‘我用不着您的同事……我是找您来的。’

“‘请允许我问一声，为什么偏偏要找我呢？’

“她冷冷地看了我一眼。

“‘告诉给您，我倒并不担心。您生活在社交圈子以外，您不认识我，您是位好大夫，而且您……——她第一次迟疑了一下——大概，不会在这儿待很久了，特别是如果……如果您能带一大笔钱回家的话。’

“我全身直发冷。这种执拗的买卖人的口吻，这种做买卖式的明白计算把我惊呆了。到现在为止，她还没有开口求我，但她早已把一切都盘算好了，先是潜伏在四周，然后嗅出踪迹才下手，我感觉到她那恶魔似的意志怎样向我步步紧逼，但我因被激怒而顽强地抵抗着。我再一次强使自己采用了一种公事公办的、甚至是嘲讽的口吻。

“‘那么，这笔巨款由您……您提供给我？’

“‘为了答谢您的帮助并请您立即离开。’

“‘您知道吗，这样一来，我就领不到退休金了？’

“‘我赔偿给您。’

“‘您说得很明白……但我希望更明白一些。您打算付给多少酬金？’

“‘一万二千金币，在阿姆斯特丹[①] 提取。’

“我浑身颤抖，由于愤怒和……惊奇而颤抖。她全都计划好了——包括数目和迫使我离开的付款办法，她对我作了估价，把我买了下来，还不认识我就给我作了安排，因为她预感到自己有这种意志力。我真想给她一记耳光……但是，当我站起来（她也站起来了）直盯着她的眼睛，朝她那不愿求人的紧闭着的嘴唇和那不愿低垂的高傲的额头瞥了一眼之后，我忽然产生了……产生了……一种渴望复仇、渴望暴力的欲念。她想必也感觉到这点了，因为她高高地扬起了眉毛。人们想制止某个纠缠者的时候，往往就会这样。她和我之间的仇恨已暴露无遗。我知道她恨我，因为她需要我，而我恨她是因为……因为她不愿意求我。在这一秒钟，在这唯一的安静的一秒钟里，我们第一次完全

① 阿姆斯特丹：荷兰的大城市。

坦率地表露了自己的感情。接着，一个念头，像虫子似的钻进了我的心里，于是我说……跟她说……

“但是请等一下，不然您不会正确理解我做了什么……说了什么……我得先给您解释，我怎么……怎么会产生这个疯狂念头的？”

黑暗中又发出杯子轻轻的碰击声。他的声音越发激动了。

“您别以为我想减轻自己的过错，为自己辩白，洗刷……不然您是不会明白的……我不知道，我原来算不算一个好人……但我倒还总是乐于助人的……但在那儿，帮助别人可说是我痛苦生活中的唯一乐趣：利用我头脑里掌握的那点知识为随便哪个活物保住生命……那时我感到自己快活得像神仙。……真的，我感到最美好的是那些时刻，有一回一个黄种少年跑来了，他吓得脸色发青，肿起的脚上带着蛇咬的伤口，哀嚎着求我不要锯掉他的腿，而我居然设法救了他。我也曾驱车几小时去给一个发着高烧卧床不起的妇女看病，她和刚才说的这位女士有同样的要求——但那还是在欧洲，在医院的时候。但当时我至少觉得人家需要我，我知道我挽救了别人，使人家避免了死亡或绝望，而这一点也是救护者所需要的，就是意识到别人需要你。

“但是这个女人——我不知道是否能跟您讲清楚——自从她装作顺路走进我的屋子以后，我就感到激动和愤怒。她的傲慢引起了我的反抗，她唤醒了我身上的一切……怎么说好呢……唤醒了一切受压抑的、隐蔽的、凶狠的东西。她在我面前俨然是一位贵夫人，在生死攸关的问题上竟以拒人于门外的冷漠态度跟我作交易，把我逼得失去了理智。而且……而且归根结底，玩玩高尔夫球是不会怀孕的……我知道……就是说我忽然产生了一种再清楚不过的念头——因而非常清楚地想到，这个高不可攀的、冷若冰霜的女人，她从我的脸色上看出我要拒绝她，看出我的愤慨之后，把那双冷得刺人的眼睛上面的眉毛轻蔑地扬了起来，我想到，就是这个女人，两三个月之前曾经和一个男人在床上忘情地搂抱翻滚，赤身裸体活像一只野兽，也许，由于快活还呻吟过，他们的身体像两片嘴唇一样互相紧贴在一起……这就是，当她完全像一个英国军官似的如此高傲如此冷漠地看着我的时候，这就是钻进我头脑中的想法……于是，于是我的整个神经都紧张起来，一心要压倒她，蔑视她……就在这一瞬间，我透过衣衫看见了她赤裸的身体……从这一瞬间起，我只有一个念头，就是要像我所不认识的那个人一样地占有她，要逼得她那冷酷无情的嘴唇发出呻吟，要亲眼看到这个冷漠骄傲的女人处在情欲的狂态之中。这一点……这一点我想向您解释一下……我不论怎样糟糕，还从来没有滥用过行医的方便……这一次，既没有动情，也不是肉欲，和性爱无关，真的……我只能承认这是一种一心要战胜她……像个男人那样战胜她的热望……我似乎已经告诉过您，那些高傲的、表面上冷漠的女人对于我总有一种特殊的力量……并且，又加上，就是我在这里生活已经八年，还不曾有过白种女人，而且我还没有遇到过抗拒……因为本地的这些姑娘们，这些唧唧喳喳的纤小的女人总是带着虔敬的战栗委身于白人“老爷”的……她们是谦恭而温驯的，总是容易到手的，她们随时都乐于轻声地吃吃地笑着侍奉您……但正是这种温驯，这种奴隶般的逢迎使你觉得兴味索然……您现在明白了吧，您明白不明白，这个女人的突然出现弄得我心神迷惘，她充满了轻蔑和仇恨，她把自己封闭得很严，但同时又闪露出隐私，羁于昔日的欢情……当这样一个女人大胆地走进像我这样一个孤独的、饥饿的男人，一只与世隔绝的半野兽的笼子里来的时候……这……这就是我想告诉您的，为了让您明白其余的一切……明白接下去发生的一切……也就是说……我心里怀着一种恶毒的欲望，一心想看她赤身裸体委身于人的样子，我的心整个地收缩起来，但我装作无动于衷的样子。我冷冷地说：

“‘一万二千金币？不，这个办法我不同意。’

“她脸色略微有些发白，看了我一眼。大概她已经觉出我并不是由于贪财而拒绝她。但她还是问了一句：

“‘那您想要什么呢？’

“但是我已不想继续这种冷漠的腔调。

“‘让我们摊开讲吧。我不是商人……不是《罗密欧与朱丽叶》里面那个为了那么一点金子出卖毒药的可怜巴巴的药剂师；也许，我也许和一个商人正好相反……您用这个法子是达不到目的的。’

“‘您不愿意干？’

“‘为了钱——不愿意。’

“我们之间出现了刹那间的缄默。非常安静，以至我第一次听见了她的呼吸声。

“‘那您此外能要求我什么呢？’

“这时我把心里的话都说了出来。

“‘首先我要求您……要求您不要像对待一个买卖人那样对待我，而要把我当成一个人……如果您需要帮助，不要一上来就谈您那可恶的钱……而要请求……把我当作一个人加以请求，而我把您当作一个人给予帮助……我不只是个医生，我不只是有门诊时间……我还有别的时间……也许，您这次来，正赶上是那种时间……’

“她沉默了一分钟。然后她的嘴唇轻轻地一歪，颤抖起来了。她很快地说道：

“‘就是说，如果我请求您……那您就照做？’

“‘您这又是在讲价钱，一定要我先答应了，您才愿意求人！您应该先请求我，然后由我来回答。’

“她像一匹烈马似的昂起了头，愤怒地盯着我。

“‘不，我不求您。情愿死！’

“这时我一下子暴怒起来，一种狂乱的没有理性的愤怒。

“‘如果您不愿意请求，那么我来提要求。我想，用不着更明白地表达了——您知道我贪图您的什么。那样我就给您帮忙。’

“她死盯盯地看了我一眼。后来——啊，我不能，我不能转述这是多么可怕——她的脸像石雕一样呆了一瞬间，接着……接着她突然哈哈大笑起来……以无法形容的轻蔑直冲我的脸哈哈大笑着……她那轻蔑的大笑使我魂飞魄散……同时也使我陶醉……这笑声很像爆炸，突如其来的隆隆有声的强有力的爆炸……在这轻蔑的笑声中可以感觉到一种可怕的力量，以至我……是的，我恨不得匍匐在尘埃，吻她的脚。但这只持续了片刻……如同电光之一闪，我浑身仿佛烈火炎炎……而她，已掉转身急匆匆夺门而出了。

“我身不由已地跟在她后面跑……想跟她解释，请求她原谅……我的力量已被彻底摧垮……她又转过身来，说道……不，她是下命令：

"'您胆敢跟着我走或跟踪我……您要后悔的！'

"同时，她身后的门也砰的一声关上了。"

又停顿了一会儿。一阵沉默……又是一连串好像是从月光上倾洒下来的窸窸窣窣的声音。终于，又是他说话的声音：

"门关上了……而我一动不动地站在那儿……仿佛她的命令有种魔力将我锁住……我听见她怎样下楼，听见大门怎样关上……我全听见了，我的全部心神都奔向她……想要她……我不知道，是……想要她回来，还是要打她或是掐死她……但是我只想跟着她跑……跟着她……然而我又不能这样做，我仿佛遭到雷电之一击，四肢麻木瘫软……她那居高临下的目光像霹雷闪电将我击中，渗入了骨髓……我知道这是无法解释也不能言传的……这也许显得很可笑，但我一直站在那儿……过了几分钟，可能是五分钟，也可能是十分钟，我才能挪动我的脚……

"我刚挪了一步，立刻就亢奋起来，急匆匆的……我飞步下楼……她只可能顺着街往车站那边走……我奔到车棚那边去取自行车，发现忘了带钥匙，我一把拔掉了门扣，竹子噼啪直响，裂成了碎片，接着我跳上自行车急忙去追赶她……我必须……我必须在她坐上汽车之前追上她……我必须和她谈谈……

"我在土路上飞驰着……这时我才发现刚才在楼上呆立了多久……直到林中拐弯的地方，马上就到车站时，我才看见她，她走着，步态急速而姿态僵直，一个男孩陪伴着她……她想必也发现我了，因为她跟男孩说了些什么，那男孩就停下来了，她一个人继续往前走……她想干什么？为什么愿意单独走？莫非她想单独跟我谈谈，免得让他听到？我拼命踩着脚蹬子……忽然有个东西横冲过来，截住我的去路……就是她那个男孩……我勉强来得及把车拐到一边，自己却摔到地上了……

"我边骂边爬起来……不由得举起了拳头，要给这蠢货一拳，但他躲开了……我在自行车上拍了几下，打算再骑上去……但那个下贱胚又来了，他抓住自行车，用蹩脚的英语说道：'你留在这儿。'

"您没有在热带生活过……您不会知道，一个黄种贱胚抓住白人

'老爷'的自行车而且命令他,命令'老爷'留在原地,这是多么无礼。我不由分说给了他一耳光……他摇晃了一下，但仍然没有撒手……他那细长的胆怯的眼睛睁得大大的，充满奴隶般的惊恐……但他捏住车把，捏得死紧死紧……'你留在这儿。'他又嘟哝了一句。

"幸亏我身边没有手枪，否则我一定会对这个蛮子开一枪。

"'滚开，下流胚！'我咆哮道。

"他看着我，瑟缩成一团，但没有松开把手。我对准他的脑门儿又是一拳，他还是不松手。这时我气得发狂……我发现她已经不见了，她可能已经脱身了……我朝他的下巴颏上来了下真正的斗拳士的一击，把他打得滚倒在地……现在自行车又由我支配了……我跳上车座，但是车子扭来扭去……搏斗的时候轮辐弄弯了……我试着用发抖的手把它掰直……没有弄成……于是我把自行车横摔在路上，扔在那个混蛋旁边，他流着血，挣扎起身躲向一边……当时——不，您不可能明白，当时，在众目睽睽之下，显得多么可笑，如果一个欧洲人……不过我当时也不明白自己在做什么……我只有一个念头：跟着她，追上她……于是我跑起来了，像疯子似的顺着大路跑过去，从一间间的茅舍旁边跑过去，土民们惊奇地挤在门旁观看一个白人，一名医生在怎样奔跑。

"我跑到车站时已是满身大汗……我的头一个问题就是：'汽车在哪儿？''刚才开走……'人们惊讶地看着我，他们想必觉得我是个疯子，浑身泥污满头大汗，跑过来打老远就大叫大嚷地问着……我看见车站后面路上的远处有汽车喷出的白烟……她跑掉了……成功了，正如她坚定不移冷酷无情的盘算都必须成功一样。

"但是溜掉对她并不管用……在热带地方，欧洲人彼此之间是无密可保的……谁都认识谁，任何区区小事都能掀起轩然大波……她的司机在政府消夏大厅里待了一小时并没有白费……几分钟之后我已经全知道了……知道她是谁，知道她住在……嗯，家在政府驻在的城市里，从这儿坐火车去要走八小时……她……嗯，据说是一个巨商的妻子，非常富有，出身名门，是英国人……还知道她丈夫在美国待了五个月，最近就要回来，带她到欧洲去……

"'可是她,'这个想法像毒药似的使我坐卧不宁。'她有情况超不过两三个月……'"

"直到现在我还能向您解释这一切……也许只是因为在此以前我还可以理解自己……作为医生能对自己的症状作出诊断。可是自那以后我仿佛得了寒热病……我失去了自我控制能力……就是说,我清楚地意识到这一切是多么无聊,然而,我身不由己……我已经不理解我自己了……我像中了邪似的往前跑,眼前只有一个目标……不过,请等等……也许我还是能使您明白……您知道马来亚热带癫狂症是怎么回事吗?"

"癫狂症?有一点印象……马来亚人常患的那种类乎酒后失态的病……"

"这比酒后失态厉害……这是一种疯癫,是人患的一种狂犬病……一种突发性的平白无故就去行凶杀人的狂想症。任何酒精中毒都无法与之相比……我在那儿居留期间曾研究过几起这类事故——对别人的事,我们往往是又聪明又实际!但我一直没有弄清楚这可怕疾病的神秘病因……总之,和气候有关系,和这种郁闷的、捆绑在人身上似的溽热的气候有关,它像雷雨一般压迫神经系统,直到最后神经系统一下子崩裂……即所谓热带癫狂症,是的,热带癫狂症——是这样:有那么一个非常普通的马来亚人,心地也蛮善良,喝着自家酿的酒……他昏昏沉沉地坐在那里,一副漫不经心少气无力的样子……就像我坐在自己的房间里那样……而他会突然跳起来,拿起一把匕首跑到街上去……他一直往前跑、往前跑……连自己也不知道要去哪儿……路上不管遇见谁,不管是人还是动物,他都会用自己的双刃弯刀把他砍倒,见到血他会更加兴奋……他口吐白沫,像狂人般地吼叫着……然而,他不停地跑呀,跑呀,两眼直瞪前方,尖声喊叫着,手里拿着一把血淋淋的刀,一直这么吓人地跑下去……村里人知道没有任何力量能够挡住癫狂症患者……他一来,人们就喊着,警告别人:'狂人来了!狂人来了!'于是大家都闻声奔逃……而疯子狂奔着,什么也听不见看不见,遇见谁就杀谁……直到人们开枪把他打死,像打死一条疯狗一样,或者他自己口吐白沫訇然倒毙。

“我从自己消夏凉棚的窗子里看见过一回……那是非常可怕的景象……就因为我见过，所以我明白自己在那些日子的表现……我也是那副样子，眼神呆滞可怕，我发疯似的往前冲……跟踪着这个女人……我不记得是怎样做完这一切的，这是以奇迹般的疯狂速度进行的……十分钟之后，我就骑上人们借给我的一辆自行车飞驰回去，把一套外衣往箱子里一扔，拿了钱就驱车上火车站了……我走了，既没有给当地的官员打一个招呼……也没有指定一个代理人接替我的工作，住房扔下不管了……仆人们围住我，妇女们都很惊讶地询问我，但我没有回答，连头都不回……急忙赶到火车站，搭上头趟列车就进城去了……自从这女人走进我的房间之后，尚未超过两小时，而我却把自己的整个生活都抛在脑后了，热带癫狂症驱赶着我，奔向一个虚无缥缈的目标。

“我不顾死活地朝前奔……晚六点到达……六点十分我已在她家门口，吩咐通报我来了……这是……您懂吗……我能做出的最无聊最愚蠢的事……但热带癫狂症患者圆睁着视而不见的眼睛，看不见自己奔往何方……过了几分钟仆人回来了……礼貌而冷淡地说……夫人感到不适，不能接待……

“我摇摇晃晃地走了出来……在房子周围徘徊了一小时，荒唐地希望她兴许会派人找我……然后我才在斯特兰德旅馆租了一间房子，叫人给我房里送两瓶威士忌来……威士忌加上两倍的安眠药片救了我……我终于睡着了……在这不顾死活的奔跑当中，这场混沌不清的昏眠是我唯一的喘息之机。”

钟声响了，坚定而沉重的两下，在几乎是凝滞不动的柔和空气中流荡回响，旋又在喁喁低语般的永无止息的潺潺水声中消失，下面的水声顽强地伴随着坐在我对面暗处的那个人热切激昂的叙述；我觉得他吃惊地抖了一下，他的话音中断了。我又听到手摸瓶子的声音和轻微的咕嘟声。接着，他仿佛定了定神，又用比较平稳的声调说了起来。

“这以后发生的事我实在很难描述给您听。我现在想，当时我在发烧，无论如何，我是处于极度兴奋的近于疯狂的状态之中——像我对您说过的，一个热带癫狂症患者。不过别忘了，我是星期二晚上到的，而我已经打听清楚了，星期六她丈夫就要乘横滨来的轮船到达；因此，只剩下三天了，作决定、想办法，就只有短短的三天时间了。您要明白：我知道应该立即帮助她，但跟她说不上话。我感到恼火的是，必须请她原谅我那种可笑的莽撞行为。我明知道每一瞬间都是宝贵的，也知道这对于她是生死攸关的问题，但却没有机会哪怕悄悄地跟她说上一个字，给她一个暗示，因为正是我那种愚笨的发疯似的追逐吓坏了她。这是……是的，请等一等……这就仿佛是，一个人跑着去追赶另一个人，为的是警告他前面有人要杀死他，他却把警告者当作凶手而迎着自己的坟墓继续朝前狂奔……她只是把我看作一个追逐她想要侮辱她的疯子，而我……最荒谬不过的正在于此……我已经压根儿不再想那件事……我被彻底打垮了，我只想帮助她、效劳……为了帮助她，即使犯罪、杀人我也在所不辞。……但是她，她不明白这一点。早晨，我刚醒来，立刻就跑到她的住所，门前站着个男孩，就是昨天挨我耳光的那个男孩，老远一发现我，——他想必是在等我——他立即钻进去了。他这么做可能只是要进去悄悄通报我来了……啊，不明真相，真叫人痛苦万分！……也许，当时一切都已准备就绪，要接待我……但就在我看见她时，记起了自己遭受的凌辱，我没有胆量再作拜访……我的双膝发抖了。我到了门前又折了回来，我走开了……我离开的当时，她也许正在等候我，她的苦恼也不亚于我。

“现在我已经不知道在这陌生的城市里该做什么好了，城里的街道被烈日炙烤得火烫……我忽然闪出一个念头；我立即叫了一辆马车，直奔那位找我帮过忙的副总督，并让人通报我来访……我的外貌大概有些异样，因为他看我的神色带有一点惊疑，在他的客套当中流露出一种不安……也许，当时他已经看出我是一个热带癫狂症患者……我坚决地向他声明，要求把我调到城里来，我在现在的岗位上待不下去了……我必须马上调动……他看了我一眼……我无法向您转述，他是怎样看我的……嗯，就像医生看病人那样……

“‘您的神经受不住了，亲爱的大夫，’他说，‘我十分明白这一点。嗯，这是可以设法安排的，不过得稍微等一等……比如说，等四个星期……我首先得帮您找一个代理人。’

“‘我一天也不能等了。’我回答道。

“他又用惊奇的目光看着我。‘必须忍耐，大夫，’他严肃地说，‘医疗站不能没有医生。但是我答应您，今天就着手办这件事。’

“我站在他面前，把牙齿咬得紧紧的，第一次清楚地意识到我是一个被卖出的人，是一个奴隶。我满腔怒火，要进行反抗，但这个圆滑的人抢先说：

“‘您离群索居，大夫，到头来变成一种疾病。我们大家都很奇怪，您为什么从来不到这儿来，从不休假。你需要更多的交际，需要娱乐。至少今天晚上要来——今天省里举行招待会，所有侨居此地的人将济济一堂。一些人早想认识您，常常问起您，希望把您调到这儿来。’

“他最后几句话使我一惊。问起我？会是她吗？我似乎立即变了一个人，我用最礼貌的方式感谢副总督的邀请，并答应一定准时来。我果真准时来了，甚至太准时了。得对您说，简直是急不可耐，我头一个来到政府大厅；黄皮肤的仆人们悄没声儿地急匆匆地走来走去，他们光着脚板走起来摇摇摆摆的，我仿佛模糊地觉得，他们在背后讥笑我。长达一刻钟之久，在这鸦雀无声的席前准备工作中我是唯一的欧洲人，我是如此孤单，以至听得见坎肩口袋里怀表的滴答声。终于有两三位政府官员带着他们的家眷来了，后来总督本人也来了，跟我作了长时间的谈话；我专心听他讲，自认回答也很得体，直到我忽然被一种神秘莫测的不安情绪所侵袭。我失去了应付能力，开始答非所问。我尽管背对着大厅的入口，但却立即意识到她进来了，她已在这里了。我无法跟您解释我怎么会产生这种令人心神不安的确信的，但是，我一边跟总督聊天，听他说话，而同时我却感觉到她就在我身后的某个地方。幸而总督很快就结束了谈话，否则，我会不顾礼貌地转过身去，我的神经受到神秘的牵引，我的欲望无比强烈。果然，我还没有完全转过身去，就看见她分毫不差地正在我下意识地感觉到的地方。她穿一件舞会上穿的黄色连衣裙，她那优美瘦削纯净无瑕的肩膀有一种象牙般的淡雅的光泽；她在谈天，身边围着一群客人。她微笑着，然而我在她的脸上捕捉到某种紧张的神色。我走近了些——她看不见我——细细审视这微笑，这种讨人喜欢的彬彬有礼的微笑，浮漾在她薄薄的唇边。这笑容重又使我陶醉，因为它……因为我知道这是假的，是虚伪、是高超的伪装。今天星期三，我脑子里闪了一下，星期六她丈夫乘坐的轮船就要到了……她怎么还能这样微笑，这样……这样镇定，这样无忧无虑地微笑，还这样懒洋洋地用手戏弄着扇子，而没有由于恐惧把它揉成一团？我……我，一个外人……面对着那一时刻，两天来心里战战兢兢……我，一个外人，为她分担惊恐，忧心如焚……而她却参加舞会并在那里微笑，微笑……

“身后乐曲启奏。开始跳舞了。一位中年军官邀请她，她向交谈者表示了歉意，就挽着他的手从我身边走过，到另一个大厅去了。当她发觉我的时候，一阵痉挛突然从她脸上掠过——但只不过一秒钟，然后她客气地跟我点点头，像对偶然遇到的一个熟人那样打了个招呼，‘晚上好，大夫！’——我还没来得及决定是否要向她问候，她已翩然而过了。

“谁也猜不透这双灰绿色眼睛的目光中隐藏着什么，就是我，我也不知道。她为什么向我致意……为什么忽然承认了我？这是自卫还是和解的步骤？或仅仅是张皇失措？我没法向您表达我留在那儿多么激动，我被煽动起来又强压下去，一触即发。我看了她一眼，她正挽在军官的臂中旋舞，脸上一副漫不经心的表情……我可是知道她……知道她和我一样，一心想着一件事……想着一件事……在这群人当中只有我们两人知道那个可怕的秘密……而她却在跳舞……这时我的痛苦、我的热望以及对她的惊叹都超过了以往任何时候。不知道是否有人在注意我，但我的举止无疑地会把她掩饰的事情给暴露出来——但我不能往别处看，我只能……对，我只能看着她，我目不转睛地盯着她，远远地扫视着她那张不露声色的脸——我要看那假面具后面的脸会不会有片刻流露真情。她想必也感觉到被一双眼睛盯得很不自在。当她和舞伴挽着手回来的时候，疾速地扫了我一眼，以此严厉地命令我，指引我。我所熟悉的那条傲慢的愤怒的褶皱又恶狠狠地出现在她的额头上……

“但是……但是……我已经对您说过，热带癫狂症驱使着我，我执着于一点，目不斜视。我立即明白了她的意思——这眼色是说：‘你要控制自己，不要惹人注意！’——我知道，她……怎么说好呢？……她要求我在这儿，在大厅里不要干预她的行动……我懂得，如果我现在回家，明天肯定可以受到她的接纳……她只是现在，此刻，希望我不要过于张扬地逼她承认我的亲密态度。我知道，她——多么有道理啊——怕由于我的笨拙而演出一幕……您看，我全明白，我明白这下令似的灰色目光，但是……但是这超出了我的力量，我必须跟她谈谈。我摇摇晃晃地朝那群客人走过去，她正站在那里跟大家说话，我虽然只认识其中很少几个人，也凑了上去……只是因为想听她讲话，但她的目光使我缩头缩脑，活像一条挨打的狗，当她的目光漠然地从我身上掠过时，仿佛我与身边悬垂着的亚麻布窗帘毫无区别，或者我就是拂弄着窗帘的一股清风。然而，我如饥似渴地盼着她讲一句话，或是给我一个和解的表示，我就那样呆若木鸡地兀立在那儿，两眼盯着她，站在闲谈的人们中间。毫无疑问，人们已经注意到了……毫无疑问……因为谁也不搭理我；而她，也由于我这副可笑的样子而狼狈不堪。

“我不知道像这样站了多久……可能有一个世纪吧……我没有办法挣脱自己如醉如痴的意向……正是这种疯狂的顽固劲头弄得我丧魂失魄……但是她受不住了……她忽然用一种派头十足而又轻盈机敏的姿态对她周围的男人们说：

“‘我略感疲倦。今天想早些休息……晚安！’

“说着，便像在社交场合对陌生人那样对我点点头，由我身边飘然而过。我还瞥见她额上蹙起的皱纹，接着就只看见她那白皙的骄傲的裸露的脊背了。我在明白她即将离去之前愣了一秒钟……我再也见不到她了，不能在这个晚上，在这对于救她来说是最后一个晚上跟她谈话了，在我明白这一点以前，我就这样在原地呆站了一刹那……而接着……然后……

“但是请等一会儿……等一会儿……这样您不会明白我当时的

做法是多么无聊和愚蠢……我首先应该向您描绘一下事情发生的地点……这是在政府大厦的一个大厅里，里面灯火通明，空荡荡的……人们有的成双成对地跳舞去了，男人们玩牌去了……只有少数几群客人在角落里聊天……因此，大厅里是空荡荡的，在明亮的吊灯照耀下任何细微的动作都是很显眼的……她以轻盈的步态款款地从宽敞的大厅里走过去，时不时地以她那难以描摹的姿势向人们答礼……以她那种庄重的、高贵的、使我迷恋的镇定自若的仪态……我……我留在原地，我已经跟您说过了，我好像瘫痪了，直到我明白她走了……当我醒悟过来时，她已经在大厅那头的门边了。于是……唉，现在回想起来我还觉得惭愧！……这时有个什么东西忽然推了我一下，我就跑起来了——您听着：我跑起来了……我不是走，而是穿过大厅向她跑去，我的脚步声在大厅发出很大的回响……我听见了自己的脚步声，看到所有的人投向我的惊愕的目光……我真害臊得要命……我在跑的时候已经意识到了自己的疯狂……但是我不能……不能停住……我在门旁赶上了她……她回过头来……她的目光像灰色的利镞射向我，鼻翼愤怒地颤动着……我正要开口……她忽然纵声大笑起来……笑声响亮、洒脱、真诚，她还说了话……声音大得所有的人都听得见：

"'啊，大夫，您到现在才想起给我的孩子开药方……瞧这些学者！……'

"旁边的一对男女善意地跟着笑了……我明白了，当时我被她扭转危局的妙手绝艺弄得头晕目眩……我在皮夹子里翻了一会儿，然后匆匆忙忙地从记事本上撕下一张白纸……她不慌不忙地收了起来……接着又用冷淡的微笑谢了我……就走了……头一秒钟里我如释重负……看到她巧妙地遮掩了我的失态莽撞，挽回了局面……但我当时也即刻明白我失去了一切，明白这个女人因我的急躁荒唐而憎恨我……甚于憎恨死亡……我明白了，即使我上百次地走到她家门口，她也会把我当成一只狗那样赶走。

"我摇摇晃晃地在大厅里走着，感觉到人们在看我……我的样子想必是很古怪的……我走进小卖部，一连喝了两三杯……四杯法国白兰地……这才没有晕过去……神经再也受不住了，好像扯断了……

后来我像个罪犯似的，悄悄地从旁门溜了出去……不论把世上的什么财富给我，也不愿再在这大厅里走一趟了，她的笑声还在那里的墙壁之间回响……我走了……也弄不清跑到哪里去了……大概是什么酒馆吧……我像一个希望忘却的人那样喝个没完……但是我并没有醉……笑声还在我耳边回响，刺耳的，愤恨的……我怎么也忘不掉这可恶的笑声……后来我在港湾附近徘徊……我把手枪留在旅馆里了，不然我一定开枪自杀了。我不再想别的事，走了回去，脑子里只有一个念头……就是柜子左边的抽屉里放着我的手枪……只有这个念头。

“如果说我当时没有开枪自杀……我对您发誓，那并不是胆怯……对我来说，把扳开了的冰冷的机头往下一按，那倒是解脱……但是，怎么跟您解释呢……我觉得自己还有责任……该死的责任，我对她还有用，她还需要我，这个想法使我发狂。当我到旅馆时，已经是星期四的早晨了，而星期六……我已经对您说过……轮船星期六到，而我知道，这个女人，这个骄傲而自负的女人，在丈夫和上流社会面前是无法忍辱偷生下去的。啊，一想到轻率地丧失了宝贵的时间，想到我的愚蠢的轻浮的行为把任何及时挽救的希望都化为泡影了，我是多么痛苦……几小时地，我向您发誓，我在房间里来回走了几小时，绞尽了脑汁，想找出一个办法去接近她，改正我的错误，帮助她……至于她不允许我再去找她，这一点我完全清楚……我的全部神经还感觉得到她的笑声以及鼻翼的愤怒的颤动……我几小时几小时地在我那间斗室里心急如焚地跑过来跑过去……已经是白天了，时近中午……

“我忽然被什么东西推到桌旁……我抽出一叠信纸，开始给她写信……我全都写了……我像一只挨打的小狗哀嚎着，我请求她原谅，说自己是疯子，是罪犯……求她相信我……如果她希望的话，我答应几小时内从城里、从这块殖民地销声匿迹，如果她希望，我可以去死……只要她原谅我，相信我，允许我在这最后的致命的时刻帮助她……我写了满满的二十页……这大概是一封疯狂的、不可思议的信，类似痴人说梦。当我从桌旁站起来的时候，我浑身是汗，房屋在眼前晃动，我必须喝一杯水……然后才试着把信通读一遍，但开头几句话就叫我害怕……我用颤抖的双手把信叠好，就要装进信封里去……忽然我产生了一个想法。我找到了真正要说的决定性的话。我又抓起了笔，在最后一页附上一句：‘我在斯特兰德旅馆这儿恭候您表示宽恕的片言只语，如果七点以前得不到回信，我就开枪自杀！’

“然后我叫来了一个男孩，吩咐他立即把信送去。终于都说出来了！”

我们身边有东西滚动发出的声音，他的一个过猛的动作把威士忌酒瓶给碰翻了。我听见他用手在甲板上摸着，突然一下子抓住了空瓶子；他猛地一挥手，把空酒瓶扔进了大海。沉默了几分钟，他又接着说了起来，说得更加热切，更加激动和急促。

“我已不再是一个虔敬的基督徒了……对我来说，既没有天堂，也没有地狱……如果有，那我也不害怕了——它不可能比当天早晨我所度过的那几个小时更可怕。请您设想一下，一间太阳晒着的小屋，中午显得更加炎热……这间小屋里面只有一张桌子，一把椅子和一张床……桌上什么也没有，只有一只钟，一把手枪，而桌旁有一个人，他两只眼睛紧盯着秒针……这人不吃不喝，不抽烟，一动也不动，他一直……请听清楚，连续三个钟头一直盯着白色表盘和那根转着圆圈滴答跑着的指针……就这样……我就是这样度过这一天的，我一心等待着，等待着……热带癫狂症患者就是这样的，干什么都是毫无意义、像一头畜牲、混混沌沌的，带着一股子疯狂的不拐弯的顽固劲头。

“我不再向您描绘这几小时的情形了……这是无法描绘的……现在连我自己也不明白，怎么可能经历过这一切却还没……没有发疯……而在三点二十二分……我知道得很准确，因为当时我看了看钟……突然响起了敲门的声音……我跳了起来……像饿虎扑食似的跳了起来，一步跳过去打开了门……门外一个中国小男孩怯生生地递给我一张叠着的字条。当我贪婪地把字条从他手里夺过来时，他立即就走开了。

“我打开字条，想看一遍……但是不行……眼前都是红色的圆圈……您想想这种痛苦……我终于，终于得到了她的回话……可是字母却在跳动、舞蹈……我把头放在水里浸了浸……才觉得好了一点……我重新拿起字条读着：

"'晚了！但请在家等着。也许，我还要叫您。'

"没有签名。纸条揉得很皱，是从一本什么旧的表格上撕下来的……字体是匆忙用铅笔涂写的，歪歪斜斜，不像正常的，但看得出本来是一种很自信的笔迹……我自己也不知道，为什么这张字条使我如此吃惊……这几行字里面有某种恐惧，有某种秘密，好像是边跑边写的，是在窗沿上或在马车里……这神秘的字条给人一种无法描述的凛冽悚惧之感……我终究……终究还是幸福的……她给我写了回话，我还不应该死，她允许我帮助她……也许……我能够……啊，我立即充满了无法实现的希望和理想……我成百上千次地反复读着这纸团，吻着它……仔细地看，寻找着什么被遗忘、被忽略的话语……我的幻想更加大胆，更加离奇，这是一种癫狂性的白日梦……一种麻木状态，混混沌沌的，但同时又很紧张，既像在打盹儿，又像是清醒的，也不知这状态延续了一刻钟还是几小时……

"我忽然一惊……似乎有人在敲门？我屏住呼吸……一分钟，两分钟，死一般的寂静……接着又是轻微的、像耗子似的窸窣声，很轻、然而很急的敲门声……我跳了起来——我的头很晕——猛地拉开了门，门外站着一个男孩，她使唤的男孩，就是那个被我打破过嘴巴的男孩……他那黝黑的脸色发灰，惊恐的眼神道出了不幸。我立即非常惊慌……

"'出……出了什么事？'我艰难地说了一句。

"'Come quickly！[①]'他回答了一句，没有再说别的。

"我飞快地下了楼，他跟在我后面……下面已停着一辆小马车，我们坐了上去……

"'出了什么事？'我又问他。

"他默默地看了我一眼，咬紧了牙齿，他浑身都在发抖……我又问了一遍，但他一直沉默不语……我真想再揍他一下，但是……他对

① 英文：快来！

她的那种狗似的忠诚感动了我……我就不再问了……马车在热闹的大街上跑得如此之快，行人都骂着闪避到路边。我们驶过了欧洲人住宅区，顺着河岸驶入下城并冲进了嘈杂拥挤的华人住宅区……最后我们拐进一条偏远而狭窄的巷子……停在一座矮屋前面……小屋又脏又矮，仿佛匍匐在地面上，前面是一个小铺子，里面点着油灯……鸦片烟馆、妓院、贼巢和窝藏赃物的地窖密窟就是偷偷地混在这类店铺中间。男孩急促地敲门……门稍微打开了一点，从门缝里传出一个嘶哑的声音，问个没完没了……我忍不住，从马车里跳了下来，推开了门……一个中国老太婆惊叫了一声就跑开了……男孩跟着我走了进去，他领着我走过一条狭窄的过道……打开了另一道门……进到里面一间屋子里，屋里有一股烧酒味和凝血的腥味……从里面传出了呻吟声……我摸索着走了过去……”

话音又中断了。接着又说了起来——但已不只是在说，而是在呜咽哭诉了。

“我……我摸着路……在那儿……那儿，那张肮脏的草垫上……躺着一个人……痛得直抽搐……那就是她……

“我看不见她的脸……我的眼睛对黑暗还不适应……我摸到了她的手……滚烫的……像炭火似的，她在发烧，烧得厉害……我一阵痉挛，立刻明白了一切……她避开我跑到这儿来了……听凭随便遇到的一个脏老太婆……把自己给糟蹋了……仅仅因为怕把事情张扬出去……她情愿让一个巫婆毁掉自己，也不愿意信赖我……只是因为我这个疯子……不肯宽容她的骄傲，没有立即帮助她……因为她怕我甚于怕死……

“我大声叫他们点灯……小男孩跳了起来，那可憎的老太婆颤巍巍地端来了一盏熏得发黑的煤油灯，我勉强控制住自己才没有一把掐住这老妖婆的喉咙……他们把灯放在桌上……昏黄的灯光落在受尽折磨的身体上面……忽然……忽然我身上的那种痴呆、暴怒和情欲的可鄙枷锁统统一扫而光……现在我就只是医生，救护者，有学问有知识的人……我忘记了自己……我的意识清醒明睿，同可怕的威胁展开搏斗……那赤裸的身体，我曾在梦中贪求过的身体，现在摸起来只不过像……唉，这该怎么说呢……不过是一个物体，一个器官……我并不觉得这是她，我所看见的只是一个正在同死亡搏斗的生命，一个在致命的痛苦中挣扎的人……她的血，她的神圣的热血在我手上流，但我既不觉得激动，也不觉得恐惧……我仅仅是一个医生……我见到的只是痛苦，我还看到……还看到事情全都弄糟了，只有奇迹才能挽救她的生命……她被一只鲁莽的罪恶的手糟蹋了，她的血几乎流尽了……而在这个臭烘烘的洞穴里我没有任何东西可以用来止血……连一点干净水都没有……我所接触的一切东西都是肮脏的……

"'必须马上去医院，'我说。但是我还没有来得及把这句话说完，病人就痉挛着，吃力地抬起了身子。

"'不……不……宁愿死……也别让任何人知道……不让任何人知道……回家……回家！……'

"我懂了……她仅仅是为自己的秘密，为自己的荣誉而搏斗……不是为了生命……于是我服从了。男孩拿来了担架……我们把她抬到担架上……她已经是奄奄一息了，不停地打着寒战……我们仿佛是抬着一具尸体趁黑回到了家里。我们把莫名其妙惊惶不安的仆人们支开了，像贼似的潜入了她的房间……关上了门……然后……然后……开始了一场搏斗，同死亡进行的长时间的搏斗……"

突然有一只手痉挛地抓住了我的肩膀，我因为惊吓和疼痛差一点叫了起来。他把脸凑到我跟前，于是我见到一排龇露出来的白牙齿和在月光反照下忽隐忽现的眼镜片，像两只巨大无比的猫眼睛。而他已经不是在讲，而是在发狂似的愤怒地大叫：

"您知道吗，您，一个局外人，坐在甲板躺椅上，作为世上一个轻松的旅游者，您可知道，人要死了是什么意思？您什么时候经历过这种场面，您见过身体怎样痉挛，发青的指甲怎样在空中抓挠，喉咙在怎样呼噜呼噜地喘气，每个肢体怎样挣扎，每个指头怎样同那个可怕的东西搏斗，瞪得圆圆的眼睛里怎样流露出一种无法用言语形容的恐惧吗？而您这位逍遥自在的旅游者，您在这儿议论有责任帮助别人，您可曾有过这种经历？作为医生，我倒是常看到这些……而这是作为病例，作为某种客观事实……可以这么说，我见过并且研究过——但亲身经受这一切却只有一次……只有那时，在那天夜里我感同身受地和她一起死去……在那个可怕的夜晚，她流血不止，发着高烧，我坐在那儿，绞尽了脑汁，想方设法要为她止血，解除高烧，我眼看着她被一点点地烧干，我想挡住死神，可死神一步步地逼近，我却无力把它从床边赶跑。您明白这意味着什么吗？作为一个医生，通晓医治百病的良方，肩负着救死扶伤的责任，正如您的高见，但他却一筹莫展地坐在垂危者身边，完全无能为力……只知道一点，只知道一个可怕的真实，那就是无法挽救了……尽管我心碎欲裂……眼看着那可爱的身体止不住地流血，遭受折磨，数着那时而加快时而中断的脉搏，感到它在你的手指下渐渐地消逝……作为一个医生却不知所措，毫无……只能坐着，一会儿像教堂里面干瘪的老太婆那样祈祷上苍，一会儿又举起拳头威吓那个可怜的上帝，可你明明知道，上帝是不存在的。您明白这点吗？明白吗？……我……我只有一点不明白，怎么……怎么可能在这种时刻没有死去……怎么还可能做到第二天早上又从睡眠中醒来、刷牙、结领带……在经历了我所感受到的一切之后怎么可能还活着……我感觉到这个呼吸着的生命是第一个我如此费力挽救的人，用心灵的全部力量要挽救的人，而这人却从我身边滑脱，不知消失到何处去了，她一分钟比一分钟更快地滑走了，而我焦急的脑子却想不出任何办法来拉住她……

“还有一点使我加倍地痛苦，还有就是……当我坐在她的床边时——为了减轻她的痛苦，我给她用了吗啡，我看着她，她青灰的两颊烧得火烫，躺在那里——是的，当我这么坐着的时候，我一直觉得身后有一双眼睛极端紧张地注视着我……这是那个男孩蹲坐在地板上，嘴里喃喃地念着什么祷词……当我们的目光相遇时，我在他极度谦卑的目光里看到……不，我无法向您形容……那种恳求，那种感激，就在这时他向我伸出了双手，似乎是在恳求我挽救她的生命……您要明白——是向我，向我伸出了手，像恳求上帝似的……恳求我，我这个束手无策的软弱者……我知道，一切都完了，而我在这儿的用处就和在地板上爬的一只蚂蚁一样……啊，这目光使我多么难受……这种对于我的医术的狂热的盲目的信任……我真想对他大喊一声，踢他一脚，他使我感到如此痛苦……然而我同时也感到，对她的共同的爱和那个秘密又把我们两人联系在一起了……他像一只潜伏的野兽，阴郁地缩作一团紧坐在我背后……只要我说一个字，他就跳起身来，没有一点声音地光脚跑去把我所要的东西拿来，充满期待地颤抖着把要用的东西送给我，似乎缓解和得救都在此一举……我知道，为了抢救她，他不惜切开自己的血管……这个女人就是这样，她对于人们就有这样的威力，可是我……我却没有力量帮助她少流一滴血……啊，这一夜，这可怕的没有尽头的生死搏斗之夜！

“凌晨她又醒过来一次……睁开了眼睛……现在这双眼睛不再高傲和冷漠……闪耀着湿润的病态的光，她困惑地朝房间四周看了看。然后她看了我一眼，仿佛陷入了沉思，想要记起我的面孔来……忽然……我看出……她想起来了……惊慌、抗拒……一种敌视的惊骇的情绪扭歪了她的面容……她的手臂开始动弹，似乎想逃……远远地远远地躲开我……我看出来她在想那个……那个时候的事……但后来她又思索起来……她看我时平静了一些，但是呼吸沉重……我觉得她想说话，想说什么……她的手又动起来……她想抬起身子，但是她太虚弱了……我让她安静下来，俯身对着她……这时她用充满痛苦的目光久久地看着我……她的嘴唇轻轻地动着……这是最后的、即将沉寂下去的声音……她说：

“‘没有人会知道吧？没有吧？’

“‘不会有人知道，’我确信无疑地说，‘我向您保证。’

“但她的眼神里仍然显出不安……她用发烧的双唇含混而吃力地说出：

“‘您对我发誓……不让人知道……发誓！’

“‘我举起一只手来发誓。她用一种无法言传的目光……温柔的、友好的、感激的目光望着我……真的，真是感激的目光……她还想说什么，但是她太吃力了……她躺了很久，累得精疲力竭，闭着眼睛。然后就开始了那可怕的一幕……她又苦苦挣扎了整整一个小时……

天亮时才告结束……'

他沉默了很久。我一直没有发觉，直到由中甲板传来的钟声划破了寂静——一下，两下，三下有力的钟声——三点了。月光暗淡下去了，但空中有一道新的黄颜色在颤悠，不时吹过来一阵小风。又过了半小时，一小时，天快亮了。这场噩梦就要在光天化日之下消失了。现在我可以比较清楚地看见说话人的五官轮廓了，因为在我们呆的那个角落里，阴影已经不是那么浓黑了。他脱去了帽子，于是我看见了他那裸露的头颅和那张疲惫不堪因而使我觉得更加可怕的脸。但这时他那副闪闪发光的眼镜又对着我了，他挺直了身子，嗓音里也带出了尖酸刻薄的调子。

"对她来说是结束了——但对我却不是。我独自和尸体在一起——我独自在别人家里，独自在一座不能忍受秘密的城市里，而我……我必须得守秘密……是的，请您设想一下我的处境：一个殖民地里的上流社会妇女，她完全健康，前一天的晚上还在总督举办的舞会上跳过舞，现在躺在自己的床上死了……她面前有一位陌生的大夫，据说他是她的仆人叫来的……但屋里没有任何人看见他是什么时候来的，从哪里来的……半夜里用担架把她抬进来以后就一直关着门……可是早晨她已经死了……然后这才把仆人们叫来，整个屋子顿时发出一片扰嚷……片刻之间，四邻皆知，惊动全城……只有一个人在，他应当解释这一切……那就是我，一个外人，偏远地区医疗站的一名医生……这处境真够愉快的，不是吗？

"我知道自己面临着什么。幸而我身旁有这个男孩，而且这个忠诚可靠的小伙子能从我的眼神里看出最细微的愿望；就连这个半开化的黄种人也懂得，这儿必将引出一场斗争。我只告诉他'夫人不愿意任何人知道发生的事'。他用湿润而坚定的眼睛直盯着我说：'是的，先生。'他没有再多说什么。但他擦净了地板上的血迹，把一切都归整就绪——而正是由于他的坚定，帮助我恢复了坚定。我一生中从未表现过类似的凝聚起来的精力。今后也不会表现出来了。当一个人失去了一切的时候，他是会像一个绝望者那样为最后的东西而拼命奋斗的——而这最后的东西就是她的遗言，她的秘密。我十分平静地接待了人们，对大家重复着同样内容的瞎话，说被派去请大夫的男孩偶然在路上遇见了我。而当我装作平静的样子讲述这一切的同时，我在等待着……等待着决定性的时刻……等待着验尸，不经过这道手续就不能把她的棺材钉起来——连同她的秘密一道……请别忘记；那是星期四，而星期六她的丈夫就该回来了……

“九点钟，终于有人向我报告市里的医生来了。我派人请他来的——他在职位上是我的上司，同时也是我的对手——就是她当初轻蔑地谈论过的那位大夫，他显然已经知道了我要调动工作的请求。他刚瞧了我一眼，我就立即感觉到他是我的敌人。但正是这一点使我抖擞起精神。

“还在前厅里他就问道：‘……夫人……是什么时候死的？’他说出了她的名字。

“‘早晨六点钟。’

“‘她什么时候派人去叫您的？’

“‘夜里十一点。’

“‘您知道我是她的私人医生吗？’

“‘知道，但是不能再拖了……而且……死者明确要求让我来。她不许去请别的医生。’

“他注视着我；他那苍白的胖脸涨红了——我觉得出他又急又恼。而我正需要这一点，我急于尽快收场，因为我知道自己的神经支持不了多久。他想挖苦我几句，但一转念又做出一副满不在乎的样子说：‘那么说，您既然认为没有我也能行……不过，我的职责是必须验明死亡和……致死的缘由。’

“我什么也没有回答，让他往前走。然后我退了回来，锁上了门，并把钥匙放在桌上。

“他惊奇地扬起了眉毛问道：‘这是什么意思？’

“我不露声色地站在他的对面。

“‘这里要做的不是确定死因，而是找出另外的死因。这个女人来找我是在以后……在一次不成功的手术之后……我已经不能挽救她了。

但是我答应了要保全她的名誉，我会这样做，还要请求您帮助我。’

“他惊奇得睁大了眼睛。‘您总不至于会说，’他讷讷地说，‘我，一个官方医生，应该去隐瞒犯罪行为？’

“‘是的，我要这样。我必须这样做。’

“‘要我为您犯的罪……’

“‘我已经告诉过您了。我没有碰过这个女人，不然……不然，我就不会站在您的面前，而是早就自行了结了。她已经赎了自己的罪孽——如果你要这么说的话——可是这件事，世上任何人都不需要知道。而且，如果这个女人的荣誉现在再遭到不必要的玷污，那我是不能容忍的。’

“我这种断然的口气更加激怒了他：‘您不能容忍！这样……瞧着吧，您可是我的上司……或者您至少觉得是做了我的上司……您就试着给我下命令吧！我一来就想到了，这儿准有什么乌七八糟的事，既然把您从旮旯里给召来了……您在这儿大展医术，干得不坏嘛……一开始的架势也不坏……不过，我现在要动手检查，我亲自来，您可以放心，我所署名的证明书是正确无误的。我不在假证书上签名。’

“我平静地回答说：‘反正这一次您必须这样做。在这以前您出不了这间屋子。’

“这时，我把手插进口袋——手枪没有带在身上。但是他颤抖了一下。我朝他逼近了一步，直盯着他。

“‘您听着，我跟您明说了……免得走上极端。我的生命对我来说已经无关紧要，别人的也一样……我已经到了这步田地……我所要求的唯一的一件事就是履行我的诺言，保守这次死亡原因的秘密……您听着：我对您发誓——如果您在证书上签名，说明死亡是……某个偶然因素引起的，那么本周之内，我就离开这个城市，离开这个国家，如果您要求的话，我可以开枪自杀，只等棺材埋进地下，而我确信，任何人……您要明白——任何人都无法再追究这个案子。这一点大约能使您满意。事情必须是这样。’

“大概我的声音里有某种威胁人的东西，有某种危险，因为当我无意地朝他走近一步的时候，他立即躲开了，脸上带着人们逃避手拿匕首狂跑的热带癫狂症患者的那种恐惧表情……他的神色马上变了……变得垂头丧气和茫然不知所措，那种强硬态度没有了。他还有气无力地咕哝了一句表示抗议：

“‘我这一生在假证明上签字这是头一遭……不过，我们总会想出办法来的……真是无奇不有……但是我不能简单地就这样，马上就……’

“‘当然,不能,’我连忙附和,给他打气（‘只是得快点,快点……’我的太阳穴疼了）。‘但是现在，假如您知道，不这样做只能使一个活着的人感到痛苦，并且可怕地加害于一名死者，您肯定就不会犹豫不决了。’

“他点了点头。我们走到桌子跟前。几分钟之后证书已经备妥（证明书后来也在报上发表了，它令人信服地描述了因心脏麻痹而致死的场面）。然后他站了起来，看着我说：

“‘您本星期内就走，不是吗？’

“‘我向您发誓。’

“他又看了我一眼。我发觉,他想做出一副严肃的公事公办的样子。

“‘我马上去设法弄棺材，’他说，想以此掩饰自己的窘态。但是我身上显然露出了某种无限痛苦的表情，他突然向我伸出手，非常诚恳地握住我的手摇了摇。‘希望您能够经受得住。’他说。

“我不明白他指的是什么。我是病了吗？也许，我发疯了吧？我把他送到门边，打开了门，用最后的力气控制住自己，等他走后锁上了门。我的太阳穴又跳得厉害起来，眼前的一切都在晃动和旋转，接着我一头栽倒在她的床边……就像热带癫狂症患者在疯狂奔跑的最后，精疲力竭地栽倒下来一样。”

他又不说话了。我微微打了一个寒战，也许是清晨刚起的风像微波似的从船上拂过引起的吧？曚昽的晨曦已照亮了他的半边脸，在这张受尽折磨的脸上又显露出一种顽强的意志，他又接着说了起来：

“我不知道在草垫上躺了多久。忽然有人拍了拍我，我惊醒了，那个男孩正站在我面前，带着胆怯而虔敬的神情惊惶不安地注视着我的眼睛。

"'他要进来……想看看她……'

"'谁也不许进来！'

"'是……但是……'

"他的眼睛里流露出惊惧。他想说什么，但又不敢说。显然是有什么为难的事。

"'是谁？'

"他看着我，浑身发抖，好像等着挨打似的。后来他说——没有说出名字……这样一个未开化的生物怎么会如此懂事？为什么这类完全没有文化的迟钝的人在某些瞬间会有如此温柔细腻的感情？男孩怯生生地说：'就是他。'

"我跳了起来……马上就明白了，我迫切地急不可耐地想要见到这个素不相识的人。因为，您瞧，这事多奇怪……在这所有的痛苦、狂热的激情、恐惧和忙乱之中我竟全然忘记了他……忘记了这件事还牵涉到另一个人，就是这女人所爱的人，她曾经把拒绝给我的东西热情地献给了他……十二个小时、一昼夜之前我是会憎恨这个人的，我可能把他撕成碎块……但是现在……我不能，我不能向您表达，我多么渴望见到他……而且爱他，因为她曾经爱过他。

"我一个箭步奔到门边。我面前站着一位年轻的，非常年轻的军官，金黄色的头发，样子非常腼腆，身材颀长，脸色苍白。他看起来像一个孩子，他是如此年轻动人，看到他竭力想装作一个男子汉，显示他的克制力……掩饰他的激动，我感到说不出的震惊。当他把手举到帽檐边的时候，我马上发觉他的手在抖……我真想拥抱他……因为他和我所希望见到的曾经占有过这女人的人的模样正好相符，不是骗子，也不是狂徒……不是，她把自己奉献给了一个半大的孩子，奉献给了一个温柔的造物。

"年轻人站在我的面前，非常局促不安。我贪婪的目光和冲动的动作使他更加心慌意乱。他唇上的小胡子抖动着……由此不难看出这位年轻的军官，这个孩子勉强忍住没有失声痛哭。

"'请原谅，'他终于说道，'我还想……还想看看……夫人……'

“我下意识地、自己完全没有想这么做，就用手臂挽住了这个萍水相逢的人的肩，像领病人似的领着他。他用惊奇的怀着无比温暖无限感激的目光看着我……就在这一瞬间，我们之间已产生了一种休戚相关的意识。我们走到死者跟前……她周身雪白地躺在白床单上……我感到，我在场总归会使他觉得窘迫，因此退了回来，让他单独和她在一起。他的脚步不稳，拖着腿慢慢地走到床前。从他的肩膀抖动的样子我看得出他的心被怎样的痛苦撕扯着……他走着……像迎着狂风暴雨走去的人。接着他忽地跪倒在床前……就和我起先倒在那儿一样。

“我奔到他跟前，把他扶起来，让他在安乐椅上坐下。他不再觉得难为情，失声痛哭起来。我说不出话来，只是下意识地用手抚摸着他那金色的像孩子一般柔软的头发。他抓住我的手……带着某种恐惧……忽然我发觉他的目光正凝视着我。

“‘大夫，请告诉我真话，’他说道，‘她是自杀的吗？’

“‘不是。’我答道。

“‘那么……是什么人……什么人的过错……造成了她的死亡？’

“‘没有，没有，’我重复道，虽然我差一点没有冲着他喊出来：‘是我！是我！是我！……还有你！是我们两个！还有她的固执，她那可悲的顽固！’但是我忍住了，我又重复说道：

“‘没有……任何人都没有过错……是命运！’

“‘我难以相信，’他呻吟道，‘难以相信啊。就在前天她还参加了舞会，微笑着向我点了点头。这怎么可能，怎么会发生这种事情啊？’

“我于是编了一个很长的故事。甚至对他，我也没有暴露死者的秘密。所有那些天里，我们就像兄弟俩，我们仿佛都悟出了把我们联系在一起的那种感情……彼此并没有把那种感情告诉对方。因为两人都明白，我们的全部身心都系念着这个女人……有时候，心里的话涌到了嘴边，但是我咬紧了牙关，他始终不知道，她怀的孩子就是他的……当时我该把他的这个孩子除掉，而现在她带着那个孩子同自己一起堕入了无底深渊。那些日子我们尽谈论她，当时我躲藏在他那里……因为——我忘记对您说了——大家都在找我……她的丈夫回来了，这时棺材已经封好了……他不大相信医生的检验证明……人们还散布了各种流言蜚语……所以他要找我……但去见他……我实在受不了，我知道，他就是使她受苦的人……我躲起来了，四天没有出屋门，我们两个四天没有离开住所……她的情人用假名替我购得了一个舱位，以便让我溜走……夜晚,我像贼似的悄悄地溜上甲板,免得别人把我认出来。

“我抛弃了那边所有的一切……我的房子和干了八年之久的工作。我的全部财产都撂在那里任人拿取。政府里的诸公想必已将我除名，因为我未经告假擅离职守……但是我再也不能在那间屋子，那个城市……那个环境里生活下去了，一切都令我想起她……我像贼似的趁着夜色逃跑了，只是为了摆脱……为了忘却……

“但是……当我上船时……夜晚……半夜里……我的朋友和我在一起……当时……当时……一架起重机正在吊什么东西……一件长方形的，黑色的东西……这是她的棺材……您听着：她的棺材……她跟踪着我，就像我以前跟踪她一样……我只好站在那里装作一个局外人，因为他，她的丈夫，也在那里……他护送遗体回英国，也许，他想就在那儿启棺验尸……他将她拉回自己身边……现在她又属于他了……已经不属于我们了……我们两个……但是我还在……我一路随行，直到最后一刻……他不会知道，永远不能让他知道……我知道怎样保守她的秘密免受任何侵犯……包括这个混蛋的侵犯，她是因为他才死去的……任何事，任何事都不该让他知道……她的秘密属于我，只属于我一个人……

“您现在明白了吧……明白……我为什么不能见人……不能忍受他们的笑声……尤其是他们风流调笑卿卿我我的时候……因为就在那下面……在下面，在货舱里，在大包大包的茶叶和椰子之间停放着她的棺材……我钻不进去，那儿锁着……但是我知道，我的整个身心都感觉到，每秒钟都感觉到这一点，尽管人们在跳华尔兹舞和探戈舞……这真是够蠢的，海底有上百万的死人……我们脚底下所踩的任何一块地下都有尸体在腐烂，是啊，我不能，不能忍受人们在这里举行化装舞会，不能忍受他们如此放荡地大笑。我觉得她就在这里，并且知道她对我的希望……我知道自己还有责任……我还没有完……

她的秘密没有最终保全……死者还不肯放开我……”

中层甲板上有人走动的声音了，还有用湿墩布擦地板的声音，水手们已经开始打扫了。他像当场被抓住的罪犯似的抖了一下，没有血色的脸上露出了惊慌。他站了起来，咕哝道：

“我走了……该走了。”

看他那副模样着实叫人难受，威士忌和眼泪把一双眼睛弄得又红又肿，目光凄惨，对我的同情避而不受；我觉得他整个弯曲的身子里都隐藏着一种羞耻感，为在这漫长的夜晚向我吐露了衷情而感到万分羞愧。我不由得说：

“您能允许我下午到您的船舱里去看您吗？”

他瞥了我一眼——嘴唇一咧，露出一种嘲弄的生硬的玩世不恭的表情，有点恶狠狠地往外挤着每一个字。

“啊——啊……您那有责任帮助的高论……您就是用这句名言引我讲了这么多废话。不，先生，谢谢！您不觉得，我在您面前披肝沥胆、倾吐衷肠之后，现在已轻松些了么？我的生活完全毁了，谁都没法子帮助我恢复。我为可尊敬的荷兰政府白干了一场……退休金也完了，我像一条丧家犬似的回欧洲去……一条跟在棺材后面呜咽的狗……热带癫狂症发作起来终究要受到惩处：会有人把他一枪击倒，不过，我希望快点完结了事……不，先生，谢谢您要来看望我的好意……我的船舱里已经有伴儿……两三瓶上等的陈年威士忌……它们有时候也能给我一些安慰，另外，我还有一位多年老友，可惜我没有及时向它求援，就是我那把可爱的勃朗宁手枪，它倒是比任何废话更有用……请求您，不必费心了……人总还有一个唯一的权利——依着自己的心思两腿一伸，完事大吉，莫让别人插手帮忙。”

他又一次嘲弄地、甚至是挑衅性地看了我一眼，但是我觉得这只是说明他感到羞愧，极度的羞愧。然后他缩起肩膀，转过身去，也没有告别，迈着歪歪斜斜的步子，沿着已有亮光的甲板，拖拖沓沓地朝船舱走去。此后我再没有看见过他。当夜和次日夜里我在老地方找过他。他已杳无踪迹。若不是有一位袖上戴着丧带的旅客引起了我的注意，我只好以为这一切都是一个梦，或者是一种奇异的幻觉。遇到的是一位荷兰巨商，我听人们说，他新近丧妻，是由于某种热带疾病夭亡的。我看见他避开别人，在甲板的一边来回踱步，还看见他脸上那种阴沉悲戚的表情，一想到我知道他所怀的隐忧，我就觉得很难为情，每次碰到他，我都折向一旁，以免我的目光会泄露出，关于他的命运我了解得比他本人还多。

后来那不勒斯港口发生了那起奇特的事故。对于这件事的解释，我觉得应到那位陌生人讲的故事中去寻找。晚上大多数旅客都上岸去了，我本人先上歌剧院。又从那里到罗马大街的一家灯火辉煌的咖啡馆去了。当我们乘上舢板回轮船的时候，我注意到几只小船点着火把和电石灯，围着轮船打转，在找什么东西，而上面黑糊糊的，宪警们在甲板上神秘地穿梭往返。我曾向一个水手打听出了什么事。他回避给予回答，显然是有命令不许乱讲。翌日，轮船平安无事，看不出发生过任何事故，朝热那亚继续前进，什么也探听不出来，只是后来我才在意大利报纸上读到一篇带罗曼蒂克色彩的报道，谈到了那不勒斯港口发生的事。报上写道：那天，当夜深人静时分，为了避免引起旅客们的不安，将装有荷兰殖民地一位著名夫人遗体的棺木从轮船的舷梯下放到小船上，水手们沿梯而下，死者的丈夫也在场给他们帮忙。正在这时，一件重物从上层甲板上翻倒下来，把棺材、丈夫、水手都带进了水里。有一家报纸断言，这是个疯子，正从上面往舷梯上跳。另一家报纸则提出一种遮掩搪塞的说法，说由于分量过重，梯子本身断了。不论如何，轮船公司显然采取了一切措施来隐瞒真相。好不容易把水手们和死者的丈夫救了上来，但是铅质的棺材立即沉入了海底，没有找到。同时还有一条短小的简讯，据说港口岸边漂来一具不知名的四十来岁的男尸。对公众来说，这条短讯与那件用浪漫手法描写的事故并无联系；但是读完这草草数行时，一张青白色的面孔，又一次像幻影似的从报纸后面浮现在我眼前，镜片闪闪发光。

一个女人一生中的二十四小时

战争[①]爆发前十年，当时我住在里维埃拉[②]一座小公寓里。有次在饭桌上发生了一场激烈的讨论，想不到竟演变成粗野的争执，甚至差点闹到彼此恶语相加、互相侮辱的地步。当今大多数人的想象力都很迟钝，不管什么事，只要它与自己无关，只要它没有像一个尖利的楔子打进脑袋，他们就不会大动肝火，可是事情一旦发生在他们眼前，直接触动到他们的感情，那么，即使是一件微不足道的小事，也会立即在他们心里引起过分的激动。于是他们便一反往日少管闲事的常态，显出蛮不讲理、气势汹汹的样子。

这次，在我们同桌吃饭的这些十足的平民百姓身上所表现出来的就是这种情景。平日这帮人在一起心平气和地 small talk[③]，互相开点无伤大雅的小玩笑，通常吃完饭大家马上就分散了：那对德国夫妇外出观光游览，拍照留影；胖子丹麦人不嫌单调乏味，独自去钓鱼；举止文雅的英国太太接着看她的书；那对意大利夫妇则到蒙特卡洛[④]去豪赌；我呢，不是偷闲在花园里的椅子上一躺，就是工作。可是这次，那场激烈的讨论把我们大家完全纠缠在一起了，吃完饭大家都坐着，谁也没有走；我们中要是有人突然一跃而起，那绝不似平日那样站起来彬彬有礼地向大家告退，而是在脑袋发热、心中愤怒的状态下——这我在前面已经说过——所采取的不加掩饰的激愤形式。

把我们桌上这一小拨人拴在一起的那件事，确实够奇怪的。我

---

① 指第一次世界大战。

② 里维埃拉：地中海沿岸地区，包括法国东南部的兰岸地区以及意大利北部的波爝泰和勒万特，风光绚丽，气候宜人，是著名的旅游胜地。沿海地区有戛纳、昂蒂布、尼斯、芒通、圣雷莫、圣马格丽塔、拉巴洛和莱万托等城市。

③ 英语：闲聊。

④ 蒙特卡洛：世界著名的赌城，在摩纳哥公国境内。

们七个人下榻的那个公寓从外表看虽然好似独幢别墅——啊，从窗口眺望悬岩峥嵘的海滨真是妙不可言！——但实际上它只不过是皇宫大饭店的附属建筑，收费较低廉，通过花园同大饭店相连，所以我们这些住公寓的客人同住大饭店的客人常有来往。前天，饭店里发生了一件确凿无疑的桃色事件：一位年轻的法国人乘中午十二点二十分的火车——我不得不准确地把时间交代清楚，因为它无论对这段插曲还是对那场激动的谈话的题目都是非常重要的——来到这里，租了一间滨海房间，可以眺览大海，视野非常好，这本身就说明他相当富裕。使其引人注目、给人以好感的，不仅是他谨慎的优雅风度，更主要的是他那超群绝伦、人见人爱的俊美：一张修长的姑娘般的脸庞，热情而性感的嘴唇上长着一圈轻柔、金黄的短髭，柔软的褐发卷曲在白净的额头上，温柔的眸子投给你的每一瞥都是一次爱抚——他身上的一切都显得柔情绰态，依阿取容，风致韵绝，而毫不扭捏作态，矫揉造作。如果说远远见到他首先会使人觉得有点像陈列在大时装店橱窗里的那些表现男性美理想的、拿着精美的手杖、风度翩翩的肉色蜡人的话，那么走近一看却全然没有一丝纨绔之气，因为他身上的俊秀纯属是天然，与生俱来，宛如从肌肤里长出来的，实属罕见。他从旁边走过时，总要以同样谦恭和亲切的方式向每个人打招呼，见他在各种场合无拘无束地展现的那份时时做好外出准备的潇洒劲儿，真让人赏心悦目。若是有位女士往存衣处走去，他总要赶忙迎上前去，帮她脱下大衣，对于每个孩子他都亲切地看上一眼或是说句逗乐的话，显得既平易近人，又不张扬惹眼——总之，看来他就是那种幸运儿，他们凭借得到验证的感觉，深信能以自己俊美的面庞和青春的魅力使别人满面春风，并将这种自信变成新的优雅风度。只要有他在场，对饭店里大多数年老或者有病的客人来说不啻是一种恩惠，他以那种青春的胜利步伐，以那种逍遥自在、清新潇洒的生命的风暴赋予许多人以优美的享受，使得每个挤到前面来看他的人都无可抗拒地对他产生好感。他来了两个小时就已经在同里昂来的两位姑娘打网球了。她们是那位身宽体胖的富有的工厂主的女儿，十二岁的安内特和十三岁的勃朗希。女孩儿的母亲，那位秀美、窈窕、性格内向的亨丽埃特夫人脸露微笑，在一旁看着两位羽毛未丰的女儿在下意识地卖弄风情，同那位陌生的年轻人调情。晚上，他在我们的棋桌旁观看了一小时，这当间随便讲了几个有趣的奇闻逸事，随后又陪亨丽埃特夫人在饭店的屋顶平台上长时间地踱来踱去，而她丈夫则像往常一样，同一位生意上的朋友玩多米诺骨牌；夜里我注意到，他还在办公室的暗影里同饭店的女秘书促膝谈心，神态之亲密简直令人生疑。第二天早晨，他陪我的丹麦同伴出去钓鱼，他在这方面所显示的知识实在令人惊讶；后来又同里昂来的那位工厂主聊了很久的政治，在这方面他也证明自己同样很精通，因为别人听到这位胖胖先生开怀的笑声竟盖过了海浪的轰鸣。午饭后，他再次单独陪亨丽埃特夫人坐在花园里喝了一小时黑咖啡，又同她的女儿打了网球，同那对德国夫妇在大厅里闲聊了一阵。我所以那么详尽地记下他在各个时间段的时间安排，那是因为这对了解这里的情况是完全必要的。下午六点钟我去寄信，又在火车站遇见了他。他急忙朝我走来，仿佛他要向我告辞似的。他说，他突然接到来信，叫他回去，两天后他仍将回来。晚上，他果然没在餐厅里出现，但这只是他的人不在，因为每张桌上还都在谈他，大家交口赞赏他那种舒适、快活的生活方式。

夜里，大约将近十一点钟的时候，我坐在屋里，想把一本书看完。这时，从打开的窗户里突然听到花园里有不安的叫喊声，又看到那边饭店里的一片忙乱景象。我觉得好奇，但更感到不安，于是马上过去，跑了五十步就到了那边。我发现所有的客人和饭店职工个个张皇失措，乱作一团。原来亨丽埃特夫人每天晚上都要到海滨台地上去散步，今天，在她丈夫照例准时同那慕尔[①]来的朋友玩多米诺骨牌的时候，她就去那儿散步，此时尚未回来，大家担心她会遭到什么不测。她那位身宽体胖、平时行动迟钝的丈夫现在像头公牛似的一再向海滩奔去，并朝黑夜高声呼喊："亨丽埃特！亨丽埃特！"由于紧张，声音都变了，这呼唤听起来像是一只受到致命伤害的巨兽发出的原始而可怕的悲号。茶房和侍役惊恐不安地从楼梯上跑上跑下，所有客人

① 那慕尔：比利时的一个城市。

都被叫醒，并打电话报告了警察局。这当间，那位胖丈夫敞着坎肩，一面不停地踉踉跄跄、跌跌绊绊地奔来奔去，一面抽抽噎噎，徒劳地朝黑夜呼唤“亨丽埃特！亨丽埃特！”。这时楼上的两个女儿也醒了，穿着睡衣，从窗口朝楼下呼喊她们的母亲；于是父亲又急忙跑上楼去宽她们的心。

随后发生了一件骇人听闻的事，简直难以复述，因为人在遭受巨大打击的瞬间，精神极其紧张，他的举止往往表现出一种悲剧色彩，无论用图画还是文字都无法以同样的雷霆之力将其再现。突然，那位笨重、肥胖的丈夫从嘎吱作响的楼梯上下来，脸色也变了，显得十分疲倦，但却十分愤怒。他手里拿了一封信。他以刚好还能听得清的声音对人事部主任说：“请您叫大家都回来，不用再找了。我夫人抛弃了我。”

这就是这位受到致命打击的男人的态度，是他在周围这些人面前所表现的超乎常人的态度。这些人本来都怀着好奇心争先恐后地来看他的，现在突然大吃一惊，个个感到很难为情，人人不知所措，便纷纷离他而去。他剩下的力气正好还够摇摇晃晃地从我们身边走过，朝谁都没看一眼，他还走进阅览室去关掉电灯；随后就听见他沉甸甸的庞大身躯砰的一声跌落在靠背椅里，并听到一阵呜呜的啜泣，像野兽的嗷嗷声，只有还从来没有哭过的男人才会这么个哭法。这种刻骨铭心的痛苦对我们每个人，即使是最卑鄙的人，都具有一种麻醉力。无论是茶房还是怀着好奇心悄悄走来的客人，谁都不敢发出一丝笑声，或者说一句惋惜的话。我们大家都默默无言，对这场可以击碎一切的感情爆炸好像感到羞愧似的，一个接一个地溜回各自的房间，只有那位被击倒的人独自在黑暗的房间里啜泣，后来大厦的灯光慢慢熄灭了，但人们还在交头接耳，嘀嘀咕咕，窃窃私语。

人们将会理解，拿这么一桩雷击般落在我们眼前的事件来狠狠地刺激一下那些平时只习惯于悠闲自在、无忧无虑地消磨时间的人大概是非常合适的。但是，随后我们餐桌上爆发的那场讨论，那场如此激烈、差点儿激化为拳脚相加的讨论，虽然是这桩令人惊异的事件引起的，然而从实质上来说，它更是对相互对立的人生观所做的一次原则性的阐述和大动干戈的冲突。这位精神彻底崩溃的丈夫一时气昏了头，将手里的信揉成一团，随手往地上一扔。一个侍女捡起信来看了，但不慎泄露了秘密，因而大家很快都知道，亨丽埃特夫人不是独个儿，而是同那位年轻的法国人串通一气才出走的。这样一来，大多数人原来对年轻的法国人所抱的好感，瞬息之间就烟消云散。现在，一眼就看得明明白白：这位瘦小的包法利夫人将她肥胖的、土里土气的丈夫换了一位风流倜傥、年轻潇洒的美男子。然而，使得饭店里所有的人激动不已的，却是以下这一情况：无论是这位工厂主还是他的两个女儿，或者亨丽埃特夫人先前都从未见过这位 lovelace[①]，那么，使得一位三十三岁左右、品德无可指责的女人一夜之间就把自己的丈夫和两个孩子抛弃，随随便便跟一位素不相识的纨绔子弟远走高飞的，有傍晚时分在平台上的两小时谈话和在花园里喝一小时黑咖啡这两件事大概就足够了。对于这个表面上显而易见的事实，我们桌上的人却一致不予苟同，大家认为，那是这对情人施放的刁钻烟幕和耍的狡猾花招：不言而喻，亨丽埃特夫人同这位年轻人一定早就有了秘密来往，这位情郎这次是专为商定私奔的最后细节而来这儿的，因为——大家这样推断——一位正派夫人同一个男子结识仅两个小时，听到一声吆喝就随他私奔，这是完全不可能的。我觉得，提出一个不同看法倒是蛮有趣的，我竭力为这样一种可能性辩护：我认为，一个多年来对婚后生活感到失望和无聊的女人，心里早已做了坚决的准备，一旦有人追她，就随他而去，这种情况是极有可能的。由于我出其不意地提出了异议，讨论立刻就吸引了每个人，尤其因为德国和意大利这两对夫妇的论点而变得颇为激烈：他们带着毫不掩饰的侮辱和轻蔑的神情否定有 coup de foudre[②] 的情况存在，若是有，那也只是愚蠢的行为，是无聊小说里的想入非非。

好了，这场争吵从喝汤开始一直进行到吃完布丁为止，这里再来把狂风暴雨般的争论的各个细节咀嚼一遍，确实没有必要：只有对那

① 花花公子。
② 法语：本意“电击”，意为“一见倾心”。

些 Professionals der Table d'hote[①] 这种争论才是司空见惯的，餐桌上偶然发生一次争论，情绪都很激动，但所持的论点往往很平庸，因为那只是匆忙之中随便捡起来的。我们的讨论何以会急速发展到恶语中伤的程度，这也很难说得清楚。我觉得，由于德国和意大利这两位丈夫下意识地想要将他们各自的夫人排除在有堕入深渊的极其危险的可能性之外，从这时起争论就开始动了肝火。可惜这两位找不到有力的论据来反驳我，他们说，只有那种只根据偶然的、单身男子廉价地征服女人的例证来判断女人心理的人，才会持那种观点。这话已经使我有几分来气了，而那位德国夫人还拿一大堆废话来教训人，说什么世上一方面有真正的女人，另一方面也有"天生的娼妓"，照她的看法，亨丽埃特夫人准保就是其中之一。这话更是火上浇油，我再也忍耐不住了，于是便立即采取进攻姿态。我说，一个女人在其一生的某些时刻处于神秘莫测的力量的控制之下，只好任凭摆布，这既非她的意愿，她自己也不知晓，这是明摆着的事实，否认这个事实，只不过是为了掩盖对自己的本能，对我们天性中的恶魔成分的恐惧罢了。看来，这样做许多人可以自得其乐，并觉得自己比那些"容易上钩"的人更坚强，更纯洁，更高尚。我个人还觉得，一个女人如果不是像常见的那样，躺在丈夫怀里闭着眼睛欺骗丈夫，而是无拘无束、热情奔放地听从她自己的本能，这样倒是更为诚实。我大致就说了这些话，在这火药味十足的谈话中，别人对可怜的亨丽埃特夫人攻击得越厉害，我为她的辩护也就越发激昂慷慨，这实际上已经远远超出了我内心的感情。我的这种热情，用大学生的话来说，是对这两对夫妇的挑战，他们像是不很和谐的四重奏，恶狠狠地一齐向我反扑过来。上了年纪的丹麦人和蔼地坐在这里，宛如足球比赛时手握跑表的裁判，不得不时时用指骨敲敲桌子，以示警告："Gentlemen，please."[②] 不过，每次只能起一会儿作用。一位先生满脸涨得通红，已经三次从桌旁跳了起来，他夫人费了好大劲才把他按下去。——总而言之，要不是突然 C 夫人出来

---

① 法语：在公寓里吃饭的人。
② 英语：先生们，请注意。

调解，把这场火药味很浓的谈话平息下去，那么过不了十几分钟，我们这次讨论就会以拳脚相加来结束的。

C 夫人，这位满头银发、气宇不凡的英国老太太，是我们这桌非选举的名誉主席。她坐在座位上，腰板挺直，对每个人的态度总是同样的和蔼可亲，自己不多说话，但却总是兴致勃勃地倾听别人的意见，单就她的体态风度就给人一个赏心悦目的印象：收心养性的奇妙神态和温文尔雅的风采显露出她雍容高贵的气质。她虽然善于用巧妙的手腕对每个人都表示特殊的亲切姿态，但仍对每个人都保持一定的距离：通常她总是坐在花园里看书，有时弹弹钢琴，很少见她同别人待在一起或者加入热烈的谈话。大家不太注意她，然而她对我们大家却拥有一种特殊的力量，她第一次参与我们的谈话，我们大家就都为自己说话声音太大，未加克制而感到很不好意思。

就在这位德国先生粗暴地跳起来，随即又被轻轻按住，重新在桌旁坐下的当间，C 夫人就乘这个令人不快的间歇，出乎意料地抬起她那亮晶晶的灰色眼睛，犹犹豫豫地对我凝视了一会儿，接着便以几乎是客观明确的语气按她自己的理解提起了这个话题：

“这么说，如果我没理解错的话，您相信亨丽埃特夫人，相信一个女人会无辜地被卷进一桩突如其来的绯闻，相信确有一些这样的女人，会做出一小时之前她们自己都认为不可能而且几乎也不能由她们来负责的行动？”

“我绝对相信，夫人。”

“这样说来，任何道德评判都毫无意义，任何有伤风化的行为都是合理的了。您要是真的认为，法国人所说的 crime passionnel[①] 不称其为 crime[②]，那么还要国家司法机关干吗？什么事不是都得靠并不很多的良好愿望了吗？——想不到您的良好愿望有那么多，”她轻轻一笑，补充说，“在每个罪行中都可找出一种热情来，有了这种热情，罪行也就可以加以宽恕了。”

---

① 法语：热情导致的罪行。

② 法语：罪行。

她说话的声调清晰而快乐，我听了感到分外舒坦，我下意识地模仿她的客观态度，同样以半开玩笑半认真的方式回答道："国家司法机关对这类事情的裁决肯定比我严厉；它们的职责是毫不留情地维护共同的风俗习惯：它们必须做出裁决，而不是给予宽恕。作为一个人，我看不出我为什么要主动担当起检察官的角色：我宁愿当辩护人。就我个人来说，理解人所得到的乐趣要比审判人所得到的大得多。"

C 夫人睁着亮晶晶的灰色眼睛从上到下将我端详了一番，显出犹犹豫豫的样子。我担心她没有正确理解我的意思，准备把刚才的话再用英语向她重复一次。可是她却像在主考一样，以一种严肃得有点奇怪的神情继续提问。

"一个女人扔下丈夫和两个女儿，随便跟人跑了，而她压根儿还不知道这人是否值得她爱，您不觉得这事很可鄙，很丑恶吗？这女人毕竟不算很年轻了，为自己的孩子着想，她也必须学会自尊，可是她却如此不知检点，如此轻率，对于这样的女人您真能原谅她吗？"

"我再说一遍，尊敬的夫人，"我重申自己的看法，"在这种情况下，我不愿做出判断，也不愿去谴责。在您面前，我可以坦率地承认，先前我说的话有点儿过火——可怜的亨丽埃特夫人肯定不是女英雄，连风流女子都不是，更够不上是个 grande amoureuse[①]，就我所了解的，我觉得她只不过是一位平凡而软弱的女人，我对她怀有一些敬意，因为她勇敢地顺应了自己的意愿，然而我却更多地为她感到遗憾，因为要不是今天，那明天她一定会很不幸的。她的做法也许很愚蠢，肯定过于轻率，但绝不是卑鄙下流的，我始终认为，谁也没有权利鄙视这个可怜的、不幸的女人。"

"那么您自己呢，您还对她怀有同样的尊重和敬意吗？在那位您前天曾同她在一起待过的尊敬的女人和这位昨天跟一个素不相识的人私奔的女人之间，您觉得没有一点儿区别吗？"

"没有一点儿区别。没有一丝一毫区别。"

---

① 法语：伟大的情人。

"Is that so？"[1] 她下意识地说起了英语：很奇怪，她似乎老是在思考整个谈话。她思索了片刻之后，又抬起她那清澈的目光，询问式地望着我。

"倘若您明天，我们假定说在尼查，遇到亨丽埃特夫人，见她挽着那位年轻男子的胳膊，您还会向她打招呼吗？"

"当然。"

"会跟她说话？"

"当然。"

"您是否会——假如您……假如您结了婚，会把这么一个女人介绍给您夫人，就像什么事也没有发生过？"

"当然。"

"Would you really？"[2] 她又说起了英语，显出难以置信的、十分惊异的样子。

"Surely I would."[3] 我不觉也用英语回答。

C夫人沉默了。她似乎还一直在认真思考着。突然，她一面注视着我，一面说，好像对自己的勇气感到很惊讶："I don't know, if I would. Perhaps I might do it also."[4] 说完，她已胸有成竹，便站起身来，亲切地把手伸给我，这就结束了谈话，又不显得唐突，只有英国人最善于用这种方式。在她的影响下，我们桌上又恢复了平静，我们大家心里都很感激她，我们这些人，方才还是对立的，现在都心有歉意、客客气气地互相打着招呼，几句轻松的玩笑话就缓和了刚才火药味很浓的气氛。

我们的讨论虽然最后似乎是以骑士风度结束的，可是被激发起来的恼怒情绪却使我的对手和我之间的关系有些疏远了。那对德国夫妇态度审慎，而意大利夫妇在随后的几天里则老是喜欢带着讥讽的意味

---

① 英语：是真的？

② 英语：您当真？

③ 英语：我确实会这样做的。

④ 英语：我不知道自己会不会那样。说不定我也会那样做的。

问我，听到关于那位“cara signora Henrietta”[1]的什么消息没有。尽管在形式上似乎我们大家都彬彬有礼，可是以前我们桌上彼此以诚相待、并非刻意追求的那种快乐气氛却已被破坏，再也回不来了。

那次讨论以后，C 夫人对我表示出特殊的亲切，因此我当时的那些反对者现在对我的讥讽和冷淡就显得更为突出。C 夫人一向极其矜持，在用餐时间以外几乎不与同桌的人聊天，现在却多次找机会在花园里同我攀谈。我几乎想说，她这是对我另眼相看，因为她的举止高雅而矜持，能单独同你交谈一次，就好似对你格外的恩宠了。是的，要是说实话，那么我不得不说，她简直是主动找我的，而且借种种因由来跟我说话，她的这种做法明眼人一看便明白，她若不是满头白发的老太太，那真会让我生出许多胡思乱想来哩。但是，我们一起一聊，话题就不可避免和不可控制地又回到了原来的出发点，回到了亨丽埃特夫人身上：看来她对指责那位没有责任心的女人，谴责她的见异思迁、水性杨花感到暗自欣喜。可同时，见我不改初衷，仍旧坚定不移地同情那位娇柔文雅的夫人，而且怎么也不能使我的态度有丝毫改变，她似乎又很高兴。她一再把我们的谈话往这个方向拉，对于她的这种异乎寻常、锲而不舍的执拗劲儿，事后我真不知道该怎么去想才对。

这么着又过了几天，大约五六天吧，她一个字都没有透露，为什么这样的谈话对她那么重要。有次散步时我才明白无误地意识到其中必有隐情。那时我偶然提到，我在这儿的度假快结束了，我想后天就离开。这时，她那平素泰然自若、毫不动容的脸上突然现出奇怪的紧张神色，好似一片阴云飘过她碧如海水的眸子：“多遗憾！本来我还有许多问题要跟你讨论呢。”从这一刻起她就显得魂不守舍的样子，说着这事，心里却想着另一件事，另一桩紧紧纠缠她、驾驭她的事。到后来似乎她自己都对这种心不在焉的状态感到不满了，因为她摆脱了突然出现的沉默，突如其来地向我伸出手来，说：“我看，我没法把原来要对您说的话表达清楚。我还是给您写信吧。”说着，便朝饭

① 意大利语：尊敬的亨丽埃特夫人。

店的大楼走去，步履匆匆，完全不像平日闲适的样子。

傍晚，快要开饭之前，我果真在房间里发现一封信，是她刚劲而洒脱的笔迹。只可惜，我年轻时候对于信件很不经意，因此无法引证原信，只能记叙信中问我的大致内容。她在信里问，是否允许她向我讲讲她自己的生活。她说，那个插曲已是很久以前的事了，本来跟她现在的生活几乎毫不相干，又说，我后天就要走了，她把二十多年来一直在内心折磨和纠缠着她的事说出来，就会感到好受些。她说，要是我对这样一次谈话不感到唐突的话，她很想请我给她这个时间。

这里我只是记叙了信的内容，原信对我有着极大的吸引力：信是用英文写的，单就这一点就使这封信表达得十分清楚和果断。可是我的回信并不容易，我撕掉三次草稿，最后才给她回了这样一封信：

"您那么信任我，这对我是个莫大荣幸。如果您要我说实话，那我答应，我心里是怎么想的，就怎么答复您。除了您心里愿意讲的，我当然不会要求您对我吐露更多的东西。不过您讲的事情，请您对自己和对我完全说真话，请您相信，我是把您的信看作一个殊荣的。"

晚上，这张纸条到了她的房间，第二天早晨，我发现了她的回信：

"您说得完全正确：一半真实是毫无价值的，只有全部真实才有价值。我将竭尽全力，不对我自己或者不对您做任何隐瞒。请您饭后到我房间里来——我已六十七岁，不必担心会招来什么流言蜚语。因为在花园里或挨着很多人的地方我说不出来。您一定会相信，我下此决心，是绝非轻而易举的。"

中午我们还在餐桌上碰过面，彬彬有礼地说了些无关紧要的话。可是，饭后在花园里遇到我，她显然很慌乱，就避开了，这位满头银发的老太太在我面前竟好似一个羞怯的少女，迅速逃往一条松林道上。见此情景，我心里觉得既歉疚又感动。

晚上，在约定的时间，我就去敲她的房门，门立即就为我打开了：室内光线黯淡，只有一盏小台灯在这平时朦胧昏暗的房间里投下一圈黄色的光影。C夫人毫不拘束地朝我迎来，请我在圈椅上坐下，她自己坐在我对面：我觉得，她的每个动作都是精心准备的，然而还是出现了冷场，显然并非她所愿望的冷场，难于做出决断的冷场。冷场的时间很久，而且越来越久，可我又不敢出声来打破它，因为我感觉到，这冷场意味着一个坚强的意志在同顽强的反抗意识进行激烈的搏斗。楼下客厅里不时断断续续地传来华尔兹的微弱乐声，我聚精会神地听着，似乎想以此来消除这沉默造成的让人喘不过气来的重压。对于沉默所造成的不自然的紧张她似乎也感到有点尴尬，因为她突然一跃而起，说道：

“最难说的是第一句话。这两天我已经做好准备，要十分明白和真实地讲这件事：我希望能够做到。也许您现在还不理解，我为什么要对您这个陌生人讲这些事，可是我几乎无时无刻不在想着这件事，您可以相信我这个老太婆，她要将整个一生都凝视着生命中唯一的一点，凝视着唯一的一天，这是无法忍受的。因为我要对您讲的事，在我六十七年的生活时间里仅仅占二十四小时，我常对自己说，一个人如果曾一时干过一次荒唐事，那又有什么大不了的。我常常这么说，说得都快成神经病了。然而人们还是摆脱不了我们很没有把握地称之为良心的东西，当时，在听您如此客观地谈论亨丽埃特夫人事件时，我就想，若是一旦我能下定决心，对某个人痛痛快快地说出我生活中的那一天，那么也许就可以结束这毫无意义的追忆和没完没了的自我谴责了。我要不是信奉英国圣公会[①]，而是天主教，那我早就有机会忏悔，说出那件我一直守口如瓶的事，以求解脱了。——可是这种安慰与我们无缘，因此我今天就要奇怪地试一试，原原本本地向您叙述这件事，以此来宣判自己无罪。我知道，这一切都极为奇怪，可是您毫不犹豫地接受了我的建议，为此我很感谢您。

“好吧，我们言归正传。我已经说过，我要对您说的只是我一生中唯一的一天——在我看来其余的一切都是无关紧要的，别人也会感到枯燥无味。直到四十二岁，我在人生道路上一步也未曾越出常规。我的父母亲是富有的苏格兰乡村勋爵，我们拥有几座大工厂和许多出租的田地，我们依照乡村贵族通常的方式，一年中的大部分时间都生

① 圣公会是英国的国教会。1534 年英国国会通过法案，规定英国教会不再受治于教皇，而以英王为最高元首，圣公会遂成为英国国教。

活在自己的庄园里，夏天则住在伦敦。我十八岁那年在一次社交聚会上认识了我的丈夫，他出身于名门望族，是R家的第二个儿子，从军十年一直被派驻印度。我们很快就结了婚，在我们的社交圈里过着无忧无虑的生活，每年三个月住在伦敦，三个月住在庄园里，其余的时间则去意大利、西班牙和法国等地旅游，在饭店下榻。我们的婚姻从未出现过一缕阴影，我们的两个儿子如今已经长大成人。我四十岁那年，我丈夫突然去世了。他在热带生活期间得了肝病：真是可怕，他发病只有两星期，我就永远失去了他。我的大儿子当时正在军队服役，小儿子在上大学——所以，一夜之间我就形单影只，独守空房了。我这人已经习惯了温馨的家庭生活，现在的孤单和寂寞对我来说真是一种可怕的折磨。家里的每件东西都让我触景生情，让我想起我亲爱的丈夫，他的去世令我黯然神伤。我觉得再也不能在这凄凉的屋子里待下去了，哪怕多待一天也受不了：于是我就决定，在我两个儿子结婚以前到各地去旅游，以消磨岁月。

“其实，从此以后我把自己的生活看作毫无意义、纯属多余的了。二十三年来与我形影不离、意气相投的人已经故世，孩子们并不需要我，我担心自己的郁闷沮丧、黯然神伤的心绪会破坏他们青春的欢乐——就我自己来说，任何东西都不值得去企望、去眷恋了。起初我迁居巴黎，烦闷乏味时就去逛逛商店和博物馆；可是那座城市和我周围的事物显得格格不入，那里的人都用眼睛盯着我的丧服，我受不了他们彬彬有礼的惋惜的目光，所以我总是设法躲开他们，我像吉卜赛人默默地东游西荡。这几个月的时间是怎么过的，我自己也不知道从何说起：我只知道，我老是想死，只是没有力量来促成这个痛苦的期盼的意愿。

“在丧夫的第二年，也就是在我四十二岁那年，自己虽不承认，实际上是为了逃避毫无价值，可又不能马上就死的时间，我于三月末来到蒙特卡洛。坦率地说，我是因为单调无聊，是因为至少要找些外部小刺激来填补一下那折磨人的、像从胃里泛上来的恶心似的内心空虚才到蒙特卡洛去的。我自己心里越是郁郁寡欢，就越发想到生活的陀螺转得最快的地方去：对于没有生活体验的人来说，别人的激情骚动倒犹如戏剧和音乐一样，也是一种精神体验。

“因此我也常常光顾赌场。看到别人脸上惴惴不安、波涛翻涌地变化着喜出望外或惊恐万状的表情可以激起我的兴趣，同时我自己的心潮也吓人地涨涌和退落。再说我丈夫从前偶尔也爱逛逛赌馆，但从不轻率从事，我怀着某种下意识的虔敬，忠实地继续着他昔日的那些习惯。在蒙特卡洛的一家赌馆里，我开始了那个二十四小时，它比一切赌博更加激动人心，从此，年年岁岁长久地使我心意迷惘，怅然若失。

“中午，我是同我家的亲戚封 · M 公爵夫人一起进的餐。晚餐以后我觉得还不疲倦，还不想就寝。于是我就进了赌厅，在赌台之间来回溜达，我自己并没有赌，而是以特殊的方式观察一拨拨聚集在一起的赌客。我说的‘特殊方式’那是我丈夫在世时有次教给我的。那次我看累了，所以抱怨说，老是盯着同样的面孔，真令人厌倦：在椅子上坐了几个小时才敢押上一枚筹码的干瘪老太婆，老奸巨猾的赌棍和玩纸牌的娼妓——这帮麇集在一起的臭味相投的无耻之徒，您知道，他们远不像蹩脚小说里所描绘的那样充满诗情画意和罗曼蒂克，也不像小说中所写的那些 fleurd' élégance[1] 和欧洲的贵族。再说，二十年前赌钱时台上滚动着的是看得见摸得着的现金——沙沙响的钞票、拿破仑金币、厚实的五法郎硬币一起回旋飞舞。那时的赌场魅力无穷，不像今天，在新建的式样时新的豪华赌宫里尽是些透着小市民气的观光客在无精打采地耗费他们手里那些平淡无奇的筹码。那时我觉得这些千篇一律的冷漠的脸孔实在没有什么吸引力，我丈夫对手相术非常热衷，后来他就教给我一种特殊的观察方法，那确实比懒洋洋地东站站西伫伫有趣得多，心情也更为激动和紧张。这种方法是：绝不要看脸，而要专门瞅着桌子的四边，在那儿再专门盯住赌徒的手，只注视这些手的特殊举止。我不知道，您自己是否曾经偶然单单注视过绿色赌桌，专门注视那绿色的菱形桌面，桌面中央那圆球像醉汉似地蹒跚着一个号码一个号码地滚过去。这当间飞舞的钞票、圆圆的银币金币等赌注纷纷落入各个方格里，宛如种下的禾苗，随后掌盘人的耙子

---

① 法语：“优雅的花朵”，意为“头面人物”。

就像锋利的镰刀，一家伙就把这些禾苗割掉，将其筢拢并收拾起来，成了自己的进账，或者将它们作为礼品，推到赢家面前。你只要调准观察的焦距，就会发现，这时唯有那些手才是变幻莫测的——绿色赌台四周的这些手，色泽鲜明，异常激动，都在伺机而伸，都从各自的袖筒里往外窥视着，每只手都像一只猛兽，随时准备蹿将出来；手的形状不一，颜色各异，有裸露的，没戴任何饰物，有的戴着戒指和叮当作响的手镯，有的毛茸茸的像野兽，有的卷曲着，湿漉漉的像鳗鱼，但是所有的手都极其紧张，战战兢兢地显得极其焦灼不安。此情此景常常使我下意识地想到赛马场：开赛前得使劲勒住亢奋的赛马，不让它抢跑。那些马也是这样，浑身打战，仰首向上，高抬前足，直立而起。根据手的各种状态，如伺机而动，迅速攫取或戛然而止，对赌徒的状况就会一目了然：贪得无厌者的手握得很紧，挥金如土者的手放得很松，工于心计者的手关节平稳安静，举棋不定者的手关节战栗不已。从抓钱的瞬间姿态上，对人生百态可以一览无遗：这一位把钞票抓成一团，那一位神经质地把钞票揉成碎纸，或者精疲力竭地微屈着有气无力的手指，在整个一局中没下一处赌注。俗语说赌博见人品，但是我说：赌博的时候手将人展露得更加清楚。因为所有的，或者说几乎是所有的赌徒一下就学会了驾驭自己面部表情的本领——在衬衣领子上部戴着一副 impassibilité[①] 的冷漠的面具——他们能抑制嘴角的皱纹，咬紧牙齿，压住内心的激动，不让眼睛里露出一丝不安的神色，他们能抚平脸上暴凸的青筋，不动声色，装出一副优哉游哉的样子。然而，正因为大家都拼命集中注意力，脸上不露声色，却忘了自己的一双手，忘了有专门观察手的人。尽管赌徒们微笑着撅起的嘴唇和故作冷淡的目光竭力想掩饰自己的心曲，可是别人从他们手上已对他们的一切了如指掌。在他泄露秘密这一点上，这种时候手是最直截了当的。因为总有那么一瞬间，稍一疏忽，那些拼命抑制住的、看似毫无动静的手指就会一齐张开：在转盘里的小球落进小格子里，大声报着赢家们号码时紧张到空气都要爆裂的一刻，这一百只或

① 法语：无动于衷。

五百只手就会情不自禁地做出各具个性的、具有原始本能特征的动作来。要是有人像我这样——我丈夫将他的此种癖好教给了我——养成在这手的竞技场上进行观察的习惯，那么就会觉得这些性格各异的赌徒的手一下子做出的各不相同、出乎意料的动作，远比戏剧和音乐更为扣人心弦。手的姿态何止千百种，我简直无法向您描述：有的像野兽伸出毛茸茸的、曲卷的手指忘乎所以地在搂钱，有的手指甲苍白、神经质地哆嗦着，几乎不敢去抓钱，有高贵的和卑贱的，残暴的和畏葸的，诡计多端的和老实巴交的——这些手给人的印象各不相同，因为每一双手表达的是一种特殊的人生，只有那四五双掌盘人的手是个例外。这几双手完全像机器，运作起来就事论事，有板有眼，不偏不倚，极其精确，跟那些生气勃勃的手比起来，它们简直就像是计算器上咯咯作响的钢扣。然而，即使是这几双冷静的手，由于它们在猎人似的亢奋的手之间忙个不停，两相对照又会留下令人吃惊的印象：我要说，这些手单调划一，犹如群众暴动时处于汹涌澎湃、激昂慷慨的人潮中的警察。此外，对我来说还有一种诱惑，那就是要在几天之后熟悉各种手的种种习惯和癖好；数日之后我在众多的手中总会发现一些熟悉的手，并将它们当作人一样分为喜爱的和讨厌的两类：有的厚颜无耻，贪得无厌，令我恶心，所以我总是像是见到下流事一样，赶紧把目光移开。赌台上出现的每一只新手对我来说都是一件大事，都会引起我的好奇：我往往忘了抬头看看那脸，反正这张脸也不外乎是一副冷冰冰的毫无表情的社交面具而已，它是从高领中伸出来插在礼服或者熠熠闪光的胸饰之上面的。

“那天晚上我走进赌馆，绕过两张已经挤满了人的台子，向第三张走去，并且准备了几枚下注的金币。这时大厅里寂然无声，紧张的沉默像要炸裂似的，这种时刻每逢圆球在轮盘上转得有气无力、只在两个号码之间晃来晃去的时候，总是会出现的。就在这一瞬间我听到正对面传来咔嚓一声，像是折断了手关节，这令我大为惊讶。我不由自主地吃惊地朝对面望去。这时我看见——真的，我吓坏了——两只手，我从未见过的两只手，一只右手和一只左手，像两只横眉竖目的猛兽交织在一起在那里厮拼，互相伸出爪子，朝对方身上狠抓，于是指关节便发出砸干核桃时的那种咔嚓声。这两只手美得简直不可思议，长得出奇，又细得卓绝，绷得紧紧的肌肉宛如凝脂，指甲白皙，指甲尖修得圆圆的好似珍珠轮叶。一晚上我一直盯着这双手，对这双出类拔萃的、简直是绝无仅有的手惊讶不已。然而最先令我惊愕不已的是这双手的热情，它所表现出来的狂热的激情，是两只手的手指互相交织在一起痉挛地拧扭而又相互支撑的情景。我马上便知道，这是个精力过剩的人，他正把自己的激情集中在手指尖上，免得自己被它炸成两半。而现在……这瞬间圆球啪嗒一声落进码格，掌盘人高喊彩门……这瞬间，两只手突然互相松开，就像两只同时被一颗子弹击中的猛兽。两只手一起瘫落下来，确实是死了。这不仅仅是精疲力竭，瘫落的时候清楚地现出一副憔悴、失望、遭了电击、彻底完蛋的样子，这情景我实在无法用语言来表达。我还从未见过，从此以后再也没有见到过表情那么丰富的两只手，它们每块肌肉都是一张倾诉心曲的嘴，可以感到几乎每个毛孔都在泄发激情。随后这两只手在绿色赌台上摊放了一会儿，就像被波涛冲上海滩的水母，扁平，并且没有一点生气。稍后，一只手，是右手，又从指尖上艰难地开始动起来了，它颤抖着，缩了回去，自己转动着，颤颤悠悠，旋转起来，突然神经质地抓起一枚筹码，捏在拇指和食指的指尖中犹豫不决地捏滚着，像在玩一个小轮子。突然手背像一头豹，弓了起来，把一百法郎的筹码快如闪电似地掷进，不，简直就是一口吐到了黑格中。这时那只一动不动的左手像是接到了信号，也立刻激动起来了：它抬了起来，悄悄滑向，是爬向那只索索发抖、仿佛刚才的一掷耗尽了精力的右手。现在这两只手胆战心惊地挨在一起，用腕肘不出声地碰击台面，就像牙齿上下咯咯地打着寒战——没有，我还从来没有见过表情如此丰富、简直像是会说话似的手，从来未曾见过激动和紧张到这副痉挛的样子。我盯着这双索索发抖、呼吸急促、喘息不停、伺机而动、哆哆嗦嗦、胆战心惊的手，简直像着了魔似的，除此之外，我觉得这拱形大厅里的其他一切，无论是各个房间里嗡嗡的喧嚷声，掌盘人那商贩似的叫喊声，还是熙来攘往的人群或者现在高高地弹起又跳进轮盘上圆格之中的小球——所有这些嘤嘤嗡嗡、刺耳地袭击神经的种种飞速变换的印象，突然之间仿佛全都寂静无声，全不存在了。

“不过，这种情景我没有坚持多久，无论如何我要看看这个人，无论如何要看看那拥有这双神奇之手的脸。我怯生生地——是的，真是怯生生的，因为我怕这双手！——让目光循着衣袖慢慢往上移动，到了两只瘦削的肩膀那儿。这时我又吓了一跳，因为这张脸同那双手一样，说着同样毫无节制、想入非非的语言，以同样娇柔的、几乎是女性之美极其顽强地抑制住自己的表情，使之不露声色。我从未见过这样的脸，这样神情专注、沉湎自我的脸。我有着充分的机会，把这张脸当作一副面具，当作一尊没有眼睛的雕像来从容不迫地加以观赏。这对着了魔的眸子一动不动，既不左顾也不右盼：在睁得大大的眼睑下，那乌黑的瞳仁直勾勾地凝视着，像是没有生命的玻璃珠，映出另一个桃花心木色的、在转轮圆盘里呆头呆脑、左冲右突地滚动和跳跃的圆球。我不得不再说一遍，我从来未曾见过如此紧张、如此令人神往的脸。那是一位大约二十四岁的年轻人的脸，窄窄的，很秀气，略长，表情非常丰富。同那双手一样，这张脸也不是十足的男子气的，它更像一个玩得忘形的男孩子的脸——可是所有这些我是后来才注意到的，因为现在这张脸上完全现着贪婪和暴怒的神情。窄窄的嘴馋涎欲滴地张启着，露了多半的牙齿：在十步的距离就可以看到牙齿在上下打着寒战，嘴唇则一直呆呆地张开着。一绺鹅黄色的头发湿漉漉地贴在额头上，往前耷拉着，像正在摔下来似的，鼻翼在不停地翕动抽搐，仿佛有一阵看不见的小浪涛在皮肤底下汹涌翻腾。探着的脑袋下意识地越来越往前伸，让人觉得，这脑袋也要卷进转盘，随着圆球一起旋转。这时我才明白，那两只手为什么要使劲地按着，因为只有按着，只有使劲按着，才能使将要从中间摔倒的身体保持平衡。我不得不再三说，我从来未曾见过这样的脸，会把其激情赤裸裸地流露得如此明目张胆，如此兽性，如此恬不知耻。我紧紧盯着这张脸……它是那么魅力无穷，他那狂迷状态令人如此着魔，就像看到那个旋转的圆球的跳跃和颤动一样。从这一刻起，大厅里其余的一切我全然不再注意了，同这张喷着火焰的脸相比，我觉得大厅里的一切都显得黯淡、迟钝和模糊不清，也许有一小时之久，我谁也没看，单单注视着这一个人，注视着他的每一个姿态：当掌盘人把二十个金币推到他贪婪的手里时，他眼睛里闪着晶亮晶亮的光，本来紧紧抱合着的两只手现在也像是被炸散，手指头也抖抖索索地全都张开了。在这瞬间，他的脸上突然容光焕发，显得非常年轻、滋润，没有了皱纹，眼睛开始炯炯有神，前倾的身体也轻快利索地伸直了——他坐在这里，一下子宛如潇洒的骑手，沾沾自喜和爱不释手地用手指捏着圆圆的金币加以拨弄，将它们彼此弹击，让其戏耍跳动，发出叮当的声响。随后他又心神不定地转过脑袋，朝绿色赌台飞快地巡视一遍，就像一只年轻的猎狗用鼻子东闻闻西嗅嗅，要找出正确的踪迹一样。接着，他突然抓起一把金币，朝轮盘的一角扔去。于是那焦急的期盼和紧张的神态又立即开始了。那电控似的波浪起伏式的抽搐又爬上了他的嘴唇，两只手又互相痉挛般地紧紧抓住，孩子脸消失了，换成了贪婪的期待，直到这抽搐着的紧张突然被炸散，化为失望：刚才还孩子气地兴奋不已的脸憔悴了，变得苍白而衰老，目光呆滞，失去了光泽，而这一切都是在一秒钟之内发生的，是圆球落入他未曾猜中的号码时发生的。他输了：他的眼睛愣愣地瞪了几秒钟，目光几乎是痴呆的，仿佛他对所发生的事全然不解似的；可是一听到掌盘人一声刺激性的吆喝，他的手指又立即掏出几个金币。然而他已没有了把握，他先将金币押在一个格里，随后想了想，又押到另一个格里，圆球已经在滚动了，他突然身子往前一俯，用颤抖的手又将两张捏成一团的钞票飞快地扔进同一个方格中。

“这样惴惴不安地来来回回，有输有赢，从不停顿，大约持续了一小时。在这一小时里我一直目不转睛地盯着那张不时变化着的脸，种种激情时而波浪翻滚涌到脸上，时而又像潮水一样退得无影无踪，我着了魔的目光始终紧紧凝视着，连喘息时都没有移开；我的眼睛也没有放过那双魅力无穷的手，手上的每块肌肉像喷泉一样生动地反映出他感情上的起伏跌宕。在剧院里我都从来没有如此神魂颠倒地注视过一位演员的脸，像注视这张脸那样，这张脸上不停地突然变幻着各种色彩和感觉，犹如自然景色的光和影。我从来没有如此以全身心来关注过赌局，把别人的喜怒哀乐反映在我自己心里。要是有人此刻注意我，见我呆呆地发愣的样子，准会以为我是受了人家催眠术的戏弄，而我当时正处于十足的迷迷糊糊的状态，也真的同受了催眠差不多——我实在无法把目光从这张不断变幻着表情的脸上移开，其他一切，大厅里交织着灯光、笑声、人群和目光的一切，只像一片黄色的烟雾围在我的四周，而在黄色烟雾中心的就是那张脸，它是火焰中的火焰。我什么也听不见，什么也感觉不到，我注意不到身边往前挤的人，也注意不到其他像触角似的突然伸到前面来扔钱或者把钱归拾到自己面前去的手；我看不见转轮里的圆球，听不见掌盘人的声音，可是台面上所发生的一切我确实就像在梦里一样在这双手上全都看到了，这双手犹如凹镜，把巨大的激动和亢奋映照得一览无遗。因为要知道圆球落入红门还是黑门，是在滚动还是已经停下，这些我都不用看转轮：这张洋溢着激情的脸，脸上的神经和表情就像熊熊烈焰，会把输和赢、期待和失望等等变化一一映照出来。

“但是接着就出现了一个可怕的瞬间——整个时间里我心里一直隐隐约约地在为这一瞬间的出现而担心，它像暴风雨一样高悬于我忐忑不安的神经之上，并且突然之间将我的神经从中间扯断。转轮里的小球带着轻微的噼啪声在倒着滚来，那一秒钟又闪烁起来了，二百张嘴唇一齐屏住呼吸，直到响起掌盘人的宣布声，这次他唱出的是‘零位格’①，同时他急忙伸出筢子，从四面八方将叮当作响的金币银币和簌簌作响的钞票全部扒拢在一起，就在这一瞬间这双紧紧抓着的手做了一个特别吓人的动作，它们好似突然往上一伸，要去抓住某样并不存在的东西，接着就死一般地疲乏地重新跌落在桌上，但用的并不是自身的力气，而只是凭借退回来的重力。可是随后这双手突然又一次活了起来，狂热地从桌上缩回到自己身上，像野猫似的顺着躯干爬上爬下，一会儿左，一会儿右，神经质地伸进每只口袋，看看能不能在某只口袋里再找出一个被遗忘的金币来。然而每次总是空手而回，但两只手还在不断重复这种毫无意义、毫无用处的寻找，这时轮盘又已经开始重新旋转，别人的赌博在继续进行，硬币叮当作响，椅子在挪

① 即“空门”，是轮盘赌场主所得格。

动，由数百种低声细语组成的一片嘈杂声充满大厅。我不得不如此清楚地亲身来体会这一切，仿佛是我自己的手指在口袋里和在皱皱巴巴的衣服的褶子里拼命寻找一块钱币。突然，我对面的那个人猛的一下站了起来——就像有人突如其来地感到不舒服，便猛地站了起来，以免窒息；他背后的椅子咔嗒一声倒在地上。他连看都没看一眼，也没去理会旁边的人又胆怯又惊讶地避开这位摇摇晃晃的人，自己拖着笨重的脚步离开了赌台。这可怕的一幕使我战栗，我不禁浑身直哆嗦。

“目睹这一情景，我完全惊呆了。因为我立即就明白了，这个人要上哪儿去：去死。这副样子站起来的人是不会回旅馆，不会去喝酒，不会去找女人，不会去乘火车，也不会去过另一种生活，而是径直去跃入无底深渊。在这地狱般的大厅里就连最最冷漠的人也准会看出，这个人不会再在家里、在银行里，或者在亲戚那里得到援助了，他方才坐在这里是拿他最后的钱，拿自己的生命来孤注一掷，现在他踉踉跄跄地走了，到别处去了，但肯定是不想活了。我曾一直担着心，从第一个瞬间起我就神奇地感觉到，这里是一场比输赢更高的赌博。这时，当我看到，生活突然从他眼睛里消失，死亡在这张方才还是活生生的脸上蒙上了一层阴影时，一阵黑黑的闪电猛烈地击在了我的身上。此人生动的姿态深深地印在了我心里，所以当他离开座位，蹒跚地走出去的时候，我也不由自主地要用手抵着桌子，因为蹒跚的样子现在也从他的神态中传到了我自己身上，正如先前他的紧张心情进入了我的血管和神经一样。我被吸引住了，不得不跟着他：我还没有想好，我的脚已经开始移动了。我谁也没去理会，也没有感觉到自己，就跑到通往大门的走廊上去了。这完全是下意识地发生的，并非是我自己所为，而只是发生在我身上罢了。

“他站在存衣处，侍役替他取来了大衣。可是他自己的胳膊不听使唤了：殷勤的侍役像帮一个手臂麻痹的人似的费了好大的劲，才帮他套上袖子。我看到他机械地将手伸进坎肩的口袋，想给侍役一点小费，但是抽出来的手里仍是空的。这时，他好像突然间又想起了一切，狼狈不堪地对侍役结结巴巴说了一句什么话，便完全像先前一样，突然猛地朝前走去，接着完全像醉汉似的踉踉跄跄走下赌馆的台阶，侍役先是带着轻蔑的，随后便是理解的微笑，还朝他背后望了一会儿。

“他的姿态感人至深，我为自己在一旁观看而感到不好意思。我不由自主地走到一边，心里感到害羞，因为我像在剧场的舞台前那样观看了陌生人走投无路的绝望神情——但是后来那种难以理解的恐惧突然又推了我一把，我赶忙叫侍役把我的衣服取来，未去想什么具体的事情，完全机械地，完全是本能地，急忙跟着这个陌生人往黑暗中走去。”

C 夫人把这件事讲到这里便停了一会儿。她坐在我对面，脸上毫无表情，以其特有的冷静和客观态度娓娓道来，几乎没有停顿，只有心里早有准备，对发生的事情进行了精心组织和整理的人才会如此侃侃而谈。现在她第一次打顿，显得有些迟疑不决，随后她脱离开刚才所叙述的事，突然直接对我说：

“我曾向您和我自己答应过，”她开始显得有点不安，“保证极其坦诚地把所有的事实讲出来。可是，我现在必须要求您也要完全相信我的坦诚，不要把我的行为理解成有什么隐蔽的动机，认为也许我今天讲出这个动机不会感到害羞了。在这件事情上，这种猜测是完全错误的。所以我必须强调，我在街上尾随这位身心已经崩溃的赌客，决不是因为我爱上了这个年轻人——我根本没有去想他是个男人，事实上我这个当时已经四十多岁的女人，丈夫去世以后从来未曾正眼注视过任何男人。谈情说爱的事对我来说已经彻底结束了：我要对您强调这一点，而且非对您说不可，否则对于后来所发生的事情的可怕性您就难以理解了。当然，另一方面就我来说，当时我非要去跟随那个不幸的人不可，要把这种感情说清楚也是很难的：这里面有好奇心的成分，但是最主要的还是一种可怕的恐惧，或者确切地说是担心发生什么可怕的事，从第一秒钟起我就隐隐约约地感觉到，那件可怕的事像阴云似的正笼罩在这个年轻人身上。但是又不能把这些感觉加以分解和拆散，这种做法所以不行，尤其是因为这些感觉过于强制性，过于迅速，过于自发，种种因素错综复杂地交织在一起——很可能我所做的完全是救人的本能行为，正如有人在街上看到一个小孩朝汽车跑去，就会马上去把他拉回来一样。或者也许可以这样来解释：自己不会游泳的人在桥上看见一个就要淹死的落水人，就会跟着跳进河里去。他们还没有来得及对自己无谓的冒险壮举做出决定，就受到神奇力量的牵引，一股意志力将他们推了下去，我当时的情况也正是这样，没有思考，没有清醒的考虑，我当时就跟着这个不幸的人出了大厅走到大门口，又从大门口跟下台阶。

“我敢肯定，无论是您或者任何一个能用清醒的眼睛来感觉的人当时都不能摆脱这种充满了恐惧的好奇心；那位顶多二十四岁的年轻人走起路来十分吃力，就像老人一样，摇摇晃晃地又好似醉汉，他四肢的关节像是脱了臼、散了架一样，拖着沉重的脚步从赌馆的台阶上下来朝街头绿地走去。见到这幅可怕的景象，也就不会有思考的余地了。到了那里，他的身体像一只麻袋似的笨重地跌落在一张长椅上。对于这个动作我再一次感到不寒而栗，我想：这人完了。只有死人，或者全身肌肉没有一点生气的人才会这样跌落下去。他脑袋斜倚着，往后垂靠在长椅的靠背上，两条胳膊软绵绵地垂下来，在路灯闪烁的昏暗的微光中，每个过路人准会以为这是个自杀者。以为这是个自杀者——我无法解释，怎么我心里突然会出现这种幻象，可是这幻象突然站在这里了，看得见摸得着，非常真切，令人毛骨悚然，胆战心惊——以为这是个自杀者，这一瞬间，我望着面前的这个人，我心里绝对相信，他口袋里有支手枪，明天别人就会发现在这长椅上或是另一张椅子上躺着这具气息已绝、鲜血淋漓的躯体，因为他跌落下来的情景完全像一块坠入深谷的石头，中间没有停住，一直摔到谷底。这躯体所表现出来的那种疲惫和绝望的样子，我还从来未曾见到过。

“现在请您想一想我的处境：我站在长椅后面二三十步远的地方，椅子上躺着个一动不动、身心全都崩溃的人。我真不知道该怎么办，一方面意志驱使我走上前去帮助他，但是学到的和因袭的羞怯心理又在将我往后推，不好意思去主动跟大街上的一个陌生男人说话。街灯黯淡地闪烁着，天空布满阴云，只有屈指可数的行人打这儿匆匆走过，因为将近子夜了，我几乎是独自一人在街头花园里同这个颇像自杀的人在一起。五次、十次，我鼓起勇气朝他走去，每次都被羞涩心理给拉了回去，或者说也许是被内心深处的这种本能的预感拉回去的：正从高处摔下去的人总喜欢拽住救助者一起同归于尽——我这样再三斟酌，反复考虑，自己都清楚地感觉到这种处境既无意义，又可笑。尽管这样，我还是既不能说话，又不能走开，既不能做些什么，又不能离开他。我希望，您相信我，我要告诉您，我在那片绿地上犹豫不决地徘徊了也许有一小时之久，那是无穷无尽的一小时；这时间是在看不见的海洋的波浪千万次撞击下一点点扯掉的。这个人彻底毁灭的形象竟是如此使我震撼，使我无法离去。

“可是，我始终没有说一句话、做一件事的勇气，后半夜我真该也这样站着等下去的，或者也许最后真该让聪明的自私心理说服自己回家去的。是的，我甚至以为自己已经下了决心，让这个晕厥的可怜家伙就这样躺在这里——然而这时一股强大的力量在我进退两难的时候为我做出了抉择。这时下起雨来了。整个晚上海风呼啸，把沉甸甸的乌黑的春云刮到一起，让人从肺里、心里感觉到，天空整个儿低低地压了下来——突然掉下一滴雨点，接着风助雨势，密密的大雨哗哗而下，竟成瓢泼之势。我不由自主地逃到一座商亭的前檐下，虽然撑开了伞，但是这时从坚实的土地激起的一束束泥水，仍是溅在我衣服上。噼噼啪啪打在地上的雨点弹起带泥的水，溅在我脸上和手上，感到凉丝丝的。

“可是在这瓢泼大雨中，那不幸的怪人仍旧坐在长椅上一动不动，这一可怕的景象，二十年后的今天回想起来喉咙里还感到哽塞。雨水从所有的屋檐上哗哗地流下来，我听到市内隆隆的车轮声，左边和右边都有人撩起大衣在奔跑；一切有生命的东西都怯生生地蜷缩着，都在躲避、逃跑，都在寻找栖身之所，任何地方，无论是人还是动物，都可以感到他们对这场倾盆大雨的恐惧——唯独长椅上那个黑黑的、像团东西的人却纹丝不动。我先前对您说过，这个人具有神奇的法力，能将他的各种感情通过动作和表情生动地表现出来；在滂沱大雨中他纹丝不动，全无感觉地坐着，连站起来几步走到雨水哗哗泼下的屋檐下的力气都没有的那精疲力竭的状态，万念俱灰的心境——世上任何东西也不会像这种情景那样将槁木死灰、彻底自弃以及活人死态表现得如此惊心动魄。这个人活活地任凭大雨浇淋，他精疲力竭，竟懒得动一下来避一避雨。任何雕塑家、诗人，无论是米开朗琪罗还是但丁都不能像这个人那样把万念俱灰的心境，把人间的惨状为我刻画得如此感人肺腑、荡气回肠。

“这一景象把我拉了过去，我也没有别的办法。我猛地穿过密集的大雨，用手去摇长椅上的那个淋得落汤鸡似的人。‘来！’我抓住他的胳膊。他的眼睛吃力地朝上瞪着。他身上似乎想慢慢地动一下，但是他没听懂我的话。‘来！’我再次拽着那只湿漉漉的衣袖，这次我几乎要发火了。他慢慢地站了起来，摇摇晃晃地没有一点意志。‘您要干吗？’他问道，我没有回答他，因为我自己也不知道要带他到哪儿去：只要不受冷雨浇淋，只要不再毫无意义地、自杀般地坐在这里万念俱灰的样子。我抓着他的胳膊不放，拉着这个全无意志的人往前走，一直将他拉到商亭那儿。商亭有一个向前伸出的窄窄的屋檐，多少可以为他遮挡一下驾着风势的滂沱大雨。下一步怎么办，我不知道，也不想有下一步。只要把这个人拉到干的地方，只要把他拉到屋檐下就行了：以后的事起先我并没有考虑。

“我们两人就这么并肩站在狭窄的、淋不着雨的屋檐下，我们后面商亭的门锁着，我们头上只有一片小屋檐，雨还在没完没了地下，只要突然一阵狂风刮来，冷飕飕的雨水就会不断狠狠地朝我们衣服上、脸上猛袭过来。这种情况真是无法忍受。我可不能老是挨着这个水淋淋的陌生人站着。另一方面，既然我把他拉到这儿来了，总不能一句话都不说就将他撂在这儿。总得想个什么办法呀；我慢慢强迫自己坦率地做一次冷静地考虑。我想，最好是雇辆车先把他送回家，然后我自己再回家：明天他就会知道有人救了他。于是我就问一动不动地站在我旁边愣愣地凝视乌云飞驰的夜空的人：‘您住在哪儿？’

“‘我没有住处……我傍晚时候才从尼查来……要上我那儿去是不成的。’

“最后这句话我没有立即听懂。后来我才明白，他把我当作……当作娼妓，当作拉客女了——每天晚上赌馆周围都有成群拉客女出没，她们希望能从赢了钱的赌客或醉汉身上得些好处。不论他后来是怎么想的，直到现在我讲给你听的时候，才感觉到我当时的处境有点邪乎，有点离奇——我把他从长椅上拉走，当然是把他拽去的，这真的不是正派女人的行径，叫他怎能不以为我是娼妓呢。但是当时我没有立即意识到这一点。后来我才开始意识到他对我这个人做出了错误的判断，但是发现这个可怕的误解时已经太晚了。要是早些发现的话，我就绝不会说出下面这句越发增强他的误解的话来了：‘那么，就到旅馆里去要个房间吧。您不该待在这里。您现在必须找个地方安顿下来。’这句话一出口，我就立即明白了他的那个令人难堪的误解，因为他并没有朝我转过头来，而只是以一种讥讽的言辞加以拒绝：‘不用，我不要房间，我什么都不需要了。请你别费劲，从我身上是什么都捞不着的。你找错人了，我已身无分文。’

“这句话说得好可怕，心灰意冷的神态真令人胆战心惊。一个全身水淋淋的、心力衰竭的人在这儿站着，垂头丧气地靠在墙上，这情景使我如此震撼，以致根本无暇顾及自己所受的那点儿愚蠢的屈辱。我这时感觉到的，同我见到他蹒跚地走出大厅时第一眼的感觉，以及在这难以想象的一小时里不断得到的感觉是一样的：这里的这个人，这个年轻的、活着的、在呼吸的人正处于死亡的边缘，我一定得救他。于是我便走近他。

“‘钱您不用担心，来吧！您不能待在这儿，我来给您找个地方安顿下来。您什么都不用顾虑，现在您就来吧！’

“他转过头来。我们四周雨声噼噼啪啪一阵紧似一阵，檐水哗哗地朝我们的脚倾泻下来，这时我感觉到，在黑暗中他第一次竭力想看一看我的面貌。他的身体似乎也正从昏睡中慢慢地苏醒过来。

“‘好吧，随你的便，’他让步了，‘对我来说反正都一样……毕竟嘛，干吗不去？我们走吧。’我撑开伞，他走到我身边，挽着我的手臂。这突如其来的亲昵姿态使我感到很别扭，令我惊慌失措，吓得我直发凉，一直凉到心底。但是，我没有勇气拒绝他；因为，要是我现在把他推开，他就会坠入无底深渊，直到现在我所做的一切努力和尝试，就全都白费了。我们往回朝赌馆走了几步。现在我才想起，我还不知道拿他怎么办呢。我很快地思忖，最好是把他领到一家旅馆去，到那儿以后把钱塞在他手里，好让他在那儿过夜，明天乘车回家，其他的事情我没有去想。现在正好有几辆马车从赌馆门前匆匆驶过，我叫了一辆，我们上了车。马车夫问我到哪儿去，一开始我竟答不出来。不过我突然想起，我身边这位全身湿透、水淋淋的人，好饭店是没有一家肯接待他的——另一方面我真是个未谙世事的女人，压根儿未往不正经的事上去想，于是我大声对车夫说：‘随便找家普通旅馆！’

“马车夫淋着雨，但镇定自若，他把马匹赶得飞快，我身边的这个陌生人一句话都不说，车轮轧轧，雨势急猛，打在车厢的玻璃上噼啪作响：坐在黑暗的、没有灯光的、棺材般的四角形车厢里，我的心绪很不好，仿佛我是带了具尸体似的。我极力思索，想找出一句话，好把因默不作声地坐在一起而引起的离奇而恐怖的气氛冲淡一些，但是我什么话也没有想出来。几分钟以后马车停住了，我先下车，付了车费，这当间那人也恍惚朦胧地下了车，砰的一声关上了车门。我们现在站在一家陌生的小旅馆门前，我们头上是一个玻璃遮阳，下面的空间由拱形檐盖挡住了雨。这时四周都是单调的雨声，雨水不停地洒向难以捉摸的黑夜。

“那个陌生人支撑不住自己身躯的重量，便不由自主地靠在了墙上，水从他湿透的帽子和皱皱巴巴的衣服上滴滴答答地流下来，他站在那儿，像刚被人从河里救起来的溺水者，神志还是迷迷糊糊的，墙上他靠的那小块地方淋下来的水形成了一条小溪。可是他却不拿出一星点儿力气来，把身上抖一抖，把帽子甩一甩，而是让水滴不断从额头和脸上流下来。他站在那儿，对一切全然漠不关心，我无法告诉您，他那副颓丧的神情使我多么震惊。

“不过，这时我得有点什么表示了。我把手伸进口袋：‘给您一百法郎，’我说，‘拿去要个房间，明天乘车回尼查。’

“他抬起头来吃惊地望着我。

“‘我在赌厅里注意到了您，’我见他迟疑不决，便催促他，‘我知道，您把钱输光了，我担心您会因一念之差而做出蠢事来。接受人家的帮助并不丢脸……嗯，拿着吧！’

“然而，他却推开了我的手，我还真没料到他还有这样的劲儿。

‘你是个好人，’他说，‘但是，别浪费你的钱了。我这个人已是无可救药了。这一夜我睡不睡，都无所谓。明天反正一切都完了。我已经无可救药了。’

“‘不，您一定得拿着，’我逼着他说，明天您的想法会不同的。现在您先上去，睡上一觉再说。白天万物会有另一种面貌的。’

“我再次将钱硬塞给他，可是他却几乎很猛地推开了我的手。‘算了吧，’他再次低沉地重复道，‘这是毫无意义的。我还是在外面了结好，免得在这里把人家的房间弄得血迹斑斑的。一百法郎救不了我，就是一千法郎也不顶用。只要身上还有几个法郎，明天我又会进赌场的，不把它全部输光，是不会罢手的。何必再重新来一次呢，我已经够了。’

“您一定估量不出，这低沉的声音是怎样深深地震撼着我的灵魂；可是，请您设想一下：离您两寸的地方，站着一个年轻、聪明、有生命、有呼吸的人，您知道，如果不用一切力量让他振作起来，那么两小时之内这个有思想、能说话、会呼吸的青春生命就将变成一具死尸。而要战胜他那毫无意义的抗拒，对我来说不啻发一次大火，激起一阵愤怒。我抓住他的胳膊，说：‘别说蠢话！您现在一定得上去。要一个房间，明天早晨我来把您送上火车。您必须离开这里，明天必须回家，我不看见您手持车票坐上火车决不罢休。年纪轻轻的，决不能因为输了几百或几千法郎就轻生。那是懦弱，是气愤和懊丧之下的歇斯底里大发作。明天您就会觉得我的话是对的！’

“‘明天！’他加重了语气重复地说，声调显得阴郁而带点嘲讽，‘明天！要是你知道明天我在哪儿就好了！要是我自己能知道，那也不错，本来我对此就有点儿好奇呢。不，你回家去吧，我的孩子，别费劲了，不要浪费你的钱了。’

“但是，我不肯让步。我心里像发了疯，发了狂似的。我使劲抓住他的手，把钞票硬塞在他手里。‘您拿着钱马上上去！’同时我十分果断地走去拉响了门铃，‘得，我已经拉了铃，门房马上就来了，您上去吧，倒在床上就睡。明天早上九点我在门口等您，马上就带您去火车站。其余的一切您都不用担心，我会做出必要的安

排，让您能回到家里。可是现在，快上床吧，好好睡一觉，别再胡思乱想了！’

“就在这一瞬间，门上的锁从里面咔嗒一响，门房打开了大门。

“‘进来！’他突然说道，声音又硬又坚决，并带着恼怒。我感到，我的手腕被他牢牢攥住了。我大吃一惊……吓得魂飞魄散，全身酥瘫，如遭电击，失去了知觉……我想抵抗，想把手挣脱出来……但是，我的意志好似麻木了……我……您是会理解的……我……我羞愧难当，门房在那儿等着，已经显得不耐烦了，我却在门房面前跟一个陌生人扯个不停。于是……于是，我一下子到旅馆里去了；我想说话，想把情况说清楚，可是我的喉咙塞住了……他的手沉重而蛮横地按着我的胳膊……我模模糊糊地感觉到，我不自觉地被拉着上了楼梯……门锁咔嚓一声……突然之间我在一家旅馆里——旅馆的名字到今天我还不知道——在一个陌生房间里同一个陌生人单独待在了一起。”

讲到这儿C夫人又停住了，并且突然站了起来。她的声音似乎不听使唤了。她走到窗口，默默地往外望了几分钟，只是把额头贴在冰凉的玻璃上：我没有勇气仔细朝她看，因为去观察一位情绪激动的老太太，我觉得很尴尬。因此我就静静地坐着，不提问，不出声，只是等待着，直到她以克制的步了重新走回来，在我对面坐下。

“好了——最难的部分现在已经讲了。我希望您相信我，现在我要再次向您保证，我可以用一切在我来说是神圣的东西——我的名誉和我的孩子来起誓，直到那一秒钟我脑子里并没想同这个陌生人发生一种……一种关系，我确实没有任何清醒的意志，完全没有一点知觉，好似一脚踩上活动暗门，从平坦的生活道路上突然摔进这个境地。我曾发过誓，对您和对我自己都要说真话，所以我要向您再重复一次，我陷入这次悲剧性的难以启齿的经历，仅仅是由于我救人之心过于急切，不是因为其他的个人感情，因此完全不带个人的愿望，也未曾有过一点预感。

“在那个房间里，在那天夜里所发生的事，请容我略去不讲吧；那天夜里的每一分钟我自己从未忘怀，而且永远也不愿忘记。因为那天夜里我在同一个人搏斗，目的是为了挽救他的生命，我要再说一遍：那是一场关系到生与死的斗争。我的每根神经都千真万确地感觉到，这个陌生人，这个一半已经沉沦的人，拿出一个垂死者的全部眷恋和激情紧紧抓住最后一线生的希望。他像一个意识到自己已经身悬深渊的人，将我牢牢抓住。我振作起全部力量，拿出自己所有的一切去挽救他。这样的时刻一个人一生中或许只能经历一次，而能经历这一次的，千百万人中又只有一个人——要是没有这次可怕的意外遭遇，我自己恐怕永远也不会想到一个心如死灰、穷途末路之人竟会如此热切，如此忘我，以一种无法遏制的贪婪再次畅饮生命的红色甘醇，我远离生活中的邪魔力量已经二十年之久了，要是没有那次可怕的意外遭遇，我恐怕永远也不会理解大自然有时竟会在瞬息之间如此绝妙，如此神奇地将冷和热、生和死、心醉神迷和悲观绝望聚集和压缩在一起。这一次就是这样充满斗争和对话，充满激情、愤怒和憎恨，充满恳求和陶醉的泪水，我觉得这一夜像是过了一千年，我们两人紧紧缠绕在一起，心醉神迷地一起堕入深渊，一个兴奋得死去活来，另一个极乐之中没有了感知，俩人从这场致命的狂风暴雨中解脱出来以后都变了，完全变了，思想、感情都不一样了。

“不过，这些我不愿讲了。我不能够，也不愿意来描述这一切。只有早晨我醒来时极其可怕的第一分钟我必须简略地向您提一提。我从未曾有过的疲惫不堪的沉睡中，从深沉的黑夜醒来，过了很久我才睁开眼。睁眼看到的第一件东西，就是我顶上的一片陌生的屋顶，眼睛继续一点一点地看下去，又发现一个完全陌生、从未见过、令人生厌的房间，我压根儿不知道，自己是怎么进到这个房间里来的。起初我竭力说服自己，说这还是一个梦，一个相当清醒而透明的梦，我是从朦胧的沉睡中进入梦境的——然而灿烂的、确确实实的阳光已经刺眼地照到了窗前，这是早晨的阳光，楼下不断传来辘辘的马车声、叮当的电车声和嘈杂的人声——现在我明白了，我不是在做梦，而是醒了。我不由自主地坐了起来，想好好思索一下，就在这时……我目光往旁边一转……就看见——我永远无法对您描述出我的惊骇——这张宽床上有个陌生人睡在我身边……是陌生的，陌生的，陌生的，是个半裸的、不相识的人……

“不，我知道，这种惊骇是无法描述的：我一下吓得魂不附体，浑身无力地倒了下去。但是这不是真正的晕厥，没有不省人事，正相反：在闪电般的瞬息之间我一切都明白了，既清清楚楚，又无法解释。我突然发现自己同一个完全陌生的人睡在一个极有可能是下流场所的一张陌生的床上，心里的厌恶和羞愧真是难以言说，当时我只有一个愿望：去死。我还清楚地记得，当时我的心跳停止了，我屏住呼吸，仿佛这样就可以扼杀自己的生命，尤其是自己的意识，那清晰的、清晰得令人胆怯的意识，那一切都知道，但又什么都不懂的意识。

“我永远不会知道，我这样四肢冰凉地躺了多久：死人大概也是这样僵直地躺在棺材里的。我只知道，我双眼紧闭，默默向上帝，向天上的神灵祈祷，但愿这一切都不是真的，全不是真的。但是我敏锐的知觉现在再也不容欺骗，我听见隔壁房间里有人说话，听见有人用水时的哗哗声，外面走廊里有走动的脚步声，每一种声音都无情地证明了一个残酷的事实：我的知觉是清醒的。

“这可怕的状态究竟持续了多久，我说不清楚：那时候每一秒钟都与从容不迫的生活时间不同，那一秒秒钟都另有自己的计时标准。这时另一种恐惧，那突如其来的、令人魂飞魄散的恐惧袭上我的心头：这个陌生人，这个我不知道名字的陌生人现在大概要醒了，大概要跟我说话。我立刻明白我只有一条路可走：在他醒来之前穿好衣服逃走。永远不再让他看见我，永远不再跟他说话。及时拯救自己，走，走，走，回到自己的生活中去，回到我的旅馆去，马上乘下一班火车离开这个可耻的地方，离开这个国家，永远不再碰上他，永远不再看见他，没有证人，没有起诉人，也没有知情人。这个想法使我慢慢从晕厥中清醒过来：我极其小心翼翼地、用小偷常用的蹑手蹑足的动作，一寸一寸地挪动身体（只是为了不弄出响声来），下得床来，摸到我的衣服。我小心翼翼地穿上衣服，因为怕他醒来，我每秒钟都在发抖。现在我已经穿好衣服，这件事算成了。只是我的帽子在另一边的床脚下，现在我踮着足尖轻轻走去拾起帽子——可是在这一秒钟里我却无法把持自己：我一定还要朝这个陌生人的脸瞥上一眼，朝这个像陨石似的坠入我的生活中来的陌生人看上一眼。我只要看上一眼就行了，但是……很奇怪，因为这个躺在那儿酣睡的陌生的年轻人——对我来说确实是陌生的：我第一眼所见的竟不是昨天那张脸了。这个情绪激动到极点的人，由于受激情的折磨，脸上呈现的那种恍惚迷离、痉挛抽搐和紧张不安的表情现在好似全都抹掉了——这儿的这个人他的容貌则完全不一样，他的脸显得天真和孩子气，焕发着纯洁和快乐。这两片嘴唇，昨天是用牙齿紧紧咬住的，这时在梦里温柔地微微张启，而且挂着一缕微笑；一丝皱纹也没有的额上柔软地垂下松散的金发，安详的呼吸似轻波细纹从胸部散扩到全身。

“您也许会记得，我先前对您说过，我还从来没有如此强烈、如此毫无顾忌地像盯着观察赌台上的那个陌生人那样观察过一个人所表现出来的贪婪和激情。我要告诉您，我从来没有，就是在孩子身上——襁褓中的婴儿有时身上有一种天使般快乐的光泽——也没有见到过他在真正幸福的酣睡中所呈现的这种焕发着纯洁光辉的表情。这张脸宛如精妙绝伦的雕像，将他所有的情感表现得淋漓尽致：摆脱了内心重压的那种幸福快乐的舒坦感，一种解脱感，一种得救感。看到这副令人惊异的神态，我的全部惊吓和恐惧就像一件沉重的黑大衣，从我身上掉了下来——我不再感到羞愧，不，非但不再感到羞愧，反而几乎感到喜上心头了。原来那种恐怖的、不可捉摸的东西，对我来说突然之间有了意义，一想到这个柔嫩、漂亮的年轻人，这个像鲜花一样快乐而沉静地躺在这里的年轻人，要是没有我的奉献，他将摔得粉身碎骨，血迹斑斑，鼻青脸肿，眼珠暴突，面目全非，气断命绝，躺在悬崖脚下：我救了他，他得救了，一想到这些我就心里乐滋滋的，感到骄傲。现在我带着母爱的目光——我无法用别的说法——朝这个躺着的人望去，我再次把他生了出来，给他以生命——我生他的时候比生自己的孩子痛苦要大得多。在这间陈旧的、污秽不堪的屋子里，在这家令人恶心的、油腻腻的临时旅馆里，我有一种宛如在教堂里的感觉——您听了这话会觉得很可笑的——一种奇异和神圣之感。现在在我心里生出了姐弟之情，我一生中最最可怕的一秒钟，变成了令人惊异、令人倾倒的第二个一秒钟。

“我动作的声音太大了？我情不自禁地说了什么话？我不知道。

然而突然之间那个酣睡的人睁开了眼睛。我吓得连忙后退。他诧异地环顾四周——同我自己先前一模一样，仿佛他是从无底深渊和杂乱的迷惘中费尽力气爬上来的。他吃力地扫视这间陌生的、未曾见过的屋子，随后惊讶地落在我身上。但是没等他说话，没等他完全回忆起来，我就镇定自若了。不能让他说话，不能让他提问，不能让他有亲昵的表示，昨天和昨天夜里的事不该重演，不作解释，也不去谈。

"'我现在得走了，'我立即向他表示，'您留在这儿，穿上衣服。十二点钟我在赌馆门口等您：在那儿我会把其余一切事情都安排好的。'

"没等他回答，我就逃了出去，不愿再看到那间屋子，我头也没回，就奔出旅馆。旅馆的名字我不知道，正如不知道那个我同他在这里过了一夜的陌生男人的名字一样。"

C夫人停下来歇了口气。但是所有的紧张和痛苦都从她声音里消失了：就像一辆马车，费尽力气艰难地爬上山顶，然后就从山顶轻轻松松地飞速驰向山腰，现在她就是这样以轻松的语调继续说下去：

"就这样，我急忙跑回自己住的旅馆。街上晨光明亮，夜里的暴风雨已将沉闷阴郁的天空荡涤得一干二净，就好似令我受尽煎熬的感情现在已从我心里冲刷干净。您一定记得我先前对您说过的话：自从丈夫故世以后，我对自己的生活已经完全不抱奢望，孩子们不需要我，我自己也觉得活着没有意思，活着不能达到某个目的，生活本身就是一个谬误。真是意想不到，现在居然第一次有个任务落在了我身上：我救了一个人，竭尽全力把他从毁灭的边缘拉了回来。现在还有一件小事要做，这件事得把它做完。所以我就跑回我的旅馆：门房见我现在早晨九点钟才回来，用惊讶的目光打量着我——对于已经发生的这件事，我思想上已经不再感到羞愧和恼怒的重压了，生的愿望突然重新复苏，出乎意外地获得一种必须活下去的新的感受。这些新的感觉融进了我的血液里，温暖地流遍全身。我在房间里匆匆换了衣服，下意识地脱下身上的丧服（这事我后来才注意到），换上一件色彩明快的衣服，到银行去取了钱，风风火火地赶到车站，问明了列车行车的时间；此外我还办了几件别的事，赴了几处约会，我行动之果断连我自己都感到吃惊。现在没有别的事要办了，只等将命运扔给我的那个人送上火车，把他最终挽救过来。

“当然，要直接面对他，这需要力量。因为昨天的一切都是在黑暗中，在感情的漩涡里发生的，就像被山洪冲下来的两块石头，突然撞击在一起；我们彼此几乎没有面对面地认识过，那个陌生人是否还会认得我，对此我一点没有把握。昨天——那是事出偶然，是心醉神迷，是两个糊涂人的走火入魔，但是今天我非得比昨天更为公开地在他面前暴露自己了，因为我现在不得不在无情的光天化日之下以我本人，以我的本来面目作为一个活生生的人走到他面前去了。

“不过，一切都比我想的要容易得多。在约定的时间，我还没有到赌馆门口，一位年轻人就从长椅上一跃而起，急忙朝我走来。他那惊异的神情，他那每一个胜过语言的动作完全出自本能，显得多么稚气，多么率真和喜悦：他简直是飞奔过来的，眼睛里流露出既感激又崇敬的快乐之光，但是他的眼睛一觉察到我的眼睛在他面前不知所措的样子，便立即谦恭地垂了下来。这种感激之情在一般人身上很难感觉得到，而且心怀最最感激之情的人往往无法表达出来，他们总是尴尬地沉默不语，羞愧不已，为了掩饰他们的感情，往往欲言又止。上帝好似一位神秘的雕塑家，将这个人的感情姿态表现得极为性感、优美、生动，在他身上感激之情的流露十分炽烈，他的体内像是有一股激情在迸发出来。他朝我的手弯下腰，谦恭地垂下轮廓清瘦的孩子式的脑袋，十分尊敬地吻了一分钟，但是嘴唇仅仅触到我的手指，接着便退后一步，问我身体怎么样，亲切地望着我，他的每一句话都很有礼貌，又极为得体，因此几分钟之后我心里最后的一点惶恐不安也消失得无影无踪了。四周的景物全都着了魔，好似镜子一样映照出我开朗的心情：昨天还是怒涛汹涌的大海，现在明澈而平静，细浪之下每粒沙石都在朝我们闪烁着白灿灿的光辉；那家赌馆，那恶魔聚集之所，在清扫得干干净净的、锦缎似的天空下色彩明朗；那个亭子，昨天下着瓢泼大雨的时候我们曾在其屋檐下躲避，现在已经开启，是一家花店，那里摆放着一束束、一簇簇鲜花，白的，红的，绿的，色彩缤纷，斑斓杂陈，卖花的是位年轻姑娘，她身上的衬衣色彩极为鲜艳。

“我请他到一家小餐馆去吃午饭；在那里这位陌生的年轻人对我讲了他悲剧性的冒险史。他的冒险史完全证实了我在绿色赌台上看到他那双神经质地瑟瑟发抖的手时所作的第一个揣测。他出身于奥地利波兰贵族家庭，这确定他将来要在外交界求个锦绣前程，一直在维也纳上学，一个月前他以优异的成绩通过了初考。学习期间他住在叔叔家。他叔叔是总参谋部的高级军官，为了庆祝考试成功，并作为对他的奖励，叔叔叫了一辆马车，把他带到普拉特[①]，俩人一起来到赛马场。叔叔赌运亨通，接连赢了三次。随后他们拿着厚厚一叠白赚的钞票，到一家豪华饭店去大吃了一顿。第二天，这位未来的外交官就收到为奖励他这次考试胜利而寄来的一笔钱，数额相当于他一个月的生活费；要是在两天前，对他来说这笔钱还是个相当可观的数目，可是现在，在那次轻而易举就赢了这么多钱之后，他就看不起这点钱了，觉得它微不足道。这样，吃过饭他又坐马车去赛马场，兴头十足地放手大赌一场。他居然福星高照——或者更应该说是厄运临头——到最后一场赛马结束，离开普拉特公园时，他的钱数已经增加了三倍。从此以后他赌兴大发，时而赛马场，时而咖啡馆，或者俱乐部，耗费了自己的时间，荒废了学业，损坏了神经，尤其是耗掉了金钱。他再也不能思考，夜里也不能安眠，他甚至无法控制自己；有天夜里，他在俱乐部里输光了钱回到家里脱衣服时发现背心口袋里还有一张忘记的、已经揉成一团的钞票，他忍不住，便又穿上衣服，到外面东转西晃，最后在一家咖啡馆里找到几个玩多米诺骨牌的人，便坐下来同他们一直赌到天明。他的一位已经出嫁的姐姐接济过他一回，替他偿还了高利贷借款；高利贷者见他是名门贵族的继承人，都乐意把钱贷给他。有一阵子他曾赌运亨通，可是后来手气又不好，连连输钱，颓势怎么也阻挡不住，而且输得越多，就越是渴望大赢一次，好支付尚未偿还的债务和以名誉担保一定按时还清的借款。他早就把钟和衣服当掉了，最后竟发生了这么件令人惊骇之事：他偷了老婶婶的两枚花骨朵状的钻石大耳环。这两枚耳环他婶婶很少戴，是一直放在柜子里的。

① 普拉特：维也纳著名的公园，内有规模巨大的游乐场。

其中的一枚他以高价当了出去，当天晚上拿这笔钱去赌就赢了四倍。但是他没有去赎回耳环，而是将所有的钱拿去孤注一掷，结果输得一干二净。直到他离开维也纳的时候，他的偷窃行为尚未被发现，于是他又把第二枚耳环当掉，这时他突然心血来潮，便坐上一列火车来到蒙特卡洛，想在轮盘赌上发一笔他梦寐以求的大财。在这里他卖掉了皮箱、衣服、雨伞，现在他身边只有一支装了四发子弹的手枪和一个镶嵌着宝石的小十字架，这是他的教母X侯爵夫人送他的，他一直舍不得出手，除此之外，他已别无他物。但是，就连这个十字架他也在下午以五十法郎卖掉了，只是为了晚上最后一次去寻求那令人震颤的欢乐，再去做一次生死搏斗。

“他把这一切讲给我听的时候，神态优美，极具魅力，他的气质活泼生动，灵气十足。我听着，心里感到震撼，着迷，激动；然而我并没有因为与我同桌的人本是小偷而愤怒，不，这个想法我片刻都没有出现过。作为女人，我的一生从未有过些微污点，在社交场合总是要求保持最严格的传统尊严，倘若昨天有人即使只是对我暗示，说我将会跟一个完全陌生的年轻人，一个比我儿子大不了多少而且偷过珠宝耳环的人亲密地坐在一起，那我定会把他看作疯子的。可是听着他的叙述，我一点没有惊骇之感，这一切他说得那么自然，而且带着那么一种激情，使人觉得他讲的是一个高烧病人的行为，而不是什么令人气愤之事。再有：谁像我一样昨天夜里亲身经历了那种激流飞泻似的出人意料的事，那么‘不可能’这个词就突然失去了它的意义。在那十个小时里，我对现实的了解比先前以市民方式度过的四十年要多得不知多少。

“可是，在他对自己做的那些事进行坦白的时候，却有另一种东西令我惊慌不安，那就是他眼睛里火一般的光亮，他一谈到自己对赌钱的热衷，他眼里便熠熠生辉，脸上的所有神经像通了电一样颤动不已。他在讲这些事的时候，自己还异常激动，他表情丰富的脸上极其清晰地再现了当时欢喜或痛苦的种种紧张神态。他的两只手，那两只奇妙的、细长而灵活的、神经质的手同在赌台上一样，又不由自主地开始变得像或追逐或逃遁的猛兽：我看见他说着说着，两只手就突然从指关节往上剧烈地颤抖，拼命卷曲起来，紧攥拳头，接着手指又突然重新弹开，随后又互相交叉，紧紧抱成一个拳头。他在坦白出偷耳环这件事的时候，两只手闪电般地向前伸去（我不禁吓了一跳），飞快地做了一个偷东西的动作：手指十分利索地朝耳饰张开，将东西匆匆一把攥在拳头窝里，这一切我都看得真真切切。我感到一种无名的震惊，看出这个人身上的每一滴血都中了他自己激情的毒。

“一个年轻、爽朗、生来就是无忧无虑的人竟会可悲地屈从于一股迷糊滑稽的热情，他的叙述中令我如此震撼和吃惊的仅仅就是这一点。因此，我认为自己首要的职责就是友好地规劝我这位不期而遇的被保护人，劝他必须立刻离开蒙特卡洛，离开这个具有最危险的诱惑的地方，趁现在丢失耳环之事尚未被发现，自己的前程尚未永远断送之时，今天就回家去。我答应给他回家的路费和赎回耳饰的钱，当然有一个条件，只有一个条件，他今天就要走，并且要以他的名誉向我起誓，永远不再碰纸牌，也不进行其他赌博活动。

“我永远不会忘记，这位落魄的陌生人听着我说，起初情绪何等沮丧，随后心情逐渐开朗，满怀着热烈的感激之情，当我答应帮助他的时候，他像是要把我的话吮进肚里似的；突然，他的两只手从桌面上伸了过来，抓住我的双手，姿势像是在礼拜和神圣地许愿，令我难以忘怀。他明亮的、通常有些许迷惘的眼睛里含着泪水，快乐和兴奋使他全身激动得直打哆嗦。我常常试图向您描画他独一无二的表现姿态的能力，但是我无法将这种姿态描述出来，因为它表现的是一种极度兴奋的、超越尘世的幸福境界，我们几乎不可能在一般人的脸上见到，只有当我们从梦中醒来，以为在自己面前见到了已经消失的天使的面庞，这时，唯有天使的那片白影才可与他的姿态相比。

“何必隐瞒呢：我经受不住他的目光，他的感激令我高兴，因为这样的感激我们很难见到，温柔的感情让人感到愉悦和舒适，对我这个沉稳、冷静的人来说，那种洋溢的感情确实是一种惬意的、简直是令人喜悦的新感受。再有：自然景物经过昨夜那场大雨，也随着这个身心憔悴的人一起神奇般地苏醒了。我们从餐馆出来时，平静安谧的大海璀璨地闪闪发光，蔚蓝的海水连接天际，在高空的蓝天上只有海鸥在展翅翱翔，点点白影映衬在天际的蔚蓝之中。里维埃拉的风光您是熟悉的。那里的景色永远是美丽的，但却显得平淡，像风景画片一样，映入我们眼帘的是永远浓重的色彩，是一个慵倦的睡美人。她镇定自如地任人浏览欣赏，永远是一副东方式的百依百顺的样子。但有时候——那是极少的——这里也有那么几天，这时美人站起来了，露出了尊容，她色彩鲜艳，熠熠闪光；这几天她使劲向人高声呼唤，并怀着胜利的心情把五彩缤纷的鲜花抛向人们；这几天她热情炽烈，欲火如焚。在经历了那个风雨交加的黑夜和惊涛骇浪的混沌之后，那天也正是这么一个令人振奋的日子，街道被冲洗得干干净净，天空湛蓝高远，树木经雨苍翠欲滴，丛丛灌木到处鲜花怒放，宛如万绿丛中点燃的簇簇火把。空气清凉，阳光灿烂，群山显得清新明亮，好似突然向前走来了，纷纷好奇地挨近这座闪光发亮的小城。放眼四望，突出地感到大自然的激动和鼓舞，觉得自己的心也不由自主地被大自然夺去了。于是我就说：'我们雇辆马车，到海边去兜兜风吧。'

"他兴奋地点点头：这个年轻人好像到这儿以后还是第一次观赏自然风光。在此之前，他只知道那潮湿而带霉味的赌厅，那儿散发着一股恶浊的汗酸气，拥挤着丑恶而扭曲的人群，他知道的再就是乖戾、灰暗、喧嚣的大海。现在，洒满阳光的海滩像一把打开的巨扇展现在我们面前，遥望远处，顿觉赏心悦目。我们坐在缓缓行驶的马车上（那时还没有汽车），欣赏沿途绮丽的风光，经过许多别墅，碰到不少人的目光。每次驶过一幢房子，经过一座掩映在意大利五针松的绿荫下的别墅，我会千百次地在心里浮现一个秘密的愿望：但愿能生活在这儿，宁静、平和、远离尘嚣！

"我一生中曾经有过比那个时候更幸福的时刻吗？我不知道。在马车里，这个年轻人坐在我身边，昨天他还处在死亡和厄运的魔爪里，奇怪的是，现在倾泻下来的金色阳光洒满了他的全身：似乎好些年岁月从他身上消失了。他好像完全成了一个孩子，成了一个漂亮的、在戏耍的孩子，有一双纵情的，同时又是心怀敬畏的眼睛。他身上最使我着迷的要数他那灵活敏感、善解人意的柔情了：车子爬的坡太陡，马很吃力，他便敏捷地跳下去，在一侧帮着推车。我提到一种花，或指了指路边的某种花，他就急忙跑去摘了来。见到一只被昨夜的雨引诱出来的小蟾蜍在路上艰辛地爬着，他就去将它捧起来，小心地送到青草丛中，以免他身后驶来的马车将它碾碎。这期间他还兴致勃勃地讲了一些令人捧腹大笑而又很雅致的奇闻逸事：我相信，这笑声是对他的一种拯救，因为他突然感情充溢，欣喜若狂，如痴如醉，要不大笑一阵，他必定会唱歌、蹦跳或干出什么傻事来的。

“后来，我们的马车爬上一个高坡，缓缓驶过一个很小的村子。经过村子的时候，他突然很有礼貌地摘下帽子。我感到有点惊讶：这位外国人当中的外国人，在这里他在向谁致敬呢？得知我的疑问，他的脸微微有点红，几乎像道歉似的向我解释说，我们刚才经过一座教堂，同所有教规严格的天主教国家一样，在波兰从小就培养他们，见到任何教堂和圣殿都要行脱帽礼。对宗教的这种美好的崇敬态度令我深为感动，同时我也想起了他说到过的那个小十字架，所以就问他是否信教。他略显羞赧的样子谦逊地说，他信教，并希望得到上帝的宽宥。听了他的话，我突然心生一念：‘停车！’我朝马车夫喊道，并且急忙下了车。他跟着我，感到很诧异：‘我们到哪儿去？’我只是回答：‘您一起来。’

“他陪我走回教堂。这是一个砖砌的乡村小圣堂。内墙四壁刷着石灰，颜色发灰，墙上是空的，圣堂的大门开着，一束黄色的光锥射进昏暗的圣堂，四周的暗影凸现出蓝色的祭台。圣堂里香烟缭绕，祭台上点着两支蜡烛，朦胧中烛光闪动，犹如两只蒙着面纱的眼睛。我们走进圣堂，他脱下帽子，把手伸进涤罪缸的水里去浸了浸，拿出来划了个十字，随后便屈膝跪下。他一站起身，我就将他抓住。‘您过去，’我催促他说，‘到祭坛前或者到您所敬仰的神像前去，在那里起个誓，誓言我马上就说给您听。’他诧异地、几乎是吃惊地望着我。但他很快就明白了我的意思，就走到一座神龛前，画了十字，顺从地跪了下去。‘您跟着我说，’我说，自己都激动得颤抖了，‘您跟着我说：我起誓。’‘我起誓。’他重复着说。我继续说下去：‘我永远不再参加任何形式的赌博，永远不再把自己的生命和名誉断送在这种嗜好之中。’

“他颤抖着重复了这些话，清晰而响亮的声音回响在空空荡荡的圣堂里。接着便是片刻的寂静，静得连外面微风吹过、树叶发出的簌簌声都能听得见。突然，他像个忏悔者似的扑倒在地，以一种我从未听到过的狂热的声音说了一番我听不懂的波兰话，他说得极快，快得连前后的字句都混在一起了。这一定是狂热的祷告，是感激和悔恨的祷告，因为他忏悔时感情非常激昂，一再谦恭地低下头，低得都触到圣案了，他越来越狂热地重复着那外国话语，越来越激越地重复着同样的、以无法形容的热情说出来的话。在这以前和以后，我从未在世界上任何一座教堂里听见过这样的祷告。他双手紧紧抓住木质的祷告桌，显得有点局促，他内心的风暴刮得他全身不住地晃动，使他时而抬起头来，时而又伏倒在地。他什么也看不见，也感觉不到：他好似在另一个世界，在炼狱里转化，或者在朝神圣的境域飞升。最后，他慢慢站立起来，画了十字，吃力地转过身来。他两膝还在发抖，面容苍白，像虚脱一样。可是，他一见到我，两眼便炯炯有神，一丝纯真的、真正虔诚的微笑使他阴郁的脸庞也开朗了；他走过来，深深地鞠了一个俄国式的躬，抓着我的两只手，十分崇敬地用嘴唇贴了贴：'是上帝派您到我这里来的。为此，我已经谢过了上帝。'我不知说什么好。我真希望，这时圣堂里的矮椅子上空会突然响起管风琴奏出的音乐，因为我觉得，我一切都成功了：我已经永远挽救了这个人。

"我们从教堂出来，回到五月天灿烂的阳光下，我觉得世界从来都没有这般美丽过。我们的马车继续沿着丘陵起伏的路缓缓驶了两个小时，我们坐在车里俯览全景，尽情观赏绮丽的风光，每转一个弯都别有洞天，就是另一番景色。然而，我们不再交谈了。在付出了那么多感情之后，现在似乎想减少每一句话。每当我与他的目光偶然相遇时，我总不得不难为情地避开他的目光：看到我自己出现的奇迹，对我的心灵震撼太大。

"下午五点左右，我们回到了蒙特卡洛。我同亲戚有个约会，现在要取消已不可能了，我还得去赴约。本来，我心里很想歇一会儿，舒释一下绷得太紧的感情，因为幸福来得太多了。我觉得，这种过分狂热的状态，这种心醉神迷的状态，类似的情况我一生中还从未经历过，我必须得歇一会儿。所以，我就请这位被我保护的人跟我到我的旅馆去一趟，只要一会儿就行；到了旅馆，我就在我的房间里把路费以及赎耳环的钱交给他。我们商定，我去赴约，他去买车票；晚上七点钟我们在车站大厅里会面，就是说在开车前半小时，随后火车将把他经由日内瓦送回家。当我把五张钞票递给他时，他的嘴唇突然奇怪地发白了：'不……不要钱……我请您别给我钱！'他的手指神经质地哆嗦着，慌慌张张地缩了回去，从牙缝里挤出这两句话来，'不要钱……不要钱……不能见到钱。'他又重复了一次，显出极其厌恶和恐惧的神情。见他这副羞愧的样子，我就安慰他说，这些钱就算是借的吧，要是他觉得拿了钱心里过意不去，他可以写张借条给我。'好的……好的……写张借条。'他把目光移开，嘴里喃喃自语，并将钞票折叠在一起，看都不看一眼就塞进了口袋，仿佛那是什么黏黏糊糊的东西，会弄脏他的手似的，随后就在一张纸上潦潦草草地写了几句话。他写好借条，抬起头来，额头上大汗淋漓，仿佛体内有什么东西在冲上来扼住他的脖子似的。他把那张借条往我手里一塞，全身一阵哆嗦，突然——吓得我不由自主地往后退了一步——他跪了下去，捧起我的裙子，连连吻着裙上的镶边，那样子真是难以描述。我受到强烈的震撼，全身不住地战栗起来。这时我心里升起一阵奇怪的惊恐，心乱如麻，只能结结巴巴地说：'您这么感激，我倒要谢谢您。不过，请您现在就走吧！晚上七点我们在车站大厅里再告别。'

"他望着我，感动得眼里噙着晶莹的泪水；有一瞬间我以为他要说些什么，有一瞬间他仿佛要靠近我。然而，随后他却突然再次深深地、深深地鞠了一躬，便离开了我的房间。"

C夫人又中断了叙述。她站起来，走到窗前，眼望窗外，纹丝不动地站了很久：从她剪影似的、轮廓清晰的背上我看到些微轻轻的战栗和晃动。突然，她果断地转过身来，一直静静的、没有什么表示的两只手突然做了个剧烈的切割动作，像是要把什么东西撕碎似的。接着，她坚定地、几乎是勇敢地望着我，突然又开始了她的叙述。

"我曾向您许诺，保证做到绝对坦率的。现在我看出，这个诺言是多么必要。因为只有现在，我逼着自己第一次按照事情的前后联系来描述那一时刻的全部经过，并且找出明晰的词句来表述当时那种错综复杂、紊乱不堪的感情，只有现在我才清楚地认识到许多我当时不知道，或者是也许当时我不想知道的事。因此，我要坚定、果断地向自己，也是向您吐露真情：当时，在那个年轻人离开房间、只剩下我只身一人的一秒钟里，我感到心上受到了猛烈的撞击，好似突然晕厥过去一般。有什么东西使我痛不欲生，可是我不知道，或者说我不想知道：受我保护的人他那毕恭毕敬的态度本来是感人至深的，何以对我的伤害会那么深，令我痛苦万分。

“可是现在，因为我逼着自己坚定地、有条有理地把过去的一切当作别人的事一样统统从我心里掏出来，也因为您这位见证人不容许我有丝毫隐瞒，不容许令人羞愧的感情有藏身之所，今天我这才明白，当时我所以会如此痛苦，其实是因为失望……使我感到失望的……是这位年轻人竟如此顺从地走了……并没有想抓住我，留在我身边……他竟恭顺而敬重地服从了我要他坐车回家的初愿，而没有……没有企图把我拉到他身边……我感到失望的是，他只是把我敬为出现在他生活道路上的圣女……而没有……没有感觉到我是个女人。

“这就是我当时的失望……是我不肯承认的失望，当时不承认，后来也不承认，然而，一个女人的感觉是无所不知的，不需要语言和意识。因为……现在我不再继续欺骗自己了——如果这个人当时把我搂着，当时要求我，我定会跟他走到海角天涯，定会玷污我和孩子的姓氏……我定会不顾人们的非议和自己内心的理智，跟他远走高飞，就像那位亨丽埃特夫人跟着一位她一天前还不认识的法国青年一起私奔一样……我一定不会问，到哪儿去，去多久，对于自己以前的生活我也不会回头去看一眼……为了这个人，我一定会把我的钱，我的姓氏，我的财产，我的名誉全都牺牲掉……我一定会去乞讨，或许世界上任何低下的地方他都会把我领了去。我定会将人们称之为羞耻和顾虑的一切统统抛弃，他只要说一句话，朝我走近一步，他只要试图抓着我，那么，在这一秒钟里我整个儿就是他的了。可是……我向您说过——此人举止异常，他望着我，不再用看女人的目光来看我了……我对他的热情燃得多么炽烈，多么渴望委身于他啊！可是，只是在我只身一人时，只是在那股被他开朗的、简直是天使般的脸掀得高高的激情在我心里退落下来，并在空虚寂寞的胸中不住起伏的时候，我才感觉到这一点。我费劲地振作起精神，那个约会成了我的负担，令我备觉反感。我觉得，我头上仿佛扣了一顶又重又紧的钢盔，压得我直摇晃：当我终于走到另一家旅馆我亲戚那儿时，我的思绪松散凌乱，就像我的脚步一样。在亲戚那里我沉闷地坐着，别人都在进行热烈的谈话，我却心里不断地在担惊受怕，我偶尔抬起眼睛，注视他们毫无表情的脸，比起那张像天上的云层忽亮忽暗变幻莫测、生动无比的脸来，我觉得这些人的脸就像戴了面具或冻僵了似的。我仿佛坐在死人当中，这次聚会竟是如此恐怖，毫无生气，我一边往咖啡杯里放糖，一边心不在焉地同别人应酬，而那张脸却像被我熊熊灼燃的热血涌了上来,时时浮现在我心头。观看这张脸就成了我最大的快乐；想想实在可怕，一两小时之后该是我最后一次见到他了。我不由得下意识地轻轻叹息，或许还发出了呻吟声，因为我丈夫的表姐突然弯下腰来问我，怎么样，是不是不太舒服，说我脸色苍白，呼吸局促。她这一问倒使我立刻毫不费劲地找到了一个借口，我说，折磨我的实际上是偏头痛，所以请她允许我悄悄地先行离开。

“我这样一脱身，就刻不容缓地奔回我住的旅馆。一进屋子只有自己独自一人，空虚、寂寞的感觉就又袭上我的心头。我心里急不可待，渴望马上见到那位年轻人，今天我就将永远失去他了。我在房间里面踱来踱去，毫无必要地拉起百叶窗，换了衣服和腰带，照着镜子以审视的眼光打量一番，看看自己这身打扮是否会引起他的注意。忽然间，我明白了自己的心愿：只要把他留住，一切都在所不惜！这个心愿在残酷的一秒钟之内变成了决心。我跑到楼下去告诉门房说，我今天要乘夜班火车离开这儿。现在时间已经很紧了，我按铃把侍女叫来帮我收拾东西。我们俩人一个比一个着急，手忙脚乱地将衣服和小件生活用品装进几只箱子里，我心里则梦想着即将出现的惊喜：我送他上火车，等到最后一刻，到最后的瞬间，当他伸出手来同我握手告别的时候，我就出其不意地登上列车，走到这位惊诧万状的人跟前，同他共度今宵、明夜——只要他要我，就每夜都同他厮守在一起。我感到一阵狂喜，一阵陶醉，全身血液在翻腾、涌流，有时，我一边往箱子里扔衣服，一边哈哈大笑，有时突如其来的一声大笑，弄得侍女莫名其妙。这当间，我感觉到我的神志混乱了。挑夫来取箱子时，起初我直愣愣地瞪着他，完全不解其意：内心激动，犹如阵阵波浪翻滚，这个时候就很难客观地来思考了。

“时间紧迫，这时大概快七点了，离开车时间顶多二十分钟。——当然，我安慰自己说，我现在不再是去同他告别了，我已决定陪他出走，无论他的旅程多久多远，我都与他相守，形影不离。仆人先把几只箱子拿了出去，我匆匆到旅馆账房结了账。经理已经把钱找给了我，我正要走了，这时有只手温柔地拍了拍我的肩头。我吓了一跳。那是我表姐，因为我佯称身体不适，她放心不下，所以特来探望。我觉得眼前一阵发黑。现在这个时候我可不需要她，每一秒钟的延误都意味着厄运的降临，意味着将痛失这次机会，可是我又必须顾及礼貌，至少得站着同她搭会儿话呀。‘你得上床去躺着，’她催促着我，‘你一定发烧了。’这话大概倒也不错，因为我两边太阳穴上脉搏跳得很急，像擂鼓似的，有时我还感到眼前蓝影直晃，快要晕倒。但是我支撑着，竭力做出一副感激的样子，其实每一句话都使我心急如焚，真想干脆一脚将她那不合时宜的关切踢到一边去。然而，这位不受欢迎的、担心我的人却待着不走，她待着，待着，并拿出科隆香水给我，而且非让我自己将这清凉的液体抹在太阳穴上决不罢休：这当间我却一分钟一分钟地数着，同时还想着他，并琢磨着能找个什么借口来摆脱这种折磨人的关切。我越是焦急不安，她对我就越是怀疑；后来，她几乎想强行把我弄到房间里去，让我躺下。她还在一个劲儿地劝我，这时我突然朝大厅中央的钟看了一眼：差两分七点半，而七点三十五分火车就开了。绝望中我对什么都不在乎了，粗暴地径直将我表姐的手狠狠一甩，动作之快，宛如子弹出膛：‘再见，我得走了！’说罢，根本不去顾及表姐惊得发呆的目光，也不四下看看落下什么东西没有，便从那些诧异得目瞪口呆的旅馆侍役身边冲出大门，来到街上，径直朝车站奔去。挑夫在车站上守着行李等我，我老远就从他激动的手势上得知，时间一定万分紧迫了。我就盲目地拼命冲到横杆那儿，结果被检票员拦住了：我忘了买票。于是我便软硬兼施，几乎说动了检票员，破例让我到站台上去，可是就在这时，火车开动了：我浑身发抖，目不转睛地望着徐徐开动的列车，希望至少能从某个车厢的窗口一瞥他的容貌，见到他的挥手，他的致意。但是火车加快了速度，我再也无法认出他的面容了。一节节车厢呼啸而过，一分钟以后，在我模糊的眼前留下的只有一片冉冉升腾的浓烟。

“我站在那儿准似泥塑木雕一般，上帝知道究竟站了多久，因为挑夫大概叫了我几次我都未答应，他这才大着胆子碰了碰我的胳膊。我猛地吓了一跳。他问，要不要把行李重新搬回旅馆。我考虑了一两分钟；不，这不可能，我走得那么仓促，那么可笑，我不能再回去，也不愿回去，永远不回去。这时我形单影只，心烦意乱，就叫他把行李搬到寄存处去。稍后，车站大厅里旅客熙来攘往，人声鼎沸，在阵阵喧嚣声中，我才设法进行思考，清晰地思考，想甩掉那些令人灰心丧气、痛苦不堪的纠葛，把自己从愤怒、悔恨和绝望中解救出来。因为——为什么不承认呢？——由于自己的过错，失去了与他最后会面的机会，这个想法像把烧红的尖刀无情地在我心里乱搅，那燃红的刀刃越来越无情地往我心灵深处捅，痛得我真想大声叫唤。只有完全没有遭遇过激情的人，在其一生中出现的唯一瞬间，他们的激情也许才会像雪崩似的、像狂飙骤雨似的突然爆发出来：于是闲置多年未用的生命力就像碎石倾泻，一齐坠落在自己胸中。在这一秒钟里我已做了最最鲁莽的准备，将自己长期积聚起来、紧紧裹在一起的整个生命猛的一下抛出去，却突然发现面前有一堵毫无意义的墙，我的激情一头撞了上去，只撞得晕晕乎乎，蒙头转向。像在这一秒钟里所碰到的那种意想不到、令人愤怒而又对它无能为力的事，我在此前从未经历过，以后也未曾经历过。

“我下一步所做的尽是些毫无意义的事，除此之外还能做些什么呢！我做的事很笨，简直愚蠢透顶，讲出来自己都感到羞愧。但是，我曾对自己、对您许下诺言，什么都不隐瞒。——那我就接着说吧。我……我要为自己找回他……就是说，我要为自己找回同他一起度过的每个瞬间……有股强大的力量把我拉向我们昨天一起到过的每个地方：花园里的那张我把他从上面拉走的椅子，我第一次看见他的那个赌厅，甚至那个下等旅馆。这样做的目的，仅仅是为了再一次、再一次重温往事。第二天我还打算坐马车沿滨海再循旧路，在心里再次重温每一句话、每一个姿态和表情——这种做法多没有意思，多幼稚，我真是糊涂透顶了。可是，请您想一想，那些事来得快如闪电，一下都落在了我身上，一下就把我击晕了，岂容我做别的考虑。现在从心醉神迷的状态中猛地醒来，借助于我们称为记忆的那种神奇的自我正在流逝的经一一重新追忆，再来品味一次过把瘾——当然，这些事，有的别人理解，有的别人不理解，要完全理解，恐怕需要有一颗火热的心。

"这样，我便先到赌厅，去寻找他坐过的那张赌台，并在那里的许多双手里设想他的那双手。我走了进去。我还记得，我最先看见他的时候，他坐在第二间屋子左边的那张赌台上。他的每个动作姿态还清晰地浮现在我眼前：我就是闭上眼睛，伸出双手，梦游似的都可以把他的座位找到。于是我就走了进去，立即横穿屋子。这时……我在门口朝熙熙攘攘的人群一望……我眼前出现了一件奇怪的事……他正好坐在我梦见他的那个位置，他在那里坐着——这准是狂热引起的幻觉！……真是他……他……他……正是我刚才幻觉中见到的他……同昨天一模一样，两眼直愣愣地盯着转盘里的锥形球，脸色苍白，犹如幽灵……但是，那是他……是他……绝对不会错，那是他……

"这下吓得我非同小可，我差点儿叫喊起来。但是我控制住对这荒唐的幻象的惊吓，并且闭上眼睛。'你神经错乱了……你在做梦……你发烧了，'我对自己说，'这不可能，你眼里出现了幻影……半小时前他就从这里坐火车走了。'后来我重新睁开眼睛。啊，可怕极了：他坐在那里，同方才一模一样，有血有肉，绝对不会错……在千百万双手当中我也能认出他的手来……不，我不是在做梦，那人确确实实是他。他没有走，没有如他向我起誓所保证的那样，这神经错乱的人坐在那里，他有了钱，这钱是我给他回家的路费，他把它拿到这张绿色赌台上，又忘情地沉醉在他的癖好中，大赌起来，而我呢，却绝望地为他把心都掏了出来。

"我猛地一下冲上前去。我泪水模糊，眼里燃烧着愤怒的烈火，这背弃誓言之徒，竟这么无耻地欺骗我的信任、我的感情、我的委身，我真想掐住他的脖子。然而，我还是抑制住了自己。我故意慢慢（我费了多大力气啊）走到赌台的另一边，正好面对他，一位先生很有礼貌地给我腾出个位置。我们俩人中间隔着一张两米宽的绿色赌台，我可以像在楼座上看戏一样盯着他的脸。两小时前这张脸上还容光焕发，充满感激之情，闪烁着上帝宽宥的灵光，现在他的激情正在经受炼狱之火的煎熬，这张脸又抽搐得扭曲了。他的这双手，今天下午他在立下神圣誓言的时候还紧紧抓着教堂椅子的这双手，同是这双手，现在手指微曲，在钱堆里扒来扒去，犹如两个嗜血的魑魅。他赢了，他准赢了很多钱，很多很多钱：他面前随意拢了一堆筹码、金币和钞票，亮闪闪的，但横七竖八，凌乱不堪，战栗着的、神经质的手指乐滋滋地伸进钱堆里随便把玩。我见他将纸币一张张抚得平平整整，叠在一起，那些金币他则转动着，抚摸着，后来他突然一下子抓起一大把，抛在一个方格当中。他的鼻翼又立即开始快速翕动，掌盘人的叫喊声使他将眼睛，那炯炯有神的贪婪的眼睛从钱堆上移开，注视着蹦跳的圆球，他的身体仿佛自动地要往前冲，而两只胳膊肘却好似用钉子钉在了绿色台面上。他那迷狂的样子表现得比昨天晚上还可怕，还恐怖，他的每个动作都在毁掉我心中那另一个凸现在金色背景上闪闪发光的形象，那是我由于轻信而将它珍藏在自己心里的。

"我们俩人相距两米，呼吸着；我目不转睛地盯着他，他却没有发现我。他没有朝我看，他任何人都不看；他的目光只盯着钱，随着往后倒滚的球不安地颤动着：他的全部感官都禁锢在这个疯狂的绿色圆盘中了,并随着滚动的圆球而来回奔跑。在这个赌徒眼里整个世界、整个人类都融化在这张蒙着绿呢的四角台面上了。我知道，即使我在这儿站上几个小时，他也不会感觉到我的存在的。

"可是，我无法继续忍受下去了。我突然横下一条心，绕过赌台走到他背后，用手紧紧抓住他的肩膀。他晕晕乎乎地抬起头来望着我——他瞪着呆滞的眼珠陌生地盯着我，看了一秒钟，像一个被人从沉睡中摇醒的醉汉，他灰暗的目光透着朦胧的睡意，才开始从弥漫的烟雾中亮起来。后来，他似乎认出了我，抖抖索索地张着嘴，喜出望外地抬头望着我，结结巴巴地轻声说了一番知心话，令人丈二和尚摸不着头脑：‘很好……我一进来，见他在这里，便立即知道运气来了……’我不懂他的话。我只看出，他已经赌得如痴如醉了，这个神经错乱的家伙已经把一切都忘了，把他的誓言，他约好的事情，把我、把世界统统都忘掉了。然而，即便是在这种如痴如癫的状态中，他那极度兴奋的神情仍然令我如此着迷，使我不由自主地信了他的话，并且吃惊地问，究竟谁在这里。

“‘那儿，就是那个俄国独臂老将军，’为了不让别人偷听到这个神奇的秘密，他紧贴着我，悄声对我说，‘那儿，蓄着连鬓白胡须的那个，背后有个侍从。他总是赢家，昨天我就注意他了，他准有一套诀窍，现在我一直望着他下注……昨天他也一直赢……只不过我犯了错误，他走了我还在继续赌……这是我的错……昨天他大概赢了两万法郎……今天他也是每盘都赢……现在我每回都跟着他下注……现在……’

“正说着，他突然停了下来，因为掌盘人响亮地喊了句‘Faitesvotre jeu！’[①]一听到叫喊声，他的目光便一路巡视过去，最后落在白胡子俄国人的位置上，贪婪地巡视着。这位俄国将军从容不迫地坐在那儿，神气十足，他先是不慌不忙地拿出一枚金币，稍作犹豫，随即又摸出第二枚，一齐押在第四格上。我面前那双容易激动的手便立即伸进钱堆里，抓起一把金币，扔在同一个位置上。一分钟后，掌盘人发出一声‘空门’的喊声，接着将耙竿一拐，便把桌上的钱全都收了去。他盯住被横扫而去的金钱，好似观看一件稀奇古怪的事一般。您一定以为这下他会朝我转过身来了吧。没有，他没有转过身来，他把我完全忘了，我已经沉没了，完了，从他生活中消失了，他绷得紧紧的全部感官都集中在俄国将军身上，而这位将军却满不在乎，手里又拿了两枚金币掂了掂，一时举棋不定，不知押在哪个数字上好。

“我无法向您描述我当时的愤怒和绝望。但是，请您想想我的心情：我把自己整个一生都抛给了这个人，到头来在他眼里我却连一只

① 法语：“诸位请下注！”

苍蝇都不如，对于苍蝇还得用手去随便驱赶一下呢。愤怒的狂涛再次涌上我的心头。我使劲一把抓住他的胳臂，令他大吃一惊。

"'您必须马上站起来！'我轻声对他说，但语气是命令式的，'想想您今天在教堂里立下的誓言，您这背弃誓言的人，真可悲！'

"他愣愣地望着我，神情慌张，脸色惨白。他的眼里突然现出惊恐和颓丧的表情，活像一条挨了打的狗露出的那副样子，他的嘴唇战栗着。他似乎一下想起了先前的一切，似乎对自己感到害怕了。

"'好……好……'他结结巴巴地说，'噢，我的上帝，我的上帝……好……我就来……请您原谅……'

"说着，他的手便开始把钱归拾起来，起先动作很快，而且显得精神振奋，态度坚决，可是随后就慢慢变得越来越迟钝，像是被一股反作用力给冲了回来。他的目光又重新落在那位正在下注的俄国将军身上。

"'再等会儿……'他迅速将五枚金币扔在俄国将军下了注的格子里，'……就再赌这一盘……我向您起誓，我马上就来……就再赌这一盘……就再……'

"他的声音又消失了。圆球已经开始滚动，并且也将他拽着一起滚动。这着了魔的人，他的心已经从我身边，也从他自己身边滑出去了，连同陀螺一起摔进光滑的凹格里，它里面小球还在不住地滚跳。掌盘人又在吆喝了，耙子又扒走了他的五枚金币；他输了。但是，他并没有转过身来。他把我忘了，把誓言以及一分钟前对我说的话统统都忘了。他的手又哆嗦着去抓那堆渐渐变少的钱，他迷醉的目光不安地颤动着，专门盯住他意愿中的那块磁石，对面那位会给他带来好运的人。

"我再也无法忍耐了。我再次将他摇了摇，但这次摇得很重。'您现在立即站起来！立刻！……您说过，就赌这一盘的……'

"可是，这时意想不到的事发生了。他突然转过身来瞪着我，脸上已经不再是恭顺和迷惘的表情，而是一脸雷霆大作的神色，愤怒使得他眼睛冒火，嘴唇发抖。'别缠着我！'他大声向我叱责，'给我滚开！您给我带来了晦气。只要您在这儿，我就老输。昨天您就让我倒

了霉，今天您又来了。快给我滚开！’

“刹那间我僵住了。见他这么疯狂，我的愤怒也像一匹脱缰的野马。

“‘我给您带来了晦气？’我大声谴责他，‘您这个骗子，您这个小偷，您曾对我发誓……’我说不下去了，因为这中了邪的人从座位上跳起来，毫不在乎周围喧嚷的人群，把我直往后推。‘让我安静点。’他无所顾忌地大声喊道，‘我又不受您的监护……拿去……拿去……把您的钱拿去，’说着，他便扔给我几张一百法郎的钞票……‘现在您总可以让我安静了吧！’

“他非常大声地嚷着，喊着，完全像中了邪一般，对上百个围观者熟视无睹。所有的人都瞪大眼睛，都在嘁嘁喳喳，指指点点，放声大笑，就连隔壁大厅里也挤过许多人来看热闹。我觉得，我仿佛被人剥光了衣服，赤身裸体地站在这帮看热闹的人面前……‘Silence, Madame, sil vous plait！’[①] 掌盘人盛气凌人地大声喊道，并用筢竿敲着赌台。这可怜的家伙，他这句话是冲着我说的。受到这般侮辱，我被羞得无地自容，站在这帮嘁嘁喳喳、交头接耳的看热闹的人面前，好似一个妓女，一个别人扔钱给她的妓女。二三百只厚颜无耻的眼睛一齐盯着我的脸，这时……侮辱的污水泼得我羞愧难当，我深深埋下头，把目光躲开，转向一侧，这时正巧遇到两只眼睛，一双惊骇万状地瞪着我的眼睛，真像两把锋利的尖刀——那是我表姐，她望着我，惊得张口结舌，呆若木鸡，还举着一只手。

“我好似挨了当头一棒，直吓得魂飞魄散：还没等她动弹，没等她从惊吓中恢复过来，我便立即冲出大厅，一口气跑到那张长椅跟前，就是昨天那个着了魔的人倒在上面的那张长椅。我也同样精疲力竭，身心交瘁地倒在这张无情的硬木椅上。

“这已是二十四年前的事了，可是，每当我回想起那一瞬间，被他嘲讽得低下头来，站在千百个陌生人面前的那一瞬间，我血管里的血就会变得冰凉。我又惊诧地感觉到，我们一直自鸣得意地称之为灵

---

① 法语：“夫人，请安静！”

魂、精神、感情的东西，称之为痛苦的东西，其实质又是多么的虚弱、可怜和没有骨气，因为这些东西即使再多，也不能把受痛苦煎熬的肉体和被压坏的身躯完全毁灭——因为人会经受住那样的时刻，血脉还会照样搏动，而不会像遭了雷击的大树那样死掉或者翻倒在地。这样的痛苦仅仅是突然一下，只有一瞬间，好像扯断了我的关节一样，使我倒在了长椅上，上气不接下气，脑袋迟钝麻木，简直领略到必定要死亡的快乐预感。然而，我刚才说过，一切痛苦都是懦弱的，而生的欲望却异乎寻常地强烈，在它面前，痛苦自会消退，而生之欲望似乎是植根于我们肉体之中的，它比我们精神上的一切死亡激情更为强大。在感情上经历那样的打击之后，我竟重新站了起来，这一点我自己也无法解释，当然，站起来之后该做些什么，对此我并不知道。我突然想到，我的几只箱子还寄存在车站上。刚一想到，心里便有种东西在催促我：走，走，走，离开这儿，离开这座该诅咒的地狱。我对谁都未加留意，便径直奔到车站，询问去巴黎的下班火车几点开，售票员告诉我是晚上十点，于是我便立即将行李托运。十点——自那次可怕的邂逅以来正好过了二十四小时，这二十四小时里充满了种种荒谬感情的骤变，以致我的内心世界永远破碎了。可是眼前，在心里持续不变的怦怦锤击的节奏中我只感觉到一个字：走！走！走！我头上的脉搏噗噗直跳，好似楔子不停地打进我的太阳穴里：走！走！走！离开这座城市，离开我自己，回家去，回到亲人身边去，回到我先前的、回到我自己的生活中去！我连夜乘火车到巴黎，从巴黎又几经转车才到了布隆，从布隆再到多佛，从多佛到伦敦，从伦敦到我儿子那里——这趟狂奔疾飞似的旅程整整四十八小时，一路上我不思，不想，不睡，不说，不吃，在这四十八小时中所有的车轮都咔嗒咔嗒地只奏着一个字：走！走！走！走！最后，我走进我儿子的乡村别墅时，大家都感到意外，人人都大吃一惊：我的神态和目光里一定有点儿什么泄露了我的隐私。我儿子要来拥抱我，吻我。我赶忙把头往后一别：他要接触我的嘴唇，而我的嘴唇已被玷污，想到这点我就无法忍受。我拒绝回答任何问题，只要洗个澡，需要从自己身上洗掉旅途的尘土和其他一切污秽，因为我身上似乎还粘着那个着了魔的人、那个毫无尊严的人的激情。随后我拖着脚步上楼，进了自己的房间，睡了十二小时或十四小时，直睡得昏昏沉沉，不知白天黑夜，在此之前和此后我都未曾睡过这样的觉，后来我才体会到，这一觉睡得真像是躺在棺材里死了一样。我的亲人像照看病人似的照看我，但是他们的温存体贴只能使我感到痛苦，他们对我的爱护和尊敬使我觉得内心有愧，我得时时留意，生怕自己突然大声吐露出真情：由于一次疯狂而荒唐的激情，我曾背叛过、忘掉过、抛弃过他们。

“后来，我又毫无目的地来到一座法国小城，谁也不认识，因为有个妄念我怎么也摆脱不了，总觉得人人第一眼就会从外表上看出我的耻辱，我的变化，我深深感到自己已经露出马脚，觉得自己直到灵魂深处都很肮脏。有时我早晨在床上醒来，感到非常害怕，眼睛都不敢睁开。我又想到那天夜里，我醒来突然发现自己身边躺着个半裸的陌生人，我像当时一样只有一个愿望：立即去死。

“但是，毕竟时间拥有最深远的威力，而年龄则具有一种能使各种感情贬值的特殊力量。人老了，就会感到死期渐渐临近，死神的黑影已经罩在了生命的旅途上，这时一切东西都显得不那么耀眼了，不再会强烈地影响一个人的内心感受，而且还减少了许多危险力量。我渐渐摆脱了那次打击的阴影；多年以后，我在一次社交场合遇到奥地利公使馆的专员，一个年轻的波兰人。我问起那个家族的情况，他告诉我，他表兄就是这个家族的，他表兄的一个儿子十年前在蒙特卡洛开枪自杀了——听到这个消息我都没有战栗一下。我已不再感到痛苦，也许——何必否认人的自私心理呢？——甚至还暗自欣喜呢，因为我以前一直担心说不定什么时候会碰见他，现在这个最后的恐惧也消失了。现在除了我自己的回忆，再也没有会对我构成威胁的见证人了。从此我心里就平静多了。人一老就不再害怕过去，除此一端便别无他长了。

“现在您就了解了，我怎么突然会同您谈我自己的遭遇，您为亨丽埃特夫人辩护时热情地说过，二十四小时完全可能决定一个女人的命运。我觉得这也是我自己的看法。我非常感激您，因为我的观点似乎第一次得到了确认。那时我就思忖：把心里的话统统说出来，这也许可以解除压在我心上的惩罚，以及回顾往事时所感到的惊吓；这样一来，也许我明天就可以去蒙特卡洛，走进那个使我遭遇这番命运的赌厅，既不恨他，也不恨自己。这样，我心上的巨石就落下去了，以它千钧之力沉沉地将过去压在底下，并且使它不能复苏。我能把这一切都讲给您听，于我很有好处：我现在心情轻松，几乎感到很快乐……为此我要感谢您。”

说到这里她突然站了起来，我感觉到，她已经讲完了。我有点发窘，想找句话来说。但是，她一定觉察到了我内心的感动，所以马上就加以阻拦。

“不，请您不要说……我不要您回答我或是对我说什么……感谢您听我讲了自己的遭遇，祝您旅途愉快。”

她站在我对面，伸出手来同我握手告别。我不由自主地抬头望着她的脸，站在我面前的这位慈祥而又略有羞赧的老太太，她的脸色令我感到非常惊异。不知是往日激情的反照，还是由于心慌意乱，这时她脸上突然泛起一层红晕，将她从脸颊到白发根都染成一片丹霞。她站在那里，活脱脱像个少女，对往事的回忆使她像新娘似的有点不知所措，而对自己的坦率陈述又感到有点羞涩。我不由得深受感动，很想用一句话来表示对她的崇敬。可是，我感到喉头太紧，说不出话来。于是我便弯下腰，满怀敬意地吻了她枯萎的、像秋叶般微微颤抖的手。

看不见的收藏

——德国通货膨胀时期中的一段插曲

列车过了德累斯顿两站，一位上了年纪的先生登上了我们这小节车厢，他彬彬有礼地打了招呼，向我颔首致意，再次富有表情地望了我一眼，像是遇见一位故人。乍一看我想不起来，可当他面带微笑刚一说出他的名字时，我马上就想起来了：他是柏林最有声望的艺术古玩商人之一，和平时期我经常在他那里浏览和购买旧书以及作家手稿。我们先是随便地聊了一会儿，突然间他径直说道：

“我得告诉您，我这是从哪来的。作为一个艺术商人，这是我三十七年来遇见的一桩奇怪之极的插曲。您大概知道，自从货币的价值像空气一样的不值钱，现在我们这一行的行情是什么样子：一批暴发户骤然间都对哥特式的圣母像、古版书以及古老的铜版雕刻画和古画感兴趣了。根本就无法满足他们的奢望，您甚至不得不防范他们把你的整个家底搜净刮光呢。他们恨不能把衣袖上的纽扣和写字台上的桌灯都买了去。于是收进新的货物就越来越困难了——请您原谅，我突然把这些东西说成是货物，往常这可是令我们感到多少有些敬畏的呢——可是这群坏家伙就是习惯于把一本杰出的威尼斯古版书看作一大堆美元，把一张古尔希诺①的素描当成几张一百法郎钞票的化身。这股突然涌来的抢购浪潮，其势头锐不可当。于是隔夜之间我就被搜刮得一干二净。我真想把店门一关了事。在我们这样一家老字号里——这还是我父亲从我祖父手里接过来的——竟然只有一些可怜巴巴的劣等货色，过去，在北方这都是些连走街串巷的小贩也不愿放到车上的东西，我为此羞愧至极。

① 古尔希诺：意大利画家乔万尼·弗兰西斯科·巴比埃利·达·秦托（1590～1666）的绰号。

“在这种狼狈的境地里，我想出了个主意，去翻阅我们的老账本，搜索一下我们的老顾客，或许可能从他们手中重新买回几件复制品，这样一本陈旧的顾客名单一直都是某种类型的坟墓，特别是在眼下这年代，它对我的用处根本不大。我们早先的那些买主大多数不是早就把他们的收藏送进了拍卖行，就是已不在人世了，对极个别的人也不能抱什么希望。突然间翻出我们的一个老顾客的一整捆来信，我一下子就想起他来，因为从一九一四年世界大战爆发以来，他就再也没有写信向我们订过货和询问过情况了。这些信件大约都是六十年代[①]以前的，这绝不是夸张！他从我祖父和父亲手里买过东西，可我记不起来，在我经营的三十七年中他进过我们的商店。一切都表明，他一定是一个古怪的、老式的、滑稽可笑的人。这样的德国人已经变得罕见了，只有在偏远的小镇里还有个把这样的人一直活到我们的时代。他写的字都是一种书法艺术，写得十分工整，钱数总额都用尺和红笔画上直道，而在数字下面都是再画上一道，以免出错。这一点以及他所用的简陋的信封和很不起眼的信纸都说明了这个无可救药的外省人的琐细和吝啬。落款处除了签上他的名字之外，他还经常带上一大串烦琐的头衔：退休的林务官，农业学家，退休上尉，一级铁十字奖章获得者。这个七十年代的老兵，要是还活着的话，那至少年过八十了。但是，这个滑稽可笑的节俭人，作为一个古老的绘画艺术的收藏家却表现出一种非凡的聪颖、杰出的知识和出色的鉴赏力。我慢慢地整理他大约六十年之内的订单——最早的一批订货还只是几枚银币的事情——这时我发现，这个卑微的外省人在当时人们用一个塔勒[②]可以买一大堆精美的德国木刻画的年代里，不声不响地搜集到一批铜版雕刻画，这笔收藏与那些暴发户借以炫耀自己的东西相比，毫不逊色。在半个世纪里，光是他在我们这里仅用极少马克和芬尼成交的，今天的价值就会令人咋舌，除此，可以想象得出，他定也从拍卖行和其他商人手中弄到不少名贵的东西呢。从一九一四年起我们再也没有从他

① 指19世纪60年代。
② 德国旧时的一种银币。

那里收到过订单了，但我对艺术商界里的事情十分熟悉，这样一批收藏如果进行拍卖或者私下里出售那是瞒不过我的。因此，这个古怪的人现在一定还活着，要不这批收藏就在他的继承人手里。

“这件事引起了我的兴趣，于是我在第二天，即昨天晚上立刻动身，直奔萨克森的一座十分破旧的小镇。当我从简陋的车站穿越城镇的那条主要街道时，我简直不能相信，在这些平庸的、市民气的简陋房屋里，其中某间陋室竟住着一个拥有伦勃朗的最杰出的绘画、丢勒和蒙台纳的木刻人像的人。使我惊讶的是我在邮局询问这里是否住有叫这个名字的林务官和农业学家时，得知这位老先生确实还健在，于是我就在上午前去拜访，应当承认，我的心当时跳个不停呢。

“我没费什么力气就找到了他的住处。他住在那种租费低廉的、土里土气的楼房里，这种建筑物都是在六十年代草率匆忙修建起来的，他住在三楼，二楼住着一位老实的裁缝，在三楼的左边挂着一位邮政局长的牌子，闪闪发光；而在右边挂着一个小型的珐琅牌子，上面有林务官和农业学家的字样。我胆怯地拉动了门铃，随即出来了一个年迈的白发女人，她头戴一顶整洁的黑色小帽。我把我的名片递给了她，问是否可以同林务官先生面谈。她感到惊讶，先是怀有某种疑惑似的打量我，随即看了看我的名片。在这远离世界的小镇里，在这老式的房子里，出现了一个从外地来的客人，这可是一件大事。但是她和气地请我稍候，拿着名片，走进房间，我听到她轻轻地说话，随即突然响起了一个男人的洪亮的声音：‘啊，R 先生，柏林来的，一家大古玩店的老板……请进来，请进来……我太高兴了！’那个老妇人快步重新走了出来，把我让进屋内。

“我脱掉大衣，进了房间。在简朴的房间正中，笔直地站着一个健壮的老人，浓髭密髯，身上穿着一件半军用的便服，亲切地向我伸出双手。但他站在那里的这种奇怪的、僵直的姿态与他那外表上不容置疑的高兴非凡和喜出望外的欢迎姿态毫无共同之处。他一步也不朝我走来，我感到一丝愕然，只得走到他跟前，以便和他握手。可当我正要握他的手时，我发现他的那双手仍一动不动保持着水平姿势，不是来握我的手，而是在那儿等我去握。随即我全明白了，这个人是个盲人。

“早从孩提时代起，在一个盲人面前，我总是觉得不舒服；我明知他是一个活生生的人，可同时又知道，他不能像我看到他那样看到我，这总免不了使我感到某种羞赧和窘迫。当我现在看到白色浓眉下的一双业已死亡了的、僵直的、空无所视的眼睛时，我不得不克制我的愕然。但是这个盲人却不让我有更多时间发怔，我刚一握住他的手，他就使劲地摇动起来，急促地、高兴得粗声粗气地再度表示欢迎。‘稀客啊，’他满脸堆笑地对我说，‘这真是奇迹呀，柏林的一位大老板竟然光临寒舍……可一当某个生意人上路，那就要当心啊……在我们这里，人们常说：要是吉卜赛人来了，那就要紧锁房门，看好钱包……是的，我想得出您为什么来找我……眼下，在我们这个可怜的、走下坡路的德国，生意不好做啊。没有买主了，于是大老板们就又想起了他们的旧主顾，寻找他们走失了的羔羊……但在我这里，恐怕您交不上运气啦，我们这些穷苦人，靠养老金过活的老人，饭桌上有块面包，就够高兴的了。你们现在要的令人发疯的价格，我们再也付不起了……我们这样的人永远也没有份了。’

“我立即解释说，他误解了我的来意。我来这儿不是向他出售什么，我只是偶尔来到这一带，有了机会，也不想错过这个机会来拜访我们的一位多年的老主顾和德国最大的收藏家之一，我刚一说完‘最大的收藏家之一’这句话，这老人的脸上便起了一种奇怪的变化。虽说他还是笔直地、僵硬地站在房子中央，可是现在他的态度突然显出欢快明亮和洋洋得意的神情。他把身子转向估计是他妻子的方向，说道：‘你听听。’声音里充满了快乐，没有一丝那种在军队里养成的粗鲁语气，而是和气地甚至是温柔地对我说：‘您这真是太好、太好了……您确是不虚此行啊。您可以看到您不是每天都能看得到的东西，即使是在你们豪华的柏林……有几幅画，在阿尔帕梯纳[①]，在该死的巴黎都找不出比它们更美的了……真的，收藏了六十年，什么样的东西能没有啊，这可不是在马路上随便看得到的。露易丝，把柜子

① 阿尔帕梯纳：维也纳著名的艺术陈列馆。

的钥匙给我！'

“这时候却发生了有些意想不到的事情。那个一直站在他身边、面带微笑客气地静听我们谈话的老妇人，突然向我恳求地举起双手，与此同时猛烈地摇头表示不同意，这个暗示一开头我没有理解。这时她走到丈夫跟前，把两只手放到他的双肩上。'海瓦特，'她提醒说，'你还根本没问这位先生现在是不是有时间来看你的收藏呢，现在已经中午了。而饭后你得休息一个钟头，这是医生明确嘱咐了的。饭后你让这位先生看你的东西，然后我们一同喝杯咖啡，不是更好吗？那时安娜玛丽也在这儿了，她对这些东西很熟悉，可以帮你的忙！'

“这番话她刚一说完，就立即再次背着什么也察觉不到的老人重复那种迫切乞求的手势。我现在懂得了她的意思。我知道，她希望我现在拒绝观看他的收藏，我很快找到一个遁词，说中午有一个约会。如果能够欣赏他的收藏，我当然感到高兴和光荣，但是在三点钟之前几乎不可能了，在此之后我十分愿意。

“他像一个孩子被人夺去了心爱的玩具那样恼火起来，老人转过身来。'当然，'他嘟囔说，'柏林的先生们从来都没有时间的，可这次您一定得花点时间的，这可不是三五幅画，这是整整二十七本画册，每本是一个大师的作品，而且没有一本里是有空页的。那就说好三点；可要准时，否则我们是看不完的。'

“他又空无所视地把手伸给我。'您注意，您会高兴——或者恼火。而您越是恼火，我就越是高兴。我们收藏家一向就是这样：一切都弄来给自己，而没有我们给别人的！'他再次有力地摇动我的手。

“老妇人陪我出门。整个时间里我已觉察到她闷闷不乐、畏葸不安和不知所措的表情。刚一走出门口，她完全压低了声音、结结巴巴地对我说：'在您来我们这里之前，是否请您允许……请您允许……我的女儿安娜玛丽去领您前来？……这更好些……更妥当些……您大概是在旅馆用饭吧？'

“'当然，我为此感到非常高兴，乐于从命。'我说。

“真的，就在一个小时之后，我在市集广场旁边旅馆的小饭堂里刚吃完中饭，就走进来一个老气的姑娘，她衣着简朴，用目光在搜寻。

我向她走去，介绍我自己，说明我已准备停当，可以立即动身去欣赏她父亲的收藏。可她突然脸红了起来，像她母亲一样慌乱窘迫，她问我在去之前可否同我谈几句话。我立刻看出来她很为难。每当她要开口说话时，总是十分羞赧，面泛红晕，不安地用手抚弄衣服。最后她总算开始说了，结结巴巴，并且老是一再地慌乱无措：

"'母亲叫我到您这儿来……她把一切都讲给我听了……我们对您有一个请求……在您去我父亲那儿之前，我们是想告诉您，我父亲当然想把他的收藏拿给您看……可是这批收藏……这批收藏……不再是完整无缺的了……其中少了一些……不幸的是，甚至可以说少了很多……'

"她不得不又停下来喘口气，随即突然望着我，匆忙地说下去：

"'我必须完全坦率地对您讲……您清楚眼下的时代，您会了解这一切的……战争爆发后父亲的双目就完全失明了。早在这之前他的眼睛就经常犯病，而由于激动终于完全失明——战争开始那年，他虽然已七十六岁了，可还是要到法国去打仗，当军队没有像一八七〇年那样长驱直入，他就可怕地激动起来，于是他的视力就急剧减退，要没有这场变故，他一直还完全是健壮的，在这之前不久他还能整小时走动，甚至外出打猎，这是他最喜爱的一种运动。可现在他不能出外散步，他剩下的唯一乐趣就是这批收藏，每天他都得看上一遍……说实在的，他根本不是在看，他根本也看不见了，但他每天下午把画册都拿出来，为的是至少可以用手去摸摸它们，一张接着一张，总是按着固定的次序，这是数十年来他熟记好了的……今天没有什么再引起他的兴致了，我总是给他念报纸上的拍卖价格，他听到价格越高，就越是高兴……可是……可这太可怕了，我父亲对物价、对时代是一窍不通啊……他不知道我们失去了一切，他不知道他一个月的养老金只够两天的生活用……此外还得加上我妹妹和她的四个孩子，她的丈夫战死了……可我父亲对我们经济上的困难一无所知。开头我们节俭地过，省吃俭用，可这无济于事。于是我们开始卖东西——我们当时不动他心爱的收藏——卖我们有的零星首饰，可是，我的上帝，六十年来我父亲把他省下来的每个芬尼都用在买画上了，我们能有什么值钱的东西呢。山穷水尽，我们不知该怎么办……于是，于是母亲和我卖了一张画。父亲要知道的话，是不会允许的，他不知道境况多么坏，他想象不出在黑市里买一口吃的是多么困难，他也不知道我们被打败了，阿尔萨斯和洛林被割让出去了，我们不再给他念报纸上这一类的事情，免得他激动起来。

"'我们卖了一幅非常珍贵的画，那是伦勃朗的一张铜版蚀刻画。买主给了我们好几千马克，我们希望用这笔钱能过上一年。可是您知道，这钱也太不值钱了……我们把余款存放在银行里，可是两个月后就变得一文不值了。这样我们只得又卖一张，接着再卖一张，而买主汇来的钱老是很迟，等钱到手又不值钱了。随后我们去拍卖行，可在那儿他们也欺骗我们，出的价格是上百万……可是等这几百万马克到我们手时就又变成一堆废纸。慢慢地就这样把他那批收藏中的最珍贵的卖得一张不剩，用来维持起码的、最可怜不过的生活，而我父亲对此一无所知。

"'因此，当您今天前来，我母亲十分惊慌……要是他给您打开他的画册，那一切就隐瞒不住了……我们把复制品或类似的画塞到画册里的旧框里去代替我们卖出的画，这样，他抚摸的时候就不会发觉。当他抚摸和数这些画（每一张的次序他记得非常清楚）的时候，那种喜悦劲和他过去眼睛能看得见的时候一样。在这座小城镇里，父亲认为，没有一个人配看他的宝贝……他怀有一种狂热爱着每一张画，我相信，要是他知道了他手里的这批画都早已无影无踪的话，那他会心碎的。这么多年来，您是第一个他要把他的画册给您看的人。为此我请求您……'

"突然这个女人举起双手，眼睛含着泪水，闪闪发光。

"'……我们恳求您……您不要使他不幸……您不要使我们不幸……您不要毁掉他这最后的幻想，请您帮助我们，使他相信他要对您讲述的这些画都还在……要是他猜出了都是假的，那他肯定会死去的。或许我们这样对待他是不对的，但是我们没有别的办法。人总得活下去……人的生命，我妹妹的四个孤儿，这总比画要重要啊……直到今天我们确也没有剥夺掉他的快乐；每天下午有三个钟点他翻阅他的画册，同每张画说话，像同一个活人一样。而今天……今天也许是他最幸福的日子，多年以来，他一直等待这么一天，好向一个行家展示他这些心爱之物；我请求您……用举起的双手恳求您，不要毁掉他的幸福！'

"她说的这一切是那样感人，我的复述根本无法表达出万分之一。我的上帝，作为一个生意人，我看到过许多人被无耻地掠夺得一干二净，被通货膨胀弄得倾家荡产，他们宝贵的家私为了换口奶油面包而被骗去。但是这儿，命运创造了另外一番奇特的情景，它使我极为感动。不言而喻，我答应她一定保守秘密，并尽我最大的努力去做。

"我们一道前往。在半路上我又愤慨地得知，别人用区区少数的钱欺骗了这两个穷苦的、无知的女人，这更坚定了我去帮助她们的决心。我们上了楼，还没等我们拉门铃，我就听见从房间里面传出来老人高兴的叫喊声：'进来！进来！'盲人的灵敏听觉使他在我刚一上楼时就听到了我们的脚步声。

"'海瓦特今天等着您看他的宝贝，急得连觉都没睡着。'老妇人微笑着说。她女儿的一个眼色就使她安下心来，知道已经取得了我的同意。在桌面上早就摆满了画册，这位双目失明的老人刚一握到我的手，来不及说其他的欢迎词儿，就抓住我的胳膊把我按在扶手椅上。

"'好了，现在我们马上开始——有好多东西要看呢，从柏林来的先生们没有时间哪。第一本画册是丢勒大师的，您可以看得出来，是相当完整的，一张比一张好，喏，这您自己能判断出来的，您看这一张！'他翻开画册的第一张，'这是《大马》。'

"于是他十分谨慎地，就像是接触一件易碎的物件似的，用指尖小心翼翼地从画册的纸框里取下一张上面什么也没有的、发黄的纸张，兴高采烈地把这张废纸头摆在自己的面前。他看着它，有好几分钟，实际上他什么也看不见，但他兴奋地用手把这张白纸举到眼前，脸上奇妙地呈现出一个明目人那样的聚精会神的表情。在他那双瞳仁业已僵死的眼睛里霎时间闪出一种明镜般的光亮，一种智慧的光华。这是由于纸张的反射还是内心光辉的映照？

"'喏，您什么时候看到过这样一张极为漂亮的画呢？'他骄傲地说，‘每一个细节都那么清晰，多么细腻——我把这一张同德累斯顿的那一张作过比较，比起来那一张显得呆板，毫无生气。这儿还有收藏家的一些落款！’说着他把这张纸翻了过来，用指甲准确地指着这张白纸背面的一个地方，这使我不由自主地看过去，看那儿是否真的有什么标记。‘这是拿格勒收藏的图章，这儿是雪米和艾斯达依勒的图章；他们，这些著名的收藏家绝不会想到，他们的画有一天竟落到了这间陋室里。’

“当这个一无所知的盲人那样赞赏一张废纸时，我脊背上不禁感到一阵发冷；看到他用指甲尖一丝不苟地指着那些只存在于他幻想中而实际上看不到的收藏者的标志，真使人难过。我觉得嗓子眼发堵，不知回答什么好；但当我不知所措地向两个女人望去时，看到了那个颤抖的、激动的老妇人乞求地举起双手，于是我镇定下来，开始扮演我的角色。

“‘真是罕见！’我终于讷讷说道，‘一张美极了的画。’他的脸立刻由于骄矜而泛出光泽。‘这远不算什么，’他得意地说，‘您得先看看那张《忧郁》或者《基督受难》，一张着色的珍品，这样的质量再找不出第二份来，您看看吧。’他的手指又轻轻地在一张他想象中的画上比画着。‘多么鲜艳，色调多么细腻，多么温暖。柏林的古玩商和博物馆的专家们都会目瞪口呆的。’

“这种狂喜入迷的、喋喋不休的赞赏足足有两个钟头。不，我无法向您描述，看到这一二百张白纸或粗劣的复制品是多么令人难过，但这些白纸和复制品在这个悲惨的、一无所知的盲人的记忆里却是那么真实，他能丝毫不差地顺着次序赞美着、描绘着每一个细部，十分精确；这看不见的收藏，虽说早已失散得一干二净，可对于这个盲人，对于这个令人感动的、受骗的老人，却依然是完整无缺啊，他幻觉中的激情是那样强烈，几乎使我都开始相信他的幻觉是真实的了。只是有一次他几乎从这种夜游式的状态中被惊醒过来：在他夸奖伦勃朗的《阿齐奥帕》（这一定是一幅珍贵无比的样本）印得多么精致时，同时就用他那神经质的有视觉的手指，顺着印路在描画着，可他那敏感的触觉神经在这张白纸上却感受不到那种纹路。刹那间他的额头笼罩上一层黑影，声音慌乱起来。‘这真的……真的是《阿齐奥帕》？’他嘀咕起来，显得有些困惑。于是我灵机一动，马上从他手里把这张纸拿了过来，并兴致勃勃地对这幅我也熟悉的铜版蚀刻画中每一个细节加以描述。盲目老人业已变得困惑的面孔又恢复了常态。我越是赞赏，这个身材魁梧然而老态龙钟的盲人便越是心花怒放，一种宽厚的慈祥，一种憨直的喜悦。‘这才真是一个行家，’他欢叫起来，得意地把身子转向家人，‘终于有一个懂行的人了，你们也会知道，我的画是多么宝贵了。你们总是怀疑我，责备我把钱都花在我的收藏上，是啊，六十年来，我不喝啤酒，什么酒也不喝，不吸烟，不外出旅行，不上剧场，不买书，我节衣缩食，省吃俭用，就是为了这些画。你们会看到的，等我离开人世时，那你们就会有钱，比这个城镇的任何人都有钱，和德累斯顿最有钱的人一样富有，那时你们就会对我的这股傻劲再次感到高兴呢。但是只要我还活着，哪一幅画也不许离开我的家。得先把我抬去埋掉，才能动我的收藏。’

“他的手温柔地抚摸着早已空空如也的画册，像抚摸一个活物似的。这使我感到惊悸，但同时也深受感动，在战争的年代里我还从没有在一个德国人的脸上看到这样完美、这样纯真的幸福表情，站在他身边的是他的妻女，她们与德国大师的那幅蚀刻画上的女性形象那样神奇地相似，她们来到这儿是为了瞻仰她们的救世主的坟墓，站在被挖掘一空的墓穴之前，她们面带一种惊骇至极的表情，而同时又怀有一种虔诚的、奇妙的狂喜。像那幅画上的女人在听耶稣基督的上天预言那样，这两个上了年纪的、面容憔悴的、穷苦的小资产阶级女人被老人的孩子般的喜悦所感染，半是欢笑，半是泪水，这种景象我从未经历过，它是那样动人。但是老人觉得我的赞赏仍嫌不够似的，他一直不断地翻动画册，如饥似渴地吞饮下我的每一句话。当这些骗人的画册终于被推到一旁，他不情愿地把桌子腾出来供喝咖啡用时，这对我来说如释重负。但我的这种轻松之感，却是针对他那极度兴奋、极为狂乱的快乐的，针对这像是年轻了三十岁的老人的自豪而言的，这使我感到内疚。他讲了许许多多他搜集这些画的趣闻；他拒绝他人的帮忙，不断地站起身来，一再地抽出一幅又一幅的画来，宛如喝醉了酒那样不能自主。最后，当我告诉他我得告辞时，他蓦地一怔，像一个固执的孩子那样满心不悦，气得直跺脚。这不行，我还一半都没看完呢。两个女人极力使这执拗的老人理解，他不应该再挽留我了，要不我就要误火车了。

“经过无望的挽留，他最后听从了劝告；在告别的时候，他的声音变得完全温和了。他抓住我的双手，面带一个盲人所能表现出来的全部感情，用手指爱抚地一直摸到手腕，像是要更多地了解我，或者是要给予我远非言辞所能表达出的、更多的爱。‘您的访问使我高兴极了，高兴极了，’他开始激动地说，这激动出自他内心深处，是我永远不能忘怀的，‘您对我真的做了一件大好事，使我终于，终于，终于能同一个行家一道欣赏我这些心爱的画册。您会看到，您到一个老瞎子这儿来，并没有白来一趟。这儿，在我的妻子面前，她可以作证，我答应，在我的遗嘱上再加上一个条款，把我的这批收藏委托给您这家老字号负责拍卖。您应该有这份荣誉，支配这批不被人知晓的宝贝，’说到这里他把手轻轻地放在已被洗劫一空的画册上面，‘直到它们流散在世上的那一天为止。但您要答应我，印一份精美的目录：这将是我的墓碑，我不需要其他更好的了。’

“我向他的妻子和女儿望去，她俩聚靠在一起，战栗不时从一个人传向另一个人，仿佛她俩成为一体，协调一致地在抖动。可我有着一种庄重的情感，因为这个令人感动的、一无所知的盲人把他那看不见的、早已无影无踪的收藏当作一批珍贵的财富委托给我支配。我激动地应允了他，可是这允诺是永远不会兑现的。在他那对业已死亡的瞳仁中重又泛出光辉。我觉察到，他有着一种出自心底的渴望，要和我亲近；我感到他的手指是那么温柔、那么亲切地紧握住我的手指，满怀着感激和庄严的情感。

“两个女人陪我向门口走去。她俩不敢讲话，因为怕他灵敏的听觉会听到每一个字；她们望着我，两眼饱含热泪，目光里充满了感激之情。我迷迷瞪瞪地摸着下了楼梯。我真应该感到羞愧，看起来我像一个天使降临到一个穷人之家，由于我参与了一场虔诚的骗局并进行了善意的欺骗，从而使一个盲人复明了一个小时，我实际上却是一个卑劣的商贩，来到这里是想从别人手中搞去一两张珍贵的作品。但我从这里带走的远比这要珍贵得多:在这个阴郁的、没有欢乐的时代里，我又一次活生生地感受到了纯真的热情，一种照透灵魂、完全倾注于艺术的狂热，而这种狂热我们的人早就没有了。我怀有一种敬畏的感情——我不能说出别的什么来——尽管我还一直有着一种我说不出为什么的羞愧之情。

“我已走到了街上，上面的窗户咯吱地响动起来，我听到有人喊我的名字。真的，老人用盲无所见的眼睛在望着估计是我走去的方向，他连这个机会都不放过。他把身子从窗户里探出很远，两个女人不得不费心地扶住他。他挥动手帕，用孩子似的欢快声音喊道:‘一路平安！’我永远不会忘记这个景象:窗口上面白发老人的一张快乐的面孔，高高地漂浮在马路上愁容满面、熙来攘往、行色匆忙的众生之上，乘着一朵幻觉的白云冉冉上升，离开了我们这个令人厌恶的世界。我不由得忆起了那句古老的至理名言——我想那是歌德说的——‘收藏家是幸福的人。’”

日内瓦湖畔的插曲

在日内瓦湖畔，靠近小小瑞士的维诺弗的地方，一九一八年夏天的一个傍晚，一个渔夫把船向岸边划来。他在湖面上发现了一件奇怪的东西，划近一看，原来是一只用几根木棍松垮地捆在一起的简单木筏，上面有一个赤身裸体的男人用一块木板当桨在笨拙地划着。渔夫惊骇地划到跟前，把这个精疲力竭的人拖到自己的船上，用渔网盖住他的下身，随后他试着同这个蜷缩在船上一角冷得浑身发颤的、畏怯的男人攀谈。可是这个人用一种陌生的语言答话，这种语言和渔夫说的没有一个字相同。不久，这个热心肠的渔夫只好作罢，他收起渔网，快速地向岸边驶去。

岸边华灯初上。这个赤身裸体的人的面孔慢慢清晰可见。他那宽大的嘴边满是胡髭，脸上泛起孩子似的笑容，举起一只手向对面指着，结结巴巴地说着一个词，听起来像是“露西亚”①，小舟离岸越来越近，这个词说得越来越热烈。渔船终于靠岸，渔夫们的家室都在岸边守望自己的男人。她们观望渔夫的湿漉漉的捕获物，可她们一看出在渔网里的竟是一个一丝不挂的男人时，便慌乱地四下逃散，就像瑙西卡②的侍女发现裸体的俄底修斯的情景一样。慢慢地，村里的一些男人向这稀有的“人鱼”聚拢来，他们随即负责尽职地把他送到村长那里。出于战争期间的直觉和丰富的经验，他立刻就觉察出这个人一定是个逃兵，从湖岸法国那边游到这里来的。于是他公事公办地进行审问，可是这种一本正经的做法很快就失去了严肃的意义和应有的价值，这

---

① 俄语的音译，意为俄罗斯。

② 瑙西卡：古希腊神话中阿尔刻诺国王的女儿。由于雅典娜的指使，瑙西卡和她的侍女们在河边嬉戏时发现了漂流到该岛的俄底修斯。当时俄底修斯一丝不挂地出现在她们面前，侍女惊得四下逃散。

个一丝不挂的男人（在此期间有几个居民掷给他一件上衣和一条粗布裤子）对任何问题只是重复地、疑问似的说："露西亚？露西亚？"声音越来越畏葸，越来越含混不清。村长对此感到有些恼火，于是以不容误解的手势让这个陌生人跟他走。身边围着一群吵吵嚷嚷的年轻人，这个湿漉漉的、光着大腿的男人，穿着一件上衣和一条短裤，被带到村公所去，好在那里把事情弄清楚。这个人顺从地一声不响，只是他那对明亮的眼睛由于失望而变得黯淡无光，他那高耸的肩膀像是在重压之下垂了下来。

这条被捕捞上来的"人鱼"被安置在就近的一座旅馆里。在单调的日子里，这个令人开心的插曲给人们带来了乐趣，一些女人和男人都来这里参观这个野人。一个女人带给他糖果，可是他像个猴子似的多疑，动也不动；一个男人给他照相，所有的人都谈论他，高兴地在他周围七嘴八舌说个不停。终于，有一个曾在外国待过并能说多种语言的饭店老板来到这个惶恐不安的人身边，轮换用德语、意大利语、英语，而最终用俄语问话。刚一听到家乡话，这个惶恐不安的人就抽搐了一下，他那善良的面孔上堆起一片宽厚的笑容，突然间他镇静而直率地谈起他的全部经历。这个故事很长，也很杂乱，一些个别地方连这个临时翻译也搞不懂，但是这个人的遭遇总的说来还是清楚的：

他在俄国打仗，可有一天，他同成千上万的士兵被装进军车，走了好远好远，随后又被装上船，船走了更长时间，经过一个非常炎热的地区，用他的话来说，热得肉里的骨头都软了。最后他们在一个地方登陆，又被塞进军车，然后向一个山丘冲了上去，随后他什么都不知道了，因为冲锋一开始他的腿上就中了一弹。通过翻译，听众马上就知道了，这个逃兵是属于那个穿过西伯利亚和经过海参崴，越过大半个地球来到法国前线的俄国军团的士兵。这马上激起了人们怀有怜悯心的一种好奇，是什么促使他能够进行这次稀奇的逃亡。这个性情随和的俄国人，面带半是宽厚半是狡黠的微笑叙述说，他的伤还没有好，就问护士，俄国在什么地方，护士把方向指点给他，他通过太阳和星星的位置大体确定了方向，于是就偷偷地溜了出来，夜间走路，白天躲在干草堆里逃避巡逻兵。吃的是采到的浆果和讨来的面包，走了十天，最终他到了湖边。现在他叙述就有些不清不楚了；好像是这个来自贝加尔湖畔的人以为，在晚霞中他眺望到日内瓦湖另一岸的摇曳不定的轮廓，认定那就是俄国。他想方设法从一家农舍里偷了两根木梁，他躺卧在上面，用一条木板做桨，划到湖中间，在那里那个渔夫发现了他。在他结束他的这段糊里糊涂的故事时，他胆怯地提出了个问题，是不是他明天就可以到家，还没等翻译出来，这个愚昧无知的问题先是唤起了一阵哄堂大笑，可随即这笑声变成了一种深切的同情。每个人都塞给这个东张西望、显得手足无措、可怜巴巴的人一两个铜板或几张纸币。

在此期间，一个较高级的警官从电话中得悉此事，由蒙特沃来到这里，他费了不少气力才就此事写出了一份记录。这不仅是由于这临时的译员无能为力，也是由于这个人的无知无识，西方人对此是难以想象的，可现在总算是清楚了。他对自己的身世，除了知道他名字叫鲍里斯之外，几乎毫无所知；而对自己的家乡，他只能极为混乱地描画个大概，他是麦合尔斯基公爵的农奴（虽然农奴制早已废除了好几十年了，可他还是说农奴这个词），他同他的妻子和三个孩子住在离大湖有五十俄里的地方等。现在谈到下一步该怎么办的问题了，一些人开始争论起来，而他目光呆滞地蹲在这群人中间。有些人认为应当把他送交给伯尔尼的俄国领事馆，可另一些人怕这样做他会被重新送回法国；警官在权衡这个问题的严重性，是该把他当作逃兵还是当作一个无证件的外国人来对待；村秘书立刻排除上面提到的后一种可能性，这要地方上养活一个外来人，还要为他准备住处。一个法国人叫了起来，人们对这个可怜的俄国兵不该这样顾虑重重，他可以劳动或者被遣送回去；两个妇女激烈地反对说，他的不幸不是由于自己的过错，让人背井离乡到外国打仗，这才是一种犯罪。这个偶然的事件几乎要引起一场政治上的争吵。这时突然一位老先生、丹麦人——在此期间他来到此地——断然表示，他愿为这个人付八天的生活费用，这期间行政当局应同领事馆进行交涉达成协议。这个意想不到的解决办法，使官方之间和持不同意见的个人之间都避免了争吵。

在越来越激烈的争辩中间，这个逃兵慢慢地抬起畏怯的目光，老是望着饭店老板的嘴唇，他知道，在这场争论中，这是唯一能告诉他该怎么办的人。他对由于他的出现而引起的这场争吵显得毫无所谓，现在当争吵声平静下来时，他不由自主地在寂静中间向老板抬起乞求的双手，就像女人在圣像面前祈祷那样。那令人感动的姿势深深地打动了在场的每一个人。老板亲切地走上前去安慰他，告诉他不要怕，他可以住在这里，在旅馆会有人照料他的。这个俄国人要吻他的手，可老板迅速把手抽了回去。随后老板把邻近的一座小旅馆指点给他，他可以住在那里，有吃的东西，又再次说了几句亲切的话，安慰他；之后他顺着马路走回自己的饭店，临行时还再次和蔼地同他示意作别。

这个逃亡者动也不动地凝视着老板的背影，在人群中间，只有这个人懂得他的语言。他畏葸地躲在一边，一度明亮的脸色又阴沉下来。他眷恋的目光直到老板的背影消逝在位于高处的饭店才垂了下来，对其他人则望也不望。那些人对他的这番举止感到惊奇，笑了起来。其中一个人同情地动了动他，让他进旅馆去，他垂下沉重的双肩，耷拉着脑袋走进门去。有人给他打开睡房的房门。他蜷缩在桌旁，女仆把一杯烧酒放在桌子上表示欢迎。他整个上午动也不动地、茫然地坐在那里。村里的孩子们不时地从窗外窥视，大声笑着，朝他喊叫，他连头都不抬，一些人走进房来，好奇地观察着他，他目光不动地盯着桌子，弯着腰坐在那里，畏葸、羞赧。中午吃饭的时候，饭堂里聚集着一大群人，笑语喧哗，他周围的人都在高谈阔论，在喧嚣嘈杂的人群中间他又聋又哑地坐在这里时，他的双手哆嗦起来，几乎连用勺子舀汤都舀不出来。蓦地，两行粗大的泪水顺颊滚下，沉重地落在桌上。他畏怯地环望一下四周。其他人看到他流泪，一下子就静了下来。他感到羞愧，把沉重、蓬乱的脑袋越来越低地垂向黑色的桌面。

直到傍晚，他一直这样坐着。人们来来往往，他对此毫无感觉，而那些人也不再理会他了。他坐在火炉的阴影里，本身就像一截阴影，双手沉重地摊放在桌子上。所有的人都把他忘了，没有一个人注意到他在朦胧中突然立起身来，像只野兽似的、闷闷地顺着路向那座饭店走去。走到门前，他手中托着帽子，站在那里，一个钟点、两个钟点动也不动，对谁都不看一眼。在饭店的入口处，光线黯淡，他犹如半截枯树，僵直、黑黝黝地竖在那里，像生了根似的，终于这个奇怪的景象引起了饭店的一个小伙计的注意，他把老板叫了来。当老板用俄语向他打招呼时，他那阴沉沉的脸上又泛起少许的光泽。

“你要做什么，鲍里斯？”老板亲切地问道。

“请您原谅，”这个逃亡者讷讷地说，“我想知道……我是不是可以回家。”

“当然啰，鲍里斯，你可以回家。”被问者微笑着回答说。

“明天行吗？”

这下子老板也变得认真起来。当他听到这乞求的话时，笑容从他脸上消逝了。“不行，鲍里斯，现在还不行。得战争结束才可以哪。”

“那什么时候？什么时候战争结束？”

“上帝才知道。我们这些人是不知道的。”

“不能早一些？我不能早一些走？”

“不能，鲍里斯。”

“很远吗？”

“很远。”

“得走许多天？”

“许多天。”

“先生，我还是要走！我身强力壮。我不会累的。”

“你没法走的，鲍里斯。这中间还有国境。”

“国境？”他呆钝地望着。这个词他太陌生了。随后他固执地一再说：“我会游过去的。”

老板几乎要笑起来，但这使他感到难过啊，于是他和蔼地解释说：“不行，鲍里斯，这不行啊。国境，就是另一个国家。他们不会让你过去的。”

“可我并没有得罪他们呵！我早就把我的枪扔了。我哀求他们，看在基督的分上，为什么不能让我去我老婆那里？”

老板的心情变得越来越沉重。他感到一阵揪心的痛苦。“不行啊，”他说，“他们不会放你过去的，鲍里斯。现在人都不再听基督的话了。”

“那我该怎么办，先生？我总不能待在这里呵！这里的人不懂得我，我也不懂得他们。”

“这你可以学会的，鲍里斯。”

“不，先生”，俄国人垂下了头，“我学不会。我只能在地里干活，除了这我什么也不会。我在这儿能做什么？我要回家！您指给我路好了！”

“现在没有路，鲍里斯。”

“可是，先生，他们总不能禁止我回家，我回到我老婆、回到孩子跟前去呀！我现在再不是个大兵了！”

“他们还会要你当兵的，鲍里斯。”

“是沙皇？”他蓦地问道，由于期待和敬畏而浑身颤抖。

“没有沙皇了，鲍里斯。人们把他推翻了。”

“没有沙皇了？”他愁眉不展地望着老板，目光中的最后一丝光泽消逝了，最后他疲惫不堪地说，“那么我是不能回家了？”

“现在还不能。你必须等着，鲍里斯。”

“等多久？”

“我不知道。”

在暗中，他的面色越来越阴沉灰暗：“我已经等了好长时间了！我不能再等下去。告诉我路！我要自己试着回去！”

“没有路，鲍里斯。在国境上他们会抓住你的。留在这儿，我们会给你找到活干！”

“这儿的人不懂得我，我也不懂得他们，”他固执地重复说，“我在这儿不能过活！帮帮我，先生！”

“我无法帮你，鲍里斯。”

“看在基督的面上，帮帮我，先生！我实在受不了啦！”

“我无法帮你，鲍里斯。现在没有人能帮助别人。”

他俩站在那里，面面相觑。鲍里斯转动手上的帽子。“那他们为什么把我从家里弄出来？他们说，我得保卫俄国，保卫沙皇。可是俄国离这儿那么远，你刚才说，他们把沙皇……您怎么说的了？”

“推翻了。”

“推翻了。”他懂也不懂地重复了这个词，“我现在怎么办，先生？我得回家！我的孩子在喊我。在这儿我没法活下去！帮帮我，先生！帮帮我！”

“我无法帮助你，鲍里斯。”

“没有人能帮助我吗？”

“现在没有人。”

俄国人把头垂得越来越低，突然间他闷声闷气地说：“谢谢你，先生。”随后转身走开了。

他慢步顺路而下。老板长时间地望着他的背影，看到他没有回到旅馆，而是向湖边走去，感到十分奇怪。他深深地叹了口气，回到自己饭店里去。

事也凑巧，翌日清晨还是那个渔夫找到了一具溺死者的赤裸裸的尸体。死者生前一丝不苟地把送给他的裤子、帽子和外套摆在岸边，然后走进水里。关于这件事做了一份记录；由于不清楚这个陌生人的姓名，只在他的坟墓上竖了一个简陋的十字架，这是那许许多多小型十字架中的一个，它象征着无名者的命运。现在整个欧洲，从东到西、从南到北到处都插满了这样的十字架。

拍卖行里的奇遇

1931年4月，一个奇妙的清晨，天气好极了，空气潮湿，但却又充满了阳光。它像一块软糖那样，好吃得很，香甜、凉爽，湿润和光亮，过滤了的春天，纯净的臭氧。在斯特拉斯堡林荫大道的中心，人们惊喜地呼吸着从草原和大海飘来的芬芳。一阵暴雨，那种任性的四月阵雨创造出了这种喜人的奇迹，春天经常是与它们一道以一种极为顽皮的方式宣告它的来临。

我们的火车在半路上朝着昏暗的地平线驶去，它从天空黑乎乎地直切入旷野；直到摩乌附近——这时城郊的房屋像积木般地散落在四周，涂着令人郁闷的绿色广告不断地跃入眼帘，就在这时，坐在我对面的那位上了年纪的英国女人开始整理她的有十四件之多的提包、瓶子和旅行用具——那种海绵般的，翻滚着的乌云终于爆发了，从埃佩纳起，那铅色的和凶暴的彩云就与我们的火车头在进行一场竞赛。一道小而苍白的闪电是一个信号，随即暴雨好斗般地带着擂鼓似的声音倾泻而下，用潮湿的机枪的火花扫向我们正在行驶的列车。受到沉重的攻击，在嘎嘎作响声中，窗户上的玻璃在哭泣，火车头屈服了，它那灰色的烟旗垂向了地面。除了扑向钢铁和玻璃的噼里啪拉敲打声，再也听不到什么，再也看不到什么，列车就像一只受折磨的野兽逃避暴风疾雨，在光亮的路轨上行驶。顺利地到了车站，我们站在有顶篷的站台上，等候行李搬运工，这时在灰白的雨棚后面，林荫大道的景色又突然变得明亮起来；一束尖利的阳光用它的三叉戟刺破了正在消逝的彩云，随即照亮了千家万户的房顶，像涂上一层黄铜一般，天空在海洋的蔚蓝色中闪闪发亮。像阿芙洛迪特从波浪中闪着光泽裸身而出一样，这座城市从雨的罩袍中现身出来。一幅神圣的景像。随即，人们从前后左右躲雨和藏身之地涌向街头，抖落掉身上的雨滴，欢笑着各奔前程。堵塞的交通缓解了，各式各样的老式交通工具都活跃起来，车轮在滚动，嘎嘎声、隆隆声、嘟嘟声，都混成一片；万物都在呼吸着和享受着重现的阳光。就连林荫大道上深深被桎梏在坚硬的柏油路上发蔫的树木，经过这场大雨的滋养和湿润，在清新和碧蓝的天空中绽开了细小尖尖的蓓蕾，并试着散发出少许的芬芳，确也是真的做到了。奇迹上的奇迹：有几分钟人们明显地感觉到了在巴黎心脏中，在斯特拉斯堡林荫大道上，栗子树开花的微弱而畏葸的呼吸。

值得赞美的四月里这一天中的第二件赏心乐事：我一到了巴黎，直到下午都没有约会。在这座拥有四百五十万人口的巴黎，没有一个人知道我，没有一个人在等待我。这就是说，我完完全全的自由，想做任何我想做的事。我能随心所欲，去散步，去闲逛，或者坐在一家咖啡馆读读报纸，或者去就餐，或者去参观博物馆，或者去浏览橱窗，或者去翻阅沿河岸旧书摊上的图书。我可以给朋友打电话，或者我就呆呆地凝视那温煦甜蜜的空气。但幸运的是，我出于博识的本能做了最理性的事：我什么也不做。我没有做任何安排，给自己自由。摆脱掉任何接触的愿望和目的，把我的路放到随意滚动的轮子上，任它滑动到任何地方，这就是说，我随人摆布，随路驱使，我在五光十色岸边的商店徜徉，我疾步地穿过步行道上人的洪流。到最后人群的波浪把我掷到宽大的林荫道[①]上；我惬意而疲惫地坐在位于豪斯曼林荫路和德洛斯大街一角的一家咖啡馆外的座位上。

我舒适地倚在松软的靠背椅上，点上了一支香烟，我在想，我又来到了这里，这就是你啊，巴黎！有整整两年之久了，我没有见到我的这位老朋友了，现在我要仔细地看看你，巴黎，开始吧，展示一下从那以后你学到了什么，前进，开始吧，让你的那部出色的有声电影《巴黎的林荫大道》，在我眼前映出吧，这是一部光和颜色的活动，连同成千上万难以数计和不计报酬的道具演员的杰作；还有那不可仿效的，叮叮当当、轰轰隆隆、尖厉呼啸的马路音乐！不要吝惜你的速度，

---

① 此处的林荫大道特指从巴士底和玛德莱娜广场之间的林荫大道，时为巴黎著名商业区。

展示出来，你的所能，展现出来，你是何人；奏起你那巨型的奥开斯特里翁琴[①]，与无调性的、泛调性的马路音乐一道。让你的汽车开动起来，让你的摊贩吆喝起来，让那些广告喊叫起来，让你的喇叭轰鸣起来，让你的商店闪闪发光，让你的人跑动起来——而我则坐在这里，睁大了眼睛，有时间也有乐趣，去凝视你，去倾听你，直到我眼花缭乱，直到我的心嘭嘭跳动。继续下去，继续下去，你不要吝啬，你不要停下来，再来，一直这样，狂放，永远狂放下去，变出花样，越来越多，越来越有新的喊叫新的呼唤，新的喇叭声和扩散开来的声音，它们不使我疲惫，因为我所有的器官都向你敞开。前进，前进，你把一切都献给了我，正如我已准备把一切都献给你一样，你这座无法仿效的，永远新奇和迷人的城市！

随后呢，这个非凡清晨的第三件赏心乐事，因为我业已感觉到神经受到了一种刺激，我又一次产生了好奇心，如通常在一次旅行之后或在一次通宵不眠的夜里那样。在这样一类的好奇心盛的日子里，我就像多了另一个我，甚至是多了多个的我；我不满我被桎梏的生活，它令我感到压力，从内心感到某种张力，有些像蝴蝶要从蛹中挣脱出来那样。每一个毛孔都伸张开来，每一束神经都弯曲成一个精致的、灼热的小钩，令我变得神奇般的耳聪目明；这种耳聪目明在主宰我，这几乎是一种不祥的清醒，它使我的瞳仁和鼓膜变得格外的锐敏，凡是我目光能及的一切，对我而言都充满了神秘。我能够整小时地观察一个马路工人，看他如何用风镐掘起沥青，仅从这样的观察我就能强烈地感受到他的劳动。他那颤动的双肩所做出的每一个动作都不由自主传到我的身上。我可以无休止地站在一扇陌生的窗户前面，在设想那个我不认识的人的命运，他也许住在里面；我能整小时地注视某一个行人，并出于毫无意义而又吸引人的好奇心跟在他身后，这同时我完全清楚，在别人看来，我的这种举止完全无法理解，愚蠢至极。而他不过是我偶尔看到的一个人罢了。可这种幻想和乐趣比任何一部上演的戏剧或一本书的惊险篇章都更令我心醉神迷。很可能，这种超级

① 一种能模仿各种乐队音色的机械乐器。

的刺激，这种神经质般的耳聪目明当然是与突然的环境变化有关，只是气压的改变和因此引起的血液的化学变化的一个后果而已——我从来不想去解释清楚这种十分神秘的亢奋从何而来，但每当我感觉到，我往常的生活就像一抹苍白的晚霞，所有平庸无奇的日子百无聊赖空洞乏味时，只有在这样的时刻我才能完全感受到我的存在和生活的多姿多彩。

也就在值得赞美的四月里的这一天，我坐在扶手椅上，那样精神贯注地、那样兴趣盎然地、和焦急不耐地望着河岸边的人的洪流，我在等待着，可我不知道，我在等待什么。我怀着垂钓者那种轻微的，透着寒意的颤抖，等待着鱼漂的抖动；我本能地知道，我一定会遇到某种事情，我一定会碰上某一个人，因为我是那样渴求和神往，去交换一下位置，使自己好奇的乐趣变成一种游戏。但是马路没有向我提供任何东西，我身边熙往攘来的人群半个小时之后就使我的双眼变得疲惫不堪，没有任何一样东西我能看得清楚了，在林荫道上摩肩接踵的人群，我开始看不见他们的面孔了，他们成了戴着黄色的、褐色的、黑色的和灰色的礼帽、风帽、鸭舌帽的一般混混沌沌的洪流；那些未施粉黛和浓妆艳抹的蛋形面孔，一股令人恶心的发亮污水，在蠕动，它的颜色变得单调和灰白。

我的目光疲倦了，犹如看一部模糊不清，抖动不止的拷贝已坏的影片一样。我想站起来，继续走动。就在这时，我终于，我终于发现了他。

这个陌生人首先引起我的注意，很简单，就是因为他一再出现在我的视野。在这半个小时里，数以千计的人在我的面前熙来攘往，匆匆而过，就像被看不见的绳索拽走，他们只是匆忙地显露侧面，阴影，轮廓，随后就被洪流裹挟而去。可这个人却一再地，总是在同一个地点出现，因此我就注意上他了。犹如激浪以一种不可理喻的执拗把一片脏兮兮的海藻推向岸边并随即用湿乎乎的舌头又把它舔了回去一样，而这是为了再一次掷去和再一次拽回，这个人就是如此一再地在这个湍流中游来游去。而且每次都在几乎是有规律的时间间隔里和总是在同一个地点出现，并且总是同样地把他的目光垂向地面和遮掩起来。除此之外，出现的这个人没有什么值得注意的了；一个饿得干瘦的身体，裹在一件草黄色的夏季大衣里，显然不合身，因为衣袖过长，双手完全露不出来，它过于宽松，尺寸太大，这件草黄色的小大衣式样早已过时。一张削瘦的尖尖的老鼠般脸上，两片几乎是惨白的嘴唇，上面的一撮黄色小胡子像受了惊吓似的在发抖。在这个可怜虫身上一切都不得体，邋里邋遢，肩膀倾斜，瘦长的小丑般的双腿，哭丧的脸。他时左时右从人的漩涡中浮现出来，随之像不知所措地停下脚步，像只小兔子畏怯地从燕麦地爬了出来窥伺、嗅闻，躬起身来，又在人群中消失不见了。除此——这是第二件引起我注意的事情，这个衣衫褴褛的人使我想起了果戈理小说中的那位小吏，高度的近视或者出奇的拙笨。我一而再再而三地注意到，他这个马路上的小可怜虫被那些行色匆忙的人群推来推去，几乎被撞翻。但他对此毫不在意，他会卑躬地退让，飞快地躲避到一旁，随后钻了出来，他并且一而再再而三出现在这儿，或在这仅仅半小时就有十次或十二次之多。是啊，这使我感兴趣，或者更应当说，我先是感到恼火，当然这首先是对自己，我今天在这儿虽然好奇心盛，却不能立刻猜出这个人在这儿要干什么。越是白费力气，我的好奇心就越是恼火。活见鬼了，你这个家伙究竟在寻找什么？你是在这儿等人？你是个乞丐？你并不像，乞丐并不傻里傻气地待在熙熙攘攘的人群中，他们可没有工夫从口袋掏钱给你。你也不是一个工人，因为他在上午十一点时没有机会在这儿懒散地逛来逛去。你更不会是在等一个姑娘，我亲爱的，哪怕是一个老掉牙的婆娘，一个毫无姿色的女人也不会看上一个穷酸相的可怜虫。说到底，你在这儿要找什么呢？也许你是那些黑色导游中的一个，悄悄地从侧面出现，从衣袖里掏出一些淫秽的色情图片，答应外省来的游人，花上一笔费用就能得到索多姆和葛莫拉[①]中各式各样的快乐？不，这也不对，因为你不和任何一个人交谈，正相反，你面带低垂的目光畏葸地规避每一个人。真是见鬼了，你这个胆小鬼，究竟是什么人？你在我的这块地段里在搞什么？我把他盯得紧紧的，紧紧的，在五分钟之

① 此系圣经中两座以淫荡著名的城市。

内，这已变成了我的激情，我的乐趣，想探究出这个身穿草黄色大衣的人在林荫道上要干什么。突然间我知道了，他是一名侦探。

一名侦探，一名穿着平民衣服的侦探，我本能地在一个完全微不足道的人身上就认出来了；那种对每一个从身边而过的人疾速扫上一眼斜视的目光，那种一望就看出来的审视眼神，这是警察在受训的头一年就必须立刻学会的呀。这种目光不是简单的，因为第一它必须像一把刀子那样划开一条缝迅急地从下到上从头到脚扫视一番，一方面用这灼亮的眼睛之火捕捉住此人的音容笑貌，另一方面在内心里要与寻常的罪犯表征进行比对。第二点，这也许还是最重要的：这种观察要完全装作是漫不经心的，因为跟踪者不能被他人猜到他是密探。

看吧，我的这个人他学的这门课程可说是出色极了。他像一个梦游者那样恍恍惚惚漫不经心地在人的洪流中穿行，被推来推去。但在这期间他总是陡然间张开迟钝的目光，像投出一支标枪，犹如按动了一部相机的快门一样。周围好像没有一个人观察到这个在履行公务的人。若是这个值得祝福的四月天不是幸运地成为我好奇心盛地，并且我长时间恼火地进行窥视的话，那我本人也什么都观察不到的。但不管怎么说，这个秘密警察一定是他的行业里的一位别具一格的高手，因为他懂得极为精致的化装技术；举止、走路、衣着，一身道地的街头流浪汉的破衣烂衫，这些方面都模仿得酷似逼真，这对他的跟踪追捕可是不可缺少的啊。通常对于那些身着平民服装的警察，人们从一百步远的距离就能毫不费力地认了出来，因为这些先生无论装扮成什么样，都无法掩盖他们职业尊严露出的一些破绽；他们永远不能惟妙惟肖地装出那种胆怯和惶恐的卑贱猥琐。人在举止上的这种猥琐卑贱那完全是一种本性，是多年来贫穷造成的。但是这个人令人敬佩的是，他这种穷酸相，却是味道十足，神似乱真，活灵活现，对街头流浪汉的面具研究得透透的。那件草黄色的大衣，少许倾斜的那顶帽子，保持某种高贵所做的最大努力，破旧的裤子，磨损的上衣。这一切都显示出他穷困潦倒。作为一位受到训练的捕人的猎手，他必然是观察到了，贫穷——贪食的老鼠一样——它首先是啮咬每一件衣服的衣边的。这样一类的寒酸衣着也十分出色的、形象的与饥饿的外貌相一致：

稀疏的小胡子（可能是贴上去的），刮得乱七八糟，有意弄得凌乱不堪的头发，这使任何一个没有偏见的人都会发誓赌咒说，这个可怜的家伙昨天夜里一定是在公园的凳子上或在警察局的拘留所里度过的。除此还有他那病态性的，用手捂着嘴的咳嗽，冷得龟缩在夏季大衣里的身体，拖着脚步，蹒跚而行，四肢像是灌了铅似的；天神作证：这是一位化装师艺术家创造出的一幅晚期肺痨的完美肖像画。

我毫不羞愧地承认：我为自己有这样一个出色的机会，在这儿观察一官方的警探感到高兴；尽管在我情感的另一个层面上，我同时感到自己的卑劣。在这样一个值得祝福的蔚蓝色的日子，置身在四月的和煦阳光中间，我却在这儿观察一个化装的、有指望得到退休金的国家官吏在窥视某一个可怜的家伙，以便把他从灿烂的春天阳光中拽入某一个牢房里；虽说如此，我还是激动地去注视他，越来越紧张地观察他的一举一动，并对发现的每一个细节欣喜之极。但蓦然间我发现的乐趣就像冰块在阳光中融化了。因为有些事情不太符合我的判断，我觉得不太对头。我又变得没有把握了。他真的是一个密探？我越锐利地去观察这个奇怪的闲逛的人，我的怀疑就越是厉害。他那做给别人看的穷酸相只是为了化装成一个警探，这太过于惟妙惟肖了，太过于较真了。而首先我第一个怀疑的是他的衬衣领子。不对，这件从垃圾堆捡出来的脏兮兮东西决不会用光秃秃的手指把它围到自己的脖子上的。只有在真正穷困潦倒走投无路时人才会这样做的。第二个怀疑的是他的鞋，只有在万不得已时，才会把这类肮脏的，已经完全裂口的皮制破烂叫作是鞋。右脚上的那只鞋用的不是黑鞋带，而是用粗糙的绳子结上去的；而左脚的那只开了口，每走一步就翕动起来，就像青蛙嘴那样，不对，人们不会用这样一双鞋来做化装用的道具。完全可以肯定，不再有任何怀疑了，这个衣衫褴褛，蹑手蹑脚的家伙绝不是一个警察，我的判断是一个错误。但是，如果他不是一个警察，那他是什么呢？那他老是走来走去，反反复复，是为了什么？这种从下到上，迅急窥视，四下探望的目光是为了什么？我感到一种愤怒，我无法看透这个人，我最好是抓住他的肩膀：你这个家伙，你要干什么？你这个家伙，你在这儿要搞什么名堂？

可突然间，犹如一把火沿着神经燃烧起来一样，我颤抖起来，它径直准确地击中我的内心深处，我突然间什么都知道了，完全肯定，而且是最终的，不可反驳的。不，他不是侦探，我怎么竟然会那么愚蠢呢？他是，如果可以这样说的话，他是一个警察的对立面：是一个掏包的扒手，一个真正的、名副其实的、训练有素的、职业的、地地道道的小偷。他在这儿的林荫道上要猎取皮夹、手表、女人的手提包以及其他的物件。当我观察到他恰恰是哪儿人群拥挤他就往哪儿去时，我开始准确地断定，他干的是这种营生。现在我也明白了，他故意装作的趺趺撞撞，他向陌生人的身上碰来碰去，是为什么了。我越来越清楚，越来越了解他的用心了。他偏偏在咖啡馆门前，完全靠近交叉路口找了个落脚之处，这不是没有原因的。一个聪明的店主为他的橱窗别出心裁想出了花样；铺子里的商品，如椰子、土耳其糖果、各式各样五颜六色的奶糖，由于缺少吸引力一直不大畅销。店主于是想出了一个精彩的主意：橱窗不仅仅只用假的棕榈树和热带的景物进行富有东方情调的布置，而且在这种南方的景色中放进了三只可爱的小猴子。这真是杰出的主意。这三只猴子在玻璃窗后面肆意打闹，翻筋斗，龇牙咧嘴，相互间捉跳蚤，做鬼脸，出洋相，按着猴子的习性，无拘无束，任性而为。这家精明的老板得其所哉，因为过路人无不拥到窗前驻足观看。特别是那些女人对这种表演高兴得直喊直叫。每当那些好奇的行人密密麻麻麇聚橱窗前时，我的这位朋友便不声不响快速出现在那里。他以温和而又过分谦卑的方式在密集的人群中挤来挤去。

迄今为止我一直对这种街头盗窃艺术所知甚少，我也从来没有对它有什么研究。可我知道，熙熙攘攘的人群是小偷下手的极好时机，这就如青鱼要产卵那样理所当然，因为只有在相互拥挤相互碰撞时被偷者才觉察不到那只危险的手，那只窃走钱包和怀表的手。但除此之外——我现在才第一次意识到——很显然，为了能顺利得手，需某种物件来分散注意力，来短时间麻痹每个人保护自己财物的那种下意识的警觉性。在这种情况下，这三只猴子做出种种怪相和确也令人开心的表情，以绝妙的方式分散了人们的注意力。说真的，这几只丑态百出，怪模怪样和赤身裸体的家伙，在不知不觉中就成了我的这位新朋友，这个扒手得力的同谋犯和帮凶。

请原谅我，我恰恰迷恋我的这种发现，因为在我一生中还从来没有见过一个小偷呢。或者更坦率地说，在伦敦求学时，为了学好我的英语，我经常去旁听法庭审判，有一次我正遇上两个警察把一个脸上长着疙瘩的红头发的小伙子押到法官面前。在桌子上放着一个钱袋，这是物证，一两个证人发过誓，然后作证，随后法官嘟嘟囔囔了几句含糊不清的英语，红头发小伙子就消失了。如果我听得不错的话，他被判了六个月。这个是我见过的第一个小偷，但不同的是，我当时根本无法证明这个小伙子真的就是小偷。因为只是证人证实他有罪，我也只是旁听了法庭对罪行的重述，而不是目睹罪行本身。我仅是看到一个被告和一个被判有罪的人，没有看到真的盗贼。因为一个盗贼只有在他进行偷盗的时刻才是一个盗贼，而不是在两个月之后，因为他为他的罪行站在法官面前，这就像诗人只有在他创作时才能真的称得上是诗人，而不是在一两年后他在扩音机前朗诵他的诗作时；作案者唯有在他在作案时是作案者，这才是真实的，可靠的。现在我有难得一遇的机会，去窥视一个小偷的最富有特征的时刻，去窥视表现他本性中最最内在的真实，那种稍纵即逝的瞬间，这样的机遇太稀有了，犹如去观察女人的受孕和分娩一样。而就是想到了这种可能性我才激动起来。

我毫不犹豫地决定，不去错过这样一次如此精彩的机遇。不放过他进行准备的细节和作案本身。我立刻放弃我咖啡店前的扶手椅，因为我觉得这儿我的视野太受到限制了。现在我需要一个一览无余的、一个所谓可以活动的位置，从那能不受妨碍地进行窥探；几经试验，我选中了一个商亭，上面贴满了巴黎各家剧院五颜六色的广告。在那儿我能装作细心看广告的样子，不会被人注意，在此期间我却能在圆形的柱子保护下不无巨细地注视他的一举一动。我就带有一种我自己都无法理解的执拗去观察这个可怜虫所干的困难而又危险的营生；我关注他，就我所能记起，这比我在剧院或在一部电影中关注一位艺术家还要紧张呢。因为现实在其最丰富多彩的时刻超越和高出任何一种艺术形式。现实万岁！

在巴黎的林荫大道上，从上午11点到12点的整整一个钟头的时间对我而言真的就是短暂的一瞬，因为它充满了持续的紧张感，无数的微小的激动人心的决断和偶发事件；我可以一连几个小时来描述这一个小时，它充满了神经的能量，它借助其赌博的危险性而引人入胜。直到今天我还从来没有，即使在相似的情况下，也没有想到过，这样一种非常困难和几乎难以学到的技艺，不，在宽大的马路上，在光天化日之下，去掏包偷钱是怎样一种可怕的、紧张得使人恐怖的艺术。直到今天，在我的想象中，小偷只不过是一种胆大妄为和技艺娴熟的一种模糊不清的概念罢了，我认为这门手艺实际上仅是手指的功夫而已，与玩杂耍或变小魔术没有什么两样。狄更斯在《奥里弗·特威斯特》曾描写过一个小偷师傅教一些小孩子怎样把一条手帕从上衣里不被察觉地掏出来。在上衣的口袋上挂着一个小铃铛，当这些新手把手帕从口袋里偷出小铃铛响了起来时，那这次扒窃就是失败，是太笨拙了。但是我现在才觉察到，狄更斯注意的只是这种营生的粗糙的技术层面，只是指法的艺术。或许他从来就没有观察过一个实地作案的小偷，或许他从来就没有机会（如现在我通过一种运气偶然得到的）发现，一个在光天化日下进行作案的小偷，不只是需要一只灵活的手，而且也要有一种深思熟虑的精神力量，要有自我控制的能力，一种训练有素的、同时是冷静的和像闪电般速度的心理素质，尤为重要的是一种异乎寻常的、疯狂般的胆量。在经过六十分钟的实地学习，现在我明白了，一个小偷必须具有一个外科医生在进行心脏缝合手术时的那种决断敏捷，任何一秒钟的迟疑不决都会是致命的；但在进行这样一种手术时，病人躺在那儿至少是要进行氯仿麻醉，他无法活动，不能反抗；而这儿的情况呢，这种轻微而突然的触动必须是在一个人完全清醒的身体上进行，而人身上放钱包的部位恰恰格外得敏感。当小偷在进行作案时，当他把他的手闪电般伸出时，恰恰是在作案最最紧张最最激动的瞬间，他必须同时要完全控制他脸上的全部肌肉全部神经，他必须表现得淡定，几乎近似漠然。他不可以流露出他的不安，不可以像凶手、杀人犯在他用刀子作案的同时，瞳孔里映射出他捅刀子时的残暴表情。一个小偷把他的手伸向猎物时，他必须面带清澈和善的目光，在相互接触的当儿，要谦恭地用漫不经心的语调说声“对不起，先生”。在作案的瞬间仅有聪明、清醒和机敏还是不够的；之前他要明白，他必须有渊博的知识和识人的能力，他必须要以一个心理学家和生理学家对他的猎物进行考察。因为只有漫不经心和轻信不疑的人才在考虑之内，而在这样一些人之中仅有那些上衣没有结上纽扣的人，那些步履缓慢的人，那些他可以不被察觉就能靠近的人，才是真正的对象。我在这段时间数过，马路上有成百上千人，在他们中间也不过一两个人是真正的猎物,不会更多。只有在极少的对象身上，一个明智的小偷才敢于作案；而在这类人身上动手少有失败，即使是有，那还是由于数不清的偶然性影响造成的，且多在最后几分钟才放弃作罢。丰富的人生阅历，警觉性和自我控制对这门营生是十分必要的（我能证明这点），因为也要考虑到，小偷在他用紧张的感官必须选择和靠近的猎物的期间，同时必须用他那些强力痉挛起来感官中的另一个感官去关注，他在作案的同时不被他人看到。不管是在街角上窥视的一个警察或是一个侦探，或者是那些总是在大街游来逛去的好奇心盛的路人之一；他必须经常是眼观六路，看是否他的手在匆忙中会因橱窗的映射而露出马脚，是否有人从一个店铺或在一扇窗户里在监视他的行动。他付出的努力是巨大,可这与危险相比几乎不成比例；因为一次错误，一次失手，那就得有三年或四年的时间再见不到巴黎的林荫大道了；手指的轻轻一次颤抖，匆忙中神经质般的一次触动，那就要付出自由的代价。光天化日下，在一条林荫路上行窃，我现在才知道，这是一种最最勇敢的壮举。从此以后，每当报纸把这一类盗窃行为当作无足轻重的小事，给罪犯很小的版面和寥寥三行文字时，我觉得这是不公平的。因为在我们这个世界上，在所有被允许从事的和不被允许从事的技艺中，它是最最危险、最最困难的技艺之一：从它的最高的成就而言，几乎有权称自己是艺术。我可以这样说出来，我能够证明这一点，因为在四月里的这一天，我曾经亲自经历过，我亲自感受过。

感同身受，这绝不是夸张，当我这样说时，那是因为一开始，在最初几秒钟我对这个人在干的这种营生仅是冷静地纯事物性观察而已；但每一次心怀狂热的观察都会不由自主地激发起情感，一再地与情感联结起来，就这样我开始逐渐与这个小偷合而为一了；在某种程度上我已进入他的肌肤，进入他的双手，我从一个旁观者变成他灵魂上的一个同伙，为什么会这样，连我自己也不知道，也不想这样做。这种转变的过程一开始，是我在一刻钟的观察之后，令我惊异的是，我已在衡量那些路人中间有谁是适合下手，有谁是不适合下手的猎物。他们上衣是扣上的还是敞开的，他们的目光是漫不经心的还是警觉的，他们贴身的钱包是否能轻易到手。一句话：他们是否是我这位新朋友的目标。不久我甚至不得不承认，在这场开始进行的斗争中我早不再是中立的了，而是从内心上就已经无条件地渴求他的作案最终能够得手。是呀,我甚至不得不费力去遏制那种帮他作案的急迫愿望。正如赌客身边一个喜欢饶舌的旁观者总是热心地用胳膊轻轻去触动赌客，警告他注意出牌一样，我现在恰恰就是这样的猴急。当我的朋友错失一个极好的机会时，我便递眼色给他：别放过那边的那个人！就是那儿的那个胖子，他抱着一大束鲜花。或者，当我的朋友又一次在拥挤的人群中出现时，意想不到在街拐角出现了一个警察，我觉得我有义务去警告他，因为我这时惊恐已深入我的双膝。好像我已经被抓住了一样，我感觉到警察的沉重手掌已拍到他的肩膀，已拍到我的肩膀。但是，不用担心了！这个削瘦的汉子又重新堂而皇之和若无其事地从人群中走了出来，且从危险的岗亭旁走了过去。这一切够紧张的了，而这还不够刺激呢，因为我越是深切地与这个人感同身受，越是从他二十次失败的作案尝试中开始理解他的这门技艺，我就越是变得焦急万分。他为什么还总是不动手，而总只是在考察在尝试。我开始对他愚蠢的迟疑不决和一再的规避退缩真的恼火起来，活见鬼了，你倒是动手呀，胆小鬼！鼓起勇气！就是那边的那个人，那边的那个人！你终归是要出手呀！

幸运的是我的朋友并不知道也没有想到，我对他怀有的这种不受欢迎的关切，不会因我的焦急而慌乱失措。因为这就是真正的久经考验的艺术家与新手、半吊子和门外汉之间的区别，艺术家出于无数的阅历和每一次真正的成功之前遭受到的那些必然失败，知道他在等待和耐心之中才会获得决定性的良机。完全像诗人在创作时那样，他毫不在意地放弃成百上千个表面看来是诱人和完美的念头（只有那些半吊子作家才会立刻就用鲁莽的手抓住不放），以便倾其全力用在最后的一击上。这个瘦小虚弱的人让数以百计的机会随意溜走，而我在这门营生中是半吊子，门外汉，却把它们看作是难遇的良机。他在考察，他在尝试，他在盘算，他靠近人群。他的手肯定不下百次地触动陌生人的口袋和大衣。但他却一次也没有动手，他毫不疲倦地耐着性子，装作是漫不经心的模样，在离橱窗几步的距离转来转去，目光警觉，斜视周围，审视各种可能，衡量我这个新手根本就看不到的危险。这种平静的，匪夷所思的坚持虽令我焦躁，却又兴致盎然，使我有把握感到他最后必然成功。因为恰恰是他的那种韧劲表明，在他没有得手之前，他是不会放弃的。正因此我下定决心，看不到他的胜利，我是不会先一步离开的，哪怕是一直等到深夜。

已经是中午时分，是人潮来临的时刻，突然间从所有的大街小巷，楼梯和庭院，一股股人的溪流涌向林荫大道宽广的河床。工人、缝衣女工和售货员和无数被关在三楼、四楼、五楼作坊的人都一下子从工作室、工厂、办公室、学校和事务所里冲了出来。他们像一股昏黑的浮动的蒸汽一样冒出，随之在马路上分散开来。穿白色衣衫和工作服的工人，三五成群的女店员，连衣裙上别着紫罗兰花朵，她们叽叽喳喳说个不休，身着鲜亮礼服的小官吏，腋下挟着皮包，行李搬运夫，穿蓝色军装的士兵，以及大城市里的形形色色人等。这些人长时间，太长时间坐在令人窒息的房间里，现在他们要活动一下手脚，摩肩接踵，熙来攘往，贪婪地呼吸空气，吸香烟，喷云吐雾，在一个钟头的时间里，马路上由于他们同时的出现，而像是喷射出充满欢乐生机的火光。因为也只有一个钟头，随后他们又得回到关闭的窗户里，开动车床或者缝衣机，坐在打字机前敲动键盘，计算一行行数字，或者印刷或者剪裁或者制鞋。他们身上的肌腱知道这一点，于是他们才如此纵情欢乐；他们的灵魂知道这一点，于是他们才如此恣意享受。这时刻是短暂的啊。他们贪婪地攫取和捕捉光明和快乐，凡是一种真正的乐趣和一种快意的玩笑，他们都趋之若鹜。毫不奇怪，首先展出猴子的橱窗就有力地满足了这种免费娱乐的愿望。人们饶有兴趣地围拢在玻璃窗前面，靠前的是那些女店员，她们的吵吵嚷嚷，就像从一个嘈杂的鸟笼里发出的尖厉和叽叽喳喳声。与她们挤在一起的是那些工人和游手好闲的混混，他们口吐脏话，动手动脚；围观的人越多越拥挤，形成紧紧的一团。这时我的朋友身穿草黄色的外衣，像一条小金鱼一样，活跃而迅疾地在人群中游来游去。现在我不能长时间停留在我这个不利的观察点上了，当务之急我要从近处清晰地去关注他的手指，以便去熟悉这门营生中令人兴奋的动作。但这可是要付出极为艰巨的努力，因为这条训练有素的猎犬有一种特殊的技能，变得滑不溜秋的，像条鳗鱼一样，能从拥挤人群中的极小缝隙中穿过去。刚才他还安静地候在我身旁，可现在他突然间消失不见了，而就在这同一瞬间他已经挤到玻璃窗前，居然一下子就穿过了三四排人。

我当然要随在他身后挤了过去，因为我怕在我到达橱窗前时他又以他惯有的出没无常时左时右的方式消失不见。但不，他在那儿非常安静，安静得出奇地在那儿等待。要注意啦！他一定在转念头，我立刻在告诉自己，要留心观察他身边的邻人。站在他身旁的是一个胖胖的妇女，看来是一个穷人。她右手亲切地挽着一个十岁模样的面色苍白的女孩，左手拿着一个敞口的廉价皮制购物袋，两根长长的白色面包棍，随意地竖放着，露出一端。很显然，购物袋里的食品是她丈夫的午餐。这个老实的普通女人，没戴帽子，围着一条刺眼的头巾，身穿一件自己缝制的方格印花布连衣裙。她为猴子的嬉闹高兴得难以形容，她的宽大得几乎显得肿胀的身体由于大笑而颤抖起来，这使购物袋中的两根面包上下跳动不已。像被挠痒一样，她咯咯地大笑，笑得前仰后合，很快她就同那些猴子一样，给了人们同样的快乐。在生活中很少享受到这种难得一见的欢乐场景的人，他们都心怀本性中那种质朴的乐趣，心怀极大的感激：啊，只有穷苦的人才会有这样真正的感激；只有他们，当他们不花费一个铜板，就像上天所赐那样，这对他们而言，这才是享受中的最高享受。这个善良的女人俯下身来问孩子，他是不是看得清楚，别错过猴子的滑稽场面。“好好看，玛格莱塔”，带着浓重的南方口音一再地鼓励面容苍白的女孩，显然在陌生的人群中孩子羞于大声地欢笑。端详这样一个女人,一位母亲真是令人高兴，她是大地女神盖娅的女儿，法兰西民族健康快乐的丰硕果实。这位杰出的女性，为了她那开怀的、欢快的、无忧无虑的欢乐，能拥抱她该是多好。但突然间我有了点不祥之感。因为我注意到，那个身穿草黄色外衣扒手的衣袖在越来越靠近那个无忧无虑女人敞了开来的购物袋（只有穷人才是无忧无虑的）。

上帝啊！你不是要偷这个穷苦诚实的，这个无比善良和快乐的女人购物袋里的钱包吧？突然间我心头涌起了愤懑。迄今为止我一直心怀快乐地在观察这个偷包贼，出之我的肉体，出之我的灵魂;我在想，在感受，在希望，甚至祈愿，在他投入巨大的勇气，付出努力，冒着风险后，最终能取得一次小小的成功。但是现在我开始不仅在注视他偷窃的企图，而且也注视那个被偷的人，这是一个朴实得令人感动，无忧无虑得令人愉悦的女人。她也许花上几个小时的打扫房间和擦洗楼梯才能赚到几个铜板。我感到愤怒了！你这个家伙，滚开！我真想对他大喊一声，不要碰这个女人，去找别的人！于是我竭力地挤到前面，靠在这个女人的身边，保护那个面临危险的购物袋。但恰恰在我往前挤的当儿，这个家伙却转过身去，从我身边 滑而过。在他擦身而过时，告罪地说道:“请原谅，先生”，声音非常细微而谦卑（这是我第一次听到他说话），随之那身草黄色外衣就从人群中溜走了。我不知道这是为什么，我有这样的感觉:他已经得手了。现在我可不能让他从我的眼里溜掉！我身后的一位先生骂了我一句“野蛮人”，因为我狠狠地踩了他的脚。我从熙熙攘攘的人群中挤了出来，正好来得及看到那件草黄色大衣从林荫道的拐角飘动进入旁侧的一个巷子。我现在跟在他的后面，跟住他！紧紧盯住他的脚跟！但是我得加快我的脚步，我开始几乎不相信我的眼睛，因为这个人，我有一个小时在观察他的这个人，陡然间变成另一个样子。先前显得畏葸不安，几乎是昏昏沉沉，甚至是跌跌撞撞，而现在却轻快得像一只黄鼠狼，沿着墙边匆忙有如一个削瘦的公务员误了汽车迫切想及时赶到办公室一样，步调显得惶惶不安。我不再怀疑了，这正是行窃得手后的脚步，是想尽快和不惹人注意离开作案地点的第二种脚步。不，毫不怀疑了；这个流氓从购物篮子里偷走了这个穷苦女人的钱包。

在我一开始发火时，我几乎想发出警告：抓小偷啊！但我缺乏勇气。因为不管怎么说，我并没有看到他进行盗窃的事实，我不能事先认定他犯有罪过。抓住一个人并以上帝的名义扮演法律的角色，这是需要一种勇气呀，可我从来缺少这样的勇气，去指控去告发一个人。我知道得很清楚，在我们这个混乱不堪的世界，所有的正义都是有缺欠的，从一种存疑的单一事件中去把握真相，那是怎样的傲慢专横。但正当我还在思考该怎么办时，令我为之惊愕的事情发生了：这个奇怪的人在不到两条马路远的地方蓦地迈着第三类脚步出现了。他一下子停下快速的奔跑，不再佝偻身子，而是突然变得十分平静，泰然自若，像是信步而行的样子。显然他知道他已跨过了危险地带，没有人跟踪他了，这就是说没有人能抓他了。我明白了，在高度的紧张之后他要轻松地呼吸，他是一个退了休的小偷，是他的这项职业的一个享受养老金的人，是巴黎成千上万人中的一个，可以叼起一支燃起的香烟平静泰然地漫步在巴黎的碎石路上；这个瘦弱的人毫无罪疚之意，踱着悠然、舒适和懒散的步子朝着德安丁大街走去。我第一次有了这样的感觉：他甚至对过路的女人和姑娘的娇美进行仔细的观赏，和寻找接近的机会。

这个老是有出人意料之举的人现在要到哪儿去？看见了吧：他到了三一教堂前那个一片新绿，鲜花盛开的小广场，为什么？啊，我懂了！你要在一条长凳上好好休息几分钟，为什么不呢？这种不断来回奔波一定是够累的了。可不是这样，这个令人不断惊奇的人并不是去坐到一只凳子上，而是看准了目标直奔向——我现在请求原谅——一个专供公众解手用的小房子，进去后他谨慎地关上了那扇大门。

在最初的一瞬间我忍俊不禁大笑起来：这样一种艺术竟然会终结在一个如此平庸的地方？或者恐惧竟然直沁入你的五脏六腑？但是我又看到了，永远喜欢恶作剧的现实总是能找到令人愉悦的花样，因为现实比那些善于虚构的作家更为勇敢。现实敢于毫无顾忌地把异乎寻常与卑微可笑并列在一起；心怀叵测地把普通的人性与令人惊奇的人性并列在一起。就在我坐在一个长凳上——除此我能做什么呢——等待他从这间灰色小房里再度现身时，我明白了，此种营生中的这位行家里手，当他独自处在四面墙内时，在里面只能是合乎逻辑地干他这门行业中该干的事情，清点他的收获；因为这对一个职业扒手而言，他必须及时地考虑到，把他所有的证据要完全清除干净。这是我们这些外行人根本就没有考虑到的难题（这一点此前我从来没有想到）。在一座永远警觉的、有千万双眼睛在窥视着的城市，很难找到这样一个地方，躲在四堵墙里。如果有人难得地读到法庭审讯记录时，那他每一次都会惊奇，在一次最微不足道的事件中都有许多证人出场作证，他们有魔鬼般的精确的记忆力。当你在马路上撕碎一封信，把它扔到路旁泥坑里时，那会有十几个人在盯着你，而你却浑然不觉；五分钟之后，还会有某一个无所事事的年轻人或者是出于开玩笑，就把这些碎片拼在一起。如果你在楼道里检查了一下你的钱包，那明天这个城市的某一个你根本就没有看到过的女人就会跑到警察局声称自己失盗，对你进行了一番细致入微的描述，像是巴尔扎克一样。当你进入一家餐馆时，你根本就未加理睬的侍者就会注意到你的服装，你的鞋，你的帽子，你的头发颜色和你的指甲的形状是圆的还是平的。在每一扇窗户后面，在每一面橱窗的玻璃后面，在每一个更衣间后面，在每一个花盆后面，都有几双眼睛在盯着你；当你天真地以为，你是独自一人在马路上信步而行无人对你注意时，那到处都有非专业的证人在场。这是由好奇心织成的疏而不漏，每日更新的一张网，它罩住了我们的整个存在。你这个娴熟的艺术家，花费了五个铜板[①]。在这四面不透亮的墙里待上几分钟，这是多么精彩的主意。当你从偷来的钱袋中把钱掏出并把物证毁掉时，没有人能看得见，甚至是我，另一个你，一个在这儿等候的同路人，他既为你感到高兴也同时为你感到失望，他无法计算你偷了多少啊。

至少我是这样想的，但事情的发展却是另一个样子。因为当他用细长的手指一打开那扇铁门时，我就知道他这次失败了；有如我与他

① 巴黎的公厕是要付费的。

一道清点过钱包一样，这次所获太微不足道了！他沉重地移动脚步，一个疲惫不堪、精疲力竭的人，目光低垂无力，眼皮耷拉下来，我一看这个样子马上就知道了：倒霉蛋，你这整个一上午算是白费劲了。

毫无疑问在你偷来的钱包里没有什么可称道的（我若是事先告诉你就好了），顶多不过有二三张揉得皱巴巴的十法郎票子罢了，你在这次行动中所投入的巨大精力和所谓被打断脖子的风险与你的所获相比太微乎其微了；只是那个不幸的女人，却是痛心疾首呀。她现在也许在伯来维尔区[①]不断地向女邻居哭诉她的不幸遭遇，咒骂那个该死的小偷，一再地用颤抖的双手抖搂她那购物袋。他这个可怜的小偷同样如此，我的眼睛就看出来了，这次行窃是一次失败，几分钟之后我的推测就已得到证实。这个可怜虫神形俱疲，在一家小鞋店前面他停下了脚步，长时间渴望地打量橱窗里那些廉价的鞋子。一双鞋，一双新鞋，他真的需要一双新鞋换掉脚上那双破鞋。他比成千上万的人更迫切地需要，那些人今天都穿着漂亮的、全皮底鞋或轻松胶底鞋，在巴黎大街上游来逛去。而他急迫需要恰恰是为了他的这种并不光彩的营生。但他那种既渴求而又绝望的目光暴露出了，橱窗里标价五十四个法郎崭新锃亮的鞋，他的这次所获是买不起的。他垂下铅灰色的双肩，躬身离开明亮的玻璃橱窗，继续前行。

继续，往哪？再去干那种会被扭断脖子的勾当？再一次为这样一种可怜的、寥寥无几的所得而去冒失去自由的危险？不，你这个可怜人，至少要休息一会儿嘛。真的，当我正被自己的希望所吸引时，他现在踅入一个巷子，在一家廉价的小饭馆前停下了脚步。我当然要跟在他的后面了。因为我要知道这个人的一切，到现在已经有两个钟头了，一直是血管贲张，神经绷紧，与他同呼吸共命运啊。为了小心起见，我还迅即为自己买了一份报纸，以便好用它遮住自己，我特意地把帽子压到额头，进入饭馆，坐在他后面的一张饭桌旁边。但是我的这种小心没有必要了，这个可怜人再没有力气心怀好奇地左顾右盼。他用一种呆滞的目光，渴求和疲惫地凝视着白色桌布，直到侍者送上面包

---

① 此系巴黎一个穷人区。

时，他那瘦骨嶙峋的双手活了，贪婪地扑向面包。他开始咀嚼起来，其速度之快使我惊愕地认识到了：这个可怜人饿了，一种真正的、名副其实的饥饿，从清晨，也许是从昨天就一直饥肠辘辘。当侍者给他送来他订的饮料，一瓶牛奶时，骤然间我对他产生的怜悯之情变得炽热起来。一个小偷，一个喝牛奶的小偷！一些个别细微屑事总是会像一支燃起的火柴一样，一束火光就能照亮一个灵魂的深处；在这一瞬间，当我看到他，这个偷包贼，在喝所有饮料中这种最最朴素的、最单纯的饮料时，当我看到他喝柔和的牛奶时，我就知道了，对我而言，他立即就不是一个小偷了。他只不过是这个扭曲世界里无数的穷苦人、被追逐的人、患疾病人和不幸的人中的一个而已。我突然间感到除了那好奇心之外，我与他在一种更深的层次上连在了一起。在共同的世间所有形式中，在赤裸身体时，在严寒酷暑中，在睡眠中，在筋疲力尽时，在肉体遭受磨难时，把人区分开来的东西就消失了，把人类分为有德者和不义者，分为圣贤和罪犯的人为范畴就不存在了；剩下的就是可怜的野兽，永远是野兽，尘世上的生物，会饥渴，需要睡眠，知道疲倦，像你和我，像所有人一样。在他小心翼翼地，却又是贪婪地饮用浓牛奶并最后还将面包屑吃得精光的当儿，我像着魔似的看着他，这同时我为自己的这种观望感到羞愧，到现在我已经有两个钟点就为了我的好奇心，像关注一匹赛马一样任凭这个不幸的被追逐的人沿着他那条黑暗的路跑下去，而我没有设法去阻止他或者去帮助他。一种难以衡量的渴望攫住我，想走到他的面前，与他交谈，给予他点什么。可怎么开始呢？怎么与他交谈呢？我在斟酌，我在寻思如何开口，找一个借口，可毫无结果，这使我痛苦之极。我们这类人就是这个样子。在需要做出一种决断时，想得倒是大胆，可做起来却瞻前顾后，畏畏缩缩，连把隔开人与人之间那层薄薄空气的勇气都没有，甚至是当你知道他处于悲惨境地也是如此。但是每一个人都知道，去帮助一个并没有要求帮助的人是最困难的了，因为在这个没有要求帮助的人，最后他还占有他的最后财富：他的自尊。这是人们不可以去大加伤害的。只有乞丐会使你在施舍时感到轻松，为此你应当去感激他们，因为他们不会对你表示拒绝。可这个人却是一个傲慢型的人，他宁愿冒失去个人自由的危险而不去乞讨，宁愿去偷而不去领救济。如果我找某一个借口，愚蠢地走到他眼前，那不会是对他的一种灵魂上的谋杀吗？他那样困顿劳累地坐在那里，任何一种干扰都是一种粗暴之举。他把座椅推到墙壁，使身体紧靠在椅背，头倚在墙上，垂下铅灰色的眼睑，一会儿便闭上了眼睛。我明白了，我感觉到，他现在最想的是睡一觉，十分钟，哪怕只有五分钟。恰恰此时我感受到了他的疲惫不堪，他的精竭力尽。难道他脸上的苍白不就是一间灰白的囚室的白色阴影吗？衣袖每次活动都会露出的窟窿不就是表明他没有得过一个女人的关怀和良好的际遇吗？我试图想象他是怎样生活的：在某一栋带有阁楼的楼房里，一间没有取暖设备的房子，里面有一张肮脏的铁床，一个有裂纹的脸盆，一个小箱子，这是他的全部财产；在这样一个狭小的房间里还得时时心怀恐惧，唯恐听到警察踏上嘎嘎作响楼梯发出的沉重脚步声。在这二、三分钟里，我看到了这一切，他憔悴困乏地把瘦骨嶙峋的身体和已泛灰白的脑袋倚靠在墙上。这时侍者已经在引人注意地拾掇用过的刀叉，他并不喜欢这一类晚来和乏味的客人。我第一个站了起来付账，快速地走了出来，避免与他的目光相遇。几分钟后，当他出现在马路上时，我跟了上来；我要不惜代价，不再让这个可怜人沉沦下去。

现在不再是把我紧紧束缚住的一种好玩的和刺激神经的好奇心了，像上午那样；不再是去想见识一种我不熟悉的营生的那种异样的乐趣了；现在是一种阴郁的恐惧，直提到了嗓子眼上，一种可怕的压抑的情感；当我看到他又一次走上林荫大道时，这种压力使我透不过气来。上帝保佑，你不是要再次到展出猴子的橱窗那儿去吧？不要做傻事！你要考虑呀，那个女人早就报告警察局了，她肯定还在那儿等着呢，会立刻就抓住你的薄薄大衣不放的！说真的，你今天不要干了！别再去尝试了。你不在状态，你已经没有精力了，没有热情了，你累了，在艺术活动中一开始就显得疲惫，那做起来永远是糟糕的。你最好是休息，躺在床上，你这个可怜人，今天什么都不要做，就是不要今天去做。我无法解释，为什么我竟然有了这样的恐惧思想，为什么会产生一种幻觉，肯定他在今天第一次下手就必然被抓住。我的这种忧虑变得越来越强烈，当我们越来越接近林荫大道时，我就听到那里人声鼎沸，一片喧嚣。不，决不要再到那面橱窗前面，我不允许，你这个傻瓜！我紧张地跟在他的身后，准备伸手抓住他的衣袖，把他拽回来。但他好像懂得了我内心发出的命令，这个人意外地转了个方向。在林荫大道面前的德洛奥大街，他穿过车行道，步调突然变得坚定起来，好像那儿有他的家，他似在回家一样。我立即就认出了这栋楼房：特洛奥饭店，巴黎著名的拍卖大厅就在里面。

我为之一怔，我不再知道，这个令我诧异的人还要我吃多少次惊呢。在我努力去猜度他的生活时，我必须同时去迁就他身上一种满足我秘密愿望的力量。在巴黎这座陌生的城市中，我今天早上原本就打算去参观这样一座建筑，因为它总是能使我度过令人激动的增长知识同时又是乐趣盎然的几个钟头。它比一个博物馆更为生动，每时每刻变幻不定，总是异样总是同一。我特别喜欢这座外表不显眼的特洛奥饭店，它是一件最美的展示品，因为它以最最惊讶的简化方式表现了巴黎生活的整个本相。通常在一幢住宅中连为一个有机整体的，在这里却分割和消解为无数个单一的东西，就像一间肉铺中一个硕大的野物被切割开来的身躯一样，最陌生的和最不相容的，最神圣和最平庸的在这里通过最最普通的一种东西而联系起来：这儿展示出的一切都会变成钱。床和耶稣受难十字架，帽子和地毯，钟表和洗漱用品，乌敦[①]的大理石雕像和黄铜餐具，波斯微型艺术品和镀银的烟灰缸，陈旧的自行车，与之并排在一起的有保尔·瓦勒里[②]的初版诗集，唱机与哥特式的圣母像，凡戴克的画依次挂在墙上，旁边是脏兮兮的油画、贝多芬的奏鸣曲，紧靠在一起的是破旧的火炉，有用的和多余的物件，拙劣的作品和价值非凡的艺术品，伟大的和渺小的，真实的和虚假的，新的和旧的；凡是由人的双手和人的才能所创造出一切：最崇高的和最愚笨的，都流入这家拍卖行。它冷酷无情地把这座巨大城市的全部价值吸了进去并吐了出来。在这座残忍的、把一切价值都变为

---

① 乌敦·让·安东尼（1741—1828）：法国雕刻家。

② 保尔·瓦勒里（1871—1945）：法国象征派诗人。

钱币和数字的转运场里，在这座人的虚荣和需求的巨大杂货市场里，在这个奇妙的场地，人们能比在任何一个地方都更强烈地感受到我们这个物质世界的混乱庞杂。窘迫者在这里可以出售一切，富有者可以购买一切，但在这里人们不仅能购到物品，而且也能增长阅历和知识。在这里一个留心者能通过观察和谛听更好地理解每一种事物，艺术史的知识、考古学、图书馆学、集邮、钱币学，还有重要的是人类学。正如在这座大厅中转移到另外人手中和在此摆脱开物主的奴役的物件是如此的五花八门一样，那些来此的种族和阶层同样是形形色色各不相同。他们都怀着购买欲和好奇心拥挤在拍卖厅桌子的四周，眼睛由于交易的欲望和神秘的收获的怒火而变得焦躁不宁。在这儿有身穿皮毛大衣头戴崭新的圆形礼帽的大商贾，坐在他们身边的是脏兮兮的小古董商和塞纳河左岸的旧货商，这些人要用假的东西充实他们的货架；那些投机商和中间贩子在人群中穿来穿去，吵吵嚷嚷，叽叽喳喳；代理人，抬价人，“混混儿”，是这个战场中不可缺少的鬣狗，他们迅急地抓住廉价的东西，或者，当他们看到一位收藏家为渴求得到一件价值非凡的物品时，就相互示意，把价格哄抬上去。甚至一些本人就变成羊皮纸的图书馆学者戴着眼镜在这里像睡意蒙眬的貘一样四处蹒跚；又进来一些色彩艳丽的极乐鸟，打扮入时珠光宝气的贵夫人，她们事先就已派来仆人，为她们占了拍卖桌前的位置。那些名副其实的行家里手站在一个角落里，目光淡定，安静得像仙鹤一样，他们都是收藏家共济会的成员。所有这群人，他们或是出于生意上的动机，或出于好奇之心，或出于对艺术的热爱，都心怀真正的关切被吸引来此之外，每一次都有一些偶尔来此仅是猎奇的人，他们来此是为了享受免费提供的火炉取暖，或者为闪闪发亮的喷泉喷吐出的越来越高的数字而感到愉悦。但凡是到此的每一个人，都有一个欲望，收藏、博弈、赚钱、占有，或者取暖，因为别人的激动而自己激动；这种喧嚣嘈杂的人的混沌分门别类都归入包容各种面相的一个完整的难以想象的总体。但是我却从没有看到也从没有想到我的这位老朋友，这类小偷在这儿出现了。我看到我的朋友怀有一种信心十足的本能潜入进来，现在我立刻就明白了这也是他的一个理想的、甚至是巴黎的一个理想的用武之地，他能大展身手，显示他的高超才艺。因为这里具备了各种必要的要素，并以最奇妙的方式联结在一起。可怕的，几乎难以忍受的拥挤，由于对观望、等待以及对唱价的渴求，绝对能分散人们的注意力。还有第三点：一个拍卖机构，除了是一个竞争的赛车场，几乎是我们今天世界的最后一块场地，在这里一切都必须当场交付现金。这就可以想象到了，在每一个人的口袋里都装有一个鼓得圆圆的钱包。对一只灵活的手而言，这里是施展本事的最好机会，要不就再没有了。或许，我现在理解了，上午的小试牛刀，对我的朋友而言仅只是手指的一次训练而已，但在这里他可是要施展他的绝活了。

现在当他懒洋洋登上二楼时，我想最好是抓住他的衣袖把他拽回来。上帝保佑，难道你没看见那儿贴的一张布告，上面用英、法、德三种文字写着“谨防小偷！”吗？你这傻瓜，难道你没看见？他们早就知道在这儿有你们这一类人，肯定在这儿有十几个密探在拥挤的人群中四下窥视，再说，相信我，你今天不会得手的！但是他用冷静目光扫视了好像早就熟悉的布告，随即这位熟门熟路的行家平静地登上台阶。这是一种战略上的决定，我只能表示赞同。因为在第一层的大厅里拍卖的只是些粗劣的家用物件和家具，箱子和柜橱，一群既没有油水也令人乏味的旧货商在里面吵吵嚷嚷，挤来挤去，这些人或许还保留农民的良好习惯，把钱袋稳妥地缠在腰上，靠近他们既没有油水，也不是什么好主意。但在二层里，拍卖的却是名贵之物，绘画、首饰、书籍、手稿、宝石，这里的买主毫无疑问都是钱包鼓鼓，且都无忧无虑，优哉游哉。

我费力地跟在我的朋友的身后，因为他从大门进来之后就穿来穿去，在各个大厅里进进出出，在每一个大厅里去寻找机会；他就像一个美食家那样耐心，毅力十足地去看一份特殊的菜谱一样去查看张贴的那些广告。最终他决定选中了第七大厅，这里将拍卖“伊文斯·戴·G伯爵夫人收藏的中国和日本瓷器”。毫无疑问，今天这儿有极具价值的珍品，人群麇集，几乎难以插足，从入口处根本就看不见拍卖台，看到的只是大衣和帽子。也许有二十或三十层人墙，水泄不通，无法看到那张长长的绿色拍卖台。我们站在入口处的位置，从这里恰恰还能看到拍卖人的好笑的动作；他站在高处的台上，手执一柄白色的槌子，像一个乐队指挥一样指挥着整场的拍卖音乐。经过令人畏惧的长时间休止，总是一再地引向一个“Prestissimo”[1]。可能他像住在梅尼蒙坦或一个郊区某个地方的小职员一样，有两个房间，一个煤气灶，一个留声机——这是他最贵重的财富，在窗前摆放一两盆天竺葵；但这里他站在高雅的听众面前，身穿笔挺的礼服，头发精心的梳理涂油，显然是在愉快地享受难以形容的乐趣，每天在三个小时里用一柄小小的槌子可以把巴黎最最贵重的东西变成钱。面带一个杂技演员做作而熟练的和蔼表情，他开始从左，从右，从台前和大厅的后面，喊出不同的报价：“六百、六百一十、六百二十。”这些数字，优雅得像一个彩球一样被掷了出去，元音浑厚圆润，辅音相互牵扯，这同样的数字如升华了似地被掷了回去。这期间他扮演一个陪酒女郎的角色，每当没人出价和数字的旋风停下来时，他就用一种诱人的微笑，警告说：“右边的人？左边的人？”或者他双眉戏剧性地紧皱，用右手举起那柄至关紧要的象牙小槌，威胁地说道：“我要落槌了”，或者他微然一笑：“先生们，这可不贵呵。”这期间他朝个别的熟人打招呼，对某些出价人狡黠地递送鼓励的眼色；拍卖每一件新的物品时，他都简单和必要地喊出，“第三十三号”，语调开始时是干巴巴的，但随着价格的攀升，他的男高音便越来越有意识地增强了戏剧性。在三个小时之内，在三百或四百人面前，人们都屏住气息贪婪地时而凝视他的嘴唇，时而凝视他手上那柄富有魔力的小槌，这在他肯定是一种享受。他只是偶尔出价后的工具，但却自以为是在主宰一切，这种谵妄给了他一种心醉神迷的自我感觉。他像孔雀开屏一样，炫耀起他的口才，可丝毫阻止不了我内心的判断：他的全部夸张的表情对我的朋友而言，只不过起着一种必要的转移注意力的作用罢了，就像上午那三只滑稽逗乐的猴子一样。

我的这位大胆朋友暂时还无法利用这位同谋犯的帮助，因为我们还一直无可奈何地站在最后一排，而想从聚集一起的、暖烘烘和稠密

---

① 意大利文，音乐术语：最快速。

的人群中挤到拍卖台前，我觉得根本就是不可能的。但我又一次看到了，在这种有趣的活动中，我是一个道地的门外汉。我的这位伙伴是一位经验十足的大师能手，他早就知道总是在拍卖槌终于落下的那一瞬间——七千二百六十法郎，男高音欢呼叫起来——，密不透风的人墙会蓦地松散开来。那些激动的人头垂了下去，交易者把价格标在目录上，时而有一些好奇者离去，空气瞬时就在挤在一起的人群中间流动起来。他迅即出色地利用了这个时机，低下头像一枚水雷似地挤了进去，一下子就穿过四五层人；而我呢，曾对自己发誓，决不让这个冒失鬼任性而为，突然间他消失不见，只剩下我一个人了。虽然我现在也同样向前挤去，可拍卖又重新开始了，人墙又聚拢一起，我无助地被卡在挤得密不透风的人群中间，像陷在泥淖中的一辆小车一样。这种炽热的、黏稠的挤压太可怕了，前后左右都是陌生的躯体，陌生的服装，贴得如此之近，连邻近人的一声咳嗽都令我为之一颤。再加上空气令人难以忍受，散发出灰尘、霉气和酸性的味道，特别是汗臭，凡是涉及金钱，这种汗臭无处不在。闷热难挡，我解开了上衣，想掏出我的手帕，可没办法，我被挤压得太紧了。可我，可我不能放弃，我慢慢不断地继续朝前挤去，过了一层，又过了一层。但还是太迟！这身卓黄色大衣消失不见了。他一定藏在人群中某个不显眼的地方，没有人会察觉到他存在的危险。只有我一个人知道，我的神经由于一种神秘的恐惧而颤抖，这个可怜的魔鬼今天一定要倒霉的。我每一秒钟都在等时机，有人会喊叫起来：抓小偷！随即会一片混乱，一片嘈杂，他会被人拎了出去，两条胳膊被紧紧地抓住。我无法理解，我为什么会产生这样可怕的念头，他今天，恰恰是今天他一定会失手的。

然而看吧，什么事都没有发生，没有喊叫，没有喧哗；正相反，交谈声，嘈杂声和叽叽喳喳声蓦地都停了下来，一下子变得出奇地安静，这二三百人好像约好似的屏住气息，所有的目光都双倍紧张望向拍卖人。他后退了一步，在灯光照耀下，他的额头闪现出一种特别庄严的光辉。这场拍卖的重头戏开始登场了：一只巨大的花瓶，这是中国皇帝在三百年前亲自派使者赠送给法国国王的。在大革命期间，它像好多这一类的东西都以秘密的方式从凡尔赛宫中流入民间。四个身着制服的听差特别而同时又是惹人注目的谨慎把这个宝贝物件放到拍卖桌上，圆圆的，白色透亮，上面带有蓝色的条纹。拍卖人庄重地咳嗽一声，喊出了价格："十三万法郎！十三万法郎！"回答这神圣的含有四个零的数字是一片令人敬畏的静寂。没有人敢立即出价，没有人敢说话，甚至仅是移动一下脚步；密集和挤在一起的人群由于敬畏变得目瞪口呆。终于在拍卖台左侧尽头有一个矮小的头发斑白的先生抬起头来，并快速轻声而几乎是窘迫说出："十三万五千"，拍卖人随即果断地回应："十四万。"

激动人心的游戏开始了：一家美国大拍卖行的代表总是只举出一个手指，就像一个电表一样，跳出的数字立刻就升了五千，坐在另一张桌子尾端的一位大收藏家（有人轻声地在嘟囔出他的名字）的私人秘书有力地用加倍来回应；慢慢地这场拍卖成了两家出价者的对话，他俩相对而坐，可却固执地规避彼此的目光：两人都只把他们的报价朝向拍卖人喊去，而拍卖人显然对此感到惬意。终于在喊到二十六万时，那个美国人不再举出手指了，喊出的这个数字像凝固了的声音空荡荡地悬在空中一样。气氛越来越紧张，拍卖出价人一连四次重复："二十六万……二十六万……"他像一只鹰扑向猎物般地把这个数字高高地掷向高处。随后他等待，紧张地观望，失望地环顾左右（啊，他多么愿意把这场戏继续演下去！）："没有人再出价了？"一片沉默，一片沉默。"没有人再出价了？"这声音近于绝望。沉默开始颤动，没有声音的琴弦。他慢慢地举起槌子。现在三百颗心脏停止跳动……"二十六万法郎一次……第二次……第……"

沉默像一块岩石独自矗立在声息俱无的大厅，人们都屏住呼吸。拍卖员带着几乎是宗教般的庄严把象牙槌高举在人群之上。他再次威胁地说道："落槌了。"没有人应声，没有回答。随后他说出了："第三次。"象牙槌单调而恶意地落了下来。一切都成为过去！二十六万法郎！这小小单调的一击，人墙便摇晃起来，坍塌了，又恢复成一张张活生生的面孔。一切都在激动，在呼吸，在喊叫，在叹息，在窃窃私语。还拥成一团的人群像一个单一的躯体在一股激浪中，在一阵不断地冲击下撞碰起来随即松弛下去。

这种冲击也触及到我，可却是一只陌生的胳膊碰到我的胸部。这时有人嘟囔了句："对不起，先生。"我为之一怔。这种声音！噢，这真是令人高兴的奇迹，是他，是那个我没找到的人，是那个我长时间寻找的人，是怎样的一种偶然，恰恰是这种松散的波浪把他推到我的跟前。感谢上帝，现在我又有他了，又是靠得这么近，现在我终于能好好地监护他和保护他了。当然我要避免公开地直视他的面部，而只是从侧面轻轻地瞟着他，但不是窥视他的脸，而是他的两只手，他的作案的工具，可他的双手却引人注意地消失不见了：不久我就发现，他的大衣的两袖子紧紧地贴在身上，像一个挨冻的人把手指缩进袖子里面似的，这样一来双手就见不到了。如果现在他要接触一个牺牲品的话，那只能被当作是一件柔软的、没有任何危险的衣料的一次偶然的触动罢了；而那只准备行窃的手藏在衣袖里，就像猫爪藏在毛茸茸的脚掌里一样。做得出色极了，我为之惊叹。但谁是他这次行动的对象？我谨慎地向他右边的那个人睃去。那是一位瘦长的先生，衣扣扣得紧紧的，在他前面的是一个宽大的无法下手的后背，这是第二个人：一开始我糊涂了，对这两个人中之一采取行动怎么能得手呢。但当我现在感到我自己的膝盖受到轻微的一撞时，我突然间被一个念头攫住——像是一阵冷雨浸透全身：难道这些准备终归是冲我而来的？归根到底，你这个傻瓜，要对这个大厅里唯一知道你的底细的人动手，我现在要在自己身上来体验你的这门手艺？这是最后和最莫名其妙的一课！真的，这只不可救药的不幸的鸟看来寻找的恰恰是我，恰恰是我，他的思想上的朋友，唯一一个对他的这门营生熟谙得至深至透的朋友！

真的，毫无疑问，他是冲我来的，现在我可以不再怀疑了，因为我已经确切地感觉到，身旁的一条胳膊在轻轻地触动我，藏着一只手的衣袖在一寸一寸地靠近我，这大概是准备拥挤的人群在第一波涌动时对我的上衣和背心中间部位快速动手。本来我现在可以用一个小小的动作保护自己，只消转向一侧或把衣扣扣上就确保无虞了；但奇怪的是，我已经完全像被催眠了似的，每块肌肉、每一条神经像是冻僵了一样。就在我激动地等待的当儿，我飞快地思考，我钱包里有多少钱，就在我想到我钱包的当儿，我感到我胸前的钱包依然还在，平稳且温暖；每当人们想到它时，那每颗牙齿、每个脚趾、每根神经就会立刻变得敏感起来。钱包暂时还在老地方，我准备好了，他可以动手，无须顾虑重重。奇怪的是我根本就不知道，我是要他动手还是不要他动手。我的情感混乱之极，仿佛分成了两半。因为一方面我希望他放开我，这是为他好：另一方面我心怀紧张怕得要死，就像牙医用钻牙机触动病牙最痛部位时一样，我期待他的技艺，我期待他决定性的出击。但他好像要惩罚我的好奇心似的，不慌不忙，丝毫没有动手的意思。他又停顿下来，靠紧了我，他谨慎地一寸一寸贴近我；尽管我的思想完全都在关注这种挤迫式的接触，这同时我的另一个思想却完全清清楚楚听到从拍卖台上那边传来不断升码的报价声："三千七百五十……没有人出价了？三千七百六十……三千七百七十……七百八十……再没有人出价了？再没有人出价了？"随后槌子落了下来。在这成功的一击之后，人群又一次开始松动，就在这一刹那我感到一股波浪朝我涌来。这不是真的触动，而是有点像是一条蛇在爬行，一股滑过身体的哈气，是那么轻，那么快，如果不是我全部的好奇心都处在戒备的状态的话，那我绝对感觉不到；像被偶然刮起的阵风翻起了我的上衣似的，我感觉到，仿佛一只鸟从身边飞过似的轻柔……

我从未想到的蓦然间发生了：我自己的一只手被从下面撞了一下，我在我的上衣下面抓住了一只陌生人的手。我从没有想到过这样一种自卫。这是我的肌肉的一种出人意料的反射动作。出于纯躯体上的自卫本能，我的手机械般地握紧了它。这真可怕，令我自己感到惊讶和骇怕的是我的手掌抓住了一只陌生的、冰冷的和颤抖的手，不，这决不是我的所愿！我无法去描述这一秒钟。突然间抓住一个陌生人的一只冰冷然而却是有生命的手，吓得我发呆变傻。他由于骇怕同样变得软瘫。正如我没有力量，没有勇气松开他的手一样，他也没有胆量，没有勇气把手挣脱回去。"四百五十……四百六十……四百七十……"，拍卖人在上面做作般地在叫喊。我还一直抓住那只陌生的、冰冷发颤的小偷的手。"四百八十……

四百九十……”还一直没有人注意到我们两个人之间发生的事情，没有人会想到，这儿，处于两个人之间，仅只是在我们两人之间，我们绷紧了的神经在进行这场无名的战役。“五百……五百一十……五百二十……”，数字一直是在急遽的上升，“五百三十……五百四十……五百五十……”终于，这整个过程不会超过十秒钟，我又能呼吸了。我半松开那只陌生人的手。它立即抽了回去并在黄色大衣的衣袖里消失不见了。

“五百六十……五百七十……五百八十……六百……六百一十……”上面的报价声还在继续，继续下去；我俩还一直靠得很近，充满神秘行动的一对共谋犯，两个人都因同样的经历而变得瘫痪了。我还一直觉得他的身体紧挨着我，暖暖的，现在当人群的激动松弛下来时，我发僵的双膝开始颤抖起来，我好像感觉到，这种抖动传到了他的双膝。“六百二十……三十……四十……五十……六十……七十……”，数字越攀越高，而我们还一直站着不动。这只恐怖的冰冷的铁环把我俩连在一起。终于我找到了一种力量，至少是转过头来朝他望去。这同一瞬间，他朝我看来，我直视他的目光。行行好，行行好！别告发我！泪水汪汪的小眼睛似在乞求，他的被挤压的灵魂中的全部恐惧，所有生物固有的原始恐惧，都从他那圆圆的瞳仁涌出，他的小胡子在惊恐中颤抖。我清楚地看到只是那双睁大的眼睛，那张面孔在极度惊恐的表情中消失得见不到了。此前我从没有，以后也没有见到一个人会是这样。我感到无比的羞愧，这个人竟如此奴隶般地、狗一般地望向我，好像我握有生杀予夺大权似的。他的这种目光使我感到自己卑贱，我窘迫地把目光又重新移到别处。

但他理解了。他现在知道了，我决不会，永远不会告发他；这使他恢复了元气。轻轻的一摆，他的身体离开了我的身体。我感到，他是要永远地摆脱掉我。他先是松动下面挤在一起的双膝，随后我觉得我胳膊上那种粘在一起的温暖离开我而去，霎时，我发觉有某种属于我的东西消失了。我身旁的位置已空无一人，我的这位不幸伙伴一下子就腾出了这个地方。我先是感觉到我周围空旷了，但随即的一瞬间我惊恐起来：这个可怜人，他现在怎么办？他可是需要钱啊，为了这紧张的几个小时，我欠他一份情；我，他的伙伴，一个身不由己的伙伴，必须要帮助他呀！我匆忙地随他挤了过去。但是灾难啊！这只不幸的人误解了我的善意，他从远处看见我去尾随他，就怕了起来。还在我示意他放心之前，草黄色短大衣就飞快地下楼而去，消失在马路上人潮如涌的洪流之中。我的这门功课，出人意料地开始，同样出人意料地结束了。

象棋的故事

半夜里，巨型客轮要从纽约开往布宜诺斯艾利斯[①]，起航前船上一片习见的热热闹闹、熙熙攘攘。送行的乱挤着，来送别朋友。电报投递员歪戴帽子，大喊大叫，把收报人姓名嚷过各个休息室。行李在搬运，花束在传递，孩子们沿着梯子蹿上跳下看热闹，乐队则在甲板上懒洋洋地演奏着。我跟一个朋友躲开这片混乱，在供人散步的甲板上正说着话，这时，镁光灯在一旁耀眼地闪了两三下。不用说，这是记者们临到起航还在匆匆忙忙采访某位名人，给他拍照。我那朋友扫过去一眼，笑了笑说："你搭的这条船上还有个怪人呢，那个岑托维奇。"显然是因为这话弄得我有点莫名其妙，所以他又解释说："就是米尔柯·岑托维奇，那个象棋世界冠军。他在棋赛中从东赢到西跑遍了全美国，现在搭船去阿根廷夺取新胜利。"

这一下我果然记起这位年轻的世界冠军来了，甚至还记起了他一步登天的某些琐闻；读报比我更上心的那个朋友，还能在这方面添补上一个又一个小插曲。大约一年前，岑托维奇一下就跻身于极负盛名的棋坛老将阿廖辛[②]、卡帕布兰卡[③]、塔尔塔柯威尔[④]、拉斯克[⑤]和波哥留勃夫[⑥]诸人之例，自从在一九二二年纽约棋赛中七龄神童热采夫

---

① 布宜诺斯艾利斯：阿根廷首都。

② 阿廖辛（1892 — 1946）：俄国人，1927 年击败卡帕布兰卡获世界冠军，1936 年失去冠军称号，1937 年复得，一直保持到逝世。

③ 卡帕布兰卡（1888 — 1942）：古巴棋手，12 岁成古巴冠军，1921 年击败拉斯克而成世界冠军，直至 1927 年始败于阿廖辛。

④ 塔尔塔柯威尔：象棋一级选手。

⑤ 拉斯克（1868 — 1941）：德国棋手，1894 年获世界冠军，保持到 1921 年，败于卡帕布兰卡。

⑥ 波哥留勃夫：苏联象棋名手。

斯基[1]崛起以来，一个无名小辈突入声名赫赫的群雄之中，还从来没有引起这么广泛的注意。因为岑托维奇的智力，绝没有从一开始就预示出他会如此令人眼花缭乱地飞黄腾达。不久就露底了，在日常生活中，这位象棋冠军无论用哪种语言写个句子，也不可能不出错字，正如被他惹火的同行之一恶狠狠地讥刺的那样："他的无知在哪个方面都一样博大无边。"

他是多瑙河上一个赤贫的南斯拉夫族船夫的儿子。一天夜里，他父亲的小不点儿船被一艘大粮船撞沉了。那时他才十二岁，父亲死后，这边远地区的神甫心怀恻隐收留了他。这个额门宽、说话少而又呆钝的孩子，凡是在乡村学校里他没法学会的，好心的神甫就竭尽全力通过家庭辅导给他补上。

可是，怎么使劲都无济于事，都讲解了百十次的那些文字，米尔柯瞪眼看着也还是生生的。哪怕是极简单的课业，他那转动不灵的脑子，也没有能力去掌握；都十四岁了，算个数什么的，他还得靠扳指头来帮忙。读书看报，对这半大小子来说，还吃力得很。但是，不能因此就说米尔柯别扭、不听话。叫他干什么，他都服服帖帖去干。他打水，劈柴，跟着下地，拾掇厨房；指派他干的事，他都踏踏实实完成，就是慢得叫人憋气。不过，令好心的神甫最烦的，还是这性情古怪的孩子对什么都不闻不问。不专门指派，他就什么也不干；不明确地给他安排活，他自己就不找，他从来不提一个问题，也从来不跟别的孩子玩。做完家务，他就在屋里呆坐着，像绵羊吃草一样死愣愣地瞪着眼，对周围发生的事丝毫不关心。每天晚上，神甫慢悠悠吸着庄户人用的长烟袋，照例要跟巡警队长下三盘棋。这黄头发男孩，就悄没声息地蹲在一旁，耷拉着重涩的眼皮瞪着方格子棋盘，像是心不在焉地在打瞌睡。

一个冬夜，两个棋友正迷在天天照旧的对弈中，这时从村镇那头驶过来一辆雪橇。铃声叮当，越响越急，一个农民帽子上积着雪，慌急慌忙地咚咚咚跑了进来，说是他老娘眼看要咽气了，请神甫赶快去

---

① 热采夫斯基：美国著名棋手。

抢时间给举行临终涂油礼[1]。神甫二话没完，就跟他走了。巡警队长还没喝完杯中的啤酒。他重新点起一袋烟，正要穿上沉甸甸的高统皮靴回家去。这时，他注意到，米尔柯正两眼死死盯住棋盘上刚刚开局的这盘棋。

“嘿嘿，你想下完这盘棋吗？”他打趣地说，满以为这迷迷瞪瞪的小伙子，连准确地挪动子儿都不会呢。小家伙怯生生地抬起目光，点了点头，就坐到神甫的位子上。下到十四步上，巡警队长就被将死了；将死就将死了吧，叫人还不得不承认，这绝不是偶然失算的一步臭棋造成的。再下第二局，结果还是一样。

“巴兰的驴子！”[2]神甫回家后吃惊地喊道。他解释给不大熟悉《圣经》的巡警队长听，早在两千年前，就出过类似的奇迹：一头哑巴牲口竟突然说起人话来。尽管夜深了，神甫不由得还硬要和他这半文盲的帮手杀一盘。米尔柯也毫不费力就杀赢了。他下得又黏又慢又狠，大脑门俯在棋盘上，抬也不抬一下。可是，他稳得简直无懈可击；巡警队长也罢，神甫也罢，连着几天都没能胜他一局。对这学生的一贯迟钝，比谁都更有资格来下断语的神甫，这回认真地动了好奇心，要看看这种畸形的特异禀赋，在多大程度上能经受更严格的考验。于是，神甫让米尔柯到乡村理发师那儿理好枯黄蓬乱的头发，使他有几分人样，就带他坐上雪橇，到邻近的一个小城去。神甫根据亲身经历知道，小城主要广场那儿的一家咖啡店有个专席，经常聚着一些疯疯傻傻的棋迷，都是他下不过的。这十五岁的小伙子，头发枯黄，面红耳赤，穿着皮板朝外的羊皮袄，套着沉甸甸的高统皮靴，被神甫推进咖啡店时，使满堂常来常往的棋迷们吃惊不小。年轻人两眼怯生生地低垂，惊诧地待在一角，直到人们叫他，才向一张棋桌走过去。第一盘米尔柯输了，因为在好心的神甫家里，他从来没见识过所谓的西西里式开

---

① 天主教给人在临死时涂抹圣油的一种仪式。

② 《旧约·民数记》第22章载，摩押王巴勒请巴兰去诅咒以色列人，巴兰骑驴上路时，上帝遣使者去杀他。巴兰的驴子为避开执刀的使者，两次离开正路，最后又卧倒不走，巴兰打了它三次。“耶和华叫驴开口，对巴兰说：‘我向你做了什么，你竟打我这三次呢？’”上帝让执刀的使者现形，巴兰才知道了驴子避路的原因。

局法[1]。第二盘他就和最高明的棋手下成了和棋。第三盘第四盘以后，他就一个接一个杀败了所有的对手。

这一下，在南斯拉夫外省小城里出了极为罕见、激动人心的事了；就这样，这初试身手的乡村冠军，使汇集一堂的象棋名手们立时振奋起来。于是他们一致决定，这神童无论如何也得在城里再待一天，以便能把象棋俱乐部的其他成员召集起来，特别是到府邸去通知狂热的棋迷西姆奇茨老伯爵。神甫一边以未曾有过的自豪感看着他的养子，一边说他在享受发现奇才的欢快之余，实不敢误了责有攸归的主日祈祷，但他乐于表示，把米尔柯留下来接受进一步的考核。于是年轻的岑托维奇由象棋专席上诸人付账，在旅馆住下了，并且在这天晚上第一次见到了抽水马桶。第二天也就是星期天下午，棋室里挤满了人。米尔柯一声不吭，甚至眼睛都不抬一下，在棋盘前定定地坐了四个钟头，战胜了一个接一个的棋手。临了，有人提出了车轮战的建议，折腾了好一阵，才使这个不开窍的小伙子明白过来，所谓车轮战，就是他一个人同时下几盘棋。明白了这种下法以后，米尔柯很快就应付自如了。他拖着沉甸甸的靴子，啪嗒啪嗒慢慢地挨着桌子转，结果八盘棋他赢了七盘。

这一下可是议论开了。尽管严格说来，这位新秀并不是这座小城的人，但还是热辣辣地激起了人们惯有的民族自豪感。翻开地图还从来没人理会的这座小城，说不定到头来会第一次有幸给全世界送去一位名人呢。一个名叫柯勒的经理人，原是专给驻军歌舞酒吧间介绍歌星歌女的，这时高高兴兴表示，要是有人拿出一年的补贴费用，这年轻人就可以去维也纳，到他认识的一位小个子国手那儿受棋艺方面的专门训练。下棋六十年如一日的西姆奇茨伯爵，还从来没遇见过这么不同凡响的对手，当即承担了这笔费用。一日之间，这船夫的儿子，就开始迈上了直上青云之路。

半年之后，米尔柯就掌握了棋艺的全部诀窍。不过美中不足的是，他不会凭默记下棋，就是行话说的下盲棋，连一盘也下不来。这事后

---

① 第一步走 e2，卒进 e4，这种开局法盛行于意大利西西里岛，故名。

来常在行家们前面露馅，并且常常遭到耻笑。在没边没线的想象空间中摆棋，这种本领他一点儿也没有。他从来就得有黑白格子的棋盘，六十四个方格，三十二个棋子，都看得见摸得着。就是成了世界名人了，他也老是随身带着棋盘——可以折在一起的袖珍象棋，为的是想拿各局来复盘或解决难着时，就能张眼可见地摆出来。这本身算不了什么欠缺，却暴露出他缺乏想象的能力；在棋坛这个小圈子里，这还是个热门话题呢，就像乐坛上一个杰出的演奏家或是指挥暴露出不打开乐谱就不会演奏或是指挥那样。不过，这引人注意的欠缺，一点也没有延误米尔柯的崛起。到十七岁上，他已经得过十几次象棋比赛奖了，十八岁夺得匈牙利冠军，二十岁终于成了世界冠军。那些凌厉无比的国手，在天资、勇气和想象力方面，一个个都无可比拟地高于他，然而都败在他韧性冷峻的逻辑推理之下，就像拿破仑①败于动作迟缓的库图佐夫②，汉尼拔③败于法比屋斯·孔克塔托尔④——据李维⑤记述，孔克塔托尔从小就明显地表现出迟钝低能的气质。就这样，一个完全是精神王国的化外之民，第一次钻进象棋大师的光辉行列了。置身于这个行列的大师，都汇集着各种迥然不同的高超智力，是哲学家、数学家，具有运筹、想象和创造的天赋，而这个拙手笨脚、沉默寡言的乡下小伙子呢，就连诡计多端的新闻记者，也休想从他那儿套出值得公之于众的一言半语。当然，尽管岑托维奇没有发表警策的名言向报纸披露什么，但很快，关于他个人的一些趣闻逸事，就充分地补上了这个缺。下棋时他是无与伦比的大师，可是离开棋局一站起来，他就无可救药地成了一个怪头怪脑甚至是滑稽可笑的角色。尽管他黑礼服一派庄重，领带华丽，上面别着很有点惹眼的珍珠镶嵌的别针，

① 拿破仑（1769 － 1821）：著名军事家，1812 年侵俄战役中为库图佐夫所败。

② 库图佐夫（1745 － 1813）：俄国著名统帅，是个慢性子人。

③ 汉尼拔（公元前 247 －前 183 或前 182）：迦太基著名统帅，公元前 218 年发动对罗马的第二次迦太基战争，与法比屋斯相遇。

④ 法比屋斯（公元前 275 －前 203）：罗马政治家和统帅。在抗击汉尼拔的战争中采取扰而不战的战术，相持一年多，于公元前 217 年大获全胜。由于这次战役，他得了“孔克塔托尔”（行动迟缓的人）这个称号。

⑤ 李维（公元前 59 － 17）：罗马历史学家。

指甲费心地修剪过，但在举止上、风度上，他照旧还是那个见识短浅、在乡下给神甫打扫房子的农村青年。只要能捞到钱，他会想方设法用小气的而且往往是鄙俗的贪婪，笨头笨脑，甚至笨到不顾脸面豁出他的才能和荣誉，以致惹得同行们耍他，恼恨他。他一个城市一个城市旅行，总是住最便宜的旅馆。不管多么微不足道的象棋协会，只要答应给他钱，他就到那里去下棋。他同意肥皂广告上印他的像。甚至实际上是加里西亚一个无名大学生给一个会做买卖的出版商写的一本《象棋哲理》，他也出卖名字去充当作者；逐鹿者们清楚地知道，他连三句话也写不通，他毫不理会他们的嘲笑。像一切生性黏滞的人一样，他一丝一毫也不懂什么叫可笑。自从在国际比赛中获胜以来，他就把自己看作是世界上数一数二的要人。一想到他杀败过各方面的精明机智、神采奕奕的演说家和著述家，特别是他挣的钱比那些人多这个看得着的事实，他原先的束手束脚，就转成一种往往是表演拙劣的冷酷傲慢。

“不过嘛，这么一举成名，怎么能叫这空空如也的脑袋不发蒙呢？”我那个朋友下结论道。他还向我吐露了几点一针见血的推断，说明岑托维奇何以傻乎乎地炫耀：“一个从巴纳特[①]来的乡下小伙子，才二十一岁，突然之间，只消在棋盘上稍一拨拉棋子儿，一个星期挣的钱，就比他全村的人整年在家砍树做苦工挣下的还多，他能不沾上晕晕乎乎的虚荣心吗？还有，假如一个人嫌费事，从来不打听打听，世界上还曾有过伦勃朗[②]、贝多芬、但丁和拿破仑，那么，他把自己看作伟人，不也就不费吹灰之力吗？这小伙子孤陋寡闻的脑子，就知道一样：几个月来他没输过一盘棋。因为他除了下棋赚钱，不知道人世间还有别的价值，所以他沾沾自喜，也是有充分理由的。”

我那朋友的一席话没白说，它激起了我不同寻常的好奇心，对各种犯偏执狂、囿于一孔之见的人，我向来就感兴趣，因为一个人越是孤陋寡闻，从另一个角度说，他也就越是接近于无限。凡是这

① 巴纳特：罗马尼亚西部和南斯拉夫东北两国交界处的一个地区。
② 伦勃朗（1606～1669）：荷兰著名画家。

种明显地遗世独立的人，他们都像白蚁一样，用特殊材料给自己建造一个独一无二的奇妙小天地。于是我不加掩饰地表示，打算在去里约热内卢[①]的十二天航程中，凑到跟前去观察一番这智力单向发展的怪样板。

然而，那个朋友提醒我说："你难得有这样的运气；据我所知，从岑托维奇那儿套出心理活动方面的点滴材料，还没人做到过。这诡诈的庄户人，别看浑身是极度的无知，使自己不露破绽他可精得很呢。手法倒也简单，就是说，除了在小客店找些也是来自农村的老乡谈谈之外，他回避跟任何人交谈。看出有受过教育的人在场，他就缩进蜗牛壳；这样一来，谁也没法夸口，说曾经听过他一句傻话，或是对他的极度无知摸清过底细。"

我的朋友看来是真说对了。旅行的一开头几天，情况就表明，不老着脸纠缠，就没法接近岑托维奇。说到头，我还做不出来。不错，有时他也到供人散步的甲板上走走，可他总是像一幅名画里的拿破仑那样，反背着手，一副正在沉思的傲慢神态；要不，他就总是碰碰撞撞，匆匆忙忙完成他在甲板上的逍遥游，为了能跟他搭上句话，得跟在后面紧撵。再说，休息室、酒吧间和吸烟室什么的，他从来不去。服务人员私下向我透露说，他白天大部分时间都在船舱里过，在一个大棋盘上温习棋艺，或是演残局。

他规避人的技巧比我想接近他的打算还高出一筹。这样过了三天，我实实在在是耐不住性子了。我生平还从来没机会去和象棋大师亲自结识，现在呢，我越是尽力把这样一个标本当活人来看，就越是感到难以想象，人活一辈子，脑子怎么就光用来在六十四个黑白格子的棋盘上打转转。这种"王者之戏"[②]我从亲身的经验知道它不可思议的吸引力。在人类琢磨出来的一切游戏中，唯独这种游戏，丝毫不为一时的独断专行所左右，而只把胜利付与智慧，或者更应当说，付与一种特殊形式的天资。那么，把下棋叫作游戏，难道不是在恶意地

---

① 里约热内卢：巴西最大的海港，从纽约航行去布宜诺斯艾利斯经过该地。
② 德语 Schachspiel（下棋）一词，由 Schach（象棋）和 Spiel（游戏）构成。Schach 来自波斯文 Schach，意为国王，故称。

贬低吗？下棋，难道不是一种科学，一种艺术，游移于这两个范畴之间——像穆罕默德[①]的棺材游移于天地之间，是这对范畴之间唯一的联系？象棋，是古老的又永远是清新的，布局是机械的却又为想象力所左右，限死在固定的几何空间之内而组合方式又是无限的，永远在发展，却没有结果；它是无所推导的思维，无所运算的数学，是没有作品的艺术，没有物质的建筑。然而事实证明，它又比任何作品和建筑都存在得更长久。只有这种游戏是雅俗共赏、古今同一的。谁也不知道，是哪位天神把它弄来供世人消遣、励志和提神的。它什么时候起源，又到什么时候失传呢？每个孩子都能学会下棋的初阶，每个笨拙的人都可以去一试身手。然而，在这些狭窄固定的方格之内，却能下出国手的绝招，是其他一切人望尘莫及的。对于天赋只适于下棋的人，对于褊狭的奇才来说，想象力、毅力和技巧一样是因人而异地起作用的，就像对于数学家、诗人和音乐家一样，只不过程度不同，结合不同罢了。早先颅相学盛行的时候，加尔[②]也许会去解剖这种象棋大师的大脑，以便确定，这种象棋天才的大脑灰质中是不是有特殊的沟回，有一种什么象棋肌或是象棋突，比常人的更为突出。岑托维奇会使这样的颅相学家多么感兴趣啊！在这个实例中，真是从智力的绝对迟钝中迸出了偏执的奇慧，就像百十斤不含有用矿物的大矿石里夹了一缕金子一样。这样一种天才的游戏，必然会造就出一批特殊的选手，这个事实，原则上我是向来都明白的，然而，难以想象甚至根本没法想象的是，一个心思敏捷的人，会把世界压缩到黑白格子之间的线路上来过一辈子，到三十二个棋子的左右进退中寻找生活的甜头。我不能想象，对一个人来说，开局的时候不进卒而跳马，就会是一桩伟大的事业，在象棋论著不起眼的旮旯里留个名，就意味着不朽。我也不能想象，一个人，一个长脑子的人，把全部思维能力，十年，二十年，三十年，四十年，反反复复用到不值一提的事情上——在木

① 穆罕默德：伊斯兰教创始人。伊斯兰教规定，殓葬不用棺材，不知此处是否另有出典。

② 加尔（1758 — 1828）：德国医生，其所创颅相学，企图根据头盖形状来推断人的智能和性情。这种学说 19 世纪中叶曾流行于欧美。

棋盘上把王这个木棋子逼到一角将死——这个人竟没有发起疯来！

我这人活该，热衷于动脑子的事，常常会变得狂热起来；现在呢，这么个异人，这么个奇才，或者说，这么个不可思议的傻瓜，跟我搭同一条船，第一次离我那么近，只隔六个船舱，而我竟没法挨近他。我开始琢磨出一些简直不沾边的心计：想挑动他的虚荣心，冒称代表一家重要的报纸，去对他进行一次装模作样的采访；又想抓住他的贪心，建议他到苏格兰去举行一次有利可图的棋赛。想到最后，我记起了猎人最有效的招数，就是说，模仿山鸡发情的鸣叫把雄山鸡引过来。想叫象棋冠军来注意你，除了摆开棋局，你还有什么更有效的法子？

我一辈子也没成个正经棋手，原因很简单，因为我下棋总是马马虎虎，只是下着开开心罢了。即便我下上一个钟头棋，这样做也不是为了劳神费心，相反是为了使专注的精神松弛一下。别的人，那些地道的棋手，他们是“下棋”，我却是“玩棋”，恕我冒昧地造这么一个新词。那就下起来吧，不过这跟谈恋爱一样，不能没个对手。可是这会儿我还不清楚，这条船上除了岑托维奇和我，是不是还有别的象棋爱好者。为了引这些人出洞，我就在吸烟室设下个并不高明的圈套：跟下棋比我还臭的妻子，像捕鸟人一样，摆开了棋局。果不其然，我们还没下到六步，一个打旁边过的人就站住了，第二个人还请求我们允许他观局。最后，来了个求之不得的对手，提出要和我下一盘。这个人叫麦克柯诺尔，是个苏格兰采矿工程师，听说他在加利福尼亚钻探石油的时候，赚下了一大笔钱。他长得身材魁梧，腮帮子方方正正，壮实硬棒，牙齿坚牢。紫糖脸红扑扑地惹眼，大概是大喝威士忌造成的，至少也跟这有关系。肩膀宽得出奇，简直像运动员的架势，连下棋的时候也突出地显露出来。麦克柯诺尔先生是沾沾自喜的得志人，连下棋这么不值一提的事，输了也觉得有损他的自尊心。这位个人奋斗的强者，在生活中惯于不顾一切去达到目的，被实际成就弄得忘乎所以，充满了不可动摇的优越感，以致任何违误都会使他跳起来，都会被认为是岂有此理的反抗，简直是欺负他。输了第一盘，他就绷着脸又啰唆又蛮横地解释，说这不过是一时疏忽输掉的。第三盘输了，他又说是隔壁船舱里的吵闹声害的。只要输了，他就要求再来一盘捞回来。

开头，他这种不服气的横劲儿还使我感到好笑，后来，我出于想把世界冠军引到棋桌这儿来的本意，把这看作是摆脱不掉的瞎掺和罢了。

第三天成功了，不过才成功一半。岑托维奇也许是从供人散步的甲板那儿穿过窗子看见我们在下棋，也许只是偶然赏脸光临吸烟室，反正，一见我们这些不入流的棋手在搅弄他的艺术，就不由自主地走过来一步，不远不近朝棋桌打量了一眼。正轮着麦克柯诺尔走棋。这一步棋看来就充分地提醒了岑托维奇，我们这种外行人的忙乎，是不值得他这样的国手再热心地看下去的。像书店给我们当作家的人推荐一本拙劣的侦探小说，我们翻都不翻就扔开一样，他也同样带着那种明显的表情，走过我们的棋桌，走出了吸烟室。“掂了掂，瞧不上眼。”我想着，那种看不起人的冷眼使我有点火了。为了泄一泄火气，我对麦克柯诺尔说：

“你这步棋，看来冠军不怎么欣赏。”

“什么冠军？”

我向他解释说，刚才过去的那位先生，翻了翻白眼看我们下棋的，就是象棋冠军岑托维奇。我又补上一句话，让高明的人去鄙视好了，我们会受得了的，不会心里不自在，穷人本是水煮饭嘛。这句顺口溜的话，竟对麦克柯诺尔起了完全意想不到的作用，使我都一愣。他立时坐不住了，忘了下棋，不安分的念头在他心里捣开了。他说没想到岑托维奇在这条船上，他无论如何得跟岑托维奇下一盘；又说他这一辈子，还没单独跟世界冠军下过棋，只是有一回跟另外四十个人一起同一位世界冠军来过车轮战，杀得真是难解难分，他差点儿还赢了呢。他问我认识这位世界冠军不，我说不认识；他又问我愿不愿意去搭个话，把世界冠军请到我们这儿来；我回绝了，理由是我知道岑托维奇不怎么爱跟生人打交道。再说，跟“三流棋手”下棋，对世界冠军来说，那有什么味道。

跟麦克柯诺尔这种虚荣心强的人，我真不该说“三流棋手”这种话。他气呼呼地往后一仰，粗声大气地说，他个人简直不信，岑托维奇会拒绝一个绅士的客客气气的邀请，他会有法子办到的。顺着他的心意我把这位世界冠军的为人简单地说了说，他暴躁得无法克制，不理不睬撂下这盘残棋，就冲到供人散步的甲板上去撵岑托维奇。我又一次感觉到，这肩膀那么宽的人，一旦打定主意做什么事，那是没法挡住的。

我有点焦急地等着，十分钟后，麦克柯诺尔折了回来，不那么神气十足了。

“怎么样？”我问道。

“你说对了，”他带点火气回答说，“不是个多招人喜欢的主儿。我作了自我介绍，告诉他我是谁，他连手都没向我伸。我试着向他说明，要是他愿意跟我们来一次车轮战，那我们全船的人都不胜自豪，不胜荣幸。可他呀，死挺着个脖子，说是他很抱歉，跟他签订合同的经理人，曾明确地规定，整个旅行期间他不得无偿下棋，要下就是最低价格：每盘二百五十美元。”

我笑了起来：“这可真是万万想不到，在黑白格子之间挪动挪动棋子儿，会是这么个赚钱买卖。这一下，但愿你离开他的时候也客客气气，跟去的时候一样。”

然而，麦克柯诺尔还是一本正经。“棋赛定在明天下午三点，就在吸烟室这儿举行。我希望，我们不至于轻而易举就让人杀个稀里哗啦。”

“什么？你答应出二百五十美元？”我简直惊愕得叫了起来。

“为什么不出？C’est son meticr.[①] 要是我牙痛，这船上凑巧有牙科大夫，我也不好请他白给我拔牙嘛。那人要个大价钱要得完全对。各行各业地道的行家，也都是最精的生意人，对我来说，做生意越爽快越好。我宁可现钱交易，也不愿请一个什么岑托维奇先生来发善心，到头来还得欠他一份人情。再说，我在俱乐部一个晚上输的，曾经超过二百五十美元，还不是跟世界冠军下输的呢。一个‘三流棋手’，就是败给岑托维奇，也不是什么丢脸的事。”

用“三流棋手”这句有口无心的话，把麦克柯诺尔的自尊心伤得那么厉害，这使我感到好笑。不过，既然他打定主意为这句玩笑话付

---

① 法文：这是他的职业。

出大价钱，对他那种执拗的虚荣心，我也就没什么可嗔怪的了。说到头来，他这种虚荣心还有助于我去结识结识那个宝贝。这件即将发生的大事，我们连忙通知了四五位一直自称棋手的先生，让大家为即将举行的棋赛不仅把我们这张桌子，而且把旁边的桌子都预订下来，以便尽可能不受过往人的打搅。

第二天，我们这些人全都按约定的时间到了。不用说，冠军对面的正席让给了麦克柯诺尔。他兴奋得不行,一支接一支抽着烈性雪茄，急得一次又一次看表。然而，那位世界冠军，正如我根据我那个朋友的讲述早料定的，叫人美美地等了他十分钟，显然是想在这种情况下上场，使他那种有恃无恐的劲儿更增加分量。他朝棋桌走了过来，安安稳稳，从从容容；一来就用行家的官腔安排比赛事宜，也不作自我介绍。这种无礼显然是在说:“我是谁你们知道，你们是谁我管不着。”由于船上棋盘不够用，没法进行车轮战，于是他提议，我们大家一起跟他下算了。他走完一步，就到吸烟室尽头另一张桌子那儿去，让我们便于商议。我们下完对着，就用小勺敲敲杯子，这是因为不巧手头没有餐铃。他提议，如果我们不想另作安排的话，那就走一步棋最多十分钟。不用说，我们像腼腆的小学生一样，对每个建议都赞同。岑托维奇分得了黑方。他站着就地走了一步，完了就转身到他提出去等待的位子上，懒洋洋地坐下一靠，随便翻着看一份画报。

谈这盘棋下得怎么样，那毫无意义。才走了二十四步，我们就一败涂地，这是必然会有的结局，不说也知道。一个象棋世界冠军，不消举手之力就杀败了五六个中流乃至末流棋手，这没什么惊人之处。恼人的是岑托维奇那种趾高气扬的架子，明显地使人感觉到，他对付我们是不费吹灰之力的。每次来走棋，他都故意只朝棋盘上瞟一眼，又懒洋洋地把我们扫一眼，好像我们也都是木头做的死棋子。那股傲慢劲儿，不由得使人想到人们用睥睨的目光去看癞皮狗。我心里想，他完全可以心眼子活一点，提醒我们注意注意失着，或是说句友好的话给我们打打气。然而，到这盘棋下完了，这没人味儿的下棋机器，也没说一个字，只说声“将死了”，就一动不动站在桌子旁边等着，看我们是不是还想下第二盘。像我们一向对付粗鄙厚颜的人那样，我正要站起来，无可奈何地打个手势，意思是暗示他，做完这笔美元买卖了，那么，至少对我来说，这场愉快的相识就算完了。恼人的是，就在这时，我旁边的麦克柯诺尔声音沙哑地说："再来一盘！"

麦克柯诺尔那种挑衅的口气，真把我吓了一跳。这一瞬间他给人的印象，简直是个摆好了架势的拳击家，而不是个彬彬有礼的绅士。也许是由于岑托维奇对待我们的那种气人的态度，也许只是由于他那种病态的；一触即发的虚荣心，他变得失去常态了。看得出来他正在冒汗，脸一直红到额门上的发际线，鼻翼由于内心憋气而猛烈地翕动，从咬紧的嘴唇到好斗地撅起的下巴，中间挤出一条深深的褶皱。我担心地看出来，他眼睛里冒着无法控制的凶焰；只有当人们赌钱的时候，眼看着赌注一倍接一倍往上翻，可连着六七次就是不来对劲的牌，才会冒出这种凶焰。这时我知道，这死要面子的狂人，会不惜全部家当，或是原注或是加码，跟岑托维奇下呀，下呀，一直下到至少赢上一盘为止。岑托维奇要是干下去，麦克柯诺尔就会成为他的摇钱树，等到达布宜诺斯艾利斯时，他就能摇下来好几千美元。

岑托维奇一动不动地待着。"请吧，"他客客气气地回答说，"先生们这回占黑方。"

第二盘情况也没什么变化，只不过多了几个凑热闹的。我们这个小团体人多了，也更热火了。麦克柯诺尔死盯着棋盘，仿佛要把他赢棋的意志注进棋子里面去似的，我看他为了朝阴冷粗俗的对方痛痛快快地喊出一声"将死了"，就是牺牲一千美元，他也会心甘情愿的。值得注意的是，他那种勉强压住的愤激不知不觉地使我们也多少受了点感染。每一步棋，都比原先争论得无可比拟地热火，总是到最后大家都同意发信号叫岑托维奇到棋桌这儿来了，又有人出来阻拦；我们一步一步走到十七步了，这时我们自己都感到惊奇，局势看来对我们极为有利，因为我们已经成功地把c路卒推到倒数第二格的c2位上了，只要再往前推到c1位上，就有个新的后[①]了。面对着这一眼就看得

① 国际象棋中的卒，如果能推到底线，就可以变为杀伤力最大的后，或变为棋手所需要的其他兵种。

出来的战机，我们心里当然并不踏实；我们一致怀疑，这争得的优势，弄不好还会是岑托维奇有意扔给我们的钓饵，因为他看棋比我们看得远多了。然而，尽管我们一起绞尽脑汁探究商讨，我们也弄不懂这不露痕迹的妙着。最后，眼看就到规定走棋的时间了，我们决定，冒险走这步棋。麦克柯诺尔正要去捏起那个卒，推进到最后一格去，突然他感到手臂被拽住了，有个人又轻又着急地悄声说："我的天哪！走不得！"

我们大家不由得都回过头来。那位先生四十五岁上下的样子，脸长得又瘦又尖；这以前，我在甲板上散步的时候，那张脸因为像粉笔一样白得出奇，就曾引起我的注意。他一准是最后那阵子，我们全神贯注琢磨那步难棋的时候，上我们这儿来的。他感觉到我们在盯着他看，就急忙补充说：

"现在你如果使卒变成后，他接着就用 c1 位上的象吃掉这个后，你再用马吃回来。可是，这期间，他会把这个畅行无阻的卒走到 d7 位上，来逼你的车，你就是跳马叫将，也输了，再有九步十步就完了。一九二二年彼司吉仁棋赛，阿廖辛对波哥留勒夫下成的局势，就跟这差不多。"

麦克柯诺尔一愣，从棋子上缩回手来，凝视着那个人，跟我们大家一样惊异，这真像一个盼不来的天使，下凡助战来了。一个人能算出九步之后的杀着，没问题，是个一流的专家，没准还是冠军的争夺者，正出门去参加同一次比赛呢。正在这紧要关头，他突然到来，突然介入，这简直是天助。麦克柯诺尔第一个清醒过来。

"你有什么高见？"他急不可耐地小声说。

"暂时先不进，撤！先把王撤出死地，从 g8 位退到 h7 位上。这一来，他可能把锋芒转向这一翼；那么，你的 c8 位的车退 c4，顶住它。这样他就先失两步，丢一个卒，也就失去了优势。于是，就成了卒对卒的棋。只要防守得法，你还能落个和局。再多就别指望了。"

我们又是一愣，他算得那么准，又那么快，把我们都听傻了。这算步子的劲儿，就像是照着现成的书在背。由于他参战，使这盘对世界冠军的棋成为和局，这意想不到的转机，怎么说也是激动人心的。

我们一致闪到一旁，好让他看棋方便。麦克柯诺尔再次问道："那就g8位王退h7位了？"

"就这么走！绕开是要紧的！"

麦克柯诺尔听从了，于是我们敲响了杯子。岑托维奇照旧心不在焉地迈步来到棋桌旁边，打量了一眼这步对着，完了就把王侧翼的h2位卒挺到h4位上，正应了给我们助战的这个生人预先说下的。这一位已经耐不住性子嚷开了：

"走车，走车，c8位退c4位，这一来他就不得不先保卒了。不过这他也没一点办法！你c3位马进d5位，不管他那个卒，这就扳成势均力敌了。全力压过去，不要守了！"

我们不明白他指的是什么，他说的那些话，我们就像听中国话①。不过，既然服了他，麦克柯诺尔也就不假思索，照他指示的走，我们又敲杯子叫岑托维奇过来。他第一次紧张地看着棋局，没有匆忙地作决定。后来，他按这陌生人点破的那样走了一步棋，转身就要走。然而，岑托维奇走开之前，出了点新鲜事，想不到的事：他抬起目光，打量了一下我们这一圈人，显然是想弄明白，是谁回敬了他这一步硬棋。

从这一瞬起，我们的情绪猛地高涨起来。这以前，我们下棋只抱着一种侥幸心理，现在不同了，想杀一杀岑托维奇孤高傲慢的想法，在我们浑身血管里鼓动起一种投身一搏的热火劲儿，我们这位新朋友又定出下一步棋，我们能叫岑托维奇回来了。拿小勺敲杯子的时候，我的手指都哆嗦起来。这一下，我们第一次占上风了。一直都是站着走棋的岑托维奇，迟疑着，迟疑着，终于坐了下来。他动作迟钝，慢慢悠悠坐下，这一坐，光从架势上来说，他就失去了原先对我们的那种居高临下之势。我们已经把他逼得至少在空间位置上和我们不分高下了。他长久地考虑着，目光一动不动地垂向棋局，发涩的眼皮低得连眼珠子都看不见。在穷思苦索中，嘴也慢慢地张大了，使他那圆圆

---

① 在交通不发达的古代，在欧洲人眼里，中国是个神秘的国家，因此中国话就被用来形容听不明白的话。

的脸显得有点呆头呆脑的。岑托维奇想了几分钟，然后走了一步，站起身来，我们那位朋友跟着就嘀咕开了：

“好一步闲棋，想得好！不过别去管它！逼着换，硬逼着换！一换就成和局，上帝也帮不了他的忙。”

麦克柯诺尔听从了。以后的几步，成了他们两人的你争我夺；我们这些人早降级成了没台词的群众演员，看了个莫名其妙。约莫又走了七步吧，岑托维奇经过更长久的考虑之后，抬起眼睛声明说：“和了！”

一时间鸦雀无声。突然，我们听得见涛声了，听得见休息室收音机里传来的爵士乐声了，听得见甲板上的脚步声和穿过窗隙的轻轻细细的风声了。我们都屏息敛气。在一局已成劣势的残棋中，这陌生人竟然能牵着世界冠军的鼻子走，这太突然了，这出人意料的事使我们简直目瞪口呆。麦克柯诺尔猛地往后一靠，憋住的气从嘴里呼出，快活地喊了声“啊呀”。我则在审视着岑托维奇。下最后那几步棋时，我感觉到他脸色在发白。不过他很会克制自己，保持着故作镇静的刚强样儿，一边慢慢地伸手扫开棋盘上的棋子，一边故意冷冷地问道：

“诸位还想下第三盘吗？”

他提出这个问题，完全是用职业性的、拉生意的口气。不过值得注意的是，他说这话时没看麦克柯诺尔，而是狠狠地抬起目光直视我们这位救星。下最后那几步棋，他一定认出了他真正的、实际上的对手，就像一匹马从更稳健的架势中认出一个更出色的新骑手一样。我们不由得跟随他的目光，着急地看着这位陌生人。然而，陌生人还没顾上考虑或是回答，虚荣心作怪的麦克柯诺尔就洋洋得意地冲他喊开了：

“不在话下！不过这一盘得你一个人跟他下！你一个人对付岑托维奇！”

然而，有点叫人想不到的是，还一直怪头怪脑地紧盯着空棋盘的这位陌生人，看到自己吸引住大家的目光，还有人这样得意地来搭话，惊愕得一机灵，神色大变了。

“说什么也不下，诸位，”他说话结结巴巴，显然是慌了，“这绝对不行……我根本不考虑……我都二十年，不不不，二十五年没挨近棋桌了……我这才想起来，我做得多不得体，不经允许就来参加你们的比赛……我太冒失，请诸位原谅……我一定不再打搅了。”我们还在惊诧不已时，他已经抽身走出了吸烟室。

“这简直不可能！”兴冲冲的麦克柯诺尔朝桌上一拳，闷声闷气地说，“这人会二十年没下过棋，这绝对不可能！每步棋，每步对着，他简直五六步之前就算出来了。这两下子，没人能轻易做到。这是绝对不可能做到的，是不是？”

麦克柯诺尔不自觉地向岑托维奇提出了末尾这个问题。可是，这位世界冠军照旧无动于衷地冷淡。

“这事我没法评论。反正，那位先生棋下得不大一样，还有点儿意思，所以我故意给他留个面子。”说着他懒散地站起来，用职业性的口吻补充说：

“要是那位先生或是诸位明天还想下一盘，那么，三点钟以后我奉陪。”

我们忍俊不禁。我们谁都知道，岑托维奇没那个气量，给帮我们参谋的这个陌生人留面子；他这个解释，不过是一句自作聪明的圆场话，想掩饰他的无能。我们更心急如焚起来，一心想看这种顽固到底的傲慢受到羞辱。一种野性的、好胜的斗志，一下子攫住了我们这些懒散和睦的船上居民：说不定就在这艘大洋之中的船上，能扯下这个世界冠军的桂冠，这纪录将通过所有的电报局传播到全世界去——这想法热辣辣地迷住了我们。正在紧要关头，我们的救星意想不到地介入，和那个职业棋手不可动摇的自信相反，他还谦虚得近乎胆怯，这些不可思议的事，给我们的想法更增加了诱惑力。这陌生人是谁？莫非一个尚未被发现的象棋天才乘机亮出来了？要不，这是位著名的象棋大师，由于无法探究的原因，不向我们披露姓名？为了使这个陌生人不可思议的畏缩和令人惊异的表白，能同他使人佩服的棋艺不相矛盾，我们热心地探究着各种可能，连想入非非的假说我们也并不觉得过分。不过，有一点我们大家是一致的：无论如何也不叫重新杀一盘的热闹场面吹了。我们决定想尽一切办法，叫这个帮手第二天同岑托维奇下一盘。麦克柯诺尔答应承担物质方面的风险。由于这时从服务人员那里打听到，这陌生人是奥地利人，于是我作为他的同胞，就被委托去向他陈述我们的请求。

没花多少时间，我就在甲板上找到了这一溜烟跑掉的人。他正在躺椅上读着什么。我走过去之前，乘机端详了他一番。他棱角分明的头倚在靠背上，带点疲乏的神情。那张脸还带点青春气息，两鬓却白得惹眼，脸上引人注目的苍白，再次使我看了惊讶不已。说不清是为什么，在我的印象中，这人一定是突然变老的。我还没到他跟前，他就客气地站起来通名报姓作自我介绍；那是奥地利名高望重的一个老家族的姓，我一听就感到亲切。我想起来，有个姓这个姓的人，曾经是舒伯特[1]的密友，还有一个出身这家族的人，是老皇帝[2]的侍医。当我向B博士转达，我们请求他去向岑托维奇应战时，他简直愣住了。原来他想都没想到，刚才那盘棋他光荣地顶住了一个世界冠军，甚至是眼下成绩斐然的世界冠军。我这个陈述，看来很微妙地对他产生了特殊的效用，因为他再三再四地从头追问，他的对手的确是公认的世界冠军这一点，我是不是有把握。我随即看出来，这一情况使我的任务好完成了。不过，考虑到他容易激动，所以，万一输了，物质上的风险要由麦克柯诺尔来承担这件事，我认为还是不告诉他为好。迟疑再三，B博士最后才表示决意参加比赛，但又颇为郑重地要求再提醒一下其他诸位先生，对他的本事可不能存有奢望。

“因为，”他出神地笑了笑，补充说：“我真摸不准，是不是能够正确地按照种种规则来下棋。我说从上中学的时候起，也就是说二十多年来，再没摸过棋子，这绝不是假装谦逊，请你相信我好了。就说在那个时候吧，我也绝不是什么才能出众的棋手。”

他这话是脱口而出的，对他的坦率之言我不该抱丝毫怀疑。可是，我又不得不说我感到惊异，怎么各个象棋大师下的每盘棋的布局，他都记得一清二楚。那么至少，他从理论上对象棋大有研究吧。B博士

---

① 舒伯特（1797 — 1828）：奥地利作曲家。
② 这里应是指奥匈帝国皇帝弗·约瑟夫。他于1867 — 1916年在位。

又做梦一般异样地笑了笑。

“大有研究——天晓得！也许可以说，我是大有研究吧。不过，那是在很不一般的情况下，简直是在独一无二的情况下进行的。这是一段相当复杂的经历，对我们这伟大动人的时代，这段经历也许能算个小小的补充吧。要是你肯花半个钟头的话……”

他向身旁的一把躺椅摆了摆手。我欣然接受了邀请。没有旁人在场。B博士摘下花镜放在一旁，开始说：

“你很亲切地说到，你是维也纳人，记得我们这个家族的姓氏。不过，我和父亲一起主持，后来我又独立主持的那个律师事务所，我想你是没有听说过的，因为我们不受理报纸上公开议论的案件，而且立下规章不应承新的当事人。实际上，我们本来就没有什么正经的律师业务，只不过是充当法律顾问，首先是管理大修道院的财产，因为我父亲原先是天主教政党的议员，和这些修道院熟。另外嘛——今天君主政体成了往事[①]了，也就不妨这么说说吧，我们还受托管理一些皇室成员的经费。我有个叔叔是皇帝的侍医，另一个是载屯施特屯修道院的院长，跟朝廷和教会的这种联系已经延续两代了，我们只消保持下去就行了。由于相沿的信用，我们到手的这份差事，是私下干的，说得上是一声不响干的，要求根本不高，只要严守秘密、确保忠诚就行了。在这两方面，先父都是做得甚为出色的。事实上，在通货膨胀和推翻帝制[②]的年代里，由于审慎，他成功地为当事人保住了数量可观的财产。后来，希特勒在德国掌权了[③]，开始霸占教会和修道院的财产。为了至少保住动产不被没收，跟国外进行的种种谈判和交涉，也都是我们过手的。关于教廷和皇室某些秘密的政治谈判，我们两人知道的，比后来张扬出来的还多。就因为我们事务所从来不挂牌照，不起眼，加以我们两人都谨慎，故作姿态地躲开帝党，所以省了许多找上门来的盘问，安全得很。事实上，在那些年里，奥地利官方从来

① 第一次世界大战中，1918年奥匈帝国投降，哈布斯堡王朝的末代皇帝查理退位。11月12日奥地利共和国成立。

② 指1918年奥匈帝国的土崩瓦解。

③ 希特勒上台是1933年。

没有料到，皇室的密使总是在我们设在五楼这不显眼的事务所里收发绝密邮件。

“在纳粹分子扩充军队来对付世界之前，早就开始在邻近各国把吃亏受辱、遭到冷落的人组织成一支大军。一支同样危险、同样受过训练的军队。每个机关，每个企业，都安插了他们的所谓‘支部’；每个地方，连多勒弗斯[①]和舒什尼格[②]家里，都坐镇着包探和特务。甚至我们这不显眼的事务所里都有他们的人——可惜我好长时间以后才知道。那是一个神甫介绍来的办事员，不用说是穿戴寒碜，能力低下。我雇用他只是为了装装门面，使事务所像个正经机关。实际上，我们不过是支派他去应付一些无关紧要的闲事，让他接接电话呀，整理文件呀——整理那些等因奉此的文件。邮件他不得拆启。凡属重要书信，都是我亲手用打字机打，连副本也不留。每份重要文件我都亲自带回家去。秘密会谈只在修道院的院长室里或是我叔叔的诊疗室里举行。由于这些审慎的措施，这包探对重要的事件竟一无所见。然而，由于什么糟糕的意外，这贪功求荣的小子准是发现我们不信任他，各种非同小可的事情都背着他在干。也许是有一回我不在，某个信使失口说出了‘陛下’[③]，没有按约定的称‘贝恩男爵’，要不就准是这无赖偷拆信件，反正，我们还没顾得上怀疑他，他就从慕尼黑或是柏林得到指示来监视我们了。多少年后，都坐了好长时间的牢了，我这才回想起来，他原先办事松松垮垮，那几个月来，竟突然变得勤快起来，好几次简直是死缠着要给我把信件送到邮局去。我也有考虑不周的地方，不能给自己开脱干净，不过说到头，不是连最伟大的外交家和军事家都被希特勒那一套鬼把戏欺骗了吗？好长一段时间，盖世太保[④]眼明心细地盯住了我，后来事情彻底挑明了，希特勒进入维也纳的头

---

① 多勒弗斯（1892 － 1934）：1932 年任奥地利总理，1934 年 7 月 25 日被奥地利纳粹分子暗杀。

② 舒什尼格（1897 － 1977）：多勒弗斯被暗杀后任奥地利总理，1938 年 3 月希特勒入侵时，被奥地利纳粹分子逮捕，一直关至 1945 年。1947 年后定居美国。

③ 应是指逃亡瑞士的奥匈帝国末代皇帝查理。

④ 希特勒“秘密国家警察”德文缩写的译音。

一天[1]，也就是舒什尼格宣布辞职的那天晚上，我就被党卫队逮捕了。万幸的是，一听舒什尼格的离职演说，我就成功地烧毁了所有的重要文件。剩下的文件，包括修道院和两个大公爵寄存国外的财产万不可少的凭证，我都塞进一个盛脏衣服的筐子里，简直是在那班家伙就要破门而入的最后一分钟，由年老可靠的女管家转移到我叔叔那儿去了。”

B博士顿了顿，点起一支雪茄。火光一闪时，我发现他的右嘴角神经质地抽搐了一下。这种现象原先我就注意到了，而且我还看出来，每隔几分钟就要重复一次。那只是迅疾地一动，轻得像掠过一丝影迹，却使整个面部表情显得异样焦躁不安。

“你大概在想，我就要讲集中营了，就要讲所有忠于奥地利古国的那些人被送进集中营了，讲我在那里挨打挨骂，吃尽苦头了。这种情况我并没有碰上过。我是另一种情况。我没有被投进那些不幸的人们中去，没有跟着去受肉体和精神的折磨，让人尽情发泄长期郁积起来的怨恨；我被算在另外那些为数很少的人里面，这些人是纳粹分子一心想榨出金钱或重要情报的人。我这么个等闲之辈，本身当然引不起盖世太保的兴趣，可是，他们准是知道我们是替他们的死对头管理财产的亲信。他们一心想从我身上榨出用来收拾修道院的罪证材料，想证实修道院盗卖财产，还要搞到材料来收拾皇室，收拾所有在奥地利不怕牺牲拥护帝制的那些人。他们猜想——说真的，并不是瞎想——我们经手转移的那些基金，绝大部分还坚壁着，他们想夺却可望而不可即。因此，我被抓过去的头一天，他们就想用屡试不爽的方法来逼我的口供。我们这类囚犯，是可望榨出金钱和重要材料的，因此没有被送进集中营，而是享受着特殊的待遇。你也许能想起来，像我们的总理[2]以及若特施尔特男爵等人，由于盖世太保一心想从他们的亲戚那儿讹个几百万，他们都没有被送进铁丝网后面的战俘营，而是享受着住旅馆的假优待：被送进盖世太保总部所在地的‘大都会旅馆’，

① 即后面医生说的“3月13日”。
② 指舒什尼格。

一人住一个单间。连我这么个名不出众的人，居然也受到了厚待。

“在旅馆里独住一间房，这话听起来人道得很，是吧？可是你信我的话，让我们这些‘要犯’住在旅馆不冷不热的单间里，不把我们一二十人地塞进冰冷的工棚，这根本不是什么想对我们人道一些，不过是做得更刁钻罢了。因为想从我们这儿逼取需要的‘材料’，所以他们施加压力的方式也就更绝，不是粗野地殴打或是上刑，而是用隔离这种难以想到的刁钻办法。他们并没有对我们怎么样，只是把我们安置在空无所有的环境里；可谁都知道，世界上没有什么事物能像空虚那样逼压人的心灵。我们每个人都被隔绝在绝对的真空里——跟外界风丝不透的房间里。他们不是用对肉体的鞭打，而是用对心灵的逼迫来最终撬开我们的嘴。指定给我的那间房，乍看之下，没有丝毫不顺眼的地方。这儿有一扇门，一张床，一把沙发椅，一个洗脸盆，还有个安了栅栏的窗子。可是，门白天黑夜地关着，桌上不准有图书报刊和纸张铅笔，窗眼又死对着一垛隔火墙。我周围甚至连我自己，都是由绝对的空虚构成的。他们拿走了我的一切：拿走表好让我不知道时间，拿走铅笔好让我写不成字，拿走小刀好让我无法切开动脉自杀；连抽口烟晕乎一下他们都不答应。除了不敢说话、不敢回答问题的看守，我从来见不到一张人脸，听不到一点人声，眼睛、耳朵和所有的器官，从早到晚、从黑到明都得不到一点营养滋补的东西，我待着，守着自己，守着自己的身体、四肢，守着桌子、窗子、床铺和洗脸盆这四五样哑巴物件，冷清得没法解救。我过的日子，就像钻在潜水球里的潜水员，沉没在默无声息的黑海洋里，而且明知回到水面上去的缆索已经断了，再也不会被拖出这无声的深渊了。无可为，无可听，无可看，包围我的无时无处不是无物以及这没有时间、没有空间的空虚。我走过来走过去，思想也跟着走过来走过去，走过来走过去，循环往复。而且，思想虽然是没有实体的，也要有个支点，一失去支点就开始乱滚，一团糟地自己围着自己转；思想也忍受不了这种空虚。我等着发生点什么事，可是从早等到晚什么事也不发生。于是再等，再等，还是什么事也不发生。我等呀，等呀，等呀，我想呀，想呀，想呀，一直到头昏脑涨，还是什么事也不发生。孤独，孤独，永不变样的孤独。

“我离开时间之外、离开空间地生活着，这样过了十四天。当时，就是打起仗来，我也不会知道。构成我的天地的，不过是桌椅门床洗脸盆，还有窗子和墙壁。我总是盯着同一垛墙上的同一条挂毯，看的时间长了，挂毯上锯齿形图案的每一条线，都像嵌进我大脑最深处的褶皱里了，像用刀雕下的一样。后来，审讯终于开始了。我被突然叫了出去，也不知道那是白天还是黑夜。我被叫了出去，走过几条走廊，也不知道是朝哪儿走；后来，又在一个地方等着，也不知道那是什么地方；突然之间，又站到了一张桌子跟前，桌子周围坐着几个穿军服的人。桌上放着一摞文件，是案卷，可是不知道里面都有些什么。完了就开始提问，问题有真的，有假的，有赤裸裸的，有玩花招的，有打马虎眼的，有引人上钩的，回答问题时，又有陌生的、愠怒的手指在翻动文件，也不知道都是些什么文件，还有陌生的、愠怒的手指在作记录，也不知道都记了些什么。然而，在这次审讯中，最叫我提心吊胆的，是我猜不出算不出，关于我们事务所的事情，盖世太保确实知道点什么，正想从我嘴里掏出来的又是些什么。我跟你说过，那些要被当作罪证的文件，在最后时刻，我通过女管家都送到我叔叔那儿去了，可是，他收到了还是没收到呢？那个办事员都告发了我们一些什么呢？他们截获的信件有多少呢？这段时间以来，在我们代管的那些德国修道院里，很可能已经从一个不善应对的神甫那儿逼出的口供又有多少呢？他们左一个问题，右一个问题，我给某个修道院买过什么有价证券呀，跟哪些银行有过信件来往呀，是不是认识一位如此这般的先生呀，有没有收到过瑞士的来信①呀，以及什么稀奇古怪的地方的来信呀……因为我根本算计不出来，他们已经侦查到的有多少，这就使我的每个回答都有不堪设想的后果。如果供出了他们还不知道的什么事情，那我可能就会毫无必要地把别人推进火坑，如果这也否认那也否认呢，那又会自己害自己了。

“然而，最糟糕的还不是审讯，最糟糕的是审完了再回到空虚中

① 末代皇帝查理逃亡在瑞士。

去，回到桌子、床铺、挂毯、洗脸盆等东西依然照旧的老房子里去。

因为只要独自一人，我就会变着法子去翻腾，刚才哪些话算是回答得最巧妙的，哪句话考虑不周，可能引起怀疑，下一次我一定说几句什么话，再把这个怀疑岔开。在初审法官前作的供词，一字一句，我都再考虑、思忖、琢磨，掂量一遍又一遍。我扼要地重复着他们所提出的问题和我所作的回答。我还曾试着去估摸，他们可能都记录了一些什么，可是我也知道，这是根本不可能做到，不可能得知的。这种种思想，一旦在空荡荡的空间被搅动起来，就永不停止地在我脑子里滚动起来，一再从头来，一再花样翻新，甚至涌进睡梦中去。每次盖世太保审完之后，我自己的思潮又无情地用质询查对、胡搅蛮缠来折磨人,很可能折磨得更凶残呢。因为那些审问一个钟头也就结束了，而我的思潮，有了寂寞来火上加油，就没完没了。包围着我的，只有这些桌子、柜子、窗子，以及床铺挂毯。没有可消遣的，没有书，没有报，没有生人的脸，没有铅笔来记个什么，没一根火柴棒来捻着玩玩，什么也没有，什么也没有。我这才发现，这种单间囚禁法想得是如何地用心恶毒，又是如何地扼杀心灵。在集中营里，也许你得用小车去推石头，两手磨出血来，两脚在鞋里冻僵，二三十人挤一间，又冷又臭。可是，你看得见人脸，你可以盯着看一片田野呀，一辆架子车呀，一棵树，一颗星星和这样那样的东西呀，而在这儿呢，你周围总是老样子，老样子，叫人发憷的老样子。这里没一点什么能帮我甩脱这种思潮，这种胡思乱想，这种病态的内心独白。盖世太保打的就是这个主意:想叫我在这种心绪中憋呀，憋呀，直到憋得透不过气来，憋得走投无路，最后只好向他们吐露，向他们招供，把他们想要的都招出来，最后连材料和有关人一起供出来。慢慢地我感觉到，在这种空虚的狠劲逼压之下，我的神经开始松散了；意识到这种危险，我就抖擞起来，神经都绷得快要断裂，想发现或是发明一个什么消遣的方法。为了不叫自己闲下来，我试着把以前背过的东西，什么民歌呀，儿歌呀，中学课本里的荷马史诗以及民法法典的条款呀，都一一想出来，念出来。后来，我又试着演算算术题。随便拿些数来加呀减的，可我这陷在空虚里的脑子，又什么也记不住。我没法集中心思去想个什么，总是想着想着，这种考虑就会一闪蹿出来：他们掌握了一些什么？昨天我都说了些什么？下次受审我该说什么好？

“我根本无可名状的处境延续了四个月。唉，四个月，这，写起来简单，就那么几笔！说，也简单，‘四个月’，就几个音。花个一秒半秒的，嘴一张就有了：四个月！可是，在失去了时间和空间概念的情况下，时间到底有多长，谁也没法描述、测定或是举例说明。这包围着人的空虚，这总是原样的桌子、床铺、挂毯和洗脸盆，这总是原样的死寂，这总是原样的看守——把饭递进来连眼睛都不抬一下的看守，这总是在空虚中围着一个念头转的种种念头，这把人转得晕头转向的同样念头，这一切会怎样把一个人吞掉和毁掉，你没法向旁人说清楚。从一些细枝末节上，我担心地看出来，我的脑子正在变得颠三倒四。最初几次受审，我还神志清醒，说个什么事沉着有数：什么该说，什么不该说，交叉考虑问题也都行。现在呢，我充其量能结结巴巴说几个最简单的句子，因为我一边说，一边又恍恍惚惚地看着作记录的笔在纸上挪动，好像要撵上我自己的话似的。我觉得精力在衰退，觉得越来越近地面临着这样一个时刻：为了救出自己，我会把知道的一切都说出来，甚至还不止这样；为了摆脱空虚造成的窒息，我会把十几个人连同他们的隐秘一起出卖。有一天晚上，真是到这一步了。在那憋死人的一刻，正巧看守把饭送来了，他转身走时我突然叫了起来：‘带我去受审！我都说！我都交代！文件在哪儿，钱在哪儿，我都说！我全都说出来，全说！’幸好看守没有听下去，说不定他也不想听吧。

“在这千钧一发的时刻，一件料想不到的事把我救了，至少救了我一段时间。那是七月末一个昏黑阴沉的下雨天。这个细节我记得一清二楚，因为我被带去受审走过一条过道时，雨正敲打着走廊里的窗玻璃。我得在审讯室的外屋等待。每次提审总是得等；叫人等，这也是一种手段。半夜里一声喊叫，猛不防把你从囚室里提出来，你的神经一下绷紧起来，等你定下心来准备去对付的时候，他们却叫你在受审前等着，叫你等得越来越失去自制。等一个钟头，等两个钟头，等三个钟头，叫你等得身体疲乏，精神萎靡。这一天是七月二十七日，星期四，他们叫我等得特别长，在外屋站着——不用说是不许坐下的——我足足等了两个钟头，站得腰酸腿痛。这个日期我记得这么清楚，是有特殊原因的，因为在这外屋里，挂着一本日历。对印了字、写了字的东西有多眼馋，我都没法儿跟你说明白。墙上日历上的数字，我瞪着眼睛看了又看，好像要把它吸进脑子里去似的。看完又等，一边等一边又盯住门，看这门什么时候会打开。同时我琢磨着，这回这些酷吏可能问我些什么，尽管我明白，他们将要问我的，和我准备回答的会大不一样。不过，不管怎么说，这种站着等待的折磨，同时也是一种舒坦，一种快慰，因为这间屋子总算跟我住的那间不一样，比我住的那间大，多一个窗子，没有床，没有洗脸盆，窗台上也没有我看了千遍万遍的一道特殊的裂缝。门上漆的颜色不同，门口那把沙发椅也不同。门左边有个文件柜，还有个衣架，挂钩上挂着三四件淋湿的大衣，是那些折磨我的打手们穿的。我馋坏了的两眼，终于能看到点新鲜东西，看到点不同的东西了，我馋得连任何一个细部都不放过。我细看着那些大衣上的每一条褶缝，比如说吧，湿领子上缀着一滴水我都发现了。不怕你听了笑话，我莫名其妙地激动起来，等着看那一滴水是沿着褶缝滴落，还是更长久地留在上面。真的，我一连几分钟憋住气，死盯着那滴水看，仿佛那是我生死攸关的事。那滴水终于滴下来后，我又数大衣上的纽扣。一件是八颗，另一件也是八颗，第三件是十颗。数完之后，我又比较大衣的翻领。我馋坏了的两眼，带着我无可名状的贪婪，让所有这些不值一提而且无关紧要的小玩意儿触动着，逗引着，包围着。忽然，我的目光被定定地吸住了：我发现有件大衣的口袋被什么东西撑得鼓鼓的。我走近一步，看到这鼓起来的口袋呈长方形，我相信，里面是一本书！我的膝盖开始哆嗦了，是一本书呀！我没伸手碰过书都四个月了。一本书，你可以看到里面的字一个挨一个排成一行一行，一页一页，一篇一篇，你可以从中读到新颖别致、感到陌生的种种思想，这些思想你可以跟着跑，也可以往心里记，光是这么一想，就叫你陶然心醉，我的目光晕晕乎乎地盯住这被书撑得鼓起来的口袋，两眼发烧地盯住这不起眼的小地方，好像要把大衣都烧穿似的。终于，我无法克制自己的欲望，不由自主地往前蹭过去。一想到能伸手摸到书了，即便隔一层布也罢，我手上的神经一下子热到了指尖上。我越来越近地凑了过去。还好，看守没注意我这种很反常的行动，说不定他还认为，一个人挺直站了两个钟头，想往墙上靠一靠呢。终于，我站得跟大衣紧挨着了，又特意把手抄到背后，好不被人察觉就能摸到大衣了。终于我用手摁了摁口袋，摁着还窸窣作响，的确是个长方形的东西，的确是本书！的的确确是本书！我脑子里飞快地闪过一个念头：偷下这本书！如果侥幸到手，那我就可以把它藏在囚室里，然后读呀，读呀，读罢最后一遍再读一遍！这念头一起，就像烈性毒药发作了一样，我耳里嗡嗡作响，心怦怦直跳，两手冰冷不听使唤。不过，一阵心慌意乱之后，我轻巧、机智地贴近大衣，一边紧盯着看守，一边用抄在背后的手把口袋里的书一点一点往上顶。然后，又轻巧又细心地一托，就这一下，这本不太厚的小书就到了我手里。到这时候，我才为自己的行事后怕起来，可是已经无可挽回了。那么往哪儿放呢？我把书从背后塞进裤头，掖在系腰带的地方，再一点一点推到腰侧。这样，走路的时候，我就可以像军人一样，用手贴着裤缝把书夹紧。这回，该先来试验试验了。我离开衣架，走一步，再走一步，再走一步。成了！只要我的手贴紧腰带，走路的时候要夹住书是没问题的。

“接着是审问。这次受审我比哪一次都紧张，因为回话的时候，我根本不是集中全副精力来想口供，而是要把书夹住，别让人看出来。还好，这一次没审多久就完了。我稳稳地夹着书回囚室去。闲话就少说了，不耽误你，光说在过道中间的时候吧，书从裤头上好不危险地滑了下去，我只好假装没命地咳嗽，顺势弯下腰，把书再稳稳地推回到腰带下面去。等到把书带回地狱的时候，那一瞬间哟，终于只剩我一个人了，现在我又不再是一个人了！

“你可能认为，我会立时抓起书，端详一番，就读起来。才不是呢！身边有了一本书，我要先尽情享受一番阅读前的欢快，做梦一样去猜想这偷来的是一本什么书，尽情享受一番这种引而不发的欢快，这种使大脑妙不可言地兴奋起来的欢快。这书该有许多许多的字，有许多许多薄薄的书页，这样我就可以多读一些时间。我还盼着，这要是激动人心的作品就好了，不是浅薄平淡的东西，而是值得阅读值得背诵的东西，如诗呀什么的，而且——我简直想入非非了——最好是歌德的，或是荷马的。可是想到后来，我再也无法克制自己的性急和好奇了。我往床上一躺——这样，看守就是突然打开门，也抓不住我什么——这才哆哆嗦嗦把书从腰带底下拽出来。

“一眼扫去，我大失所望，甚至怒气冲冲了。我千难万险搞来的而且是抱着灼望的这本书，不过是一本棋谱，一本一百五十盘名家对局的汇编。要不是被关在屋里，我会一怒之下，把书从一扇开着的窗子里扔出去。我要这么一本闲扯淡的书干什么呢，又能干什么呢；我在上中学时，像大多数别的学生一样，有时闷得慌也下一两盘棋，可是这样谈理论的本本，我要了干什么？下棋嘛，没个对手，甚至没棋子，没棋盘，就下不成。我没好气地翻了一阵，想着也许能找出一点什么可读的东西，像是一篇前言呀，一篇凡例呀。可是什么也没找着，有的只是一盘盘名家对局的正方形附图，图下面还有我一时看不明白的符号 a2—a3[①]，Sf1—g3[②] 等。这些东西，我看了就像求不出答案的代数式。慢慢地我才琢磨出来，原来字母 a、b、c 代表竖行，数字 1 至 8 代表横行，合起来就确定了各个棋子在每一步上的位置。于是，这些纯粹是图解棋局的附图，居然会说话了。我琢磨着，说不定在这囚室里能拼造出一个什么棋盘，这样一来，就可以试着一局一局来复盘了。像是天意的开导，我看出来，巧得很，床单的图案就是些不大规则的方格子。好好一折叠，床单上终于能凑出六十四个格子来了。于是我先把棋谱塞到褥子底下，只把第一页撕出来。完了，我用吃面包掉下的渣渣屑屑，捏成非常可笑、不成形状的棋子，王呀，后呀，等等，再用尘土把一半棋子染成灰色来区分黑白，就开始正式摆起来。忙了一阵之后，我终于能在方格床单上按棋谱标示的位置来复盘了。可是，用这种滑稽可笑的面包渣棋子试着来复一整盘棋，开头的时候根本没弄成。头几天，我总是搅得一塌糊涂，不得不五次、十次、二十次地再从头开始。不过，世界上有谁像我那样被空虚主宰

---

① 意为 a2 进 a3，即在同一行前进一格。

② 意为 f1 位的马进 g3，即马跳到隔行前进两格。

着，有那么多既没用也用不上的时间，有那么多使不完的热心和耐性呢？六天以后，我就无懈可击地把一盘棋下完了；又过了八天，我根本用不着面包渣棋子了，我就能在床单上看出布局了；又过八天之后，我连方格床单也用不着了。原先棋谱里 a1、a2、c7、c8 那些抽象符号，自动在我脑子里转化成具体可感的布局了。这种转化是令人愉快的：满盘的棋在我心里显现出来，只要一推算我就通盘看到某一步上的布子情况，这就像一个娴熟的音乐家，只要往总谱上看一眼，各种乐声和各种乐声的协奏，就都在他耳朵里响起来了。又过了两个星期以后，棋谱里的每一盘棋我能毫不费力地在心里复盘了，用行话说就叫‘下盲棋’。到这时候我才承认了，这次大胆的偷窃，给我带来的好处真是无法估量，因为我忽然之间有事可做了，虽说这是没有意义、不起作用的事，随你怎么说吧，反正它破除了我四周的空虚。有了这一百五十盘棋，我就有了个法宝，来抵住空间和时间把人憋死的单调。为了使这个新的职业对我具有不间断的吸引力，从这时起，我就严格支派每天的时间：上午下两盘，下午下两盘，晚上再一掠而过地复习一盘。我的日子，原先像肉冻一样不成形状地摊着，现在充实了。我忙乎着，并不感到疲倦，因为下象棋就有这么个绝妙的好处，把人的心力拴到一个宽窄有限的方格里，不管怎样紧张地动脑子，大脑也不会疲沓，而只会练得反应敏捷和精力充沛。原先我只是机械地重复名家的对局，慢慢地，一种艺术家的兴会在我心里豁亮起来。我学着去掌握攻守中的智取、强攻和种种精到之处，学会了算棋、互相呼应和突然出击等技巧，而且不久，我就能丝毫不差地从各个象棋大师别具一格的棋路中分辨出他们的特点，就像读一个诗人的诗，只要读几行就能判断一样。于是，这件纯粹是为了消磨时间的事，变成了一种享受，阿廖辛、拉斯克、波哥留勒夫和塔尔塔柯威尔这些棋王，都像可亲的朋友一样来为我排解寂寞。这种无穷无尽的花样翻新，使这死气沉沉的囚室在任何时候都充满生气。正是这种严格的日课，使我的思维能力又变得惊人地准确了。我感到脑子清醒，而且由于经常用脑，它砥砺得更为锋利。我考虑问题更清晰了，更专心致志了，这一点首先在受审时表现出来；下棋时如何对付佯攻和暗算，不知不觉就使我成熟起来了；从那以后，我受审再也没露过怯色，甚至感到，连盖世太保慢慢地都带着几分敬意来看我了。他们见其他人都垮了，也许会心里纳闷：我是从什么神秘的源泉中，汲取了这种抗拒到底的力量。

“棋谱里这一百五十盘棋，我天天有系统地跟步子学着下，这段幸福时间，大概延续了两个半月到三个月的样子。后来，没有想到我又陷入绝境了，突然又感到空虚了。因为每盘棋下过二三十遍以后，就失去了新鲜感，原先那么使人激动、使人鼓舞的力量也就枯竭了。一盘棋一步挨一步我早背熟了，还一遍又一遍去重复，还有什么意思呢？刚一开局，这盘棋的运子进程就自动地交错在我心里了，不叫人惊奇，不叫人紧张，也没有疑难之处。为了使自己有事可做，有脑筋可动，为了使自己有所寄托，我真需要另一本棋谱，里面有不同的棋局。可是这根本不可能，要摆脱这非常恶劣的境况，出路只有一条：我必须抛开旧套，另创新局，我得想法子跟自己下，或者更确切地说，跟自己干。

“我不知道，这种自己跟自己玩的心理状态，你在多大程度上能琢磨得出来。下棋纯粹是一种思维游戏，不是碰巧的事，所以，想自己跟自己下棋在逻辑上是荒谬的，随便一想就足以指出这一点了。下棋之所以吸引人，是因为设谋用计是在两个不同的脑子里分别进行的。在这场钩心斗角中，黑方不知道白方走一步棋的用意，总是千方百计去猜测，去干扰，反过来，白方也是尽力去超越对手，去招架黑方的隐秘用心。如果黑方和白方由一个人充当，情况就显得荒唐了，因为同是一个大脑，既应该知道某些事，同时又不该知道；为白方算棋的时候，要能按照命令完全忘掉一分钟前还是黑方的意图。交叉进行思维，是以意识完全分裂为前提的，使大脑的功能也像动力机械一样，想开就开，想关就关。想自己跟自己下棋，这是违背下棋常理的，就像一个人想跳过自己的影子一样。

“哦，我简单点儿说吧。这种荒唐罕见的事，我在灰心丧气中竟试了几个月。我没有选择余地，只有去干这种荒唐事，好使自己的神经不致完全错乱，或是智力全部衰竭。在这种可怕的处境下，为了不被四周令人毛骨悚然的空虚所窒息，我被迫把自己分解成黑方我和白方我。”

B博士在躺椅上仰倒，闭了一会儿眼睛，好像要把翻肠搅肚的回忆强压下去似的。他不由得把右嘴角一掀，又异样地抽搐了一下。这才从躺椅上直了直身子说：

“喏，到这里，但愿一切都给你解释得相当清楚了。不过，可惜我没法肯定，后来的事情，我是不是也能同样清清楚楚地举例向你说明。因为这项新工作要求脑子绝对紧张起来，这就使它不可能同时又克制自己。我跟你提起过，依我看，想自己跟自己下棋，这根本就是胡来；不过，就算这是荒唐事吧，眼前有个实实在在的棋盘，总还是好办一点，因为有棋盘在，总还会显出一定的距离，在视觉上总还是不受对方干扰的。面前有实打实的棋盘，摆着实打实的棋子，想招数的时候你就可以撂下休息一会儿再想，你就可以一会儿坐在桌子的这一头，一会儿坐在桌子的那一头，一会儿站在黑方来观察形势，一会儿站在白方来观察形势。可是像我这样迫不得已，要把自己对自己的棋战，摆到想象的棋盘上去，这就使我不得不把六十四个格子上每一步的运子情况都清清楚楚地记在心里；再说，我不仅要记住某一步上的布子情况，还要算出双方随后会走的步子。要为黑方和白方，为每一方的我，抢先想出四五步棋，下的工夫不是两倍三倍，而是六倍八倍十二倍——我知道这听起来是多么不合情理。抱歉得很，我没分寸地叫你来想这种疯疯癫癫的事。在幻想的、无形的棋盘上下棋，我必须作为黑方棋手预先算出四五步棋，同时作为白方棋手也要预先算出四五步棋，而且在一定的程度上，要按双方的想法，预先组合出各种棋势。不过，在这种不可思议的实验中，最不堪设想的还不是这种自我分裂，而是在自己想出一些棋局来的时候，我脚底下失去了立足之地，一下子栽进了虚无缥缈。光是照着名家对局来下，像我前几个星期那样练的，说到底，只不过是依样画葫芦的事，纯粹是重复现成的东西，做这种事并不比背诗记法律条文更费心思。这是一种有一定范围、有一定章法的活动，因而是上好的智力锻炼。上午学两盘，下午学两盘，这是规定的日课，这是我的一种正常的工作。做这种事我根本用不着动感情。再说，下棋的时候我要是走错了，或是不知道该怎么样往下走了，我还有棋谱作依据。正因为这样，这对于我松动了的神经来说，才是一种有益的、起镇静作用的活动，因为拿别人下过的棋来复盘，不会把我自己卷进去。黑方胜也好，白方胜也好，我都不在意。这是阿廖辛或是波哥留勃夫在争夺冠军，我自己不过作为旁观者，作为行家，来对这些妙不可言的棋局受用一番罢了。可是，从我试着自己对自己下的时候起，我就不由自主地开始向自己挑战了。黑方我和白方我，这双方的我，不得不互相比赛了。双方都从自己的立场出发，都求必胜，都求必得。作为黑方我，急于想知道白方我将要走的每一步棋。双方我的任何一方，都为对方的错着而兴高采烈，同时也为自己的失算而自怨自艾。

“这一切都像是毫无意义的；事实上，这完全是人为的精神分裂，是一种会导致危险的兴奋状态的意识分裂，对于正常情况下的正常人来说，是不可想象的。可是你别忘了，我从整个正常生活中被强行揪了出来，成了囚犯，无辜地受到关押，几个月来被人刁钻古怪地用寂寞来虐待，早就是个满腔愤怒、碰见什么都想发作的人。除了进行自己对自己这种毫无意义的比赛，我再没别的事可做了；我的愤怒，我的报复心，疯疯傻傻地一头扎进了这种游戏中。我想证明某件事是对的，可是我能在心里去反驳的，又不过是另一个我，这就使我在下棋的时候亢奋得简直要发狂。一开头，我还沉着有数地思考，下完一盘休息一下，再下另一盘，好放松下来，缓一缓。可是慢慢地，被激怒的神经就不容我再等了。白方我才走一步，黑方我就心急火燎地抢上来了；一盘才完，我又叫阵要下第二盘了，因为两方的我总有一方被打败，就要求扳回来。由于这种满足不了的穷开心，最后几个月我在囚室里自己对自己到底下了多少盘棋，是上千盘还是更多，就连个大概数我也说不清。这瘾头儿大得我自己也管不住；从早到晚，我想的尽是象、卒、车、王呀，a 路、b 路、c 路呀，将死了呀，王车换位呀；这一切，把我整个生活、整个心神都推到画着方格的棋盘上去了。下棋的乐趣变成了下棋的豪兴，豪兴变成了煎迫感，变成了狂热，变成了肝火旺盛，不仅贯穿我醒着的时间，慢慢地还贯透到睡梦中去。我还能思考的事就是下棋，就是动子，就是对付险着。有时我醒过来额门上潮乎乎的，我断定，准是连睡觉也不自觉地在接着下棋，而且我要是梦见人了，那么这些人也只会是跟象呀、车呀什么的一样动弹，也只会用马行步往前往后地跳动。甚至被叫去受审时，我也没法再牢牢记住自己的身份。我有这种感觉，最后几次受审的时候，我准是有些前言不搭后语,因为有时候那些审问的人都听得面面相觑。说真的，他们问我、劝导我的时候，我带着不可救药的热望，只盼着再把我送回到囚室去，好让我把正在下的棋、下得乱糟糟的棋，再接着下下去，好让我重新下一盘，再下一盘，再下一盘。任何一点打搅都会把我搅乱，就连看守来打扫囚室的那一刻钟，给我送饭来的那一两分钟，也把我折腾得火辣辣地烦躁。有时候那一盆饭搁到晚上还没动，我下棋下得都忘了吃了。我肉体上唯一能感觉到的就是奇渴，这准是不住地下棋想步子弄得上火了。我三口两口就喝干了一瓶水，烦着看守再给添，可没过一会儿我又口干舌燥了。我从早到晚别的什么都不干，只是下棋，下到后来，我兴奋得连静坐一会儿都不行。考虑一盘棋的时候，我不停地走过来走过去，走过去走过来，越走越快，越走越快，这盘棋越是接近输赢，我越是暴躁。赢棋，取胜，自己打败自己，这种热望使我慢慢地动起肝火来了。我烦躁得直哆嗦，总是一方的我嫌另一方的我走棋太慢，一方的我催促另一方的我，要是一方的我嫌另一方的我还手还得不够快，那么——你也许会觉得好笑——我就会开始自己训自己，‘快走！快走！’或者是‘往下走呀！往下走呀！’如今我心里自然是豁亮了，当时我那种状况完全是精神过分紧张的病征；我无以名之，就称之为‘棋瘾中毒’，用了医学上还没听说过的这么个词儿。终于，这种对象棋入迷上瘾的偏执狂，不仅袭击我的心灵，也开始袭击我的肉体了。我瘦了，睡觉不香，精神恍惚，每次醒过来都要特别花力气，才能撑开这重得像铅的眼皮。有时我感到那么虚弱，手抖得厉害，把水杯端到嘴边上都费劲。可是一开始下棋，我身上就来了一股蛮劲。我攥起拳头，冲过来撞过去。有时候我好像听见自己沙哑凶暴的声音，透过一层红雾在冲我自己喊着：‘将！’‘将死了！’

“在这种令人惊悸、难以描述的情况下怎样闯祸了，我自己也没法说清楚。我只记得，有一天早晨我醒过来，跟平常感受不一样：我躺着，绵软，舒适，身子好像松散了似的。几个月来我还没体会过的又浓又甜的倦意，偃卧在我眼皮上，温暖宜人地偃卧在上面，使我一开始下不了狠心睁开眼睛。我醒着还躺了几分钟，继续享受着这种沉重的朦胧状态，这种带有快意的感官。猛地，我感到后面好像有声音，有活人在说话。你想不出我有多高兴，因为这一年来，别的话我没听到过，听到的只有审判席上那些严酷、尖利又恶毒的话。‘你在做梦，’我对自己说，‘你就做吧！可别睁开眼！让这个梦再延续下去。要是醒过来，你又会看到这桌子，这椅子，这洗脸架，这图案永不变样的挂毯，这包围你的该死的囚室。你继续做梦吧，继续做梦吧！’

“可是，好奇心占了上风。我小心缓慢地睁开了眼睛。奇怪呀，我待在另一间房子里，这间房子比我的囚室大，也更宽绰。没安栅栏的窗子里，透进悠然自在的阳光，窗外看得见树，绿绿的，在风中摇曳，而不再是那堵僵死的隔火墙。四壁光光荡荡，白得耀眼，洁白的天花板高悬在头顶。我的确是躺在一张陌生新异的床上，这是真的，不是做梦，床后头还有人在轻言细语呢。我准是惊奇得使劲动弹了，因为随即就听见床后有走近的脚步声。一个女人轻手轻脚地走了过来，是个白帽压发的女人，是个护士。我高兴得浑身颤抖：我都一年没见过女人了。我凝视着这俊俏迷人的少女，仰视的目光准是又野又亢奋，因为这走过来的少女竭力抚慰我说：‘安静，哦，安静点儿！’我只顾谛听她说话的声音。这说话的，不是一个人吗？难道这世界上居然还有不来审问我、不来凌虐我的人吗？更何况，奇怪得不可思议的是，这还是女人柔细温和、近乎亲热的声音呢。我贪婪地凝视着她的嘴。在地狱里蹲了这一年，在我看来，一个人还会和和气气跟别人说话，都变得不可能了。她朝我微笑着——千真万确，她微笑着，竟还有人会和和气气微笑。她举起指头劝阻地往嘴唇上比画了一下，然后轻盈地走开了。可是，我没法听从她的禁令。这奇迹我还没看够呢。我硬挣着想从床上坐起来，为的是跟着看她，跟着看这和善的、像奇迹一样的人。可是，我想从床边上撑起来时，竟失败了。原来右手的地方，连指头手腕一起，我觉出来有什么异样的东西，有个又厚又大的白鼓包，显然我的手一股脑儿被包扎起来了。看着手上这又白又厚的稀罕东西，一开始我惊得摸不着头脑，后来才慢慢明白过来，我这是在哪儿，我想，说不定是出什么事了。我准是被打伤了，要不就是自己伤了自己的手。我这是在医院呢。

“中午来了个大夫，是位和蔼可亲、上了年纪的先生。他知道我们家这个姓，还敬重地提到我那个当侍医的叔叔，这使我立时就感觉出来，他提这些话是来和我套近乎。在随后的一段时间里，他向我提出各种各样的问题。有个问题使我特别惊奇，他问我是不是数学家或是化学家什么的。我说不是。

“‘这就怪了，’他喃喃地说，‘你发高烧的时候，老是c3，呀，c4呀，喊那么些个怪词儿。我们都听了耳生。’

“我询问我是怎么了，他奇异地笑了笑。

“‘没什么了不起的，精神受了强烈刺激。’他先留神地看了看四周，又轻轻地接着说，‘说到头，受刺激是完全可以理解的。是在三月十三以后，是吗？’

“我点了点头。

“‘遇上这种搞法，受刺激不奇怪，’他喃喃地说，‘你并不是第一个。不过，你别担心！’

“看到他悄声劝慰我的神态，还有他安抚我的目光，我懂得，在他这儿我是可靠地受到保护的。

“两天后，这好心的大夫很爽快地把出事的情况对我说了。原来，看守听见我在囚室里大喊大叫，起先以为我在跟闯进去的什么人吵架。可是，他在门口刚一露头，我就向他扑过去，冲着他狂呼乱叫，喊的好像是什么‘你倒走上一步哇，你这坏蛋，窝囊废！’我上去就想掐他的脖子。到后来，打得他不可开交，他只好大喊救命。看我这疯疯癫癫的样子，他们就拖我去找医生检查。在过道里，我猛一下甩开了他们，向窗口扑去，砸破了窗玻璃，也割破了手。——你看，这儿还有老深的一道伤痕呢。在医院度过的头几天，我一直处于大脑皮层过度兴奋的状态，不过到这时，大夫认为我的感觉中枢完全清醒了。

‘当然咯，’大夫又小声地接着说，‘这事儿我还是不向上司报告的好，要不，他们又会把你弄回到那儿去的。相信我好了，我会行方便的。’

“这助人为乐的医生向虐害我的人报告了什么，我无法知道。反正，他想达到释放我的目的，他是达到了。有可能是他指出我已经精神错乱，也有可能是在这期间，盖世太保已经不把我看在眼里了，因为那以后希特勒已经占领了波希米亚[①]，对他来说，奥地利的事就算了结了。这样，我只消签字保证十四天之内离开祖国就行。这十四天，有关的事情简直办了上千件：办军事机关证明，办警察局证明，交税，办护照，办签证，办健康状况证明，等等。在今天，这以后出生的人要出国旅行，免不了就要办这些事。这弄得我没时间来多想过去的事情了。看来，我们脑子里有种种神秘的调节力在起作用，要是遇上可能给心灵惹麻烦招危险的事，这种调节力就会自动来排除。因为我总是一想起坐牢的日子，脑子就有点昏昏然。直到好多个星期以后，应该说是上了这条船以后，我才又找到了勇气来想所遭遇的事情。

“现在你会理解了，为什么我在你那些朋友面前举措那么失当。我是在溜达，偶然走过吸烟室，看见你的朋友们正围着棋桌，便不由自主地感到又惊又怕，脚底下像生了根一样。因为我完全忘记了，人们还能对着真正的棋盘，用真正的棋子来下棋，忘记了下棋是由两个人对坐着来下的。我真是花了好几分钟才回想起来，这些棋手们在那边玩的，和我在百无聊赖中几个月试着自己跟自己玩的，原来是同一种游戏。我在苦练中凑合着使用的那些暗记，只是这些骨质棋子的标记罢了。令我惊奇的是，棋子在棋盘上移动，跟我在假想的棋盘上凭空想象的竟是一样。一个天文学家用种种异常复杂的方法，在纸上算出一颗新行星的轨道，后来果然在天上看到了这颗洁白明亮、实有其物的星星，大概也像我这样惊奇吧。我像被磁铁吸住了一样，紧盯着你们的棋盘，又看着我脑子里的那张图，把图上的马、车、王、后、卒什么的，都当成实实在在的棋子，用木头切削成的棋子；为了通观

① 1939 年 3 月 14 日，斯洛伐克的法西斯分子在希特勒指示下，成立斯洛伐克国，随后建立了“波希米亚和摩拉维亚保护国”，实际上把斯洛伐克变成希特勒德国的附属地区。

全局，我不得不把布子的情况，从用数字代替的、抽象的棋盘上，搬回到这有棋子的、实实在在的棋盘上来。慢慢地，好奇心攫住了我，使我来观看这两个棋手用实物进行的棋赛，于是出了那件煞风景的事，我完全忘了礼貌，竟来搅乱你们下棋。话又说回来，看了你朋友那步失着，我心上像挨了一针似的。我止住他，这完全是本能的行为，是一种情不自禁的行动，就像我们看见孩子弓腰挂到栏杆上，便不假思索地去抓住他一样。到后来我才醒悟过来，由于性急，我粗疏失礼，冒犯了诸位。”

我连忙请B博士宽怀，由于那个偶然事件能和他结识，我们大家都感到非常高兴，并且说，承他不弃，把一切相告，要是他肯光临明天临时凑成的那场棋赛，那我是备感兴趣的。B博士着急地扭动了一下。

“别那么说，真的别存奢望。对我来说，这不过是试一试……试一试……看我是否真有能耐正正经经来下棋，在真正的棋盘上，用实实在在的棋子跟看得见摸得着的对手来下棋……因为我越来越不相信，我下的那几百盘棋，或是几千盘棋，是地地道道、合乎规则的，我以为那仅仅是在做梦发高烧时下的，下的时候跟做梦一样，总是把一些棋步漏掉了。但愿你别当真，以为我能顶住一个象棋大师，甚至是举世第一的象棋大师。我感兴趣的，我暗中琢磨的，不过是那种事后产生的好奇心，就是说我想确定一下，我坐牢那会儿干的，是真正在下棋呢，还是已经疯了，我是紧对着发疯那个危险的暗礁呢，还是已经绕过去了。就是这么回事，仅仅是这么回事。”

这时，船尾响起了叫吃晚饭的铃声。我们竟聊了快两个小时了。B博士跟我谈的，比我归纳在这里的要详尽得多。我衷心地向他道谢，然后告辞了。可是，我还没顺着甲板走开，他又跟了过来，激动地甚至有点结巴地补充说：

“还有一件事！你最好事先就转告他们诸位，免得我事到临头显得不礼貌：我只下一盘……下这盘棋仅仅是了结旧账——是彻底的结束，而不是新的开始……我不想再次陷到疯疯傻傻的棋瘾中去。回想那种情况，只会使我厌恶……再说……再说，那时候医生也警告过我……郑重其事地警告过我：不论谁，对什么一入迷上瘾，就终身受害；得过‘棋瘾中毒’的人，就算是治好了，也最好是别再挨近棋盘……好了，你会明白的——我就下这一盘做个实验，再也不下了。”

第二天，到约定好的下午三点，我们准时在吸烟室会齐了。我们这一圈人里还增加了两个象棋爱好者，那是两个在船上服役的军官，他们特地请假不执勤，好有机会来看这场比赛。岑托维奇也没像头一天那样让人等他。照例选定黑白方以后，于是由 homoobscurissimus[①]对著名的世界冠军，这场值得纪念的棋赛就开始了。我遗憾的是，这盘棋只是下给我们这些完全不够格的观众看看而已，运子进程没有记入象棋年鉴，就像贝多芬的钢琴即兴曲没留下乐谱一样。这以后的几个下午我们倒也试过，想一同凭记忆把这盘棋再复一遍，可是白折腾；也许是我们大家看棋的时候，看两个棋手看得太有兴味了，没注意比赛的进程。因为在下棋的过程中，双方在言谈举止方面气质相反，从体态上也越来越变得鲜明了。岑托维奇这个棋坛老手，在整个这段时间里一动不动地待着，像块木头似的，目光严峻僵直地垂在棋局上。对他来说，思索简直就像是一种肉体的抽紧，使他全部器官都异乎寻常地往一起收缩。B 博士不同，他动弹着，轻轻松松，毫无拘束。他完全是个业余爱好者。对他来说，下棋只是一种游戏，是令人轻松愉快的游戏。他身子完全放松。头几步棋他一边想一边跟我们解释，还悠闲地点起一支香烟。轮到他走棋时，他才往棋盘上看一两分钟。走一步棋他都给人这样一种印象，仿佛对方这步棋他早就料到了。

开局几步熟套棋走得相当快。到七八步上，这才有点看得出来，好像是按确定的计划在发展。岑托维奇加长了想棋的时间，这使我们感到，争夺先手的实战开始打响了。不过，不妨说句实话，就像看任何一盘够水平的棋赛一样，局势的一步步展开，在我们外行人看来是不太够味的。因为棋子儿越是交织得花样翻新，实际情况对于我们也就变得越是隔膜了。我们既弄不清这一方有什么打算，也弄不清另一方有什么企图，也不知道究竟是哪一方占优势。我们光是看到，一个

① 拉丁文：无名之辈。

一个的棋子儿像吊车[1]似的挪动着，想突入敌阵；可是，因为高手每走一步，总是算准了许多步，所以这你一步来我一步去的战略意图，我们没法领会。另外，慢慢地又添出了一份叫人泄气的疲劳，这都怨岑托维奇想棋想得没完没了。这种情况也开始弄得我们那位朋友明显地烦躁起来。我揪心地注意到，这盘棋越往下拖，他越是心急火燎，开始在沙发椅上蹭过来拧过去，一会儿由于焦躁一根接一根抽烟，一会儿又拿起铅笔记下点什么。接着，他又叫来矿泉水，一杯又一杯急着往下灌。这是明摆着的，他想步子比岑托维奇要快上百倍。每当岑托维奇想完了，拿定主意，用笨拙的手往前挪动子儿时，我们这位朋友像是早已料到似的，笑一笑，随手就应一步。他反应迅速的脑子，必定把对方可能走的步子预先全都算好了，因此，岑托维奇越是迟疑不决，他就变得越是烦躁。等着的时候，他简直是恼恨地把一股气都憋到嘴边了。可是，岑托维奇一点儿不着急。他执拗、沉默地思考着，棋盘上棋子儿越空，他想棋的时间也越长。到四十二步上，已经过了两小时四十五分，我们围住棋桌坐着，一个个都乏乏的，思想都快开小差了。在船上服役的两个军官，一个已经走了，另一个拿起一本书在读，只在每次动棋子儿的时候才抬一抬眼睛。可是，就在岑托维奇走棋的时候，一件意想不到的事情突然发生了。岑托维奇拿起马往前跳，B 博士一见，立即像作势要跳的猫一样团起身子。他浑身都哆嗦起来，岑托维奇刚跳罢马，他就将后狠狠地往前一推，神气昂然地大声说："得！完了！"说罢身子往后一仰，两手交叉地抱在胸前，用挑衅的目光看着岑托维奇，眼睛里突然闪出灼热的光芒。

我们不由得都俯向棋局，以便看清他这步告捷的棋。一眼看去，并不见有直接的威胁。我们这些看得不远的外行人，还没法算出来。在我们中间，只有岑托维奇听了这挑衅性的预告动都没动；他一动不动地坐着，这盛气凌人的一声"完了"，他好像根本没听见。哑场了。我们大家都情不自禁地屏住呼吸，因此可以听到放在桌上用来卡定走棋时间的钟在滴答滴答响。过了三分钟，过了七分钟，过了八分钟，

---

[1] 国际象棋的棋子，是一个个近似圆锥体的雕像，故形似吊车。

岑托维奇还是不动；不过，我似乎觉得，由于内心紧张，他厚厚的鼻翼好像都张得更开了。这种哑场的等待，这位朋友显得跟我们一样受不住了。突然，他霍的一下站了起来，开始在吸烟室里徘徊，起初慢慢地，走着走着就快了，越来越快了。我们大家看着他，都有点吃惊，然而，谁也不像我这么揪心，因为我突然发现，他来回走的脚步尽管很急很快，但总是走在同样大小的地方；看样子，好像在这宽敞的房子中间，他每次都扑到了无形的尽头，又不得不折回来。我心惊肉跳地发现，他这一趟来一趟去，无意中复现了他原来那间囚室的大小：在被关押的那些日子里，他一准也是这样扑过来蹿过去，像围在笼中的野兽一样，一准也是这样两手哆嗦，双肩紧缩，就这样在囚室里千万次地奔来闯去，僵直发烫的眼睛里闪着发狂的红光。不过，他的思维能力似乎一点也没有受到损害，因为他时不时烦躁地转向桌子，看在这段时间里岑托维奇决定了没有。就这样过了九分钟，过了十分钟。最后，终于出了我们谁也没料到的事情。岑托维奇把一直搁在桌上没动的那只沉重的手，慢慢地举了起来。我们大家都紧张地看着，等他决定。可他没走棋，只是翻过手来，用一个断然的动作，把棋盘上的棋子儿慢慢地全都拂掉。过了一会儿我们才明白过来：这盘棋岑托维奇认输了；他投降了，免得在我们面前公然被将死。出了怪事了：这个世界冠军，这个无数次棋赛的优胜者，竟在一个无名之辈面前，在一个二十年或是二十五年没碰过棋局的人面前卷旗了。我们这个朋友，这个匿名者，这个没名气的人，在公开的比赛中，把世界棋王打败了。

我们还不知道怎么回事，就激动得一个接一个站了起来。我们谁都有这种感受，好像该说点什么，该做点什么，来表示一下心里的惊喜。只有岑托维奇静静地待着不动，停了好一阵，他才抬起头来，用死沉沉的目光看着我们这位朋友。

“再来一盘？”他问道。

“不在话下！”B 博士回答，这答话中带有一种令我感到不舒服的热情。我没顾上提醒他只下一盘为限的那个老主意，他就坐下来慌急慌忙开始重新摆棋子儿了。他归拢棋子儿的时候那么手忙脚乱，有个卒竟两次从他哆哆嗦嗦的手里滑到地上。看了他那种一反常态的亢奋，我原先的惴惴不安竟变成恐惧了，因为这原来沉默冷静的人，已经被过度的兴奋压倒了。他的嘴抽搐的次数越来越多，身子像突发高烧而颤抖。

“不要下了！”我悄声对他说，“这会儿不要下了！今天就下到这儿吧！你会吃不消的！”

“吃不消！哈哈！”他一副凶相地大笑起来，“要不是这么拖拖拉拉，有这点时间都够我下十七盘了！我呀，吃不消的就是：遇上这慢劲儿怕睡着！——得！你就开棋吧！”

末尾几句是冲岑托维奇说的，语气激烈，近乎粗暴。岑托维奇冷静严肃地看着他，不过那直愣愣的目光，却带点攥紧一只拳头抡出去的味儿。一下子，两个棋手之间产生了一点原先没有的东西：一种危险的对立，一种强烈的恨意。他们不再是彼此逢场作戏来试试自己能耐的棋伴，而是双方都发誓要消灭对方的仇敌。岑托维奇走第一步棋就拖了很久，我有一种分明的感觉，他是有意拖这么久的。显然，这训练有素的策略家已经发觉，他正可以用慢劲儿来把对手拖垮，拖乱。就连开局时一步最简单的正着——按惯例把王前卒往前推两格，他也耗了不下四分钟。我们这位朋友立即动王前卒来迎敌[①]。岑托维奇又停下了，没完没了，简直叫人没法忍受；那劲儿，就像一道强烈的电光往下一闪，我们心怦怦直跳地等着雷响，可雷就是不响一下。岑托维奇一动不动。他思索着，安安静静，慢慢吞吞；我越来越感到，他这是慢里藏奸。不过他这一慢，倒使我有充分的时间来观察 B 博士。他正好往下灌第三杯矿泉水；我不由得记起来他告诉我的、他在囚室里的那种奇渴。过度兴奋的一切表征，都清清楚楚地显露出来了。只见他额上冒汗，手上的那道伤疤比原先更红更惹眼了。不过他还克制得住。到第四步上，岑托维奇又没完没了地思索，他这才失了态，突然冲对方训斥起来：

“你总要走上一步哇！”

岑托维奇冷冷地抬起目光：“我们说好了，走一步棋十分钟。我

---

① 这就是前面提到的“西西里式开局法”。

的规矩是走棋不短于这个时间。”

B博士咬紧了嘴唇。我发现，他的脚后跟在桌子底下越来越烦躁地冲地板跺着。我猜想他一定会做出什么胡闹的事来，这种压抑人的预感，使我自己也变得神经过敏了。果然，到第八步上，就出了节外生枝的意外。等得越来越失去自制的B博士，憋得快忍无可忍了；他把手拧过来转过去，手指头不自觉地在桌上敲起来。岑托维奇又一次拍起他不灵便的脑袋。

“请你别敲了，行吗？这打搅我。我都没法走了。”

“哈哈！”B博士爱理不理地笑了一声，“这有目共睹。”

岑托维奇脸红了。“你说这话什么意思？”他恼怒地问道。

B博士又恶意地强笑了一声：“没什么意思，不过是你太多心了。”岑托维奇没说话，低下了头。

七分钟后，他才走了一步。这盘棋就这么慢得要死地下着。岑托维奇好像越来越像个石头人了；到后来，他想定一步棋，总得顶足了约定的走棋时间。而在岑托维奇走棋的时候，我们这位朋友的态度也变得怪了。看样子，他好像根本不再理会这盘棋，而在想着别的什么不沾边的事。他不再性急地颠来颠去了，只是无精打采地坐在位子上，用呆滞而迷乱的目光定定地看着前面的空中，不住地朝前面嘟嘟哝哝说些听不懂的话。如果他不是在想入非非，那么——我内心深处这么猜测——他就是在下另外一盘棋解闷儿。因为每次岑托维奇终于走了一步的时候，我们都不得不把他从魂不守舍的状态中唤回来。他惊醒过来后，总是用那么一分钟，来重新看清局势。我心里越来越犯疑，他在这种不动声色的癫狂状态中，一定早把岑托维奇和我们大家都忘了，而他这种癫狂，可能会突然爆发，变成大喊大闹。果然，到第十九步上，危机爆发了。岑托维奇刚走完棋子儿，B博士连棋局都没认真看一眼，拿起象就推进了三格，大叫一声，把我们都吓了一跳：“将！”

我们立时都盯住了棋盘，盼着那是步高着。可是过了一分钟，竟出了我们谁也没料到的事情：岑托维奇慢慢地抬起头来，挨个儿看着我们这圈人，有那么点儿大称心愿的神气，因为他嘴边慢慢地泛起了踌躇满志、不胜鄙夷的微笑。直到把这种我们领会不来的快意尽情品味够了，他才假装客气地对我们说：

“很遗憾！我可是看不出将军了。诸位也许有谁看出来了吧？”

我们看着棋盘，然后，目光不安地滑向B博士。真的，连孩子都看得出来，岑托维奇那个王的前面有个卒，把对方的象挡得严严实实，不可能威胁到王的。我们担心起来，会不会是我们这位朋友性急，没把棋子儿放正，放远了一格，或是放近了一格？我们的沉默，引起了B博士的注意，这回他也盯住棋盘，结巴地咕哝起来：

“这王可是在f7位上的……站错位了，完全错了。你走错棋了！这棋盘上的棋子儿全都站错位了……这卒该在g5位上，不该在g4位上……这根本是另一盘棋……这……这……”

他突然张口结舌了。我狠劲抓他的胳膊，那个手劲，使他尽管亢奋得迷迷糊糊，也硬是感觉到了。他回过身来，像梦游患者一样盯着我。

“你……要干什么？”

我光是说：“别忘了。”同时用手指摸了摸他手上的那个伤疤。他不自觉地跟着我摸了一下，两眼呆滞地盯着那一道血红的疤。看着看着，他突然哆嗦起来，浑身打了个寒噤。

“上帝呀，”他嘴唇苍白，嘟哝着说，“我没胡说，没胡闹吧……我又这么……”

“没有，”我悄声地对他说，“不过，你得马上撂下这盘棋，就到此为止。别忘了医生叮嘱你的话！”

B博士一下站了起来。“请原谅我令人不快的错误，”他向岑托维奇鞠了一躬，用原先斯斯文文的声调说，“我说的那些话，纯属胡闹。不用说，这盘棋你赢定了。”说罢他转向我们，“也得请诸位包涵。不过，我先就说过，诸位不要对我抱奢望。请原谅我有失检点——下象棋，这是我最后一试了。”

他一鞠躬，走了，神态又谦虚又诡秘，跟最初露面的时候一样。只有我知道，这个人为什么要永远不再摸棋盘，而这时，其他的人则有点昏头昏脑地待着，影影绰绰地感到，真是万分紧张，总算避开了某种不愉快的严重事态。“Damnned fool！”[1] 麦克柯诺尔失望地抱怨了一声。岑托维奇最后一个从沙发椅上站起来，还向这半局残棋扫了一眼。

“可惜，”他宽宏地说，“进攻安排得实在不坏呀。对一个业余爱好者来说，这位先生实在是有两下子，不同一般。”

---

① 英文：原意是“该死的笨蛋”，这里是“活见鬼”的意思。

作者年表

1881 年　出生于维也纳。父亲莫里茨·茨威格（1845—1926）是纺织工厂主，母亲伊达·茨威格，是一个银行家的女儿，父母均系犹太人。

1887 ～ 1892 年　在小学读书。

1892 ～ 1900 年　在中学读书，并开始创作，到中学毕业时已在报纸杂志上发表百余首诗歌。

1900 年　进维也纳大学攻读哲学和文学史。

1901 年　第一部诗集《银弦集》在柏林出版。

1902 年　发表第一个短篇小说《出游》；他翻译的保尔·魏兰诗集和波德莱尔诗文集分别在柏林和莱比锡出版。同年夏天，前往比利时旅行，首次与艾米尔·凡尔哈伦晤面。

1902 ～ 1903 年　转入柏林大学。

1904 年　结束大学学业，毕业论文的题目是《希波利特·泰纳的哲学》；第一部短篇小说集《艾利卡·埃瓦尔德之恋》出版，内收有四篇小说：《雪中》（1900 年写就）、《出游》、《艾利卡·埃瓦尔德之恋》和《生命的奇迹》；他翻译的《维尔哈伦诗选》在柏林出版。前往巴黎、伦敦，翌年又前往西班牙和阿尔及尔旅行。

1906 年　诗集《早年的花环》在莱比锡出版；同年，他翻译的 A.G.B. 罗素的《威廉·布莱克的幻想的艺术哲学》在莱比锡出版。

1907 年　在莱比锡出版了他的第一部剧作《泰尔西特斯》，这部诗剧翌年在德累斯顿和卡塞尔上演。

1908 ～ 1909 年　在印度、锡兰、缅甸和尼泊尔旅行。

1910 年　写下第一部传记《艾米尔·凡尔哈伦》。

1911 年　前往北美和加勒比地区旅行。小说集《初次经历》出版，内收四篇小说:《夜色朦胧》、《家庭女教师》、《灼人的秘密》和《夏天的故事》。

1912 年　独幕剧《变化不定的喜剧演员》首次上演，悲剧《滨海之宅》在维也纳城堡剧院首演。与弗里德利克·玛利亚·冯·温德尼茨（1882—1971）（他的第一个妻子）首次相遇。

1914 年　第一次世界大战爆发，他自愿入伍，申请在军事资料部门服役。

1916 ～ 1917 年　在萨尔茨堡购房定居。反战戏剧《耶利米》出版。前往瑞士进行一次演讲旅行，在苏黎世观看《耶利米》的排练，拜访罗曼 · 罗兰。

1918 年　戏剧《生活的传说》在汉堡上演。

1920 年　与弗里德利克·冯·温德尼茨结婚。发表小说《桎梏》和《三位大师》(巴尔扎克、狄更斯、陀思妥耶夫斯基),此系他的《世界建筑师》的第一部；同年底，出版传记《罗曼 · 罗兰，其人和作品》。

1922 年　发表小说《热带癫狂症患者》和传记《永恒的目光》、《日内瓦湖畔的插曲》。

1924 年　诗歌全集出版。

1925 年　《与魔的搏斗》(荷尔德林、克莱斯特、尼采）出版,此系《世界建筑师》的第二部。

1927 年　小说集《情感的迷惘》出版，开始着手写《世界建筑师》的第三部:《三位作家的生平》(卡萨诺瓦、司汤达、托尔斯泰）。

1928 年　《三位作家的生平》出版。同年 9 月，赴苏联参加托尔斯泰诞辰百年纪念会。

1929 年　政治家传记《约瑟夫 · 福煦》出版，悲喜剧《穷人的羔羊》发表。

1930 年　去意大利旅行，在索伦托拜访高尔基。

1931 年　赴法旅行，写《玛丽 · 安东内特》和长篇小说《邮局小姐的故事》(这部长篇没有完成，根据遗稿整理，又名《青云无路》)。

1932 年 《玛丽·安东内特》出版。

1933 年 希特勒上台，茨威格的作品被焚烧。

1934 年 在萨尔茨堡的住宅被搜查，移居伦敦，《鹿特丹人伊拉斯谟的胜利和悲哀》出版。绿蒂·阿尔特曼成为他的秘书。着手写《玛利亚·斯图亚特》。

1935 年 由里夏德·施特劳斯谱曲、茨威格编剧的歌剧《沉默的女人》在德累斯顿首演，三天后被禁;《玛利亚·斯图亚特》出版。

1936 年 《卡斯台里奥反对加尔文》出版。同年 8 月，前往巴西旅行，并参加在阿根廷召开的国际笔会大会。

1937 年 《蜡烛台记》出版；完成长篇小说《心灵的焦躁》第二稿。同年 5 月，与弗里德利克分手。

1938 年 在葡萄牙同绿蒂一起。《麦哲伦》出版。同年 2 月，与弗里德利克离婚。申请加入英国国籍，在美国进行讲演旅行。

1939 年 长篇小说《心灵的焦躁》出版，获得成功。第二次世界大战爆发。同绿蒂结婚。

1940 年 3 月，获英国国籍，在巴黎、纽约和南美进行讲演旅行。

1941 年 着手写自传；同年 9 月，乘船前往巴西，先羁留在里约热内卢，后移居彼德罗保利斯；完成《象棋的故事》；同年 11 月，将自传《昨日的世界》的手稿寄给出版社。同年 12 月，珍珠港事件爆发。

1942 年 2 月 22 日，与妻子一道在彼德罗保利斯自杀。《象棋的故事》、《昨日的世界》分别在阿根廷和瑞典出版。